길 위에서 하버드까지

나의 생존과 용서, 배움에 관한 기록

길 위에서
하버드까지

리즈 머리 지음 | 정해영 옮김

다산
책방

우편배달부가 다가오는 것을 보며,
나는 하버드에서 보낸 편지가, 그것이 어떤 내용이든
나의 삶을 만들거나 무너뜨리지 않으리라는 것을 깨달았다.
오히려 나는 상황이 어떤 식으로 전개되건,
내 인생의 다음 장이 어떻게 되건,
내 인생은 한 가지 상황만으로 결정되지 않을 것임을 이해하기 시작했다.
언제나 그래왔던 것처럼, 내 삶은 어떤 일이 닥치건
발을 앞으로 내디뎌 전진하려는 나의 의지에 따라 결정되리라.

차례

프롤로그

　내가 가지고 있는 엄마 사진은 한 장뿐이다. 여기저기 흠집이 나 있는 4×7인치 흑백사진. 엄마는 팔꿈치를 무릎에 대고 팔로 몸의 무게를 지탱하며 약간 구부정한 자세로 앉아 있다. 나는 사진을 찍을 당시 엄마의 삶에 대해서 별로 아는 게 없다. 유일한 단서는 사진 뒷면에 주황색 펜으로 쓴 글씨뿐이다. 1971년 6번로 마이크의 집 앞에서. 계산을 해보니 그때 엄마는 열일곱 살, 지금의 나보다 한 살 많았다. 나는 6번로가 그리니치빌리지에 있다는 것은 알지만, 마이크가 누구인지는 모른다.

　사진 속 엄마는 무척 단호해 보인다. 입술은 생각에 잠긴 듯 꼭 다물었으며 카메라를 의식한 탓인지 표정은 굳어 있다. 길게 늘어진 아름다운 곱슬머리가 안개처럼 얼굴을 에워싸고 있다. 그리고 내가 엄마의 얼굴에서 가장 좋아하는 부분인 눈은 영원히 움직임을 멈춘 두 개의 검은 구슬처럼 반짝인다.

나는 각각의 형태를 꼼꼼히 살펴, 기억 속에 담은 뒤 거울로 향한다. 물결치는 머리를 치렁치렁 풀어 내리고 손끝으로 얼굴 윤곽을 더듬으며 엄마와 닮은 점을 찾는다. 눈부터 시작한다. 똑같이 자그맣고 동그랗지만, 엄마는 갈색 눈인 데 반해 나는 할머니의 초록색 눈을 물려받았다. 다음으로 입술의 윤곽을 유심히 본다. 가늘고 굴곡이 있고, 모든 면에서 엄마와 비슷하다. 나는 분명 엄마와 닮은 구석이 있지만 내 나이 때의 엄마만큼 예쁘진 않다.

살 곳이 없던 시절, 나는 이 친구 저 친구의 집을 떠돌며 욕실에서 문을 잠그고 이처럼 은밀한 거울 놀이를 하면서 긴긴 밤을 보냈다. 우아하게 움직이는 엄마의 모습이 내 마음속에서 춤추는 동안, 친구들은 부모님의 품에서 자고 있었다. 나는 그 시간에 손바닥으로 세면대 가장자리를 누르고, 바둑판 모양 타일 때문에 차가워진 맨발로 욕실 거울 앞에 서 있었다.

푸르스름한 새벽의 첫 기운이 서리 낀 욕실 유리창을 통해 들어오고 새들이 아침 노래를 부르며 자신의 존재를 알릴 때까지, 나는 공상에 빠진 채 그렇게 서 있는다. 만일 내가 제이미의 집에 있었다면 제이미 어머니가 알람 소리에 잠에서 깨어 욕실로 오기 전에 몰래 나가서 소파에 누울 시간이다. 그리고 보비의 집에 있었다면 끽끽거리는 쓰레기차 소리가 이제 살금살금 접이식 침대로 돌아가야 할 시간임을 알려주었을 것이다.

서서히 깨어나는 아파트에서 소리 죽여 나의 조그만 쉼터로 이동한다. 나는 잠자리가 편안하게 느껴진 적이 없다. 내일도 같은 장소에서 잘 수 있다는 확신이 없기 때문이다.

어둠 속에서 똑바로 누워 손가락으로 얼굴을 더듬으며 엄마의 모습을 상상한다. 요즘은 판박이처럼 닮은 우리의 삶이 점점 더 선명하게 느껴진다. 엄마도 열여섯 살에 노숙자가 되었다. 엄마도 학교를 중퇴했다. 그리고 나처럼 문간이냐 공원이냐, 지하철이냐 옥상이냐를 날마다 선택해야 했다. 엄마에게도 브롱크스는, 가로등 기둥마다 경찰의 몽타주 전단이 붙었고 밤새도록 사이렌이 울려대는 위험천만한 거리였다.

엄마도 나처럼 거의 매일 밤을 신변에 무슨 일이 일어날까 봐 두려워하며 보냈을까? 최근에는 늘 불안에 시달린다. 내일은 어디서 자야 할까? 또 다른 친구의 집? 기차? 아니면 어느 계단통에서?

손가락으로 이마부터 입술까지 훑어 내려가며, 나는 나를 껴안는 엄마의 따스한 체온을 다시 한번 느끼기를 갈망한다. 그 생각을 하니 눈에서 눈물이 주룩 흘러내린다. 눈물을 닦으며 옆으로 누워 빌린 담요로 몸을 덮는다.

나는 엄마에게 매달리고 싶은 기분을 마음속에서 애써 밀어낸다. 보비의 가족 초상화가 걸린 벽을 넘어 포덤 로드 우유 상자 위에 걸터앉아 도미노게임 승자의 손을 내리치는 술 취한 남자들을 지나, 식료품점의 깜빡이는 오렌지색 불빛과 브롱크스 마을의 지붕들 너머로까지 멀리멀리. 그리고 엄마의 또렷한 얼굴이 흐릿해질 때까지 억지로 생각을 없앤다. 조금이라도 잠을 자려면 엄마 생각을 뇌리에서 몰아내야 한다. 나는 잠을 자야 한다. 갈 곳 없는 거리로 다시 나가야 할 때까지 몇 시간밖에 남지 않았으므로.

1장

그해 여름,
우리 네 사람이
함께 행복했던
마지막 순간

나는 우리가 남들과 어떻게 다른지 몰랐다.
내가 아는 사실은 엄마가 진짜 엄마라는 것,
그리고 부모님이 우리에게 필요한 것을 해주려고
신경 쓰고 있다는 것뿐이었다.
설사 부모님이 해주지 못한 게 있다 해도,
중요하지 않았다.
나는 뭐가 더 필요한지 몰랐으니까.

아빠가 나의 존재를 처음 알게 된 건 교도소의 면회실이었다. 엄마가 눈물이 그렁그렁한 눈으로 셔츠를 올려 불룩한 배를 보여주었다. 엄마는 당시 한 살이던 리사 언니를 골반으로 받쳐 안고 있었다.

훗날 엄마는 이 순간을 회상하며 이렇게 설명했다. "원래 그럴 생각이 아니었는데. 우리가 계획한 게 아니었단다."

엄마는 결혼도 하지 않았고 열세 살부터 마약을 했지만 이렇게 주장했다. "아빠와 나는 점점 회복되고 있었어. 언젠가 남들처럼 살 수 있다고 믿었지. 아빠는 제대로 된 직업을 찾고, 나는 법원 속기사가 되려 했어. 네겐 꿈이 있었단다."

엄마는 코카인 중독자였다. 백색 가루를 용해해 혈관에 주사하면 코카인은 전광석화처럼 온몸에 퍼지며 흥분을 일으켰고, 비록 순간이긴 하지만 매일같이 희망적인 기분을 느끼게 했다.

엄마는 그것을 '약 기운'이라고 표현했다.

엄마는 10대부터 코카인을 했다. 엄마에게 집은 분노와 폭력과 학대의 장소였다.

"리지, 네 외할머니는 그저 무지렁이었어. 외할아버지가 술에 취해 들어와서 전깃줄이건 작대기건 손에 잡히는 대로 쥐고 우리를 두들겨 패는데도, 할머니는 마치 아무 일도 없었다는 듯 콧노래를 흥얼거리며 부엌을 청소했지. 그리고 5분 뒤에 우리가 흠씬 두들겨 맞았는데도 자기는 꼭 메리 포핀스처럼 행동했어."

사남매 중 맏이였던 엄마는 학대를 피해 동생들을 남겨두고 도망친 것에 죄책감이 든다고 자주 말했다. 엄마는 열세 살에 거리로 나섰다.

"로리와 조니를 생각해서 참아보려 했지만, 도저히 거기 머물 수 없었단다. 최소한 로리와 조니는 지미에게 자비를 베풀어서 함께 데리고 나갔지. 틀림없이 너도 내가 거기서 나오는 게 옳다고 생각할 거야. 거기서 사느니 차라리 다리 밑에서 사는 게 더 편하고 안전했으니까."

나는 다리 밑에서 뭘 했는지 물었다.

"나도 모르겠다, 꼬맹아. 그냥 친구들과 어울려서 이런저런 얘기를 했지…… 인생에 대해, 끔찍한 부모님에 대해, 어떻게 하면 더 나아질까에 대해 이야기를 나눴어. 아마 취해 있었을 거야. 그다음부턴 우리가 어디에 있건 별로 중요하지 않았지."

처음에는 대마초를 피우고 본드를 흡입하는 등 사소한 일탈부터 시작했다. 그러다가 청소년기에 친구네 집 소파를 전전하며 10대 매춘과 심부름센터 따위의 허드렛일로 돈을 벌게 되면서, 흥분제와 헤로인에까지 손을 댔다.

"리지, 그 동네는 아주 거친 곳이었어. 난 두껍고 긴 가죽 부츠를 신고 다녔지. 깡마른 몸 따위는 개의치 않고 짧은 바지와 망토를 두르고 다녔단다. 제법 멋졌어. '죽여주네.' 우린 그렇게 말했지. 꼬맹이, 네가 봤어야 하는데."

엄마가 아빠를 만났을 때, 코카인은 골반 바지, 구레나룻, 디스코 음악과 더불어 1970년대의 유행이 되어 있었다. 엄마는 아빠의 첫인상을 '무척이나 어둡고 잘생기고 멋졌다'라고 묘사했다.

"아빠는 똑똑했어. 내가 어울리던 남자들은 대부분 낮 놓고 기억 자도 몰랐는데 네 아빤 뭔가 달랐지. 영민하다고나 할까."

아빠는 교외에서 사는 중산층의 아일랜드계 가톨릭 가정 출신이었다. 할아버지는 화물선 선장이었고, 난폭한 알코올중독자였다. 할머니는 남자들의 '어리석음'을 참아주지 않는 근면하고 의지가 강한 여성이었다.

언젠가 아빠는 내게 이렇게 말했다. "리지, 네가 할아버지에 대해 알아야 할 건, 그 사람이 남들을 괴롭히는 걸 즐기는 성가시고 난폭한 술주정뱅이라는 것뿐이야. 그래서 할머니는 이혼이 금기시되던 당시 분위기에도 결단을 내렸지." 아빠에게는 안타깝게도, 부모의 결혼 생활은 끝났고 떠나버린 할아버지는 영영 돌아오지 않았다.

"리지, 할아버지는 정말이지 골칫거리였다. 차라리 없는 편이 나았어. 할아버지가 있었다면 상황이 오히려 악화되었을 거야."

성장기의 아빠를 알았던 사람들은 아빠가 외로운 아이였으며, 아버지를 잃고 혼자 열쇠로 문을 열고 집에 들어가야 하는 처지를 결코 극복하지 못할 것 같은 '상처 입은 영혼'이었다고 표현했다. 할머니가 생계를 위해 온종일 힘들게 일하는 동안 아빠는 출구를 찾고 마음 붙일 누군가 또는 무언가를 찾으며 혼자서 보냈다. 아빠는 거의 매일 밤 혼자 있거나 친구들의 집을 전전했다. 아빠와 할머니 사이는 점차 벌어졌고, 두 사람은 늘 심각하고 조용했다.

아빠가 어느 날 말했다. "할머니는 수다스러운 편이 아니었지. 전형적인 아일랜드 가톨릭 신자였어. 우리가 집에서 하는 말은 '배고파' '추워' 징도가 고작이었어. 우리는 속마음을 거의 털어놓지 않았고, 그래서 늘 그런 식이었지."

하지만 할머니는 따스함이 부족한 대신, 아들의 미래를 위해 헌신적인 노력을 기울였다. 할머니는 아빠가 아버지 없는 고통을 겪지 않도록 본인이 감당할 수 있는 최고 수준의 교육을 받게 하려 애썼다. 할머니는 외동아들을 롱아일랜드 최고의 가톨릭 학교에 보내기 위해 두 곳에서 경리 일을 했다. 엄격하고 엘리트주의로 유명한 샤미나드 학교에서, 아빠는 전에 알던 사람들과는 다른 유복한 부류와 수업을 듣고 함께 생활했다. 대부분의 급우들은 열여섯 살 생일에 선물로 자동차를 받았지만, 아빠는 버스를 갈아타고 통학했고, 할머니는 수업료가 통장에서 빠져나가는 날보다 월급이 먼저 들어오기를 기도했다.

아이러니하게도 아빠를 성공적인 인생 궤도에 올려놓으리라 기대했던 상류층 사립학교의 환경은 오히려 아빠를 자기 자신과 영원히 어긋나게 했다. 좋은 교육을 받았지만, 동시에 마약중독자가 된 것이다.

10대 후반에 아빠는 위대한 미국 고전들을 읽었고, 할머니가 끝없이 걸어대는 전화를 무시하고 친구들의 해변 별장에서 방학을 보냈으며, 고등학교 축구장 관람석 아래서 재미 삼아 암페타민을 복용했다.

아빠는 뭐든 빨리 배우고 엄격한 교육을 대부분 소화했지만, 마약 때문에 점점 학업에 집중하기 어려워졌다. 숙제를 게을리하고 수업 시간에는 졸았다. 마지막 학기에 아빠는 뉴욕시 중심에 있는 대학에 지원하여 입학 허가를 받았다. 졸업이 가까워지자 간신히 방황에서 벗어났다. 맨해튼은 진정한 인생의 출발점이 되고, 대학은 인생의 도약대가 될 수 있었다. 그러나 얼마 지나지 않아 고등학교 때와 똑같은 환경이 다시 아빠를 괴롭혔다. 이번에는 나이가 좀 더 들었고, 뉴욕의 볼드윈

교외가 아닌 맨해튼 중심에 있다는 점만 다를 뿐이었다. 몇 년 뒤 아빠는 대학 공부보다 마약을 팔러 다니는 쪽으로 적성을 개발했다. 아빠는 점차 소규모 마약 밀매 조직의 최고 서열에까지 올라갔다. 조직 내에서 교육을 가장 잘 받은 일원으로서, 아빠는 '교수'라는 별칭으로 불리며 모두가 조언을 구하는 상대가 되었다. 아빠는 조직의 청사진을 그리는 인물이었다.

아빠는 심리학과 2년 차에 대학을 중퇴했다. 대학을 다니던 시절에 아빠는 사회 경험도 어느 정도 쌓았고 최소 임금을 약간 웃도는 돈을 벌었다. 그러나 두 개의 전혀 다른 생활을 유지하는 것—'평범한 삶'과 '어둠의 세계'에서 동시에 살아가는 것—은 너무 많은 노력을 요구했다. 마약으로 벌어들이는 짭짤한 수입은 거부할 수 없는 유혹이었다. 그 수입은 평범한 삶이 제공할 수 있는 수입을 훨씬 능가했다. 그래서 아빠는 이스트 빌리지 아파트를 임대하여 전면적으로 마약 거래에 뛰어들었다. 아빠의 주변에는 전과 기록이 있고 조직 폭력과 연루된, 상식을 벗어난 맨해튼 하류 인생들이 득실거렸다. 말하자면 이들은 아빠의 패거리였다. 엄마는 아빠와 똑같은 시기에 똑같이 특이한 사람들 사이를 떠돌다가 똑같은 장면에 이르렀다.

몇 년간 그런 생활을 하다가, 엄마와 아빠는 두 사람이 함께 알고 있는 한 친구의 옥탑방에서 만났다. 그곳에서는 코카인을 음료수처럼 아무렇지 않게 나눠주었고, 사람들은 은은한 라바 램프* 불빛 속에서 향 냄새가 진동하는 가운데 밤새 디스코를 췄다. 두 사람은 전에 두어 번 본 적이 있었는데, 그때 아빠가 엄마에게 각성제나 헤로인을 나눠줬다.

---

* 길쭉한 유리병에 액체와 특별한 종류의 색깔 왁스가 채워진 램프로, 수은구가 켜지면 열이 오르면서 액체가 데워지고 왁스가 녹기 시작한다.

엄마는 아빠를 처음 보았을 때 영화배우라도 만난 듯한 기분이었다고 했나.

"아빠가 어떻게 좌중을 압도했는지 네가 봤어야 하는데." 엄마는 말하곤 했다. "아빠는 모두를 호령하며 존경을 받았지." 두 사람이 만났을 때, 엄마는 스물두 살, 아빠는 서른네 살이었다. 엄마는 1970년대 스타일로 옷을 입고 있었다. 히피 스타일 블라우스와 보일 듯 말 듯한 핫팬츠. 아빠는 엄마의 첫인상에 대해 '광채가 났으며, 길고 검은 곱슬머리와 날카롭게 빛나는 눈을 가진 야성적인 모습'이었다고 묘사했다. 아빠는 첫눈에 엄마의 순진무구하면서도 거칠고 강렬한 모습을 사랑하게 되었다고 했다. "엄마는 예측할 수 없는 여자였지. 계산적인 여자인지, 순진무구한 여자인지 도통 알 수 없었다. 사실 두 가지 면을 다 가진 것 같았어."

두 사람은 곧바로 사귀게 되었고, 서로 함께 있기를 갈망한다는 점에서 열정적인 여느 연인들과 다름없었다. 그러나 그들의 데이트는 영화관이나 레스토랑에 가는 것이 아니라, 함께 마약을 하는 것이었다. 그들은 친밀감을 찾기 위해 마약에 취하곤 했다. 함께 있고 싶었던 엄마와 아빠는 점차 패거리를 멀리하고, 맞잡은 손의 온기를 나누며 맨해튼 거리를 걸었다. 두 사람은 코카인과 맥주병이 든 작은 가방을 들고 센트럴파크까지 걸어가서, 언덕 위에 자리 잡고 달빛 속에 큰대자로 누워 마약과 술에 취해 서로의 품에서 쉬었다.

1977년 초 두 사람이 동거를 시작하며 탄생한 때 이른 가족은 그들의 관계를 동등하게 만들었다. 1978년 2월, 엄마는 스물세 살에 리사 언니를 낳았다.

언니가 아기였을 때, 부모님은 돈벌이가 되는 마약 사기를 시작했다. '말도 녹초로 만든다'는 강력한 진통제를 합법적으로 구입하기 위해 아빠가 환자인 척 위장하는 계획이었다. 일반적으로 호스피스의 암 환자들에게 처방되는 그 진통제는, 작은 알약 하나가 길거리에서 15달러에 거래되었다. 아빠는 가짜 처방전을 만들어 대학원생 의뢰인 한 명에게만 일주일에 수백 알을 처분해 매달 수천 달러씩 벌 수 있었다.

아빠는 잡히지 않기 위해 각고의 노력을 기울여야 했다. 인내심과 세심한 주의력이 감옥행을 막아주었다고 아빠는 말했다. "일을 '제대로' 해야 했지." 아빠는 꼼꼼하게 뉴욕시 자치구 다섯 곳의 지도와 전화번호부를 이용해, 매주 어떤 약국을 찾아갈지 신중하게 일정을 짰다. 이 계획에서 가장 위험한 부분은, 실제로 약국에 가서 처방전으로 약을 구입하는 것이었다. 이처럼 강력한 진통제는 약사들이 의사에게 전화를 걸어 '처방전'을 모두 확인했기 때문에 더욱 위험한 일이었다.

아빠는 약사의 전화를 중간에 가로챌 대책을 강구했다. 당시 전화 회사는 의사 자격증을 확인하지 않았기 때문에, 아빠는 수시로 기존 번호를 버리고 무작위로 이름을 고르거나, 종종 예전 교수들의 이름에서 아이디어를 얻어 뉴먼 박사, 코헨 박사, 글래서 박사 등의 이름으로 새 번호를 신청했다. 약사들이 전화를 걸면, 의사와 연결될 뿐 아니라 비서가 전화를 연결해주기까지 했다. 그러나 그 전화를 받은 사람은 의사와 비서가 아니라 팀을 이뤄 일하는 아빠와 엄마였다. 태어난 지 몇 개월밖에 안 된 리사 언니를 친구들이 돌보는 동안, 두 사람은 뉴욕시에 널린 싸구려 여인숙을 주 단위로 임대하여 오랜 시간 일했다.

처방전도 아빠 패거리의 도움을 받아 만들어졌다. 아빠는 인쇄소에서 일하는 친구들에게 이익금의 일부를 떼어주고 가짜 의사의 이름을 새긴 고무인과 적법하게 보이는 처방전 용지를 지속적으로 공급받았다. 아빠는 이렇게 인맥을 동원하여, 용지당 25달러의 비용으로 빈 처방전을 도장을 찍을 때마다 돈이 되는 황금으로 바꾸어놓았다. 아빠는 자신의 계획은 빈틈없이 치밀했으며, 엄마의 실수만 없었다면 끝까지 싱공했을 것이라고 말했다.

그러나 최소한 그 실수의 절반 정도는 자신의 책임임을 인정했다. "공급받은 약을 절대로 우리가 쓰지는 말았어야 했는데. 풋내기 같은 짓이었어. 마약에 중독되면 정신이 혼미해져서 무모해지니까 말이야."

그러나 분명한 적신호를 무시할 만큼 무모해진 것이 엄마의 중독 탓인지, 단순히 특유의 조급한 성격 탓인지 확인할 방법은 없었다. 아빠는 엄마에게 약사가 낌새를 알아차리면 어떤 징후를 보이는지 단단히 경고했었다. 아주 수상쩍은 진통제 처방전을 하루 전에 두고 왔는데도 약국에 도착했을 때 약사가 20분만 더 기다리라고 말한다면 그 이유는 단 한 가지뿐이었다. 약사가 경찰에게 전화를 걸고 있는 것이다. 그러면 최대한 빨리 약국을 빠져나와야 한다. 아빠는 엄마에게 이러한 상황을 미리 경고하고 분명하게 설명했었다.

그러나 원하는 것 앞에서 한 발도 물러서지 않는 무모함으로 정평이 난 엄마는 훗날 자신이 체포된 날에 대해 이렇게 설명했다. "돌아갈 수가 없었어. 혹시 약사가 약을 줄지도 모르는 거잖아." 약사의 전화를 받은 경찰들은 수많은 약국을 들락거린 범인을 잡을 수 있기를 기대하며(기대는 적중했다) 무려 다섯 자치구에서 출동했다. 엄마는 대낮에 수갑을 차고 경찰차로 끌려갔다. 당시 엄마는 임신한 상태였지만 그 사실을 자신도 몰랐다.

연방 경찰은 엄마와 아빠가 인근의 모든 약국과 연관되었다는 문서의 흔적과 감시 카메라 사진이 포함된 증거들을 1년 넘게 수집해왔다. 게다가 연방 경찰이 문을 박차고 들어와 아빠를 체포할 때, 바닥에는 코카인 뭉치와 알약 수십 알이 널브러져 있었고 옷장 한가득 걸린 밍크코트와 가죽 코트, 가죽 구두, 금목걸이, 현금 수천 달러, 심지어 커다란 버마 비단구렁이가 담긴 유리 상자까지 발견되었다.

불법 행위의 대부분을 지휘하고 실행한 아빠는 의사 사칭을 비롯한 여러 건의 사기죄로 기소되었다. 재판 당일 검찰은 극적인 효과를 노리고 아빠의 글씨와 위조 도장이 찍힌 처방전이 가득 담긴 쇼핑 카트 세 대를 법정으로 밀고 들어왔다. "피네티 씨는 스스로를 변호하기 위해 할 말이 있습니까?" 판사가 이렇게 물었을 때 아빠는 대답했다. "없습니다, 판사님. 모두 자명한 것 같습니다."

이 과정에서 부모님은 리사 언니의 양육권을 영원히 상실할 뻔했지만, 엄마는 체포 당일부터 최종 선고일까지 몇 달 동안 부모 개조 프로그램에 착실하게 참가했다. 이러한 사실과 법정에 섰을 때 임신한 상태가 정상참작되어, 엄마는 선처를 호소할 수 있었다.

그러나 아빠는 그렇게 운이 좋지 못했고, 징역 3년을 선고받았다. 아빠는 로널드 레이건이 대통령으로 당선되던 날 유치장에서 뉴저지주 패터슨의 퍼세익 교도소로 이송되었다.

엄마는 선고 예정일에 자신도 복역하게 되리라 확신하고 담배 두 갑과 25센트 동전 한 통을 가져갔다. 그러나 판사는 법정에 있는 모든 사람들과 심지어 엄마의 변호사까지 깜짝 놀라게 하는 행동을 했다. 엄마를 딱한 눈으로 쳐다본 뒤, 집행유예를 선언하고 다음 사건으로 넘어간 것이다.

엄마는 법원을 나오는 길에 전성기 때 벌어놓은 마지막 돈이었던 보석금 1000달러를 수표로 돌려받았다.

수표를 손에 쥔 엄마는 새롭게 시작할 수 있는 기회를 보았고, 그 기회를 잡았다. 그 보석금은 머지않아 뉴욕시에서 가장 심각한 우범지대로 전락한 브롱크스의 유니버시티 애비뉴에 있는 방 세 칸짜리 아파트에 쓰였다. 엄마는 몇 통의 페인트와 두꺼운 커튼, 그리고 카펫을 구입했다.

무더위에 동네 아이들이 소화전을 열고 엄마가 창문마다 덜덜거리는 선풍기를 놓았던 긴 여름이 끝나고 가을이 시작되는 첫날, 내가 태어났다. 1980년 9월 23일 오후, 유치장에서 선고를 기다리고 있던 아빠는 외할머니로부터 딸이 태어났다는 전화를 받았다. 태아에게 마약 성분이 전달되었지만 태어날 때 장애는 없었다는 말과 함께. 엄마는 임신 중에도 조심하지 않았지만, 다행히 리사 언니와 나는 둘 다 운이 좋았다. 나는 간호사에게 오줌을 쌌고, 4.2킬로그램의 건강한 아이로 판명났다.

"자네를 닮았네, 피터. 얼굴이 자네하고 판박이야."

아빠는 그날 밤 감방에서 내 이름을 엘리자베스라고 지었다. 아빠와 엄마는 법적으로 혼인한 상태가 아니었고, 아빠가 자신이 친부임을 입증하러 나올 수도 없었기 때문에 나는 엄마의 성—머리—을 따르게 되었다.

집에는 새로 단장한 아기방이 나를 기다리고 있었다. 엄마는 사회복지 활동가가 우리를 확인하러 왔을 때 지었던 표정을 결코 잊지 못했다. 언니와 나는 새 옷을 입고 있었고, 아파트는 흠잡을 데 없이 깨끗했으며, 냉장고에는 음식이 가득했다. 엄마의 얼굴이 자부심으로 빛났다. 최상의 평가를 받은 엄마는 우리의 양육을 위해 복지국에서 일정 액수의 돈을 받게 되었고, 우리는 가족으로서 새 출발을 했다.

이후 몇 년은 다시 한번 정신을 차리고 미혼모로서 혼자 아빠에게 면회를 다니면서 주변의 도움을 얻어 어떻게든 살아가려는 엄마의 고군분투 시간이었다. 가끔씩은 인근 톨렌틴 성당 수녀님이 옆문을 통해 엄마에게 치즈와 큼지막한 무염분 버터, 자르지 않은 긴 식빵이 든 갈색 봉지를 건네주곤 했다. 수녀님이 우리 세 사람에게 십자성호를 긋는 동안, 엄마는 봉지를 한 아름 안고 그곳에 한참 서 있곤 했다.

이 물품들은 건포도와 오트밀 상자와 더불어 우리의 아침 식사이자 간식거리가 되었다. 메트푸드 슈퍼마켓에서는 돼지고기 핫도그 여덟 개가 한 팩에 99센트밖에 하지 않았다. 저녁 식사로는 프랑크 소시지를 끼운 빵과 상자에 든 따끈한 마카로니와 치즈 몇 숟가락을 먹었다.

입을 것들은, 우리가 한 번도 만난 적이 없는 친할머니가 보내주었다. 명절 때면 할머니가 롱아일랜드라는 곳에서 소포를 부쳤다. 롱아일랜드는 거리에 예쁜 집들이 줄지어 있는 곳이라고 아빠는 말했다. 포장은 휴지나 생수병 상자를 재활용한 것이었지만, 그 안에는 보물이 들어 있었다. 신문지 사이사이에서 우리는 산뜻한 옷가지와 작은 부엌 필수품, 예쁜 깡통에 담겨 달콤한 냄새를 풍기는 호두 브라우니 따위를 발견했다. 우리는 이 깡통들을 부엌 찬장 안에 대충 쌓아두었다. 상자 입구에 꼼꼼한 글씨로 세심하게 쓰인 짧은 쪽지가 꽂혀 있었고—엄마는 굳이 이것들을 읽으려 하지 않았다—가끔은 빳빳한 5달러짜리 지폐가 안쪽에 테이프로 붙어 있었다.

엄마는 쪽지는 버렸지만, 돈은 고무밴드로 묶어서 경대 위 조그만 빨간 상자에 보관했다. 돈뭉치가 제법 두툼해지면, 우리를 맥도날드에 데려가 해피밀을 사주었다. 그리고 자신을 위해서는 윈스턴 담배와 길쭉한 갈색 병에 든 맥주, 묑스테르 치즈를 샀다.

내가 세 살 때, 아빠는 내가 누워 있던 안방의 킹사이즈 매트리스 위에 석빙 확인서를 펼쳐놓았다. 니는 집에서 들리는 웬 남자의 목소리와 엄마가 오후 햇살 속에서 그 남자 주위를 조심스럽게 움직이는 모습에 놀라, 그 남자를 멍하니 올려다보았다. 아빠의 움직임은 빠르고 급해서, 얼굴의 특징에 집중하기 힘들었다.

"내가 네 아빠다." 빵모자를 눌러쓴 아빠가 큰 소리로 말했다. 엄한 목소리로 말하면 내가 상황을 빨리 파악할 거라고 생각하는 듯이.

하지만 오히려 나는 엄마의 다리 뒤에 숨어 혼란스러움에 조용히 울음을 터뜨렸다. 그날 밤 내내 나는 엄마의 옆자리가 아닌 내 침대에서 보냈다. 내가 난생처음으로 목격한 부모님의 이미지는 우리의 방을 가르는 두꺼운 문 너머로 들려오는, 예측할 수 없이 높아졌다 낮아졌다 하는 모호한 목소리였다.

이후 몇 달 동안 엄마는 점점 만사에 느긋해졌다. 집안일은 방치되었고, 개수대에 설거짓거리가 며칠씩 쌓여 있었다. 엄마는 우리를 전처럼 자주 공원으로 데려가지 않았다. 나는 몇 시간씩 집에 앉아 나도 엄마가 하는 일에 끼워주기를 기다렸다. 어째서 엄마와 아빠가 나를 끼워주지 않는지 이해할 수 없었다. 나는 이런 변화 때문에 따돌림을 당하는 기분이었고, 그래서 다시 엄마에게 다가갈 수 있는 방법을 찾기로 작정했다.

세세한 부분은 볼 수 없었지만, 엄마와 아빠가 뭔가 이상한 습관을 공유하고 있는 건 눈치챘다. 두 사람은 마치 의식을 치르듯 뭔가를 긴급하게 준비하며 숟가락과 다른 잡동사니를 식탁에 펼쳐놓았다. 그리고는 서로에게 짧고 빠르게 지시를 내렸다. 물이 필요했고—수도꼭지에서 소량—구두끈과 벨트도 필요했다. 나는 성가시게 굴면 안 되었지만 멀리서 두 사람의 바쁜 손놀림을 지켜보는 것은 허락되었다. 그래서 문간에서 그 모습을 지켜보며 두 사람의 행동이 무엇을 의미하는지 이해하려 애썼다. 테이블 위에 이상한 물건들을 배열하는 일을 마치면, 둘 중 한 명이 부엌문을 닫아 내가 보지 못하도록 철저히 차단했다.

어느 날 여름 저녁까지 이 의식은 수수께끼로 남아 있었다. 그날 나는 유모차—나는 이 유모차가 내 체중을 못 이겨 결국 주저앉을 때까지 줄기차게 타고 다녔다—를 타고 부엌 앞에 있었다. 내 앞에서 문이 닫혔을 때, 나는 앉은 자리에서 꼼짝도 하지 않고 기다렸다. 마침내 방에서 나왔을 때 엄마는 긴장한 얼굴로 입술을 오므리고 있었다.

이제 일이 끝났음을 감지한 나는 뭔가를 말했다. 아빠와 엄마는 몇 년 동안 두고두고 이 이야기를 내게 들려주었다.

나는 허공으로 두 팔을 들며 단조롭게 말했다. "다— 끝나쩌."

엄마는 허를 찔린 듯 잠시 멈춰 서 몸을 앞으로 숙이며 믿을 수 없다는 듯 물었다. "꼬맹이, 방금 뭐라고 말했니?"

"다— 끝나쩌." 나는 엄마의 갑작스러운 관심에 신이 나서 다시 한 번 말했다.

엄마가 아빠에게 소리쳤다. "피터, 얘가 알아! 얘 좀 봐. 다 안다니까!"

아빠는 가볍게 웃은 뒤 다시 자기 일을 했다. 엄마는 내 옆에 남아 머리를 쓰다듬으며 말했다. "우리 꼬맹이, 네가 뭘 아는데?"

부모님의 게임에서 내 자리를 찾았다는 것에 흥분하여, 나는 두 사람이 안으로 들어갈 때마다 습관적으로 부엌 앞에 자리를 잡았다.

결국 엄마와 아빠는 그냥 문을 열어두었다.

*

내가 거의 다섯 살이 되어갈 즈음, 우리는 정부 지원을 받는 4인 가족이 되어 있었다. 매월 1일, 엄마기 복지 수당을 받기로 한 날이면, 크리스마스 아침 같은 의식과 행사가 벌어졌다. 곧 돈을 받는다는 기대가 우리 집을 일종의 전율로 가득 채웠고, 엄마와 아빠가 매달 적어도 24시간 동안은 기분 좋고 쾌활하리라고 장담할 수 있었다. 그것이 우리 부모님이 보여준 한 가지 일관성이었다.

당시 정부는 어떤 이유로 생계를 위해 일할 수 없는 사람들에게 매월 수백 달러씩 지급했다. 그러나 나는 사지가 멀쩡한 이웃들이 우편함 옆에 모여서 얄팍한 파란 봉투가 배달되기를 간절히 기다리는 광경을 종종 보았다. 엄마는 선천적인 퇴행성 안질로 인해 법정 시각장애인으로 등록된 덕분에 합법적으로 생계보조비 수혜자가 되었다. 나는 자격 심사를 받던 날 엄마와 함께 갔기 때문에 그 사실을 안다.

책상에 앉은 여자는 엄마의 시력이 너무 나빠서 차를 운전하면 '아마도 가는 곳마다 모든 생명체의 목숨을 끊어버릴 것'이라고 말했다.

그런 뒤 엄마와 악수하며 엄마가 수혜 자격이 된다는 것, 그리고 횡단보도를 무사히 건널 수 있다는 것을 축하했다.

"여기 서명하세요. 매월 1일에 수표를 받아볼 수 있을 거예요."

정말 그랬다. 사실 우리 가족에게 엄마의 수표보다 더 기다려지는 건 아무것도 없었다. 우편배달원의 도착은 도미노 효과를 낳으며, 그날 하루와 우리의 소중한 의식을 가동시켰다. 건물 앞쪽에 있는 침실 창문으로 머리를 빼고 살펴보다가 배달원이 나타나면 엄마와 아빠를 부르는 것이 내 임무였다.

"리지, 배달원 코빼기라도 보이면 알려줘. 왼쪽을 보는 걸 명심하고."

배달원이 도착하기 조금 전에 엄마가 알 수 있으면, 서랍에서 장애인 복지카드를 미리 꺼내어 우편함에서 수표를 낚아채자마자 수표를 현금으로 바꿔주는 상점으로 가서 첫 번째로 줄을 설 수 있었다. 그 시절 내가 맡은 역할은 일상에서 아주 중요한 부분이 되었다.

아침 내내 나는 녹슨 방범용 창살을 부여잡고 최대한 목을 길게 밖으로 뺀 채 밖을 내다보았다. 이 임무는 내가 중요한 존재라는 느낌을 주었다. 언덕 너머에서 파란 제복이 똑같은 색 수레를 밀고 나타나는 모습이 보이면—마치 도시의 산타클로스처럼—나는 어서 그의 존재를 알리고 싶어 못 견딜 지경이 되었다.

아빠는 두 사람의 계획을 수없이 되뇌며 기다림의 시간을 줄여보려는 듯 둥그렇게 원을 그리며 걸어 다녔다.

"좋아, 지니. 우리 코카인을 사러 가는 거야. 그런 다음 콘 에디슨사에 전기 요금을 내야 해. 애들을 위해 볼로냐소시지 반 파운드를 사자고. 그리고 버스표를 살 돈도 필요해."

우편배달원을 발견하는 순간, 나는 바로 말할 수도 있었고, 아니면 조금 더 기다릴 수도 있었다. 그것은 관심을 받느냐 놓아버리느냐—내가 부모님만큼이나 중요하고, 우편배달원이나 심지어 돈 자체만큼 꼭 필요한 존재가 되는 순간을 포기하느냐—의 차이였다. 하지만 난 지체할 수 없었고, 모퉁이를 도는 배달원을 보는 순간 소리쳤다. "지금 와! 내가 봤어! 지금 와!" 그러면 우리 모두 그날의 다음 단계로 넘어갈 수 있었다.

*

수표를 현금으로 교환해주는 상점의 눈부신 전면 유리 너머에는, 모두를 위한 뭔가가 기다리고 있었다. 아이들은 장난감이 뒤섞인 투명 상자를 금속 기둥이 받치고 있는, 일렬로 늘어선 자동판매기에 이끌렸다. 아이들은 동전을 넣고 고리에 매달린 고무 거미와 물에 들어가면 크기가 열배로 커지는 사람 인형, 또는 나비 문신 판박이나 만화 캐릭터, 분홍색, 빨간색 하트 따위가 나오기를 간절히 기다렸다. 도박 중독에 빠진 남자들과 행운이라는 미끼에 가족 생활비의 일부를 할애하는 꿈에 부푼 여자들을 위해서는 금전등록기 근처에 복권이 쌓여 있었다.

이 여자들은 종종 동전으로 복권을 긁기 전에 가슴에 십자성호를 그었다. 그러나 많은 사람들이 수표—현금 교환 줄에서 자기 차례가 될 때까지 아주 작은 물건조차 살 여력이 없었다.

끝없는 줄을 이루고 서 있는 여자들, 공과금 청구서를 꽉 부여잡고 있는 여자들, 인상을 찌푸리고 있는 여자들, 아이들과 함께 있는 여자들. 그녀들의 남자들(만일 있다면)은 옆에 비켜서서 금속 벽에 몸을 기대고 있었다. 그들은 여자와 함께 왔지만 물러서서 수표를 현금으로 바꿔오기를 기다리고 있거나, 아니면 여자보다 먼저 도착해서 얼마라도 털어낼 요량으로 서 있는 사람들이었다. 여자들은 최대한 남자들로부터 돈을 지키며, 포기할 수밖에 없는 것은 포기하고 나머지 돈을 최대한 이용하려 했다. 리사 언니와 나는 그런 북새통에 워낙 익숙해져서 아우성치는 어른들을 쳐다보지도 않았다.

언니는 반짝이 스티커에 매료되어 자동판매기 옆을 떠나지 못했다. 나는 부모님 가까이에 머물렀다. 엄마와 아빠는 다른 어른들과 달리, 공통의 목표를 위해 이곳에 와서 팀으로 활동했다. 부모님의 흥분을 함께 공유하고 싶어서, 나 역시 어지러울 정도로 들떠 있었다.

내가 만일 그날의 기쁨을 작은 단위로 쪼갤 수 있다면, 엄마와 내가 줄을 서 있을 때 느끼는 기쁨보다 더 큰 기쁨은 없을 것이다. 엄마가 카운터에서 우리 차례가 오기를 기다릴 때도 나는 엄마의 조력자였다. 그처럼 기대로 가득 찬 긴박한 순간에, 엄마는 나에게 가장 많이 의지했다. 그때가 내가 어느 때보다 빛나는 순간이었고, 나는 늘 상황에 잘 대처했다.

"우리 앞에 여덟 명 있어. 이제 일곱. 걱정 마, 엄마. 계산원이 빨라."

내가 진행 상황을 보고하면 엄마가 짓는 미소는 오직 나만을 위한 것이었다. 내가 믿음직한 어조로 불러주는 숫자가 엄마가 내게 주는 관심의 양을 결정했다. 할 수만 있다면, 나는 줄을 선 열 사람과 그날의 나머지 시간을 맞바꾸었을 것이다. 줄을 서 있는 동안은 엄마가 어디에도 가지 않을 테니까. 그럼 뭔가를 하다 말고 우리 곁을 떠나는 엄마의 습관도 걱정할 필요가 없을 테니까.

한번은 우리 네 명이 콩코스에 있는 로우스 파라다이스 극장까지 걸어가서 할인 티켓으로 「이상한 나라의 앨리스」를 본 적이 있었다. 아빠는 걸으면서 콩코스가 한때는 호화로운 구역이었으며 부자들을 매료시키는 정교한 건축물들이 즐비했다고 설명했다. 그러나 우리가 거리를 걸으면서 볼 수 있는 것이라고는 금이 가거나 이가 빠진 지품천사의 상과 이무깃돌이 입구에 매달려 있는 더러운 대형 벽돌 건물들뿐이었다. 우리는 거의 텅 빈 극장에 앉았다.

엄마는 공연이 끝날 때까지 버티지 못했다. 아니, 그러려는 시도조차 하지 않았다. 담배를 피우기 위해 한 번, 두 번, 세 번 자리를 뜨더니, 결국 마지막에 나가서는 돌아오지 않았다. 그날 밤 우리가 집에 돌아왔을 때, 한 여자가 쉰 목소리로 구슬프게 노래하는 레코드가 돌아가고 있었다. 엄마는 담배를 빨아들이며, 전신 거울 속에 비친 자신의 벌거벗은 마른 몸을 자세히 들여다보고 있었다.

"다들 어디 있었어?" 엄마는 아무렇지 않게 물었다. 아마도 우리와 함께 집으로 왔다고 착각한 모양이었다.

그러나 수표 환전 줄에서는 엄마가 어디에도 가지 않았다. 조바심이 나는 만큼 그 돈 없이는 어디에도 가지 않았다. 그래서 나는 그 기회에 엄마의 손을 잡고 엄마가 내 나이 때는 어땠는지 이런저런 질문을 하곤 했다.

"모르겠다, 리지. 어렸을 때 난 나쁜 아이였어. 물건을 훔치고 학교를 땡땡이쳤지. 우리 앞에 몇 명이나 있니?"

내가 엄마를 쳐다볼 때마다, 엄마는 출납계 쪽을 가리키며 그쪽을 계속 주시하라고 재촉했다. 엄마의 관심을 붙들어두는 일은 슬쩍 질문을 던졌다가 내가 계속 상황을 파악하고 있다는 걸 보여주며 아슬아슬하게 균형을 잡아야 하는 꽤 까다로운 작업이었다. 나는 늘 엄마에게 우리 차례가 거의 다 됐다고 안심시키면서도, 속으로는 최대한 줄이 천천히 줄기를 바랐다.

"모르겠다, 리지. 넌 나보다 좋은 아이였어. 어렸을 때 울지도 않았지. 그냥 에, 에, 하는 소리만 냈어. 그게 정말 귀여웠고, 예의 바르게 보였지. 리사는 뒤로 넘어갈 듯 악을 쓰면서 물건들을 부수고 잡지를 찢어버렸는데, 너는 우는 법이 없었어. 난 혹시 네가 어디가 모자란 게 아닌지 걱정했지만, 사람들은 네가 멀쩡하다고 했어. 넌 늘 착한 아이였어. 그런데 꼬맹아, 우리 앞에 사람들이 얼마나 남았니?"

똑같은 얘기를 듣고 또 들었건만, 나는 전혀 질리지 않았고 그래서 줄기차게 물었다.

"내가 처음 한 말이 뭐였어?"

"'엄마'였어. 네가 젖병을 내게 건네면서 '엄마'라고 했지. 마치 젖병을 채워달라는 것 같았어. 정말 웃겼지."

"그때 내가 몇 살이었어?"

"10개월."

"우리가 집에서 몇 년을 살았지?"

"몇 년 됐지."

"몇 년?"

"리지, 앞으로 움직여. 우리 차례가 됐어."

집에서 우리는 두 개의 공간으로 찢어져 생활했다. 거실은 우리 아이들을 위한 공간이었고, 그 옆의 주방은 엄마와 아빠를 위한 공간이었다. 여느 때와 달리 매월 1일은 먹을 것이 풍족했다. 리사 언니와 나는 식탁에서 숟가락 딸그락거리는 소리와 의자 끌어당기는 소리를 들으며 흑백 TV 앞에서 해피밀을 먹었다. 그러다가 긴 침묵의 시간이 왔는데, 그럴 때 우리는 두 사람이 무엇에 집중하고 있는지 알았다. 시력이 나빠 자신의 혈관을 찾을 수 없는 엄마를 위해 아빠는 그 일을 해줘야 했다.

마침내 우리 네 사람은 그날 두 번째로 좋은 시간을 즐겼다. 우리는 함께 거실에 널브러져 앉아 깜빡이는 TV를 보았다.

우리 넷은 함께 있었다. 내 손가락에는 프렌치프라이 기름이 묻어 있었고, 리사 언니는 치즈버거를 우물우물 씹고 있었다. 엄마와 아빠는 우리 뒤에서 마약에 취해 경련을 일으키며 몸을 이리저리 움직였다.

*

"리지, 쿠션 사이에다 해야지. 소파 속에다 말이야. 거기에 귀를 몇 분만 힘껏 누르고 있으면 바닷소리가 들릴 거야."

"정말?"

"그럼. 두 번 말하게 하지 마. 내가 싫어하는 거 알잖아. 바닷소리를 듣고 싶니, 안 듣고 싶니?"

"듣고 싶어!"

"그럼 거기에 귀를 대고 힘껏 눌러봐."

"알았어."

리사 언니에게는 신비로운 분위기가 있었다. 어렸을 때 언니에게는 나를 사로잡고 경외심을 갖게 하는 어떤 힘이 있었다. 그때 내게 인상적이었던 언니의 재능은 머리 땋기에서부터 손가락을 튕겨 「아내는 요술쟁이」 주제곡을 끝까지 연주하는 것에 이르기까지 다양했다. 다양한 많은 문제들에 대해 권위자임을 자처하며 고고하게 구는 언니가 내 눈에는 무척 당당해 보였다. 어릴 때 나는 그런 선언들을 아무 의심 없이 그대로 믿었다. 언니의 주장은 추상적으로 보였지만, 나는 언니가 수학 선생님이 수학을 지배하는 방식─알 수 없지만 의심할 수 없는─으로 지식을 소유하고 있다고 생각했다. 그런 맹목적인 믿음 때문에 나는 종종 언니의 짓궂은 장난에 놀아나곤 했다.

"좋아, 이제 이 쿠션을 머리 위에 얹어."

"왜?"

"너 참 열받게 한다. 바닷소리를 듣고 싶니, 안 듣고 싶니?"

하긴, 안 된다는 법도 없었다. 나는 엄마와 함께 오차드 해변으로 여행을 갔다가 가져온 조개껍데기를 귀에 대면, 바닷가에 있지 않아도 바닷소리가 들린다는 것을 알았다. 그러니 소파 쿠션이라고 해서 안 될 것도 없지 않은가? 게다가 다음 순간 언니가 내 머리 위에 앉았을 때 무슨 짓을 할지 내가 어떻게 알았겠는가? 언니가 내 위에서 엄청나게 크고 뜨거운 방귀를 뀔 것이라고 어떻게 짐작할 수 있었겠는가?

"자, 맛 좀 봐라! 어때? 바닷소리가 들리지, 리지?" 언니는 내가 밑에서 몸부림칠 때 이렇게 소리쳤고, 나의 고함 소리는 언니의 무게에 눌려 뭉개졌다.

그 경험을 교훈 삼아 핼러윈 데이에는 좀 더 잘 대비해야 했을까? 그날 리사 언니는 초등학교 때부터 친구였던 제세니아 언니와 함께

'안전'을 이유로 내 사탕을 전부 '시식'해버리고, 액땜 가방에 겨우 몇 페니와 할머니들이 약으로 먹는 마름모꼴 드롭스만 남겨두었다.

그러나 동생으로서 내가 늘 손해만 본 것은 아니었다. 가끔은 반대의 경우도 있었다. 줄에서 두 번째에 서 있는 이점 때문에, 언니에게 얻은 일종의 간접 경험을 통해 인생의 호기심 대부분을 해결할 수 있었다. 또한 리사 언니가 우리 집에서 일어나는 온갖 일들에 어떻게 대처하는지 봄으로써 비슷한 상황을 조금 더 수월하게 처리할 수 있었다.

이런 이점은 내가 부모님과 순조롭게 살아가는 데 도움이 되었다. 언니가 실수하는 것을 보며, 나는 적어도 무엇을 하지 말아야 할지 알게 되었다. 그리고 종잡을 수 없는 부모님의 관심과 인정을 받기 위해 정확히 어떤 행동을 해야 할지 파악할 수 있었다.

토요일은 맨해튼 사람들의 재활용품 배출일이었다. 아빠는 그것이 곧 사람들이 '잘산다'는 것을 뜻한다고 말했다. 맨해튼 사람들은 아직 쓸 만한 물건들을 쉽게 버렸고, 그래서 눈을 크게 뜨고 열심히 찾기만 하면 제법 괜찮은 물건을 찾을 수 있었다. 아빠는 몇몇 뒤져볼 만한 장소들을 정기적으로 들렀다. 내 방에는 벌써 그렇게 들여놓은 물건들이 제법 있었다. 칠이 살짝 벗겨지고 잘 보이지 않는 부분에 금이 간 소총을 제외하면 멀쩡한 철제 군인 모형 세 개, 진짜 경찰처럼 보이려고 플라스틱 총과 함께 벨트 고리에 매달고 다녔던 낡은 가짜 수갑, 그리고 측면에 '글리슨'이라는 도장이 찍힌 낡은 가죽 주머니 속에 담긴 공깃돌 한 세트.

그런 선물들에는 늘 수거 과정에 관한 무용담이 뒤따랐다. 하나같이 구경꾼들이 '완벽하게 좋은 물건'을 얼빠진 듯 쳐다보는 동안 아빠가 어떻게 자루를 뒤졌는지에 관한 이야기들이었다. 그 무용담 속에서 아빠는 늘 사람들이 진가를 알아보지 못하는 영웅이었고, 결국 뜻밖의 재치로 그들을 놀라게 했다.

어쩌다 한번씩 나는 아빠와 함께 번화가로 나갔다. 그곳에서 사람들이 쳐다보는 데도 아랑곳하지 않고 등을 돌린 채 꿋꿋이 물건을 뒤지는 아빠를 보며, 어떤 느낌을 가져야 할지 알 수 없었다. 나는 오래전 일자리를 잃고 고집스럽게 이 차림을 고수해온 것처럼 목까지 단추를 채운 더러운 플란넬 셔츠를 똑같이 더러운 청바지에 넣어 입고, 혼자 중얼거리며 쓰레기통을 뒤지고 있는 이 남자가 사람들의 눈에 어떻게 보일지 헤아리려 했다. 다른 사람들이 멀찌감치 걸으면서 쳐다보는 가운데 딸과 함께 고물들 사이에 서 있는, 잘생긴 각진 얼굴과 엄격해 보이는 검은 머리를 가진 진지한 남자. 내가 벌거벗겨진 듯 민망함을 느끼고 있는데, 아빠가 나를 멈칫하게 했다.

"뭐야, 너 부끄러운 거니, 리지?" 악취 나는 쓰레기 더미에서 잠시 얼굴을 들고 빵모자를 벗으며 아빠가 물었다. "사람들이 어떻게 생각하건 무슨 상관이야?" 아빠는 몸을 내 쪽으로 기울이며 눈 하나 깜빡이지 않고 내 눈을 뚫어지게 쳐다보았다. "네게 필요한 걸 보면, 남들이 어떻게 생각하건 그냥 가서 가지면 돼. 엿이나 먹으라지. 문제가 있는 건 그자들이니까."

당당한 아빠의 모습을 보며, 나는 아빠가 나와 비밀을 공유한 것 같은 자부심을 느꼈다. 그 비밀은 남들이 나를 어떻게 생각하는지 잊어버리는 방법이었다. 나는 아빠처럼 생각하고 싶었지만, 그건 노력이 필요한 일이었다. 그 순간 열심히 노력해서 나도 아빠 옆에서 우리를 쳐다보는 사람들을 비웃어줄 수 있었다. 하지만 그건 아빠의 표현을 빌려, 문제가 있는 건 그자들이라고 스스로에게 몇 번이고 되뇌었을 때야 비로소 가능해졌다.

아빠는 보물 사냥에 자부심을 가지고 있는 것이 분명했다. 아빠는 언젠가 어떤 남자가 아빠를 "넝마주이!"라고 부르는 순간 신품 키보드를 발견했던 일화를 끊임없이 되풀이했다. 남자는 그 물건이 얼마나 훌륭한지 알아보고는 대담하게도 아빠에게 그 물건을 챙길 것인지, 아니면 그냥 놔두고 갈 것인지 물었다고 했다. 아빠는 그때 자신이 내뱉은 경멸적인 대답을 반복하기를 즐겼다. "꿈도 야무지시군, 친구."

"그들이 잃고 내가 얻은 거야." 아빠는 우리가 헌 장난감을 보며 기뻐할 때나 바느질만 다시 하면 멀쩡해질 블라우스를 엄마 앞에 꺼내놓을 때 이렇게 말하곤 했다.

잔뜩 기대에 차서 소파에 앉아 기다리는 우리 앞에서 아빠는 당최 알아들을 수 없는 흘러간 유행가를 흥얼거리며 가방을 뒤적여 물건들을 찾았다. 아빠는 가령 배낭이나 안경집을 열 때 그 나름의 계산된 방식을 갖고 있었다. 우리는 아빠를 방해하지 말아야 했다. 그 정확한 동작들은 아빠가 깨기 싫어하는 하나의 절차였다. 한 단계를 놓치면 아빠는 당황하는 모습이 역력했고, 처음부터 다시 시작해야 했다. 엄마는 아빠의 이런 습관을 집착이라고 표현했다.

리사와 나는 초조함이라고 표현했다.

"뭘 가져왔는지 말해주세요! 알고 싶단 말이에요." 리사 언니가 재촉했다.

"네, 제발요, 아빠."

"얘들아, 잠깐만 기다려라."

그러다가 지퍼가 물려버렸다. 어떻게 하는지는 모르지만, 아빠는 분명 나름의 해결 방법을 갖고 있었다. 아빠는 노래를 흥얼거리며 계속 작업을 했다.

"다, 다람, 달링, 그대는 유일한 나의 사람."

낮잠에서 깬 엄마는 피곤한 얼굴로 우리를 보고 어깨를 으쓱했다.

마침내 아빠는 리사 언니를 위한 분홍색 플라스틱 장난감 헤어드라이이를 꺼냈다. 플라스틱이 용접된 부분의 틈새는 더러웠고, 단추 대신 스티커가 붙어 있었다. 언니는 드라이어 끝을 잡아 달랑달랑 흔들며 눈을 굴렸다.

"아빠, 고마워." 그리고 시큰둥하게 말했다.

"난 네가 좋아할 줄 알았는데." 아빠는 그렇게 말하며 내게 줄 물건을 찾기 위해 가방을 뒤졌다.

"지금 뭘 좀 먹을 수 있어?" 언니가 물었다.

"잠깐만 기다려." 엄마가 손가락을 들며 대답했다.

다음으로 아빠는 홈이 파인 두꺼운 바퀴와 반사 창문이 달린 몬스터 트럭을 들어 올렸다. 흰색과 파란색이 섞여 있는 그 트럭은 틈이 있는 곳마다 흙이 끼어 있었고, 흰색 부분은 회색으로 실제로 도로를 달려서 낡아버린 트럭처럼 보였다.

트럭이 아빠의 손을 떠나기도 전에, 나는 어떻게 반응해야 할지 알았다. 부모님에 대한 내 행동은 대부분 의도적이었다. 나는 말과 행동을 신중하게 골랐다. 나는 모든 것을 운에 맡겨두지 않았다. 부모님의 관심을 받는 법을 정확히 아는 내가 개발한 기술이었다. 이 경우 아빠는 내게 '남자애들' 장난감을 주었고, 나는 어떻게 반응해야 할지 알았다. 다년간 '여자다운' 것을 경멸하는 아빠의 말에 귀 기울인 결과였다.

엄마가 '몸매에 대한 집착'이나 '남성들에게 맞서기'와 같은 여성 문제를 이야기하는 TV 토크쇼를 볼 때마다, 아빠는 거실을 돌아다니면서 높은 목소리로 애처롭게 우는 시늉을 하며 그 여자들을 흉내 냈다.

"아, 여자들에게 세상은 너무나 힘해요. 우리 그런 세상을 극복하는 대신 연민의 파티를 벌여요."

리사 언니의 거울 보는 습관에 대해서도 아빠는 똑같이 반응했다.

언니는 구석에서 몸을 꼬고 앉아 다양한 표정과 미소를 지으며 자신의 모습을 관찰하곤 했다. 어떤 때는 한 시간 내내 그렇게 거울을 보기도 했다.

그 모습을 본 아빠는 턱을 들어 올리고 눈을 치뜨며 머리 뒤에서 손가락을 대충 왕관 모양으로 펼쳤다. 그러고는 내가 '여성스러운' 것들에 대한 아빠의 시선이라고 해석하게 된 예의 그 목소리로 말했다.

"나만 바라볼 거죠? 아암, 당신만 바라보고말고."

아빠는 농담을 한 뒤에 짐승의 포효처럼 웃음을 터뜨려서, 리사 언니가 거울을 감추고 안절부절못하게 만들었다.

"재수 없어." 한번은 언니가 화가 나서 그렇게 말하는 걸 들었다.

나는 아빠 앞에서는 '여자다운' 모든 것을 조롱하기로 일찌감치 결심했고, 그래서 아빠 역시 내가 여자애라는 걸 잊곤 했다. 나는 얌전한 목소리로 말하지 않으려 주의했다. 드레스는 가당치도 않았다. 그것은 '시시한 여자들의 것'이었고, 애초에 나도 그런 것에는 관심이 없었다. 아빠가 나에게 남자 장난감을 가져오기 시작했을 때, 그리고 그것을 주면서 아빠가 얼굴에 흐뭇한 미소를 띠고 언니보다 나를 좀 더 오래 바라본다는 것을 눈치챘을 때, 나는 내 작전이 주효했음을 알았다.

나는 장난감 트럭을 아빠의 손에서 거칠게 낚아채며 환호했다. "와! 고마워, 아빠!" 나는 커피 테이블 위에서 바퀴를 굴려 아빠가 들으라고 크고 거친 엔진소리를 냈다.

아빠는 내게 흐뭇한 미소를 지으며 다시 가방 속에 손을 넣었다.

"최고의 물건은 마지막을 위해 아껴뒀지." 아빠는 엄마를 보며 말했고, 거실 테이블에 앉아 있던 엄마는 호기심 어린 눈으로 아빠를 쳐다보았다. 엄마는 탁상용 선풍기 바람이 우리 모두에게 오도록 방향을 조정했지만, 높은 습도 때문에 선풍기는 더운 바람만 순환시킬 뿐이었다.

나는 아빠가 그 물건에서 겹겹이 싸인 신문지를 벗겨내는 것을 보며, 엄마를 위한 선물은 특별한 것이 틀림없다고 생각했다.

"자, 갑니다!" 아빠가 혀끝으로 볼을 볼록하게 만들며, 마치 웨이터가 깨지기 쉬운 접시를 건네듯 두꺼운 유리 보석함을 경직된 손끝으로 받치고 들어 올렸다.

엄마는 길고 만족스러운 한숨을 내쉬며 선물을 두 손으로 감쌌다. 전에는 선물에 큰 관심을 보이지 않았는데, 엄마의 반응에서 정말로 그 보석함을 좋아한다는 것을 느낄 수 있었다. 그러나 그 순간 나는 엄마에게는 상자에 넣을 보석이 없다는 사실이 떠올랐다. 엄마가 보석함을 쳐다보는 동안, 아빠는 또 모험담을 늘어놓기 시작했다.

"그 여자가 나를 마치 자기 이웃들 가방을 뒤지는 미친놈처럼 쳐다보는 걸 당신도 봤어야 하는데. 그래서 내가 뭐라고 했는지 알지?"

아빠는 가운뎃손가락을 허공에 대고, 인상을 잔뜩 찌푸리며 말했다. "참견 말고 꺼져!"

보석함은 유리를 깎아 만든 둥글고 깊이가 얕은 공예품이었고, 위에는 정교한 문양으로 장식된 두꺼운 은 뚜껑이 덮여 있었다. 뚜껑 한 귀퉁이에는 우아하게 절을 하듯 앞으로 구부러진 은 장미 한 송이가 달려 있었다. 그것을 비틀면 마치 슬픈 발레를 추듯 장미가 천천히 원을 그리며 움직였고 감미로운 음악이 흘러나왔다. 아름다웠다. 나는 곧 그것이 갖고 싶어졌다.

"아빠! 저거 내가 가지면 안 돼?" 리사 언니가 내 마음을 대변하듯 소리쳤다. 아빠는 언니의 말을 무시했다.

"참 예쁘다. 누가 이렇게 예쁜 걸 버렸을까?" 내가 물었다.

"나도 모르지만, 그 사람에게는 안된 일이지." 아빠가 운동화를 벗기위해 거칠고 빠르게 운동화 끈을 잡아당기며 말했다.

"알았어. 이제 뭘 좀 먹을 수 있어?" 언니가 물었다.

나는 언니가 그 말을 꺼내서 안도했다. 나도 배 속이 타들어갈 것 같았지만, 선뜻 끼어들 용기가 나지 않았었다. 아침에 마요네즈 샌드위치를 먹은 뒤로 우리는 아무것도 먹지 못했다. 대개의 경우, 우리가 먹는 것이라고는 달걀과 마요네즈 샌드위치가 전부였다. 리사 언니와 나는 그 음식을 똑같이 싫어했지만, 텅 빈 배 속이 요동치며 쓰려올 때면 별수 없이 그거라도 배 속에 넣어야 했다. 안 그러면 우리가 먹을 수 있는 음식은 물밖에 없었다. 수표를 받고 5일이 지났기 때문에 돈은 전부 바닥났고 냉장고는 거의 비어 있었다. 나는 제대로 된 저녁을 고대했다.

"잠깐만 기다려. 아빠가 해결해볼게."

*

리사 언니가 앉아서 TV를 보는 동안, 엄마와 아빠는 침실에서 뭔가를 하느라 분주했다. 나는 내 방과 부모님 방을 구분 짓는 유일한 경계인 문간에서 두 사람을 지켜보았다.

엄마는 장롱에서 레코드 더미를 뒤적이고 있었다. 아빠가 돌아온 뒤부터 엄마는 주디 콜린스를 듣지 않았다. 엄마는 기분이 좋았고, 그래서 좀 더 가벼운 음악을 선택했다. 무슨 이유에선지 엄마와 아빠는 2인 1조로 일했다. 아빠는 침대에 걸터앉아 흙처럼 보이는 뭔가를 손가락으로 집어서 무릎 위에 놓인 《뉴요기》 잡지 위에 펼쳐놓았다. 엄마는 그렇게 모인 가루를 얇은 반투명지로 돌돌 말고 끝에 침을 바른 뒤 단단하게 감았다. 라이터를 들어 몇 번 점화하자 불이 붙었고 엄마의 시선이 담배로 향했다. 엄마는 세 번 힘차게 빨아들인 뒤, 아빠에게 넘겨줬다. 전에는 아빠가 담배 피우는 모습을 본 적이 없었다.

"뭐 하는 거야?" 내가 어쩔 줄 몰라 하며 물었다. 나는 엄마 경대에 가게에서 사온 담배가 있는데 왜 담배를 만드는 건지에서부터, 어째서 냄새가 담배와 다른지에 이르기까지 많은 질문을 했다.

두 사람의 긴장된 웃음이 내게 거짓말을 하고 있음을 말해주었다.

"리즈, 됐다." 아빠는 엄마와 함께 킬킬거리면서 대답했다. 내가 순진한 질문을 했다는 느낌이 들어서 갑자기 민망해졌다. 나는 얼굴이 달아오르는 것을 느낄 수 있었다.

"지금은 이만 됐어." 아빠가 말했다.

이상한 연기가 방 안을 채웠다. 나는 낯선 냄새를 맡지 않기 위해 셔츠 칼라를 코까지 끌어가 덮었다. 두 사람은 그들만의 세계에 있었고, 나는 내 노력만으로는 그 속을 뚫고 들어갈 수 없었다. 나는 엄마가 두 사람만의 비밀 속으로 나를 들여보내주기를 바라며 엄마의 눈을 찾았지만, 엄마는 나를 보지 않았다. 침대 위에는 담배 충전물이 뿌려진 《뉴요커》가 펼쳐져 있었다.

"이제 뭐라도 먹어야지." 작은 TV 화면에 쇼프로그램의 엔딩 자막이 뜰 때, 리사 언니가 거의 울부짖듯 말했다.

"그럼, 그래야지." 엄마가 다정하게 대답했다. 엄마는 마치 달 표면을 걷는 우주비행사처럼 큰 보폭으로 불안불안하게 부엌으로 들어갔다. 나 말고는 아무도 그 서툰 동작을 눈치채지 못했다.

곧 리사 언니와 나는 거실 테이블에 앉아 저녁으로 스크램블 에그를 먹게 되었다. 엄마가 우리 앞에 접시를 놓았을 때, 싸움이 시작되었다.

"왜 또 달걀을 먹어야 돼?" 언니가 불평했다. "치킨을 먹고 싶다고."

"우린 치킨이 없어." 엄마가 단호하게 대답하고는 아빠에게 걸어가 담배를 한 모금 더 빨았다.

"그래도 음식다운 음식을 먹고 싶어. 달걀은 더 이상 먹기 싫어. 우린 매일 달걀이나 소시지만 먹잖아. 치킨을 먹고 싶어.”

아빠가 간신히 웃음을 멈추고 말했다. “이걸 작은 치킨이라고 생각하렴.”

“집어치워!” 언니가 날카롭게 말했다.

“먹어봐. 맛있어.” 상황이 좀 나아지길 바라며 내가 말했다.

언니가 식탁 맞은편에서 속삭였다. “거짓말쟁이. 너도 이 쓰레기를 나만큼 싫어하잖아.”

언니는 분위기를 부드럽게 하려는 내 노력을 부모님에게 계속해서 더 나은 것을 요구하는 언니의 시위에 위협이 된다고 간주하고 혐오감을 표시했다.

나는 언니에게 혀를 날름 내밀고는 싫어하는 맛을 감추기 위해 케첩 몇 방울을 달걀에 뿌렸다. 리사 언니 말이 맞았다. 나는 달걀이 싫었다. TV에서는 세계적인 갑부 도널드 트럼프가 어떤 공무원과 악수하는 장면이 나오다가 화면이 깜빡이고 지지직거리더니 잠잠해졌다. 나는 그 흐물흐물한 것을 얼른 없애버릴 요량으로, 입 안 가득 달걀을 밀어 넣었다. 그리고 접시 주위로 트럭을 굴리며 입으로 음향효과를 내며 축축한 달걀 부스러기를 테이블과 언니에게 튀겼다.

나는 왔다 갔다 하며 언니가 승산 없는 싸움을 계속하고 있는 모습을 지켜보았다. 달걀밖에 먹을 것이 없다면, 달걀을 먹어야 한다. 이 사실이 내게는 단순해 보였다. 언니가 입 다물고 있는다면, 적어도 우리 모두 잘 지낼 수 있었다. 하지만 한편으로는 언니가 나서주는 게 고맙기도 했다. 덕분에 내가 온순해질 수 있기 때문이다. 나는 성격 좋은 딸이었다. 거울도 보지 않고, 허영심도 없고, 여자애처럼 굴지도 않았다. 나는 트럭을 좋아했고 달걀을 먹었다.

리사 언니는 계속 떠들다가 결국 눈물을 터뜨리고 말았다. 자신의 앞에 막다른 골목이 있다고 확신했을 때, 언니는 아빠와 엄마 모두를 향해 소리쳤다. "둘 다 미워!" 하지만 느린 기타 소리와 남자의 노랫소리가 흘러나오는 연기 자욱한 침실에서는 아무 대답도 없었다.

리사 언니는 늘 우리 형편보다 높은 기준을 자신에게 적용하는 것처럼 보였다. 마땅한 대우를 받지 않으면 못 참는 언니의 성격이 어디서 왔는지 추측해본다면, 아마도 그건 내가 태어나기 바로 전해와 관련이 있을지도 모른다.

엄마는 나를 임신했을 때 신경증에 시달렸다. 아빠가 감옥에 있는 상태에서 언니를 키우면서 동시에 자신의 정신건강을 관리하는 건 불가능했다. 그래서 언니는 8개월간 대리 부모에게 맡겨졌다.

리사 언니를 돌봐주던 부유한 부부는 아기를 가질 수 없었고, 그래서 언니를 친자식처럼 대해줬다. 그들이 아낌없는 관심과 보살핌을 주었기 때문에, 상태가 나아진 엄마가 언니를 데리러 갔을 때 언니는 옷장에 들어가서 엄마를 따라가지 않겠다고 저항했다. 엄마는 억지로 언니를 그 집에서 데리고 나와 유니버시티 애비뉴까지 끌고 왔다. 두 사람 모두 눈물범벅이었다. 리사 언니는 이 사건을 극복하지 못한 듯했다. 그때부터 엄마는 리사 언니를 까다로운 아이라고 말했다. 언니는 자신이 받아야 할 것을 날카롭게 인식했고, 그에 못 미치는 것이 주어질 때마다 즉시 결연한 태도를 취했다. 그리고 그런 일이 거의 매일 있다시피 했다.

리사 언니는 팔짱을 낀 채 테이블에서 마지막으로 "둘 다 미워!"라고 악을 쓴 뒤 다시 TV를 뚫어지게 쳐다보며 소리쳤다. "난 가난하지 않아. 우리 아빠는 도널드 트럼프야!"

"그럼 트럼프 아빠에게 가서 치킨을 사달라고 하지 그래?" 아빠가 말했다. 아빠가 손으로 무릎을 치며 대놓고 농담을 할 때, 엄마는 웃음을 간신히 억누르고 있었다.

갑자기 리사 언니가 자기 접시를 내 접시에 부딪쳤고, 그 바람에 접시가 기울어지며 달걀이 바닥에 떨어졌다. 언니는 달걀을 밟고 걸어가서 문을 쾅 닫았다. 그 소음은 고물 스피커에서 울려 퍼지는 대중음악에 묻혀 희미해졌다. 엄마와 아빠는 거실로 나와서 쿠션 위에 지친 몸을 널브러뜨렸다. 팔다리가 꼭 삶은 국수 같았다.

"달걀을 다 먹었어." 내가 말했지만, 아무도 듣지 않았다.

*

외할머니는 리버데일의 반 코틀랜트 공원 건너편에 있는 1960년대식 오래된 집에 살았다. 할머니는 그 집에서 담배를 피우고, 기도하고, 날마다 우리 집에 전화를 걸었다. 우리 네 식구를 제외하면, 우리와 실제로 접촉하는 유일한 가족이었다. 친할머니는 가끔 롱아일랜드에서 선물을 보내주었지만, 아빠가 마약에 빠지면서 중산층 가족의 골칫거리로 전락했기 때문에 그 이상의 접촉은 없었다. 나는 평생 한 번도 친가 사람을 만난 적도, 친가 사람들이 우리가 브롱크스에서 사는 모습을 보러 온 적도 없었다. 엄마는 열세 살 때 집에서 가출했지만 할머니와 나중에 다시 화해했다. 리사 언니와 내가 태어나기 전부터 외할머니는 경로 우대 카드를 이용하여 9번 버스를 타고 일주일에 한 번, 토요일에 유니버시디 애비뉴에 오셨다.

할머니가 오기 전이면, 엄마는 엄청난 속도로 집을 돌아다니며 쓰레기를 침대 구석에 쑤셔 넣고 접시를 개수대에 모아 뜨거운 물을 끼얹곤 했다. 그리고 먼지를 소파 밑으로 쓸어 넣고 할머니가 도착하기 직전에 우리 머리 위에서 방향제를 뿌려댔다.

어느 무더운 여름 오후, 할머니는 열두 시에 도착하기로 되어 있었다. 엄마는 늘 그렇듯 마지막 순간까지 기다렸다가 행동을 취했다. 할머니가 날씨에 비해 너무 두꺼운 옷차림으로 도착했을 때, 스프레이에서 나온 연무가 차가운 이슬방울이 되어 내 머리 위로 떨어지고 있었다. 할머니는 계단 몇 칸을 오른 뒤여서 숨을 헐떡였고, 포옹할 때 스웨터에서 강한 담배 냄새가 올라왔다. 회색과 은색 머리칼은 단단하게 말아 올렸다. 초록색 눈매는 또렷했지만 피부는 주름지고 거칠어 보였고, 희미한 검버섯이 군데군데 피어 있었다. 언니는 TV에서 눈을 떼지 않았다. 할머니는 언니를 포옹하기 위해 몸을 숙여야 했다. 나는 할머니의 허리에 두 팔을 두르고 버스 여행이 어땠는지 물었다(이것이 할머니의 일주일 일과 중 핵심적인 부분이었다). 할머니의 대답은 언제나 짧았고 늘 만족스러운 미소가 동반되었다.

"모든 것이 훌륭했단다, 아가. 우리 주님께서 우리 예쁜 공주님들을 볼 수 있도록 내게 하루를 더 허락해주셔서 그저 기쁠 따름이야."

할머니는 신앙심이 깊은 사람이었다. 외출할 때마다, 심지어 화장실에 갈 때도 오른쪽 팔뚝에 걸고 다니는 황갈색 가죽 가방에는(할머니는 이게 다 동네 좀도둑들 때문에 생긴 버릇이라고 말했다), 흠정 영역 성서와 머리핀, 립턴 티백, 그리고 폴몰 담배 두 갑이 들어 있었다.

나를 제외하면 누구도 할머니와 대화를 하려 들지 않았다. 엄마는 할머니가 집에 있을 때 너무 적적해서 누구든 듣는 사람만 있으면 귀가 아플 정도로 이야기를 해대는 데다, 유일한 관심사는 종교적 교육뿐이라고 했다. 또 엄마는 나도 할머니가 정상이 아니라는 것을 깨닫게 되면 결국 다른 사람들처럼 대화에 흥미를 잃을 거라고 주장했다.

"할머니는 정신이 좀 이상해. 그래서 어쩔 수 없이 날 힘들게 했지. 언젠가 너도 내 말이 무슨 뜻인지 이해할 거야."

하지만 나는 상상할 수 없었다. 할머니는 다른 어른들과는 달랐다. 내가 아무리 많은 질문을 해도 모두 받아주었다. 내 호기심은 무지개가 어떻게 생기는지에서부터 엄마가 어렸을 때 리사 언니와 나 중에서 누구를 더 닮았었는지에 이르기까지 끝이 없었다. 할머니는 모든 질문에 종교적 지식에서 가져온 온갖 추론을 동원하여 답했고, 세상의 모든 신비가 하느님의 뜻이라고 확신시킬 준비가 되어 있었다.

할머니는 부엌에 자리 잡고 차와 성서를 권했다. 나는 넘실대는 엄마의 담배 연기가 자욱한 그곳에서 할머니가 설탕 두 개와 우유를 섞어서 만들어준 달콤한 차의 맛을 좋아했다. 나는 잠옷 자락으로 다리를 덮은 채 무릎을 가슴에 바짝 붙이고 앉아 따뜻한 음료를 홀짝거리며 어떻게 죄악이 사악한 사람들을 천국에 들어가지 못하게 하는지 할머니의 설명에 귀 기울이곤 했다.

"욕하지 마라, 리지. 주님께서는 입이 거친 걸 싫어하신다. 가끔 한 번씩 불쌍한 어미를 위해 집을 청소하거라. 하느님은 모든 걸 보고 들으신다. 결코 잊지 않으실 거야. 하느님은 네가 언제 남들을 부당하게 대우하는지 아셔. 세상에는 천국의 문을 통과해 하느님의 사랑 속으로 들어갈 수 없는 죄인들이 많단다. 조심해라. 하느님은 우리 주님이고, 전지전능하신 분이야."

할머니와의 대화 중 유일하게 종교와 관련 없는 주제는 내가 커서 무엇이 되면 좋겠는지에 관한 것이었다.

"코미디언요. 무대 위에서 웃기는 얘기를 하고 싶어요." 나는 TV쇼에서 양복 재킷을 입고 보이지 않는 관중에게 우스운 일화를 초조하게 얘기하던 남자들을 떠올리며 선언했다. 관중석에서 웃음이 터질 때마다 그들은 자신감이 상승했다. 나는 할머니가 나만큼 그 생각을 좋아할 거라고 생각했다. 그런데 할머니는 걱정스러운 얼굴로 나를 보더니 유리잔을 내려놓고 하늘을 향해 손가락을 올렸다.

"하느님 맙소사. 안 돼, 그러지 말거라. 리지, 아무도 웃지 않을 거야. 아가, 입주 가정부가 되거라. 난 열여섯 살에 입주 가정부가 되었지. 너도 좋아할 거야. 좋은 가정에 머물면서 아이들을 잘 돌보면 공짜로 먹으면서 하느님이 자랑스러워하실 만한 정직한 돈도 벌 수 있지. 정말 근사하게 들리지 않니? 입주 가정부가 되거라, 리지. 게다가 네게 남편이 생길 때를 위해 좋은 연습이 될 거야. 너도 나중에 알게 될 거다."

내 나이에 할머니의 말뜻을 이해하기는 어려웠다. 나는 넓고 네모난 하얀 집에서 아내와 남편이 네모난 탁자에 앉아 있는 그림을 머릿속에 그려보았다. 포동포동한 아기가 나의 손길을 기다리며 울고 있고, 옆에는 젊은 부부가 무표정하고 뚱한 얼굴로 앉아 있다. 할머니는 안심시키듯 미소 지었다. 나도 미소로 답했다. 할머니가 보는 나의 미래는 나를 의기소침하게 만들었다. 나는 겉으로는 할머니 말에 동의하고 내 진짜 희망은 비밀로 간직하기로 결심했다. 나는 마치 그 조언이 할머니만큼이나 마음에 든다는 듯 고개를 끄덕이며 미소 지었다. 그런 뒤 거실에서 뭘 좀 가져와야 한다는 구실을 대고 빠져나와 소파에 언니와 함께 앉았다.

그러나 할머니는 대화를 지속하기 위해 나를 필요로 하지 않았다. 그 누구도 필요로 하지 않았다. 부엌에 한동안 아무도 들어오지 않으면, 할머니는 기꺼이 바닥에 무릎을 꿇고 하느님과 개인적인 대화를 나눴다. 리사 언니는 옆방에서 할머니가 열정적으로 되풀이하는 기도를 엿듣기 위해 TV 볼륨을 낮추었다. "은총이 가득하신 마리아여, 기뻐하소서. 주께서 함께 계시니." 할머니는 자신의 입에서 나오는 소리가 말이라기보다 운율에 가까워질 때까지 묵주를 굴리며 계속 중얼거렸다. 이것은 할머니가 직접 소통하고 있음을 뜻했다.

할머니의 기도 소리가 더 커지면, 리사 언니는 아예 TV를 껐다. 할머니가 하늘에게 인도를 촉구할 때는 목소리가 무서울 만큼 높고 깊어졌다. 해가 져서 어두워지고 유리잔의 차가 식어가는 동안, 할머니는 황홀경에 빠져 그렇게 몇 시간이고 움직이지도 눈을 뜨지도 않고 있을 수 있었다. 할머니가 하느님께 이야기하고 있을 때 부엌은 다른 가족들에겐 접근 불가의 영역이었다.

"언니, 쉿! 난 듣고 싶어." 나는 할머니가 정말로 하늘에 닿았다고 믿었고, 귀를 쫑긋 세우고 할머니의 반응을 살피며 하느님이 어떤 조언을 내리시는지 들으려 했다. 언니는 입술을 일그러뜨리며 웃음을 지었다.

"너 멍청이구나." 언니가 잔소리를 했다. "할머니는 그냥 미친 거야. 엄마가 그러는데, 할머니는 환청을 듣는대. 하느님에게 말을 하고 있는 게 아니야. 할머니가 괴짜라서 그러는 거라고."

엄마는 할머니를 맞이하기 위해 분주히 청소를 하면서 할머니의 정신이상 때문에 엄마의 어린 시절이 어떻게 망가져버렸는지 말하곤 했다. 어렸을 때 엄마는 학교가 끝나고 몇 분 이내에 몇 블록이나 떨어진 집으로 돌아와야 했다. 할머니는 엄마의 시계를 거실 시계와 똑같이 맞추어놓고, 몇 분이라도 늦으면 호되게 매질을 했다. 할머니는 전깃줄에서 하이힐에 이르기까지 손에 잡히는 건 무엇으로든 때렸다. 타격이 엄마의 연약한 허벅지에 고스란히 전해져 가랑이에서 무릎까지 시퍼렇게 멍이 들 때까지. 또한 종종 침대에서 불려나온 한밤중에 엄마와 엄마의 동생들 손에는 냄비와 숟가락이 쥐였다. 그들은 그것들을 부딪쳐 최대한 큰 소리를 내면서 할머니가 만든 문구 "잡귀야 물러가라, 잡귀야 물러가라"를 계속해서 외쳐야 했다. 그 소음에 할머니를 괴롭히는 환청들이 지워질 때까지.

엄마가 어린 나이에 가출하여 노숙 생활을 시작한 것도, 컴컴한 방에서 슬픈 음악을 들으며 그때까지의 모든 불행을 떠올리면서 우는 것도 부분적으로는 그것 때문이었다.

엄마는 말하곤 했다. "그런 어린 시절은 정말이지 인생을 망쳐놓을 수 있어. 엄마는 내가 그런 일을 겪고 뭐가 되기를 기대한 걸까? 미스 아메리카라도 되길 기대한 걸까?"

나중에 엄격한 약물요법과 하느님과 대화를 시작하면서 할머니의 증상은 완화되었다. 그것이 없다면 악귀가 되살아날 거라고 엄마는 확신했다.

"하지만 알아야 할 건, 그게 할머니 탓이 아니라는 거야." 엄마가 한 번은 부드러운 목소리로 자신은 할머니를 사랑한다고 말했다. "그건 유전이야. 증조할머니도, 고조할머니도 똑같았어. 그리고 나도 한때 그런 적이 있었단다. 하지만 할머니 같지는 않아. 치료 때문에 내 증상은 백 퍼센트 사라졌어. 하지만 할머니는 늘 반쯤 꿈나라에 있지."

엄마가 말하는 '치료'란 아빠가 엄마의 환각과 환청 증세를 발견한 뒤 노스센트럴 브롱크스 병원 정신과에 2~3개월간 입원시킨 일을 말했다. 내가 태어나기 전에, 사람들은 엄마에게 이 약 저 약 시도해보다가 균형을 유지하기 위해 프롤릭신*과 코젠틴**을 처방했다. 아빠는 그것이 벌써 몇 년 전 일이고 그때 이후로 괜찮았기 때문에, 다시 재발하지는 않을 것이라고 설명했다. 어쨌든 나는 엄마가 백 퍼센트 나았을 것이라고 확신했다. 그렇지 않을 가능성을 생각만 해도 무서워졌기 때문이다.

---

* 플로페나진이라고도 부르는 정신안정제.
** 안정제의 부작용을 치료하는 약.

부엌에서 할머니는 혼자만 아는 농담을 하면서 혼자 웃었다.

"또 정신줄을 놨군." 리사 언니가 눈알을 굴리면서 머리 옆으로 손가락을 가져가 빙글빙글 돌리며 말했다. 언니와 엄마가 알려주기 전까지, 나는 한 번도 할머니의 독백을 정신병과 연관 지어 생각한 적이 없었다. 나의 우매함에 얼굴이 확 달아올랐다.

"나도 할머니가 하느님께 말하는 게 아닌 것쯤은 알아. 내가 지진아라고 생각하는 거야?" 내가 날카롭게 대꾸했다.

*

언니와 나는 학생들이 방학하는 여름철이면 지역 공립학교에서 제공하는 무료 급식 같은 정부 지원 프로그램으로 끼니를 해결해서 부족한 소득을 어느 정도 메웠다. 리사 언니와 나는 종종 잠자는 엄마를 깨워 우리에게 옷을 입히고 본인도 준비를 하도록 재촉해야 했다. 그래서 우리는 제시간에 간 적이 거의 없었다. 엄마는 늘 미적거리다 마감 시간이 임박해서야 비로소 미친 듯 아파트를 휘젓고 다니며 허둥댔다.

"가만히 좀 앉아 있어! 그렇게 움직이면 더 힘들어져."

엄마가 촘촘한 빗으로 머리를 세게 빗는 바람에, 나는 머리가 뒤로 획 젖혀져 이리저리 흔들렸고 마치 손톱으로 박박 긁는 듯 두개골이 화끈거렸다. "아야, 엄마!"

"15분밖에 안 남았어, 리지. 어서 가야 돼. 최대한 살살 하는 거야. 가만히 앉아 있으면 아프지 않을 거야." 엄마는 이렇게 주장하며 내 머리를 잡아당겼다. 나는 이 말이 새빨간 거짓말이라는 것을 경험을 통해 알았다. 엄마는 망설임 없이 마른 풀처럼 뻣뻣한 부분을 빗질로 끊어냈다. 나는 눈을 질끈 감고 고통과 싸우기 위해 밑에 있는 매트리스를 꽉 움켜쥐었다.

"그거 봐. 가만히 있으니까 괜찮잖아."

나는 그날 아침 내내 욱신거리는 두개골을 문질러야 했다.

우리는 그 주에 벌써 세 번째로 식어빠진 음식을 먹게 될 위험에 처했다. 최악의 경우 아예 남은 음식이 없을 수도 있었다. 만일 정부 생활 보조금이 지급되고 한참이 지난 시점이라면, 이 상황은 특히 큰 차이를 만들었다. 그럴 때는 무료 급식이 그날 먹는 유일한 양식이 되는 경우가 허다했기 때문이다.

7월의 강렬한 태양이 브롱크스에 파고들어 중심을 가르고 내용물을 드러냈다. 부서진 보도블록 위는 에어컨 없는 무더운 실내에서 쏟아져 나온 사람들로 붐볐다.

나는 각자 1제곱미터의 공간을 차지하고 온종일 접이의자에 앉아 건전지로 작동되는 라디오를 켜놓고 뒷공론을 나누는 노부인들에게 손을 흔들어 인사했다.

"안녕하세요, 메리 할머니." 나는 아래층에서 나를 볼 때마다 땅콩초코바를 사먹으라고 동전을 쥐여주던 노부인에게 미소 지었다.

푸에르토리코 노인들이 구멍가게 앞에서 콘크리트 벽돌 위에 썩은 나무판자를 얹어놓고 도미노게임을 했다. 엄마는 늘 그들을 더러운 노인들이라고 부르며, 기회만 있으면 어린 소녀들에게 더러운 생각을 품고 더러운 짓을 하기 때문에 멀리해야 한다고 내게 말했다. 나는 엄마 말에 순종하는 모습을 보여주기 위해 시선을 발끝으로 향했다. 그들이 내가 알아들을 수 없는 말을 엄마에게 했다. "Mami venga aquí, blanquita(이리 와봐, 백인 아가씨)." 그리고 맥주에 젖어 번들거리는 입술로 휘파람 소리와 쪽쪽 빠는 소리를 냈다.

우리가 유니버시티 애비뉴를 건너 188번로로 접어들었을 때 그 블록에서 살사가 쿵쿵 울렸고, 언니와 나는 엄마의 팔을 이끌어 엄마가 눈을 가늘게 뜨고 뭔가에 부딪치지 않고 걸을 수 있도록 도와주었다.

"네 블록 남았어, 엄마."

엄마가 멍하니 미소 지었다. "알았어, 꼬맹아."

*

식당 안은 생선 냄새로 진동했다. 나는 실망감을 삼키며 네 칸으로 나뉜 노란 스티로폼 식판을 들고 줄을 섰다. 기름기로 번들거리는 생선 완자 더미 앞에서 나는 우물쭈물했다.

"너는 집에서 더 좋은 걸 먹었나 보지?" 식당의 온갖 소음을 뚫고 우유를 나눠주는 아주머니가 말했다.

"아니요." 나는 물컹대는 생선 완자를 받으며 대답했다.

"그럼, 어서 움직여." 나는 500밀리 우유를 집었다. 우유 용기가 손가락 사이에서 미끄러질 것 같았다. 감자튀김이 식판에서 굴러떨어지지 않도록 조심하며 사람들이 북적이는, 길게 연결된 벤치에 앉았다.

리사 언니는 생선 완자에 구멍을 내서 속에서 노란 치즈가 흘러나오게 했다. 내가 적절한 영양의 중요성을 강조하기 위해 스포크—포크와 숟가락이 결합된 값싼 플라스틱 도구—를 치켜든 아이들을 찍은 빛바랜 포스터를 응시하고 있을 때, 필기판을 손에 든 아주머니가 엄마에게 물었다.

"댁의 아이들은 몇 살이죠?"

"일곱 살이에요. 작은애는 곧 다섯 살이 돼요." 엄마가 눈을 가늘게 뜨고 어설픈 미소를 지었지만, 나는 아주머니의 얼굴이 멀리 떨어져 있어서 시력이 나쁜 엄마가 분명하게 보지 못했다는 걸 알 수 있었다.

아주머니는 뭔가를 적으며, 마치 엄마가 흥미로운 얘기를 했다는 듯 빠르게 웅얼거렸다. "으흠, 정말."

아주머니와 엄마는 한동안 얘기를 계속했다. 아주머니는 엄마에게 우리 가족이 받는 복지 수당이나 엄마의 교육 수준, 우리가 아빠와 함께 살고 있는지 등 이런저런 개인적인 질문을 했다. "애들 아버지는 어디 계시죠? 일을 하시나요?" 따위의 질문이었다. 나는 감자튀김을 입속에서 굴리며, 앞니로 잘게 부수었다. 속이 덜 튀겨져 차가운 감자튀김은 냉동고 얼음으로 적신 마분지 같았다.

"알겠습니다. 그럼 언제 이 애를 학교에 보낼 계획이신가요?" 그녀는 손가락으로 나를 가리켰다. 나는 엄마 옆에 바싹 붙었다. 그 아주머니는 어른들이 내 쪽으로 몸을 기울이며 내가 얼마나 자랐는지 말할 때와 똑같은 목소리로 엄마에게 말했다.

"이번 가을에요. 아래 블록에 있는 P.S. 261 초등학교에 보낼 생각이에요." 엄마가 대답했다.

"음 — 흠. 그래요? 고맙습니다, 부인. 맛있게 먹어라, 얘들아." 그녀는 다음 부모에게 가면서 우리에게 말했다.

"우리 아기가 이렇게 자라는구나." 엄마가 옆에 있던 나를 잠시 안으며 말했다. "겨우 두 달 뒤면 학교에 다닐 거야."

나는 자란다는 말에 대해 생각하고, 자랐다는 말을 속으로 중얼거렸다. 자란 사람들이 어떻게 보이는지, 그리고 내가 어떤 모습이 될지 찾을 수 있기를 바라며, 식당에 있는 어른들을 보았다.

나는 필기판을 든 아주머니가 다른 엄마에게 질문하는 모습을 지켜보았다. 그녀가 정보를 얻기 위해 몸을 기울일 때 다른 엄마는 긴장하고 있었다. 나는 엄마가 복지국의 커다란 나무 책상에 왕족처럼 앉아 있는 냉랭한 여자들에게 저자세를 취할 때와 마찬가지로, 엄마가 그 아주머니의 질문에 미소 짓는 것이 못마땅했다. 마치 엄마가 구걸을 하는 느낌이었다. 사회복지 활동가가 무서워 방문 검사 전에 아파트를 분주히 청소해야 하거나, 변덕스러운 식당 종업원들에게 감지덕지해야 하는 것이 싫었다. 낯선 사람들이 우리가 의지하는 것의 많은 부분을 주거나 빼앗을 수 있다는 사실이 나를 두렵게 했다.

식당 규칙은 아이들에게만 음식을 제공하도록 되어 있었다. 그러나 엄마의 부탁으로 리사 언니는 생선 완자 한 조각을 몰래 가져왔다. 배식해주는 아주머니들에게 들키지 않게 조심하며, 엄마는 생선 완자를 입에 넣고 내게 혹시 누가 보는지 망을 보게 했다. 엄마와 리사 언니를 보며 나는 내가 자라고 있다는 엄마의 말을 생각해보았다.

나는 계단통으로 이어지는 문간을 응시했다. 그곳은 내가 P.S. 33 초등학교의 무료 급식 프로그램에 참가했던 여름 동안 내게 수수께끼로 남아 있었다. 나는 언니가 아침에 학교에 가고 엄마와 단둘이서 시간을 보냈던 최근 몇 년을 마음속에 소중히 간직했다. 우리는 일어나고 싶을 때 일어났고, 엄마는 나를 소파에 앉혔다. 그리고 먹을 것이 충분할 때는, 땅콩버터와 잼을 바른 샌드위치를 먹을 수 있었다. 우리는 아침 게임쇼를 보았다. 엄마는 밥 바커의 「프라이스 이즈 라이트」*를 보면 기분이 밝아졌다. 엄마는 밥 바커가 '이 세상의 마지막 진짜 신사들 중 한 명'이라고 말했고, 그의 얼굴과 단정하게 빗은 흰머리, 말끔하게 다린 양복이 화면을 채우면 늘 평소보다 TV에 더 가까이 다가가 앉았다. 우리는 마치 게임 참가자가 된 것처럼 교대로 상품에 내기를 걸어, 보트와 새로운 거실 세트, 멋진 세계 여행권을 상품으로 타는 상상을 했다. 나는 일어서서 상품을 탄 참가자들에게 크게 박수를 쳤다. 그리

---

* CBS에서 방송하는 물건값을 알아맞히는 장수 퀴즈 프로그램.

고 내가 몇 시간 동안 TV 앞에 앉아 있는 동안, 엄마는 아침 햇살로 환해진 우리 집을 가끔 진공청소기로 청소했다. 엄마가 온전히 내게 속해 있다는 느낌을 받은 짧은 순간이었다.

또 어떤 날은 아빠가 나를 도서관으로 데려가서 내가 책을 고르도록 도와주었다. 주로 그림이나 사진으로 된 책이었다. 아빠 자신을 위해서는, 뒤표지에 생각에 잠긴 듯한 양복 차림 남자들의 사진이 있는 두꺼운 책을 골랐다. 아빠는 그 책들을 집에 쌓아두고 반환하지 않았다. 아빠는 늘 새로운 이름으로 도서관 카드를 신청했다. 가끔 나는 밤중에 아빠의 책 한 권을 방으로 들고 들어가, 아빠처럼 스탠드 불빛 밑에서 책을 읽어보는 걸 좋아했다. 나는 그 책에서 엄마가 밤에 머리맡에서 읽어준 동화책에서 본 익숙한 글자를 찾으려 애썼다. 하지만 글자가 너무 많아서 곧 피곤해졌고, 누렇게 변색된 책장의 냄새를 맡으며 스르르 잠이 들었다. 아빠와 특별한 것을 공유하고 있다는 편안한 기분을 느끼면서.

이제 곧 그런 아침들과 이별을 해야 하고 이런 소소한 행복들을 영영 놓치게 된다는 생각에 마음이 싱숭생숭해졌다. 그리고 우리의 특별한 시간이 사라지는 걸 아쉬워하는 사람은 나뿐이라는 느낌도 들었다.

나는 학교에 다니는 게 어떤 것인지, 그 경험이 내가 자라는 데 어떤 도움을 줄지 궁금했다. 그리고 자라는 것이 어떤 의미인지 궁금했다. 세상에는 다양한 종류의 어른이 있기 때문이었다. 나는 엄마에게 묻고 싶었지만, 엄두가 나지 않았다. 내 질문이 엄마로 하여금 스스로에 대해, 그리고 하루하루 살아가기 위해 구걸해야 하는 현실에 대해 비참함을 느끼게 할 뿐임을 알았기 때문이다. 그것은 나 스스로 해결해야 할 문제였다.

*

며칠 뒤 저녁 뉴스 캐스터—꼭대기에 알록달록한 수술이 달린 고깔
모자를 쓴 정장 차림의 백인 남자—가 그날 7월 4일이 독립기념일이
라고 말했다. 그리고 뉴스의 끝을 알리는 자막이 올라가는 가운데 그
와 옆에 앉아 있던 복슬복슬한 머리의 여자는 손을 흔들어 인사하며
동시에 뿔피리를 불었다. 피리는 경적처럼 큰 소리를 냈다. 그날 아직
날이 밝을 때, 엄마는 우리를 번화가에 있는 강가로 데려가 다른 사람
들과 함께 불꽃놀이를 보게 해주겠다고 약속했다. 나는 방으로 달려가
축제에 어울리는 파란 반바지와 홀치기염색을 한 셔츠를 골라 입었다.
하지만 내가 방에 너무 오래 있었던 모양이다. 방에서 나왔을 때 엄마
는 아무에게도 말하지 않고 애퀴덕트 바에 가고 없었다. 이곳은 엄마
가 새로 발견한 술집으로, 최근에 그곳으로 가버리는 횟수가 많아졌다.
　엄마는 지난 3월 성 패트릭의 날부터 그곳에 드나들기 시작했다. 엄
마와 아빠가 TV에서 퍼레이드 소식을 보고 우리를 데리고 나갔을 때
였다.
　이슬비 속에서 우리는 86번로 공원 바로 옆에서 킬트를 입은 남자
들이 백파이프로 기묘한 음을 연주하고 가슴과 다리까지 진동이 느껴
질 만큼 강렬하게 드럼을 치는 모습을 지켜보았다. 리사 언니와 나는
행운을 빌며 얼굴에 네잎클로버를 그렸다. 아빠는 기차를 타고 집으로
돌아오는 내내 우리가 잠을 자도록 무릎 베개를 해주었다.
　엄마는 우리와 함께 집으로 오지 않았다. 우리가 포덤 로드를 벗어
나려는 순간, 엄마는 술집으로 가던 옛 친구를 만났고 우리에게는 나
중에 따라오겠다며 그 친구를 따라갔다. 그도 그럴 것이 술 한 잔도 없
는 성 패트릭 데이가 어디 있냐고 그 남자가 주장했던 것이다. 나는 얼

굴에서 클로버를 지울 생각도 하지 않고 담요를 두른 채 창가에 앉아 엄마가 돌아오기를 기다렸다. 깜빡깜빡 졸다가 창문에 머리를 부딪혀 가며 몇 시간을 기다렸을까. 엄마는 새벽 3시쯤 술 냄새를 풍기며 돌아와 비틀비틀 걸었다. 그러고는 코카인을 길게 흡입했을 때처럼 다음 날 온종일 한 번도 깨지 않고 잠을 잤다. 그때부터 그 술집은 엄마가 주기적으로 드나드는 단골집이 되었다. 우리가 대화 중이건, 아니면 앉아서 저녁을 먹고 있는 중이건 상관없이, 엄마는 언제든 그곳으로 가 버렸다.

독립기념일 밤, 나는 늦게까지 홀치기염색이 된 셔츠와 파란 반바지를 벗지 않고, 소파에 앉아 다이얼을 돌려 TV에서 중계하는 다양한 행사들을 휙휙 넘기고 있었다. 그때 나는 엄마가 나 때문에 몰래 빠져나갔으리라고 결론을 내렸다. 내가 엄마에게 정말로 술집에 가야 하는지, 정확히 언제 돌아올 예정인지 자꾸만 물어봤기 때문이었다. 가끔 나 자신을 주체하기 힘들어 현관문까지 엄마를 따라가며 최대한 엄마 손을 붙들고 늘어지기도 했다. 나는 엄마가 손을 빼내서 우리의 손가락 끝이 떨어질 때까지 엄마의 손을 놓지 않았다. "곧 올 거지, 엄마? 곧 돌아올 거지? 그렇지?" 나는 현관문이 찰칵하고 잠기는 소리가 날 때까지 거듭 외쳤다. 엄마가 가끔은 내 행동을 견디기 힘들었으리라고 생각했다. 그래서 오늘 밤 몰래 빠져나가기로 결심한 거라고. 내가 곤란하게 하지 말았어야 했는데.

두어 시간이 더 흐르고 뉴스 재방송이 끝났다. 나는 일어나서 잠자리에 들 준비를 하며 거실에서 나왔다. 바로 그때 엄마가 문으로 들어왔다.

"누가 왔게?" 엄마가 노래하듯 말했다. 나는 라이터가 두 번 번쩍하는 것을 보고, 엄마가 담배를 피우려 한다고 생각했다. 그때 작은 벌 떼

소리처럼 타다닥 소리가 들렸다.

"엄마!"

"내가 뭘 가져왔는지 봐, 꼬맹아. 가서 언니를 데려와."

엄마는 마치 요술봉처럼 폭죽을 들고 있었다. 거실에서 가장 밝은 그 불빛은 엄마의 손가락과 팔 위에서 작열하는 은빛 실을 쏘아댔다. 빛의 반점들이 엄마의 눈 속에서 춤을 추었다.

"타닥!" 엄마가 폭죽을 치켜들며 노래하듯 말했다. 바로 그때 나는 엄마의 팔에 매달린, 폭죽이 가득한 커다란 비닐봉지를 발견했다.

우리는 그날 밤 시내에 나가지 않았지만, 우리 건물 사람들에 둘러싸여 현관 계단에 앉아 엄마가 가져온 폭죽을 마지막 하나까지 터뜨렸다. 우리는 동네 아이들과 함께 팔 벌려 뛰기를 하고 빙글빙글 돌았다. 아빠는 언니와 나를 위한 안전 감시원이었다. 아빠는 쓰레기통에서 유리병을 주워 신문지로 닦은 뒤, 우리에게 손가락이 다치지 않게 병 로켓을 하늘로 쏘아 올리는 방법을 가르쳐주었다. 엄마는 계단에 앉아 1A호에 사는 루이사와 이야기를 나누었다. 그녀의 아이들도 우리 옆에서 폭죽놀이를 하고 있었다.

"여길 봐, 리지." 아빠가 믿음직하고 깊은 목소리로 말했다. "화상을 입지 않으려면, 먼저 폭죽을 병 속에 넣어야 해."

나는 공처럼 둥글게 쪼그리고 앉아 아빠가 도화선에 불을 붙이는 것을 도왔다. 아빠는 자신의 몸으로 내 작은 몸을 감싸서 나를 보호했다. 아빠의 냄새가 느껴졌다. 사향 냄새와 땀 냄새, 그리고 방금 그은 성냥 냄새가 뒤섞인 냄새. 아빠는 커다란 손으로 내 손을 쥐고 그 작은 폭발물의 위치를 잡는 방법을 보여주었다. 우리는 함께 뒤로 물러나 병 로켓이 날카로운 소리와 함께 새까만 밤하늘에 분홍색 광선을 번쩍이며 날아가는 모습을 지켜보았다. 리사 언니와 나는 번갈아가며 병 로켓을 쏘았고, 한 시간도 못 되어 봉지에 든 폭죽을 모두 끝내버렸다. 나는 매번 환호성과 함께 어둠 속으로 번쩍이는 폭죽을 날렸고, 그때마다 엄마를 돌아보았다. 엄마는 아빠와 팔짱을 끼고 아빠의 어깨에 얼굴을 기댄 채 미소 짓고 있었다.

내가 학교에 다니기 직전인 1985년 여름이었고, 내 기억 속에 남아 있는 우리 네 사람이 함께 행복하게 보낸 마지막 순간이었다. 그때까지 나는 우리 집 상황이 어떻건, 딱히 비교할 대상이 없었다. 나는 우리가 남들과 어떻게 다른지 몰랐다. 내가 아는 사실은 엄마가 진짜 엄마라는 것, 그리고 부모님이 우리에게 필요한 것을 해주려고 신경 쓰고 있다는 것뿐이었다. 설사 부모님이 해주지 못한 게 있다 해도 중요하지 않았다. 나는 뭐가 더 필요한지 몰랐으니까.

그해 여름이 물러나면서, 그 온기와 함께 내가 알던 유일한 가족의 유대, 그리고 내가 가진 안정성에 대한 마지막 기억조차 사라져버렸다. 아마도 혹자는 우리가 일종의 거품 속에서 살았다고, 오직 우리 네 사람이 만든 작은 세계 속에서 살았다고 말할 수 있을 것이다. 그러나 내 눈에는 우리 가족은 유니버시티 애비뉴에서 성공하려고 발버둥치며 살아가는 많은 가족들과 별로 다르지 않았다. 가끔은 상황이 힘들었지만 우리에게는 서로가 있었고, 그것이 우리가 가진 전부였다.

*

그해 8월, 나는 식탁 의자 위에 올라서서 냉장고 옆에 걸려 있는 메트푸드 슈퍼마켓 달력에서 날짜를 확인하는 습관이 생겼다. 언니를 지켜본 결과 터득한 것이었다. 2년에 걸쳐서 나는 8월만 되면 리사 언니가 여러 차례 눈을 가늘게 뜬 채 닭고기와 99센트 냉동 부리토* 할인 쿠폰 옆에 인쇄된 날짜를 보고 학기가 시작된 것을 불평하며 중얼대거나 투덜대는 모습을 보았다. 그런데 내일부터는 나도 언니와 똑같은 신세가 될 것이었다.

"이제 너도 당하게 될 거야." 언니가 내게 나눠줄 학용품을 찾으면서 말했다. "더 이상 여기서 빈둥대지 못해. 그건 확실하지. 이제 너도 숙제를 해야 해. 다른 사람들처럼 말이야." 나는 언니가 집에 돌아오자마자 곧장 방으로 가서 끙끙거리며 숙제를 하다가 몇 시간 만에 푹 꺼진 눈으로 기진맥진해서 나왔을 때, 엄마의 무릎에 앉아 저녁 내내 TV를 보고 있었던 내 모습을 떠올렸다. 그때부터 언니는 내게 사소한 일로 시비를 걸었고, 자신은 열심히 일했고 나는 앉아서 빈둥거렸다는 이유로 TV 채널 선택권을 주장하고 소파를 차지하려 했다. 언니가 나의 입학 준비를 돕는 것이 일종의 보복처럼 느껴졌다.

언니는 옷장에서 아주 오래된 종이 뭉치를 꺼내서 그것을 반으로 나누었다.

"이게 필요할 거야." 언니가 한 다발을 건네주며 말했다. "방향을 뒤집어서 쓰면 안 돼. 사람들이 놀릴 테니까. 애들은 온갖 것들을 가지고 놀려대지. 너도 알게 될 거야." 나는 전에 언니가 그랬던 것처럼 작은 손으로 종이 뭉치를 세 개의 고리가 달린 바인더에 한꺼번에 넣기 위해 애썼다. 엄마가 정신없이 방 안을 돌아다녔다.

"내일이구나, 리지. 믿을 수가 없어. 네가 기저귀를 차고 있던 때가 어제 같은데. 기저귀를 찼던 게 말이야!" 엄마의 목소리는 극도로 격앙되어 있었다. 엄마가 자신이 소리치고 있다는 사실을 알고 있는지 나

---

* 토르티야에 고기와 야채를 다져넣은 멕시코 음식.

로서는 알 수 없었다.

엄마는 방금 부엌에서 아빠와 함께 시간을 보낸 뒤 약에 취해 있었다. 턱은 굳었고 입술은 잔뜩 오므렸고 눈은 광란에 빠져 있으니, 당분간은 이 상태로 소리치며 돌아다니리라는 것을 나는 알았다. 나는 일주일 내내 엄마에게 입학 준비를 해달라고 졸랐지만 엄마는 침대에서 나오려 하지 않았다. 그런데 운 좋게도 때마침 검사일이 되었다. 그리고 엄마는 마약에 취해 완전히 활기에 넘쳤다. 이유야 어쨌든 나는 엄마가 관심을 갖는다는 사실에 흥분했다.

"너를 봐. 이제 학교에 다니는구나. 믿을 수 없다, 꼬맹아." 엄마가 담배에 불을 붙여 세게 빨아들이자 담배 끝이 환하게 빛났다.

"넌 학교를 좋아하게 될 거야. 아주 잘할 거야."

엄마의 흥분은 나의 흥분이 되었다. 그래, 난 학교를 좋아할 거야.

"잠깐, 너 공책 있니?" 엄마가 갑자기, 미친 듯 걱정하며 물었다.

시각은 밤 11시 30분이었다. 나는 몇 시간 전에 언니의 침대 밑에서 헌 바인더를 찾았다. 언니가 준 공책들은 지난봄 아래층 쓰레기장에서 주워 온 것이었는데, 세월과 함께 누렇게 변색되어 있었다.

"응, 엄마. 여기 있어." 나는 힘겹게 두꺼운 공책을 들어 올려 엄마에게 보여주었지만, 엄마는 보지 않았다.

"그래. 그런데 내가 네 머리를 잘라줬던가?"

"머리? 아니. 그런데 잘라야 해?"

"그럼, 꼬맹아. 학교 가기 전날 몸가짐을 새롭게 해야지. 새로 머리도 자르고 이도 닦고. 저기 커피 테이블 옆으로 가서 바닥에 앉아. 내가 가위를 가져와서 당장 손봐줄게. 전체를 자를 필요는 없고, 앞머리만 다듬으면 되겠다. 사실 사람들이 제대로 보는 건 앞머리뿐이니까."

엄마는 잡동사니 서랍을 뒤졌다. 엄마는 자신의 말투만큼이나 엉성하고 초조하게 움직였다. 그리고 생각을 표현하기 전에 늘 말을 멈추곤 했다.

"리지, 그러니까 너는 그냥…… 잘될 거야. 잠깐 기다려…… 이따가." 엄마의 에너지는 엄청났다.

부엌에서 엄마가 잡동사니 서랍을 휘저어 가위를 찾는 동안, 서랍 속 내용물이 절거덕거리는 소리가 들렸다. 언니는 일찍 일어나려면 일찍 자야 한다며 잠자리에 들었다. 언니는 나도 그렇게 하는 게 좋을 거라고 경고했다.

엄마의 동작이 나를 불안하게 만들었다. 엄마가 머리 자르는 법을 알고나 있을까? 시력은 또 어떻고? 나는 길고 곱슬곱슬한 엄마 머리처럼 보이고 싶지 않았지만, 비뚤비뚤하고 촌스럽게 보이는 건 더 싫었다. 그런 걱정이 마음에 가득해졌다.

"자, 시작하자!" 엄마가 녹슨 가위를 들고 소리쳤다. 아빠는 아직 부엌에 있었다. 아빠가 안절부절못하며 조그맣게 뭐라고 중얼거리는 소리가 들렸다. 늘 그랬듯 그저 감당하는 수밖에 없었다.

나는 엄마가 손가락 끝으로 턱을 받치고 있는 그대로 꼼짝도 않고 앉아 있어야 했다. 안 그러면 엄마의 집중력을 흩트릴 테니까. 엄마는 머리칼이 들어가지 않도록 내 눈을 감게 했다. 떨어지는 머리칼을 받기 위해 나는 턱 밑에 종이를 들고 있었다. 나는 전에 앞머리가 있던 적이 없었지만, 엄마는 그것을 깨닫지 못하는 것 같았다. 엄마는 앞쪽에 있는 머리를 뭉텅이로 잡더니 필요한 만큼 쏙덩 잘라버렸다. 그러나 진짜 공포는 이마를 따라 눈썹에서 2.5센티미터쯤 떨어진 곳에서 차가운 금속 가위가 미끄러지는 것을 느꼈을 때 비로소 시작되었다.

"엄마, 너무 짧은 거 아니야?" 내가 물었다.

"괜찮아. 이제 그냥 고르게 다듬기만 하면 돼. 방금 전에 거의 다 됐

었는데. 다시 해봐야겠다. 거의 다 됐어. 그냥…… 가만히…… 앉아 있
어."

바닥에는 머리카락이 여기저기 수북이 쌓여 있었다. 엄마는 초조하
게 발을 굴렀고, 자주 욕설을 내뱉었다.

"제길!"

심장이 미친 듯 뛰었지만, 움찔해서 엄마의 집중력을 무너뜨리지 않
으려 애썼다.

엄마는 앞머리를 조금씩 더 잘랐고, 마침내 얼굴과 머리의 경계선을
따라 그루터기처럼 튀어나온 까칠한 짧은 머리만 남게 되었다. 엄마가
가위를 커피 테이블에 놓았을 때, 나는 이마에 손을 대고 미친 듯 머리
카락을 찾다가 수염처럼 짧은 머리카락을 손가락 끝으로 잡고 망연자
실해졌다.

"엄—마." 내가 훌쩍였다. "너무 짧게 잘랐잖아. 너무 짧지 않아?"

엄마는 벌써 신발을 신고 술집에 갈 준비를 하고 있었다. 고개를 숙
이고 있는 자세로 보아 약 기운이 사라졌단 걸 알 수 있었다. 지금 엄
마를 진정시키기 위해 필요한 것은 알코올이었다. 엄마는 다시 내 손
에서 벗어났다.

"알아, 아가야. 머리는 다시 자라. 난 고르게 다듬으려 했는데, 그 망
할 놈의 가위가 말을 안 듣잖아. 그래서 자꾸 다듬어야 했어."

리사 언니는 아이들이 온갖 것들로 놀린다고 말했다. 학교에서 아이
들이 내 모습을 보면 어떻게 될지 상상하며 나는 서럽게 울기 시작했
다. 엄마는 나를 현관문 바로 옆에 있는 침실로 데려가 거울 앞에 세웠
다. 엄마는 이미 재킷을 입고 있었다. 갑자기 엄마가 턱을 내 어깨에 대
고 손가락으로 내 이마를 쓰다듬었다.

"이건 그냥 머리일 뿐이야. 다시 자랄 거야. 어렸을 때, 내가 가장 좋

아하는 인형 머리를 내 동생 로리가 잘라버렸어. 나는 무척 화가 났지. 로리는 머리가 다시 자랄 거라고 했고, 난 그 말을 믿었어. 상상할 수 있겠니?"

나는 눈물을 닦고 거울에 비친 우리 둘의 모습을 찬찬히 훑어보았다. 엄마의 눈은 한곳에 머물지 못했고, 내 어깨 위에 얹힌 손에는 피 얼룩이 있었다. 짧은 머리칼이 손가락에 붙어 있었다.

"적어도 네 머리는 다시 자랄 거야, 리지. 다행이지. 학교는 아주 재미있을 거야."

나는 그 말과 함께 내 이마에 키스를 남기고 현관문으로 빠져나가는 엄마를 거울로 지켜보았다. 대리석 계단을 빠르게 내려가는 엄마의 발소리가 들렸다. 그리고 엄마는 가버렸다.

2장

"
난 괴물이
아니야. 그런데
멈출 수가 없구나.
용서해줄래?
"

나는 부모님이 우리를 굶주리게 할 때마다
마음이 아팠고 깊이 상처 받았다.
하지만 나의 상처 때문에 아빠나 엄마를 탓하지는 않았다.
나는 두 사람에게 화나지 않았다.
내가 뭔가를 미워했다면,
그것은 마약과 중독 자체였지 부모님은 아니었다.
나는 부모님을 사랑했고,
부모님이 나를 사랑한다는 사실을 알았다.

"놈들은 빨간색을 싫어해. 내 말 들어봐. 네 머리에 빨간 게 있으면, 놈들이 없어질 거야. 맹세해, 리지. 나도 그렇게 없앤 거야."

"뻥치시네, 이 거짓말쟁이!"

리사 언니는 엄마와 아빠가 없을 때 나를 괴롭히는 것만큼 지루함을 달래는 데 좋은 게 없는 모양이었다. 엄마와 아빠가 온종일 집에 없거나 약에 취해 밤새도록 우리를 남겨둔 채 집 안팎을 들락날락할 때면, 언니는 나를 골려줄 새롭고 끔찍한 방법들을 고안해냈다.

"일단 봐. 내가 네 머리를 땋아줘야 해. 하지만 아무렇게나 따는 게 아니라, 사방으로 뻗도록 뻣뻣하게 땋아야 해."

"하지만 왜! 거짓말인 거 다 알아. 머리를 땋건 안 땋건, 그게 왜 중요한데?" 나는 언니 말은 거의 다 믿었지만 1학년이 되기 직전에 언니의 짓궂은 장난에 호되게 당한 터였다. 그 덕분에 나의 직관은 점차 날카로워지고 있었다. 이 주장은 터무니없어 보인다고 나는 생각했다. 언니가 분명 뭔가를 꾸민 거야.

"좋아, 리지." 언니는 내게 등을 돌리고 걸어가며 말했다. "난 그냥 네가 바깥 생활을 잘하도록 도와주려는 건데. 네가 바라는 게 그거 아니니? 물론 그 대가가 어떨지 알지만, 네가 머리에서 이를 없애지 않고 싶다면 나로서도 어쩔 수 없지, 뭐."

하지만 난 이를 없애고 싶었다. 몇 주 동안 머리에서 이가 기어 다니고 있었다. 손톱으로 이를 쫓는답시고 두개골에 욱신거리는 고랑을 만들어서 만지기만 해도 고통스럽고 아팠다. 밤에는 이들이 머릿속을 헤집고 사방팔방 돌아다니며 깨물어 대는 게 느껴져서 그 느낌을 지우려고 머리를 박박 긁어야 했던 것이다. 나는 화난 벌레들이 내 두개골을 먹어치우고 피부에 알을 낳는 꿈을 꾸다가 깨어나곤 했다.

처음에는 이렇게 심하지 않았다. 사실 이가 있는지도 몰랐다. 건물 관리인의 딸 데비가 찾아와 엄마에게 우리 머리에 이가 있는지 살펴보라고 말한 뒤에야, 나는 비로소 최근에 머리가 계속 간지러운 현상을 어떤 구체적인 원인과 연결시키게 되었다.

"아래층 아버지 아파트에 이가 우글거려요." 데비는 말했다. "틀림없어요. 절반은 그 시궁창 같은 데서 나온 거라구요, 지니. 애들을 검사해보세요. 당신하고 애들은 지하실에 많이 들락거렸으니까 이가 옮았을 수도 있어요."

순간, 지난 주말 건물 관리인의 아파트에서 있었던 일이 섬광처럼 떠올랐다. 나는 그의 아파트와 지하 창고 사이 문간에서 엄마가 은박지로 포장한 작은 꾸러미를 받고 밥에게 돈을 건네는 모습을 지켜보았다. 사람들은 더러운 매트리스 두 개 위에 대자로 뻗어 잠을 자거나 방금 잠에서 깨어난 상태였다. 그는 맥주 냄새를 풍기며 엄마와 나를 포옹했다. 지하 창고는 사람들로 가득했는데, 어떤 이들은 코를 골고 있었고, 어떤 이들은 옷을 제대로 입고 있지 않았다.

데비가 가고 엄마는 거실로 들어와 우리 중에 이가 옮은 사람이 있는지 가볍게 물었다. 나는 확실치 않아서, 그냥 "머리가 가려워"라고 대답했다. 언니도 똑같이 대답했다. 엄마는 퀠이라는 샴푸를 사주겠다고 약속했다. 그리고 그걸로 끝이었다. 그로부터 한 달이 지났지만 퀠 샴푸는 보이지 않았다. 바로 이게 내가 마지못해 리사 언니에게 굴복하고 고통으로 얼굴을 일그러뜨리면서도 사방으로 뻗치도록 머리를 땋게 허락한 이유였다.

"이제 머리핀을 줘." 머리 한쪽을 다 땋을 때마다, 언니는 나를 한 바퀴 돌게 하여 상태를 확인했다. 마치 나를 보며 어떤 은밀한 기쁨을 느끼는 듯 언니의 얼굴이 빛났다. 언니가 노골적으로 웃음을 터뜨릴 때 특히 의심스러웠다.

"미안! 미안. 그냥 웃겨 보여서 그래. 도저히 참을 수가 없어. 내 머리에 이 짓을 했을 때 네가 봤으면 너도 웃었을 거야. 정말이야. 네가 거기 있었어야 했는데. 정말 난리가 아니었지. 하지만 걱정 마. 그게 다 치료의 일부니까."

나는 리사 언니를 믿었기에 계속하도록 놔뒀지만, 언니가 킬킬거릴수록 커져가는 분노를 억누르기 힘들었다. 언니가 너무 재미있어하길래 몸을 빼기도 했지만, 결국 마저 해달라고 언니에게 사정할 수밖에 없었다.

언니는 내 머리를 움켜쥐고 단단하게 꼬아서 작은 벌레들을 발광하게 만들었다. 나는 진저리를 치며 움직이는 시곗바늘을 지켜보았다. 엄마와 아빠는 곧 식료품을 사오겠다고 나갔지만 몇 시간째 돌아오지 않고 있었다.

세 시간 정도 흐른 뒤, 얇은 카펫 위에 무릎을 꿇고 앉아 있었던 탓에 다리가 점점 더 아파져서 안절부절못하고 더 편한 자세를 찾아 이리저리 움직이기 시작했을 때, 마침내 언니가 내 머리에서 손을 뗐다.

"좋아…… 다 됐어! 이제 내 말 잘 들어, 리지. 다음에 우리가 할 일은 뭐든 네 머리에 붙일 수 있는 빨간 걸 찾는 거야. 놈들은 빨간색을 무서워하거든. 빨간 걸 구하자. 그럼 이 방법이 얼마나 효과가 있는지 알 거야. 하지만 빨리 움직여야 해. 안 그러면 놈들이 달라붙을지도 모르니까."

"빨간 거?"

리사 언니는 아빠가 보물 사냥에서 건진 빨간 바비 인형 드레스를 앞쪽 굵게 땋은 머리에 걸었다.

"이렇게 하는 거야? 이제 효과가 있을까?"

"빨간 게 더 필요해. 서둘러. 놈들이 한쪽으로 뛰어가니까. 그럼 더 힘들어져. 자, 어서 가!"

쓸 만한 물건이 보이지 않아서, 나는 사방으로 뛰어다니며 서랍과 내 방 주변에 있는 온갖 싸구려 장신구와 잡동사니를 아무렇게나 팽개쳤다. 미친 듯이 찾았지만 빨간색은 없는 것 같았다. 그러다가 마침내 엄마의 경대가 생각났다. 나는 크게 팔을 휘저으며 초록색 화병에 꽂힌 빨간 장미 조화를 움켜쥐고 침대로 질주했고, 언니는 나를 부추겼다.

"서둘러, 리즈. 그걸 빈 곳 아무 데나 빨리 꽂아."

나는 줄기에서 꽃송이를 하나하나 떼어 땋은 머리 아래쪽에 꽂기 시작했다. 최선을 다해 마지막 남은 공간까지 덮었다. 모든 작업을 마쳤을 때 내 머리는 흡사 빨간 장미 헬멧을 쓴 것 같았고 앞쪽에 걸려 있는 작은 빨간 드레스는 유니콘의 뿔처럼 보였다. 나는 이제 다 됐는지 확인하기 위해 리사 언니를 보았다.

언니는 눈에 띄게 효과가 나타나려면 최소 20분은 걸릴 거라고 설명했다. 이제 가장 중요한 일은 최대한 움직이지 않는 것이었다. 그래서 나는 욕실 문을 닫고 욕조에 자리 잡았다. 끔찍한 벌레들이 자기네가 싫어하는 이 빨간색으로부터 도망치기 시작할 때 마지막 한 놈까지 몽땅 하수구로 흘려보내야겠다고 생각하면서.

혹시 셔츠 틈새나 주머니 속으로 떨어져 생존하는 놈이 없도록 옷을 홀딱 벗었다. 나는 벌거벗은 채 욕조에 웅크리고 앉아 기다렸다.

시간이 흘렀지만 아무 일도 일어나지 않았다. 리사 언니가 노크하며 어떻게 되고 있는지 물었지만, 나는 언니를 보내버렸다. 발밑의 빈 욕조가 얼음장처럼 차가웠다. 나는 몸을 떨기 시작했다. 그때 아무 경고도 없이 벌레 한 마리가 떨어졌다.

작은 전율이 전신에 퍼졌다. 머리를 흔들었더니, 또 한 마리가 떨어졌다. 그러나 시간이 흘러도 그게 전부였다. 하얀 욕조에서 유난히 작아 보이는 벌레들이 꿈틀거렸다. 최근에 놈들이 학교에서 나를 곤경에 빠뜨렸을 때 그랬던 것처럼.

그 사건은 맥아담스 선생님의 받아쓰기 시험 도중에 터졌다. 나는 3번 책상, 데이비드라는 소년 옆자리에 앉아 있었다. 맥아담스 선생님이 그 주의 받아쓰기 단어를 불러주는 동안, 닳아빠진 회색 벨크로 다발 같은 머리에 턱은 칠면조처럼 늘어진 육중한 몸매의 보조교사 레이놀즈 선생님이 우리를 감시하며 교실을 돌아다녔다.

교실에서 들리는 소리라고는 종이 긁는 소리와 타일 바닥을 따라 끌리는 레이놀즈 선생님의 페니 로퍼* 소리뿐이었다. 나는 시험지에 조잡한 글씨로 '일요일'의 철자를 쓰려고 애썼다.

---

* 갑피 부분에 일자 밴드 모양 장식이 붙여진 간편화. 학생들이 그곳에 동전을 끼우고 다닌 것에서 유래된 이름이다.

책상에서 맥아담스 선생님이 다음 단어 '시간'을 불렀다. 철자를 써 보려고 머리를 숙이는 순간, 두피에서 심한 가려움이 느껴졌다. 머리를 긁자 시험지 중앙에 가벼운 툭 소리와 함께 작은 회색 벌레가 떨어졌다. 졸음을 단숨에 날려버릴 정도의 날카로운 두려움에 심장이 두방망이질 쳤다. 나는 책상 위 벌레를 재빨리 후려쳤다. 그리고 사방을 힐끗 거리며 혹시 목격자가 있는지 살폈지만 아무도 보지 못한 것 같았다.

가려움증이 지속되지 않았다면 무사히 지나갔을 것이다. 또 한 차례의 가려움증과 함께 두 마리의 벌레가 툭 소리를 내며 떨어졌다. 한 마리는 바닥에 떨어졌지만, 다른 한 마리는 책상을 함께 쓰는 데이비드쪽으로 튀었다. 맥아담스 선생님이 단어를 불러주었는데, 나는 그 단어를 놓치고 말았다. 데이비드가 다음 단어를 기다리며 맥아담스 선생님을 올려보는 순간 바로 그 애의 코 밑에서 안착하기 위해 버둥대는 벌레를 애써 못 본 척하느라 정신이 없었던 것이다.

가려움증은 끈질겼고 더욱 심해져서 신경을 쓰지 않을 수 없었다. 다시 긁지 않기 위해, 내가 가진 모든 의지를 총동원해야 했다. 그런데 갑자기 데이비드가 손을 들었고, 그 순간 시험과 전체 학급이 일시에 정지했다.

"레이놀즈 선생님. 책상에 이상한 벌레가 있어요." 그 벌레는 하필이면 데이비드의 시험지 위, 그것도 데이비드가 작고 깔끔한 글씨로 '시간'의 철자를 쓰고 있던 바로 그 부분에 멈춰 서 한숨 돌리고 있었다.

데이비드 옆에 있던 여자애가 비명을 질렀다. "아우, 징그러워! 데이비드, 더러워!"

"내가 아냐. 어디서 왔는지 모르겠어." 학급 아이들이 갑자기 쑥덕거리기 시작했다. 데이비드는 얼굴이 빨개져서 눈물을 머금은 채 팔짱을 끼었다.

레이놀즈 선생님이 급히 조사에 착수했지만, 그녀는 엉뚱하게도 책상에 음식물이 숨겨져 있는지 수색했다. 그녀가 떨리는 목소리로 교실에 음식물을 가져오면 바퀴벌레가 생긴다고 경고하고 있을 때, 나는 또 머리를 긁지 않을 수 없었다. 또 한 마리가 툭 소리와 함께 내 종이에 떨어졌다. 이번에는 그 벌레가 내 머리에서 거의 백지 상태의 하얀 시험지로 떨어지는 장면을 내 오른쪽에 앉은 여자아이에게 들키지 않을 수 없었다.

"맙소사. 얘 머리에서 나와요." 타미카가 소리쳤다.

혐오의 비명과 소음이 교실 전체에서 터져 나왔다.

레이놀즈 선생님은 차갑고 앙상한 손으로 내 손목을 붙잡고 교실 밖 복도로 끌고 나갔다. 그리고 행정 직원이 지켜보는 가운데 의자 하나를 다른 모든 것들과 멀찌감치 격리시켜 방 중앙에 끌어다놓고 내게 그 의자에 앉도록 명령했다. 그리고 얇은 포장에서 두 개의 아이스바 막대를 뜯어, 그 끄트머리로 내 머리를 가르자마자 이를 발견했다. 하지만 선생님은 물러서지 않고 내 머리를 들쑤시며 머리에 얼마나 많은 이가 우글거리는지 말했다. 레이놀즈 선생님은 아이스바 막대로 내 머리를 털어 몇 마리를 초록색 타일에 떨어뜨리며 행정 직원이 잘 볼 수 있도록 옆으로 비켜섰다.

그런 뒤 나를 다시 교실로 데려가 문간에 서 있게 했다. 그리고 뭔가를 찾으려고 교사 캐비닛을 열심히 뒤졌다.

타미카는 나를 넘겨다보며 다른 여자아이에게 귓속말을 했다. 그들은 킬킬대며 나를 보고 손가락질을 했다. 맥아담스 선생님이 손바닥으로 책상을 세게 치며 그 애들에게 '착하게 굴어야지'라고 소리쳤지만 의도와 달리 오히려 학급 전체의 관심이 내게 쏠리고 말았다. 바로 그때 레이놀즈 선생님이 식초병을 들어 올리며 침묵을 뚫고 말했다. "찾왔다. 가자. 내 앞에서 걸어. 그 기생충들이 튀니까." 아이들이 내 뒤에서 웅성거렸다. 하지만 밀려오는 굴욕감보다, 그 식초를 어디에 쓸지 두려움이 앞섰다.

그녀는 교사 두 명이 담배를 피우며 서 있는 학교 건물 앞으로 나를 데려갔다. 거리는 붐볐다. 자동차들이 우리 앞을 쌩쌩 지나쳐 갔고 머리 위로는 기차가 덜컹거리며 지나갔다. 한순간 나는 도망쳐버릴까 생각했다.

그러나 레이놀즈 선생님이 내 어깨를 잡았을 때 자유의 희망은 사라졌다. 그녀는 나에게 거친 벽돌 벽을 손으로 짚고 상체를 완전히 구부리도록 시켰다. 그런 뒤 소매를 말아 올리고 준비를 했다.

"자, 이건 우리 집에서 전해 내려오는 민간요법이야. 초조해하지 마. 조금도 아프지 않으니까. 넌 그냥 눈만 감고 있으면 돼. 나머지는 내가 알아서 할 테니."

머리 위에 차가운 액체가 쏟아졌다. 손톱으로 긁은 부위가 따끔거렸다. 레이놀즈 선생님은 둥글게 내 머리를 비볐다. 그 과정에서 머리칼이 뭉쳤다. 나는 숨을 깊이 들이쉬어 식초 냄새를 맡았다. 메스껍고 머리가 띵했다.

내 위치에서 보이는 광경이라고는 시멘트 바닥에 튀는 식초와 네 개의 발—내 운동화와 레이놀즈 선생님의 페니 로퍼—뿐이었다. 곧 주위에 새로운 발 몇 개가 더 모였다. 쉬는 시간에 나온 교사들이었다.

이제 교실로 돌아가기는 다 틀렸다. 다시 데이비드와 타미카의 옆자리를 지키는 것은 고사하고, 어떻게 아이들의 얼굴을 볼 수 있겠는가? 나는 식초 때문에 죽었으면 좋겠다고 생각했다. 그래서 레이놀즈 선생님이 나를 죽였다고 비난받기를.

마침내 레이놀즈 선생님이 나를 다시 똑바로 서게 해주며 말했다.

"이제 충분해. 사람들이 널 샐러드로 오해하면 안 되겠지?" 그녀는 짧게 코웃음을 쳤다. 그녀의 미소는 얼굴에 나타나기가 무섭게 곧 사라졌다. "가자. 어서 교실로 돌아가."

*

나는 욕조에 웅크리고 앉아 수도꼭지에서 나오는 물줄기에 쓸려 둥둥 떠내려가는 벌레들을 무기력하게 지켜보았다. 짱짱하게 땋은 머리 때문에 두피가 욱신거렸다. 나는 레이놀즈 선생님의 방법은 아무 효과가 없으며, 리사 언니의 치료법도 마찬가지라고 생각했다.

일어나서 거울 속에 비친 내 모습을 보았다. 나를 쳐다보고 있는 모습은 가히 충격적이었다. 조금 전 내가 장미를 고르게 꽂는 데 실패하자, 리사 언니는 자청해서 문제를 해결해주었다. 그 결과 완벽한 장미 장식이 머리 전체를 덮어 대칭으로 꽃다발을 이루고 있었다.

바비 인형의 옷단에서 벌레 한 마리가 빨간 천을 따라 유유히 기어가고 있었다. 리사 언니가 나를 속인 걸까? 아니면 뭔가 잊은 게 있는 걸까? 나는 다시 옷을 입고 욕실에서 나와 언니에게 소리쳤다.

"효과가 없어. 대체 내가 뭘 하고 있는 거야?"

리사 언니는 웃음을 참으려 애썼다. 그때 내가 어떻게 해야 할지 미처 생각하기도 전에, 계단통에서 엄마와 아빠의 목소리가 들렸다. 리사 언니는 공포에 질린 나를 보며 옆구리를 쥐고 낄낄댔다. 그 끔찍한 순간, 나는 이 모든 것이 나를 희생양 삼은 또 한 번의 장난이었음을 깨달았다. 언니는 이번에도 나를 감쪽같이 속인 것이다.

리사 언니는 내가 자신의 작품에 손대지 못하도록 내 팔을 꽉 잡았다. 내가 언니의 팔에서 달아나 문을 쾅 닫고 방으로 들어갔을 때, 언니의 웃음이 따라 들어왔다. 나는 손으로 가짜 꽃송이를 잡아 마지막 한 송이까지 뽑아냈다.

마지막으로 인형 옷을 뽑아낸 뒤 씩씩거리며 창가로 달려가 밖으로 던져버렸다. 머리핀도 그 뒤를 따라 소리 없이 거리에 떨어졌다. 옆방에서 엄마와 아빠가 비닐봉지를 들고 들어오는 소리가 났다. 나는 언니가 열지 못하도록 침실 문을 힘껏 밀었다. 반대편에서는 리사 언니가 체중을 이용하여 나의 저항과 싸웠다. 나는 한 손으로 땋은 머리를 푸는 동시에 문을 열지 못하게 막았다. 그러다가 아주 적절한 순간에 몸을 비켜 문 사이로 언니가 엎어지게 했다. 나는 맨발 주위에 흩어진 빨간 장미를 내려다보며 서 있었다.

"무슨 일이야?" 엄마가 문 사이로 머리를 들이밀었다. 나는 울음을 터뜨렸다.

"무슨 일 있었니, 리사? 무슨 짓을 한 거야?"

"난 아무 짓도 안 했어! 리지가 머리를 장식하고 싶다고 말해놓고 이제 와서 울고 있네. 왜 그런지 모르겠어."

"나가!" 내가 소리쳤다.

"리사, 말해봐 ―" 엄마가 입을 열었을 때 내가 더 크게 소리쳤다.

"나가! 멍청이!"

리사 언니는 일어나 더 이상 나를 놀리려 하지 않고 방에서 나갔다.

"우리 아기, 무슨 일이야? 엄마한테 말해봐."

엄마는 손으로 머리를 빗어주고 엄지손가락으로 눈물을 닦아주었다. 그리고 내 뺨과 이마에 뽀뽀했다. 엄마도 곧 울 것처럼 눈에 연민이 가득했다. 엄마의 품에 안겨 있으니 모든 분노가 증발했다.

"말해봐. 뚝, 울지 말고."

하지만 내가 울면 엄마를 내 옆에 붙들어둘 수 있었다. 그래서 울음

78

을 멈출 수 없었다.

세상은 지긋지긋한 사람들로 가득했다. 내가 안아줄 가치가 있는 아이라는 걸 아는 사람은 오직 엄마뿐이었다. 그래서 나는 엄마가 나를 껴안고 계속 무슨 일이냐고 묻도록 그대로 있었다. 엄마의 목소리를 듣고 그 목소리가 엄마의 가슴에서 진동을 일으키고 내 전신에 울려 안도감을 느낄 수 있도록. 나는 몸을 떨며 엄마의 목에 얼굴을 묻고 엄마가 몸을 빼려는 듯 느껴질 때마다 엄마의 셔츠를 움켜쥐었다.

*

나는 좋은 학생이 되기 위해 노력했다. 정말 그랬다. 수업 시간에 손을 번쩍 들고, 늘 정답을 알고 있고, 모든 숙제를 제출하는 아이가 되고 싶었다. 국어 시간에 우리 반에서 책을 가장 잘 읽는 미셸처럼. 또는 수학 문제의 정답을 알고 있는 마르코처럼. 나는 그 애들처럼 좋은 학생이 되려고 노력했다. 그러나 실상은 그렇게 되지 못했다. 내 주변에는 너무 많은 일이 있었다.

어쩌면 주중에 잠을 좀 더 잤다면 도움이 되었을지 모른다. 그러나 나는 잠들 수 없었다. 누구도 내가 잠들도록 도와주지 않았다. 나는 일주일에 거의 7일 내내 부모님의 끝없는 출입에 대한 목격자 노릇을 했다. 엄마와 아빠는 밤새도록 지칠 줄 모르는 육상 선수처럼 집 안팎을 들락거렸다. 두 사람의 마약에 대한 욕구는 전보다 더 심해져서 통제할 수 없는 상태가 되었고, 두 사람의 습관성 중독은 아파트의 공간을 전부 다 차지하고 나서야 사그라들었다. 내가 마음만 먹었다면 달력에서 특정한 날짜를 콕 집어서 언제 무슨 일이 일어날지 미리 추측할 수 있었을 것이다. 그만큼 엄마와 아빠는 예측 가능해졌다.

매월 6일이나 7일쯤이면, 엄마와 아빠가 생활보조금을 탕진하여 우리는 빈털터리가 되었다. 수표를 다 써버려 돈이 없으면—늘 그랬던 것처럼—엄마는 애퀴덕트나 맥거번스 바의 단골손님들에게 몇 달러를 얻었다. 엄마는 술집을 휘젓고 다니면서 나이 든 남자들을 꼬드겨서 5달러나 10달러짜리 지폐를 깬 잔돈을 1달러, 2달러씩 받아냈다. 주크박스에 넣을 거라며 25센트짜리 동전을 몇 개 얻고는 그대로 주머니에 챙기기도 했다. 때로는 남자들을 화장실이나 뒷골목으로 데려가 몇 분간 함께 보내면, 더 많은 돈을 벌 수 있었다.

엄마는 딱 마약 1회분을 살 수 있을 때까지만 돈을 모았다. 코카인은 마약 상용자들을 위한 값싼 마약이었지만, 최소 가격은 5달러였다. 술집에서 돌아와 엄마는 곧장 아빠에게 보고했다. "피터, 5달러가 있어. 5달러야." 그럼 아빠는 조용히 코트를 입고 리사 언니가 깨지 않도록 조심하며 몰래 빠져나가려 했다.

만일 우리가 굶주리는 동안 아빠가 마약을 사러 가다가 리사 언니에게 들키기라도 하면 귀가 아프도록 잔소리를 들을 게 뻔했기 때문이다. 그러면 온갖 모욕과 저주와 눈물과 악다구니를 피할 길이 없었다.

"그 돈을 써선 안 돼! 우린 먹을 게 필요하단 말이야! 난 배고파. 속이 타들어갈 것 같다고. 우린 저녁도 못 먹었는데, 마약을 하려고?" 언니는 소리치곤 했다.

리사 언니가 부모님과 싸우는 소리를 들을 때, 나는 언니의 주장이 전적으로 합당하다는 사실을 알았다. 냉장고에 썩어가는 마요네즈 병과 너무 오래되어 물이 생긴 양상추만 굴러다니는 상황에서 엄마와 아빠가 마지막 남은 돈을 마약에 써버리는 것은 사실 어떤 변명의 여지도 없는 일이었다. 언니는 당연히 화낼 권리가 있었다.

그러나 언니와 달리 내게는 상황이 늘 그렇게 분명해 보이지 않았다. 엄마는 자신을 쫓아다니는 나쁜 기억—하루 종일 엄마를 괴롭히는 외할머니와 외할아버지에 대한 생각—을 잊으려면 약이 필요하다고 말했다. 아빠의 경우는 정확히 무엇을 잊기 위해 마약을 하는지 몰랐지만, 무척 고통스러운 것임은 알 수 있었다. 아빠는 약에 취하지 않으면 금단현상으로 인한 우울증으로 소파에 며칠씩 쓰러져 있었다. 그 상태일 때 아빠는 완전히 다른 사람 같아서, 나도 알아보기 힘들 정도였다.

리사 언니의 요구는 간단했다. 따뜻한 식사와 우리에게 더 잘해주는 것이었다. 나도 똑같은 것을 원했다. 하지만 나는 우리가 하루 종일 따뜻한 음식을 먹지 못할 때, 아빠와 엄마는 2~3일 동안 먹지 못한다는 사실을 생각하지 않을 수 없었다. 그리고 내가 새 겨울 코트를 갖고 싶어 할 때, 내 눈은 갈라져서 테이프로 붙여놓은 아빠의 운동화를 찾게 되었다. 어떤 식으로든 아빠와 엄마는 자신들이 갖지 못한 걸 우리에게 줄 수 없다는 걸 늘 분명히 했다.

부모님이 우리에게 상처를 줄 의도는 없었다. 부모님이 낮 시간에 밖에 나가서 다른 아이들에게 더 좋은 부모 노릇을 하다가 밤에 집으로 돌아와 우리에게 못되게 구는 것처럼 보이지는 않았다. 단지 우리가 부모님에게 바라는 것을 갖지 못했을 뿐이었다. 그러니 어떻게 두 사람을 탓할 수 있겠는가?

나는 엄마가 내 생일날 내게서 5달러를 훔쳐간 사건을 기억한다. 롱아일랜드에서 친할머니가 생일 선물로 보내준 돈이었다. 할머니의 이름과 축하 인사가 적힌 반짝이는 카드 안에 테이프로 붙여진 빳빳한 지폐가 도착했다. 나는 지폐를 경대 속에 넣고 나중에 사탕 가게에 가야겠다고 계획했다. 그러나 그런 일은 일어나지 않았다. 엄마는 내가 방을 떠나기를 기다렸다가 그 돈을 가져가 약을 샀다.

30분 뒤 엄마가 5달러어치 마약을 들고 돌아왔을 때, 나는 엄마를 맹렬히 공격했다. 엄마에게 논을 되돌려 달라고 요구하며 지금 같으면 상상도 못 할 상스러운 폭언을 내뱉었다. 엄마는 아무 대꾸도 하지 않았다. 엄마는 식탁에 있던 재료—주사기와 코카인—를 움켜쥐고 폭풍처럼 욕실로 뛰어갔다. 나는 험한 말을 하며 엄마를 쫓아갔다. 엄마가 내게서 달아나 은밀히 마약을 하려 한다고 생각했지만, 내 생각이 틀렸다. 욕실 문간에서 엄마가 뭔가를 변기에 버리는 모습을 보았다. 그때 나는 엄마가 울고 있으며, 변기에 흘려버린 것은 코카인이라는 사실을 깨달았다. 엄마는 마약을 모두 버렸다. 그토록 절실하게 갈망하는 것을.

엄마는 눈물이 가득한 눈으로 나를 보았다. "난 괴물이 아니야, 리지. 그런데 멈출 수가 없구나. 용서해줄래, 꼬맹아?"

그때 나도 울었다. 우리 모두 울었다. 우리는 서로를 부둥켜안고 욕실 바닥에 앉았다. 세면기 위에는 주삿바늘이 놓여 있었다. 오래된 주삿바늘 자국 때문에 얼룩얼룩해진 엄마의 팔이 내 눈에 들어왔다. 한없이 부드러운 목소리로 엄마는 계속 똑같은 말을 되풀이했다.

"용서해줘, 리지."

나는 용서했다.

엄마는 그럴 의도가 아니었다. 엄마도 할 수만 있다면 멈추었을 것이다. "괜찮아, 엄마. 용서할게." 나는 엄마를 안심시켰다. 나는 그 순간 엄마를 용서했고, 두 달 뒤 약을 사기 위해 교회에서 받은 추수감사절 칠면조를 냉장고에서 꺼내 이웃에게 팔았을 때도 엄마를 용서했다. 엄마를 용서한다고 해서 내가 곤혹스럽지 않았던 것은 아니다. 나는 부모님이 우리를 굶주리게 할 때마다 마음이 아팠고 깊이 상처받았다. 하지만 나의 상처 때문에 아빠나 엄마를 탓하지는 않았다. 나는 두 사람에게 화나지 않았다. 내가 뭔가를 미워했다면, 그것은 마약과 중독 자체였지 부모님은 아니었다. 나는 부모님을 사랑했고, 부모님이 나를 사랑한다는 사실을 알았다. 나는 그것을 확신했다.

밤에 엄마는 마약을 주사한 뒤 내 침대에 와서 나를 끌어안고 노래를 불러주곤 했다. 「유 아 마이 선샤인」이라는 노래의 한 구절이었다. 엄마는 내게 미소 지으며 손가락으로 머리를 쓰다듬었다. 그리고 내 얼굴에 뽀뽀하며 아이들은 엄마에게 최고의 선물이라고 말했다. "너하고 리사는 나의 천사들이고, 아기들이야." 엄마가 이렇게 말할 때, 나는 내가 사랑받고 있다고 느꼈다. 엄마에게는 언제나 윈스턴 담배 냄새와 희미하게 느껴지는 시큼한 코카인 냄새가 떠나지 않았다. 그 냄새는 나를 잠에 빠져들게 했다.

어느 겨울날 새벽 4시쯤, 기진맥진한 상태로 누워 있던 아빠는 첫눈을 맞으러 나가자는 나의 성화에 못 이겨 나를 따라나섰다. 이른 새벽시간 브롱크스의 가로등 불빛 아래서 다이아몬드 카펫처럼 반짝이는 첫눈. 그 광경은 우리를 나머지 세계와 격리시켰고, 발밑에서 뽀득뽀득 눈 밟히는 소리가 몇 마일 반경에서 들리는 유일한 소리인 것 같았다. 아빠에게 계속 걷자고 졸라서 멀리까지 걸었다. 아빠는 대학 시절 심리학 공부를 했던 이야기를 들려주었고, 언젠가 내게도 필요할 것이라며 그곳에서 배운 것들을 가르쳐주었다. "사랑한다, 리지." 아빠는 말했다. 우리는 그날 새벽 눈 덮인 텅 빈 거리에서 다른 사람은 한 명도 마주치지 않고 그렇게 오래오래 걸었다. 정말로 다른 사람은 아무도 없는 것처럼 느껴질 때까지. 아빠가 내게 속한 유일한 사람이며, 세상이 우리들만의 것인 것처럼 느껴질 때까지. 그리고 나는 사랑받고 있음을 알았다.

마약은 우리 가족을 내리치는 육중한 쇠뭉치 같았다. 리사 언니와 나는 그 때문에 타격을 받았지만, 나로서는 엄마와 아빠가 보호를 필요로 하는 사람들임을 느낄 수밖에 없었다. 부모님을 안전하게 보호하는 것이 내 임무인 듯 느껴졌다. 엄마와 아빠가 취약하게 느껴지는 이유가 있었다. 이웃에서 일어난 강도 강간 사건, 그리고 우리 아파트 건물에서 겨우 열 블록 떨어진 거리에서 총에 맞은 택시 기사에 관한 많은 뉴스 기사에도 불구하고, 엄마와 아빠는 약물중독 때문에 안전 따위는 걱정하지 않고 한밤중에 밖으로 나다녔기 때문이었다.

엄마는 어두워진 브롱크스 거리를 헤치고 나가기도 힘든 시력으로 밤새도록 겁도 없이 유니버시티 애비뉴를 질주하고 다녔다. 마치 자기는 피해를 당할 일이 절대 없다는 듯이. 마치 자신이 법정 시각장애인이 아니라는 듯이. 엄마는 보도에서 아는 사람—심지어 가족이라고 해도—을 알아보지 못하고 그냥 지나칠 정도로 시력이 나빴다. 하지만 주차된 차와 움직이는 차, 자신을 향해 다가오는 사람과 자신에게서 멀어지는 사람, 그리고 푸른 신호등과 빨간 신호를 구분할 만큼 형태와 움직임에 익숙했다. 그러나 그렇다고 위험한 상황에 부딪히지 않는 것은 아니었다.

엄마는 몇 번인가 동네에서 공격을 당하기도 했다. 이 사건은 나를 공포에 떨게 만들었다. 나는 엄마에게 제발 집에 있으라고 애원했지만 마약을 원하는 엄마를 아무것도 막을 수 없었다. 어느 날 밤, 엄마는 칼로 위협하는 강도를 만났다. 게다가 엄마는 시력이 정상인 사람들은 감지할 수 있는 공격자를 볼 수 없는 경우가 많았다. 그래서 눈이 까맣게 멍들거나 입술이 찢어진 채로 돌아와서, 강도가 아무런 값나가는 물건을 찾지 못하자 엄마 얼굴에 분풀이를 했다고 말했다.

또 언젠가는 엄마가 집에 들어와서 늘 그러듯 코카인 봉지를 쥐고 부엌으로 미친 듯 뛰어들어갈 때, 청바지가 발 길이만큼 찢어져 있고 다리에서 피가 나는 걸 발견하기도 했다. 엄마는 자동차에 치였다고 했다.

"심각할 것 없어, 리지. 그렇게 빨리 달리는 차는 아니었고, 나도 바로 일어났어. 내가 퀵서비스 일을 할 때도 똑같은 일이 있었는데 지금 괜찮잖아." 엄마는 짧게 말하고 허겁지겁 아빠에게 주사를 놔달라고 했다. 엄마는 그 순간 그것이 치명적 상처라는 사실을 망각하고 있거나, 아니면 신경 쓰지 않는 듯했다. 어느 쪽인지 알기 힘들었다. 한 가지 분명한 사실은 엄마가 뭔가를 갈구할 때는 그것을 위해 어떤 일이건 마다하지 않는다는 것이었다.

엄마는 맹인에 가까운 시력에도 불구하고, 1970년대에 복잡한 맨해튼 거리에서 퀵서비스 배달원으로 3주간 일했다. 물론 사람들은 거의 맹인인 사람을 고용하지 않지만, 돈이 필요했던 엄마가 고용주에게 자신의 장애에 대해 말하지 않았던 것이다. 엄마는 친구의 산악용 자전거를 빌렸다. 배달 건수에 따라 급료를 지급했기 때문에, 엄마는 생명을 위협하는 속도로 도로를 질주했다. 결국은 두 번의 사고 끝에 그 일을 포기했지만, 순전히 친구의 자전거가 완전히 망가져서 더 이상 타고 다닐 것이 없어졌기 때문이었다. 이처럼 엄마가 뭔가를 하겠다고 결심했을 때는 아무도 못 말렸다. 아무리 목숨이 위태로울 수 있어도 두려워하지 않았고, 어쩌면 그것을 인식하지 못하는 것처럼 보였다.

아빠도 자신을 돌보는 데에 엄마보다 나을 것이 없었다. 아빠는 마약에 취한 상태로 유니버시티 애비뉴에서 위험하기로 소문난 조직폭력배 구역 그랜드 애비뉴 183번로를 활보하고 다녔다. 한번은 심하게 다쳐 얼굴부터 목과 셔츠까지 피범벅이 되어 집으로 돌아왔다. 어떤 남자가 아빠의 머리를 시멘트 보도에 짓이겼고, 아빠는 한 시간이나 걸려 집까지 비틀비틀 걸어온 것이었다. 그러고도 바로 다음 날 아빠는 다시 마약을 구하러 집을 나갔다. 엄마와 마찬가지로 아빠는 중독이 너무 심해서 밤마다 안전을 걸고 도박을 하듯, 눈앞의 위험은 보지 않고 오직 목적지만을 보며 나갔다. 그 목적지란 그랜드 애비뉴에 있는 파란 문이었다. 아빠는 계단을 올라가 엄마가 준 구깃구깃한 지폐를 펴서 마약 거래상에게 건네주고 아빠와 엄마의 세계를 지배하는 하얀 가루가 든 봉지를 받았다.

그러니 밤에 잠을 잘 자는 것은 불가능했다. 누군가는 창문을 지켜보며 엄마와 아빠가 돌아올 때까지 걸리는 시간을 재야 했다. 마약을 구하러 한 번 나갔다 오는 데 걸리는 시간은 평균 30분에서 40분이었다. 그보다 너무 오래 걸리면 문제가 생겼다는 뜻이었다. '911.' 나는 창가에 기대어 또 약을 구하러 가기 위해 유니버시티 애비뉴 모퉁이를 움츠리고 걷는 아빠를 보며 속으로 생각했다. 만일 아빠에게 문제가 생기면 어떻게 할지 세워둔 계획이 있었다. 우리 집 전화는 요금을 내지 않아 자주 끊겼지만 재빨리 내려가서 길모퉁이에 있는 공중전화를 이용할 수 있었다.

하지만 나의 저녁 임무는 거기서 끝나지 않았다. 엄마와 아빠가 끝없는 마약 질주를 벌이는 동안, 나는 부모님과 함께 시간을 보내며 내가 도움이 될 만한 방법을 찾았다. 아빠와 엄마는 자신들의 활동에 나를 끼워줄 용의가 있었고, 나는 두 사람의 일부로 끼는 데 묘한 전율을 느꼈다. 내가 가장 도움이 될 수 있는 한 가지 방법은 아빠가 리사 언니 몰래 빠져나가도록 돕는 것이었다. 언니의 방이 현관문 바로 옆이었기 때문에, 아빠가 들키지 않고 집을 빠져나가기는 늘 쉽지 않은 일이었다. 여기가 바로 내가 개입할 지점이었다.

아빠가 살금살금 쫓아오는 동안 내가 밖으로 통하는 복도에서 망을 보았다. 그럴 때면 우리가 마치 아빠가 애청하는 경찰 드라마 「힐 스트리트 블루스」에 등장하는 범죄 공모자가 된 것처럼 느껴졌다.

"언젠지 알려줘." 아빠가 나갈 채비를 하고 이렇게 속삭이며 거실 칸막이 뒤에 숨어서 내 신호를 기다렸다.

"지금이야." 나가는 길에 아빠는 늘 내게 수고했다고 고개를 끄덕여 주었다. 그 행동 하나로 전신에 행복감이 퍼졌다. 우리는 팀이었다. "걱정 마, 아빠." 나는 아빠의 뒤에 대고 속삭였다. "내가 엄호할게."

그러고 나면 엄마는 아빠가 마약을 가지고 돌아오기를 기다리며 정신없이 재료를 준비하는데, 내가 어떻게 잠을 잘 수 있겠는가? 나로서는 엄마가 잔뜩 들떠서 호박색 눈을 반짝이며 유난히 말이 많아지는 이 짧은 순간을 놓칠 수가 없었다. 우리는 거실에 앉아 1960년대 초와 1970년대 중반 그리니치빌리지에서 보낸 엄마의 청소년기에 대해 이야기했다.

"네가 그때의 나를 봤어야 했는데. 난 나무로 만든 굽이 달린, 허벅지까지 올라오는 가죽 롱부츠를 신고 다녔지."

"정말?" 나는 엄마가 이 말을 백번쯤 했다는 것을 모른 척하며, 모든 이야기 하나하나가 새롭다는 듯 놀라거나 신기해하는 반응을 보였다.

"그럼, 물론이지. 게다가 흑인처럼 머리를 부풀리고 다녔단다. 난 늘 곱슬머리였는데, 이탈리아 피가 섞여 있어서 그래. 하지만 그때는 모두들 그러고 다녔어. 아빠는 양고기 모양으로 구레나룻을 기르고 다녔단다. 정말이야!"

엄마는 마치 오랜 친구에게 이야기하듯 자신의 길거리 생활과 미약 경험, 옛날 남자 친구들과의 성관계, 그리고 특히 어린 시절의 상처에 대해 미주알고주알 얘기했다. 나는 엄마가 말하는 내용이 놀랍다거나 상스럽게 느껴지지 않는 것처럼 행동했다. 그리고 엄마의 얘기를 경청한다는 느낌을 주기 위해 애써 태연한 척하며, 내가 전혀 이해할 수 없는 얘기들에도 고개를 끄덕여 공감을 표시했다.

밤 시간 중 즐거운 순간은 엄마가 자신의 과거를 긍정적으로, 그러 니까 일종의 모험이라고 느낄 때 찾아왔다. 그러나 나는 이것이 일시 적이며, 순전히 마약에 대한 기대가 가져온 효과임을 알았다. 나중에 약 기운이 떨어지면서 기분이 가라앉기 시작하면, 엄마가 지금 긍정적 으로 느끼는 것이 엄마를 또 우울하게 만들리라. 나는 그때를 위해서 라도 거기 있어야 했다. 엄마에게 누군가 고백할 사람이 필요할 때 내 가 들어주지 않는다면 누가 들어줄 것인가? 하지만 일단 우리가 기다 리는 동안은 이 짧지만 멋진 시간의 창이 있었다. 나는 엄마가 보기 드 물게 신이 나서 이야기를 계속하는 동안 창문을 통해 아빠가 오는지 수시로 살펴보았다.

"그때 난 잘 넘어졌어. 환각제는 정말 사람을 정신없게 하거든. 특히 콘서트에 가 있을 때. 절대 환각제는 하지 마. 알았지? 온갖 헛것들이 보이니까."

복도에서 아빠의 무거운 발소리가 들리기 전에, 엄마는 가루를 담을 숟가락을 준비했다. 나중에 여기에 주사기 분량의 물을 섞어 가루를 녹 일 것이었다. 낡은 플라스틱 수프 그릇에는 물이 담겨 있었다. 엄마는 혈관이 도드라지게 할 때 쓸 신발 끈 옆에 그것들을 두었다. 아빠와 엄 마는 늘 각자의 주사기를 이용해 마약을 주사했다. 엄마가 깜빡이는 형 광등 가까이로 바늘을 하나하나 들어 올려 살펴보고 다시 포마이카를 칠한 검은 식탁 위에 내려놓을 때까지, 우리의 이야기는 계속되었다. 엄마가 재료들을 준비하는 모습을 지켜보는 것은 내 일과 중 하나였다.

"그래. 난 늘 모델 일을 제안받았지. 하지만 대부분의 에이전트들은 섹스를 원했어. 그런 남자를 조심해야 해. 그런 자들은 도처에 있어. 잠 깐만—"엄마는 시험 삼아 주사기에서 물을 뿜어내기 위해 잠시 말을 중단했다. "그래, 진짜라니까. 참 쓰레기 같은 남자들도 많았지만, 어쨌든 그땐 재미있었어." 엄마가 말하는 동안 나는 엄마 뒤쪽 벽에 여기저기 튀어 있는 마른 핏자국을 보았다. 혈관을 잘못 찾았을 때 튄 피였다. 소독 과정이 없다는 것만 빼면, 이 의식은 작은 수술을 위해 의사의 조수가 도구를 준비하는 과정과 비슷할 것이다.

매일 밤 이런 식이었다. 아빠와 엄마가 코카인을 주사하며 마치 2인 1조 레슬링 팀처럼 교대로 왔다 갔다 할 때, 나는 곁에 머물면서 밤을 함께했다. 리사 언니가 침대에서 잠든 동안, 나 혼자서 두 사람을 독차지했다. 나는 두 사람이 안전할 수 있도록 도왔다. 비록 약에 취한 상태였지만, 엄마와 아빠는 바로 거기, 내 손이 닿을 수 있는 곳에 있었다.

그 가루에 대한 엄마와 아빠의 반응은 항상 똑같았다. 충격을 받은 사람처럼 눈을 크게 뜨고, 마치 전기에 감전된 듯 얼굴에 작은 경련이 일었다. 엄마는 어떤 반사적인 힘에 의해 움직이듯, 훌쩍이면서 불끈 쥔 주먹을 들고 방 안을 빙글빙글 돌며 벽에다 말을 했다. 이 상태일 때 엄마는 절대 눈을 맞추는 법이 없었다.

대략 20분 뒤면 즐거운 반응에서 서서히 벗어나며 다시 쇠약한 모습으로 돌아왔다.

"아빠가 약속했어. 거기서 우리를 데리고 나가겠다고 맹세했지. 우리를 파리로 데려가겠다고 말이야. 알잖아. 난 아빠가 가장 사랑하는 딸이었어. 나도 알았고, 로리도 알았지. 모두들 알았어. 아빠가 날 가장 좋아한 길. 그런데 내가 어렸을 때 아빠가 내 쇄골을 부러뜨리고 날 칭 밖으로 던져버리려 했어!" 엄마는 거실 천장에 눈을 고정시키고 소리쳤다. 과거에 얽매여 고통받는 엄마는 내 마음을 아프게 했다. 나는 할아버지와 할머니가 엄마에게 저지른 모든 학대를 내가 몰아낼 수 있기를 간절히 바랐다. 내가 엄마의 고통을 걷어낼 수 있기를 그 무엇보다 원했다.

아빠는 엄마의 뒤에서 경련으로 몸을 떨며 한없이 느릿한 동작으로 도구들을 만지작거리며 닦고 또 닦았다. 마약의 효과로 정신이 이상해져 물건들을 엎지르고, 넘어뜨리고, 서툴게 더듬었다.

"아빠를 그렇게 만든 건 술이었단다, 리지. 늘 그걸 미안해했지. 하지만 날 사랑했어. 너도 할아버지가 날 사랑했다고 생각하지?" 엄마가 1리터 짜리 맥주를 꿀꺽꿀꺽 마시며 물었다. 이 부분에서 엄마는 울기 시작했다.

엄마는 여러 차례 티셔츠 목을 내려 울퉁불퉁한 쇄골을 보여주었다. 아기였을 때 벽과 충돌한 뒤, 한쪽 뼈가 탈골되어 튀어나온 것이다. 매번 얼굴에 나타나는 두려움은 엄마가 기억을 되살려 다시 그곳에 가 있음을 보여주었다. 기분이 좋아지려고, 탈출하려고 마약을 하지만, 마약은 늘 엄마를 그 문제로 되돌아가게 했다. 마치 우리 거실에서 그 일이 다시 엄마에게 일어나고 있는 것 같았다.

"사랑해, 엄마. 내가 여기 엄마와 함께 있잖아." 나는 엄마를 안심시켰다. "우리는 모두 엄마를 사랑해."

"알아, 리지." 그러나 나는 내 말이 통하지 않는 걸 알 수 있었다. 엄마의 슬픔은 너무도 짙어서, 엄마를 모든 것으로부터, 그리고 나로부터 멀리 끌고 가버렸다.

엄마가 말하는 동안, 나는 내게 필요한 것—잠, 숙제, 텔레비전, 내 캄캄한 방에 덩그러니 놓인 장난감—을 포기했다. 엄마의 고통이 나에게 너무 긴박하게 다가와서, 우리 사이에 어떤 거리—나이나 책임 면에서—가 있는지 깨닫기 힘들었다.

그래서 나는 내가 하는 말의 의미도 모르면서 엄마에게 친구처럼 얘기하는 법을 배웠다. 나는 이렇게 주장했다. "할아버지는 틀림없이 엄마를 사랑했을 거야. 엄마의 아빠니까. 내 생각엔 맥주를 많이 마셔서 할아버지가 화가 났던 것 같아, 엄마. 술을 끊을 수 있었다면 엄마한테 좋은 아빠가 되었을 거야." 내 말이 엄마에게 어떤 위안을 주었다 해도, 그다지 오래가지 않았다. 불과 반시간 뒤면 엄마는 빨개진 얼굴에서 눈물을 훔치며 소매가 더러워진 베이지색 코트를 입고 또다시 마약을 구하러 어두운 밤거리로 나갔다.

나는 창가 옆 내 자리로 돌아가 엄마가 무사히 유니버시티 애비뉴에 도착했는지 확인했다. "911." 엄마가 전 과정을 다시 반복하기 위해 몸을 움츠리고 유니버시티 애비뉴를 따라 애퀴덕트 바로 걸어갈 때, 나는 그렇게 중얼거렸다.

엄마가 시야에서 사라지면, 나는 내가 좋아하는 심야 시트콤 「치어스」와 「허니무너」를 시계 삼아 30분씩 시간을 쟀다. 엄마와 아빠가 주기적으로 왔다 갔다 하는 내내 TV와 함께했다. 나는 보통 이 시트콤들을 보며 밤 시간을 보내다가 광고 방송에 이어 결국 5시 아침 뉴스로 하루를 마감했다. 내가 잠잘 준비를 할 무렵이면, 푸르스름한 기운이 아침 하늘을 채웠다. 이때쯤이면 술집들은 문을 닫기 때문에 여전히 길에 있는 사람들은 창녀와 노숙자, 마약중독자뿐이었다. 한마디로 엄마와 똑같이 무일푼이라서 구걸해봐야 소용없는 목표물이었다. 그래서 엄마는 집에 돌아왔다. 그리고 마침내 안전하게 아빠 옆에 쓰러졌다. 드디어 피곤이 마약 욕구를 압도한 것이다. 실제로 피곤함은 욕구 제이에 효과가 있는 몇 안 되는 방법이었다. 엄마가 확실히 잠자리에 든 것을 확인하고 나면, 나는 비로소 긴장이 풀리며 조금이나마 휴식을 취할 수 있었다.

새벽녘에 우리 아파트에서 들리는 유일한 소리는 아침 뉴스의 기운찬 음악 소리와 엄마의 코 고는 소리뿐이었다. 나는 잠잘 준비를 하고 롱아일랜드에서 보낸 파란색 긴 잠옷을 입었다. 아빠와 엄마가 숨을 쉴 때마다 몸이 오르락내리락했다. 엄마는 옷을 그대로 입은 채였고, 아빠는 속옷 바람이었다. 나는 텔레비전을 끄고 침대로 들어갔다. 아빠와 엄마가 그렇게 심하게 마약에 중독되어 있지 않다면, 우리들과 더 많은 시간을 보내리란 걸 알았다. 그럴 수 있다면 상황이 훨씬 좋아졌을 것이다.

*

"리즈, 당장 침대에서 나와!" 내가 유치원에 다닐 때 언니는 나의 게으름 때문에 인내심을 완전히 잃었었다. 그리고 내가 1학년이 되었을 때, 그것은 철저한 적대감으로 발전했다.

"매일 이 모양이야, 어서 일어나!" 언니가 담요를 획 벗기는 바람에 나는 오들오들 떨었다. 창밖에서는 아이들이 버스를 타기 위해 아우성쳤다. 나는 두 시간 이상 잘 수 없었다.

언니는 처음에는 팔꿈치로 어깨를 쿡쿡 찌르며 부드럽게 깨우기 시작했다. "리지, 일어날 시간이야…… 리즈, 아침이라고." 부드럽고 긍정적으로. 그러나 얼마 지나지 않아 내게 옷을 입히는 것은 물론이고 내가 정신을 차리게 하려면 더 단호한 방법이 필요하다는 것을 알게 되었다.

몇 달이 지나자, 리사 언니는 이불을 빼앗아 난방이 거의 안 되는 우리 아파트의 경악할 만한 추위에 내 팔과 다리를 드러냈다. 나는 방어 태세로 들어가 몸을 공처럼 말고, 베개를 꼭 끌어안았다. 그러면 언니는 튀어나온 베개 귀퉁이를 잡아당겨 내 손아귀에서 빼내려 했다. 그 순간 나는 학교에 가야 한다는 생각보다 언니가 더 싫었다. 내가 집에 머물려고 몸부림치는 내내 마음에 떠오르는 아이들의 조소 어린 끔찍한 얼굴보다도 더 싫었다. 그리고 내 훈육 담당자를 자처할 때 언니가 느끼는 쾌감을 감지했기에, 그것이 특히 더 원망스러웠다.

"난 네 언니야." 언니가 소리쳤다. "넌 내 말을 들어야 해. 어서 엉덩이를 움직이지 않으면 머리에 찬물을 끼얹어버릴 거야!"

그것은 진심이었다. 언니는 내 머리에 차가운 얼음물을 한 컵 뿌렸고 나는 언니에게 분개했다. 그러나 때로는 몸을 젖게 해 춥게 만드는 방법도 나를 침대에서 끌어내지는 못했다.

아빠, 엄마와 함께 밤을 새운 뒤 잠든 날 아침에는, 잠시 머리를 베개에 댔을 뿐인데 언니가 내 앞에서 울화와 답답함 때문에 씩씩거리는 것처럼 느껴졌다. 이 특별한 아침에 나는 마지못해 전날 밤 아무렇게나 던져놓은 옷을 입고 아빠와 엄마를 깨우지 않기 위해 살금살금 발끝으로 걸어 다녔다. 그러나 리사 언니는 두 사람이 자고 있는 모습을 못 본 것처럼, 아침마다 5분씩 내게 고래고래 소리 지르며 당장 움직이지 않으면 지각할 거라고 경고했다. 밖에 나가면 차가운 공기가 얼굴을 때려 잠이 조금은 깼지만, P.S. 261 초등학교의 형광등 불빛과 시끄러운 교실은 역효과를 냈다. 나는 오히려 더 졸렸고 머리는 멍해졌다. 그렇게 될 즈음이면 공부에 대한 내 관심은 완전히 사라졌다.

맥아담스 선생님은 수업 시간마다 이미 나 혼자 어느 정도 읽을 수 있는 교과서를 읽어주었다. 엄마가 침대 맡에서 『호튼』을 많이 읽어줬기 때문에, 그 책을 읽는 법쯤은 나도 알았다. 그래서 나는 리사 언니의 3학년 국어책이나 우리 아파트 여기저기에 널려 있는 범죄 실화 같은 다른 책들을 읽으려고 시도했다. 그러니 올바른 철자법과 문법에 대한 단계적 설명을 무시하기 쉬웠고, 더더욱 피로감이 엄습했다. 그러다가 정신이 혼미해지고 몸이 휘청거리며 시선이 교실을 휩쓸다가, 마침내 두 눈이 굳게 감겼다.

나는 반쯤 무의식인 채로 엄마가 지금쯤 깨어 있을지 생각했다. 그렇다면 나 없이 「프라이스 이즈 라이트」를 보고 있을까? 아니면 산책을 가고 싶은 기분일까? 내가 집에 있었다면, 엄마가 나를 데리고 나갔을까?

맥아담스 선생님은 읽기 수업을 마치고, 내가 이해할 수 없는 수학 문제들을 검토했다. 수업 시간은 늘 1분이 한 시간처럼 느껴졌다. 선생님이 앞에서 얘기하는 동안, 나는 양호 선생님에게 말할 조퇴 구실을 지어내며 시간을 죽이곤 했다. 내가 생각해낸 구실은 배앓이, 독감, 열병, 전염병 따위였는데, 그 증상들은 적어도 절반은 진실이었다. 실제로 맥아담스 선생님이 아이들을 훑어보며 아무나 한 명을 불러 질문에 답하도록 시킬 때, 나는 배에서 날카로운 통증을 느꼈고 토하고 싶을 만큼 몸이 떨렸다.

마침내 종소리가 울리면 나는 잽싸게 책가방을 쌌다. 그리고 항상 다른 아이들보다 빨리 학교를 빠져나오려 했다. 아이들은 나를 긴장하게 했다. 교실에서 나올 때 아이들 사이를 걸으면, 긴장감에 전신이 뻣뻣해졌다. 엄마가 퀠 샴푸와 빗을 이용하여 마침내 내 머리에서 이를 모두 긁어내긴 했지만 여전히 나는 그 애들과 확실히 달랐다. 그들도 이 사실을 알았고, 나도 알았다. 나를 빤히 쳐다보는 그 애들의 시선이 그것을 증명했다. 내 몸에는 더러운 옷이 무겁게 걸려 있었다. 몇 주씩 같은 양말을 신었고 속옷은 가랑이가 닳아 없어질 때까지 입었다. 나는 내 몸에서 악취가 풍긴다는 것을 알았고, 아이들이 그 악취를 느끼고 있다는 것도 알았다.

사람들이 뭐라고 생각하건 알 게 뭐야? 그건 그 사람들의 문제지. 아빠가 말했었다. 나는 그들의 판단이 중요하지 않다고 생각하려 했다. 어떤 면에서 나는 다른 아이들보다 훨씬 앞서서 인생을 겪고 있었다. 그 누가 겨우 여섯 살이라는 나이에 부모 앞에서 자유롭게 욕설을 하고, 언제든 원하는 시간에 잠자리에 들고, 섹스에 대해 알고, 마약을 정맥에 주사하는 방법을 대충이나마 보여줄 수 있겠는가? 그것을 알기에 나는 다른 애들보다 성숙하다는 생각을 하게 되었다. 여전히 정확하게 콕 집어 말할 수는 없지만, 다른 애들은 진짜 애들이라는 의미에서 나보다 훨씬 더 소속감을 느끼는 듯이 보였다. 서로 쉽게 어울려 친구를 만들거나 손을 들어 선생님의 질문에 답하고 자신감을 뽐내는 그 애들이 나로서는 위협적으로 느껴졌다. 어쩌면 나는 성장이 더 빠른 것인지 모르지만, 너무 많은 단계들을 건너뛰고 지름길에 들어선 건 아닌지 걱정스러웠고, 그래서 내가 수많은 구멍으로 산만하게 흩어진 존재라는 느낌이 들었다. 나는 남들과 달랐다.

수업 시간에 나를 괴롭히고 나를 더 깊은 피로감에 빠뜨리고 나로 하여금 날카로운 고통으로 배를 움켜잡게 만드는 것은 내가 남들과 다르다는 느낌이었다. 나는 늘 그날 수업이 끝나서 집에 갈 수 있는 것에 감사했다.

곧 나는 밖으로 나왔고, 조금만 걸으면 집에 도착했다. 쉴 수 있는 어딘가에 가고 싶었다. 그리고 저녁이 될 때까지 오후 내내 소파에서 쉬었다. 소파에서 잠을 잘 때, 나는 아파트의 중심, 모든 것의 중심에 있을 수 있었다.

*

그다음 달인 12월, 내가 엄마에게 학교생활 때문에 우울하다고 말하고 몇 주가 지난 뒤였다. 엄마는 자신의 올바른 판단에 반하는데도 많은 시간 내가 집에 머물 수 있도록 허락했다. 우리는 다시 함께 소파에서 게임쇼를 보고 마요네즈 샌드위치를 먹었다. 아빠는 오후까지 자다가 깨어나서 집에 있는 나를 발견하고 화를 냈다. "리지! 너 또 학교 안 갔니?" 아빠는 이제 다반사가 되어버린 일에 짐짓 놀란 것처럼 소리쳤다. "다음에는 꼭 가야 한다. 알았지?" 아빠는 그렇게 말했지만 아침에 나를 깨우지는 않았다. 날마다 그저 집에 있는 나를 보고 못마땅해 고개를 저을 뿐이었다.

그렇게 자체 방학 3주째에 접어든 어느 목요일 아침, 리사 언니도 나를 옷 입혀서 학교로 보내려는 싸움에서 이미 두 손을 들어버렸을 때, 누군가 세게 문을 두드리는 소리가 났다. 그 시간에 깨어 있는 사람은 나뿐이었다. 복도에서 두 사람의 목소리가 들렸다. 여자 한 명과 남자 한 명이었다. 그들은 이번에는 더 크게 노크했고 내 가슴은 쿵쾅거렸다. 나는 까치발로 엄마와 아빠의 침대로 갔다. 두 사람은 깊이 잠들어 꿈쩍도 하지 않았다. 그때 복도에서 악취에 대해 이야기하는 소리가 들렸다. 우리 아파트 얘기라는 걸 나는 알았다. 아빠와 엄마는 지난 6개월이 넘도록 청소를 거의 하지 않았다. 여기저기 먼지가 쌓여 있었다. 어느 날 밤 흥분한 엄마가 주먹으로 쳐서 손을 베면서 깨뜨린 유리창은 여전히 깨진 채 그대로였다. 나는 나름 최선을 다해 비닐봉지를 테이프로 붙여 부엌으로 들어오는 비와 눈을 막으려 했다. 그러나 큰 효과가 없었고, 부엌이 젖거나 아파트가 추위에 얼어붙기 일쑤였다. 리사 언니와 나는 그해 겨울에 둘 다 독감에 걸렸다. 냉장고도 고장이 나서, 아빠는 우유와 크림치즈를 창턱에 놔두었다. 그러나 복도에 있는 사람들이 맡은 냄새는 욕조 냄새였다.

어떻게 하다 하수구가 막혀버린 것이었다. 리사 언니는 대야로 물을 어느 정도 퍼낸 뒤 마치 더러운 욕조에 떠 있는 작은 섬처럼 욕조 바닥에 대야를 뒤집어놓고 그 위에 올라가 샤워를 했다. 언니는 계속 그런 방법으로 샤워를 했지만 사용한 물을 완전히 비우지 않아, 몇 달 만에 고인 물이 까맣게 변해버렸다. 욕조 가장자리에도 똑같이 까만 점액이 끼었다. 물을 휘저으면 늪 냄새가 올라왔다.

노크 소리가 잠시 멈추고 사람들이 문 밑으로 종이를 집어넣었다. 몇 분 뒤 그들이 떠나는 소리가 들렸다.

나는 침실 창문에서 밖을 살짝살짝 내려다보았다. 서류 가방을 든 피부가 까만 남자와 롱코트를 입고 피부가 황갈색인 여자가 주차된 차로 다가가고 있었다. 남자가 우리 집 쪽을 올려다보았고, 나는 몸을 뒤로 숨겼지만 그가 나를 보았을 거라 확신했다. 그러나 그는 그냥 차를 몰고 가버렸다.

나는 천천히 문가로 가서 종이를 집어 들었다. 그 종이에는 엘리자베스 머리의 부모나 보호자는 무단결석과 관련하여 돔비아 씨에게 전화하라고 적혀 있었다. 맨 아래에 아이의 손을 잡고 있는 어른의 그림과 함께 전화번호가 적혀 있었다. 나는 무단결석의 정확한 정의를 몰랐지만, 내가 학교에 가지 않은 것과 관련이 있다고 간파했다.

나는 엄마와 아빠가 아무 소리도 듣지 않았는지 다시 확인했다. 그리고 종이를 접어 갈기갈기 찢은 뒤 여러 개의 휴지통에 나눠 완전히 보이지 않도록 젖은 휴지나 바나나 껍질, 맥주 깡통 밑에 숨겨버렸다.

*

어느 날 밤 엄마는 집으로 돌아와 동네에 새 친구가 생겼다고 우리에게 알렸다. 타라라는 이름의 여자였다.

"내가 5달러어치 마약을 사려고 줄을 서 있었는데 거기 다른 백인 여자가 서 있는 걸 봤지 뭐야. 그런 경우는 드물거든. 다들 알지? 그래서 내가 먼저 말을 걸었지." 엄마는 잠시 말을 멈췄다가 그 자리에서 결정한 듯이 말했다. "타라가 마음에 들어."

두 사람은 죽이 잘 맞아서 브로드웨이 233번로에 있는 타라의 아파트에서 함께 코카인을 했다. 그리고 곧 엄마와 리사 언니와 나는 늘 그곳에서 시간을 보내게 되었다.

타라는 맥가이버 스타일의 금발이었고, 짜증날 때면 얼굴에 살짝 경련이 일었다. 크게 부푼 스웨터와 찢어진 스노우진 차림을 하고 있을 때는, 40대 초반으로 추정되는 나이만 아니면 사시사철 1980년대 헤어메탈 밴드의 록 콘서트를 찾아다녔을 사람처럼 보였다. 타라의 일곱 살짜리 딸 스테파니는 성격이 거칠고 걸핏하면 발끈하곤 해서 리사 언니와 나는 등 뒤에서 그 애를 사정없이 조롱했다. 올리브 빛 피부와 작고 까만 눈, 칠흑처럼 까만 머리로 보아, 스테파니는 타라와 연락을 끊고 사는 아빠를 닮은 것이 분명했다. 엄마는 스테파니의 아버지가 1970년대에 유명한 시트콤 배우였다고 했다. 그러나 타라의 말에 따르면, 그는 많은 돈을 벌었음에도 스테파니에게는 한 푼도 주지 않았다.

타라의 아파트에서 리사 언니와 스테파니와 나는, 엄마와 타라가 부엌에 있는 동안 장난감을 가지고 놀거나 만화를 보았다. 나는 타라의 집에서 두 사람이 약을 준비하는 소리가 엄마와 아빠가 내는 소리와 다르다는 사실을 알아차렸다. 준비하는 내내 타라는 끊임없이 말했다. 전에는 엄마와 아빠가 그토록 조용한 데는 기술적인 이유가 있다고 생각했다. 그런데 타라와 엄마의 이야기를 들으며 나는 그렇지 않다는 것을 깨달았고, 엄마와 아빠가 과연 내 생각처럼 서로 가까운지 의문을 품게 되었다.

엄마와 타라가 함께 있을 때, 두 사람은 매일 세 가지 주제를 똑같이 되풀이했다. 스테파니의 아버지와 마약의 품질, 그리고 마약을 하기 위해 각자가 선택한 방법이 그것이었다. 타라는 코카인을 코로 흡입했다. 나는 대부분의 사람들이 이 방법을 쓴다는 것을 알게 되었다. 타라가 주사기를 사용하는 엄마를 볼 때마다, 엄마는 거의 매번 타라에게 설명해줘야 했다.

"좋아, 지니. 그런데 어떻게 자기 자신한테 그런 짓을 하니?"

"가루를 흡입해서 코가 절단되는 것보단 나아. 내가 50살이 되었을 때 연골이 전부 없어져버리는 건 사양이야."

"아무튼, 지니. 그 작자는 애를 키우는 게 기분 내킬 때 수표를 부치는 것만큼 간단한 일이라고 생각한다니까. 물론 그렇게 한 적도 없지만 말이야. 음, 애를 키우는 데에는 그보다 더 많은 것이 필요하잖아."

나는 적어도 엄마가 마약을 하지 않았을 때는, 새로운 사람들과의 대화에 능한 편이 아니라는 사실을 알게 되었다.

"알아." 엄마의 대답은 이것이 전부였지만 타라가 말을 계속하는 데에는 그 대답이면 충분했다.

"내가 어마어마한 액수를 요구하는 소송을 제기하면 아주 머리가 돌아버릴 거야. 우리 거물께서 위기를 모면하진 못할걸." 그녀는 담배를 들고 있는 두 손가락을 앞으로 내밀며 말했다.

알고 보니 엄마와 타라는 공통점이 많았다. 두 사람 다 폭력적인 아빠가 있었고, 준비가 되기 전에 아기를 낳았으며, 정부 보조금으로 생활했다. 그리고 다른 마약보다 사용 즉시 쾌감을 주는 코카인을 선호했다. 그러나 두 사람은 중요한 측면에서 다른 점이 있었다. 그들이 습관을 지속하기 위해 의존하는 방법이었다. 매월 보조금을 기다리는 일이 너무도 끔찍해서, 차라리 술집에서 만난 남자들이나 길에서 지나가는 사람들에게 돈을 부탁하는 편이 쉽겠다는 엄마의 말을 들으며 타라는 숨이 막힐 정도로 놀랐다.

타라는 엄마가 그런 식으로 돈을 얻어내는 행위를 '길거리 구걸'이라고 표현하며, 품위를 손상시키는 짓이라고 말했다. 그러나 엄마는 마약에 취하고 싶을 때 자존심 따위에 신경 쓸 여유가 없었다.

"이런, 지니. 넌 그런 짓을 끊어야 돼. 론을 만나야겠어." 타라가 엄마에게 말했다. "론은 나를 보살펴줘. 아마 너도 거기서 헤어나도록 도와줄 거야. 더 이상 구걸은 하지 마. 그건 좋은 짓이 아니야." 그녀가 주장했다.

돌아오는 일요일에 우리는 함께 론을 만났다. 그는 몸이 마르고 얼굴이 창백하며 눈은 커다랗고 갈색인 60대 가량의 노신사였다. 그는 팔꿈치를 덧댄 갈색 재킷을 입고 있었고, 아이들에게 말할 때는 목소리가 달라졌다.

"안녕, 아주 작은 숙녀들이로구나. 오늘 우리 모두 어떻게 보낼까?" 우리가 타라의 소파에 일렬로 앉아 있을 때 그가 말했다.

스테파니가 일어나 그의 다리를 껴안았다. 리사 언니와 나는 조금 부끄러워서 뒤에서 머뭇거렸다. 그는 사탕으로 우리의 환심을 사려 했다. 나는 그의 손에서 버터스카치 캔디 세 개를 낚아채서 재빨리 껍질을 벗기기 시작했다. 그가 미소 지으며 내 머리를 쓰다듬었다.

"아주 착한 아가씨구나."

리사 언니는 론이 다시 부엌으로 들어갈 때까지 가만히 손에 사탕을 쥐고 있었다. 그는 나오는 길에 언니에게 윙크를 했다. 언니는 내게 고개를 돌렸다.

"그거 먹지 마." 언니가 내 손에서 사탕을 빼앗으며 말했다.

"왜?" 내가 우는 소리로 말했다.

"우린 그 사람을 모르잖아. 그게 이유야."

"언닌 모든 걸 망쳐버려!" 내가 소리쳤다.

처음부터 리사 언니는 론을 좋아하지 않았다. "그는 낯선 사람이야." 언니는 늘 내게 일깨워주었다. "우린 그 사람을 몰라. 그러니까 남처럼 대해야 돼."

론은 타라의 친구인데도 남일까? 그리고 남이 우리에게 먹을 것을 사주려 할까? 그가 정말 남이라면 과연 우리에게 사탕을 사주거나 커다란 빨간 차를 오랫동안 태워줄까? 그리고 특히 엄마가 남에게 그렇게 빨리 마음을 열까?

론은 타라가 사용하는 모든 약을 사주었고, 아마 엄마에게도 그럴 것이라고 타라는 생각했다.

리사 언니와 스테파니와 내가 벨벳 카펫에 배를 깔고 엎드려 TV로 만화를 보고 있을 때, 타라가 부엌에서 론에게 엄마를 소개했다. 그리고 세 명은 곧 타라의 침실로 들어가 문을 닫고, 오랫동안 나오지 않았다. 가끔 키득거리는 소리나 쿵 하는 소리가 들렸지만, 무엇을 하고 있는지는 알 수 없었다. 론이 제일 먼저 거실로 돌아왔다.

"자, 지금 배고픈 사람?" 그가 양손을 비비며 말했다.

론은 우리 모두를 타라의 집에서 멀지 않은 브로드웨이의 '국제 팬케이크 하우스'라는 곳으로 데려갔다. 그가 원하는 건 뭐든 주문해도 좋다고 말해서 우리는 깜짝 놀랐다. 리사 언니와 나는 한 번도 들어본 적이 없는 말이었다. 무제한 음식이라는 개념은 비현실적으로 보였다. 나는 우리 두 사람이 먹어도 다 먹지 못할 커다란 팬케이크를 주문했다. 리사 언니도 그랬다. 나는 즐거운 마음으로 아직 손대지 않은 팬케이크에 시럽 한 통을 거의 다 뿌렸다. 스테파니가 달걀을 주문하는 것을 보고 리사 언니와 나는 경악했다. 우리는 달걀이라면 평생 찾지 않을 만큼 물리도록 먹었다. 먹는 중간중간, 스테파니는 포크로 테이블을 두드리고 다리를 마구 휘저었다.

엄마와 타라와 론은 점심을 먹으며 뭔가를 속닥였다. 주로 말을 하는 쪽은 론이었는데, 두 사람만 듣도록 몸을 가까이 기울이고 손을 그들의 허벅지에 올려놓은 채 이야기했다. 그 때문에 엄마가 안절부절못하는 것이 눈에 보였다.

우리가 다음으로 들른 곳은 불에 타서 버려진 건물들 근처에 있는 브롱크스의 황폐한 구역이었다. 반짝이는 보석을 걸친 남자들이 길모퉁이에 서서 큰 라디오 옆에서 춤을 추고 있었다. 론이 가슴 주머니에서 돈을 꺼내 타라와 엄마에게 주었고, 엄마는 나와 언니에게 론의 차에 있으라고 했다. 그리고 타라와 함께 걸어가서 남자들에게 돈을 건넸다. 나는 그들이 마약을 사는 걸 알았다. 우리가 기다리는 동안, 론은 뒤로 돌아 우리에게 말을 걸었다.

"어떻게 우리 아가씨들은 이렇게 예뻐졌지?" 그가 물었다. "꼭 내 차에 슈퍼 모델이 가득 타고 있는 것처럼 보이는구나."

스테파니가 깔깔거렸다. 나는 엄마에게 집중했다.

엄마와 타라가 말하고 있는 남자들의 모습이 왠지 나를 긴장시켰다. 나는 눈을 꼭 감고 엄마가 차에 타는 소리가 들릴 때까지 자리를 뜨지 않았다. 차가 다시 출발했을 때, 타라가 론에게 각자 다임백*을 갖게 되었다고 말했다.

엄마가 타라에게 언니와 내가 마약에 대해 모두 알고 있다고 말했지만, 타라는 우리와 스테파니 앞에서 조심하려 애썼다.

"아, 다임백. 철자도 알아요." 리사 언니가 말했다.

---

* 10달러어치 마약이 든 봉지.

"이런, 조용히 해, 리사." 타라가 날카롭게 말했다.

타라의 집으로 돌아가서, 론이 계속 함께 있는 가운데 엄마와 타라는 몇 시간 동안 마약에 취해 있었다.

*

론은 매주 일요일 먼지 낀 빨간 차를 타고 우리를 태우러 타라의 아파트로 왔다. 이 외출은 우리가 일주일 내내 기다리는 행사가 되었다. 다른 무슨 일이 있건, 나는 일요일만 생각하며 날짜를 셌다. 그러나 엄마의 귀띔으로 아빠가 있을 때는 우리가 론과 보낸 시간에 대해 함구했다. 이성보다는 직관으로, 나는 엄마가 우리의 여행을 아빠에게 알리고 싶어 하지 않는다는 것을 알았다. 아빠는 그저 우리가 엄마의 친구들과 시간을 보낸다고 알고 있었다.

론 역시 나처럼 일요일을 고대하고 있는 듯했다. 타라의 집에 절대 늦게 오는 법이 없었기 때문이다. 그는 정확히 11시에 나타나서 자동차 경적을 세 번 울렸다. 우리는 정처 없이 몇 시간씩 차를 타고 다녔다. 앞 좌석에서 타라가 라디오를 크게 틀어놓으면, 우리 모두 함께 노래했다.

또 팬케이크 가게에서 론이 타라와 엄마의 귀에 대고 알 수 없는 이야기를 속삭이는 동안, 우리는 팬케이크와 소시지, 오렌지 주스를 마음껏 먹었다. 론의 이야기에 그들은 머리를 뒤로 젖히며 웃었다.

"만일 살고 싶으면 그때 바로 줄행랑을 쳐야 해." 타라가 테이블을 주먹으로 두드리며 론의 말에 덧붙였다.

"타라, 웃기지 마. 너나 그렇지." 엄마가 대답했다. 여느 때처럼 몹시 흥분한 스테파니가 계속 자리에서 발길질을 했다. 타라와 엄마가 보고 있지 않을 때마다, 론의 눈은 두 사람의 티셔츠를 위아래로 훑었다.

*

하루는 타라가 다른 일 때문에 바빠서 타라와 스테파니 없이 우리들끼리 론을 만났다. 그는 우리에게 퀸스에 있는 그의 집으로 가자고 제안했다.

"어서, 진." 그는 우리 건물 앞에서 엄마의 손목을 잡아끌며 재촉했다. "우린 약을 구할 수 있고, 당신은 우리 집을 좋아할 거야. 정말 좋은 곳이야."

그곳까지 가는 길은 참 멀었다. 내가 기억하는 한 고속도로를 타본 건 그때가 처음이었다. 퓽 소리를 내며 지나가는 자동차들 때문에 나는 우리의 여행이 모험처럼 느껴졌지만, 언니는 잠들어버렸다.

타라가 없으니 엄마와 론은 서로 무슨 얘기를 해야 할지 모르겠는 듯 보였다. 론은 카세트 플레이어를 틀었고, 컨트리 음악 가수의 징징거리는 목소리가 차 안을 가득 메웠다. 엄마는 그 조용한 여행 내내 자리에서 안절부절못했다. 한번은 론이 손을 뻗어 엄마의 허벅지에 놓은 것 같았지만, 엄마가 자세를 바꿔서 분명히 보지는 못했다.

론의 집은 진짜 집다운 집이었다. 앞마당과 차고가 있는 이층집. 두꺼운 유리벽이 거실과 식당을 구분하고 있었고, 커다란 검은 피아노 위로 덩굴식물이 고리에 매달려 있었다. 엄마와 론은 곧바로 주방으로 갔다. 리사 언니가 TV를 켰고, 우리는 커다란 가죽 소파에서 만화를 보았다.

몇 시간 뒤 나는 론의 거친 손이 내 어깨에 닿는 것을 느끼며 잠에서 깼다.

"얘들아, 일어나렴."

"엄마는요?"

"엄마는 맥주를 사러 갔단다. 조금 있으면 돌아올 거야."

나는 론이 반바지를 입은 모습을 처음 보았다. 엄마는 왜 우리를 두고 간 걸까?

"가게는 여기서 좀 멀어. 시간이 걸릴 거야. 너희가 목욕을 해야 한다면서, 엄마가 나더러 좀 봐달라고 하더구나." 이렇게 말하며 그는 두 손을 모아 쥐고 왠지 위선적으로 보이는 진지한 표정으로 턱을 아래로 내렸다.

나로서는 한두 달 동안 씻거나 양치질을 하지 않고 넘어가는 일이 다반사였기 때문에, 그 말이 새삼스럽고 이상하게 느껴졌다.

나는 아마도 우리 집 욕조가 불편하기 때문에 이곳에서 목욕을 하라는 것이겠거니 생각했다.

론은 리사 언니와 내가 비눗물 속에 앉아 있는 동안 화장실에서 우리를 지켜보았다. 론이 반바지 입은 모습은 말할 것도 없고, 트위드 재킷을 벗고 있는 모습을 본 것도 처음이었다. 그의 몸은 거의 여자처럼 보였고, 셔츠를 통해 커다란 젖꼭지가 드러났다. 나는 론이 어서 재킷을 입고 밖으로 나가기를 바랐다. 하얀 타일이 반짝반짝 깨끗했고 욕실에서 레몬 향이 났다. 우리가 몸을 씻을 때 그의 눈은 우리 목 아래쪽에 머물렀다. 그 눈빛은 나로 하여금 몸을 가리게 했다. 나는 몸을 둥글게 말고 무릎을 가슴팍으로 끌어당겼다. 리사 언니는 얼굴에 걱정과 분노가 오가는 복잡한 표정을 띠고 있었다.

"엄마가 나더러 너희들이 온몸 구석구석을 잘 씻는지 확인하라고 했단다. 모든 부위를 깨끗이 닦았는지 봐야겠다. 자, 발하고 다리를 물 위로 들어서 닦아. 안 그러면 깨끗이 닦이지 않으니까."

그의 지시에 따라, 우리는 다리를 물 위로 들어 올려 발과 발목, 종아리, 허벅지를 문질렀다.

"자, 이제 제일 씻기 어려운 부분인 은밀한 곳이야. 그러니까 그 부분을 위로 올리고 구석구석 깨끗이 씻어야 해. 자, 너희가 깨끗이 씻는지 내가 봐야겠다."

"어떻게요?" 내가 물었다.

"손으로 바닥을 짚어 몸을 들어 올리고 물 위에서 은밀한 부분을 미는 거야." 그가 열심히 말했다.

"목욕하는 방법은 저도 알아요." 리사 언니가 인상을 찌푸리며 말했다. "그러니까 우리를 지켜보실 필요 없어요." 론은 침을 꿀꺽 삼키고 재빨리 시선을 돌려 욕실 안을 훑었다. 그가 처음으로 우리의 몸에서 눈을 뗀 순간이었다. 언니가 말할 때 나는 이미 물 위로 가랑이를 들어 올려 씻고 있었다.

"리사, 나는 그저 리즈도 잘 알고 있는지 확인하려는 거란다. 넌 모르지, 리즈?" 그가 조심스럽게 말했다.

내가 아는 것은 리사 언니가 화가 났고, 엄마가 아직 돌아오지 않았으며, 그의 끈질긴 시선이 불편하다는 사실뿐이었다.

"나가세요! 우리끼리도 잘하니까요!" 리사 언니가 갑자기 소리쳤다.

"그럼 알았다. 언니가 모든 걸 잘할 테지." 론이 물러서며 말했다.

"당장 나가요!" 언니가 날카롭게 소리쳤다.

그는 문을 닫고 나갔다. 리사 언니와 나는 완전한 침묵 속에 옷을 입었다.

5주 뒤, 엄마는 6년 만에 처음으로 정신착란을 일으켰다. 리사 언니와 나는 검사를 받기 위해 하룻밤 동안 가정보호소로 보내졌다. 그날 밤의 일을 나는 드문드문 기억한다.

나는 똑바로 누워서 의사가 상자에서 라텍스 장갑을 두 짝이 아니라 한 짝만 꺼내는 것을 보았다. 전에는 그렇게 장갑을 한 짝만 끼는 것을 본 적이 없었다. 나는 의사에게 나머지 장갑을 끼는 것을 잊었다고 말해줘야겠다고 생각했다. 그러나 미처 그럴 기회도 없이, 그는 다른 쪽으로 가서 금발 여인과 이야기했다. 그들은 테이블 위에 있는 물건들을 만지작거렸지만, 그 위에 뭐가 있는지 보이지 않았다. 그저 하얀 가운과 하얀 벽, 그리고 테이블을 덮은 하얀 종이만 보였다. 엘리자베스 머리. 내 이름이 써 있었고, 그 옆에는 내 생년월일 1980년 9월 23일이 써 있었다. 난 여섯 살이군. 나는 그렇게 빨리 내 나이를 계산할 수 있는 것이 자랑스러웠다.

"엘리자베스, 배고프지 않니? 오늘 뭐라도 좀 먹었어? 수프나 샌드위치 같은 걸 좀 줄까? 그런데 엘리자베스, 아빠가 널 만지는지 얘기해 줄래?"

그날 밤은 이미 너무 길었다. 그리고 그날까지 이어진 몇 주간의 시간은 더더욱 길었다. 엄마는 제정신이 아니었다. 증상은 발작적인 울부짖음과 함께 시작되었다. 엄마는 이유 없이, 그리고 특별한 대상 없이 허공에 대고 비난이나 위협을 퍼부었다. "손 치워! 죽여버릴 거야!"

그러다가 어느 날 갑자기 발작을 멈추고, 발목까지 오는 패딩코트 속으로 들어가 그 안에 모든 눈물과 고함을 가둬버렸다. 그 롱코트는 엄마가 사는 머나먼 세계였다. 누군가 엄마에게 말을 걸려 하면, 엄마는 앙상한 손가락으로 코트의 옷깃을 세웠다. 엄마의 눈에서 전기가 튀었다. 이것은 주의해야 할 경고였다. 엄마는 더 이상 누구도 알아보지 못했다.

경찰이 엄마를 앰뷸런스에 태우러 왔을 때, 엄마는 그들이 코트를 빼앗으려 한다고 생각했다. 몸부림은 짧았다. 정확한 위치를 두 번 짧게 치는 동작으로 끝이었다. 경찰이 잘 훈련되어 있음을 보여주는 조치였다. 우리 건물 복도는 도움을 요청하는 엄마의 으스스한 울음소리로 가득 찼다. 가장 가까운 집에서 시작하여 가장 먼 집까지 이웃집의 문들이 순차적으로 열렸다. 곧 그 소동이 밖으로 옮겨가자, 그 문들이 똑같이 순차적으로 찰칵하고 잠겼다.

"의사 선생님은 그냥 검사를 하려는 거야. 괜찮지, 엘리자베스? 아프지 않을 거야. 그냥 조금 불편하겠지만. 자, 용감하게 가만히 있는 거야. 알았지?"

신경쇠약. 누군가 그렇게 말하는 걸 들었다. 이번이 처음은 아니었다고 아빠가 상기시켰다. 그리고 어쩌면 이번이 마지막이 아닐지도 몰랐다. 리사 언니와 나는 경찰차에 타고—아버지 없이—엄마를 실은 앰뷸런스를 따라갔다. 우리가 유니버시티 애비뉴를 따라 달릴 때, 앰뷸런스의 빨간 경광등 불빛이 밤을 꿰뚫었다.

나는 내내 눈을 질끈 감고 있었다.

나는 엄마의 신경쇠약이 내 탓이라고, 내가 무슨 일이 일어났는지 엄마에게 말해서 이렇게 되었다고 아무에게도 말하지 않았다. 엄마가 맥주 여섯 캔을 사 가지고 론의 집으로 돌아왔을 때, 리사 언니가 우리를 욕실로 불렀다. 나는 언니가 엄마에게 말할 거라고 생각했고, 그래서 내가 먼저 말했다. 엄마의 얼굴에 공포가 가득했다. 엄마는 화가 나서 욕실 밖으로 뛰어나갔다. 엄마가 그렇게 화난 모습은 처음이었다.

론의 뺨을 때리는 소리가 들렸다. 그러고 나서 우리를 데리고 길고 긴 기찻길에 올랐다. 기차에서 리사 언니는 엄마에게, 타라의 집에서 론이 자신의 몸을 폴라로이드로 찍게 해달라고 부탁했다고 말했다. 그 이야기에 나는 쩔쩔맸다. 욕실에서 나와서 아직 젖은 머리로, 나는 굳게 입을 다문 채 엄마의 무릎을 베고 잠을 잤다. 그 후 며칠 동안 엄마의 질문은 끊이지 않았다.

"리지, 론이 기분 나쁘게 했을 때를 전부 말해봐. 말해도 돼, 꼬맹아. 응?"

너무도 부끄러워서 엄마를 쳐다볼 수 없었다. 욕실에서 내가 얼마나 두려웠는지, 스테파니가 버릇없이 굴어서 론이 그 애 가슴을 꼬집었을 때 얼마나 민망했는지를 말할 때 목구멍이 따끔거렸다. 그리고 나는 타라의 방에서 론이 은밀하게 내 지퍼를 내리고 손가락으로 내 살을 비벼댔던 얘기를 했다. 나는 내내 꼼짝도 할 수 없었다. 그가 내 몸속으로 고통스럽게 손가락을 밀어 넣을 때, 나는 얼어붙어서 나무 천장에 달린 선풍기만 뚫어져라 쳐다보며 날개가 한 번 돌아갈 때마다 들리는 탁탁 소리에 귀 기울이며 돌아가는 횟수를 셌다. 론의 손에 꽉 붙잡혀 있는 음부가 타들어가는 것 같았다. 나는 아랫입술을 깨물며 울음을 참았다.

나는 엄마에게 한 가지—그것이 잘못임을 내가 알았다는 사실—만 빼고 모두 말했다. 나는 그 상황을 끝내려면 소리를 질러 엄마를 부르기만 하면 된다는 것을 알았다. 하지만 난 그러지 않았다. 론이 엄마와 언니와 나에게 도움을 주었고, 관계를 망치고 싶지 않았기 때문이다. 그래서 소리를 지르지 않았다. 그가 타라와 엄마가 있는 부엌으로 돌아갔을 때, 나는 통증을 가라앉히기 위해 욕실 캐비닛에서 바셀린을 꺼내 발랐다.

내가 아는 바로는 이게 엄마가 미쳐버린 이유다. 나는 상황이 더 악화되기 전에 론을 저지할 수 있었지만 그러지 않았다. 그리고 나중에 론이 한 짓을 엄마에게 말해버렸다. 그 고백이 엄마에게 마지막 한 방이 되었다. 엄마는 정신을 놓아버렸다.

병원에서는 엄마가 마약중독 때문에 신경쇠약을 자초했다고 말했다. 정신과 치료제가 작용할 기회를 주지 않았기에 이렇게 되었다는 뜻이었다. 오직 나만이 그들이 틀렸다는 걸 알고 있었다. "아이들을 검사하세요." 또각거리는 구두를 신은 또 다른 여자가 간호사에게 지시했다. "자기도 애들 엄마가 애들 아빠에 대해 하는 얘기를 들었어야 하는데. 의사를 불러서 아이들을 검사하세요. 어떤 일이 있었는지 확인해야 하니까."

마치 신의 가호를 비는 사제처럼, 의사가 하늘을 향해 두 개의 손가락을 치켜들고는 장갑에 젤리 같은 것을 발랐다. 간호사가 테이블에서 금속 발걸이를 집었다. 발걸이를 펼 때 특유의 찰칵하는 금속 소리가 났다.

"엘리자베스, 곧 끝날 거야. 넌 그냥 발을 여기 올리면 돼. 자, 착하지. 가만히 있어."

발꿈치가 들어 올려져 차가운 금속 발걸이에 고정되었다. 허벅지를 서늘하게 자극하여 소름이 돋았다. 바람 위로 흩날리는 종이돛처럼, 환자복이 펄럭하고 위로 들리며 개구리처럼 다리가 다이아몬드 형태로 벌어졌다. 의사가 의자를 끌어 가까이 올 때, 벌거벗은 골반을 따라 한기가 스쳤다.

거기 누워서 나는 엄마를 간절히 갈망했다. 손가락에 닿는 부드러운 머리의 감촉과 내 손을 꼭 쥐며 안심시키는 엄마의 따스한 손을. 의사가 따뜻한 불빛을 내게 비출 때, 나는 엄마의 보호를 무엇보다 갈망했다. 다시 모든 것이 예전으로 돌아가기를. 어서 엄마에게 말할 수만 있다면.

엄마와 아빠가 내게 누구도 손대게 하면 안 된다고 말했던 그곳, 나자신도 감히 만지지 못했던 그곳을 의사가 검사하기 시작했을 때, 날카로운 통증이 전신에 퍼졌다. 아무도 믿지 않았지만, 우리 아빠도 결코 손대지 않았던 그곳에.

금속봉이 내 몸을 찢어서 벌리는 것처럼 느껴졌다. 의사의 손가락이 들어올 때, 나는 아주 작게 흐느낄 수 있을 뿐이었다. 간호사가 정강이를 꼭 붙들고 있을 때 손톱이 살로 파고들었다. 눈에 눈물이 고였다.

"끝났다, 엘리자베스. 우린 나갈게. 이제 옷 입어도 돼."

아랫배에서 고통의 나무가 진동하며 자라났다. 나는 테이블에서 천천히 조심조심 내려왔다. 선홍색 핏물 줄기가 허벅지를 물들였다.

어딘가 근처에 있는 방에서 언니도 똑같은 일을 겪고 있었다.

나는 다시 바스락대는 종이 위로 올라가, 상태를 보기 위해 C자 형태로 몸을 말았다. 그런데 무섭게도, 피가 나는 곳은 다리 사이의 빨갛게 부어오른 틈새였다. 가슴에서 두려움이 치솟았다. 내 눈은 허둥지둥 빈방을 훑으며 구멍을 감쌀 무언가를 찾았다. 나는 흰색과 초록색으로 칠한 구급상자에서 거즈 몇 장을 뽑았다. 떨림이 공포에 찬 흐느낌으로 바뀌었다.

종이 가운으로 눈물이 떨어지며 얼룩이 번졌다. 나는 천장을 보고 울면서 상처에 거즈를 꼭 댔다. 이제 예전처럼 아무렇지 않은 기분으로 산다는 것은 상상할 수 없었다.

3장

쓰나미를 봤다면,
탈출하기엔
이미 늦은 거야.

내가 우리 집 밖에서 느끼는 모든 기쁨이
내게는 일종의 배신처럼 느껴졌다.
나는 늘 뭔가를 숨기고 있는 나 자신을 발견했다.
우리 집에서건, 릭과 대니의 집에서건, 학교에서건,
내가 가는 어디에서건, 온전한 나 자신을 위한 공간은 없었다.

1986년에 신경쇠약을 일으킨 이후, 엄마의 정신병은 우리 예상보다 더 심각한 것으로 판명되었다. 엄마는 4년 동안 총 여섯 번이나 정신발작을 일으켰고, 매번 한 달에서 세 달 정도 입원해야 했다. 처음에는 엄마의 발작이 무섭다고 생각했다. 엄마를 너무 이상하게 변화시켰고, 발작 때마다 우리 앞에서 반복적으로 보이는 모습이 계속 눈에 밟혔기 때문이었다.

　엄마는 TV 화면에 등장하는 인물들과 대화를 했다. 우리 집에 엄마를 잡으러 출동한 경찰들이 부츠를 신은 발로 가구들 사이에서 카펫을 밟고 서 있고, 가죽 벨트에 찬 워키도키에서 지지직 소리가 났다. 나는 소파에서 몸을 말고 앉아, 잠옷 자락을 손가락으로 훑으며 그들이 엄마의 손목을 잡아 수갑을 채우는 장면을 지켜보았다. 엄마는 결코 자발적으로 걸어 나가는 법이 없었다.

　정신병동의 베이지색 타일은 얼룩 방지 처리가 되어 있었다. 취침용 침대 하나와 개인 용품을 담을 사각 캐비닛 하나, 씻기 위한 세면대 하나가 제공된 병실에서 엄마의 삶은 단순했다. 삶아놓은 달걀 두 개처럼 크게 벌어진 엄마의 눈은 그저 초점 없이 멍하니 앞을 응시했다.

시간이 지나면서 엄마의 마약 사용 빈도는 두 배로 늘더니, 곧 세 배로 늘었다. 단어를 엮어서 온전한 문장을 완성하는 능력 감소에서부터 흠집 난 자두처럼 까맣게 변색되고 살갗이 벗겨진 팔뚝의 약물 과용 자국에 이르기까지, 중독의 흔적은 엄마의 모든 곳에서 나타났다. 나는 정신병원에서 보내는 엄마의 삶을 다르게 생각하기 시작했다. 엄마는 할 수 있는 한 최대한 마약을 할 것이고, 마약 사용을 막을 수 있는 건 신경쇠약뿐이었다.

노스센트럴 브롱크스 정신병동에서 돌아올 때마다, 엄마는 마약이 없는 건강한 삶을 살 준비가 된 듯 보였다. 퇴원할 때면 엄마는 허벅지와 허리도 굵어지고, 눈 밑의 다크서클도 사라졌으며, 아름다운 검은 머리칼도 풍성해지고 윤기를 되찾았다. 엄마는 익명마약중독자(NA) 모임에 정기적으로 참석했다. 그 몇 주 동안은 아빠가 준 유리 보석함에, 맨정신으로 지낸 시간이 하루, 한 주, 한 달로 접어든 것을 기념하는 희망의 무지갯빛 NA 열쇠고리 더미가 채워졌다. 그러나 언제나 거기서 끝이었다.

계절이 바뀌면 엄마는 어김없이 타락의 징후를 보이기 시작했다. 타락은 모임에 불참하면서 시작되었다. 엄마는 거실에서 미적거리며 오후 6시가 넘도록 TV 채널을 이리저리 돌려댔다. 그렇게 한 번, 두 번, 세 번 모임에 빠지기 시작하다가, 생활보조금이 도착하면 일주일 동안 흥청망청 마약 잔치를 벌여 우리를 파산 상태로 만들었다. 그런 다음, NA 후원자의 전화가 울리고 또 울려도 받지 않고 며칠씩 잠에 빠져들었다. 알고 보니 코카인은 엄마가 복용하는 정신과 약의 효과를 방해하는 약물이었다. 그래서 엄마는 코카인을 과용할 때마다 정신병동으로 가게 되었고 아빠는 졸지에 애 딸린 홀아비 신세가 되었다.

아빠는 어려운 상황에 잘 대처했다. 아빠가 교도소에 있는 동안 엄마의 재정 관리가 더 쉬웠던 것과 마찬가지로, 아빠도 나로서는 알 수 없는 방법으로 한 달 생활비를 오래도록 사용했다. 나는 마음이 아프면서도 어느 정도의 안도감을 느꼈고, 예전에는 도착하자마자 며칠 만에 사라졌던 똑같은 액수의 생활보조 수표로 우리 세 사람이 한 달 내내 저녁을 먹을 수 있고, 대개는 낮에도 음식을 먹을 수 있다는 사실을 알게 되었다. 그렇다면 우리를 늘 이렇게 잘 먹일 수도 있었던 걸까? 아빠는 저녁 시간 동안 좋아하는 옛날 유행가를 흥얼거리면서 오븐 앞에서 땀을 뻘뻘 흘리며 2달러짜리 스테이크와 곁들여 먹을 으깬 감자 또는 파스타까지 요리했다. 우리는 일주일에 이틀은 엄마에게 갔는데, 그때마다 아빠는 리사 언니와 내게 각각 25센트짜리 동전을 네 개씩 주었다. 나는 절반은 늘 곰돌이 푸우가 그려진 돼지 저금통에 저금했다. 꼭 나중에 뭔가를 사기 위해서라기보다는 쌓여가는 동전 더미를 손으로 훑으며 내 것임을 느끼기 위해서였다. 엄마가 병원에서 보낸 이 4년의 기간이 끝나갈 무렵, 내가 모은 동전의 개수로 엄마가 그곳에서 보낸 시간을 계산할 수 있었다. 1990년 중반, 엄마가 저금통을 발견해서 훔쳐 갈 때까지 나는 적어도 20달러 이상을 모았다. "미친 동전들." 나는 엄마의 정신병 때문에 그 동전을 그렇게 불렀다. 아빠도 엄마가 없는 동안 마약을 전보다 덜 했기 때문에—일주일에 일곱 번이나 여덟 번을 넘지 않았다—전보다 돈이 많아졌다. 엄마가 없으니 하룻밤에도 수차례씩 마약을 사러 가는 일도 없었다. 아빠는 맨정신으로 보내는 나머지 시간에 만족한 것처럼 보였다.

그리고 엄마가 돌아온 이후, 비록 짧은 기간이지만 엄마와 아빠 모두 다시 완전히 중독에 빠져들기 전 반쯤은 맨정신으로 지냈던 때도 있었다. 그때는 우리 네 사람이 함께 로우스 파라다이스 극장에서 영화를 보았고, 엄마가 내 머리를 땋아주었고, 아빠가 주기적으로 낮에 도서관에 데려갔고, 양탄자도 진공청소기로 깨끗이 청소되어 있었다.

그러나 아빠와 엄마는 마치 진자처럼 한쪽 방향으로─사회적이고 접근하기 쉽게─움직였다가, 곧 다른 방향으로─모든 면에서 동떨어지고 접근할 수 없게─움직인다는 사실을 나는 알았다. 그것은 끝없는 반복 운동이었고, 변화의 계기는 엄마의 정신병 상태에 의해 결정되었다. 그러나 1990년 여름, 마침내 그 패턴이 깨졌다. 두 사람이 그 어느 때보다 심하게 마약을 남용한, 경악할 만한 8개월이었다. 이 시간은 순탄치 않았던 결혼 생활에 찾아온 가장 심각한 위기와 겹쳤고, 그것은 결코 우연의 일치가 아니었다. 엄마가 지난 4년 중에서 가장 길게 제정신으로 있는 동안 두 사람 사이는 악화된 것 같았다. 침체기가 너무 장기화되어 그 시간이 영원처럼 느껴졌을 뿐 아니라, 엄마에 대한 나의 사랑조차 의심하게 만들었다. 나는 뭔가가─그것이 무엇이건─우리를 덮고 있는 안개를 걷어주기를 바라는 마음에, 엄마가 발작을 일으켜 다시 입원하기를 바라는 나 자신을 발견했다.

내가 열 살이 되기 전 여름, 엄마와 아빠는 때로 폭언까지 섞어가며 언성을 높였다. 그렇게 6월 내내 언쟁을 벌인 끝에 두 사람은 잠을 따로 자기 시작했다. 싸움은 대부분 엄마가 먼저 시작했다. 가장 최근의 싸움은 주로 아빠를 향한 엄마의 막연한 의심에서 비롯되었고, 엄마는 아빠에게 '쥐뿔도 좋은 점이 없다'고 선언했다.

"아빠가 그렇지, 뭐. 늘 음흉해." 엄마는 말하곤 했다.

의사는 서너 차례에 걸쳐 엄마를 퇴원시키며, 매번 엄마가 완전히 회복되었다고 보았지만, 엄마는 아빠가 자신에 관해 뭔가 속이고 있다는 비합리적이고 막연하지만 끈질긴 인상을 버리지 않았다.

"그건 그냥 아빠 성격이야, 리지. 나이 들면 너도 이해하게 될 거다."

나는 병 때문에 엄마가 상상해낸 것과 달리 엄마가 그토록 끈질기게 아빠를 불신할 만한 이유가 있는지 궁금했다. 엄마가 아빠에 대해 험담을 늘어놓을 때면, 난 아빠를 변호했지만, 한편으로는 아빠가 어디에 다녀왔는지 아무 설명 없이 집 밖에서 보낸 시간들을 생각했다. 그리고 가끔은 아빠에 대한 어렴풋한 기억이 떠올랐다.

내 기억으로 내가 여섯 살, 리사 언니가 여덟 살 때 일이다. 아빠는 우리와 맨해튼의 보도를 걸었는데, 나는 우리가 공원으로 가는 걸 알 수 있었다. 공원에 가까워지자, 아빠는 내 손을 놓고 나를 언니 쪽으로 밀었다. 그 행동이 뭔가 나를 불안하게 만들었던 것을 나는 기억한다.

"언니와 가라, 리지. 언니가 네게 메레디스를 소개해줄 거야."

나는 우리가 어디로 가는지, 왜 아빠는 우리와 함께 공원에 가지 않는지 궁금했다. 나는 잡히지 않은 손을 아빠에게 뻗었지만, 아빠는 뒤로 물러났다. 아빠의 손이 떨리고 있었다.

"어서 가자, 리지." 리사 언니가 내 손을 잡아끌었다. "가서 메레디스 언니를 보자. 저기 와 있어."

길 건너편, 공원으로 통하는 산책로 앞에 한 10대 소녀가 서 있었다. 그녀는 갈색 머리였고, 우리가 서로 친한 사이임을 암시하는 듯한 미소를 지으며 우리에게 손을 흔들고 있었다. 몇 년 뒤 리사 언니는 이 이야기를 꺼내 나의 기억을 확인시켜주며, 아빠에게는 엄마를 만나기 전에 다른 딸이 있었다고 말했다. 우리에게는 메레디스라는 이름의 언니가 있었던 것이다. 아빠는 메레디스가 겨우 두 살 때 그녀를 버렸다.

아빠가 집에서나 엄마 앞에서 메레디스에 대해 이야기한 기억은 없다. 이따금 리사 언니와 나는 메레디스를 다시 만나고 싶고, 그녀에 대해 알고 싶다고 말했다. 그러나 누구도 우리를 만나기 이전의 아빠의 다른 삶이나 배다른 자매에 대해 이야기하지 않았다. 그리고 아빠가 늘 집 밖에서 지내기를 좋아했기 때문에, 아빠에 대해 내가 모르는 뭔가가 또 있는지 의문을 품게 되었다. 나는 아빠가 알 수 없는 사람이라는 느낌을 받게 되었다.

아빠의 그런 면이 실제 원인이건 그렇지 않건, 엄마는 종종 아빠에 대한 의심으로 분개했고, 아빠에게 소리치며 마음껏 감정을 표출함으로써 싸움이 시작됐다. 아빠는 점점 냉담해지고 엄마의 발작에 무관심해졌다. "너도 곧 신경 쓰지 않게 될 거다." 아빠는 내게 말했고, 이러한 태도는 엄마의 불신과 분노를 더 깊어지게 했다. 두 사람은 마침내 정상적인 부부 관계를 아예 중단했다. 어떤 면에서는 엄마가 소파로 잠자리를 옮긴 것이 오히려 늦은 감이 있었다.

엄마의 물건들이 추가되니 거실은 침실 분위기가 났다. 커피 테이블 위에는 오래된 잡지들과, 딱딱해진 음식 찌꺼기가 들러붙어 있고 늘 파리가 우글거리는 접시들, 담배며 성냥, 열쇠, 속옷 따위가 여기저기 널려 있었다. 엄마가 잠을 자고 아빠는 시내로 나가는 낮 시간 동안, 나는 살금살금 소파 앞을 걸으며 창문을 닫아 바람을 막아주거나, 엄마의 벗은 몸에 이불을 덮어주었다. 가까이 가면 코를 고는 엄마의 숨결에서 시큼한 맥주 냄새가 났다. 잠에서 깨어나면 엄마는 집 안을 돌아다니며 모든 것에서 우울함을 느꼈다.

이제 엄마와 아빠는 절대 함께 마약을 하지 않았다. 마약을 하지 않을 때, 아빠는 스탠드 옆에서 책을 읽었고, 가끔은 욕실에서 나한테까지 전부 들릴 정도로 크게 웃었다. 아빠는 이제 개인 침실이 된 안방과 책 속에 파묻혀 싸움을 피하려 했다.

엄마와 아빠의 싸움이 너무 격해지면, 언니와 나는 서로 반대쪽에 있는 각자의 방에 틀어박혔다(언니는 음악과 함께, 나는 책과 함께). 나는 책상에 앉아 몇 시간 동안 책을 읽었다. 처음에는 범죄 실화와 전기, 그리고 이런저런 잡다한 지식들에 대한 아빠의 책들을 천천히 읽어나갔다. 그리고 마침내 거의 일주일 만에 책 한 권을 독파할 만큼 빨리 읽기 시작했다. 그 덕분에 학교 출석이 들쭉날쭉했음에도 불구하고 학년 말 시험을 무사히 통과했다. 수업에는 잘 나타나지 않았지만, 내 앞에 놓인 문학 자료들을 대부분 이해할 수 있었던 것이다. 지속적으로 높은 점수를 받았기에 정말 학교에서 배운 것이 있건 그렇지 않건 다음 학년으로 진급할 수 있었다.

그러나 오래가지 않아 나는 학교 밖에서, 그리고 독서와 우리 집 밖에서 출구를 찾았다. 1학년을 마치자마자 나는 가족 생각을 잊게 해줄 뭔가를 찾아 날마다 동네를 훑고 다녔다. 1987년 7월, 이러한 탐색 끝에 나는 릭과 대니를 알게 되었다. 두 살 터울 형제인 그들은 가는 곳마다 쌍둥이로 오해받았다. 둘 다 피부가 캐러멜색이었고, 이를 드러내며 미소 지었고, 머리를 똑같이 짧게 깎았다. 나는 릭보다 한 살이 어리고 대니보다는 한 살이 많았다. 그래서인지 나는 푸에르토리코 혈통만 아니면 내가 그 애들의 누이가 될 수도 있었을 거라는 느낌이 들었다.

우리가 처음 만났을 때 릭과 대니는 유니버시티 애비뉴 쓰레기장에 있는 매트리스 위에서 놀고 있었다. 그들을 본 순간, 나는 그들이 학교 아이들과 달라 보인다고 생각했다. 나처럼 더럽고 나처럼 길들여지지 않은 듯 보여서 그들에게 쉽게 다가갈 수 있었다.

"나도 트램펄린에서 좀 놀아도 될까?" 그들이 위아래로 통통 뛰고 있을 때, 내가 릭에게 물었다. "그래, 넌 우리 손님이야." 그가 대답하고는 웃으며 옆으로 비켜주었다. 우리 셋은 그날 한 시간 이상 함께 놀고 이야기했다. 우리는 서로가 가진 공통점에 놀라워했다. 대니와 나의 유치원 교사는 같은 사람이었다. 게다가 나와 마찬가지로, 크래프트 마카로니와 치즈가 그들이 제일 좋아하는 간식이었다. 그리고 릭 역시 얼음땡보다 숨바꼭질을 더 좋아했고, 릭이 나보다 한 살 많기는 했지만 우리는 생일이 같았다. 그날 몇 시간 뒤, 나는 릭과 대니가 사는 방 세 개짜리의 깔끔한 아파트에서 그들의 가족들에게 둘러싸여 있었다. 가족 구성원은 형인 존과 동생 숀, 의붓아버지와 어머니였는데, 어머니의 이름도 나와 같은 리즈였다. 그녀는 오레가노 향이 나는 상냥한 여인으로, 접시에 밥과 콩을 듬뿍 퍼주며 내게 미소 지었다. 나중에 아이들 방에서 릭과 대니, 나는 밤늦게까지 비디오게임에 열중했는데, 누군가 2층 침대 하단에 누운 내게 담요를 덮어주었고 나는 신발도 벗지 않고 거기에서 잠들었다.

그로부터 3년 뒤, 나는 릭과 대니의 번잡한 가족들 사이에 절반쯤은 끼어 있었다. 그들 집에서 보낸 숱한 밤들과 스페인 식사, 그리고 리즈가 주도한 테마파크와 브롱크스 동물원 나들이 덕분에 나는 그들의 가족 앨범과 홈비디오 속에 심심치 않게 등장했다. 누군가 또는 헤르난데즈 가족의 새 친구가 나중에 가족의 추억을 담은 물건들을 보게 될 때 앨범 속에서 자연스럽게 아이들 옆에서 포즈를 취하고 있거나 평범한 가족 외출에서 릭과 대니, 존, 숀과 함께 할머니에게 팔짱을 낀 나를 볼 수 있다는 것을 생각하면, 그리고 앨범을 넘길 때마다 우리가 함께 나이 들어가는 모습을 볼 수 있다고 생각하면 내심 기뻤다. 내가 가장 좋아하는 사진은 릭과 나의 공동 생일파티 사진이었다. 리즈는 늘 제과점에 케이크를 주문할 때 잊지 않고 파인애플 발렌시아 케이크 위 설탕장식 속에 우리 둘의 이름을 쓰게 했다. 우리가 제 나이의 두 배에 해당하는 촛불을 함께 끄고 있고, 리즈가 열렬히 박수를 치고 있는 장면을 포착한 십여 장의 사진이 있었다. 그녀의 손은 벌새의 날개처럼 생생하고 연속적인 동작이 만들어낸 줄무늬 속에 정지해 있었다.

나는 릭과 대니의 가족을 소중히 여겼지만, 내가 그들을 알았던 당시에는 한 번도 우리 가족에 대해 언급한 적도, 우리 집에 대해 자세히 설명한 적도 없었다. 릭과 대니, 리즈가 묻지 않아서가 아니라, 내가 재빨리 화제를 바꾸거나 나에 대한 다른 정보를 주는 식으로 능숙하게 비밀을 지킬 수 있었기 때문이다. 나는 엉켜서 골프공처럼 뭉친 머리를 고무줄로 엉성하게 묶었다. 목에 낀 민망한 땟자국을 지우려고 그 집에 들어가자마자 욕실로 직행하여 세면대 위에서 때가 실처럼 돌돌 말려 내릴 때까지 살이 빨개지도록 목을 밀었다. 잠을 자기 위해 운동화를 벗었을 때 올라오는 썩은 냄새를 감추기 위해 늘 제일 먼 구석자리, 예를 들어 아이들의 벽장 속이나 부엌의 쓰레기통 옆에 신발을 숨겨두었다. 혹시라도 리즈가 운동화를 찾았을 때 그 악취를 쓰레기 악취와 혼동하게 하기 위해서였다. 내게 이질감을 느끼게 하는 것들을 숨길 수 있다면 나는 좀 더 편안해지고 진정한 소속감을 느낄 것이다. 마찬가지로 나는 집으로 돌아가 우리 가족들에게도 모든 것을 숨겼다.

나는 엄마와 아빠가 릭과 대니, 그리고 특히 리즈와의 경험을 전부 알게 해서는 안 된다는 것을 본능적으로 알았다. 소파에 축 늘어져 있는 엄마의 머리 위로 파리가 윙윙거리고 근처 맥주병 속에 담배꽁초가 둥둥 떠 있는 상황에, 내가 릭과 대니의 가족과 호숫가로 소풍을 가서 햇살 아래서 즐겁게 놀고 그들의 집에서 가정식 요리를 함께 먹었다고 말하는 것은 적절치 않아 보였다. 아빠와 리사 언니에게도 마찬가지였다. 내가 우리 집 밖에서 느끼는 모든 기쁨이 내게는 일종의 배신처럼 느껴졌다. 나는 늘 뭔가를 숨기고 있는 나 자신을 발견했다. 우리 집에서건, 릭과 대니의 집에서건, 학교에서건, 내가 가는 어디에서건, 온전한 나 자신을 위한 공간은 없었다. 내가 학교에서 눈에 띄지 않으려면,

혹은 집에서 '착한' 딸이 되려면, 또는 친구들에게 '정상적'인 사람이 되려면, 나는 내 일부를 숨겨야 했다.

아홉 살이 되던 여름, 나는 점점 더 밖으로 나돌며 세상의 일부가 되었다. 우리 건물을 둘러싼 브롱크스 거리의 붐비는 군중과 구불구불한 뒷골목은 자석처럼 우리를 끌어당겼다. 나는 돌아다니고 싶었고, 일종의 출구를 찾고 싶었다. 그리고 릭의 부모님과 함께 있지 않을 때 나와 릭, 대니의 우정은 순식간에 이런 주체할 수 없는 감정을 배출할 출구가 되었다.

우리 셋은 브롱크스를 어슬렁거리며 단지 우리가 얼마나 멀리까지 걸어갈 수 있는지 보기 위해 발이 아프도록 돌아다녔다. 그랜드 콩코스로 내려갔다가 제롬 애비뉴를 따라 4호선 전철이 커브를 돌며 지하로 들어갈 때까지 그 밑으로 걸어서 유니버시티 애비뉴에서 몇 마일이나 떨어진 양키 스타디움 근처에 이르기까지. 거기서 브롱크스는 맨해튼 북부와 만났고, 도로표지판에는 낯선 지명들이 적혀 있었다. 브롱크스에 해가 질 무렵, 우리는 방향을 틀어 전혀 새로운 경로로 집에 갔다. 그맘때면 거리는 위험한 분위기를 자아냈다. 어두워진 샛길에서는 휴대용 라디오 카세트플레이어가 지지직거리고, 생각에 잠긴 낯선 사람들이 가로등 밑에 모여 있었다. 우리의 놀이는 종종 못된 장난으로 변했다. 함께 있으면 우리는 말썽꾸러기가 되었고, 거리의 아이가 되었고, 남들이 말하는 문제아가 되었다. 시간이 흐를수록, 우리가 함께 있을 때 가장 좋아하는 일들은 하나같이 난폭하고 위험하며, 특히 우리가 하지 말아야 할 것들이 되어갔다.

한번은 사고로 오래된 집의 헛간을 태워먹은 적도 있었다. 그 사건의 발단은 릭과 대니의 아파트에서 함께 본 동굴 탐험기에 대한 영화였다. 애퀴덕트 공원에서 나는 굵은 나뭇가지 끝에 종이봉지 뭉치를 고무밴드로 묶어서 우리만의 탐험 도구를 만들자고 제안했다. 나는 릭의 라이터를 이용하여 그 '횃불'에 불을 붙였다. 그리고 아이들에게 우리의 임무는 지역 양로원 밖에 있는 헛간을 수색하는 일이라고 알려주었다. 그곳은 우리가 진짜 탐험가처럼 느껴질 만큼 어두침침하고 비밀스러워 보였다.

횃불을 들고 기어서 창고 뒤쪽의 개구멍을 통과하는 순간, 실수로 창고에 순식간에 불이 붙어버렸다. 본체 건물의 경보기가 울렸다. 내가 먼저 뒤로 물러섰고, 대니는 활활 타오르며 퍼져가는 불길 앞에서 제 눈을 의심하며 망연자실 서 있었다.

"야, 불이야!"

나는 그들의 셔츠를 세게 잡아당겼다.

"도망쳐! 어서!" 내가 소리쳤다.

우리는 커다란 밴에 도착할 때까지 말없이 전속력으로 뛰었다. 그 차는 우리 셋이 뒤에 숨어도 보이지 않을 만큼 컸다. 그곳에서 우리는 공포로 얼어붙은 채 소방관들이 출동하여 헛간에 호스로 물을 뿌리고, 10여 명의 노인들이 실내복 차림으로 보도에 모여 있는 광경을 지켜보았다.

우리는 207번로 다리 아래 지역을 탐험하기도 하고, 메트로―노스 철도를 따라 걸으며 철로에 돌을 얹어 기차 바퀴에 부딪쳐 날아가게 했다. 그리고 질주하는 자동차를 피하는 스릴을 맛보기 위해 크로스 브롱크스 고속도로를 뛰어서 건넜다. 나는 동네 탐험을 지휘했다. 기끔은 아이들을 슈퍼마켓으로 인도하여 주머니에 막대사탕을 가득 채운 뒤 나올 때는 조심스럽게 따로따로 나오도록 지시했다. 우리는 주먹만 한 돌을 창고 창문에 던져 폭발적인 굉음과 파편들이 떨어질 때 내는 쨍그랑 소리를 음미했다. 이런 순간 웃음이 우리를 결속시켰다. 대담한 장난은 우리 외출의 하이라이트였다.

1990년 7월 초의 어느 날, 우리는 몇 시간 동안 그랜드 애비뉴를 따라 아파트 건물을 들락날락하며 문가의 현관 매트는 모조리 가져다가 하나하나 승강기 통로에 던지고는 그것들이 퍼덕이며 떨어지는 소리에 귀 기울였다. 우리는 웃음소리를 최대한으로 줄여 걸리지 않고 1층으로 내려왔다.

또 다른 스릴을 찾아 로비에 서 있던 대니는 늘 뒷주머니에 가지고 다니는 드라이버로 누군가의 우편함을 열기 시작했다. 문득 벽에 기대어진 금속 커튼 봉이 내 눈에 들어왔다. 나는 그걸 냉큼 집어서 릭에게 건넸다.

"이걸 시험해봐." 내가 말했다. 릭은 커튼 봉을 노려보더니 나를 보며 설명을 요구했다. 나는 열린 엘리베이터 문 안쪽 틀에 있는 용도를 알 수 없는 쥐덫만 한 네모칸을 가리켰다.

"그래, 거기에 해봐." 대니가 봉투를 높이 들고 흔들며 말했다.

릭은 주저 없이 가느다란 봉 끝으로 그 네모칸을 찔렀다. 곧 봉이 닿은 부분에서 선명한 불꽃이 번쩍이며 딱딱 소리가 났다. 릭은 자기도 모르게 휘청거리며 뒤로 물러났다. 그는 자기 손을 보고 새까맣게 더럽혀진 손가락을 쫙 폈다. 대니가 먼저 웃었고, 곧 우리 모두 자지러지게 웃었다.

그 애들과는 달리 야간 통금 시간이 없었던 나는 그들 어머니가 정한 통금을 무시하고 밖에서 늦게까지 놀자고 유혹했다. 그 애들을 곤란에 빠뜨리게 하고 싶어서가 아니라 헤어지기가 싫어서였다. 가끔 우리는 캄캄한 밤하늘이 다시 환해질 때까지 밖에 있기도 했다. 브롱크스에서는 그것을 '밤을 깨뜨린다'고 말했다.

저녁에 릭과 대니가 집으로 가버리면, 나는 할 일이 없었다. 최대한 천천히 걸어서 집으로 돌아가며 그날 우리가 함께한 순간들의 영상을 마음속으로 재생했다. 그리고 다음 날 계획을 머릿속에 그렸다.

바깥의 건조한 여름 공기와는 대조적으로, 우리 아파트는 주로 욕실에서 나오는 음습한 냄새가 가득했다. 욕조는 여전히 막혀 있었고 전보다 더 냄새가 지독해졌다. 거의 소리가 나지 않는 TV를 제외하면 집 안은 완전히 캄캄했다. 볼륨을 낮춘 카세트에서 흘러나오는 데비 깁슨의 노래로 리사 언니가 방에 있다는 것을 알 수 있었다. 나는 더 안쪽으로 들어가 엄마가 칠흑 같은 거실에서 코를 훌쩍이는 소리를 따라갔다. 내가 분간할 수 있는 것은 엄마가 들고 있는 빨간 담뱃불뿐이었다. 또다시 엄마의 슬픈 레코드가 돌아가고 있었다. 엄마가 「혹등고래의 울음」이라고 부르는 노래였다.

"엄마." 내가 담뱃불에 대고 말했다. 잠시 침묵이 흐른 뒤, 엄마가 숨을 깊이 들이쉬는 소리, 그리고 뒤이어 맥주병이 휙 하고 움직이는 소리가 들렸다.

"안녕, 엘리자베스." 고래의 날카로운 울음이 절정에 이르러 엄마의 인사 끝부분이 들리지 않았다. 엄마가 내 이름을 정식으로 부를 때는 정신병 상태로 빠져들 때뿐이었다. 그래서 나는 불안해졌다.

"엄마, 무슨 일이야?" 나는 매트리스를 더듬거리며 겨우 두어 걸음 거실로 들어갔다. 나는 문에서 가장 가까운 매트리스 가장자리에 앉았다. 엄마가 말할 때 나는 드러난 매트리스 스프링을 따라 손가락을 굴렸다.

"아, 난 그냥……." 엄마가 반쯤 웃으며 말했다. "나도 모르겠다, 엘리자베스. 그냥 외롭구나." 담배 끝이 환하게 빛을 냈다.

"아빠는 어디 있어?"

"누가 알겠니." 엄마가 힘없이 말했다.

"둘이 또 한바탕 한 거야?" 밖에서 막 들어와 아직 흥분이 가시지 않은 상태여서, 나는 발을 앞뒤로 흔들었다.

"네 아빠가 자상한 남자는 아니잖니. 엘리자베스, 너도 알지? 언젠가 네가 좀 더 나이가 들고 나면 자세히 말해줄게." 엄마가 자신의 말을 강조하기 위해 어둠 속에서 손을 흔들자 담뱃불이 빨간 줄무늬를 그렸다.

"난 아빠에 대해 지금 알고 싶어." 내가 말했다.

"아니, 넌 그저 네 아빠를 감싸고 돌 거야…… 그리고 내가 외롭다고 생각하겠지. 음, 난 그저 사랑이 필요한 것뿐이야…… 사람들은 누구나 사랑받을 필요가 있잖니." 엄마가 소리 높여 말하고는 맥주를 또 한 모금 마셨다. 전축이 계속 돌아가며 보이지 않는 고래들의 날카로운 울음이 뚫고 지나가는 출렁이는 깊은 바다의 소리가 방 안을 가득 채웠다.

내 심장박동이 빨라졌다. 엄마가 이렇게 되는 건, 이렇게 초라한 은 둔자처럼 되는 건 싫었다. 곧 발작이 다가오고 있음을 알리는 모든 신호가 거기에 있었다. 이전의 신경쇠약 발병 때와 똑같았다. 마지막에 엄마는 완전히 착란에 빠졌었다. 엄마는 전기요금 청구서를 생활보조금 수표로 오해했고, 자기 자신을 콘 에디슨―전력회사의 이름―이라고 착각했다. 나는 그때 엄마를 엄마라고 부르는 실수를 했다. "난 네 엄마가 아니야. 난 에디슨이야. 이 쥐방울만한 계집애야!" 엄마가 말했다. "내 돈을 훔쳐갈 생각은 말아. 어서 내놔!" 실제 수표는 현금으로 바꾸지도 않은 채 바지 주머니 속에 속수무책으로 갇혀 있었고, 냉장고는 몇 주 동안이나 텅 비어 있었다. 며칠 뒤 우리가 실제로 굶주림에 배가 아플 지경에 이르렀을 때, 그리고 1A호에 노크를 하여 남는 음식이 없는지 또다시 물어보기가 너무 민망해졌을 때, 언니와 나는 치약과 체리 맛 챕스틱을 나눠 먹었다.

나는 거기 앉아서 엄마의 정신상태가 현재 어느 단계인지 확인했다. 지금은 엄마가 우리에게 거의 말도 하지 않고 심지어 우리를 알아보지도 못하는 단계였다. 이제 곧 침묵 상태로 들어가서 오직 자기 자신과 자신이 거기 있다고 믿는 인물들에게만 말하게 될 것이라고 나는 생각했다. 우리는 엄마의 증세가 더 심해져서 엄마의 의사와 상관없이 병원으로 끌려갈 때까지 기다릴 수밖에 없었다. 그러면 리사 언니와 나는 최선을 다해 집을 청소하고 쓰레기를 커다란 봉지에 담고, 실내에 방향제를 뿌리고 욕실 문을 단단히 닫아둘 것이다. 아빠는 앰뷸런스와 경찰을 부르고, 엄마는 다시 이 집에서 나갈 것이다. 엄마의 지금 행동으로 볼 때, 그런 순간이 오기까지 아마 한 달도 남지 않았을 거라고 나는 추측했다.

"음, 난 엄마를 아주 많이 사랑해." 나는 내가 낼 수 있는 가장 다정한 목소리로 말했다.

"아니야, 엘리자베스. 난 날 사랑해줄 남자가 필요해. 알겠니? 모두들 알겠지? 난 단지 한 남자의 사랑이 필요해." 엄마가 흐느끼기 시작했다. "난 한 남자의 사랑이 필요해." 엄마가 계속해서 되풀이했다.

"아빠는 엄마를 사랑해." 내가 말했다. 어둠 속에서 아무 대답이 없었다. "아빠는 엄마를 사랑해." 나는 한 번 더 속삭였다. 그것은 엄마에게 하는 말이라기보다, 나 자신에게 하는 말이었다.

*

어느 목요일 오후, 외출하려고 운동화 끈을 매고 있는데 문에서 날카로운 노크 소리가 났다. 나는 즉시 사회복지사가 찾아올 때를 대비하여 고안해둔 방법을 동원하여, 문구멍으로 밖을 내다볼 준비를 하며 발끝으로 살금살금 문으로 다가갔다. 그런데 경악스럽게도, 엄마가—이미 제정신이 아닌 데다 더럽고 긴 티셔츠 한 상반 입은 채로—먼지 문으로 가서 벌써 자물쇠를 열고 있었다. 썩은 쓰레기며 낡은 옷이며 천 개는 될 듯한 카펫 위 담배꽁초와 온갖 더러운 것들이 도처에 깔려 있는 집안 꼴 때문에, 나는 당황해서 어쩔 줄 몰랐다. 철컥하고 문이 열리는 소리와 함께 엄마가 들여보낸 사람을 보았을 때, 나는 다리에 힘이 풀렸다. 빳빳한 양복 차림의 20대 백인 남자. 우리의 부적합한 생활 환경을 보고할 의무가 있는 사회복지사가 분명했다.

큰 쓰레기들은 어쩌지 못했지만, 나는 부엌으로 달려가 적어도 그가 앉을 곳을 마련하기 위해 수건으로 의자를 닦았다. 바로 그때 리사 언니가 방에서 나오며 그 남자의 이름을 불러서 나를 놀라게 했다.

"맷, 맞죠?" 언니가 아무렇지 않게 물었다. 리사 언니가 아동복지국 직원을 부른 걸까?

"네가 리사니?" 그가 놀란 듯한 목소리로 물었다.

"네." 언니가 말했다. "거실로 가서 좀 앉죠. 커피 테이블이 좋겠어요."

나는 당황해서 조금 더 덩치가 커 보이려고 급하게 긴팔 셔츠를 입었다. 한 사회복지사가 내 가벼운 몸무게를 언급하며, 내 상태가 개선되지 않으면 우리를 다른 곳에 위탁하겠다고 위협한 다음부터 내가 쓰게 된 전술이었다. 리사 언니는 귀 뒤에 긴 머리칼을 꽂으며 엄마의 청바지를 깔고 소파 위에 앉았다. 엄마도 함께 앉았다. 나는 그 남자 가까이에 있는 부엌 의자에 앉았다. 내 생각에 그곳이 상황을 관찰하기 가장 좋은 위치였다. 그때 현관문이 쿵 하고 닫히며 가게에 갔던 아빠가 돌아왔다. 배 속이 뻣뻣해지며 오그라드는 기분이었다.

아빠는 휘파람을 불며 들어오다가 서류 가방을 놓을 만한 깨끗한 곳을 찾고 있는 낯선 남자를 보고 걸음을 멈추었다. 나는 그가 자기 구두 근처에서 기어가는 바퀴벌레를 눈치채지 못하기를 기도했다. "어, 손님이 계셨군." 아빠가 눈에 띄게 가라앉은 기분으로 말했다. 아빠의 어조는 날카로웠고 일부러 적대감을 드러냈다.

"안녕하십니까. 저는 맷입니다." 남자가 아빠에게 악수를 청하며 대답했다. 그의 태도는 지나치게 예의 바르고 전혀 고압적이지 않았다. 뭔가 이상했다. 아빠의 얼굴을 보니, 아빠 역시 그것을 눈치챈 것 같았다. 나는 방을 치우기 위해 접시를 나르는 일을 마쳤지만, 남자는 이미 가죽 가방을 자기 무릎 위에 올려놓았다.

바로 그때, 나는 엄마의 모습을 보고 심장이 내려앉는 줄 알았다. 엄마는 편안하게 다리를 쩍 벌리고 있었다. 아빠는 내게 경고의 눈빛을 날리고 내 맞은편 의자를 들어 당겨 앉아 커피 테이블의 마지막 남은 공간을 채웠다. 나는 이렇게 우리 모두 함께 앉아본 것이 참 오랜만이라는 사실을 깨달았다. 실내에 침묵이 흘렀다. 우리는 맷을 쳐다보며 기다렸다.

"그게 말입니다." 그가 방 전체를 휙 훑어보며 입을 열었다. 군데군데 손상된 더러운 블라인드와 바닥으로 내용물이 넘치는 구멍 난 쓰레기봉투들, 그리고 그 봉투 안팎으로 들락거리는 10여 마리의 바퀴벌레들. 그는 셔츠 깃을 당기며 헛기침을 했다.

"제가…… 제가 오늘 여기에 온 건…… 에헴……『브리태니커 백과사전』에서 제안한 흥미로운 기회를 여러분과 나누려는 취지에서입니다."

갑자기 온몸에 긴장이 풀렸지만 그것도 잠시뿐이었다. 이 남자가 사회복지사가 아님을 알고 안도의 숨을 들이쉬기도 전에, 아빠를 보고 다시 긴장감이 찾아왔다.

"실례합니다." 아빠가 눈썹을 치켜올리며 남자에게 아주 가까이 몸을 기울였다. "댁이 어디서 왔다고 하셨죠?" 아빠는 의심스러운 눈으로 턱을 안으로 잡아당긴 채 팔짱을 꼈다.

3주 전 어떤 순간이 갑자기 떠올랐다. 늦은 밤이었다. 리사 언니와 나는 「허니무너」 재방송을 보고 있는데 『브리태니커 백과사전』 광고가 화면을 채웠다. 한 소녀와 소년이 숙제를 하느라 씨름하면서, 전문가처럼 보이는 부모님에게 계속해서 도움을 청했다. 아이들이 질문할 때마다 부모님은 "조사해보렴"이라고 말할 뿐이었다. 아이들은 믿음직한 『브리태니커 백과사전』의 도움을 얻어 조사를 했다. 그리고 아이들이 시험지에 A를 받았을 때, 가족들이 거실에 모여 불이 탁탁 튀는 벽난로 옆에서 우리 것보다 훨씬 더 깨끗하고 새것인 커피 테이블에 둘러앉아 축하를 해주었다.

리사 언니의 관심은 화면에 고정되어 있었다. 내레이터가 두 권의 무료 책자가 제공되는 무료 가정설명회를 신청할 것을 권유할 때—이제야 아차 하는 생각과 함께 기억이 났다—리사 언니가 펜을 들고 번호를 받아 적기 시작했다. 설마 언니가 정말 전화를 걸리라고는 생각하지 않았다.

"이것이 저희 브로슈어입니다." 맷이 서류 가방에서 번쩍이는 자료들을 꺼내며 말했다. "한번 보시죠."

그는 수시로 단정하게 젤을 바른 머리를 손으로 만졌고 말하기 전에 입술을 침으로 적셨다.

"물 한 잔 드릴까요?" 내가 물었다. 최소한 나는 정상이라는 것을 그에게 꼭 알리고 싶었다.

"아니, 괜찮아." 그는 나를 보지도 않고 즉시 대답했다. 뺨이 확 달아오르는 것을 느꼈다. "이건 여러분 모두를 위한 것입니다." 그는 시계

방향으로 우리에게 팸플릿을 한 부씩 돌리며 말했다. 자기 차례가 되기 전에 엄마가 리사 언니 것을 그의 손에서 낚아챘다. 남자는 잠시 움찔했지만 곧 팸플릿을 계속 나눠주며 엄마를 크게 빙 둘러 리사 언니에게 한 부 나눠주었다. 나는 땀이 나기 시작했다.

분명 그 역시 땀을 흘리고 있었다. 나는 그가 수시로 헛기침을 하며 말하는 모습에서 욕조의 악취 때문에 숨 막혀 한다는 걸 알 수 있었다. 리사 언니는 브로슈어를 보기 위해 안경을 꺼냈다. 언니도 불편한 기분을 느꼈는지 어떤지는 알 수 없었다.

"이 『브리태니커 백과사전』을, 에헴, 소장하시는 이점은, 에헴, 정말 헤아릴 수 없을 정도입니다. 에헴, 교육적 측면에서—"

아빠는 손마디가 하얘질 만큼 팸플릿을 꽉 쥐고 남자의 말을 재촉하듯이 수시로 말했다. "예, 좋아요, 예, 그래요."

남자가 말할 때 쓰레기에서 날아온 파리 두어 마리가 그의 얼굴 앞을 윙윙거리며 지나쳤다. 그는 팸플릿을 펴는 척하며 종이로 파리를 때렸다. 엄마가 입을 열었을 때 나는 그 자리에서 죽고 싶었다.

"당신이 여기에 와서 이런 짓을 하고도 무사할 거라고 생각해?" 엄마가 그에게 코웃음 치며 말했다.

"시, 실례지만 무슨 말씀이신지?" 그가 말을 더듬었다.

"아무것도 아니에요." 내가 재빨리 말했다. "아무것도요. 어서 끝내세요. 그러니까, 제 말은 어서 계속하시라고요."

엄마는 눈을 너무 크게 뜨고 있어서 멀쩡한 사람으로 보이지 않았다. 엄마는 자신을 제외한 누구에게도 보이지 않는 무언가를 향해 고개를 끄덕였다.

"엄마!" 리사 언니가 팸플릿을 읽다가 눈을 들어 말했다. "내가 맷에게 와달라고 말했어요. 그래서 맷이 여기 온 거라고요." 엄마는 꿈쩍도 않고 계속 그를 노려보았다.

엄마의 정신 상태와 관계없이, 언니는 엄마를 마치 완벽한 정상인 대하듯 했다. 그러고 나서 엄마의 행동이 자신이 예상한 논리적 결과와 충돌하면 분개하곤 했다. 그런 패턴은 비합리적일 뿐 아니라 답답한 노릇이었다. 엄마가 제정신이 아닐 뿐 아니라, 리사 언니 역시 현실과 분리되어 있는 것처럼 보였다. 그래서 가끔 내가 언니를 둔 게 아니라 동생을 둔 것 같은 느낌이 들었다.

"전부 해서 얼마예요?" 리사 언니가 남자를 쳐다보며 물었다. 남자는 엄마의 가차 없는 눈빛에 불편해하며 몸을 이리저리로 움직이고 있었다.

"음, 운 좋게도, 『브리태니커 백과사전』은 다양한 지불 방법을 제시하고 있습—"

아빠가 다시 팔짱을 끼고 우쭐하는 미소를 지으며 말허리를 끊었다.

"그러니까, 선생. 말해보세요. 이게 저 아래 공공도서관에 비치된 것과 똑같은 겁니까?" 아빠는 사람들이 자신을 이용하려 든다고 생각했다. 하지만 자신은 그렇게 호락호락 당하지는 않는다는 듯한 태도로 사람들을 대하는 습관이 있었다.

"음, 이런 책을 소장하는 사치를, 에헴, 과소평가할 수는 없습니다. 그리고 학생의 질문에 대해서라면—" 그가 리사 언니를 보며 말했다. "몇 가지 지불 방식이 있습니다. 에헴, 누구라도 감당할 수 있도록……."

엄마는 맷의 존재를 까맣게 잊고 멍하니 뾰족한 손가락으로 콧구멍을 팠다. 그는 못 본 척했지만 엄마가 손가락을 소파 팔걸이에 닦았을 때 자기도 모르게 인상을 찌푸렸다. 아마도 내가 우리 가족 중 그것을 눈치챈 유일한 사람이었을 것이다. 나는 어떻게든 그에게 설명할 수 있기를 바랐다. 이 상황이 어떻게 보일지 나는 알았다. 나는 이해했다. 나는 내가 이해하고 있다는 사실을 남자가 알 수 있도록 계속해서 그에게 시선을 주었다. 그러나 그는 짧은 순간만 내 쪽을 본 뒤 다시 다른 곳으로 시선을 돌렸다.

"우리가 특정한 책 몇 권만 원한다면요?" 리사 언니가 물었다. "예를 들어 대통령이나 전쟁에 관한 특별호 같은 거요."

언니는 대체 무슨 생각을 하고 있었던 걸까? 언니는 매일 아침 어떤 집에서 눈을 떴는가? 우리가 며칠씩 제대로 된 식사를 못 하는 경우가 허다한 판에, 설령 펠로폰네소스 전쟁이나 링컨이 몇 년도에 태어났는지 따위를 조사하고 싶다 한들 그게 무슨 대수란 말인가? 엄마가 코딱지를 파먹고 아빠가 5초마다 몸을 뒤틀고 있는 동안 우리가 감당할 수 없을 게 뻔하고, 심지어 그 남자도 우리가 결코 받아들이지 않을 걸 알고 있는 지불 방식에 대한 남자의 제안에 고개를 끄덕이는 언니를 보며, 나는 언니가 이것이 얼마나 어리석은 짓인지 깨닫기를 바랐다. 우리처럼 현실을 똑바로 직시하게 되기를.

마침내 그 엄청난 시련의 시간이 모두 끝났을 때, 가장 안도감을 느끼는 사람이 누구인지 알 수 없었다. 맷일까, 아니면 나일까. 이후 3개월 반 동안, 엄마는 또 한 차례 병원에 입원했고, 『브리태니커 백과사전』 광고가 나올 때마다 아빠는 내게 눈으로 언니를 은밀하게 가리키며 팔짱을 끼었다. 그때마다 나는 우리 집을 찾은 최초의 손님을 맞았을 때의 굴욕을 다시금 되새겼다.

리사 언니로서는 무척 실망스러웠지만, 두 권의 무료 백과는 결코 오지 않았다.

*

엄마가 다시 강제 입원하고 5일이 지났을 때, 다음 달 수표가 아직 도착하지 않았다. 나는 찬장을 뒤졌지만 그곳은 불모의 공간이었고, 먹을 것이라고는 조금도 찾을 수 없었다. 배 속이 불이 붙은 듯 뜨거워지고 온몸이 떨리기 시작했을 때, 나는 이 상황에서 내가 무엇을 할 수 있는지 알아보기 위해 밖으로 나가기로 결심했다. 나는 릭과 대니와 알고 지내는 케빈이라는 소년을 염두에 두었다. 케빈은 나보다 나이가 조금 많은 정도였지만, 주머니에 항상 돈이 있었고 자신의 일자리에 대해 늘 이야기했다.

벌써 아침 10시였고 낮 시간에 케빈이 동네를 얼쩡거리는 것을 본 적이 없기 때문에, 나는 릭과 대니와 함께 포덤 로드와 유니버시티 애비뉴로 달려갔다. 그곳에서라면 혹시 일터로 가는 케빈을 붙잡을 수 있을지도 몰랐다. 우리는 애퀴덕트 공원 안 모두가 '죽은 고양이길'이라고 부르는 구역 앞에 있는 12번 버스 정거장에서 케빈을 발견했다. 그랜드 애비뉴에서 온 남자들이 길고양이들을 잡아다 이곳에서 황소들과 싸움을 붙이는 바람에, 일요일 아침마다 형체를 알아볼 수 없는 피투성이 고양이 시체들이 시멘트 위에 여기저기 흩어져 있는 광경을 볼 수 있었다. 나는 어쩔 수 없을 때만 그 길 근처에 갔다. 털 한쪽이 피에 젖어 축 늘어진 고양이 시체를 본 뒤 악몽에 시달렸기 때문이다.

우리가 유니버시티 애비뉴를 건너 포덤으로 갔을 때, 케빈은 마침 버스 앞문으로 내리고 있었다. 버스 기사가 뭐라고 소리를 지른 뒤 문을 닫고 출발했다. 케빈은 기사를 무시했다. 그에게 다가가는 우리를 보고도 그는 전혀 놀라지 않는 듯했다. 우리가 다가갈 때 그의 태연한 표정을 보았다면―처진 눈꺼풀과 따분해 보이는 침착한 표정―누구라도 그가 우리가 오리라고 예상했다고 생각했을 것이다. 나는 릭에게 소개를 부탁했다.

"음, 케빈…… 이 애는 내 친구 엘리자베스야. 음, 우린 네 일자리에 대해 알고 싶어."

"너희들 돈을 벌고 싶구나?" 그가 만면에 미소를 띠며 말했다. 릭과 대니는 반쯤 어깨를 으쓱하며 반쯤 고개를 끄덕였다.

"그래." 내가 앞으로 나서며 즉시 대답했다. "벌고 싶어. 어디서 벌 수 있는지 알려줄래?" 마치 배 속이 위산으로 타들어가는 기분이었다. "어디서든 일할 거야." 내가 말했다. "지금 갈 수 있을까?"

케빈은 버스에 무임승차하는 방법을 가르쳐주었다. 우리는 버스 기사의 의심을 사지 않기 위해, 뒷문에서 몇 발짝 떨어진 곳에서 옆으로 비켜서서 기다렸다. 그러다가 우리가 하차하는 승객들에 가려 시야에서 사라질 때 잽싸게 뒷문으로 올라탔다. 목적지는 브롱크스 동물원 바로 옆, 포덤 로드가 간선도로와 이어지는 지점에 있는 셀프 주유소라고 케빈이 일러주었다. 우리는 주유소 고객들에게 달려가 팁을 기대하며 주유를 대신 해줄 수 있었다.

케빈은 버스를 타고 가는 내내 우리를 교육시켰다. 우리는 찜찜한 마음을 감추기 위해 애쓰면서, 고개를 끄덕이며 조용히 들었다. 케빈의 '일자리'가 정상적인 일자리가 아님을 깨달았을 때, 배 속의 굶주림이 어느 정도 잠잠해지며 불안을 느낄 여지가 생겼다. 그러나 버스가 덜 컹거리며 포덤 로드를 달리는 동안, 나는 계속 태연한 얼굴로 애써 걱정을 삼키며 케빈의 조언에 귀 기울였다.

"그냥 서서 벙어리처럼 사람들을 쳐다보면 돼. 손님들이 팁을 주지 않을 가능성은 조금도 생각하지 않는 듯이 말이야. 팁을 안 주면 쩨쩨한 사람이라고 느끼도록 만들어야 해. 그럼 뭔가를 줄 거야. 특히 백인 여자들이. 너희도 뭔가를 얻을 수 있어. 우리 모두. 그냥 다짜고짜 주유 펌프를 쥐고 사양하지 못하게 만들면 돼."

그 수법은 정말로 통했다. 처음에는 기름을 땅에 흘리지 않고 주유구에 노즐을 집어넣는 요령을 터득하기까지 시간이 제법 걸렸다. 그러나 몇 시간 만에 나는 프로가 되었다. 어두워질 무렵 나는 30달러 이상을 벌었다. 내가 한 번에 그렇게 많은 돈을 가져본 것은 난생처음이었다. 처음에는 쉽지 않았다. 주유소 직원들이 아크릴 유리로 막힌 부스를 가끔 박차고 나와서 우리를 쫓아냈던 것이다. 그들은 우리가 월권을 하고 있다며 경찰에게 전화를 걸겠다고 위협했다. 그러나 우리 넷은 그 두 명이서 감당하기에 너무 빨랐다. 게다가 둘 중 한 명만 부스를 떠날 수 있다는 것도 우리에게 유리했다. 그리고 서로 망을 봐주는 방식과 혼란을 피하기 위해 각자 다른 방향으로 뛰기로 한 약속 덕분에, 그들은 우리를 잡을 수 없었다. 우리가 다시 원래 위치로 돌아올 때까지 채 5분도 걸리지 않았다. 그들이 부스에서 번뜩이는 눈으로 우리를 바라보는 것을 포착한 순간, 나는 케빈이 그들에게 가운뎃손가락을 치켜세우는 것을 목격했다.

처음에는 나에 대한 운전자들의 반응이 불쾌했고, 거절당할 때마다 자신감에 상처를 입었다. 내 목소리는 수줍게 떨렸고, 사람들이 알아들을 때까지 몇 번씩 반복해서 부탁해야 했다. "뭘 원하는 거니?" "기름은 어디 있지?" 그들은 말하곤 했다. 더 심한 경우에는, 내가 용기를 내어 더 크고 똑똑한 소리로 "제가 대신 주유를 해드릴까요?"라고 물을 때까지, 그들은 혼란스러운 얼굴로 나를 묵묵히 쳐다보았다. 나는 이렇게 망설이는 동안 몇 번이나 거절을 당했다. 마침내 나는 자신 있게 행동해야 한다는 것을 깨달았고, 그러고 나니 용기를 내기가 한결 쉬워졌다. 오래지 않아 나는 주유 펌프에 손을 뻗으며 예의 바른 미소를 띠고 말하고 있었다. "제가 대신 해드릴게요." 이렇게 하니 거의 매번 성공했다.

스스로 돈벌이를 하는 게 신이 나서, 나는 오후로 접어들고도 한참 뒤까지, 그리고 케빈과 릭, 대니가 집으로 돌아가고도 한참 뒤까지 그곳에 머물렀다. 딱 한 번 근처에 있는 맥도날드로 해피밀을 사러 갈 때를 제외하곤 자리를 비우지 않았다. 나는 치즈버거를 사기 위해 군침을 흘렸고, 주유소로 돌아오는 길에 겨우 몇 입 만에 그것을 다 먹고 손가락까지 깨끗이 핥았다. 내가 그때까지 먹어본 가장 맛있는 식사였다. 위통이 마침내 가라앉았다. 나는 돌아가서 하늘이 사파이어 빛으로 변하고 저녁 바람에 팔과 다리에 소름이 돋을 때까지 일했다. 마침내 나는 버스를 타고 집으로 향했다. 무임승차로 돌아가는 내내, 나는 두근거리는 마음으로 그날 있었던 일을 곱씹었다. 스스로 돈을 벌어보니 새로운 가능성들이 보이기 시작했다. 정말 신나는 경험이었다.

어쩌면 케빈이 혼자서는 극복할 수 없는 유일한 장애―주유소 직원들이 그를 추격하는 문제―를 해결하기 위해 우리를 데려갔을지도 모른다는 생각이 들었다. 우리에게 망을 보게 한 뒤부터, 케빈은 거의 어떤 방해도 받지 않고 마음껏 돈을 벌 수 있었다. 우리는 그날 하루 동안 케빈과 일했고 그 이후로 그와 다시 말하지 않았다. 그러나 그와의 짧은 조우는, 내가 나의 상황을 변화시키기 위해 뭔가 할 수 있다는 사실을 느끼게 해주었다. 그는 내 친구가 아니었지만, 케빈이 어떻게 혼자 그런 방법을 찾았는지, 어떻게 돈이 없다는 것―내부분의 사람들이 어쩔 수 없는 불변의 상황이라고 생각하는 것―을 우리가 극복할 수 있는 것으로 간주하게 되었는지 존경스러웠다. 세상에는 변화시킬 수 있는 게 또 뭐가 있을까? 나는 내 앞에 다른 어떤 기회가 놓여 있을지 궁금했다.

포덤 로드를 따라 줄지어 선 상점들이 밤을 배경으로 빛을 발했다. 나는 버스 창문 너머로 쇼핑객들이 새로 산 물건들을 가득 담은 가방을 움켜쥐고 상점 안팎으로 드나드는 모습을 보았다. 엄마와 함께 버스를 타고 그 주유소 앞을 그토록 자주 지나가면서도, 왜 굶주림을 해결하기 위해 내가 뭔가 할 수도 있다는 생각을 못 했는지 생각했다. 이제 이 상점들을 지나치면서, 나는 내가 그동안 보지 못한 어떤 기회가 있을지 궁금했다. 분명 상점마다 사람을 고용할 권한이 있는 관리자가 있을 것이다. 아직 아홉 살인 내가 정식으로 고용되기에는 너무 어리다는 것을 알았지만, 조금만 설득하면 어떤 사장들은 내게 팁을 주고 바닥을 쓸게 하거나 청소를 시킬지도 모른다. 어쩌면 우리는 수표를 다 쓴 뒤에도 늘 먹을 것이 없어 쩔쩔매지 않아도 될 것이다. 저 많은 상점들 중에, 어딘가에 나를 위한 곳이 적어도 한 곳쯤 있을 것이라고 나는 생각했다.

포덤 로드를 지나가면서, 나는 기분 좋은 피로감을 느끼며 버스 좌석에 편안히 기대었다. 반바지 주머니 속 묵직한 동전들이 허벅다리 위로 굴렀다. 리사 언니와 아빠와 나를 위해 중국 음식을 사고도 남을 돈이었다. 나는 마음속으로 다음 날을 계획했다. 그리고 머리를 창문에 기댄 채 내가 어쩌면 우리에게 일어나는 일에 대해 발언권을 갖게 될 수도 있으리라는 새로운 생각과 함께 달콤한 선잠에 빠져들었다.

*

다음 날 아침, 나는 남은 돈 20달러를 가지고 일거리를 찾아 포덤 로드를 왔다 갔다 했다. 주유소는 종업원들에게 시달리기 때문에 진정한 일자리가 될 수 없었다. 좀 더 믿을 만하고 좀 더 지속적인 일을 찾고 싶었다. 나는 상점마다 들어가서 최대한 진지하고 책임감 있게 보이려고 애쓰며 사장과의 대화를 요청했다. 그러나 아무리 노력해도, 나를 진지하게 받아들이는 사람은 한 명도 없었다.

"네가 일자리를 원한다고? 혹시 다른 사람 일자리를 부탁하는 거니? 아니면 네가 일자리를 원하는 거니?" 내가 분명히 말하려고 모든 노력을 기울였음에도 불구하고―"네, 사장님이 일할 거리를 주셨으면 해요. 정식 일자리가 아니어도 돼요. 혹시 가게를 청소할 사람이 필요하지 않으세요?"― 알렉산더스, 토니스 피자, 울워스 할 것 없이 대답은 똑같았다. 누구도 나 때문에 귀찮아지길 원치 않는 것 같았다. 심지어 어떤 사람들은 대놓고 비웃기도 했다.

"아가야, 최소한 열네 살은 되어야 한단다. 넌 몇 살이나 됐니? 열 살?" 한 여인은 커피색 가슴골에 걸린 굵은 금목걸이를 반짝이며, 웃는 얼굴로 카운터 너머로 몸을 숙여 내 머리를 쓰다듬었다. 출납계 쪽에서 웃음소리가 뒤따랐다. 나는 창피하고 실망스러워 달아나듯 그곳을 빠져나왔다. 나는 그들이 허락만 해주면 일할 능력이 있다고 자신했다. 거절당하면 당할수록, 점점 더 나 자신을 의식하게 되었다. 지저분하게 엉킨 머리와 더럽고 갈라진 운동화, 그리고 손톱에 낀 때가 눈에 들어오기 시작했다. 어제의 흥분이 어리석어 보였다.

나는 거절당하고 또 거절당하며 포덤 로드를 따라 너무 멀리까지 내려가서, 결국 쇼핑 지역의 끝부분, 주유소로 돌아가는 곳까지 이르렀다. 종업원들을 피해야 하는 문제 때문에 주유소로 돌아갈 생각은 없었다. 릭과 대니는 주유소 일은 어제 하루로 충분하다고 말했다. 주유 펌프 쪽으로 걸어가면서 나는 한 번 더 시도하면 적어도 빈손으로 집에 돌아가지는 않아도 될 것이라고 생각했다.

나는 이른 오후, 점심시간 직후까지 일하기로 결심했다. 그런 다음 다시 그랜드 콩코스까지 걸어가 그곳에 즐비한 상점들에서 또 한 번 내 운을 시험해볼 작정이었다.

주유소 종업원들을 견제하기 위해 계속 뒤를 봐야 하는 것만 빼면, 처음 두 시간은 순조롭게 흘러갔다. 이른 아침 시간에는 주유소가 브롱크스 동물원에 가는 가족이 탄 자동차들로 붐빈다는 사실을 알게 되었다. 나는 밴으로, 승용차로, 스테이션왜건으로 정신없이 뛰어다녔다. 차마다 가족들이 가득 타고 있었다. 우는 아이들과 돈을 계산하는 어른들, 호기심으로 나를 쳐다보며 뒷좌석에서 싸우는 내 또래 아이들이 있었고, 창문이 열릴 때 기저귀 악취와 패스트푸드 냄새가 올라왔다.

주유 펌프 사이를 누비며 뛰어다닐 때마다 팁으로 받은 동전이 종아리에서 짤랑거렸다. 고객 한 명을 놓치는 것은 수익을 놓치는 것을 뜻했기에, 시간을 조금도 낭비할 수 없었다. 곧 나는 맥도날드에서 무엇이든 사먹을 여유가 생겼다는 것이 기뻤다. 지나가는 버스를 보며, 나는 마음만 먹으면 더 멀리까지도 갈 수 있다고 생각했다. 일만 할 수 있다면 꼭 어떤 장소에 국한될 필요가 없다고 느껴지기 시작했다. 내게는 선택의 여지가 있었다. 어제의 흥분이 다시 돌아왔고, 시간 가는 것도 주유소 종업원들도 까맣게 잊고 이 고객 저 고객 사이를 오가며 주머니를 두둑하게 불렸다.

1시까지 전날 온종일 벌었던 것과 거의 똑같은 돈을 벌었지만, 주유소에서 세 번이나 쫓겨났다. 마지막에 쫓겨날 때는 다시 그곳에 돌아가지 않기로 결심했다. 주유소 직원이 내 티셔츠 뒷덜미를 붙잡고 소리 지르며 경찰을 부르겠다고 으름장을 놓았던 것이다. 그는 부스로 나를 질질 끌고 갔지만, 나는 몸부림치며 그의 손아귀에서 빠져나와 깡마른 다리를 최대한 빨리 움직여 달아났다. 주유소에서 멀어지면서 그의 모욕적 발언들도 희미해졌다.

팁을 세어보니 26달러였다. 햇빛 속에서 몇 시간 동안 서 있었던 탓에 피부가 어두운 핑크색으로 변하고 민감해졌다. 나는 돈을 주머니에 쑤셔 넣고 인파를 헤치며 다시 그랜드 콩코스에서 일자리를 찾기 시작했다. 햇볕에 그을린 팔이 사람들의 팔꿈치와 무거운 쇼핑백에 스쳐 쓰라렸다. 에어컨을 틀어놓은 상점에 들어가서 똑같은 질문을 되풀이할 때마다, 땀에 젖은 티셔츠 겨드랑이 아래와 등판이 얼음처럼 차갑게 식었다.

오후가 끝나갈 무렵, 콩코스에서 나의 일자리 운은 포덤 로드보다 나을 것이 없는 것으로 드러났다. 단 한 사람도 나를 진지하게 받아들이는 사람을 찾을 수 없었다. 마침내 나는 집으로 출발했다. 걸으면서 일자리를 찾기 위한 또 다른 장소를 생각해내려 했다. 킹스브리지 대로나 딕맨의 다리 위는 어떨까? 그러나 서서히 의심이 들기 시작했다.

나는 우리 건물에서 네 블록 떨어진 곳에 있는 메트푸드 슈퍼마켓의 자동문을 지나 에어컨이 나오는 실내로 들어갔다. 도둑질도 내가 할 수 있는 일이었다. 나는 스테이크 한 팩과 버터 한 덩어리를 훔칠 수 있을 것이다. 물론 내가 받은 팁으로 음식을 살 수 있었지만, 안정적으로 돈을 벌 수 있게 될 때까지는 가진 돈을 조금도 쓰고 싶지 않았다. 한편으로 나는 물건을 훔치는 일이 그리 불편하지 않았다. 릭과 대니와 함께 여러 번 해봤기 때문에, 들키지 않고 해낼 수 있다는 자신이 있었다.

슈퍼마켓은 저녁 쇼핑객들로 혼잡했다. 나는 들키지 않고 몰래 들어갔다 나갈 수 있다는 자신감이 들었다. 손님들이 길고 구불구불하게 줄을 이루며 서 있었고, 소의 피로 얼룩진 흰옷 차림 창고 직원들이 어깨 위로 높이 쌓인 상자들을 나르며 요리조리 누비고 다녔다. 나는 지배인과 부지배인을 찾았다. 내가 아는 한 날치기를 감시하는 사람은 그 두 사람뿐이었다. 그런데 다른 광경이 눈에 들어왔다. 나보다 겨우 몇 살 많아 보이는 아이들이 직원 유니폼이 아닌 평상복 차림으로 계산대 끝에서 팁을 받으려고 서서 식료품들을 봉지에 담고 있었다.

세어보니 네 명이었는데, 나는 그들에게서 몇 가지 공통점을 발견했다. 그들은 모두 소년이었고, 라틴계 또는 흑인이었으며, 그릇 하나씩을 가지고 있었는데 손님들이 나가기 전에 그 그릇에 잔돈을 넣었다. 두 개의 빈 카운터 중에 하나를 차지하고 싶은 충동이 일었지만, 일단은 앞쪽 빵 선반 옆에 서서 아이들이 어떻게 일을 하는지 관찰했다. 달걀과 빵을 봉지에 따로따로 담고, 무거운 물건을 먼저 바닥에 깐 뒤 중간 무게의 물건을 담았다. 미소를 지으며 예의 바르게 말을 걸면 팁을 받아내기 용이했다. 나는 깊이 숨을 들이쉬었다. 흥분과 두려움이 뒤섞인 기분으로 계산대 앞으로 다가갔다.

계산원들은 딱 맞는 옷에 파란 앞치마를 두른 젊은 스페인계 여자들로, 모두 비슷하게 젤을 바른 헤어스타일을 하고 있었다. 내가 자리 잡은 계산대에 서 있는 여자가 내게 상냥하게 미소 지었다. 우리는 한마디도 나누지 않았지만, 그녀의 표정이 나를 반기고 있음을 말해주었다. 나는 봉지가 놓인 선반에서 비닐봉지를 하나 뺐다. 내가 미처 뭔가를 하거나 생각할 겨를도 없이, 그녀가 카운터를 따라 나를 향해 물건들을 굴려 보냈다. 케이크 박스와 냉육이 굴러왔고, 수프 캔과 소화제 펩토 비스몰 병이 뒤따랐다. 땅딸막한 중년 남자가 병뚜껑처럼 생긴 두꺼운 안경 너머로 구매 내역이 짤깍 소리와 함께 금전등록기에 기록되는 것을 지켜보았다. 내가 물건을 만지는 걸 그가 신경 쓰지 않는 듯해 다행스러웠다.

상자는 모서리가 날카로워. 두 번씩 싸야겠어. 냉육을 위에 얹어도 상자가 무게에 눌리지 않을 테니까, 전부 함께 포장해야지. 캔은 두 개뿐이니까, 한꺼번에⋯⋯.

어쨌든 나는 그가 계산을 마칠 때까지 포장을 끝낼 수 있었고, 뿌듯함을 느꼈다. 그러나 내가 깔끔하게 포장된 봉지들을 남자에게 건네며 눈을 똑바로 쳐다보았을 때, 그는 계산원에게 영수증을 받아 나를 보지도 않고 문으로 향했다. 나는 혹시 그가 실수를 깨닫고 돌아오지 않을까 기대하며 계속 눈으로 그를 좇았다. 그러나 그는 그냥 가버렸다. 좌절감을 느끼고 있을 때, 포장하는 아이들이 각자 동전을 담을 플라스틱 그릇을 가지고 있었다는 것이 떠올랐다.

지배인이 자신의 부스 너머로 몸을 앞으로 기울이며 소리쳤다. "고객 여러분, 10분 뒤에 매장 문을 닫습니다. 이곳에서 쇼핑을 해주셔서 감사합니다. 좋은 밤 보내십시오!" 금속 계산대 밑에서 나는 반 파인트 정도 되는 그릇을 발견했다. 주머니에서 동전 몇 개를 꺼내 얼른 그 안에 떨어뜨렸다.

헐렁한 꽃무늬 원피스를 입은 덩치 큰 여인이 아이들과 함께 식료품이 가득 실린 카트 세 개를 밀며 계산대로 왔다. 어마어마한 구매량으로 볼 때, 온종일 슈퍼마켓에서 식품을 끌어모은 것처럼 보였다. 나는 나에게 빠르게 굴러오는 엄청난 양의 물건들을 보고 당황해서 어쩔 줄 몰랐다. 아이들이 내가 포장하는 속도보다 더 빨리 카트에서 물건들을 꺼내놓았다. 아이들의 엄마가 허공에서 쿠폰 뭉치를 흔들 때, 늘어진 팔뚝 살이 물결모양을 그리며 일렁였다.

"쿠폰이 있어요. 그러니까 똑똑히 계산해주세요."

계산원은 숫자를 입력하느라 거의 눈을 들지도 않았다.

"그거예요." 여자가 강조했다. "내가 지켜보겠어요."

세 아이들 중 두 명이 서로 싸우기 시작했다. 여자가 휙 돌아서 한 소년의 뒤통수를 때리자 싸움이 갑자기 종료되었다. "물건들이나 꺼내면서 얌전히 굴어!" 내 안에서 긴장감이 느껴졌다. 그녀에게서 팁을 받기 위해 모험할 가치가 있는지 확신할 수 없었다.

여인은 다시 금전등록기를 보았다. 감자칩과 소스, 다양한 고기 조각들, 2리터짜리 펩시콜라가 계산대에서 내가 서 있는 쪽으로 굴러와 칸막이에 부딪혔다. 나는 팁에 대한 희망을 품으면서도 그녀와 눈이 마주치지 않도록 피하며 빠르게 일했다.

고기와 고기, 시리얼은 빵과, 우유병들은 봉지에 따로따로.

계산원이 여자의 쿠폰을 분류할 때 나는 일을 끝냈다. 포장된 봉지를 내려다보며, 나는 또 한 번 작은 자부심을 느꼈다. 각각의 물건은 깔끔하게 정리되어 있었고, 무게도 고르게 배분되어 있었으며, 적절하게 분류되어 있었다. 나는 가만히 서서 기다렸다.

가장 가까운 식료품 봉지에서 쑥 튀어나와 있는 노란 점심 도시락 세트를 발견한 것은 바로 그때였다.

분홍색 볼로냐소시지와 크래커, 작은 치즈 조각이 플라스틱 용기에 담겨 있었다. 소시지의 질감과 치즈의 부드러운 맛이 느껴지는 듯했다.

그 도시락을 보며 나는 내가 얼마나 배가 고픈지 깨달았다. 음식을 쳐다보며 갑자기 그것을 먹고 싶다는 깊은 충동을 느꼈다. 입에 침이 고였다. 슈퍼마켓은 마침내 문을 닫으려 하고 있었다. 두어 명의 계산원들이 그날 자신의 금전등록기에 들어온 돈을 세고 있었다. 누군가 바깥쪽 창문에서 셔터를 끌어내렸다. 나는 애초에 기대했던 것과 달리 내가 먹을 음식을 가져올 시간이 없다는 걸 깨달았다.

나는 자세를 낮추고 운동화 끈을 묶는 척했다. 아무도 보고 있지 않았다. 계산원은 창고 직원과 대화를 하고 있었고, 그 여인은 푸드스탬프*를 정리하고 있었다. 나는 운동화 끈을 놓고 도시락 세트를 조금 전

---

* 미국 사회보장제도의 일환으로 저소득층 가구에게 식료품과 교환할 수 있도록 발행되는 쿠폰.

에 잔돈 그릇을 발견했던 금속 계산대 밑에 얼른 감췄다. 그리고 나를 보고 있지 않은 모든 사람들에게 어색한 미소를 지으며 일어났다. 심장이 쿵쾅거렸다.

"얘들아, 가자." 여자가 영수증을 움켜쥐고 소리쳤다. "자판기는 들르지 않을 테니까, 조를 생각 마!"

나는 무거운 식료품 봉지들을 양쪽으로 나눠서 그녀의 손에 건네주었다. 그녀는 봉지를 아이들에게 나눠주었다. 그녀가 내게 말을 걸고 있는 걸 깨달았을 때 나는 죽을 것만 같았다.

"어머, 얘 웃는 것 좀 봐." 그녀가 다정한 눈으로 나를 내려다보며 말했다.

죄책감 때문에 그녀의 얼굴을 똑바로 보기 힘들었다. "여기 있다, 얘야. 가져."

그녀는 앞으로 몸을 숙이며 축축하고 흐늘흐늘한 1달러짜리 지폐를 내 손에 쥐어줬다. 나는 억지로 또 한 번 미소를 지으며 말했다. "고맙습니다, 아주머니."

"웃는 게 정말 예쁘구나." 그녀가 또 한 번 말했다. "이제 가자, 얘들아."

그녀는 자동문을 지나 성큼성큼 밖으로 나갔고, 아이들은 봉지 무게에 낑낑대며 휘청휘청 그 뒤를 쫓았다. 가장 작은 아이는 펭귄처럼 뒤뚱거렸다.

나는 지폐를 쑤셔 넣고 그들이 간 것을 확인할 때까지 기다렸다가 도시락 세트를 얼른 새 비닐봉지에 담았다. 다른 아이들은 이미 가고 없었다. 계산원들만 남아 그날의 계산을 맞춰보고 있었다.

나는 아무런 위험 없이 봉지를 쥐고 그곳을 빠져나왔다. 그리고 유니버시티 애비뉴에 도착할 때까지, 가끔 뒤를 돌아보며 필요 이상으로 빨리 걸었다. 집에서 두 블록 떨어진 곳에서 도시락 포장을 뜯어 크래커와 볼로냐, 차갑고 맛있는 치즈를 입으로 꾸역꾸역 쑤셔 넣었다. 죄책감과 현기증을 느끼며, 그 음식을 겨우 몇 입 만에 먹어치웠다.

*

노스센트럴 브롱크스 병원 정신병동 휴게실에서 전화벨이 울리다가 아득한 흥얼거림처럼 흩어졌다. 그 시간, 집에서는 수화기 때문에 내 귀가 뜨거워졌다. 나는 침착하게 다이얼식 전화기로 똑같은 일곱 자리 숫자를 돌리고 또 돌렸지만 딸깍하고 연결되는 소리와 따르릉하는 벨소리만 계속될 뿐이었다. 근처에서 아빠는 게임쇼 「제퍼디」를 보며 정답을 맞힐 때마다 무릎을 탁 치고 있었다. 나는 테이블에 머리를 대고 있다가, 전화벨 소리를 들으며 선잠에 빠져들었다.

꿈속에서 아주 작은 엄마가 아주 먼 어딘가에서 나를 소리쳐 부르고 있었다. "리지." 엄마는 작은 목소리로 계속해서 불렀다. "리지, 너니?" 나는 퍼뜩 잠에서 깨어나 그것이 테이블 위에 저만치 굴러떨어져 있는 전화기에서 흘러나오는 진짜 엄마 목소리임을 깨달았다.

"엄마?"

"꼬맹이 넌 줄 알았어. 난 또 그 망할 놈의 공예를 하고 있었어. 내가 널 위해 뭔가를 만들었단다. 컵이야. 욕심만큼 잘 만들지는 못했지만, 눈이 잘 안 보이니 어쩔 수 없었어."

"도자기를? 엄마가 컵을 만들었다고?" 그 얘기는 내게 인상적으로 다가왔다. 엄마가 전에 없이 능력 있는 사람으로 보였다. "기분은 좀 나아졌어, 엄마?"

"물론. 아마도. 음, 사실 요즘 좀 힘들어…… 그냥 마약이 조금만 있으면 좋겠는데. 정말 오래되었잖아. 너도 알지? 그 작자들은 여기서 망할 놈의 게슈타포처럼 군다니까. 간호사들 말이야. 담배 한 개비도 얻을 수 없어. 그래서 지금 당장은 기분이 썩 좋다고는 할 수 없어."

엄마는 자신이 욕설을 하거나 집합 시간에 늦게 나타난다는 이유로 병원 직원이 엄마에게 금연을 강요하고 있다고 불평했다.

병동 거주자로서 엄마의 낮은 서열은 다루기 까다로운 문제였다. 노스센트럴 브롱크스의 직원들은 리사 언니와 내 이름을 알게 되었고, 학교에 대해 물어보고, 빠진 젖니에 대해 얘기하고, 우리 생일도 기억했다. 그러나 나는 그들의 친절을 달갑게 받아들일 수 없었다. 그들이 엄마에게 행사하는 권위 때문에, 나는 관심을 받을수록 왠지 스스로 배신자처럼 느껴졌다. 그래서 나는 그들이 게시판에 엄마에 대한 '행동 점수'를 기록하거나, 마치 아이들을 훈육하듯 엄마를 대할 때 애써 못 본 척했다. 그들이 엄마가 출입하는 걸 허용하기 위해 병동 문을 열고 잠그는 동안 엄마에게 병원 덧신과 분실물 보관소에서 얻은 빛바랜 스웨터 차림으로 열 발짝쯤 뒤에 서 있도록 지시했을 때, 나는 엄마를 보지 않고 고개를 돌려버렸다. 엄마의 구금을 인정하지 않으면서 엄마를 구금하는 사람들을 인정할 수는 없는 노릇이었다. 엄마를 초라하게 하지 않으면서 그들의 호칭을 부를 수도 없었다. 그래서 나는 병원을 방문했을 때 항상 옆으로 비켜나서 땅을 보며 직원들의 질문에 개미 목소리로 대답할 뿐이었다.

긴장을 완화할 수 있는 유일한 방법은 다른 환자들을 보는 것뿐이었다. 슬로모션으로 체스 말을 죄다 바지 속에 쑤셔 넣는 땀투성이의 중국인 남자, 입술을 앙다물고 병동 복도를 '활주로' 삼아 누비고 다니는 늙은 여인, 벽을 보고 침을 질질 흘리는 남자. 그들이 어떤 행성에 살고 있건, 엄마는 앞으로 한두 달 뒤면 약물 치료로 상태가 열 배는 더 나아질 것임을 나는 알았다. 엄마의 병은 발작성이었고, 이 사람들과는 달랐다. 다른 환자들을 보며, 나는 그들과 엄마 사이에서 찾을 수 있는 차이점에 기대었다. 상황이 더 나쁠 수도 있었다는 사실, 엄마가 곧 여기에서 돌아올 수 있다는 사실에 위안을 느꼈다.

"엄마, 들어봐. 엄마가 돌아오면, 맥도날드에 가는 거야." 나는 엄마에게 내 새로운 일자리에 대해 말할 적당한 장소를 찾고 있었다.

"그래, 리지. 문제없어."

"아니, 엄마. 엄마에게 부탁하는 게 아니야. 난 말하는 거야. 엄마가 집에 오면 우린 맥도날드에 갈 수 있어. 내가 낼게. 일자리가 생겼거든."

"뭐, 꼬맹아? 진짜? 사실 나도 어렸을 때 농장에서 일했었어. 6개월 동안. 아동위탁보호제도의 일환이었지."

엄마는 다시 제정신으로 돌아왔다. 나는 목소리로 알 수 있었다.

"우린 소젖을 짰어. 아주 메스꺼운 일이었지. 하지만 우유는 가게에서 사는 것보다 훨씬 신선했어. 너도 알지? 깍지콩 통조림이 얼마나 오래된 건지 넌 모를 거야."

"그럼 곧 집에 오는 거지? 엄마는 집에 올 만큼 좋아졌어. 난 알아. 말 하는 걸 들으니 아주 좋아 보여."

"그래, 곧 갈 거야. 의사가 화요일이라고 말했어. 화요일이야."

"정말? 약속하는 거지?"

"물론이야, 꼬맹아."

"좋아. 그럼 이번 주에는 무슨 일이 있어도 집에 온다는 뜻이지?"

"그래, 리지. 사랑한다, 꼬맹아. 이제 아빠 좀 바꿔줄래?"

아빠는 TV에서 눈을 떼지 않은 채 전화를 받고 무겁게 숨을 내쉬었다. "안녕, 지니." 아빠가 말했다. "걱정 마. 그래, 응. 그래."

두 사람이 얘기하는 동안, 나는 깡충거리며 언니 방으로 뛰어가 문을 열며 이름을 불렀다.

침대에 있던 언니는 담요를 집어 가슴을 가렸다. 언니는 상의를 벗고 있었다. 나는 즉시 문밖으로 뒷걸음질 쳤다.

"앗, 미안."

"조심 좀 할 수 없니? 옷 입고 있잖아."

구깃구깃한 비닐봉지가 침대 위에 놓여 있었다. 봉지 가운데에 무지갯빛 글씨로 '젊음의 세계'라고 써 있었다.

"미안, 그냥 엄마랑 통화를 했어. 엄마가 곧 나올 거래."

"잠깐 기다려." 언니가 내 눈을 피하며 말했다. "그리고 문 좀 닫아줄래?"

"알았어." 나는 언니에게 말하고 물러났다.

문이 닫혔다가 반동으로 다시 살짝 열리며, 희미한 복도로 빛이 새어나올 만큼 틈이 생겼다. 그 사이로 여전히 언니 방이 들여다보였다. 아빠가 아직도 전화기에 대고 계속 "으응, 으응" 하고 대답하는 소리가 들렸다. 나는 언니의 방문에서 몇 발짝 물러나는 척했지만 여전히 가까이에서 엿보고 있었다. 잠시 후 언니는 담요를 내렸다. 가슴에 반쯤 걸쳐진 연분홍색 레이스 브래지어가 드러났다. 그 모습에 나는 충격을 받았다. 언니는 전에 브래지어에 대해 한 번도 말한 적이 없었다. 그런데 언젠가 언니가 소파 쿠션 사이에 빠진 동전을 뒤지고, 그동안 모은 1달러짜리 지폐를 세었던 것이 떠올랐다. 엄마에게는 더러운 브래지어 하나밖에 없었다. 그때까지 나는, 우리도 언젠가 브래지어를 사야 한다는 것을 생각해보지 않았다.

언니는 양쪽 끝을 잡아당기며 브래지어 중앙에 있는 작은 플라스틱 후크에 손가락을 걸고 더듬거려 채우려 했다. 언니의 숱진 머리는 높이 말아 올려져 핀으로 고정되어 있었다. 브래지어가 언니의 손에서 두 번 튕겨져 나와서 처음부터 다시 시작해야 했지만, 마침내 딸각 소리와 함께 후크가 채워졌다. 상의를 입지 않은 언니를 보며, 나는 뒷걸음질 쳤다. 우리가 함께 목욕을 하지 않기 시작한 이래로(언니가 다섯 살, 내가 세 살 때부터), 서로의 벌거벗은 몸을 본다는 것이 이상하게 느껴졌다. 그러나 브래지어는 너무 신비로웠다. 브래지어와 언니의 관계는 너무 흥미로워서 쳐다보지 않을 수 없었다. 언니는 엄마처럼 여자가 되고 있는 거라고 나는 생각했다. 나는 언니의 침대 옆 협탁에서 탐폰을 발견했던 그날처럼 일종의 배신감을 느꼈다. 우리가 좀 더 가까웠다면, 그래서 한 달에 겨우 몇 번 말을 섞는 것에 그치지 않고 좀 더 많은 대화를 했다면, 언니가 나를 믿고 비밀을 말해주었을지도 모른다.

나의 행동과 내가 입은 반바지와 티셔츠, 그리고 특히 내 몸을 보면, 나는 남자애나 다름없었다. 나는 나무를 타거나 남자애들과 섞여 더럽게 놀아서 다른 아이들로부터 '선머슴 같다'는 말을 자주 들었다. 그 말을 들으면 얼굴이 화끈거리고 심장박동이 빨라졌다. 단지 활동적이고 신체적 활동을 즐긴다는 이유로, 왜 남자아이와 비교돼야 하는지 알 수 없었다. 나는 내가, 주름 장식이 있는 드레스를 입고 온종일 의자나 깨끗한 어딘가에 다리를 꼬고 가만히 앉아 남의 험담을 하는 여자애들처럼 느껴지지는 않았지만, 그렇다고 남성적이라고 생각하지도 않았다. 나는 나 자신을 소녀도 소년도 아닌, 외부인이라고 느꼈다. 리사 언니를 보고 있으니 소외감이 더욱 커졌다.

리사 언니는 옷장에서 철사로 된 옷걸이를 꺼내 조심스럽게 브래지어를 걸었다. 언니 방의 벽은 청소년 잡지에서 잘라낸 포스터와 야하게 화장한 팝스타 사진, 바람머리를 한 10대 여자 아이돌 사진들로 도배되어 있었다. 리사 언니는 침대로 가서 조그만 깨진 거울을 들여다보며 입술을 오므리고 눈을 깜빡였다.

나는 벽에 기대어 내 가슴을 내려다보았다. 럭이나 대니만큼이나 납작했다. 나는 닌자거북이 티셔츠와 발목까지 올라오는 까만 운동화를 신고 있었다. 머리칼은 실뭉치처럼 군데군데 엉켜 있었다. 언니는 립스틱을 발랐다. 연분홍색이었다. 언니는 입술을 휴지에 대고 눌러 색깔을 연하게 만들었다. 그리고 앞머리를 매만지며 거울에 대고 활짝 미소 지었다.

나는 손을 뻗어 노크를 할 뻔했지만, 문득 무슨 말을 해야 할지 모르겠어서 멈추었다. 나는 그저 다시 언니를 멍하니 바라보며 거기 서 있었다.

*

쿵 하고 현관문이 닫히는 소리에 나는 퍼뜩 잠에서 깨어났다. 눈을 들었을 때 엄마가 눈물이 그렁그렁하여 심란한 얼굴로 아파트에 들이닥치는 것이 보였다. 엄마는 리사 언니의 겨울 코트를 내 근처 의자에 던져놓고 침대 위에 털썩 앉았다. 나는 일어나서 TV를 끄고 무슨 일인지 보러 갔다.

내가 문간에 섰을 때 엄마는 방에서 불을 끄고 울기 시작했다. 엄마는 내가 있는 것을 알아차리지 못했다.

"무슨 일이야, 엄마?"

"리지니?" 집에 내가 있는 걸 깨닫고 놀란 듯한 목소리로 엄마가 물었다.

"엄마…… 무슨 일이야? 괜찮아?"

"아무것도 아냐, 아가야…… 끔찍한 밤이었어." 엄마가 어둠 속에서 발을 털어 신을 벗으며 말했다. "이 남자가…… 난 이 남자랑 거래를 할 수 있겠다고 생각했는데…… 리사의 코트를 이용하려 했지만, 그들은 거래하려 하지 않았어. 거기서 계속 걸어 다녔는데 마약을 한 봉지도 구하지 못했어." 엄마가 눈물을 터뜨리며 침대에서 고통스럽게 울었다. 엄마의 울음소리에 가슴이 찢어졌다. 엄마가 이렇게 되었는데 엄마를 나아지게 하기 위해 내가 할 수 있는 일이 없다는 사실이 싫었다.

엄마가 말하는 '이 남자'는 지역 마약 거래상 중 한 명이었고, 엄마가 말하는 '거래'는 리사 언니의 코트를 코카인 봉지와 교환하려 한 것이었다. 엄마가 흔히 하는 일종의 물물교환이었다. 엄마는 현금이 없을 때는 주기적으로 아파트를 뒤져 조금이라도 값나가는 물건을 찾아 마약 거래상에게 보여주며 물물교환을 시도했다. 불법 마약 거래를 일삼고 전과기록이 있는 데다 여차하면 총기까지 휘두르는 우리 블록 주변의 마약 거래상들은 엄마가 나타나서 오래된 구두에서 자명종 시계에 이르기까지 온갖 물건들을 가져와 마약을 달라고 졸라대는 것에 익숙해졌다. 오죽하면 엄마에게 디아블라라는 별명까지 지어줬다. 디아블라는 여자 악마라는 스페인어로, 엄마의 지독함을 빗댄 별명이었다.

거래상들이 위험하다는 것을 전혀 모르는 사람처럼, 엄마는 돈을 지불하는 마약 고객들 뒤에 줄을 서서 기다리다가 자신의 차례가 오면 거래를 위해 테이블에 현금을 내려놓는 대신, 겁도 없이 VCR이나 비디오게임, 장난감, 식료품 등 자신이 찾을 수 있는 온갖 물건들을 내려놓았다. 그리고 마약 거래상들의 위협에도 떠나려 하지 않고 자기 주장을 펼치기 시작했다. 어째서 그들이 엄마를 해치지 않는지, 아니면 사실 엄마가 그들에게 당했는데 우리에게 말하지 않은 것인지 나로서는 알 수 없었다. 그러나 한번은 우리 부모님을 잘 아는 한 거래상이 아빠에게, 엄마는 장사에 방해가 되니까 두 사람을 위해 마약을 사러 올 때는 '디아블라'를 집에 남겨두고 오라는 말을 한 적이 있다는 것을 나는 안다. 가끔 그 남자는 엄마를 쫓아 보내기 위해 가볍게 손찌검을 했다고 아빠에게 말하기도 했다.

엄마가 리사 언니의 겨울 코트를 팔려고 한 그날 밤, 마약 거래상은 코트의 가치에 근거해서가 아니라 원칙에 근거해서 거절했다.

"그래, 모두 거만하게들 구는 것 같았어." 엄마가 "그 남자가 이걸 주더구나." 엄마는 낙담하여 내게 이상한 동전을 건넸다. "그리고 내게 설교했어…… 마치 자기는 좋은 사람인 것처럼 말이야."

아동용 코트를 본 거래상은 큰 동전과 함께 코트를 엄마에게 돌려주며, 집에 있는 아이들에게로 가라고 말했다. 이 행동이 엄마를 분노하게 했다. 나중에 엄마는 그 동전이 익명의 마약중독자(NA) 모임 사람들이 마약을 끊은 특정 일수에 도달하기 위하여, 지금까지의 발전과 앞으로의 목표 달성을 위해 간직하는 일종의 상징물이라고 설명해주었다. 엄마는 마약 거래상에게 그 동전을 받았다는 아이러니를 고맙게 받아들일 수 없는 것처럼 보였다. 침대에 주저앉아 금단현상으로 몸을 떨고 마약 욕구로 괴로워하면서 엄마는 그렇게 속만 태웠다.

나는 엄마가 잠들 때까지 함께 있다가, 다시 내 침실로 돌아와 담요를 덮었다. 누워 있는 동안 내 관심은 그 동전을 향했다. 나중에 나는 그 동전을 내 서랍에 넣어두고, 가끔씩 꺼내서 엄지손가락으로 만지작거리며 뒷면에 새겨진 '평온의 기도'의 신비에 경탄하곤 했다.

주여, 우리에게 우리가 바꿀 수 없는 것을 평온히게 받아들이는 은혜와 바꿔야 할 것을 바꿀 수 있는 용기, 그리고 이 둘을 분별하는 지혜를 허락하소서.

나는 그 의미를 정확히 몰랐지만, 이 기도의 운율을 알아보았다. 엄마가 참석했던 숱한 NA 모임들로 인해 익숙했기 때문이다. 그 모임에는 정해진 방식이 있었다. 도시 교회의 지하실에서 중독자들은 늘 서로 손을 꼭 잡고 평온의 노래를 함께 암송했고, 그동안 리사 언니와 나를 포함한 아이들은 무료 도넛과 지나치게 단 레모네이드를 열심히 찾아먹었다. 모임을 시작할 때 한 번, 모임을 끝낼 때 또 한 번, 주여 우리에게 우리가 바꿀 수 없는 것들…… 이 기도는 '모든 단계를 통과'하여 '마약을 물리침'으로써 중독에서 벗어난 사람들, '성공한' 사람들의 증언과 함께 모든 NA 모임의 특징이었다. 앞에 서서 말하는 중독에서 회복된 사람들의 이야기는 하나같이 비슷한 형태를 띠었다. 자신과 가족, 사랑하는 사람들을 파멸시키는 생활양식에 관한 이야기가 있었고, 그들이 성공적으로 NA를 통과할 수 있게 해준 구원에 관한 이야기가 있었고, 그 중간에 어둡고 무시무시한 슬럼프에 관한 이야기가 있었다. 이것은 사람의 완전한 밑바닥으로 묘사되는, 예전의 삶과 새로운 삶의 경계가 되는 순간이었다.

가끔 중독에서 회복된 사람들이 모임을 마친 뒤 엄마에게 다가오기도 했다. 그들은 엄마를 돕고 싶어 했고, 그들이 리사 언니와 나를 이용하여 엄마에게 다가가려는 것을 나는 느낄 수 있었다. 내 기억 속에 유독 뚜렷이 떠오르는 한 남자가 있다. 초록색 눈에 믿을 수 없을 만큼 키가 큰 백인 남자였다. 그는 몸을 숙여 내 눈을 보며 쿠키를 좋아하냐고 물었다. 나는 쿠키를 손에 몇 개를 들고 입 안 가득 씹고 있었기 때문에, 그 남자가 나를 놀리려는 것인지 아니면 나를 비난하려는 것인지 구분할 수 없었다. 나는 멍청하게 그 남자를 쳐다봤다. 그는 미소 지으며 일어서서 엄마에게 취하지 않은 맑은 정신에 대해 이야기했다. 그가 말하는 동안, 엄마는 줄담배를 피우고 시선을 피하며 몸을 앞뒤로 흔들고 있었다(정신병 치료제의 부작용이었다). 당시 엄마는 노스센트럴 브롱크스 정신병동에서 나온 지 얼마 되지 않았고, 엄마가 맑은 정신을 유지하는 나날들은 예측 가능한 한계에 도달해 있었다. 우리는 결국 그날 밤 모임이 끝나자마자 엄마를 따라 마약을 사러 가게 될 것이었다. 그러나 몇 분 동안 이 남자의 메시지는 들을 마음이 없는 사람에게조차 전달될 수 있을 만큼 분명하고 강력했다.

"자신이 바닥을 쳤을 때를 어떻게 확실히 아는지 아십니까?" 남자가 물었다. "마약을 사려고 집 안을 뒤지는 짓을 그만두면 바닥을 쳤다는 걸 알 수 있죠. 내 후원자가 해준 말입니다." 그는 열심히 눈을 맞추려 했지만, 그의 말은 엄마에게 닿지 못했다.

그날 밤, 엄마는 마약을 사려고 토스터기와 내 자전거를 팔았다.

*

몇 년간의 경험 끝에 나는 엄마에게 여러 가지 모습이 있음을 알게 되었다. 엄마에게는 총 다섯 개 정도의 인격이 있었다. 미친 엄마와 술과 마약에 취한 엄마, 멀쩡하고 다정한 엄마, 수표 받는 날의 행복한 엄마, 병원에서 금방 나와서 쾌활한 엄마. 마지막 엄마가 가장 매력적이지만, 지속 기간은 고작 2주 정도였다.

집으로 돌아오면 엄마는 이 또 다른 자아가 발동하여 우리에게 정신 병동의 다른 환자들에 대한 재미있는 얘기를 들려주었다. 각각의 일화는 엄마를 숨넘어가도록 웃게 만들었다. 엄마는 입을 활짝 벌리고, 자신의 농담에 배를 잡고 주먹으로 테이블을 치면서 웃었다. 엄마의 피부와 머리에서 병원 비누 냄새가 났다. 나는 엄마가 병원에서 방금 나와서 우리를 자주 껴안을 때의 그 냄새를 좋아했다. 이 엄마는 담배도 덜 피웠고, 거실 커튼의 대칭에 대해 호들갑을 떨었다. 그리고 콧노래를 흥얼거리며 집 안을 돌아다니다가, 복도로 가던 길에 소파 앞에 멈춰 서 내 이마에 뽀뽀했다. 단순히 집에 있다는 사실만으로, 엄마는 충분히 행복해했다.

그러나 이번에는 달랐다. 이번에는 병원에서 전혀 낯선 사람을 엄마의 자리에 보냈다. 이전에 본 엄마의 모습 중 어디에도 해당되지 않는 사람이었다. 내가 맨 처음 발견한 이상한 점은 엄마의 철저한 정숙함이었다. 엄마는 마치 모델이 머리 위에 책을 얹고 걷는 것처럼 너무도 얌전히 현관문으로 들어왔다. 평소의 안절부절못하는 모습은 찾아볼 수 없고, 신경질적인 성격도 완전히 사라졌다.

엄마는 의식을 치르듯 한 번에 한 명씩 우리를 끌어안았다. 엄마는 미소 짓고 있었지만, 얼굴 근육의 대부분이 협조하지 않았다. "다른 약을 먹고 있어?" 어색한 침묵 속에서 엄마가 짐을 풀 때 내가 물었다.

"모르겠다, 리지. 그럴지도 모르지."

리사 언니는 좀 더 공격적이었다. 언니는 끊임없이 질문했다. 엄마는 거의 말이 없었고, 언니가 말하는 도중에 다른 곳으로 걸어가며 벽과 천장, 바닥을 비롯해 리사 언니의 눈을 제외한 모든 곳을 눈으로 훑었다. 아빠는 친절했고, 아니면 엄마가 그랬다. 두 사람은 거의 일주일 동안 한 침대를 썼다. 그리고 엄마는 다시 소파로 돌아와 창문 옆에 자리를 잡았다. 그곳에서 엄마는 머리를 뒤로 넘기고 눈을 휘둥그레 뜬 채, 마치 슬픔을 그림처럼 형상화한 메이시 백화점 창에 있는 마네킹처럼 장밋빛 여성복 차림으로 얼어붙은 듯 가만히 몇 시간씩 앉아 있곤 했다. 바깥 날씨도 엄마의 기분과 딱 맞아떨어지는 것처럼 보였다.

엄마가 돌아온 첫째 주 내내 비가 내려서, 하수구가 넘치며 오래된 맥주 캔과 담배꽁초가 시궁창에서 올라왔다. 비가 어찌나 많이 왔는지, 광고 시간에 기상 통보관들이 부지런히 속보를 내보냈다. 하늘이 회색으로 물들어 온종일 저녁 같았다. 비가 줄기차게 내린 지 3일째 되던 밤, 엄마는 '쓰나미 기후'라는 말로 그 중요성을 과장했다. "쓰나미가 닥칠 때마다, 날씨가 이렇게 되지." 우리가 함께 앉아 빗물이 골목길 아스팔트에 사정없이 쏟아지는 모습을 지켜보는 동안 엄마가 말했다.

"쓰나미가 뭔데?" 정말 궁금해서라기보다 엄마의 기분을 떠보기 위해 내가 물었다.

엄마는 창틀에서 오래된 페인트 부스러기를 만지작거려 떨어뜨렸다. 서늘한 바람이 불어올 때마다 비 냄새가 실려 왔다. "쓰나미는 사람들을 죽이고 집과 마을을 파괴하는 엄청나게 큰 파도란다, 리지. 정말 커. 산처럼 말이야."

가끔 엄마는 의외의 말을 해서 전혀 낯선 사람처럼 보였다. 나는 이런 식으로 엄마를 알아가는 것이 좋기도 하고 싫기도 했다. 그것은 마치 어두운 곳에서 엄마의 단편이나 과거를 낚는 것 같았다. 너무 모호했고 엄마가 하는 말에는 어떤 규칙도 없었다. 나는 엄마에 관한 중요한 무언가를 쉽게 알 수 있을 것도, 전혀 알 수 없을 것도 같았다. 내가 엄마에 대해 얼마나 잘 모르고 있는지 생각하니 마음이 불편했다. 마치 우리가 분리되어 있는 느낌이었고 난 그 느낌이 싫었다.

"쓰나미가 파도라면 어떻게 파괴할 수 있는데? 파도는 바다에 있고, 마을과 사람들은 땅에 있잖아."

"그래, 하지만 이 파도는 좀 달라, 리지. 그건 해변에 있는 파도와는 달라. 훨씬 더 크지." 창문을 통해 번개가 번쩍이며 무늬처럼 보이는 유리 위 오래된 물 얼룩을 밝게 비추었다. 곧이어 깊은 천둥이 울리며, 밖에서 자동차 경보장치가 발동했다.

"얼마나 큰데?" 이불로 어깨를 덮으며 내가 물었다.

"거대해. 무척 높지. 우리 건물만큼 높아. 6층 건물만큼, 가끔은 더 높기도 해." 엄마는 머리 위로 한쪽 팔을 뻗었다. 강조를 할 때 엄마의 얼굴이 긴장되었다.

"와! 어디서 본 적이 있어?" 내가 그 정보를 엄마의 삶과 연결짓기 위해 떠보았다.

"어머, 아니야. 쓰나미는 여기서 아주 먼 곳에서만 생겨. 하지만 난 항상 그런 악몽을 꾸곤 했단다. 어릴 때 쓰나미에 대한 뉴스를 보고 나면, 난 늘 있는 힘을 다해 헤엄치고 바로 뒤에서 엄청난 파도가 쫓아오는 꿈을 꾸었지. 그리고 한 번도 성공하지 못했어. 매번 빌어먹을 파도가 나를 집어삼켰지."

"요즘도 그런 꿈을 꿔?"

"어쩌다 한 번. 지난밤에도 꿨어. 아마 비가 와서 그런 생각을 하게 되었나 봐."

"왜 쓰나미가 오기 전에 사람들이 피하지 않는 거야?" 내가 물었다. 엄마는 다시 골목길을 응시했다.

"언제 올지 안다면 피하겠지만, 알 수가 없어. 갑자기 찾아오거든. 그래서 도망치기에는 너무 늦는 거야. 이제 잠을 좀 자야겠다, 꼬맹아. 피곤하구나."

"하지만 엄마, 아무리 빨리 달아나도 늦어?"

"아무리 빨리 달려도. 일단 쓰나미를 보면, 탈출하기엔 이미 늦은 거야."

*

엄마와 아빠는 아껴둔 엄마의 복지 수표를 불과 며칠 만에 써버렸다. 리사 언니와 나를 위해서 30달러어치의 식료품을 사두었지만 일주일도 못 되어 돈이 귀해졌고, 우리는 다시 씀씀이에 신경 써야 했다.

메트푸드에 일하러 가는 날마다 빈자리가 나지 않았다. 그래서 언니와 나는 남은 음식을 반반씩 나눴다. 그날 밤, 나는 베닝 선생님의 수업 과제물로 축소 모형 세트를 만들기 위해 작업하면서, 내 몫의 식료품으로 땅콩버터와 잼을 바른 샌드위치를 만들었다. 여전히 비가 요란하게 쏟아지며 열린 거실 창문을 통해 서늘한 바람을 내 팔과 다리로 몰고 왔다.

그해 10월, 우리 5학년은 가을 독서발표회를 위해 『샬롯의 거미줄』을 읽고 있었다. 나는 샬롯이 거미줄에 겸손함이라는 단어를 짜 넣는 장면을 묘사하기 위해, 미술실에서 가져온 미술공작용 색판지를 이용하여 정성 들여 그린 샬롯과 윌버, 템플턴의 그림을 오려서 신발 상자에 붙였다. 각 학급에서 가장 잘 만든 모형 세 개를 모든 사람이 볼 수 있도록 12월 한 달 동안 학교 로비에 전시하기로 되어 있었다. 충분히 생생한 캐릭터를 만들기만 하면, 내 축소 모형도 기회가 있을 것이라고 나는 확신했다.

나는 밤을 새워 마무리 작업을 했다. 헛간의 낮은 담장을 만들기 위해 딱풀과 아교풀이 출동했다. 깎아놓은 연필 나무는 건초다발로 자리 잡았다. 나는 수시로 한 발 물러서서 진행 상황을 음미하며 얼마나 잘 되어가고 있는지 흡족해했다. 거실 테이블에서 작업을 하고 있는데, 엄마와 아빠가 술집으로 가거나 마약을 구하러 열심히 들락거렸다. 알아들을 수 없지만 공격적인 두 사람의 대화로 보아 무슨 일이 있는 것은 분명했다. 분명하지 않은 점은 정확히 무슨 일이냐는 것뿐이었다. 적어도 한 번 이상 엄마는 눈물을 머금고 비틀거리며 밖으로 나가 술집으로 향했다. 나는 굵은 빗속으로 사라지는 엄마를 창문 너머로 보았다. 억수 같은 비가 유니버시티 애비뉴를 가려버렸다.

마침내 새벽 4시쯤 팔이 아프고 눈꺼풀이 무거워졌다. 엄마도 아빠도 집에 없었지만, 그냥 잠자리에 들기로 했다. 나는 완성된 축소 모형을 경대 위에 안전하게 올려놓고, 어둠을 헤치며 깜깜한 방으로 들어가 이불을 덮고 머리를 베개에 얹었다. 밖에서는 자동차들이 붕붕 지나가며 내 방 벽에 빠르게 움직이는 그림자를 드리웠다. 바람 속에서 문이 삐걱거리는 소리가 들렸다. 그 소리는 쏟아지는 비 때문에 간신히 들렸다. 반복적인 삐걱거림은 나를 잠 속으로 이끌었다. 그러다가 좀 더 가깝고 좀 더 긴급한 소리가 나를 다시 잠에서 깨웠다. 맥주병이 넘어져서 쏟아진 맥주를 밟아 철벅거리며 엄마가 다가오는 소리였다.

"안녕, 꼬맹아." 내 침대 한 귀퉁이에 엄마가 다리를 꼬고 앉았다. 엄마가 앉은 쪽이 움푹 들어갔다. 얼마 남지 않은 맥주병이 손에 들려 있었다.

"엄마, 괜찮아? 얘기하고 싶어?" 내가 물었다.

엄마의 얼굴에서 눈물이 주룩 떨어지며 달빛에 반짝거렸다. 엄마는 손등으로 거칠게 눈물을 닦았다. 그리고 아무 말도 없이 깊은 한숨만 들이쉬며 눈물을 계속 흘렸다. 나는 엄마가 말할 때면 어떻게 대처해야 하는지 항상 알았다. 하지만 침묵은 새로웠다. 침묵은 나를 긴장하게 했고, 어쩔 줄 모르게 만들었다.

"엄마, 말해봐…… 사랑해. 엄마도 알지? 무슨 일이든 나한테 말해봐. 술집에서 누가 엄마에게 무례한 말을 했어? 듣고 싶어……"

"사랑한다, 꼬맹아. 누가 **뭐래도** 넌 내 아가야. 알지? 네가 몇 살이건, 넌 언제나 내 아가야."

"엄마, 제발. 무슨 일이야?" 엄마의 얼굴이 남모를 고통으로 일그러지는 것을 보며, 나는 우리의 좋았던 밤들이 다시 오기를 간절히 바랐다. 내가 침대에 누워 있는 동안 엄마가 숱진 고수머리를 늘어뜨리고 내 뺨을 어루만지던 밤들. 내가 웃음을 터뜨릴 때까지 엄마가 간지럼을 태우던 밤들. 그러나 때로는 엄마에게 그럴 능력이 없었다. 나는 그런 밤들이 쉽게 오지 않는다는 것을 알았다. 엄마는 힘든 밤들을 버티기 위해 내 도움을 필요로 했다. 이처럼 과거의 기억이 엄마를 덮칠 때, 이때가 내가 말을 들어줘야 할 때고, 엄마를 위로해줘야 할 때고, 엄마가 나를 가장 필요로 할 때였다.

"엄마, 사랑해. 울면 안 돼. 우리가 여기 있고, 우린 엄마를 사랑해. 무슨 일이든 다 잘될 거야."

나는 엄마의 눈을 보며 반응을 살폈지만, 엄마는 저 멀리 어딘가에 있었다. 나는 오늘도 기나긴 밤이 될 것임을 알 수 있었다. 하늘이 환해지고 밖에서 새들의 노랫소리가 들릴 때까지 끝없이 이야기하는 밤. 생각만 해도 벌써 지쳤다. 나는 아침에 열릴 가을 독서 발표회를 생각했다. 나는 엄마를 나만큼 피곤하게 만들 수 있는 방법이 있기를 바랐다. 그러면 엄마가 잠이 들지도 모르니까.

"좋아, 엄마. 말해봐." 내가 엄마의 손을 잡았다. 엄마의 손은 눈물로 젖어 있었다.

"리지, 들어봐. 엄마는 언제나 네 삶 속에 있을 거야. 항상. 네가 더 자라면—" 엄마가 갑자기 흐느끼더니 괴로운 신음을 뱉어냈고, 나는 무서워졌다. "네가 자라서 아이를 낳게 되면, 내가 그 아이들을 봐줄 거야. 네가 학교를 졸업하는 걸 볼 거야. 넌 항상 내 아가야. 알지? 네가 아무리 나이가 들어도, 넌 항상 내 아가야."

"엄마 내가 안아줄게." 나는 몸이 떨리기 시작했지만, 애써 두려움을 감추려 했다.

"리지, 꼬맹아, 엄마가 아파…… 아파. 에이즈란다. 병원에서 진단받았어. 아빠는 증상이 나타날 때까지 아무 말도 하지 않는 게 좋겠다고 했어…… 혈액검사를 했는데, 내가 에이즈래."

TV에서 보았던, 들것에 실린 창백한 남자의 모습이 떠올랐다. 병 때문에 축 늘어져서 간이침대에 누운 사람들. 모든 에이즈 환자는 결국 죽는다고 누군가 말했던 기억이 났다. 그 모습과 죽음이라는 단어를 엄마와 연결시키는 데는 한순간밖에 걸리지 않았다. 엄마는 죽게 되는 걸까? 배 속에서 뜨거운 떨림이 솟구치며, 눈물이 왈칵 쏟아졌다.

"엄마 죽는 거야? 엄마 죽는 거야?"

잠이 완전히 달아났다. 나는 가로등 불빛을 배경으로, 울고 있는 엄마 뒤로 쏟아지는 비를 보았다. 엄마의 실루엣이 쓸쓸하고 공허한 그림처럼 보였다. 불과 몇 분 전만 해도 비는 꾸준히 내렸고 엄마는 죽어가고 있지 않았다. 불과 몇 분 전만 해도 내 침대와 가구는 모두 제자리에 있었고, 창문에 설치된 방범용 창살의 그림자가 벽에 가만히 머물렀다. 그러나 엄마가 모든 것을 바꿔놓았다.

엄마는 나를 품에 안았다. 맥주병이 내 등에 닿았다. 우리는 현실을 의심하며 침대 위에서 서로를 부둥켜안은 채 한참 동안 어깨를 들썩이며 조용히 흐느꼈다. 엄마와 에이즈, 둘 다 내 옆에, 내 두 팔 안에 있었다. 엄마를 안으며, 나는 에이즈를 안았고, 술과 질병에 엄마의 일부를 빼앗겨버린 상황에서 최대한 엄마의 많은 부분을 차지하려 애썼다.

"엄마…… 가면 안 돼."

"아니, 당장은 아냐, 꼬맹아. 한동안은 여기 있을 거야. 적어도 몇 년은."

"뭐? 안 돼, 엄마!"

이제 주체할 수 없는 눈물과 흐느낌에 목이 메는 쪽은 나였다.

"여기 오래오래 있을 거라는 뜻이야. 걱정 마. 난 어디에도 안 가. 사랑한다, 꼬맹아. 난 죽지 않을 거야. 엄마는 오랫동안 죽지 않아. 어쩌면 에이즈에 걸리지 않았는지도 몰라. 누가 알아. 내가 한 말은 신경 쓰지 마."

그러나 너무 늦었다. 나는 엄마를 너무 잘 알았다. 엄마가 비밀을 지키기 어렵다는 것을. 나는 그 말이 사실임을 알았다. 엄마는 자신이 한 말을 되돌릴 수 없었다. 나는 이것이 환각이기를, 또 다른 발병의 징후이기를 간절히 바랐지만, 현실임을 알았다.

"하지만 엄마가 방금 말했잖아…… 나한테 거짓말하지 마. 엄마 죽는 거야?" 기침이 나오고 눈물 때문에 목이 메었다. 나는 병적 흥분상태에 빠졌다.

갑자기 엄마가 일어나 방문 손잡이로 손을 뻗었다.

"잊어버려, 리지. 이제 잠을 좀 자. 내가 한 말은 신경 쓰지 말고. 내가 무슨 병인지 누가 알겠니. 요즘은 누구도 확실히 아는 게 없어. 걱정 마. 난 그저 농담한 거야. 난 괜찮아. 난 괜찮아." 엄마가 맥주를 또 한 모금 마시며 말했다. "우린 괜찮을 거야." 그리고 이렇게 덧붙이고는 밖으로 나가 문을 닫았다.

"잠깐." 내가 소리쳤다. "잠깐 기다려, 엄마! 엄마!" 나는 내가 적절하게 대처하지 못했기 때문에 엄마가 가버린 걸 알았다. 그래서 엄마가 떠난 게 틀림없었다. 그렇게 징징거리며 매달린 내가 미웠다. 내가 매달릴 때마다 엄마와 아빠는 내게서 멀어졌다. 좀 더 현명하게 굴었어야 했는데. 나는 마지막으로 엄마를 소리쳐 불렀다. "엄마!"

그러나 내가 아무리 크게 소리쳐도, 아무리 울어도, 엄마는 돌아오지 않았다. 그렇다고 엄마를 쫓아갈 엄두도 나지 않았다. 침대에서 나오면 그 순간이 더욱 실감날 것만 같았다.

나는 깊이 숨을 들이쉬고 마음을 가라앉히려 했다. 이불을 움켜쥐고 몸의 떨림을 억제하려 했다. 침묵이 내 방을 전보다 더 공허하게 만들었다. 불과 10분 전에, 나는 잠이 들었었고, 엄마는 에이즈에 걸리지 않앉었다.

내가 뭔가를 잘해보려 할수록 나는 늘 그것을 망쳐버렸다. 나는 엄마를 돕고 엄마에게 필요한 것을 주려 했지만 오히려 상황을 더 악화시켰는지도 모른다. 엄마가 왜 돈을 필요로 하는지 알기에, 나는 포장을 해서 받은 팁이나 롱아일랜드에서 온 생일카드에 붙어 있는 지폐를 엄마에게 주곤 했다. 어쩌면 내가 엄마를 미치게끔 몰아갔고, 그리고 엄마를 에이즈에 감염시킨 바늘을 구입하는 데 돈을 대줬는지도 모른다는 생각이 망치처럼 내 가슴을 후려쳤다.

"바보." 나는 큰 소리로 말했다. "저능아."

나는 베개를 휘둘러 축소 모형을 산산이 부숴버렸다. 여전히 붙어 있던 딱풀로 만든 담장이 바닥에 떨어지며 톡 하고 반으로 부러졌다.

4장

어떻게든
달아나고 싶은
고통스러운 풍경

나는 학교를 땡땡이치고 도보나 지하철로
브롱크스와 맨해튼 일대를 돌아다녔다.
그저 사람들 틈에 앉아 있는 기분을 느끼기 위해서.
그저 내 주위에서 생명력을 찾고 싶은 것뿐이었다.
바깥세상에서 뭔가를 하는 사람들의 심장박동과 진동들.
나는 학교를 이것과 바꿨다. 나는 집을 이것과 바꿨다.
곧 나는 꾸준히 두 가지 종류의 결석을 했다.
학교에, 그리고 우리 집에.

전에 우리 아파트가 하나의 세계였다면, 내가 열두 살 무렵 우리 넷은 전혀 다른 대륙들에 살았다. 우리는 각자 잠긴 문 안에 틀어박힌 채, 서로 떨어져서 독립적으로 표류했다. 우리가 다시 모일 수 있을지 걱정스러울 만큼. 나는 대부분의 시간을 친구들과 돌아다니거나 슈퍼마켓에서 물건들을 봉지에 담거나 주유소에서 기름을 넣으며 집 밖에서 보냈다. 리사 언니는 늘 방문을 굳게 닫고 자기 방에서 라디오를 크게 틀어놓고 보냈다. 아빠는 시내에 나가거나 동네를 오랫동안 산책했다. 그리고 엄마는 새로운 친구를 사귀었는데, 불행히도 그는 혐오스러운 남자였다. 그의 등장은 우리 관계가 감당하기 힘들 만큼 멀어진 위태로운 시기에, 쐐기를 박듯 우리 사이를 갈라놓았다.

　레너드 몬은 뭉크의 그림 「절규」를 연상시키는 특이한 인상에 뼈만 앙상한 남자였다. 벗겨진 머리 양쪽에 머리털이 조금씩 나 있고, 마치 목 졸린 사람처럼 눈이 툭 튀어나와 있었다. 그는 신경과민에 늘 안절부절못했고 정신병을 앓았는데, 엄마와는 달리 온갖 종류의 알록달록한 약들로 치료를 받았다. 두 사람은 어느 날 술집에서 만나 서로 사람에 대한 취향이 비슷하다는 사실을 발견하고 좋은 친구가 되었다. 레너드 몬과 엄마는 우리 부엌을 접수하고, 그곳을 불만 토로 모임과 흡연실, 그리고 중독자들이 말하는 주사실—사람들이 마약을 주사하기 위해 가는 대체로 버려진 장소—의 중간쯤 되는 공간으로 만들었다.

그들이 만나는 주기는 정부 수표의 주기와 일치했다. 아빠는 심부름꾼으로 마약을 구하러 달려갔고, 그동안 엄마와 레너드는 부엌에 앉아 대용량 버드와이저를 꿀꺽꿀꺽 마시며 인생을 한탄하고 도구를 준비하며 아빠를 기다렸다. 엄마와 레너드의 수표가 바닥날 때까지, 이러한 과정이 2주 동안 쉴 새 없이 반복되었다. 이때쯤이면 그들의 눈가에 다크서클이 생기고 수중에 돈 한 푼 남지 않았다. 레너드는 수표가 다시 도착할 때—자신의 수표건, 엄마의 수표건—어김없이 나타났고, 매월 중순부터는 우리 집 근처에 얼씬거리지 않고 술집에서 필요한 것을 조달하며 보냈다. 그가 없는 동안 엄마는 며칠씩 잠을 잤다.

아빠와 엄마, 언니와 나는 모두 레너드의 등 뒤에서 그를 조소했다. 내가 생각할 때 우리 중 누구도 그를 좋아하지 않았다. 심지어 엄마까지도 진심으로 좋아한 것은 아니었다. 특유의 새된 목소리와 병적인 자기 집착, 아이들에 대한 노골적인 혐오(그의 직업이 임시교사였음에도 불구하고) 때문에, 그는 호감 가는 인물이 아니었다. 그러나 엄마와 아빠가 어떤 판단을 할 때 그 판단 기준은 자신들이 좋아하느냐 싫어하느냐가 아니었고, 우리 가족에 이로우냐 해로우냐도 아니었다. 엄마와 아빠의 판단 기준은 마약이었고, 레너드는 좋은 수입원이었다. 그가 가까이 있을수록 수표는 더 많아지고, 마약을 더 많이 할 수 있었다. 내가 마약을 구하러 가는 아빠를 따라나서는 날이면, 아빠는 체이스 은행 ATM 앞에서 레너드의 개인식별번호 'WATERS'를 입력하는 동안 내게 누를 때 삑 소리가 나는 ATM 자판을 누르는 법을 가르쳐주었다. 동시에 끊임없이 징징대는 여자처럼 높은 레너드의 목소리를 흉내 내어 나를 배꼽 잡게 했다.

레너드는 비관적이고 극적인 성격에 맞게 아이를 갖는다는 생각에 대해 몹시 부정적이었다. 그가 와 있는 내내 나는 열린 문을 통해 마치 무대 위에서 속삭이는 배우처럼 그가 엄마에게 불평하는 소리를 들을 수 있었다.

"지니, 애들은 정말 배은망덕한 것들이라니까! 나로선 자기가 어떻게 견디는지 모르겠어. 난 일할 때도 아이들을 못 참겠는데, 자긴 집에서 아이들과 지내다니, 신이 도우신 거야."

"어휴, 레너드. 그만 좀 해." 엄마가 조그맣게 말했다.

이것이 엄마의 유일한 반응이었다. 엄마가 잠자코 있었던 이유가 레너드의 수표 때문이라고 생각하고 싶지만, 도대체 왜 엄마가 우리를 향한 그의 언어 공격을 무시하고 맥주를 홀짝이며 만족스러운 듯 거기 앉아 있었는지는 정확히 알 수 없다.

내가 감당해야 할 것이 레너드 몬의 이런 짜증스러운 태도뿐이었다면 그럭저럭 참을 만했을 것이다. 그러나 그를 상대하기 힘든 사람에서 상대하지 못할 사람으로 격하시킨 것은 두 사람이 공유한 에이즈라는 질병에 대해 종종 나누던 대화였다. 그 대화를 엿듣는 것이 너무 고통스러워서, 나는 그에게서뿐 아니라 엄마에게서도 도망치고 싶은 심정이었다.

그 화제는 코카인 효과가 사라지는 순간, 약효가 힘을 잃고 우울함의 파도와 함께 현실이 다시 밀물처럼 밀려올 때 등장했다.

"지니, 심장이 뛰어. 내 손 좀 잡아줘." 엄마는 몇 년 동안 내 손을 잡아주지 않았다. 제대로 된 포옹을 한 날도 엄마가 에이즈를 고백한 바로 그날 밤뿐이었는데도 엄마는 레너드의 손을 깍지 낀 채 거기 앉아 있었다.

"지니, 난 아프고 싶지 않아. 하지만 우린 그렇게 될 거야. 적어도 늙어갈 필요는 없겠지. 절대 그럴 일은 없을 거야. 신이여, 감사합니다. 정말 고마운 일 아니야, 지니?"

그들이 이런 얘기를 하고 있는 동안, 나는 불과 열 발짝도 떨어지지 않은 곳에서 소파에 앉아 그 얘기를 똑똑히 듣고 있었다. 두 사람이 마시는 시큼한 맥주 냄새까지 맡을 수 있을 만큼 가까운 거리에서, 나는 그가 그렇게 노골적으로 말하는, 눈물에 뭉개진 우울한 말들을 모두 들었다.

"아! 지니, 그건 축복일 수도 있어. 어쨌든 좋은 시절은 마흔 살 전에 다 가버리잖아."

"알아, 레너드. 그게 한 가지 좋은 점이지." 엄마는 동의했다. "우린 절대 늙지 않을 거야."

*

엄마와 아빠의 상습적 마약 투여가 그렇게 해롭지 않을 것이라는 나의 환상은 엄마의 에이즈 진단, 그리고 레너드의 등장과 함께 사라졌다. 나는 마침내 이 모든 것을 지켜보는 일에 인내심의 한계를 느꼈다. 깜빡이는 형광등 밑에 드러난 부모님의 맨팔, 주삿바늘이 포도 껍질처럼 얇고 연약한 살갗을 뚫고 들어가는 순간, 붉은 구름처럼 주사기를 타고 올라갔다가 다시 내려가는 피, 그와 동시에 두 사람의 얼굴에 나타나는 전기가 오른 듯한 표정. 그리고 벽과 셔츠, 새로 산 식빵 포장과 잼 병 할 것 없이 여기저기 튀어 있는 피. 무엇보다 최악은 신체 한 지점을 과도하게 찔러, 살이 부어오르고 시커멓게 죽고 번들번들해지고 심지어 냄새까지 나는 모습을 지켜보는 것이었다. 엄마가 발이나 발가락 사이에서 멀쩡한 곳을 절박하게 찾는 것, 그보다 더 심각한 것은 시간이 지날수록 더욱더 분명해지는 두 사람의 절망이었다. 부모님의 절망에 관한 영화가 내 앞에서 현재진행형으로 펼쳐지는 것과 같았다. 마치 내가 캄캄한 극장에 혼자 앉아 부모님의 삶이 부서지고 불타버리는 기괴한 슬로모션 흑백영화를 보고 있는 기분이었다. 그 상황이 나를 참기 힘들게 했다. 나는 점점 지쳐서 한때 그토록 끼고 싶었던 두 사람의 세계로부터 도망치기 위해 어디로든 가기를 갈망하게 되었다.

엄마와 아빠가 늦은 밤 마약 파티를 벌일 때, 나는 더 이상 아빠를 따라나가지 않았고 그 이유도 설명하지 않았다. 대신 막연한 반항심에 이끌려 조용히 문밖으로 나와 포덤 로드를 정처 없이 걸으며 황량한 쇼핑지구를 오르락내리락했다. 때로는 혹시 옷가게에서 버린 불량품이 있을까 해서 보도에 버려진 비닐봉지를 뒤지기도 했다. 아빠에게서 배운 수법이었다. 엄마와 아빠가 마약을 사러 뛰어다니는 동안, 나는 훼손되었거나 바느질이 잘못된 옷들을 배낭에 채우며 가끔은 해가 떠오를 때까지 밖에서 시간을 보냈다. 하루는 옷을 찾다가 포덤 로드를 활기차게 걸어 내려가는 아빠를 보았지만, 아빠에게 한마디도 하지 않았다. 나는 아빠를 부르지 않고 그저 쓰레기봉투 앞에 서서 아빠가 전속력으로 그랜드 애비뉴를 향해 걸어가는 모습을 지켜보았다. 그때 아빠를 불렀다면 왠지 슬퍼졌을 것이다. 그러나 아빠를 부르지 않아도 슬픈 건 마찬가지였다.

어떤 날은 학교 아이들이 내 엉터리 옷을 보고 놀렸다. 뒷면에 주머니가 달린 셔츠나 너무 큰 청바지에 너무 짧은 바짓단. 거의 매일 나는 학교를 피해 전혀 다른 길로 걸었고, 아침 일찍 메트푸드에 도착해 영업을 시작하기 위해 셔터를 올리는 계산원들과 지배인을 지켜보았다.

학교에 아예 가지 않은 건 아니었고, 마치 그물이 물을 통과하며 수동적으로 어쩌다 걸리는 것들만 건지듯 학교를 통과했다. 내가 받은 정규교육은 겨우 며칠간의 출석과 점점 늘어가는 아빠의 미반납 도서관 도서를 마구잡이로 읽으며 흡수한 지식이 결합된 것이었다. 기말고사를 보기 위해 마지막 몇 주를 꾸준히 등교하는 것만으로, 나는 간신히 진급할 수 있었다.

나는 학교를 땡땡이치고 도보나 지하철로 브롱크스와 맨해튼 일대를 돌아다녔다. 그저 사람들 틈에 앉아 있는 기분을 느끼기 위해서. 그저 대화 소리와 말다툼 소리, 거지들의 노랫소리, 그리고 무엇보다 내가 가장 좋아하는 사람들의 웃음소리를 듣기 위해서. 나는 사람들 틈으로 사라질 수 있었다. 후드를 뒤집어쓰고 눈을 내리깔고 걸으면, 엉키고 더러운 머리에 작고 깡마른 소녀를 누가 알아볼 수 있을까? 무단결석 지도원들에게 걸리지 않을까 걱정되긴 하지만, 그 정도 위험쯤은 감수할 가치가 있었다. 나는 그저 내 주위에서 생명력을 찾고 싶은 것뿐이었다. 바깥세상에서 뭔가를 하는 사람들의 심장박동과 진동들. 나는 학교를 이것과 바꿨다. 나는 집을 이것과 바꿨다. 곧 나는 꾸준히 두 가지 종류의 결석을 했다. 학교에, 그리고 우리 집에.

가끔은 동행이 있었다. 릭과 대니가 수업을 빼먹고 나와 함께 렉싱턴 애비뉴 선상에서 운행되는 지하철 4호선을 타고 몇 시간 동안 왔다 갔다 했다. 이 경우는 다른 종류의 땡땡이였다. 나 홀로 여행처럼 평화롭지 않고 모험적 요소가 두드러졌다. 우리는 손잡이에 매달린 채 발길질을 하여 빈 차장실 문을 열고는 열차 맨 뒤 칸에서 음료수와 샌드위치를 나눠준다고 방송을 했다. 또 악취탄—지독한 냄새가 나는 액체를 담은 작은 유리관―을 사람들이 붐비는 열차 바닥에 터뜨리고 역 겨움에 얼굴을 일그러뜨린 사람들을 보면서 좋아했다.

차장에게 쫓겨서 내린 것을 제외하면 보울링 그린 역은 우리가 내려 본 유일한 역이었다. 여기서 우리는 스테이튼 아일랜드 여객선에 무임 승차했다. 1층 갑판 앞쪽에 타면 바닷바람이 뺨을 촉촉이 적셨고, 우리 밑에서 바다가 갈라지며 포말을 일으켰다. 맨해튼으로 돌아오는 요금 은 50센트였지만, 여객선 직원이 무임 승선자를 수색하기 위해 한 바퀴 도는 동안, 화장실 칸막이에 운동화를 바짝 붙이고 숨으면 쉽게 피할 수 있었다.

집으로 오는 길은 늘 나를 현실로 되돌려놓았다. 빳빳한 교복이나 최신 유행 옷을 입고 통학하는 학생들 무리에 둘러싸여 늘 외로움을 느꼈다. 나는 집으로 향하는 한 시간 남짓 내내, 학교에서 일어났을지 도 모를 일들과 학교를 결석한 걸 걱정했다.

사회복지 활동가의 갑작스러운 방문은 언제라도 있을 수 있었다. 내 가 여객선에서 돌아와 집에서 콜 씨를 발견한 날처럼. 그달 들어 두 번 째 방문이었다. 내가 들어가기 전에, 그녀는 30분 동안 집에 있었다. 내 가 책가방을 부적처럼 움켜쥐고 현관으로 들어갔을 때, 콜 씨와 엄마 는 대화를 나누고 있었다. 내가 문간을 통과해 거실로 가기도 전에 벌 써 집 안 전체에서 풍기는 사향 냄새와 확연히 대비되는 콜 씨의 라일 락향 향수 냄새가 났다.

먼저 입을 열어 기선을 제압한 사람은 그녀였다. "안녕, 엘리자베 스." 그녀가 시선을 내게 고정시킨 채 턱을 들어 올리며 말했다. 두 손 을 무릎에 올린 채 다리를 꼬고 앉아 있었다. 아빠의 선풍기가 침실에 서 나와 있었다. 선풍기가 거실 창문에서 콜 씨를 향해 돌아가고 있는 모습이 익숙하지 않았다.

"엘리자베스, 내가 오늘 여기 온 건 네가 학교에 가겠다고 약속했는데, 내가 학교에서 또 전화를 받았기 때문이야. 무슨 할 말이 있을 테지. 어서 해봐. 왜 학교에 가지 않았지, 엘리자베스?"

그녀는 빈틈없는 논리로 나를 직접적으로 공격했다. 그녀가 그런 질문을 하는 것은 이치에 맞았지만, 한편으로는 우리가 살고 있는 혼란스러운 상황을 생각할 때 전혀 이치에 맞지 않기도 했다. 논리로만 상황을 바꿀 수 있다면, 그녀는 엄마와 내게 이렇게 물을 수 있을 것이다. 왜 부인께서는 마약을 하시죠? 왜 냉장고가 비어 있죠? 두 딸과 앞으로 살아가셔야 하는데, 왜 조심하지 않고 HIV에 감염된 거죠? 콜 씨는 이런 질문들을 할 수 있었다. 그런데 그녀는 가족으로 살아가는 우리에게 가능한 모든 질문들 중에 이 한 가지 질문을 선택했고, 나에게 그 질문을 던졌다.

나는 눈을 반쯤 뜨고 머리를 파묻은 채 웅크리고 앉아 있는 엄마를 보았다. "난 아무것도 할 수 없다, 리지. 넌 학교에 갈 필요가 있어. 그래야 해." 엄마는 이 말의 마지막 부분을 벽에 대고 말했다. 콜 씨는 커피 테이블을 가볍게 두드렸다. 유리에서 금반지 부딪치는 소리가 났다.

"앉아라, 엘리자베스." 그녀가 말했다. 나는 그녀가 나를 엘리자베스라고 부르는 것도, 우리 집에 와서 대장 노릇을 하는 것도 싫었다. 하지만 순종적으로 테이블 가장자리에 앉았다. 그녀는 자신이 본론으로 들어갈 것을 암시하는 눈빛을 주었다. 전에 똑같은 표정을 여러 번 보지 않았다면, 나는 그 눈빛을 좀 더 진지하게 받아들였을 것이다.

"넌 학교에 갈 필요가 있다, 엘리자베스. 네가 가지 않으면 내가 널 데려갈 거야. 아주 간단한 일이야. 어머님은 너를 학교에 보내는데 네가 가지 않는다고 하시더구나. 이제 그런 건 바꿀 필요가 있어. 그리고 너와 네 언니가 엄마를 도와 이 어질러진 집을 청소해야 해. 리사에게

176

도 말해. 이 집은 역겨워. 돼지우리가 따로 없구나."

나는 그녀가 역겹다는 말을 사용하는 방식—미소를 지으며 질질 끌어서 말하는 것—에서, 그녀가 그렇게 말함으로써 자신이 지닌 힘을 느낀다는 것을 알 수 있었다. 콜 씨는 힘을 과시하기를 좋아했다.

"네가 어떻게 이런 집에 사는지 모르겠구나. 너도 이제 여기에 대해 뭔가 할 만큼 나이가 들었잖니." 그녀는 순간적으로 목소리를 높였지만, 곧 불길하게 차분한 음성으로 말했다. "너 같은 애들을 위한 장소가 있다."

콜 씨의 잔소리 중에서 이 부분이 가장 듣기 힘들었다. 그녀는 릭과 내가 지붕에서 물풍선을 던져 맞히고 싶은 유형의 사람이었다. 나는 그녀의 반응을 상상했다. 충격 때문에 입에서 터져 나올 새된 비명과 싸구려처럼 손질된 머리가 얼마나 납작하게 망가질까. 나는 언젠가는 반드시 그렇게 하겠다고, 그리고 자지러지게 웃어주겠다고 생각했다.

"내가 널 집어넣으려는 집들은 아마 네 맘에 들지 않을 거야. 하지만 네가 이곳을 청소하지 않으면, 그곳을 청소하게 될 거다. 아이들이 네게 변기를 빡빡 문지르게 시킬 거야. 그리고 그곳의 여자애들은 꽤 사납단다." 나는 우리 집보다 더 지저분하고, 가장자리에 끈적끈적하고 미끌미끌한 물때가 낀 변기 위에 엎드려 청소하고 있는 나 자신을 보았다. 누더기 같은 차림새에 깡패같이 덩치 큰 여자들이 내 뒤에서 나를 감시하며 서 있었다. "네가 원하는 게 그거라면, 내가 널 여기서 데리고 나가주지. 원한다면 계속 학교에 결석하면 돼. 그럼 가게 될 테니까." 이제 그녀가 가장 좋아하는 부분에 이르렀다. 마치 이 말을 하기 위해 온종일 작업했다는 듯 얼굴에 반쯤 띤 미소로 알 수 있었다. "열심히 살 것이냐, 나갈 것이냐. 하나를 선택해, 엘리자베스."

콜 씨의 얼굴이 혐오감과 분노 중간쯤의 형태로 일그러졌다. "젊은 아가씨가 온전한 삶을 살고 싶지 않니? 그런 생각은 한 번도 안 해봤어?" 그녀는 즐기고 있었다. 나는 그녀에게서 마치 열처럼 뿜어져 나오는 쾌감을 느낄 수 있었다. 거기에 어떤 선의 같은 것은 없었다. 나는 본능적으로 알았다. 내게 훈계했던 다른 많은 사회복지사들과 마찬가지로, 콜 씨는 화내는 것을 즐기고 있었다. 그녀는 그 공연을 즐겼다.

어쩌면 그녀의 말을 효과적으로 만들어주었을 자상함 따위는 어디에도 없었다. "온전한 삶을 살아라." 사람들은 늘 이런 말을 하지만, 누가 그 본질을 설명할 수 있으며, 자신이 무슨 의미로 그런 말을 하는지 설명할 수 있겠는가? 누가 나에게 왜 학교를 중시해야 하며 아파트를 청소해야 하는지 보여주려 한 적이 있는가? 어른들은 그 말의 크기를 몰랐던 것일까? 그 말이 나의 이해 수준을 능가한다는 것, 그리고 그 간극이 내가 그 속에 빠져 허우적거릴 만큼 크다는 사실을 몰랐단 말인가? 내가 아침에 일찍 일어나는 것과 그녀가 내게 기대하는 막연한 목표 사이에 어떤 연관이 있을까? 그녀는 무엇을 말하고 있었던 것일까? 교육과 일자리가 그토록 중요하다면, 왜 우리 부모님은 두 가지 모두와 무관하게 산 것일까? "온전한 삶을 살아라." 온전한 삶이란 대체 어떤 것인가? 내가 스스로 그것을 감지해야 했을까? 그렇지 않다면, 내가 콜 씨의 잔소리에서 어떻게 그 암호를 해독할 수 있었을까? 특히 그녀가 분노와 독선으로 내게 상황을 설명하고 있는 상황에서 말이다.

나는 화가 났지만 평정심을 잃지 않기 위해 최선을 다했다. 특히 손에 서류 가방을 든 콜 씨를 현관까지 배웅할 때, 그녀가 길게 굽어진 손톱으로 내게 삿대질하며 마지막으로 결정적 한 방을 날릴 때는.

"너도 알 거다, 엘리자베스. 내가 마음만 먹는다면, 널 오늘 데려갈 수도 있어. 실제로 난 아무 때고 여기 와서 널 데려갈 수 있다. 그걸 기억해. 난 호의를 베풀고 있는 거야."

만일 그녀의 호의가 이런 것이라면 대체 적의는 어떤 것일지 나로서는 상상할 수 없었다.

엄마는 벌써 얼굴 위에 베개를 얹고 누워 있었다. 시계를 보니 그때가 3시 직전이었다. 리사 언니가 곧 집에 올 시간이었다. 내가 막 방문을 닫으려는데 엄마가 베개에 눌려 뭉개진 목소리로 말했다.

"리지, 오늘 식료품점에서 포장했니? 그러니까 말이야…… 혹시 현금 좀 있니? 5달러만 있으면 좋겠는데."

"아니, 오늘은 쉬었어, 엄마."

엄마는 돌아누우며 신음과 불평이 섞인 소리를 냈다. 엄마의 한쪽 엉덩이에 25센트짜리 동전이 달라붙어 있었다. 전신에 떨림이 치솟았다가, 곧 가라앉았다. 엄마에게 화를 내고 싶은 건지, 아니면 그냥 엄마 때문에 슬픈 건지 알 수 없었다. 방으로 가서 침대 위에 널브러졌을 때, 나는 그저 멍한 기분이었다. 엄마는 베개에 얼굴을 묻고 큰 소리로 울기 시작했다. 나는 천장을 올려다보았고, 마음속에서 아무것도 느끼지 못했다.

*

그날 밤, 레너드 몬이 봉급으로 받은 수표를 들고 찾아왔다. 그와 엄마, 아빠는 몇 시간 동안 흥청망청했다. 내 방에 있으니 그들이 마약을 사러 돌아다니는 소리, 맥주병 부딪치는 소리, 발소리, 앞문이 열렸다 닫히는 소리가 쉴 새 없이 들려왔다. 어느 시점에 나는 방에서 나와 릭과 대니의 집에 전화를 걸었다. 나는 담배 연기를 걸러내기 위해 셔츠를 코까지 끌어올리고 소년들과 해가 뜰 때까지 돌아다닐 계획을 세웠다. 영화관에 몰래 들어가거나 그냥 걸으면서 우리가 할 수 있는 일을 찾을 수도 있었다.

내가 다시 셔츠를 내리고 나갈 준비를 하는데, 엄마와 레너드의 대화에서 뭔가 신경 쓰이는 부분이 있었다. 그들은 뭔가에 대해, 아니 누군가에 대해 속삭이고 있었다. 나는 가만히 서서 들었다.

두 사람은 엄마가 술집에서 알게 된 어떤 남자에 대해 이야기하고 있었다. 내가 들은 바에 따르면, 엄마는 그 남자를 한동안 알고 지내다가 최근에 연락하기 시작했다. 이름인지 별명인지 몰라도, 아무튼 두 사람 다 그를 브릭이라고 불렀다.

"모르겠어, 레너드. 그는 내 말을 잘 들어줘. 난 그게 좋아. 내 말을 들어주는 남자와 함께 있는 게 그리웠어. 우린 좋은 시간을 보내고 있어. 알아?"

엄마가 만나는 사람의 얘기였다.

"어머나 지니, 자기를 기분 좋게 하는 사람을 놓치면 안 돼. 나 같으면 안 그럴 거야. 원래 능력 있는 사람이 훨씬 더 성숙한 법이지." 레너드가 다음 부분은 유독 작은 소리로 속삭였다. "한번 해봐, 지니. 자긴 좋은 사람을 만날 자격이 있어."

나는 레너드를 끌어다가 밖으로 내동댕이치고 싶은 심정이었다. 그는 아빠의 얼굴을 보고 미소 짓다가, 다음 순간 엄마에게 다른 남자를 만나라고 부추기고 있었다. 그는 두 얼굴을 가진 비열한 인간이었다. 그들의 얘기를 들으며, 상황을 완전히 이해하는 데 시간이 좀 걸렸지만, 나는 곧 엄마가 한동안 그 남자를 만나왔다는 사실을 알게 되었다. 나는 그가 엄마에게 쓴 돈과 두 사람의 연애, 그리고 엄마는 그가 마약을 전혀 하지 않고 그저 긴장을 풀기 위해 가끔 술만 마신다는 사실을 마음에 들어 한다는 걸 엿들었다. 내가 거기 서 있는 동안 엄마의 묘사는 점점 더 상세해졌고, 브릭이라는 사람은 아빠와 우리 가족의 기반을 위협하는 실제적인 인물에 점점 더 가까워졌다.

브릭은 맨해튼의 멋진 화랑에서 경비원으로 일하고 있는 데다 사회보조금도 받아서 제법 넉넉하게 생활했다. 엄마는 그가 해군이었다고 자랑했다. 그리고 브릭은 우리 동네보다 훨씬 더 좋은 동네에서 방 하나짜리 큰 아파트를 가지고 있으며 독신이었다. 알고 보니, 집 밖에서 밤을 보내는 사람이 나만은 아니었던 것이다. 그렇다면 아빠도 이 사실을 알고 있다고 나는 직감했다.

나는 눈으로 아파트 전체를 훑었다. 내가 없는 사이, 이 집은 그저 나쁜 곳에서 끔찍한 곳으로 변해버렸다. 모든 곳에서 퇴락의 흔적이 보였다. 고장 난 전등, 빈 맥주병, 전보다 카펫에 더 많이 널려 있는 담배꽁초. 공기는 축축했다. 숨을 쉴 때마다 공중에 떠다니는 먼지를 느낄 수 있었다. 레너드가 돈과 함께 엄마가 기댈 새로운 어깨로 등장하면서, 엄마와 아빠는 한 달에 2주 반씩 연속으로 취해 있었다. 그동안 밖으로 나돈 것에 대한 죄책감이 엄습했다. 나는 이 집에서 나의 역할을 방기했고, 그래서 모든 것을 망쳐놓았다.

아빠가 현관문으로 휘파람을 불며 들어왔다. 엄마와 레너드는 조용해졌다. 나는 방문을 열고 기침을 한 뒤 거실로 한 발짝 나갔다. 엄마는 팔을 묶을 때 사용하기 위해 문손잡이에 걸어둔 낡은 벨트를 가지러 걸어왔다. "잠깐, 피터." 엄마가 뒤를 돌아보며 말했다. 아빠는 레너드에게 20달러에 대한 거스름돈을 세어주고 있었다.

나는 엄마에게 뭔가를 말하려고 입을 벌렸지만, 막상 무슨 말을 해야 할지 알 수 없어서 다시 다물어버렸다. 엄마의 행동으로 볼 때, 내가 그곳에 있는 걸 모르는 것 같았다. 나는 크게 기침을 했다. 엄마는 나를 잠시 쳐다보더니, "피터, 내가 먼저야"라고 말하며 벨트를 가지고 성큼성큼 걸어갔다.

뭔가가 엄마와 나 사이의 애정을 앗아갔고, 우리의 관계를 무심하고 소원한 관계로 전락시켰다. 2년 전 엄마가 에이즈 진단을 받은 뒤부터 우리의 관계는 전과 같지 않았다. 나는 엄마가 그날 밤 했던 말에 대해 누구와도 얘기하지 않았다. 많은 시간 나는 내가 꿈을 꿨을지도 모른다고 혼잣말을 했다. 나는 엄마가 리사 언니에게는 말하지 않았다고 생각했다. 만일 그렇지 않다면, 언니가 분명 그에 대한 언급을 했으리라 확신했다. 엄마와 내가 더러운 비밀을 공유하는 듯한 느낌이 들었고, 그 때문에 엄마는 나를 두려워하게 되었다. 엄마가 유지하려는 거리가 그것을 말해주었다. 우리는 더 이상 서로에게 무슨 말을 해야 할지 알 수 없었다. 어쩌면 너무 많은 것들을 이야기하지 않고 넘어갔기 때문일지도 모른다.

아빠는 엄마를 먼저 취하게 해주었다. 엄마가 코를 훌쩍이기 시작하는 소리가 들렸다. 레너드가 다음이었다. 아빠는 종종 그랬듯 그들과 떨어진 욕실에서 주사를 했다. 내가 릭을 만나러 가기 위해 일어서는데, 레너드가 취해서 다시 울기 시작했다.

엄마가 내게 에이즈에 대해 말해버렸기 때문에 나는 엄마가 달아나고 싶은 고통스러운 풍경의 일부가 되어버렸다. 엄마의 무심함에 가슴이 아픈 만큼, 나는 그것을 확신했다. 그리고 스스로에게 솔직해지자면, 정말로 인정하고 싶지 않지만, 엄마의 질병을 알게 되면서 나 역시 엄마를 피하고 싶어졌다. 엄마 가까이에 있는 것은 그 질병 가까이에 있는 것이었으며, 내가 엄마를 잃어가고 있음을 알게 되는 것이었다. 그것은 감당하기 어려운 고통스러운 정보였다.

나는 슬그머니 배낭을 메고 부엌을 통과했다. 레너드는 안에서 징징대며 소리치고 있었다. "맙소사, 지니, 심장이 너무 빨리 뛰어. 내 손 좀 잡아줘."

엄마가 그의 손을 꼭 잡는 것을 보자 전신에 깊은 통증이 밀려왔다. 나는 그 끔찍한 타령을 또 듣지 않기 위해 재빨리 그 자리를 떠났다.

*

내가 브릭을 만난 것은 그로부터 한 달도 지나지 않은 주중의 어느 날이었다. 엄마는 내게 학교를 가는 대신 브릭이 사주는 점심을 먹자 며 그가 일하는 화랑으로 나를 데려갔다. 열차에서 내릴 때, 엄마는 안 절부절못했고 불안한 기색이 역력했다.

"리지, 나 괜찮아 보이니? 이 스웨터 괜찮은 것 같아?" 엄마는 솜털 같은 분홍색 스웨터에 골반 바지를 입고 있었고, 그날 온종일 술도 마 약도 하지 않았다. 길고 구불거리는 머리는 핀으로 단정하게 고정되어 있었다. 티셔츠와 더러운 청바지에서 벗어난 엄마의 모습은 몇 년 만 에 처음이었다.

"응, 엄마. 정말 좋아 보여. 걱정 마. 그리고 그 아저씨가 엄마를 예쁘 다고 생각하건 말건 왜 걱정하는 거야? 그 아저씨 생각을 누가 신경 쓴 다고." 내가 말했다.

"내가 신경 써, 꼬맹아. 난 그 사람이 좋아."

직접적인 그 말은 내게 충격이었다. 엄마와 내가 서로 솔직하게 말 해본 것은 참으로 오랜만이었다. 나는 엄마가 나를 떠보고 있다는 느 낌이 들었다.

"네 엄마가 누군가를 좋아한단다. 누군가에게 홀딱 반한 게 얼마 만 인지 몰라." 엄마는 아빠는 안중에도 없는 듯 초조하게 미소 지었다.

나는 엄마를 초조하게 만드는 사람이 브릭만은 아니라는 것을 알았 다. 나 역시 엄마를 초조하게 했다. 리사 언니가 학교에 가고 아빠가 시내에 나간 뒤, 나는 그날 아침의 절반 이상을 나도 따라가게 해달라고 엄마를 졸랐다. 참으로 오랜만에 우리 둘만 있게 되었다. 비록 그를 만나기 전과 만난 직후의 짧은 시간 동안이지만, 그래도 그동안은 우리 둘만의 시간이었다. 엄마가 어색해한다는 걸 알았다. 나도 그랬으니까. 나 자신도 엄마에게 무뚝뚝하게 말하고 있으면서도, 엄마가 내 손을 잡고 이 상황에 대해 잘 설명해주길 간절히 바랐다. 그리고 엄마가 내 의견을 묻고 이 모든 것을 어떻게 생각하는지 물어봐주길 원했다. 그러나 엄마는 가는 길 내내 브릭에 대해서만 이야기했다. 그가 얼마나 일을 열심히 하고, 안정적이며, 가정적인 사람인지 따위의 얘기들이었다. 나는 입을 다물고 마음속으로 대충 계획을 세웠다. 우선 브릭에 대해 연구하고 부정적인 반응을 보임으로써, 엄마가 그의 결점을 발견하고 자신의 생각을 다시 돌아보게 하는 것이었다. 그러면 우리 가족을 구할 수 있으리라.

엄마는 마치 브릭이 일하는 화랑의 전문적 위상이 브릭의 안정성을 입증하는 증거라도 되는 양, 경외심과 감탄을 가득 담아 화랑에 대해 묘사했다. 우리는 길을 건너 좁고 높은 건물을 향해 걸어갔다. 각 층들을 나누고 있는 천장에서 바닥까지 이어진 통유리를 통해, 나는 벌써부터 그림과 조각들을 엿볼 수 있었다. 엄마는 서둘러 나를 옆문으로 들여보냈다. 이 문은 화랑의 외투 보관소로 통하는 직원용 출입구였다. 이곳에서 브릭은 9시부터 5시까지 사람들의 외투를 거는 일과 미술품을 감시하는 일을 번갈아 했다.

"전시회를 하는 동안 화랑 안에 들어가려면 누구나 표가 있어야 해, 리지. 보통은 돈을 내야 하지만, 걱정 마. 브릭이 우리를 무료로 입장시켜줄 테니까." 엄마가 자랑스럽게 말했다. 엄마가 그에 대한 친근함을 표시하면 할수록, 내게는 그것이 더 낯설게 느껴졌다. 너무 많은 시간을 밖으로 나돈 것에 대한 후회가 밀려왔다. 엄마가 우리보다 더 흥미로운 무언가를 찾았다는 생각에 나는 충격을 받았다. 엄마는 나와 리사 언니에 대해 그렇게 많이 얘기한 적이 없었고, 내가 얼마나 열심히 일하는지에 대해 그토록 자랑스러워한 적이 없었다. 엄마가 능숙하게 직원 구역을 찾아가고 자신 있게 그의 자리로 걸어가는 것을 보며, 나는 엄마가 여러 차례 이곳을 은밀하게 방문했다는 사실을 문득 깨달았다. 어떤 배신감 같은 것이 느껴졌다.

브릭은 줄담배를 피우는 땅딸막한 대머리 남자였다. 말수는 별로 없었으며, 엄마가 하는 말에 동의의 표시로 그저 고개를 끄덕일 뿐이었다. 그는 엄마를 원하고 있었다. 엄마의 얼굴과 몸을 노골적으로 쳐다보는 눈빛으로 알 수 있었다. 나는 그를 믿지 않았다. 나는 선심을 쓰는 낯선 남자들을 믿지 않았다. 그들은 분명 론과 같은 부류일 거라고 생각했다.

우리는 다음 블록에 있는 식당에서 점심을 먹었다. 나는 수프에서부터 원하는 음식은 뭐든 고를 수 있었다. 나는 무료입장권을 테이블 위에 놓고, 버섯 수프의 크림을 휘저으며 두 사람이 시시덕거리는 것을 지켜보았다. 브릭은 내가 보는 앞에서 테이블에 올려진 엄마 손 위에 자신의 손을 얹고, 엄마가 얘기하는 동안 계속 만지작거렸다. 그의 누런 손톱은 생살이 나올 때까지 물어뜯은 흔적이 역력했다.

엄마는 말하는 내내 다른 곳으로 한 번도 시선을 돌리지 않고 그의 눈을 응시했다. 엄마의 집중력이 그렇게 긴 줄 미처 몰랐었다.

"리지에게 당신 아파트가 얼마나 큰지 말해줬어요. 당신이 거기서 얼마나 외롭게 사는지도."

그는 엄마에게 혼란스러워 보이는 미소를 지으며, 하루에 담배를 다섯 갑은 피우는 듯한 목소리로 말했다. "난 괜찮아, 지니."

엄마는 장난스럽게 그의 어깨를 치며 말했다. "아이, 당신이 외롭다는 걸 알아요, 브릭. 아저씨가 엄마한테 그렇게 말했단다, 리지." 엄마는 잠시 내게 눈을 돌려 말했다. "당신은 외로워요, 브릭. 그렇게 말했잖아요." 엄마의 웃음이 불안하게 들렸다.

우리가 처음에 화랑으로 들어가 외투 보관실로 들어갔을 때, 나는 그의 옆에 서 있던 나름대로 잘생기고 젊은 검은 머리 남자를 브릭으로 오해했었다. 엄마가 브릭에게 다가가 그 두꺼운 목에 팔을 감을 때까지는. 우리가 도착했을 때 그는 팁을 주머니에 쑤셔 넣고 있었다. 두 사람이 끌어안을 때, 그는 엄마의 어깨 너머로 윙크와 함께 미소를 띠고, "팁은 사양합니다"라고 써놓은 작은 은색 표지판을 손가락으로 가리키며 "쉬잇!" 하고 속삭였다. 입술 사이로 누렇게 변색되고 손상된 치아가 드러났다. 내가 거기 서서 체중을 양쪽 다리에 옮겨 실어가며 기다리는 동안, 엄마는 미소를 멈추지 못하고 그에게 착 달라붙어 있었다.

점심을 먹으러 가기 전에 브릭은 우리를 음침한 곳으로 몰래 데려갔다. 나는 눈이 좋다는 이유로, 브릭이 검은 휴지통 안 쓰레기봉투 밑에서 커다란 맥주병을 은밀하게 꺼내는 동안 망을 보도록 지시를 받았다. 그가 남자 화장실에서 맥주를 들이켜는 동안, 엄마는 나를 안심시켰다. "그냥 아주 가끔 긴장을 풀기 위해 저러는 거야. 온종일 일한다는 건 정말 스트레스 받는 일일 거야."

테이블에서 그들의 신체적 접촉을 지켜보는 건 참기 힘들었다. 엄마가 장난스럽게 유니폼을 입은 브릭의 두꺼운 허벅지에 손을 올려놓는 것을 보며, 내 평생 엄마와 아빠가 키스하는 모습을 본 건 겨우 두 번뿐이라는 사실을 깨달았다. 지금 브릭의 육중한 몸을 더듬는 엄마의 손은 아빠에 대한 모독일 뿐 아니라, 엄마의 정체성에 대한 모독이었다. 평소와 다른 엄마의 모습은 나를 외롭게 만들었다. 엄마가 브릭의 여유로운 생활공간에 대해 계속해서 이야기하는 동안, 나는 의자에서 몸을 비비 꼬았다. 결국 엄마의 말허리를 자를 수밖에 없었다. "이제 가자, 엄마. 제발."

꼬박 한 시간이 지난 뒤, 우리는 브릭과 함께 화랑까지 걸었고 엄마는 그에게 다정하게 키스를 했다. 그런 뒤 엄마와 나는 긴 시간 동안 화랑 안을 돌았다. 나는 엄마의 눈을 피해 벽만 보며 걸었다. 엄마는 계속 말하려 했지만, 난 못 들은 척했다. 근처의 직원이 '현대미술'이라고 부르는 구역—새하얀 캔버스 위에 흩뿌려진 물감이나 외로운 형체들이 전부인—에 도달했을 때, 엄마는 내가 브릭을 알게 되기만 하면, 그가 얼마나 훌륭한 사람인지 느낄 수 있을 거라고 세 번째 말하려 했다.

나는 계속 못 들은 척하며 1층에서 2층으로 올라갔다. 그리고 역사적인 이집트 공예품을 재창조한 작품들이 전시된 구역에 들어갔을 때, 나는 마침내 엄마의 말허리를 잘랐다.

"엄마, 미안하지만 난 그 아저씨를 알고 싶은 생각이 없어. 난 그 아저씨에 대해 모르는 게 좋겠어." 나는 계속 엄마에게 등을 돌리고 눈으로 현대판 미라에 새겨진 세부적인 것들을 좇았다. "그 사람이 엄마 친구라는 건 알지만, 엄마가 그 사람과 너무 많은 시간을 보내는 건 좀 아닌 것 같아. 그렇지?" 엄마는 침묵에 빠졌다. 잠시 시간이 흐른 뒤, 엄마는 어떤 사람에게 시간을 물었다.

"곧 브릭의 일이 끝나. 어쩌면 함께 전철을 탈 수 있을 거야." 엄마가 좁은 입구를 막아서며 제안했다.

"이거 좋지, 엄마?" 나는 내 앞에 새겨져 있는 상형문자들을 훑어보며 물었다. "한번은 학교에서 이 문자들을 번역한 적이 있었어. 어쩌면 몇 개는 기억할 수 있을 거야. 이 문자들 중 어떤 것들은 도굴꾼들을 쫓아내기 위한 주문이야. 소름 끼치지?"

"리지, 약을 끊을까 생각 중이야. 난…… 난 약을 끊을 거야."

"알아, 엄마……." 나는 엄마 말을 의심하는 듯한 느낌을 주지 않으려 부드럽게 말했다. "어쨌든 내가 도울 수 있을 거야. 엄마도 알지?"

"진심이니, 꼬맹아? 이번에는 정말 그럴 수 있을 거야. 난 약이 없는 곳에 있을 필요가 있어. 알지?" 엄마가 바닥에 쪼그리고 앉으며 물었다. 나는 엄마가 하려는 말을 모른 척하며 바닥에 다리를 꼬고 앉았다. 엄마의 얼굴은 깨끗했고, 눈은 말똥말똥했다. 그때, 엄마가 실제로 거의 일주일 동안 마약을 하지 않았다는 생각이 문득 떠올랐다. 물론 거의 매일 밤 술집에서 최근에 좋아하게 된 화이트 러시안을 마시긴 했지만. 어쩌면 이번에는 엄마가 진지한 결심을 한 건지도 모른다는 생각이 들었다.

"주변에 약이 없기를 바라면, 집에 약을 안 가져오면 되잖아." 내가 다시 엄마에게서 고개를 돌리며 말했다. "정말로 원한다면, 간단한 일이야."

"하지만 네 아빠가 집으로 약을 가져오잖니, 리지. 아빠는 계속 약을 할 거고, 그럼 나 역시 약을 멀리할 수 없을 거야. 내가 그걸 눈앞에서 보면서 안 할 수는 없어. 절대 불가능해." 아무런 대답도 떠오르지 않았다. 아무 대답도. 나는 엄마 말이 옳다는 것을 알았다. 아빠가 약을 끊겠다는 말을 하는 것을 들어본 기억이 없었다. 그 좁은 공간에서 폐소공포증이 느껴지기 시작했다.

"난 집에서 나가고 싶지 않아, 엄마. 아빠를 떠나고 싶지 않아." 내가 할 수 있는 말은 이것뿐이었다.

"그냥 떠나지는 않을 거야, 리지. 아빠에게 기회를 줄 거야. 어쩌면 아빠도 마약을 끊을 수 있겠지. 그럼 우린 아무 데도 갈 필요가 없어."

엄마의 손이 내 어깨에 닿았다. "알지, 리지. 난 언제까지나 여기 있을 수는 없어. 엄만 몸이 좋지 않아. 너도 알잖아. 더 이상 이렇게 살 수는 없어. 나는 내 딸들이 성장하는 걸 보고 싶어. 그래서…… 뭔가 변화가 필요해."

내 눈에 눈물이 고였다가 뺨을 타고 굴러떨어졌다. 나는 마침내 엄마 쪽으로 고개를 돌렸다. 엄마는 철퍼덕 주저앉았다. 내 맞은편 바닥에 앉아, 엄마는 내 손을 꼭 쥐었다. 엄마의 손길은 따뜻했고 내게 위안을 주었다. 엄마가 온전히 나만을 위해 곁에 있는 이 흔치 않은 순간의 전율이 오래 지속되기를 나는 간절히 바랐다.

"그래 엄마, 어쩌면 아빠가 마약을 끊을지도 몰라." 내가 말했다.

"그래, 그럴지도 몰라, 리지."

우리는 한동안 아무 말 없이 앉아 있었다. 엄마도 나도 알고 있었다. 우리 둘 중 누구도 아빠가 정말 그럴 거라고 믿지 않는다는 사실을.

*

잦은 결석 때문에 나는 6학년을 마치고 중학교에 진학할 수 있으리라 기대하지 않았지만 결국 진학에 성공했다. 같은 반 아이들도 나처럼 깜짝 놀란 게 분명했다. 내가 그들 사이에서 졸업장을 받는 것을 보고, 이러쿵저러쿵 말들이 많았던 것이다. "널 졸업시켜줬네, 엘리자베스?" 크리스티나 메르키도는 친구들을 보며 말했다. "젠장, 이렇게 졸업장을 아무한테나 막 줘버릴 거면, 우린 왜 힘들게 꼬박꼬박 출석을 한 거지?" 몇 년 동안 내가 크리스티나 그 친구들 가까이에 앉을 때마다, 그 애들은 단체로 부채질을 하며 일부러 기침을 해서 나의 더러운 옷이나 몸에 관심을 집중시켰다. 아니면 복도에서 내게 야유를 보내고, 머리에 우글대는 벌레와 내 몸에서 모락모락 올라오는 악취를 그림으로 그렸다. 교장선생님이 학생 한 명 한 명을 호명할 때, 내가 번들번들한 졸업가운을 입고 땀을 흘리며 강당에 앉아 있는 동안, 그들은 나를 보며 낄낄거렸다. 엄마와 아빠, 리사 언니가 그곳에서 그 장면을 지켜보지 않은 것이 다행스러웠다.

내가 졸업장을 받는 동안, 엄마는 침대에 납작하게 누워 간밤에 마신 화이트 러시안으로 인한 숙취에서 회복 중이었다. 아빠는 또 혼자 시내로 은밀한 외출을 나갔다. 엄마가 아빠에게 아직 관심이 있었을 때, 엄마의 신경을 건드렸던 의심스러운 외출이었다. 졸업식이 끝나고 학부모들이 자기 아이들과 교사들, 그리고 친구들의 사진을 찍어주었다. 나는 조용히 옆문으로 나갔다. 엄마가 졸업식에 빠진 것을 미안해할까 봐, 집으로 들어가기 전에 복도에서 모자와 가운을 벗었다. 엄마는 그날 저녁 느지막이 일어나서 졸업식에 가지 못해서 미안하다고 말했다. 나는 대답했다. "정말 지겨웠어, 엄마. 그곳에서 나오니 얼마나 속이 시원하던지. 나도 집에서 잠이나 잘 걸 그랬나 봐."

내 졸업식 날과 엄마가 몸에 붙는 티셔츠 차림에 머리를 깔끔하게 빗어 넘기고 내 침대 앞에 서서 브릭의 아파트로 함께 가자고 거듭거듭 청했던 날 사이에는 시간 간격이 전혀 없는 것처럼 보였다.

엄마는 말했다. "꼬맹아, 난 최선을 다했어. 제발 나와 함께 가자."

그러나 나는 베개를 움켜쥐고 침대에서 꼼짝하지 않았다. "난 안 가. 엄마도 가면 안 돼! 우린 가족이야. 엄만 떠나면 안 돼!" 나는 소리쳤다. "제발 여기 있어, 엄마." 나는 울면서 사정했다. "집에 있어줘. 여기 나와 함께 있어줘, 제발!" 나는 간청을 멈추지 않았고, 심지어 엄마와 리사 언니가 택시에 탈 때까지 창문에서 계속 소리 질렀다. 내가 원하는 무엇에 대해 그토록 정직했던 적이 없었지만, 내 간청은 아무 효과도 없었다. 베갯잇 두 개에 옷가지를 가득 채워 트렁크에 넣어둔 걸 보면, 리사 언니는 엄마만큼이나 떠날 준비가 되어 있었던 것 같았다. 가방으로 꽉 찬 트렁크가 언니는 다시 돌아올 생각이 없음을 말해주었다. 출발하기 전에 엄마는 택시 창문을 내렸다.

"기다릴게, 꼬맹아!" 그리고 소리쳤다. "원하면 언제든지 와도 돼." 그리고 곧 택시는 출발했고, 그들은 사라졌다.

아빠와 나, 둘이서만 집에서 지낸 처음 몇 달 동안, 나는 생활을 유지하기 위해 바쁘게 일했다. 찢어진 낡은 티셔츠와 뜨거운 물을 이용하여 거실과 부엌의 테이블을 닦았고, 설거지를 하고 쓰레기를 내다 버렸다. 매일 밤 내가 좋아하는 TV프로그램이 방송될 때, 나는 흑백 TV를 켜고 볼륨을 높였다. 밖이 어두워질 때마다 방방마다 불을 켜고 리사 언니가 버리고 간 라디오를 켜서, 언니의 빈방에서 대중가요가 흘러나오게 했다. 엄마와 언니가 없었지만 소음과 불빛은, 마치 집에 모두들 있는 듯한 느낌을 주었다.

아빠는 두 사람이 떠나서 슬프다고 말하지 않았다. 불평조차 하지 않았다. 그러나 평소에도 말이 없던 아빠는 전보다 더 조용해졌다. 약에 취해 있지 않을 때는 커튼을 내려 빛을 차단한 채 온종일 잠만 잤다. 그리고 깨어 있는 시간의 대부분은 오래된 재킷처럼 외로움을 입고 있었다. 나는 아빠의 웅크린 어깨와 두 사람의 이름을 언급하기를 회피하는 태도에서 그것을 볼 수 있었다.

가끔 이삐기 시내에 나가기 위해 유니버시티 애비뉴 모퉁이에서 사라지는 순간, 나는 엄마의 옛날 옷이 든 서랍을 열어 하나씩 골라 입곤 했다. 주로 나는 너무 길어서 걸을 때마다 땅에 끌리는 엄마의 장미색 원피스를 입고 앉아, 「프라이스 이즈 라이트」를 보며 콘플레이크를 몇 그릇씩 먹기를 좋아했다. 나는 언젠가 엄마가 돌아와 미안해하며 다시는 떠나지 않겠다고 약속하리라 확신했다. 엄마의 옷을 입는 것은 한 동안이라도 엄마를 불러내기 위한 나만의 방법이었다.

JHS 141 중학교에 다니기 시작할 무렵 우리 집 전화가 잠시 연결되었을 때가 있었는데, 그 기간 동안 엄마는 적어도 네 번을 전화하여 브릭의 아파트가 얼마나 깨끗한지 묘사했다. "베드퍼드 파크는 훨씬 더 좋은 동네야, 리지. 리사도 그렇게 생각한단다." 엄마는 전화할 때마다 요리를 하고 있었다. 브릭과 함께 살면서 엄마는 요리에 몰두했다. "몇 달 동안 코카인을 안 했어. 그거 아니, 리지? 기분이 정말 좋아. 내가 말했지. 마약과 멀리 있기만 하면 끊을 수 있다고." 엄마는 내가 무슨 말을 하기도 전에, 미리부터 김을 빼며 말했다.

옆에서 브릭이 재촉하는 소리가 들렸다. "진, 폭찹은 어떻게 됐어?" 기름이 지글거리는 소리가 들리더니, 엄마는 다시 내게 관심을 돌렸다. "가봐야 해, 리지. 식사시간이야. 사랑한다, 꼬맹아!" 심장이 내려앉았다. "나도 사랑해, 엄마." 그리고 곧 딸칵 소리가 이어졌다.

*

중학교는 내가 적응해야 할 새로운 시스템이었다. 초등학교에서 그랬던 것처럼 중학교에서도 잘해낼 수 있기를, 내 실력으로 기말고사를 통과할 수 있기를 바랐다. 그해 가을 처음 한 달 동안은 30분가량 열두어 살쯤 되는 학생들이 가득한 만원 버스를 타고 꼬박꼬박 학교에 출석했다.

그러나 초등학교 때와 마찬가지로, 결국은 출석한 날보다 결석한 날이 많아졌다. 차이가 있다면 길어진 통학 거리와 여러 교사들을 상대해야 하는 번거로움 때문에 아예 출석을 하지 않는다는 점뿐이었다.

그래서 결석이 전보다 더 잦아졌다. 가끔 내가 드물게 학교에 나갔을 때, 어떤 교사들은 내 이름조차 몰랐고 나 역시 그들의 이름을 몰랐다.

그 학기 초반 몇 주 동안 며칠씩 결석을 한 뒤 학교로 돌아갈 때마다, 학생 우편함에 생활지도 상담사를 만나 결석에 대해 이야기하라는 손으로 쓴 쪽지들이 꽉 들어차 있었다. 나는 그 두꺼운 종이 뭉치를 가지고 버스 정거장으로 걸어가서 갈기갈기 찢어버렸다.

나는 학교와 아동복지국의 공식 통보를 무시하는 데 아주 능했다. 늘 우리 집으로 밀고 들어오는 공직자들—사회복지사와 엄마의 사회복지 활동가, 실망한 교사와 생활지도 상담사들—의 집중 공격을 무시하는 데 익숙해지면서 자랐기 때문이리라. 그들은 결코 별개의 사람들처럼 느껴지지 않았다. 나에게 그들은 모두 나를 못마땅해하는 동일한 존재였고, 내 실수에 고개를 저으며 나를 '시설'에 집어넣겠다는 똑같은 위협을 반복하고 우리 가족에게 가족을 어떻게 꾸려가라고 훈계하는 동일한 목소리였다. 나는 그들에게 똑같이 반응했다. 그들이 보내는 우편을 버리고 집에 틀어박혀 있는 것이었다.

아빠는 친구들을 만나러 주기적으로 외출을 했고, 나는 소파에 누워 텔레비전을 보는 것에 만족했다. 가끔은 엄마의 서랍을 뒤져 엄마를 떠오르게 하는 물건들을 찾았다. 또 어떤 때는 담요처럼 크고 따뜻한 엄마의 원피스를 입고 그저 잠을 자는 것으로 만족했다.

*

어느 날 아빠가 시내에 나가 있을 때, 나는 엄마와 아빠의 옷장 내용물을 뒤지며 오후 시간을 보내고 있었다. 나는 옷장 깊은 곳에서 엄마와 아빠가 1970년대에 사용하던 물건들을 담아둔 커다란 주머니를 발견했다. 먼지 덮인 레코드와 8트랙 녹음테이프가 담긴 상자 뒤에, 작업복을 입고 건초밭을 일구는 한 노인의 그림과 함께 '파머스 마켓' 스탬프가 찍힌 비닐봉지가 있었다. 나는 아빠 침대 위에 물건들을 쏟아놓았다. 터키옥으로 만든 똑같은 담배 파이프 한 쌍, 눈물 모양 호박 펜던트, 박물관 입장권, 오래되어서 모서리가 말려 들어가기 시작한 두툼한 옛날 사진 뭉치. 작은 은반지가 세 개 있었는데, 그중 가장 작은 반지에는 평화의 상징이 새겨져 있었고 내 손가락에 딱 맞았다. 사진들 사이에 파이프에서 떨어진 독한 담배와 마리화나 냄새를 풍기는 가루들이 흩어져 있었다. 사진 속 인물들은 대부분 내가 모르는 사람들이었다. 머리띠에 홀치기염색 셔츠 차림으로 도심 공원이나 옛날 폭스바겐 옆에서 포즈를 취하고 있는 20대쯤 되어 보이는 사람들. 엄마에게 나이전의 인생이 있었다는 증거이자, 엄마가 나 이후에도 인생을 설계할수 있음을 일깨워주는 불편한 증거였다.

나는 지금보다 새것인 우리 부엌에서 엄마와 아빠가 함께 있는 빛바랜 사진을 한 장 발견했다. 아빠는 지금보다 숱진 머리카락과 연결된 짙고 넓은 구레나룻을 기르고 있었다. 엄마는 둥글게 부풀린 곱슬머리와 페이즐리 직물 블라우스를 입고 있었다. 두 사람 모두 고개를 들어 사진기를 똑바로 보지 않고, 마치 나쁜 소식을 들은 사람들처럼 머리를 숙이고 눈을 내리깔고 있었다.

"너무 비참해 보여." 내가 사진 속 두 사람에게 말했다. "너무 비참해."

그러나 나머지 뭉치를 뒤졌을 때 지금보다 훨씬 더 행복한 시간이 있었음을 입증하는 사진들을 발견했다. 두 사람은 모두 커다란 붉은빛 선글라스를 끼고 환하게 웃고 있었다. 엄마와 아빠는 똑같은 가죽 코트를 입고 손을 꼭 잡고 있었다. 내가 본 적이 없는 모습이었다. 또 다른 사진은 자지러지게 웃는 엄마였다. 엄마는 흰 티셔츠와 짧은 청바지 차림으로 두꺼운 주황색 양탄자 위에서 다리를 꼬고 앉아 있었다. 그 기쁨의 순간 엄마의 머리가 뒤로 젖혀져 있었다. 엄마의 어깨에 뭔가 둘러져 있고, 엄마가 그것을 작은 손으로 받치고 있었는데, 다름 아닌 길고 두툼한 일종의 뱀이었다. 또 다른 사진에서 엄마는 생일 케이크 촛불을 불어서 끄고 있었다. 엄마 주변에는 내가 모르는 대여섯 명의 사람들이 둘러서 박수를 치고 있었다. 아빠는 엄마 옆에 서서 어깨에 팔을 두르고, 엄마의 뺨에 키스하기 위해 몸을 기울이고 있었다.

그 사진 속에 포착된 행위는 내가 지금까지 두 사람 사이에서 목격한 가장 큰 애정 표현이었다.

그러나 내가 가장 좋아하는 사진은 단연, 엄마가 고등학생 나이에 찍은 흑백사진이었다. 아름다운 얼굴에 우울한 눈빛을 가진 엄마는 내가 보기에 모델을 했어도 될 것 같았다. 이 사진은 나를 빨아들였고, 나는 영원처럼 느껴지는 긴 시간 동안 그 사진을 물끄러미 쳐다보았다. 우연히 아이를 낳기 전, 정신병에 걸리기 전, 생활보조금을 받기 전, 그리고 HIV에 감염되기 전 엄마 인생의 한순간을. 나는 궁금했다. 엄마가 이때로 돌아가고 있는 걸까? 엄마의 예전 삶으로? 아이들과는 무관한 행복한 시간으로? 무단결석을 밥 먹듯 하고, 엄마를 방해하고, 미치게 하고, 엄마의 발목을 잡고, 질리게 하는 딸이 없는 인생으로? 나는 모든 물건을 비닐봉지에 다시 담고, 그 얼굴 사진 한 장을 청바지 뒷주머니에 집어넣었다.

봉지를 선반에 되돌려놓으려는데, 빼낼 때보다 더 두꺼워져 있었다. 그래서 부엌 의자를 가져와 레코드 상자 너머까지 보이도록 의자 위에 올라섰다. 그때 전에 놓쳤던 뭔가가 내 눈에 포착됐다. 아빠 옷장의 높은 선반 안쪽에 자리 잡은 먼지 낀 오래된 나무 상자였다. 나는 파머스

마켓 봉지를 원래 자리에 돌려놓고 레코드 상자 뒤에서 나무 상자를 꺼냈다. 작은 크기에 비해 생각보다 묵직했다. 의자에서 내려와 침대에 앉은 뒤 상자를 무릎 위에 올렸다.

상자 안에는 고무줄로 묶어놓은 스크랩북이 있었다. 고무줄이 얼마나 오래되었는지, 살짝 잡아당기자 툭 끊어졌다. 사진 몇 장이 미끄러지며 바닥에 떨어졌다. 스크랩북 나머지 페이지의 맨 위에는 아빠의 글씨체로 '샌프란시스코'라고 갈겨쓴 글씨가 있었다. 페이지마다 엄마와 찍은 사진에서보다 더 젊고 머리숱이 많은 아빠의 사진들이 있었다.

한 사진에서 아빠는 시티 라이츠 서점이라는 곳 앞에서 일렬로 늘어선, 잘 차려입은 네 명의 남자들 사이에 서 있었다. 그들은 햇빛에 눈을 가늘게 뜨고 턱을 들어 올린 채, 장난스럽게 짐짓 심각한 얼굴로 카메라를 응시하고 있었다.

흑백사진 두 장도 있었다. 뒷면에는 익숙하지 않은 글씨체로 '시티 라이츠에서'라고 적혀 있었다. 그중 한 장에서 아빠는 사진이 찍히는 걸 모르는 듯 책을 읽고 있었다. 다른 한 장에서는 두 팔을 올리고 뭔가 이야기하는 수염 난 남자 앞에 모인, 청중처럼 보이는 사람들 틈에 끼어 진지한 모습으로 앉아 있었다.

스크랩북 뒤표지에 오래되어 빛바랜 편지가 클립으로 끼워져 있었다. 반송 주소가 롱아일랜드의 할머니 집으로 되어 있었다. 나는 손으로 쓴 짧은 쪽지를 펴보았다. 할머니가 학교로부터 반환된 아빠의 수업료 수표를 받은 날 깜짝 놀랐다는 내용이었다. 그 짧은 쪽지에서 할머니는 아빠의 예전 룸메이트가 캘리포니아에 있는 집 주소를 알려주었다고 설명한 뒤, 언제 학업을 다시 시작할 것이며 얼마나 오랫동안 서쪽에서 '휴가를 보낼 것'인지 물었다. 할머니는 아빠의 생일 때마다 집으로 보내는 생일 카드에 서명한 것과 똑같이, '사랑을 담아서. 엄마가'라고 서명했다.

할머니의 편지에 두 통의 편지가 더 끼워져 있었다. 이 편지들은 개봉하지 않은 상태였는데, 수신자는 아빠가 아니었다. 아빠가 샌프란시스코의 월터 오브라이언에게 쓴 것이었다. 두 편지 모두 '발신자에게 반송'이라는 도장이 찍혀 있었다. 나는 아빠가 누구에게든 편지를 쓰는 것을 본 적이 없었다. 그 편지에서 무슨 말을 하고 있는지 궁금했지만, 내가 이미 아빠의 사생활을 파헤치고 있으며 편지를 열어본다면 무사히 넘어가지 못할 것임을 알았다. 그래서 우편엽서를 뒤적였다. 어떤 엽서는 굴곡이 심한 언덕 기슭에서 찍은 사진을 담고 있었고, '롬바드 거리'라고 써 있었다. 그 엽서는 내가 기억하지 못하는 이름의 어떤 여인이 뉴욕시 주소로 아빠에게 보낸 것이었다. 그녀는 아빠가 그립고 시詩에 대한 아빠의 '나쁜 취향'이 그립다고 썼다. 또한 그들의 친구인 월터 역시 아빠를 그리워하고 있으며 아빠가 샌프란시스코로 돌아오길 바란다고도 썼다. 아빠가 시를 좋아했을까? 나로서는 상상할 수 없었다. 아빠가 읽는 범죄 실화와 잡학 서적들로 보아, 아빠가 관심 있는 것은 오직 사실과 어두운 것, 또는 깊은 의미가 없는 것뿐인 듯이 보였다. 시는 적합해 보이지 않았다.

나는 스크랩북에서 떨어진 사진들을 끌어모았다. 분홍색 드레스를 입은 여자 아기 사진이 있었다. 내가 전에 본 적이 없고 심하게 빛이 바래 있긴 하지만, 처음에는 그것이 내 사진일 거라고 생각했다. 그러나 사진을 뒤집었을 때, 뒷면에 메레디스라는 글씨가 보였다.

가슴이 조여왔다. 그 사진을 한참 동안 쳐다보며, 나는 사진 속 아기의 얼굴과 언젠가 아빠가 공원에서 리사 언니와 나를 우리의 언니가 있는 곳으로 보냈을 때 보았던 희미한 기억 속 얼굴을 비교했다. 나는 메레디스의 아기 때 얼굴을 쳐다보고 아빠의 얼굴과 비교했다. 그녀가 아무것도 할 수 없는 아기였다는 데 생각이 미치자, 지금 그녀는 어디에 있는지, 어떻게 아빠는 그녀를 버릴 수 있었는지, 왜 우리는 지금까지 그녀에 대해 한 번도 이야기하지 않았는지 의문이 들었다. 한편으로는 아빠가 달리 무엇을 할 수 있었을까 생각하니, 마음속에서 감정이 깊게 소용돌이쳤다.

마지막 사진 몇 장에서, 나는 '피터와 월터, 7월 4일'이라고 써 있는 사진을 발견했다. 뒤집어보니 미소 짓고 있는 아빠가 보였다. 아빠의 눈은 너무도 환해서, 마치 눈웃음을 짓고 있는 것 같았다. 사진 속 다른 인물 월터는 잘생기고 호리호리하고 아빠보다도 젊어 보였다. 머리는 붉은색이었고, 하얀 피부에 주근깨가 있었다. 배경은 내가 한 번도 본 적이 없는 공원이었는데, 사람들이 미국 국기를 들고 있었다. 모두들 소풍을 나온 것 같았다.

마침내 마지막 사진에 이르렀다. 사진 더미 제일 밑에 깔려 있던 폴라로이드 사진이었다. 처음에는 매우 혼란스러웠다. 나는 한동안 그 사진을 쳐다보았다. 내가 본 것을 이해할 수 없었기 때문이었다. 그러나 서서히 실마리가 잡히기 시작했다. 우선, 나는 두 남자가 키스하고 있는 사진이라는 걸 이해했다. 그리고 곧 사진 속 빨간 머리 남자가 월터라는 것을 인지했다. 아빠의 친구 월터, 엽서에서 언급한 월터, 반환된 편지의 월터였다. 월터가 또 다른 남자에게 키스하고 있었고, 그 남자는 바로 아빠였다.

나는 너무 놀라 벌떡 일어나서 사진과 엽서와 편지를 스크랩북 속에 쑤셔 넣고 스크랩북을 쾅 닫았다. 그리고 그것을 나무 상자 안에 얼른 집어넣었다. 마치 아주 빨리 움직이기만 한다면 내가 발견한 사실까지 그 속에 넣을 수 있는 것처럼. 나는 모든 것을 옷장 뒤쪽에 되돌려놓고, 엄마의 옷을 벗어 제자리에 두고 내 방으로 뛰어갔다.

베개에 머리를 묻었다. 아빠에 대한 엄마의 경고가 보란 듯이 귓전에서 메아리쳤다. 나는 엄마가 아빠는 비밀이 많고 엄마를 사랑하지 않는다고 비난했을 때를 떠올렸다. 나는 엄마가 병 때문에 과대망상에 빠진 것이라고 생각했다. 그래서 아빠를 편들고 오히려 엄마의 비이성적 천박함을 감내해야 하는 아빠를 안쓰럽게 생각했다. 내가 정말로 그것을 본 걸까? 그것이 진짜일까? 엄마는 알고 있었을까?

나는 베개에 얼굴을 묻고 엉엉 울었다. 울면서 엄마와 리사 언니를 향한 고통스러운 그리움을 쏟아냈다. 울면서 혼란스러운 감정을 쏟아냈다. 나는 엄마와 아빠가 한때 공유했던 침실 옷장 깊숙한 곳에 내가 그동안 진짜 아빠를 몰랐다는 증거가 묻혀 있었다는 사실 때문에 울었다. 아빠는 아직도 월터를 만날까? 아빠는 다른 남자를 만나고 있을까? 아빠가 엄마를 사랑하긴 한 걸까? 혹시 아빠가 엄마에게 에이즈를 옮긴 것일까?

몇 달 동안 나는 문을 닫고 방 안에서 많은 시간을 보냈다. 아빠가 밤에 약을 구하러 갔다가 또는 시내에서 시간을 보내다 돌아올 때마다, 나는 우리의 일상적인 저녁 식사가 된 테이크아웃 음식—주로 볶음밥이나 조각 피자—를 받기 위해 잠깐 나갔다. 우리는 짧은 대화를 나누었고, 아빠가 부엌에서 마약을 주사할 준비를 마치면, 나는 다시 방으로 들어와 혼자 음식을 먹었다. 아빠가 어느 날 쓰레기장에서 우리 집 TV보다 작은 TV를 하나 더 가져와서 내 방에 놓도록 허락했다. 나는 소파가 이제 더 이상 편안하지 않다고 설명했다. 가끔 아빠가 잠자리에 들기 전에 닫힌 내 방문을 톡톡 두드리며 말했다. "잘 자라, 리지. 사랑한다." 문 반대편에서 나는 잠시 아빠를 기다리게 한 뒤 마침내 대답했다. "……나도 사랑해, 아빠."

*

몇 달 뒤 내가 열세 살이 되었을 때, 아동복지국은 결국 나를 구금시켰다. 그들이 나를 데리러 왔을 때 나는 반항하지 않았다. 지금도 생각하기 힘들지만, 나는 마음 깊은 곳에서 아빠도 아무런 반항을 하지 않는 모습을 보고 깊은 상처를 받았던 것 같다.

내 결석과 관련해 JHS 141 중학교에서 걸려온 수많은 전화에 대응하여, 빳빳한 양복을 입은 두 명의 사회복지 활동가가 나를 '시설'까지 차로 호송하기 위해 웃음기 없는 얼굴로 문 앞에 나타났다. 한 남자는 자신을 돔비아라고 소개했고, 다른 사람은 이름을 말하지 않았다. 아빠가 나에 대한 법적 보호권을 국가에 넘기는 서류에 서명하는 동안, 나는 책가방에 넣을 수 있는 물건을 모두 넣어 짐을 꾸렸다. 두려움에 눈물을 흘리며, 옷 몇 벌과 엄마의 청동색 NA 동전, 그리고 엄마의 흑백 사진을 챙겼다. 그것이 전부였다. 아빠가 문 앞에서 해준 포옹은 빳빳하고 긴장이 묻어났다. "미안하다, 리지." 이게 떨리는 손으로 악수를 하며 아빠가 내게 건넨 말의 전부였다. 나는 우는 얼굴을 보이고 싶지 않아 아빠에게 얼굴을 감추었다. 내가 학교에 가기만 했다면 이런 일은 벌어지지 않았을 것이다.

나는 가방을 무릎 위에 놓고 자동차 뒷좌석에 앉았다. 누구도 내게 말 한마디 걸지 않았다. 나는 그들의 대화를 들으며 다음에 어떤 일이 일어날지 알아내려 했다. 그러나 목소리를 덮어버리는 자동차 엔진 소리와 그들의 걸걸한 억양 때문에 많은 것을 알아낼 수는 없었다. 내 눈은 사방을 떠돌며, 알아볼 수 없는 브롱크스 거리들을 훑었다. 그들은 나를 변색된 벽돌로 지어진, 특색 없이 보이는 대형 공공건물로 데려갔다. 들어갈 때 보니 입구에 어떤 간판도 없었다.

나는 병원 진료실과 비슷하지만 진찰대는 없는 작은 사무실로 인도되었다. "여기 앉아." 키 큰 여인이 의자를 가리키며 말한 뒤 문을 활짝 열어둔 채 밖으로 나갔다. 벽에는 아무런 장식도 없었다. 창에는 두껍고 녹슨 방범용 창살이 달려 있었고, 햇빛이 건물 뒤쪽의 쓰레기가 가득한 좁은 골목을 비추고 있었다. 내가 앉은 자리에서, 머리를 세 가닥으로 땋은 여자아이가 트레이닝 바지를 입고 복도에 혼자 앉아 있는 것을 볼 수 있었다. 그 애의 눈은 나른했다. 마치 엄마가 입원했던 정신병동 사람들이 약을 복용했을 때와 비슷해 보였다. 30분 이상이 흘렀는데, 아무도 오지 않았다. 나는 일어나서 그 애한테 걸어가 용기를 내어 말을 걸었다.

"안녕. 여기서 뭐 하는 거니?" 내가 말했다.

"사람들이 내가 내 사촌을 찔렀다고 생각해. 빌어먹을! 지긋지긋해." 그녀가 나를 올려다보지 않고 투덜거렸다.

"어머…… 미안." 내가 할 수 있는 말은 그것뿐이었다. 잠시 후 나는 자리로 돌아왔다. 얼마나 지났을까. 키 큰 여자가 돌아왔다. 이번에는 사무실 문을 잠갔고, 방에는 우리 둘뿐이었다. 그녀는 스탠드 밑에서 서류철을 펼쳐 뭔가를 읽은 뒤 안경 너머로 나를 보았다. 차에 탄 이래로 누군가 나를 쳐다보거나 말을 한 것은 처음이었다.

"옷을 좀 벗어야겠다." 그녀는 딱 한마디를 하고는 아무 말도 없었다.

"홀딱 벗어요?" 내가 물었다.

"그래, 신체검사를 해야 해. 옷 좀 벗어보렴."

정말이지 그것만큼은 하고 싶지 않았지만, 내가 달리 무엇을 할 수 있었겠는가. 그녀가 지시한다면 내가 무엇을 거부할 수 있을까? 그래서 나는 벗었다. 내가 다른 의자 위에 옷을 차곡차곡 쌓아놓는 동안, 그녀는 서류철에서 몇 페이지를 넘겨 보았다. 나는 추운 사무실에서 몸을 살짝 웅크리고 서서, 닭살을 진정시키기 위해 팔을 손으로 비비며 다음 지시를 기다렸다.

"속옷도 벗어. 전부."

"왜요?" 내가 속옷을 내리며 물었다. "뭐 때문에요?" 누군가 내게 인간적으로 얘기하고 무슨 일이 일어나고 있는지 찬찬히 설명해줬더라면, 훨씬 덜 두려웠을 것이다. 그러나 그녀는 마치 자신에게는 내가 인간이 아니라 그저 처리해야 할 일일 뿐이라는 듯 딱딱하고 사무적인 목소리로 말했다.

그녀는 내 질문에 대답하지 않고, 다시 눈을 들어 마치 연습한 대사처럼 느껴지는 말들을 읊기 시작했다.

"엘리자베스, 오늘 우리는 신체검사를 하고, 몇 가지 질문을 할 거야. 넌 그저 솔직하게 대답하기만 하면 돼. 할 수 있지?"

"네." 나는 완전히 벌거벗은 채 내 마른 몸에 닿는 그녀의 시선에서 불쾌감을 느끼며 대답했다.

그녀는 서류에서 눈을 떼고 펜 끝으로 내 정강이의 멍을 가리키며 물었다. "어디서 이렇게 됐니, 엘리자베스?"

내 몸에는 멍이 많았다. 나는 날 때부터 살이 희었고, 늘 쉽게 멍이 들었다. 밖에서 놀다 들어올 때마다 어딘가에 항상 멍이 들어 있었다. 그러니 그 멍이 어디서 생겼는지 내가 어떻게 알겠는가?

"음…… 아마 밖에서 놀다가요?"

그녀는 뭔가를 썼다. "그럼 이것과 이것은?" 그녀가 같은 다리에 거의 같은 부위에 있는 두 개의 멍을 가리키며 물었다.

뭐라고 대답해야 옳은 대답일까? 내가 모른다고 말한다면 어떻게 될까? 아빠가 나를 때렸다고 생각할까? 그렇다면 다시는 집에 돌아갈 수 없을까? 내 대답에 무엇이 달려 있는 것일까? 모든 것이 불확실했다. 그리고 불확실하면 할수록, 그녀는 더욱더 완전하게 나를 제압했고, 나는 더욱더 그녀를 신뢰할 수 없었다. 어째서 누군가 내게 이 상황에 대해 설명해주지 않는 것일까?

"음…… 자전거요. 자전거를 타다가 다리를 쳤어요."

한동안 이런 식의 문답이 진행되었다. 나는 뒤로 돌고 팔을 들어 올리고 다리를 벌리라는 주문을 받았다. 마침내 나는 다시 옷을 입고 앉을 수 있었다. 그녀가 나가고 라틴계 남자가 먹을 것을 들고 들어왔다. 그 역시 내게 한마디도 하지 않았다. 그는 그저 고개를 끄덕이며 테이블에 셀로판지로 포장된 불룩한 뭔가를 내려놓았다. 안에는 두꺼운 햄 한 조각과 치즈 한 조각을 감싸고 있는 질긴 롤빵이 들어 있었다. 그는 주스 상자를 건넨 뒤, 들어올 때만큼이나 조용하게 방에서 나갔다. 마침내 돔비아 씨가 문간에 나타났다. 가야 할 시간이었다. 나는 다시 차로 돌아가 팔짱을 끼고, 그저 멍하니 창밖을 응시했다. '세인트 앤의 집'은 맨해튼의 로어 이스트사이드에 있는 수수하지만 엄격해 보이는 벽돌 건물이었다. 공립학교와 양로원이 절충된 형태로 보였다. 나중에 다른 소녀들에게서 세인트 앤의 집이 '진단적 주거 센터', 다시 말하면 결석이나 정신병, 청소년 탈선 등의 문제 행동 이력이 있는 소녀들을 좀 더 영구적인 시설로 보내기 전에 '평가'하기 위한 곳이라는 사실을 알게 되었다. 이 평가 과정에는 온갖 종류의 정신건강 전문가들과의 만남이 포함되어 있었고, 평가가 끝날 때까지 최소 3개월은 걸린다는 소문이 있었다.

그 기간 동안 나는 인생의 참여자가 아니라 목격자였다. 아무리 기억하려 해도 몇 개의 단편들밖에 기억나지 않는다.

내가 그곳에 보내진 날, 그 무시무시하게 커 보이는 사회복지 활동가 두 명이 나를 배웅하기 위해 내 양쪽에 서서 걸었던 것이 기억난다.

그들이 신분증을 접수원의 창구에 대고 눌렀을 때 삑 소리와 함께 우리를 들여보내 주었던 것. 엄마가 입원했던 정신병동에서 들었던 소리처럼 딸깍하며 자동으로 문이 열리고 잠기는 소리. 이 사람들이 나를 미쳤다고 생각하는 것인지 의문을 품을 때 명치가 무겁게 눌리는 느낌. 이런 곳에 보내졌으니까, 그리고 누구도 내게 인간적으로 말을 걸지 않았으니까, 그것은 내게 뭔가 문제가 있다는 뜻일까? 내게 뭔가 문제가 있는 게 분명했다.

머리가 숭숭 빠진 거인처럼 생긴 뚱뚱한 여자가 호송자들에게 이제 됐다는 표시로 고개를 끄덕였고, 그들은 다시 문으로 걸어갔다. 문이 딸깍 열릴 때, 왁자지껄한 도시의 소리가 조용하던 입구를 메웠다. 자유를 즐기는 사람들의 소리. 그 순간 나는 서열의 변화를 느꼈다. 나는 더 이상 그들 중 한 명이 아니었다.

그건 아니었다. 나는 거기 있어서는 안 되었다. 아빠는 혼자 있기에 너무 위태로웠다. 나는 지하철에 대해 잘 아니까, 이 사람들에게서 달아날 수만 있다면 집으로 다시 돌아갈 수 있다고 확신했다. 그러나 사람들은 내가 도망치려 할 것을 미리 예측하고 있었고, 그에 따라 예비 조치가 취해두었다. 창문마다 방충망 형태의 바위처럼 단단한 창살이 설치되어 있었다. 모든 것이 너무 삭막하고 그대로 드러나 있어서, 숨는 것조차 불가능했다.

"날 '이모'라고 불러." 여자가 말했다. "내가 네 담당이야. 넌 3층에서 지낼 거야. 문제만 안 일으키면 괜찮을 거야…… 내 말 듣고 있니?" 눈물에 목이 메었다. 나는 고개를 끄덕였다.

위층에서는 우울해 보이는 소녀들이 감시를 받으며 방들이 쭉 늘어선 복도를 걷고 있었다. 방 하나에 침대가 두세 개씩 있었다. "이게 네 방이야. 레이나랑 사샤와 함께 쓸 거야. 우린 무례한 걸 용납하지 않아!

소등 시간은 9시, 아침 식사는 7시야. 수업에 빠지는 건 절대 안 돼. 소동도 절대 안 돼. 다른 건 애들한테 물어봐." 그녀는 눈짓으로 소녀들을 가리켰다.

레이나는 얼굴이 좁고 몸이 홀쭉하며 피부색이 어둡고 인간미가 없어 보이는 소녀였다. 부스스한 머리를 높이 땋아 올린 헤어스타일을 하고 있었다. 그녀는 내내 '말이 너무 많고 되는대로 말하는 여자애'들에 대해 이야기하는 데 시간을 보냈다. "내가 하는 말 알겠니?" 그리고 종종 말을 멈추고 확인을 했다.

"응." 이것이 끊임없이 이어지는 그녀의 이야기에 대한 유일한 대답이었다.

또 다른 룸메이트 사샤는 극도로 조용했는데, 특히 레이나가 근처에 있을 때 그랬다. 사샤는 꼭 레이나의 곁에 있을 필요가 있었다. 사샤가 화장실에 갈 때마다, 레이나가 즉시 그녀의 험담을 시작했기 때문이다. 그녀가 얼마나 '못생겼는지' '얼마나 자만심으로 가득한지' 따위의 말들이 계속되었다. "난 예전에 모델이었어. 집이 망하기 전까진 내 옷들이 끝내줬지. 지금은 내가 너희들보다 더 나아 보일 게 없겠지만. 그렇게 계속 잘난 척해보라지. 내가 그 계집애에게 한 방 먹여줄 테니까."

세인트 앤의 집에서 스타일은 선택 사항이 아니었다. 값나가는 것들은 도둑맞을 것이 뻔했고, 옷이란 옷은 전부 탈색되도록 뜨거운 물에 넣고 함께 빨았다. 그러나 레이나는 모델이 아니었고, 사샤의 침묵은 독선이라기보다 전략이었다.

레이나는 나를 어떻게 해야 할지 결정하려는 듯한 눈으로 나를 보았다. "난 네가 맘에 들어. 흰둥이. 우린 서로의 뒤를 봐주면서 친하게 지낼 수 있을 것 같아. 내 말 알지?"

나는 대답했다. "그럼."

첫째 날 저녁, 식탁에 앉아 따뜻한 음식을 먹는 단 하나의 즐거움을 조용히 음미하고 있을 때, 갑자기 무릎에서 뜨거운 액체의 열감이 확 올라오며 아랫배가 타들어가는 듯했다. 불에 덴 듯한 뜨거움에 나는 고통스러운 비명을 질렀다. 불그스름한 수프가 내 셔츠와 청바지에 스며들고 있었다. 한 무리의 소녀들이 배꼽을 잡고 웃음을 터뜨리며 본심을 드러냈다. 하지만 그들뿐이 아니었다. 나와 같은 식탁에 앉아 있는 소녀 한 명이 나지막이 투덜댔다. "훈둥이 암캐."

그날 하루는 길게 줄을 서서 욕실 형광등 밑에 자리 잡은 하얗고 깨끗한 개수대 앞에서 양치를 하기 위해 기다리는 것으로 마무리되었다. 그곳 창문들에도 역시 안전장치가 있었다. 나는 아이들의 행동 방식을 보고 어떤 아이가 영향력이 있는지 이미 알 수 있었다. 그 애들은 남들보다 조금 오래 씻었고, 과장된 동작을 보이며, 모두가 순서를 기다리는 동안 여유롭게 머리를 묶었다. 다른 아이들은 모두 급하게 얼굴에 물을 튀기며 씻었고, 기계적인 동작으로 칫솔을 이에 대고 문질렀다.

치약과 비누 냄새가 진하게 풍겼다. 샤워 줄에 서 있는 우리에게 버터색 비누가 배급되었다. 우리는 수건을 들고 타일 위에 맨발로 서서 야간 경비원들이 우리를 호명하며 샤워 시간을 스톱워치로 잴 때를 기다렸다.

꾸물대는 사람은 아무도 없었다. 전지전능한 이모가 언제라도 바로 뒤에서 나타나 위협하며 재촉할 것 같아서였다. 그래서 복도는 완전히 비어 있었고, 열린 침실 문으로 삼각형의 불빛만 비추고 있었다.

"라귀아, 로린, 엘리자베스, 여긴 네 개인 욕실이 아니야. 이모가 화내기 전에 서둘러! 네가 달팽이니?" 누군가 내 개인위생과 잠자리에

들 시간을 관리하는 일은 난생처음이었다. 사람들이 매일 샤워를 하고, 나도 그들 중 하나가 된다는 것이 이상하게 느껴졌다. 하지만 깨끗한 느낌과 세탁한 옷이 피부에 닿는 느낌이 좋았다. 이모는 9시가 되면 즉시 모든 불을 끄도록 했다. 그리고 예비 조치로 복도에 야간조 직원이 앉아 있었다.

감금과 일주일에 30분씩 주어지는 통화 시간, 매 순간의 일과 외에도, 가장 힘든 점은 단벌 실내복 허리춤에서 딸랑이는 열쇠 소리와 함께 아침부터 밤까지 들려오는 이모의 천둥 같은 목소리였다. 매일 아침 6시 30분이면 우리 열두 명은 방문이 활짝 열리는 소리, 머리 위로 형광등이 깜빡이는 소리, 그리고 이모가 악쓰는 소리에 잠에서 깼다.

"얘들아, 당장 일어나! 일어나. 일어나란 말이야!"

가끔씩 침대에서 나오지 않으려고 버티다가 결국 질질 끌려나오며 허공에 발길질을 하고 비명을 지르는 소녀의 소리가 들렸다.

"이모를 시험하지 마. 이모는 장난은 안 하거든. 네가 이모를 시험하면, 어떤 일이 생기는지 보게 될 거야."

*

"우선 여기 있는 게 어떤 기분인지 말해볼래?"

"덫에 걸린 기분이에요." 내가 시간을 질질 끌며 침묵을 지키자 그녀의 얼굴에 실망감이 떠올랐지만 나는 무시하고 내답했다. 쁘로작이 그려진 시계의 긴 바늘이 똑딱똑딱 꾸준히 움직였다. 에바 모랄레스 박사는 코넬대학 머그잔에 커피를 마셨다. 우리의 상담은 다른 모든 소녀의 상담과 마찬가지로, 내가 세인트 앤의 집에 머무는 내내 매주 세 번씩 40분 동안 이어졌다.

"꾸준하면 발전하게 되어 있고, 발전은 꾸준한 게 특징이지." 모랄레스 박사가 매 음절마다 고개를 끄덕이며, 마치 새가 지저귀듯 말했다. 그러나 가끔 기회를 잡아 다른 말을 꺼내기도 했다. "네 엄마가 그 머리를 보고 뭐라고 안 하시든?" 또는 "이렇게 수줍음을 타서는 친구를 사귀지 못할 거야."

그녀의 표정은 딱 두 가지였다. 동정 어린 찌푸림(이럴 때는 한 손으로 턱을 받치고 있었다)과 생각에 잠긴 표정(이럴 때는 첨탑 모양으로 양쪽 손가락 끝을 맞댄 채 입술을 깨물고 있었다). 나는 생각에 잠긴 표정만은 피하고 싶었다. 그런 표정에는 여지없이 다음과 같은 말이 뒤따랐기 때문이다. "인생이란 스스로 관리하고 스스로 책임을 지는 거야."

마치 내가 평생토록 자신을 책임지지 않아온 것처럼.

그녀는 앞뒤가 안 맞게 얘기하는 경향이 있어서, 나는 종종 이 상담 시간이 모랄레스 자신을 위한, 즉 자신이 훈련을 통해 배운 것을 실습하기 위한 장일지도 모르겠다고 느꼈다. 나는 그녀의 사무실에 있는 시간의 절반은 고개를 끄덕여 무조건적인 동의를 표시하고, 그녀의 통찰에 관심이 있는 척하여 그녀를 만족시켰다.

"난 널 돕고 싶어. 하지만 누구나 아는 것처럼, 도울 수 있도록 도와주지 않는 사람을 도울 수는 없다." 그녀의 눈썹이 올라갔다. 그녀는 나를 긴 침묵으로부터 끌어내려 하고 있었다.

"이해해요." 내가 변함없이 말했다.

그녀가 말을 되풀이하는 불상사를 막기 위해, 나는 최대한 집중하는 듯한 표정을 지었다. 그것이 40분 동안 모랄레스 박사와 내가 한 일이었다. 나는 그녀를 이해했다. 그래야만 내가 집에 갈 날이 가까워지기 때문이었다. 그녀가 가족에게 돌아가는 티켓이라면, 나는 세인트 앤의 집에 더 이상 있을 필요가 없다는 사실을 그녀에게 보여줄 것이다.

그래서 나는 열심히 반응하는 표정으로 쉴 새 없이 고개를 끄덕이며 시간을 소비했다. 마치 그녀의 단언에 감동하고 계몽이라도 된 것처럼. 네, 저도 이제 내 미래를 고민해야 할 때라고 생각했습니다. 네, 박사님이 그렇게 말씀하시니, 저도 교육받은 숙녀가 되고 싶고 제 가능성을 십분 활용하고 싶습니다. 네, 박사님은 일을 잘하고 계시고, 박사님 덕분에 저는 변하고 있어요.

*

그 주의 어느 날 오후, 이모가 입에 거품을 물고서 사샤를 질질 끌고 우리 방문을 쿵 하고 열었을 때, 나는 레이나가 나에게 '그녀의 뒤를 봐주게' 함으로써 무슨 짓을 할 속셈인지 알아냈다. 사샤는 흠뻑 젖은 채 충혈된 눈으로 훌쩍이고 있었다.

"너희들 이모한테 장난칠 생각 마!" 그녀는 번뜩이는 눈을 빠르게 나에게서 레이나에게로 움직였다. 머리털이 숭숭 빠진 머리와 들창코 때문에, 그녀는 귀를 잘라낸 불도그처럼 보였다. "너희 중 누가 사샤의 샴푸통에 표백제를 넣었지?" 레이나는 자신의 소행이 아니라고 주장했는데, 그 주장이 어찌나 설득력 있는지 나 역시 잠시 나 자신을 의심하게 될 정도였다.

"엘리자베스가 그랬어요! 내가 그렇게 행동하면 안 된다고 말했는데 내 말을 듣지 않았어요." 그러고는 화가 난 듯 고개를 저으며 덧붙였다. "그리고 저한테, 골치 아픈 일을 당하고 싶지 않으면 그냥 내버려 두라고 말했어요. 전 정말 억울해요! 이모, 십자가에 대고 맹세해요. 전 안 그랬어요." 그 말에 이모는 설득당했다.

"제가 안―" 내가 입을 열었다.

"난 네가 어디서 왔는지 상관 안 해. 하지만 여기서 소동이 일어나는 건 절대 용납 못 해. 내가 보고 있는 한, 네가 어떤 짓을 해도 그냥 넘어가진 못할 거야. 따라와!" 나는 레이나의 의기양양한 미소를 뒤로하고 빛나는 대머리를 따라나갔다.

*

나는 결국 '조용한 방'에 갇혔다. 그곳은 잘못된 행동을 저지른 아이들을 가두는 1.5평 정도의 공간이었다. 조명이 어둡고 보기만 해도 온몸이 근질근질해지는 카펫이 깔려 있었다.

다른 창문들과 마찬가지로 창살이 설치된 작은 창문이 하나 있었고, 그 창문을 통해 으스스한 불빛이 들어왔다. 그 창문은 이웃 건물의 측면을 향하고 있었는데, 아주 노력해야만 하늘의 아주 작은 부분이나마 볼 수 있었다. 그 방에서는 마른 땀 냄새와 소변 냄새가 났다. 나는 그 비참한 방에서 숨도 제대로 못 쉬고 씩씩거리며 앉아 울부짖었다. "난 여기가 싫어." 나는 큰 소리로 혼잣말을 했다. "난 여기가 싫어."

*

레이나의 표백제 장난 이후, 나는 그녀와 사샤의 방에서 다른 소녀 한 명이 쓰고 있는 방으로 옮겨졌다. 그녀의 이름은 탈레샤였고, 나이는 열다섯으로 나보다 두 살 위였다. 그녀는 커피색 피부에 눈이 작고 처졌고, 생후 6개월 된 아들이 있었다. 이모는 탈레샤의 나이 때문에 내가 그녀에게 못된 짓을 시도하지 않을 것이라 생각했다.

내가 소지품이 든 비닐봉지를 들고 새로운 방에 왔을 때, 탈레샤는 미소 지으며 열린 방문을 붙잡고 있었다. 길고 매끈하게 땋은 머리가 어깨에 폭포수처럼 늘어져 있었다. 그녀는 엉덩이가 빵빵했고, 2.6센티미터는 되어 보이는 긴 손톱에 금속 빛이 도는 자주색 매니큐어를 바르고 있었다.

우리 뒤에서 문이 닫히는 순간, 그녀는 침대에 벌렁 누워 소리쳤다. "다 레이나가 꾸민 짓이지! 네가 표백제 장난을 치지 않은 걸 알아. 특히 넌 여기서 유일한 백인인데, 그런 짓을 한다면 틀림없이 미친 걸 거야. 넌 미친 애처럼 보이지 않아." 그녀의 눈은 부드러웠다.

"내가 안 그랬어." 내가 말했다.

"그런데 넌 왜 여기 있니? 가족들은 어디 있는데?" 그녀가 물었다.

나는 어떻게 대답해야 할지 알 수 없었다. 아빠에 대해 이야기하고 싶지 않았고, 나 때문에 유니버시티 애비뉴에 홀로 남겨진 아빠를 생각하기조차 싫었다. 나는 어깨를 으쓱하고 짐을 풀었다.

탈레샤는 1년이 넘도록 위탁 보호를 받았었다. 그녀는 세인트 앤의 집에 들어온 게 두 번째였고, 그래서 모든 것을 알고 있었다. 그녀와 생활하며 많은 소녀들의 과거와 심지어 이모의 과거사에 대해서도 알게 되었다. 알고 보니 레이나의 엄마는 코카인 중독자였고 마약 거래상의 집에 쳐들어가 레이나를 코카인과 바꿨다.

"그 애 엄마는 이런 식으로 말했어. '레이나가 당신 집을 깨끗이 청소할 수 있을 거예요.' 그래서, 그들은 이렇게 말했지. '그래, 집안일을 좀 시키면 되겠군. 그럴 가치가 있겠어.' 하지만 레이나의 엄마는 돌아오지 않았어. 코카인을 가지고 튀고는, 그뿐이었어."

레이나의 이야기를 들으니 내가 우리 엄마의 딸인 것이 다행스럽게 느껴졌다. 엄마라면 절대 그런 짓은 안 했을 것이다.

탈레샤는 계속했다. "그리고 또 있어! 이모가 한때 드레드락 머리*를 했던 거 알아? 하지만 몸이 아파지면서 머리칼이 빠졌지. 그래서 그 머리칼을 커다란 봉지에 담아서 사무실 소파 뒤에 보관하고 있어."

"말도 안 돼! 정말이야?"

몇 달 뒤 실제로 이모가 다른 직원에게 자랑스럽게 그것을 보여주는 장면을 목격할 때까지, 나는 그 말을 믿지 않았다.

그러나 무엇보다 탈레샤는 자신의 아들 말릭에 대해 많은 이야기를 했다. 우리는 종종 소등 이후 몇 시간 동안 누워서 이야기를 했고, 나는 남자 친구가 생기고 아기를 낳는 일이 어떤 것인지에 열심히 귀 기울였다. "참 좋아. 아기가 있으면. 버스에서 사람들이 자리를 양보해주고, 존중해주거든. 게다가 아이가 있으면 나를 사랑하는 사람이 늘 있고, 내가 사랑할 수 있는 사람도 늘 있는 거야."

나는 많은 밤을, 탈레샤가 조용히 울며 아기가 얼마나 그리운지 이야기하는 걸 들었다. 그리고 자신을 이곳에 강제로 집어넣고 아기를 데려간 엄마를 얼마나 미워하는지. 가끔 그녀는 밖에 나가서 말릭을 다시 되찾았을 때는 인생이 얼마나 멋졌는지 말하곤 했다. 그들은 뉴욕 북부 픽스킬 근처에 집을 얻었고, 말릭은 아름다운 마당에서 놀 수 있었다. 가끔 탈레샤가 잠들고 한참이 지난 뒤, 칠흑같이 깜깜한 방의 완전한 정적 속에서, 나는 우리 가족을 생각하며 울었다. 그 큰 아파트에 아빠 혼자 남아 있고, 리사 언니는 내게서 멀리 가버렸고, 에이즈 바이러스가 엄마의 몸속으로 시시각각 침투하고 있는데, 그것을 멈추기 위해 내가 할 수 있는 일은 아무것도 없었다.

---

* 장발을 가늘게 땋아 내린 머리.

봄이 오자마자 나는 세인트 앤의 집에서 나왔다. 로어 이스트사이드 가로수의 벚꽃이 싹을 틔우고 있었다. 브릭에게 내 양육권을 인도하고 나를 석방하기로 결정한 사람이 이모인지, 모랄레스 박사인지, 돔비아 씨인지는 모른다. 하지만 그곳에서 나온 건 행복 그 이상이었다. 탈레샤를 남겨두고 떠나는 것만 빼면, 어떤 아쉬움도 없었다.

"행운을 빌게. 보고 싶을 거야." 그녀는 나를 안아주며 말했다. 정말로 오랜만에 받아보는 따뜻한 포옹이었다.

세인트 앤의 집 밖으로 나서서 맨해튼의 온갖 소음들에 둘러싸인 보도에 섰을 때, 비로소 나의 인생이 어떤 모습으로 펼쳐질지 모른다는 생각이 문득 들었다. 나는 '집으로', 엄마와 리사 언니에게로 가고 있지만, 내가 돌아가는 곳은 내가 알던 그 어떤 곳도 아니었다. 엄마는 통화할 때마다 브릭과 사는 것이 나와 우리에게 최선이라고 약속했었다. 하지만 이제 엄마의 '우리'에는 더 이상 아빠가 포함되지 않았다.

나는 택시 뒷자리로 가서 돔비아 씨 옆에 앉았다. 그가 운전기사에게 베드퍼드 파크 대로의 새 주소를 알려줄 때, 나는 가슴에 퍼지는 아주 익숙한 감정을 인식했다. 나는 '집에 가는 것'이 아니라, 내가 원치 않는 또 다른 장소로 실려가고 있다는 확신에 두려움을 느꼈다.

5장

삶을 매일
조금씩
잃어간다는 것

할 수 있는 일이 없었기에 우리는 아무 말도 하지 않았다.

그때도, 아빠가 임대료를 밀려서

보호시설로 들어갔다는 것을 알았을 때도.

그리고 우리 아파트에 있는 물건들이 한참 전에

쓰레기차에 실려 나갔다는 것을 알았을 때도 마찬가지였다.

그저 현실을 조용히 받아들이는 것 외에는

아무 할 말도, 할 일도 없었다.

그래서 나는 받아들였다.

지금껏 모든 일에 대해 그렇게 해온 것처럼.

브릭의 방 하나짜리 아파트에는 무수한 사은품들이 어지럽게 흩어져 있었다. 슈퍼마켓에서 사들일 수 있는 것들은 몽땅 구매했다는 증거였다. 말보로와 뉴포트, 윈스턴 티셔츠가 도처에 대충 쌓여 있었다. 브릭의 집에서는 애플잭스 상자 뒷면에서 조심스럽게 오린 바코드와 교환한, 형형색색의 플라스틱 야구모자 세트를 밥그릇으로 썼다. 정작 애플잭스는 손도 대지 않은 채 수납장 속에 처박혀 있었다. 묶음으로 구입한 펩시와 프랑코—아메리칸 육즙 상자들은 개봉되고 상표가 벗겨진 채, 나중에 먹기 위해 여기저기 처박혀 있었다. 던컨 하인즈 케이크 믹스를 대량 구입한 덕분에 브릭은 《스포츠 일러스트레이트》와 《베터 홈스 앤 가든》 같은 잡지를 무료 구독하고 있었다. 두 개의 더러운 소파 양쪽에는 비벼 끈 꽁초와 다 쓴 성냥이 가장자리까지 넘치는 재떨이들이 수도 없이 흩어져 있었다. 아빠라면 어떻게 집에 책 한 권 보이지 않느냐며 지적했을 것이 뻔했다.

내가 돔비아 씨와 도착한 날 아침, 브릭이 먹을 것을 주기를 기다리며 앉아 있는 동안 엄마는 로스트비프 샌드위치에 마요네즈를 듬뿍 뿌리고 있었다. 집 안에서는 자욱한 연기 사이로 테이블 위 고물 라디오에서 플레터스의 「온리 유」가 흘러나왔다. 리사 언니가 문을 열고 맥이 빠진 포옹으로 나를 맞았다. 언니는 짙은 립스틱을 바르고, 자기 얼굴보다 더 커 보이는 금색 고리 귀걸이를 하고 있었다.

"꼬맹아!" 엄마가 나를 보며 환호했다. "왔구나!" 엄마는 여전히 손에 기름 묻은 나이프를 든 채 나를 꼭 끌어안았다. 엄마를 포옹하자마자 엄마의 체중이 줄어든 걸 느꼈다. 내 팔 안에서 엄마의 연약한 몸은 어린아이의 몸처럼 느껴졌다. 내가 엄마보다 키도, 몸집도 더 컸다. 이러한 차이에 나는 충격을 받았다. 마치 내가 엄마보다 나이가 많은 듯한 느낌이었다. "보고 싶었어, 엄마." 나는 엄마의 귀에 대고 조용히 말하며, 엄마의 뒤에서 브릭이 돔비아 씨가 식탁 위에 부채꼴로 펼쳐놓은 서류에 서명하는 모습을 지켜보았다.

"자유의 몸이 되니 기분이 좋으냐?" 브릭이 흡연자 특유의 답답한 기침을 하며 웃기까지 하느라 사레들린 채 물었다. 그의 질문이 상스럽게 느껴졌다. 나는 대답하지 않고 내 눈을 보며 미소 짓고 있는 엄마에게 다시 눈을 돌렸다. "네가 와서 너무 기쁘다, 리지."

"잊지 마십시오." 돔비아 씨가 선글라스를 벗고 말했다. 그가 입에 물고 있던 이쑤시개가 까닥까닥 움직였다. "이건 어디까지나 보호관찰 상태입니다. 일단 학교생활이 어떤지 지켜볼 겁니다. 그러면 엘리자베스 양이 학교에 잘 적응하는지 아니면 다시 시설로 돌아가야 할지 알 수 있겠죠."

세인트 앤의 집에서는 학교라고 해봐야 남는 방에서 올가라는 이름의 여선생이 가르치는 바느질 수업이 고작이었지만, 나는 거기서 7학년 학교 과정을 통과했다. 브릭의 집에 도착한 다음 날, 나는 JHS 80 중학교에서 8학년을 시작하게 되어 있었다. 엄마가 나를 등록시켜야 했다. "그거 알아? 페니 마샬과 랄프 로렌도 여기 다녔어." 모숄루 파크 웨이를 가로질러 새로운 학교로 가면서 엄마는 말했다. "정말 좋은 학교란다, 리지. 엄마는 네가 다시 학교에 다니면 좋겠어. 너도 알다시피, 난 고등학교를 마치지 못했잖아. 넌 마치면 좋겠어." 엄마는 내게 말한 다기보다 자기 자신에게 말하듯 덧붙였다. 과연 내가 일주일 내내 학교에 다닐 수 있을지 확신할 순 없었지만, 아무튼 세인트 앤의 집으로 돌아간다는 생각만 해도 배 속이 뒤틀렸다.

경비원이 우리를 작은 사무실로 안내했다. 그곳에서 우리는 진학지도 상담 교사를 만나 반 배정을 받기 위해 기다렸다. 아이들이 반을 바꾸면서 벌떼처럼 사무실 안팎으로 움직였다. 배낭과 밝은 옷차림, 그리고 그들이 웃으며 서로 쫓아가는 모습을 보고 있으니, 내가 그 애들보다 늙었다는 생각이 들었다. 사무실에 발을 들여놓았을 때, 문득 내가 엄마를 창피해한다는 것을 깨달았다.

엄마는 지나가는 아이들의 머리 위로, 동네 술집 매든스에서 새로 사귄 친구들에 관한 외설적인 얘기를 큰 소리로 해댔다. 아이들은 엄마의 말을 전혀 알아듣지 못했다. 코카인을 끊은 이래로 엄마는 꾸준히 치료약을 먹어왔지만, 그 약이 신경 경련을 일으켜서 마치 보이지 않는 줄이 엄마의 팔과 다리를 위로 잡아당기는 것 같았다. 우리가 중학교 사무실의 밝은 햇살 아래 앉아 있기 진에는 임나의 팔에 난 상저가 그렇게 또렷해 보이지 않았다. 수천 번의 주사로 온통 구멍이 난 팔. 그 상처들이 나으면서 큰 혈관 주변에 집중된 밝은 자줏빛 자국이 되었다. 나는 모두들 그것이 주삿바늘 자국임을 알 거라고 확신했다.

또 다른 학생—내 또래로 보이는 소년—이 엄마와 함께 맞은편에서 기다리고 있었다. 소년의 엄마는 여성스러운 정장과 구두를 말끔히 차려입었다. 엄마가 얘기하는 동안, 그녀는 아들에게 뭐라고 속삭이며 불편한 듯 계속 자세를 바꿔 앉았다. 엄마는 맥가이버 머리에 '말보로, 남자란 무슨 의미인가'라고 인쇄된 사은품 티셔츠를 입고 있었다. 나는 자리에서 몸을 움츠렸다.

상담 교사가 다음 순서를 처리하러 나와 그 소년의 이름을 불렀다. 엄마가 '다음'이라는 말만 듣고 벌떡 일어나 소년과 그 엄마의 앞으로 튀어나갔다. "아, 아냐, 엄마. 저 사람들이 먼저야." 내가 더듬거리며 말했지만, 그 여인은 손짓으로 우리를 먼저 보냈다. "아니야, 먼저 들어가렴." 엄마는 아무 생각 없이 이미 사무실 의자에 자리 잡고 앉았다.

JHS 80 중학교는 대부분의 다른 학교들과 마찬가지로, 학생들을 '상위'에서 '하위' 학급으로 나누었다. 그것은 즉 똑똑한 반과 멍청한 반이었는데, '별반' '우수반' '땅반'이라는 부호가 붙어 있었다.

"이제 너에게 어떤 반이 가장 적절할지 결정해보자." 상담 교사가 설명했다. 그녀는 딱딱해 보이는 외모에 나이가 지긋한 여자였다.

"음, 얘는 똑똑해요." 엄마가 단호하게 말했다. "제일 똑똑한 반에 넣어주세요. 그런 반이 애한테 적합해요." 나는 죄책감에 마음이 아팠다. 내가 거기서 어떻게 하면 엄마와 거리를 둘 수 있을지 궁리하고 있는 동안, 엄마는 아무 이유 없이 나를 자랑스러워하며 옹호하고 있었다.

상담사의 웃음에는 경멸이 어려 있었다. 그녀는 반 배정은 내가 마지막으로 다녔던 학교의 성적을 살펴봐야 하는 문제라고 했다. 나는 죄책감과 긴장감과 엄마에 대한 사랑, 그리고 내가 엄마를 실망시키고 나에 대한 엄마의 믿음이 근거 없다는 사실을 입증하게 될 거라는 두려움이 뒤섞여, 복잡한 심정으로 머리를 묶은 리본을 만지작거렸다.

상담 교사는 아주 잠시 내 서류철을 훑어본 뒤 마치 재미있는 말이라도 하듯 선언했다. "네게 안성맞춤인 곳이 있는 것 같다." 그녀는 '땅반' 목록을 꺼내서 어떤 양식에 '8학년 땅 1반'이라고 쓰인 곳 옆에 내 이름을 쓰기 시작했다.

"지금은 점심시간이야, 엘리자베스. 학생들이 12시에 돌아오면 스트레조우 선생님의 땅반 수업에 참여해라." 그녀는 내게 새로운 담임 선생님에게 전해줄 쪽지를 건네주었다. 엄마와 내가 나가려고 할 때, 그녀가 덧붙였다. "이제부터 학교에 열심히 다니길 바란다. 넌 더 이상 어리지 않아. 이런 문제들이 인생을 판가름하지."

엄마와 나는 학교 바로 앞 잔디밭에 깔아놓은 철망 위에 자리 잡고 앉아, 점심으로 조각 피자를 먹으며 쌩쌩 지나가는 자동차들을 지켜보았다. 학교 운동장을 경계 짓는 담장 너머에서, 아이들이 고함을 지르며 놀고 있었다. 나는 피자를 빨리 먹고 엄마가 담배 피우는 모습을 보았다. 엄마는 피자에 거의 손도 대지 않은 채 옆에 놓아두었다. 한 여인이 아이 세 명과 유모차 한 대를 끌고 길을 건넜다. 길거리에 낙서 같은 것은 하나도 보이지 않았다. 베드퍼드 공원은 너무도 달랐다. 모든 것이 달랐다.

엄마는 작심한 듯 고등학교 시절의 이야기를 들려주었다. 엄마와 삼촌과 이모는 수업에서 빠지려고 서로의 반에 가서, 선생님에게 자신의 누나, 언니, 또는 동생이 얼마나 아픈지 애처롭게 얘기하고는, 나중에 학교 밖에서 만나 온종일 가게에서 날치기를 하거나 영화를 훔쳐보았다고 했다. 우리는 함께 웃었다. 그러나 엄마는 갑자기 진지해졌다.

"하지만 그러지 말았으면 좋았을걸 하는 생각이 들어, 리지. 학교에 다니지 않은 게 후회돼. 하지만 지금은 아무것도 바꾸지 못하지. 너무 늦었어. 넌 그러지 마, 리지. 더 나이를 먹으면, 결국 아무런 선택의 여지가 없어질 거야. 덫에 걸리고 싶진 않겠지." 엄마가 어깨를 으쓱하며 말했다.

"왜 그래? 엄만 덫에 걸렸어? 브릭 아저씨와 사는 게 덫에 걸린 것처럼 느껴져?"

"그 사람이 있어서 다행이야." 엄마가 한 말은 이것뿐이었다. 나는 더 이상 캐묻지 않았다.

익숙하지 않은 동네에서 광활한 하늘 아래 엄마와 함께, 낯선 남자의 돈으로 산 점심을 먹으며 앉아 있으려니 묘한 기분이 들었다. 나는 엄마의 작은 몸집과 맹인에 가까운 시력, 장애에 대처할 수 있는 모든 능력의 부재를 보게 되었다. 브릭과 함께 사는 것 외에 엄마에겐 다른 선택의 여지가 없었다. 엄마가 우리 집을 떠나야 한다고 느꼈다면, 달리 어딜 갈 수 있었겠는가? 엄마가 리사 언니를 위해, 나를 위해, 그리고 엄마 자신을 위해 달리 무엇을 할 수 있었겠는가? 엄마는 '덫에 걸렸다'고 말했다. 어쩌면 브릭과 관련하여 엄마를 괴롭히지 말아야겠다고 생각했다. 적어도 지금은.

우리는 조용히 앉아 있었고, 나는 잠시 딴생각에 빠졌다. 언젠가 나는 이 학교 운동장을 지나칠 것이고, 엄마는 더 이상 내 곁에 없을 것이다. 그 생각은 나의 허를 찔렀다. 나는 이 순간을 마음속에 사진으로 찍어두겠다고 결심했다. 함께 앉아 점심을 먹는 우리들. 살아 움직이는 엄마의 몸. 우리는 서로를 사랑했고, 무엇도 그 사실을 변화시킬 수 없을 것이다. "난 언제나 네 삶 속에 있을 거야…… 네가 아무리 나이가 들어도, 넌 항상 내 아가야." 엄마가 에이즈에 걸렸다고 고백하던 그 끔찍한 밤, 엄마는 나를 이렇게 안심시켰다.

나는 손을 뻗어 발밑에 듬성듬성 나 있는 풀 사이에서, 솜털 같은 민들레 두 개를 뽑아서 하나를 엄마에게 건넸다. 엄마는 담배를 쥔 손으로 그것을 받아들고 신기한 듯 들여다보았다. "고마워, 리지." 그리고 한참 뒤에 말했다.

"엄마, 소원을 빌어." 나는 웃었다. "하지만 무슨 소원을 빌었는지는 말하지 마. 그럼 소원이 이루어지지 않을 테니까." 나는 엄마가 당황하는 것을 눈치채지 못한 척했다. 우리는 손을 잡고 민들레를 불어서 사방으로 날려버렸다. 어떤 것들은 펄럭이며 엄마의 검은 머리에 붙어버렸다. 나는 내게 좀 더 많은 선택의 여지가 있기를, 학교생활을 잘해 내기를 빌어야겠다고 생각했다. 그러나 나는 엄마가 회복되기만 빌었다.

*

8학년 땅 1반은 6학년부터 함께 팀을 이뤄온 아이들로 구성되어 있었다. 새롭게 편성된 우리 반에는 스물다섯 명 남짓한 열세 살 아이들이, 친한 친구들로 구성된 몇 개의 소집단으로 나뉘어 있었다. 그날 오후 내가 빨간 책가방을 어깨에 메고 사무실에서 받은 쪽지를 손에 쥔 채 교실로 들어갔을 때, 스트레조우 선생님은 수학 수업을 진행하고 있었다. 30대 중반의 남자로, 목까지 단추를 채워 입는 진한 청색 셔츠에 카키색 바지, 간편화 차림이었다. 그는 내가 건넨 쪽지를 훑어보며 눈썹을 움직여 10여 개의 주름을 만들었다.

"어서 와, 환영한다…… 엘리자베스."

나는 아무 대꾸도 없이 고개를 끄덕였다. 교사들을 실망시키는 편이 그들을 전혀 모르고 지내는 것보다 훨씬 더 나빴다. 그래서 나는 교실로 들어가기 전에 교사들과의 접촉을 피하기로 작정했다.

"어디든 마음에 드는 자리에 앉아라." 그는 이렇게 말하며 내게 받은 쪽지를 구겨 휴지통에 버리고 다시 수학 문제로 돌아갔다. "자, 4번 문제를 풀 수 있는 사람?"

시끄러운 교실에서 단 한 자리를 뺀 모든 자리를 다른 아이들이 차지하고 있었다. 나는 계속 시선을 바닥에 고정시킨 채 의자에 앉다가 쿵 소리를 냈고, 아무도 그 소리를 눈치채지 못했기를 바랐다.

내 책상에는 누군가 펜을 이용하여 연한 나무를 박박 긁어서 새긴 '공짜 전화'라는 단어가 있었다. 그 윤곽을 따라 손가락을 움직일 때, 누군가 나를 조롱하기 시작했다. 초등학교 때부터 익숙해진 킬킬거림이 내 바로 뒷줄에서 들렸다. 열 때문에 얼굴이 달아올랐고, 목구멍에 뭔가 걸린 듯한 느낌이 들었다. 나는 종이 울릴 때까지 버틸 수 있기를 바라며, 깊이 심호흡을 하고 머리를 들었다. 집단 시설에서 매일 샤워를 하고 옷과 속옷을 갈아입는 법을 배웠고, 심지어 상태가 불량한 내 옷이 아니라 언니의 옛날 옷을 입었는데도 나는 여전히 똑같은 종류의 부정적인 관심을 끄는 모양이었다. 그러나 곧 그 비웃음이 나를 향한 것이 아님을 깨달았다.

고개를 돌려보니 예쁘장한 라틴계 소녀와 백인 소년이 나란히 앉아 서로에게 뭉친 종이를 던지고 있었다. 그 애들의 장난이 내 관심을 끌었다. 그 애들은 무척 행복해 보였다. 소년이 던진 종이 뭉치는 교실을 가로질러 다른 소녀의 머리로 날아가버렸다. 누구도 눈치채지 못한 것 같았다. 그 모습을 보고 그 애들이 자지러지게 웃기 시작하자, 나 역시 웃지 않을 수 없었다. 그때 라틴계 소녀와 나의 눈이 마주쳤다. 나는 재빨리 고개를 돌렸다. 심장이 빠르게 뛰기 시작했다.

스트레조우 선생님이 칠판에 수학 문제를 풀고 있을 때, 나는 그 소녀가 소년에게 상스러운 농담을 하는 것을 들을 수 있었다. 엄마가 화이트 러시안을 마신 뒤 집에 와서 하던 외설적 농담을 연상시키는 말들이었다. 나는 선생님도 그 소녀의 말을 들을 수 있으리라 확신했다. 왜 그 소녀가 선생님을 도발하고 있는지 궁금했다. 나는 묘한 흥미를 느끼며 그가 어떻게 할지 보려고 기다렸다. 그때 갑자기 그 소녀가 내게 말을 걸었다. 다른 아이를 부르고 있다고 생각했지만, 그 애는 내 쪽으로 몸을 기울이며 내 책상을 두드렸다.

"다음 달이 내 열세 번째 생일인데, 기념으로 트렌치코트를 입고 학교에 올 거야." 나는 그녀의 미소를 어떻게 해석해야 할지 몰랐다. 나를 공개적으로 놀릴 때가 아니면 누군가 내게 그렇게 말을 건 적이 없었다. 나는 그녀가 다음에 무슨 말을 할지 보려고 기다렸다.

"내 말 무슨 뜻인지 알지?" 그녀가 계속 말했다. "트렌치코트만 입을 거야. 그리고 모든 선생님들에게 코트를 살짝 열어 보일 거야." 그녀는 백인 소년의 옷깃을 잡고 함께 웃었다. 이번에는 나도 대놓고 그들과 함께 웃었다. 그 애가 정말로 나에게 말한 걸까? 나는 지금이 내가 뭔가 대답을 해야 할 때라고 스스로에게 말했다. 뭔가를 말해!

"정말 그렇게 할 거야?" 내가 생각할 수 있는 말은 그것뿐이었다. "정말 재미있겠다." 나는 덧붙였다. 스트레조우 선생님이 소리쳤다. "그만하면 됐다, 애들아! 특히 너, 보비. 닥쳐! 그리고 서맨사, 넌 이 9번 문제를 풀어봐." 그는 분필을 든 손을 앞으로 뻗었다.

"알았어요. 한번 보세요." 그녀는 손가락을 튕기더니, 마치 쇼걸 같은 포즈로 굴곡 있는 몸을 한바탕 휘두르며 자리에서 일어나 다시 한번 환한 미소를 지었다. 그녀가 일어서서 전신을 드러냈을 때, 나는 방금 전까지 그녀의 아름다움을 과소평가했다는 걸 깨달았다. 보비라는 소년은 그녀를 보며 자지러지게 웃었다.

"여기 대령했어요!" 그녀가 말했다. 그리고 손을 들어 분필을 잡을 듯한 자세로 손끝을 모으더니 '어머!'라고 소리치고는 갑자기 다시 자리에 앉았다.

"사실은 모르겠어요, 스트레조우 선생님. 죄송하지만, 앞에 나가서 선생님을 도와드릴 수가 없네요." 그녀는 마치 그가 문제의 답을 몰라서 물어본 것처럼 말했다. 맨 앞줄에서 혀를 쯧쯧 차고 있는 몇몇 아이들을 제외하면, 교실은 침묵과 웃음이 섞여 있었다. 기품 있어 보이는 한 소녀가 일어나 대신 문제를 풀었다.

수업이 끝났을 때 나는 서맨사를 따라잡기 위해 인파를 헤치고 서맨사와 같은 계단까지 내려가서 짐짓 우연인 것처럼 옆에서 걸었다. 나는 이번에도 그녀가 나를 알아봐주길 바랐다. 우리는 대칭을 이루는 난간이 있는 계단을 빙글빙글 돌며 내려왔고, 그러다가 함께 웃었다. 그때부터 그것은 일종의 놀이, 나선형 미끄럼틀을 타고 바닥까지 내려가는 경주가 되었다. 바닥에 내려왔을 때 우리는 친구가 되어 있었다.

"네 이름이 뭐니?" 그녀가 헐떡이며 손으로 허벅지를 짚고 물었다. 나는 엘리자베스라고 대답할 뻔했다. 하지만 그때, 화난 사회복지사들과 화난 집단 시설 소녀들, 그리고 무엇보다 엄마가 제정신이 아닐 때 부르던 그 이름이 뇌리에 울려 퍼져 생각을 바꾸었다.

"리즈, 내 이름은 리즈야." 내가 상황과 분위기를 살피며 대답했다.

"만나서 반가워, 리즈. 난 서맨사야."

"멋진 이름이다. 같이 걸을래?" 내가 문 쪽으로 움직이며 제안했다.

우리는 결국 함께 걸었으므로, 그녀는 분명 그러자고 대답했을 것이다. 그러나 내가 기억할 수 있는 것은 나를 향한 그녀의 밝은 함박웃음뿐이다.

*

다음 날 나는 다른 아이들과 접촉을 피하기 위해 책으로 무장하고 식당 테이블 한쪽 끝에 혼자 앉았다. 옆에 놓인 식판에서 음식을 집어

들고 있는데, 누군가의 손가락이 내 애플소스에 철퍽하고 빠졌다. 서맨사였다.

"이거 먹지 마." 그녀가 말했다. "이건 독약이야. 내 생각엔 저들이 우리를 죽이려는 거야." 나는 입이 귀에 걸리도록 웃으며 올려다보았다. 나는 서맨사의 대담함이 좋았다. 그녀는 손가락에 묻은 소스를 털어버렸다. "옆으로 좀 가봐." 그녀는 이렇게 말하며 테이블에 자신의 스케치를 쿵 하고 내려놓았다. 서맨사는 육감적인 몸매와 복잡한 형태의 날개를 가진 뾰로통한 표정의 요정 그림을 그리고 있었다. 그녀는 아빠의 와이셔츠처럼 보이는 옷을 입고 있었다. 앞 단추를 잠그지 않은 채 셔츠를 걸쳐 입은 서맨사는 마치 영화에 나오는 헐렁한 남자 옷을 입은 섹시한 여자처럼 보였다. 소매는 중간까지 말아 올려서, 팔에 잉크로 휘갈겨 그린 빨갛고 노란 작은 불꽃 그림이 드러났다.

"정말 멋지다." 서맨사가 식판을 놓을 자리를 마련하기 위해 가방을 들어 올리며 내가 말했다.

"얘는 요부야. 이름은 페넬로페." 서맨사는 눈을 들지 않고 말했다. "이 여자는 누구하고도 섹스를 하지. 양처럼 생긴 꼬리를 두 번 흔들면, 심지어 태너 선생님도 넘어올걸."

나는 곧바로 웃음을 터뜨렸다. 학교의 대장격인, 머리가 희끗희끗하고 피부가 울퉁불퉁한 태너 선생님이 때마침 식당에 들어와 있었다. 조금 전이었다면 그녀의 말이 달라졌을 것이다. 나는 서맨사가 무척 민첩하다고 생각했다. 우리는 대니 신생님이 손을 확성기 모양으로 오므리는 것을 지켜보았다. 식당 안에 있는 수백 명의 아이들이 갑자기 모두 입을 다물었다. 그가 입을 열자, 놀랍게도 식당 전체가 그와 함께 외쳤다. "학교 뒷마당이 열립니다." 서맨사는 눈을 굴리며 다시 그림으로 관심을 돌렸다. 그녀는 에메랄드 빛깔로 요정의 날개를 칠하고 있었다. 그녀의 태도는 제멋대로이거나 신비롭게 보였다. "얼마나 오래 그림을 그렸니?" 내가 물었다. 아이들은 사과를 손에 들고, 또는 남은 우유를 벌컥벌컥 마시며 학교 마당으로 나가기 시작했다. "네가 그린 게 멋있다는 뜻이야."

"음, 괜찮지. 하지만 내가 진짜 하고 싶은 건 작가가 되는 거야." 그녀가 말했다. "서른이 될 때까지 첫 번째 책을 쓴다면, 난 평화롭게 죽을 수 있을 거야. 사실 난 자살할 거거든."

그녀가 말하는 모든 것이 극적이었다. 앞으로 우리가 우정을 나누는 몇 년 동안, 나는 그녀가 욕설과 악다구니와 사회적으로 용인되지 않는 행동들로 수많은 사람들의 기분을 상하게 하는 것을 보았다. 그러나 당시에 나는 그녀의 반항을 즐겼다. 왠지 내가 인정받고 이해받는 느낌이 들었던 것이다. 서맨사의 파격은 내가 모든 것에서 느끼는 이질감이나 소외감과 완벽하게 맞아떨어졌다. 서맨사와 함께 있을 때면 세상의 거부는 별로 중요하지 않았다. 그리고 내가 보기에 우리가 함께한다는 사실이 그녀를 더욱 용감하고 의기양양하게 만들었다.

"어떤 종류의 글을 쓰고 싶은데?"

서맨사 근처에 앉아 있던 소년이 끼어들었다. 조금 헐렁한 청바지에 토미 힐피거 셔츠를 입은 흑인이었다. 내 또래 아이들이 주로 입던 도회적 스타일이었지만, 보다 깔끔하고 조화를 이룬 느낌이었다.

"내가 어떤 라디오 채널을 듣는지 알아맞혀 볼래?" 그가 만면에 흥분된 표정을 보이며 내게 물었다.

또 이런 일이 일어났다. 다른 학생이 나에게 말을 걸어오는 일이. 나는 그가 말을 건 동기가 무엇인지 생각했고, 아마도 서맨사의 옆에 앉아 있으니 내가 멋져 보이는 거라고 결론 내렸다. 그녀의 매력 일부를 내가 빌린 것 같았다.

"어서, 맞혀봐." 그 애가 재촉했다.

"음, 정말 모르겠어." 나는 마치 늘 이런 식으로 친구를 사귀어온 것처럼 태연해 보이려 애썼다. "그런 걸 어떻게 정확히 맞히겠어?" 내가 말했다. 게다가 나는 내가 라디오를 듣지 않는다는 사실, 그리고 단 하나의 라디오 채널도 댈 수 없다는 사실이 창피했다.

그는 만족한 것 같았다. "네가 맞힐 거라고 생각도 안 했어. 답은 Z100이야. 대부분의 사람들은 내가 흑인이기 때문에 힙합을 좋아할 거라고 생각하지." 서맨사가 그림을 그리다가 눈을 들어 펜으로 그의 얼굴을 가리켰다.

"너 이상한 애구나…… 넌 주로 성으로 불리지, 마이어스, 안 그래?" 소년은 과장되게 고개를 끄덕이고는 미소 지으며 말했다. "맞아. 그리고 난 네 그림이 마음에 들어, 서맨사." 서맨사는 그를 잘 모르지만, 그가 그녀의 이름을 알고 있다는 사실이 내게는 별로 놀랍지 않았다. 서맨사는 늘 남자들의 시선을 끈다고 나는 생각했다.

"그런데 너희들 뭐 하고 있니?" 그가 내게 미소 지으며 묻고는 서맨사에게 시선을 돌렸다. 서맨사는 혀를 날름 내밀었다. "야, 너!" 그가 소리쳤다. 서맨사는 웃음을 터뜨렸고, 그도 그랬고, 나도 그랬다.

보비는 솜털 같은 갈색 곱슬머리가 담갈색 눈 위로 내려와 있었다. 그는 언제나 뭔가를 보고 웃을 준비가 된 것처럼, 얼굴에 늘 웃음을 띠고 있었다. 그를 볼 때마다 그 웃음이 나 역시도 웃을 준비를 하게 만들었다. 서맨사나 보비와 함께 앉아 있으면 나는 곧 행복해졌다.

보비와 또 다른 친구는 자신을 피에프라고 소개한 배기진 차림의 키 큰 소년이었다. "그 영화에 나오는 만화 생쥐 때문에 쟤를 그렇게 불러." 서맨사가 내게 말했다. "쟤 귀 때문이야. 둘이 닮았거든." 피에프는 아일랜드계로, 얼굴이 살짝 불그스름하고 키가 컸다. 나는 그가 우리 가족에도 있음직한 누군가를 닮았다고 생각했다.

점심시간 내내 우리는 주변의 수백 명의 아이들과 떨어져서, 하나의 집단을 이루어 이야기했다. 나는 그들 중 하나로서, 대화에 끼어서 사람들을 웃게 하고 방과 후 계획을 제안하기도 했다. 벨이 울리면 우리는 위층으로 함께 올라가서 복도에서 갈라졌는데, 각자의 교실 문까지 가서 안 보이게 될 때까지 서로에게 손을 흔들었다. 난생처음으로 나는 내일도 학교에 올 것임을 의심하지 않았다.

*

브릭의 업무 일정이 집안의 일과를 좌우했고, 매일매일이 판박이처럼 똑같았다. 나는 매일 아침 7시 15분에 늦은 디제이가 그날 생일을 맞은 사람들을 위한 영화표 추첨을 위해 틀어주는 「해피, 해피 버스데이」를 들으며 깨어났다. 라디오에서 당첨자의 이름을 호명할 때, 브릭의 자욱한 말보로 담배연기가 거실 한쪽에서 이층침대에 누워 있는 언니와 내 머리 위로 둥둥 떠다녔다. 브릭이 소리쳐 엄마를 깨우는 소리가 들렸다.

"이봐, 진." 그가 투덜댔다. "아침이야. 나갈 시간이라고." 엄마는 커피를 준비하고 그가 샤워하는 동안 우리를 깨웠다. 당연히 엄마로서는 독특한 경험이었다. 엄마는 항상 브릭이 엄마 얼굴에 침을 튀겨가며 고함을 치거나 가끔은 팔을 거칠게 잡아당겨 침대에서 끌어낼 때까지 잠에서 깨기 힘들어했다. 엄마를 지치게 하는 것은 이제 마약이 아니라(마침내 엄마는 마약을 끊었다) 에이즈임을 나는 알았다. 두 사람의 대화를 엿들어보니 브릭도 엄마가 아프다는 것을 알고 있었다. 하지만 엄마를 대하는 그의 태도에서 배려나 세심함은 보이지 않았다. 구깃구깃하고 딱 붙는 트렁크 팬티 차림으로, 쉬고 있는 엄마의 작은 몸을 내려다보고 서 있는 브릭을 보니 내가 처음 그를 만난 이후에 느꼈던 분노가 되살아났다. 엄마가 집을 떠났을 때, 그가 전화하는 엄마를 불러서 우리의 대화를 방해했을 때 치밀었던 분노가. 엄마가 잘 때는 누구도 엄마를 귀찮게 하지 않았다. 특히 아빠는. 아빠는 하루 일과를 시작하기 위해 누구의 도움을 요구하지 않았고 먹을 것을 차려줄 필요도 거의 없었다. 아빠의 독립성을 생각하다 보니 갑자기 아빠에 대한 걱정이 파도처럼 밀려왔다. 혼자서 잘 지내고 있는 걸까? 유니버시티 애비뉴 집은 다시 전화가 끊겼고, 우리는 더 이상 거의 이야기를 하지 않았다. 나는 브릭이 엄마를 대하는 태도를 아빠가 봤으면 하는 동시에 보지 않기를 바랐다. 또한 아빠의 관심 부족과 비밀스러운 삶이, 엄마가 브릭에게 이끌린 이유가 아닌지 생각했다. 그러나 엄마가 이런 걸 기대하진 않았을 것이다.

곧 브릭과 엄마는 함께 나갔다. 브릭은 일하러, 엄마는 술집으로. 술집 사람들은 엄마를 너무 잘 알아서 다른 손님들이 문을 두드리기 한참 전에, 어젯밤 사용한 카운터 앞 의자를 내리지도 않은 상태에서 엄마의 주문을 받았다. 브릭이 "일어날 시간이야"라고 말하지만 않는다면 엄마는 아침에 일어나야 할 진짜 이유가 없었다. 시간을 죽이기 위해 엄마는 매든스로 가서 술을 마셨고, 정오 무렵이면 이미 말도 할 수 없을 만큼 취해서 돌아왔다.

리사 언니는 아침에 일어날 때마다 부산을 떨었다. 다민 이빈에는 전과 달리 나까지 꼭 깨워서 학교에 보냈다. 아마도 처음으로 공간—거실—을 함께 쓰기 때문인 듯했다. 그러나 언니는 전보다 내게 더 공격적이었다. 아주 일상적인 질문이라도 꺼내면 날카롭게 쏘아댔다.

"언니, 휴지 더 없어?"

"몰라, 리지. 너도 이제 여기 살잖아. 네가 좀 알아낼 순 없니?" 내가 언니의 공간을 침범한 것 같은 느낌을 받지 않을 수 없었다.

언니는 6시쯤 준비를 시작하며 거실 벽에 붙은 대형 거울을 보았다. 그러나 이번에는 거울 속 자신의 모습을 보거나 표정을 실험해보는 대신, 예술가가 캔버스에 작업하듯 자신을 변신시켰다. 그 과정은 우아했고, 매번 나를 깜짝 놀라게 했다. 언니는 지퍼 백에서 온갖 펜슬과 붕들을 꺼내 작업을 시작했다. 우선 입술 윤곽을 그린 다음, 그 안에 밝은 주황색을 채웠다. 가끔 새 남자 친구와 외출이라도 하는 날이면, 클레오파트라처럼 눈 가장자리를 새까맣게 칠한 뒤 위로 올라간 눈꼬리를 대칭으로 그렸다. 언니는 시력이 나빠져서 사용 중인 도구가 딱 들어갈 만큼의 공간만 남기고 얼굴을 거울에 바싹 기울인 채로 작업했다. 그러고는 머리를 젤로 단단히 고정시킨 뒤 금색 귀걸이를 반짝이며 학교에 가거나 저녁에는 스스로 개척한 삶을 향해 밖으로 나갔다.

많은 밤 언니는 공들여 그린 생생한 예술 작품이 조금 흐려진 채로 돌아왔다. 마치 흘러내리는 수성 물감처럼, 눈 주위의 거무스름한 테두리와 입술 주위에 번진 흐릿한 분홍빛만 얼굴에 남아 있었다. 나는 언니의 목 주위에 멍처럼 생긴 밤색 얼룩들에 대해 감히 묻지 않았지만, 언니가 조용히 이층침대 아래 칸 내 자리에 앉아 나에게 남자 친구에 대해, 그리고 열일곱 살이 된다는 게 어떤 것인지에 대해 은밀히 고백하기를 내심 기대했다.

*

"너희 집에 MTV 나오니?" 서맨사가 브릭의 집에 처음 온 날 물었다. 우리는 그날 학교를 땡땡이쳤다. 나는 거의 두 달 동안 반쯤은 꼬박

꼬박 출석을 해왔기 때문에, 이 시점에 하루나 이틀쯤 수업을 빼먹는
다고 큰 문제가 되지 않을 것이라고 생각했다. 리사 언니는 아직 집에
오지 않았고, 엄마는 벌써 술집에서 돌아와 브릭의 침대에서 정신을
잃고 뻗어 있었다. 침대 주위에는 산더미 같은 빨랫감과 상자들, 오래
된 잡지 더미가 쌓여 있었다. 우리는 거실 소파에 앉아 있었고, 서맨사
는 번쩍이는 검정색 매니큐어로 발톱을 칠하고 있었다.

"나올지도 모르지만, 네가 한번 확인해봐. 나는 전에 케이블을 본 적
이 없어서."

그녀가 리모컨 버튼을 누르자, TV 스피커에서 현란한 기타 소리가
튀어나왔다. 서맨사는 발을 가슴께까지 들어 올리고 볼을 부풀려 발가
락에 입김을 불었다.

"여기 참 좋다." 그녀가 말했다. "네 엄마 남자 친구가 거의 집에 없
다는 게 사실이야? 엄마는 온종일 잠만 자고?"

"대체로 그래."

"멋지다." 남의 집에 살고 엄마가 온종일 생기 없이 축 처져 있다는
것이 썩 멋진 일은 아니지만, 서맨사의 집에 딱 한 번 가본 뒤 나는 서
맨사가 왜 그렇게 생각하는지 알 수 있었다. 나는 어린 동생에 대한 책
임도 없었고, 그녀가 말하는 고압적인 아빠를 상대할 필요도 없었다.
서맨사의 집에서는 아버지가 있으면 모두 달걀 위를 걷는 기분으로 산
다고 했다. 나는 사회복지 활동가의 점검을 제외하면 어른들을 상대할
필요가 거의 없었다.

서맨사는 소파 팔걸이에 기대어 손을 머리 뒤로 가져갔다. 황동 머
리핀을 잡아당기자 동그랗게 말려 있던 비단처럼 부드럽고 전화선처
럼 구불거리는 밝은 갈색 머리가 허리까지 흘러내렸다.

"맙소사." 나는 경탄했다. "네 머리 좀 봐. 이렇게 긴 줄 몰랐어. 정말

예쁘다."

"빗기가 얼마나 개떡 같은데. 앞으로도 내가 이런 말 많이 할 거야. 아빠가 긴 머리를 좋아해. 그렇게 긴 머리가 좋으면 자기 머리나 기르라지." 그녀는 손가락으로 꼰인 머리 가닥을 풀며 말했다.

너바나의 뮤직비디오가 나왔다. 커트 코베인이 화면을 채웠다. "어머, 정말 멋져!" 서맨사가 머리를 쳐들며 말했다. "맙소사, 커트하고라면 기꺼이 하겠어."

그 말이 내 허를 찔렀다.

나는 이 얘기에 어떻게 끼어야 할지 알 수 없었다. 나는 아직 남자를 몰랐다. 어쩌면 남자들은 덩치만 클 뿐 여자와 비슷할 것이다. 그때까지 유일하게 다른 점이 있다면, 나도 모르게 남자를 조금 더 오래 보게 된다는 것과 남자들의 행동에 좀 더 호기심을 느끼거나 좀 더 깊은 인상을 받는다는 것이었다. 그러나 내가 누군가에게 진정으로 끌려본 적이 있다고는 말할 수 없었다. 나는 커트가 카메라 앞에서 팔을 크게 저으며 기타를 튕길 때 짧은 금빛 수염에 덮인 그의 얼굴을 보았다. 그 모습을 찬찬히 살펴보며, 나는 그의 볼을 손으로 감싸고 그의 손을 잡으면 어떤 기분일까 상상했다. 갑자기 그의 얼굴이 나를 향해 웃음을 짓고 있는 보비의 얼굴로 변했다.

"그래, 그는 정말 멋진 것 같아." 내가 서맨사에게 말했다. 그렇게 말해놓고 왠지 모를 창피함이 엄습했다. 그러나 서맨사가 눈치챈 기색은 없었다.

"그거 나한테 줘봐." 나는 서맨사의 매니큐어로 손을 뻗으며 말했다. 매니큐어 병을 받아들고, 아빠가 나를 본다면 내가 여자처럼 되어간다고 생각할 거라는 걱정이 들었다. 나는 삐걱거리는 기타 소리에 맞춰 매니큐어 병을 앞뒤로 흔든 다음, 뚜껑을 돌려 따며 음악에 맞춰 소리쳤다. "그래, 나도 그와 기꺼이 할 거야."

*

서맨사와 나는 매일 함께 보냈다. 우리는 하루아침에 맺어진 관계지만, 파파할머니가 될 때까지 우리의 우정은 지속될 것이라고 맹세했다. 우리는 다음 50년 동안 함께할 인생 계획을 짰다. 고등학교를 졸업하자마자, 히치하이크로 LA에 가서 성공적인 극작가가 되고, 돈을 왕창 벌어 우리가 알지도 못했던 나라들을 여행한 뒤, 할리우드가 시들해지면 마침내 샌프란시스코로 이사하는 것이 우리의 계획이었다. 당장은 뉴욕으로 만족해야 했다.

그러나, 어떤 면에서는 깨닫지 못했지만, 우리는 이미 서로의 삶을 공유하고 있었다.

조금씩 조금씩 서맨사는 브릭의 아파트 서랍들을 채웠고, 스케치북이며 테이프며 신발이며 옷가지를 너저분하게 쌓아두어서 시간이 지나면서 우리 물건들과 뒤섞여버렸다. 밤이면 우리는 몇 시간 동안 베드퍼드 파크를 함께 쏘다녔다. 나는 늘 보비에게 함께 가자고 제안했고, 보비의 집 앞에서 창문에 돌멩이를 던졌다. 그가 나타나길 기다릴 때 내 가슴은 쿵쾅거렸다. 보비는 TV 불빛이 깜빡이는 어두운 방에서, 창문 밖으로 몸을 빼고 우리에게 속삭이며 감자칩 봉지를 던져주었고, 레슬링이나 최근에 열중하고 있는 비디오게임에 내해 이야기하기도 했다.

가끔은 마이어스와 피에프가 함께 있었는데, 그 애들은 몰래 빠져나와 우리와 함께 공원 도로에서 교사들을 조롱하거나 돌아가면서 이런저런 이야기를 했다. 나는 릭, 대니와 함께했던 모험과 양로원에 났던

불, 그리고 릭이 감전되었던 일을 말했다.

서맨사가 제일 좋아하는 얘기는 우리 아빠가 말해준 연쇄살인마에 대한 이야기들이었다. 서맨사는 심리학자들이 범인에게 범행 동기를 부여한다고 믿는 이야기를 좋아했다. 내 친구들이 처음 아빠에게 그런 얘기를 들었을 때의 나처럼 무서워하는 모습을 보거나, 릭의 이름을 언급하기만 해도 웃음을 터뜨리는 것을 볼 때면 기분이 짜릿했다.

*

그러나 대부분은 서맨사와 나 둘뿐이었다. 우리는 베드퍼드와 제롬에 있는 심야 식당을 순회하며, 그중 한 곳의 멕시코인 지배인과 친해졌다. 그는 토니라는 이름의 땅딸막하고 자주 술에 취해 있는 남자였다. 우리는 거기서 추위를 피하며 모짜렐라 치즈와 육즙을 덮은 프렌치프라이 접시를 놓고 인생의 한 부분을 함께 나누었다. 식당의 오래된 스피커가 찍찍거리며 멕시코 볼레로를 실내에 뱉어냈다.

우리가 함께 바깥을 돌아다닌 그런 밤에 서맨사는 자신의 집에서 일어나고 있는 아주 어려운 일들에 대해 내게 은밀히 말해주었다. 그녀가 내게 얘기해준 사건들의 정확한 세부사항은 밝힐 수 없지만, 서맨사는 나름의 이유로 집에서 도망치고 싶어 했다. 그리고 그녀에게 얘기를 들을수록, 나는 우리가 함께 쌓아온 우정과 일종의 자매 관계에 대한 애착이 점점 커지며 그녀를 돌봐주고 싶은 마음이 생겼다. 그녀가 집에 돌아가기 싫어할 때면 나는 언제나 나와 함께 있어도 좋다고 말했다.

나는 브릭 모르게 서맨사를 집에서 재웠다. 브릭은 밤 10시가 넘으면 어떤 손님도 집에 들이지 말라고 경고했지만, 그가 정확히 9시 30분에 잠자리에 든다는 사실을 고려하면 그 규칙을 위반하기는 쉬웠다. 우리는 리사 언니와 나의 L자형 이층침대 측면에 침대 시트를 걸었다. 그런 다음 브릭의 현관 수납장에서 꺼낸 낡은 페이즐리 직물 누비이불로 바닥에 서맨사가 누울 자리를 만들었다. 우리가 해야 할 일은 저녁에 문을 열었다가 닫아서, 마치 서맨사가 집에 갔다는 인상을 준 뒤 다시 살금살금 돌아와 그녀를 숨기는 것뿐이었다. 서맨사는 침대의 1단 밑에 다리를 집어넣고 상체가 내 머리 옆으로 나오도록 자세를 잡았고, 나는 즉석 식품과 한 컵 가득 채운 펩시콜라, 오레오, 또는 브릭이 사은품을 위해 끝도 없이 사들인 식품들을 절반씩 건네주었다.

나는 서맨사가 아무리 사나워도, 그녀에게는 마치 강아지 같은 면이 있다는 걸 발견했다. 거칠고 별난 감정의 폭발 속에 관심과 사랑을 필요로 한다는 미묘한 증거들이 여기저기 숨겨져 있는 것 같았다. 이런 증거는 그녀가 엘리베이터에 타면 버튼을 누르지 않고 내가 뭔가 하기를 기다리는 태도나, 길을 건널 때 방향을 제대로 보지 않고 절대적인 신뢰 속에 그저 내 옆에 붙어서 걷는 것에서 드러났다. 내가 한번 잘못 움직이면, 두 사람이 트럭에 치일 것이라고 나는 생각했다. 모든 것이 내 손에 달려 있었다. 그녀는 만족했고, 나도 좋았다.

가끔 나는 밤에 침대 밑에서 서맨사가 조용히 우는 소리를 들었다. 그러나 내가 왜 그러냐고 물을 때마다, 그녀는 눈물을 거두고 그저 알레르기라거나, 내가 헛것을 들었다고 말했다. 그러나 나는 그렇게 순진하지 않았다. 가끔 그녀가 코를 골며—작고 귀여운 휘파람 같은 소리를 내며—잠들어 있을 때, 나는 손을 아래로 뻗어 그녀의 머리카락 한 올을 만지며, 캄캄한 방에서 달빛을 받아 광을 낸 대리석처럼 얼마나 반짝거리는지 가만히 바라보았다. 내가 서맨사를 안전하게 지켜줄 거야. 나는 혼잣말을 했다.

*

어느 날 아침 부엌에서 탄산음료를 따르고 있는데, 브릭의 방에서 소리 죽인 고함 소리가 났다. 아무도 대답하지 않았지만 소리 죽인 고함은 계속되었고, 그것은 반쪽짜리 대화처럼 들렸다. 무슨 일인지 살펴러 갔을 때 몇 마디를 뜨문뜨문 간신히 알아들을 수 있었다.

"젠장, 내가 내 집에서 깨끗한 포크 하나 찾을 수가 없다니…… 이건 부탁이 아냐…… 만일 당신과 당신의 게으른 딸들이 계속…… 집단 시설로……."

그가 설거지를 안 했다고 화를 내는 것일까? 주변에는 먼지가 바닥을 뒤덮고 있었고, 오래되어 누렇게 변색된 신문이 여기저기 흩어져 있었다. 내가 장애물을 피하듯 그의 물건 상자들을 돌아 걸어갈 때, 빈 도넛과 감자칩 상자들이 그의 방에서부터 꼬리처럼 길게 이어져 있었다. 그가 집 안이 어질러졌다고 불평하는 것은 어불성설로 보였다.

게다가 엄마는 포크를 잘 쓰지도 않았다. 엄마가 먹는 것이라고는 온종일 시도 때도 없이 복용하는 진정제와 마리화나 성분이 섞인 담배뿐이었다. 엄마는 더 이상 식욕을 느끼지 못했다. 내가 엄마가 좋아하는 뜨거운 대합조개 수프 그릇이나 딱딱한 부분을 잘라낸 참치 샌드위치를 놓아두었지만, 손도 대지 않은 채 식어서 돌아오기 일쑤였다. 가끔 나는 설거지를 하지 않고 쌓아두었다. 나는 그게 내 잘못임을 알았다. 그러나 정말 그 일 때문에 브릭이 엄마에게 소리를 지르는 걸까?

살짝 벌어진 문틈을 통해 들여다보니, 두루마리 휴지를 흔들며 소리치고 있는 브릭이 보였다. 그는 탈진한 엄마의 몸 위에서 그것을 미친 듯 흔들었고, 엄마는 꼼짝 않고 누워서 자신을 보호하기 위해 한 팔을 머리 위에 대고 있었다. 그는 속옷 차림이었다. 꽉 끼는 흰 티셔츠가 털이 난 불룩한 배를 덮고 있었다. 그 자신이 쓴 것이 분명한 더러운 포크 더미가 스탠드 위에 모여 있었다. 그는 머리 위로 휴지를 들어 올리며 불만스럽게 말했다. "듣고 있는 거야, 진? 듣는 거냐고?" 그러고는 휴지로 엄마의 머리와 얼굴을 내리쳤다. 나는 안으로 돌진했다.

"무슨 짓이에요?" 내가 소리쳤다. "엄마는 아파요. 건드리지 마—"

내가 방으로 완전히 발을 들여놓기도 전에, 브릭이 문을 꽉 잡았다. "잘 가라." 그가 이렇게 말한 뒤, 문을 쿵 하고 닫아 나는 발을 찧었다. 발가락의 살갗이 심하게 까져서 표피가 홀랑 벗겨졌다. 다친 발을 부여잡고 한쪽 다리로 휘청거리며 서 있을 때, 전신에 열이 올라왔다. 나는 고통 때문에 비명을 지를 뻔했지만 엄마를 위해 참았다. 발톱 세 개에서 검정 매니큐어가 떨어져 나갔다. 매니큐어가 벗겨진 자리에 발톱 밑으로 빨간 반점이 급속하게 생겨났다. 눈물을 참으려 애썼지만 소용없었다.

신발을 신으면 너무 아플 것 같았다. 나는 현관 수납장을 열고 커다란 슬리퍼를 찾아 신고는 미친 듯 뛰어나갔다. 바깥의 하늘이 황혼에서 밤으로 변해가고 있었다. 나는 어디로 갈지도 모른 채 거리를 걷기 시작했다. 눈물이 시야를 가렸다. 주체할 수 없는 생각들이 화난 벌떼처럼 마음속으로 몰려들었다.

엄마는 지옥에서 살고 있었고, 내가 아무리 원해도 엄마를 보호해줄 수 없었다. 브릭은 엄마가 자상하게 돌봐줄 누군가를 필요로 할 때 엄마에 대한 인내심을 잃었다. 그리고 그는 우리를 필요로 하지도, 원하지도 않았다. 우리는 짐 덩어리였다. 그것은 문제가 아니었다. 그저 내가 결석을 자주 하면 다시 집단 시설로 돌아갈 수 있을 것이고, 그러면 브릭은 나를 해치울 수 있을 것이다. 내가 말썽을 부리면, 언제라도 돔비아 씨가 기다리고 있으니까.

"너도 결국 네 아빠와 똑같아질 거야. 뽕쟁이 중퇴자 말이다." 한번은 브릭이 나를 조롱했다. 그날 나는 휴지를 찾을 수 없었다. 확실한 사실은 집에 휴지가 바닥나질 않았다는 것이다. 엄청난 대용량 꾸러미가 있었기 때문이었다. 나중에 브릭은 우리가 화장실에 갔다가 물을 내리지 않는다며 소리치고는, 내게 수납장 맨 위 선반에 있는 휴지 꾸러미를 보여주었다. 누군가 변기 물 내리는 걸 잊었기 때문에 휴지를 숨겨두었던 것이다. 그에게 뭔가 문제가 있다는 것을 몰랐던 건 아니었지만, 그때 나는 브릭이 외할머니만큼이나 미쳤다는 것을 깨달았다. 그는 엄마가 약해질 대로 약해진 순간, 겨우 씻지 않은 포크 때문에 엄마를 지옥으로 밀어 넣고 있었다. 그 남자는 고압적이고 불안정했으며, 엄마는 그 남자 앞에서 무력했다. 나는 거기서 달아나야 했다. 그로부터, 엄마의 병으로부터. 모든 것이 내겐 너무 버거웠다.

베인브리지 거리를 건널 때, 이슬비가 내리며 바람이 돌진하여 몸에 한기가 느껴졌지만, 발은 여전히 불이 붙은 것 같았다. 보도 건너편에서 사람들은 서류 가방이나 우산을 들고 퇴근하고 있었다. 나는 눈물을 감추려 고개를 푹 숙이고 그들 옆을 비틀비틀 지나갔다.

그때 문득 떠오르는 생각이 있었다. 엄마와 내가 마지막으로 대화한 게 언제인지 기억할 수 없었다. 우리가 서로에게 하는 말이라고는 '안녕?' 또는 '안녕'이 전부였다. 우리가 마지막으로 한 진짜 대화는 어쩌면 5개월 전 내가 JHS 80 중학교에 입학할 때인 것 같았다.

그 생각을 하니 눈물이 주룩주룩 흘렀다. 눈물을 주체할 수 없었다. 그 순간까지 나는 엄마의 병에 나름 잘 대처하고 있다고 생각했고, 그런 점에서 스스로를 대견해했다. 그러나 회피는 마치, 모든 것이 나아진 듯한 착각을 하게 만든다. 나는 엄마의 에이즈에 대한 감정을 잘 처리해왔다고 생각했지만, 화를 내는 브릭 앞에서 무기력하게 누워 있는 엄마의 모습을 보자 그것이 한꺼번에 몰려왔다. 신경이 노출된 것처럼, 나는 내 가슴을 찌르는 엄마의 병을 실감했다. 우리는 가족들끼리 에이즈에 대해 이야기한 적이 없었다. 엄마와 아빠도 얘기하지 않았고, 모랄레스 박사조차도 그 얘기를 꺼내지 않았으며, 분명 브릭도 얘기하지 않았다. 그는 약을 먹는 엄마를 지켜보며 엄마가 약해져가는 모습을 볼 수 있었을 텐데도 여전히 엄마에게 요구사항이 많았다. 주변에 돌아다니는 콘돔 포장지로 판단하건대, 엄마가 감당할 수 있는 한 그들은 섹스까지 계속할 것이다.

누구도 엄마의 에이즈에 대해 이야기하지 않았다. 그 병이 우리 앞에서 엄마를 좀먹고 있는 순간에도. 그러나 에이즈는, 우리가 브릭과 함께 밟고 서 있는 불안한 토대만큼이나 구체적이고 명백한 현실이었다. 엄마의 급속한 병세 악화는 우리의 병적인 집단 부인否認과 마찬가지로 현실이었다.

2주 전 내가 부엌에 혼자 앉아 있을 때, 갑자기 엄마가 부들부들 떨리는 몸으로 울면서 뛰어들어 왔다. 엄마는 나를 보지 못하고 곧바로 냉장고 위에 손을 뻗어 두툼한 약봉지를 찾았다. 엄마의 돌발적인 진입과 날것 그대로의 분명한 고통이 나를 얼음처럼 얼어버리게 했다. 나는 엄마가 병뚜껑을 따기 위해 버둥대는 모습을 지켜보았다. 나는 엄마를 당황스럽게 할까 봐 감히 아무 말도 할 수 없었다. 병뚜껑이 마침내 열렸을 때, 알약이 넘쳐서 탁탁 소리와 함께 식탁 위에 떨어졌다. 엄마는 아주 어렵사리 그중에 두 알을 집어 혀 위에 얹은 뒤 깊이 들이마셨고, 약을 삼키는 동안 울음을 멈추었다. 그 순간 엄마가 나를 발견했다.

"엄마." 내가 할 수 있는 말은 고작 이것뿐이었다. 전혀 쓸모없는 한마디.

"이걸 감당하기에 넌 너무 어려." 엄마는 떨리는 손을 들어 올리며 말했다. "미안하구나. 넌 너무 어려."

나는 멍하니 엄마를 응시하며 엄마가 나가는 것을 그저 지켜보았다. 여전히 흰 알약이 검은 식탁 위에 흩어져 있었다.

나는 무언가를 감당하기에 너무 어려본 적이 없었다. 마약이건 10대 매춘에 대한 엄마의 생생한 묘사건 간에. 그러나 이것을 감당하기에는, 에이즈를 감당하기에는 너무 어렸다. 나는 엄마가 나를 가장 필요로 할 때 엄마를 진정시킬 아무런 행동도 하지 않음으로써 엄마의 말이 옳다는 것을 증명한 나 자신이 정말로 미웠다. 나는 많은 이유로 그곳에 있었으면서도, 정작 엄마가 에이즈와 싸우고 있을 때 엄마에게 거리를 두었다. 아니면 엄마가 내게 거리를 둔 것일까? 아무튼 우리에게 뭔가가 일어났다. 엄마가 유니버시티 애비뉴를 떠난 이후, 내가 집단 시설에 간 이후, 그리고 엄마의 병이 점점 더 심해지는 지금, 우리는 더 이상 전처럼 가깝지 않았다. 그리고 이제 나에게는 서맨사가 있었고, 내 삶은 학교를 빠지고 친구들과의 미래를 꿈꾸며 전에 알지 못한 활기를 띠었다. 그래서 결국 내가 친구들과 즐거움을 누리면 누릴수록, 엄마가 있는 집으로, 엄마의 질병으로 가득 차 있는 아파트로 오기 더 힘들어졌다. 그리고 엄마의 죽음 가까이로 가기가 점점 어려워졌다. 집에 아예 가지 않고 아이들과 함께 있는 편이 훨씬 더 쉬웠다.

"이기적이야." 나는 눈물을 거칠게 훔쳐내며 나 자신에게 소리 내어 말했다. 202번로에서 나는 보비의 거실 창문을 올려다보았다. 따스한 불빛이 스며 나오고 있었다. 나는 보비의 미소를 생각했다. 그의 미소가 어떻게 그 큰 눈을 환하게 밝히며 매력적으로 만들어주는지를. 나는 위층으로 올라갔다.

보비의 어머니가 그의 침실 TV 앞으로 포크찹과 밥을 가져다주었다. 레슬링에 채널이 맞춰져 있었다. 보비는 매 순간 팔을 들어 올리며 환호했고, 그 과정에서 배와 배꼽까지 이어진 가느다란 털이 드러났다 (나는 조심스럽게 그것을 보았다). 나는 복도에서 그가 눈치채지 못하도록 뺨을 말끔히 훔치고 깊은 한숨을 두어 번 몰아쉰 뒤 노크를 했었다.

"방이 좋다, 보비." 내가 쾌활하게 말했다. 그러나 입에서 말이 떨어지는 순간, 내가 방에 들어올 때 이미 그 말을 했다는 사실이 떠올랐다.

"고마워." 그가 내 실수를 예의 바르게 받아넘겼다. 조금 전 내가 갑자기 나타나 깜짝 놀랐을 텐데도 그는 나를 친절하게 맞아주었다. "저게 맨카인드야." 그가 TV 속 육중한 남자를 가리키며 말했다. 그는 카메라를 향해 으르렁거리며 로프에서 몸을 날려 웅크린 자세로 맞수의 등 위에 떨어져 관중의 함성을 이끌어냈다. 그 함성은 보비의 방으로 이어져 보비는 다시 한번 팔을 공중으로 번쩍 들었다. 나는 이 화제에 어떻게 끼어야 할지 알 수 없었다.

"그래? 멋지다…… 오랫동안 싸운 사람이니?"

"맨카인드는 미치광이야."

"응, 그건 저 남자의 수법 같은데."

"무슨 뜻이야?"

"아무것도…… 그냥, 음, 저 남자가 그렇게 미치광이야?"

"그래. 그리고 브렛 하트도 있어. 아주 정교한 기술로 유명하지. 리즈, 저들은 각자 뭔가 다른 걸 갖고 있어……."

밤이 깊어서 보비가 레슬링 잡지를 넘기며 이야기할 때 나는 그의 말에 귀 기울이며 청중 노릇을 해주었다. 우리는 그의 침대를 함께 썼다. 나는 담요 밑에서 다리를 말고 푹신한 베개에 기대어, 아득히 들리는 보비 어머니의 헤어드라이어 소리와 보비의 깊은 목소리에 최면이 걸린 듯 잠 속으로 빠져들었다.

*

"여보세요. 저는 아동복지국의 돔비아입니다. 귀하께서 보호 중이신 엘리자베스 머리의 문제로 전화드립니다. JHS 80 중학교에 따르면, 머리 양은 학교에 정기적으로 출석을 하지 않고 있으며, 우리는 귀하의 보호하에 있는 머리 양의 미래에 대해 걱정하고 있습니다. 제게 전화 주시……."

다행히도 브릭이 듣기 전에 내가 자동응답기 메시지를 먼저 듣고 지워버렸다. 나는 몇 주 동안 학교에 가지 않았고, 이 메시지는 반복되는 결석 때문에 내가 세인트 앤의 집으로 돌아가야 한다는 내용임을 이미 알고 있었다. 그러나 나는 그 얘기를 듣고 싶지 않았다. 그래서 메시지를 발견할 때마다 지워버리며 그 문제가 저절로 사라지기를 바랐다.

*

경고
아파트 2B호가 청소 및 방역 중입니다!
건강과 안전을 위해 적절한 조치를 취하기 바랍니다!
— 관리자

흑백 전단지가 유니버시티 애비뉴에 있는 우리 건물 복도에 여기저기 널려 있고, 녹슨 우편함 위에, 세입자들의 문 아래 틈에 들어가 있었다. 아빠는 내게 아파트를 잃게 된 일을 말하지 않았다. 서맨사와 내가 저녁을 먹으며 가족사진과 기념품에 대해 이야기하다가, 나는 내 물건들이 모두 아직 아빠의 아파트에 있다는 사실을 깨달았다.

"적어도 내 사진은 가져오고 싶어. 책도 몇 권 가져와야지." 서맨사와 함께 고가 철로를 따라 유니버시티 애비뉴로 걸으며 말했다. 수시로 머리 위에서 열차가 불꽃을 튀기고 끽끽 소리를 내며 덜컹덜컹 지나갔다.

"상어와 공룡에 대한 책이 있어." 나는 기차 소리에 목소리가 묻히지 않도록 목소리를 높여 말했다. "자크 쿠스토가 누군지 아니?" 내가 신이 나서 물었다. 그녀는 고개를 저었다. "우리 아빠가 그 책들을 가지고 있어…… 네가 그 남자의 수중 사진을 봐야 해. 넌 이런 것들이 존재한다는 사실을 생각조차 못 했을 거야."

집에 가까워질 때 나는 정말로 말하고 싶은 것이 있었다. "넌 이런 집을 본 적이 없을 거야, 서맨사. 정말이야. 내가 이 집이 형편없다고 말한 건 정말이야. 브릭의 집보다 백배는 더 심해." 나는 서맨사에게 그 아파트가 얼마나 심각한지 일깨워주고 싶었다. 그래서 그녀가 직접 그곳을 보았을 때, 나 또한 그 집의 상태가 얼마나 심각한지 깨닫고 있단 걸 그녀가 알아주기를 바랐다. 그러면 그 집을 보고 나를 다르게 보지 않을 테니까.

"리즈, 입 다물어." 그녀가 말했다. "내가 널 좋아하는 걸 알잖아, 멍청아. 그러니까 걱정하지 마."

몇 년간 서맨사와 시간을 함께 보내며 나는 유니버시티 애비뉴에 있는 우리 아파트로 그녀를 데려가고 싶은 열망을 느꼈다. 다른 친구들에겐 시도하지 않은 일이었다. 심지어 릭과 대니에게도. 나는 너무 두려웠다. 그러나 그토록 많은 시간을 함께 저녁을 먹고 아빠와 유니버시티 애비뉴에 대해 이야기하며, 나는 서맨사에게 내가 어디에서 왔는지 보여주기를 원하는 나 자신을 발견했다. 나는 믿었다. 내가 아는 그 누구보다 서맨사가 더 잘 이해해줄 것임을.

법원이 이곳에서 나를 추방한 뒤 열 달 동안, 나는 아빠를 딱 한 번 찾아갔다. 시설에서 처음 나를 내보내준 직후였다. 나는 집으로 돌아가면 좋을 것이라 생각했었다. 그러나 막상 겪어보니 아빠의 집에 손님으로 가 있는 것은, 아빠와 함께 사는 것과는 전혀 달랐다. 우리는 손님과 주인으로 앉아서 서로 얼굴을 마주보고 대화해야 했다. 우리는 말을 하며 시간을 채워야 했다. 그것은 생각했던 것보다 훨씬 힘들었다. 우리가 무엇에 대해 이야기할 것인가? 집단 시설에 대해? 엄마의 에이즈에 대해? 최근 아빠의 마약 복용에 대해? 아빠가 빠진 나의 새로운 삶에 대해? 월터 오브라이언에 대해? 그래서 결국 우리는 함께 TV를 보았다. 아빠는 소파에서 잠이 들었고, 그동안 나는 거실 의자에 앉아 채널을 돌리고 있었다. 오랜 시간이 흘렀건만, 고개를 들면 여전히 천장에 파리 테이프가 매달려 있었다. 쓰레기봉투가 바닥에 펼쳐져 있었고, 예전에는 참을 만했던 악취가 너무 고약해서 숨을 제대로 쉴 수 없었다. 그 집은 우리가 없는 사이 섬뜩해졌다. 내 방에는 수납 상자와 아빠가 아직 내다 버리지 않은 쓰레기봉투가 가득했다. 내 방을 들여다보는 것만으로 아빠가 내가 돌아오는 것을 포기했음을 분명히 알 수 있었다. 그래서 나는 그동안 즐거웠다는 쪽지를 남기고 아빠가 잠든 사이 집을 나왔다.

아빠를 다시 찾아갈 수도 있었지만, 그 상태의 아빠와 우리 집을 보는 일이 너무 슬퍼서 감당하기 힘들었다. 게다가 그 이후로 악몽을 꾸기 시작했다. 꿈속에서 우리 가족은 결합했다가 헤어지기를 반복했다. 꿈속에서 우리는 늘 헤어질 위기에 처했고, 그 결과는 나의 판단에 달려 있었다. 깨어나기 마지막 몇 분 전에 나는 늘 잘못된 결정을 내렸고, 우리는 다시 헤어지게 되었다. 그런 일이 있을 때마다, 고통이 생생하게 되살아났다. 그래서 나는 아빠를 찾아가는 일을 아예 그만두었다.

*

서맨사와 내가 건물로 다가갈 때, 나는 판자로 막아놓은 부모님 침실 창문과 내 방 창문을 보았다. 나의 첫 느낌은 호기심이었지만, 곧바로 두려움으로 바뀌었다. "서맨사, 아마 불이 났었나 봐." 내가 말했다. 우리는 학처럼 고개를 위로 빼고 까만색 스프레이 페인트로 X 자가 표시된 판자들을 보았다. 나는 계단을 오르면서 마음속으로 최악의 시나리오를 생각했다. 아빠는 살아 있을까? 모든 것이 불타버렸을까? 나는 최악을 예상하는 습관이 있었다. 우리는 계단을 뛰어올라 아파트 현관문에 도달했다. 자물쇠가 우리를 막았다. 혼란스러움과 함께 이상한 안도감이 밀려왔다. 내가 본 것을 이해하는 데 몇 분이 걸렸다. 서맨사의 목소리가 나를 현실로 되돌려놓았다. 그녀는 연방법원 집행관의 72시간 사전통지서를 읽고 있었다. 우리는 비상계단으로 나가 커다란 판자들을 잡아당겼지만 소용없었다. 곧 우리는 털썩 주저앉았다.

"이해를 못 하겠어. 아빠가 우리에게 왜, 어디로 갈 건지 말하지 않았는지 모르겠어. 우리 물건이 아직 거기에 있는지도 모르겠고. 서맨사, 여기까지 데려왔는데, 미안해. 난⋯⋯."

"리즈, 이리와." 서맨사가 말했다. 서맨사와 끌어안고 건물에 기대어 앉아 있으니 마음이 진정되었다. 비상계단 위에서 서맨사의 어깨에 머리를 기대며 부드러운 복숭아 향을 들이쉬었다. 그 순간 내가 서맨사를 좋아하는 것만큼, 서맨사도 나를 좋아한다는 것을 느낄 수 있었다.

"음, 괜찮아." 내가 할 수 있는 말은 이것뿐이었다.

서맨사도 동조했다. "그래, 괜찮아. 기운 내. 우리가 달리 무슨 일을 할 수 있겠어?"

할 수 있는 일이 없었기에 우리는 아무 말도 하지 않았다. 그때도,

아빠가 임대료를 밀려서 보호시설로 들어갔다는 것을 알았을 때도. 그리고 우리 아파트에 있는 물건들이 한참 전에 쓰레기차에 실려 나갔다는 것을 알았을 때도 마찬가지였다. 그저 현실을 조용히 받아들이는 것 외에는 아무 할 말도, 할 일도 없었다. 그래서 나는 받아들였다. 지금껏 모든 일에 대해 그렇게 해온 것처럼.

*

그해 봄, 나는 시설로 돌아가는 사태를 간신히 피할 정도의 출석률로 중학교를 졸업했다. 6월 졸업식이 끝난 뒤, 엄마는 바깥의 연석 위에서 윈스턴 담배를 피우며 내가 나타나기를 기다렸다. 그런데 우연히 마이어스와 보비의 어머니를 비롯하여, 향수를 뿌리고 잘 차려입은 학부모들이 모여 담소를 나누고 있는 곳 바로 옆에 서게 되었다. 아이들은 서로 갈라져서 마치 원반을 던지듯 서로에게 모자를 던졌다. 보비의 가운이 바람에 팔랑 하고 열렸다. 그의 어머니는 완벽한 엄마처럼 보였다. 아들과 똑같은 빛나는 갈색 숱진 머리가 원기둥 모양으로 감아올려져 있었다.

엄마는 그날을 위해 만물상을 뒤져 반팔 꽃무늬 드레스를 찾아냈다. 팔에는 주삿바늘 흔적이 있어서 피부가 희멀건 햄버거 고기처럼 보였다. 엄마는 그날을 위해 맥가이버 스타일로 머리를 자른 상태였고, 스타킹도 없이 신은 샌들 때문에 다리털이 두드러지고 누런 발톱이 적나라하게 드러났다.

나는 관목들 틈에서 기다리기로 했다. 거기서 웅크리고 숨어 있는 한, 나는 굴욕을 피하고, 내가 친구들의 집에서 누렸던 평범함을 지켜낼 수 있으리라. 나는 더 이상 이상한 존재가 아니었다. 나는 나 자신을 개조했다. 나는 평범했고, 대체로 쾌활한 데다 재미있기까지 했다. 그리고 그 상태를 유지하기로 작정했다. 적어도 이렇게 기다리면 시련을 쉽게 피할 수 있는 지금은.

그런데 내가 미처 대비하지 못한 일이 발생했다. 스트레조우 선생님이 엄마의 앞에 서서 대화를 하기 시작했다. 양복을 입고 넥타이를 맨 그는 태연한 얼굴로 엄마에게 손을 뻗어 악수하며 진심으로 미소 지었다. 그의 눈은 무척 상냥했다. 두 사람이 무슨 얘기를 하는지는 들리지 않았지만, 그의 관심에 엄마가 완전히 활기를 띠고 있었다. 나는 오랫동안 엄마의 미소를 보지 못했음을 깨달았다. 엄마는 계속 질문을 하며 그를 붙들어두고 있었다. 나에 대한 질문일까? 엄마는 한 손으로 악수하고 다른 손으로 그의 팔을 잡았다. 나는 엄마가 '감사합니다'라고 말하는 것을 보았다. 스트레조우 선생님이 가버리자, 엄마는 주위를 둘러보며 다시 나를 찾았다. 그리고 천천히 고개를 숙였다.

나는 힘겹게 발을 앞으로 내디디며 나무 조각들을 넘어 관목숲 밖으로 나왔다. 그리고 곧장 보도를 가로질러 엄마에게로 걸어가 보란 듯이 엄마를 꽉 끌어안았다. 나는 엄마를 무척 사랑했고, 가슴속에서 엄마의 사랑을 느낄 수 있었다. 나는 어느 때보다 오랫동안 엄마를 끌어안았다.

"꼬맹아, 네가 자랑스럽구나." 엄마가 말했다. 나는 여전히 엄마의 팔을 잡은 채 몸을 뗐다. 엄마의 눈에 눈물이 글썽였다. "네 이름을 호명할 때, 엄마는 열심히 박수를 쳤단다. 들었니?" 나는 아무런 상도 받지 못했고, 졸업도 간신히 했다. 그러나 그 사실이 엄마에게는 중요하지 않은 것 같았다. 엄마가 나를 늘 응원하고, 나의 판단을 믿는다는 것을 나는 알았다. 나는 엄마의 허리에 팔을 두르고 발길을 인도했다. 엄마의 골반 뼈가 무척 날카롭게 느껴져 깜짝 놀랐다.

"이리 와, 엄마. 소개해줄 사람들이 있어."

몇 발짝 걸어가서, 나는 둥글게 둘러선 여인들 사이로 우리가 들어갈 만한 공간을 만들었다. 그리고 두근두근하는 마음으로 양손을 꼭 움켜쥐고 말했다. "여러분, 저희 엄마인 진 머리 씨를 소개하고 싶어요."

*

내가 고등학교에 입학하고 두어 주가 지난 어느 날 밤, 아빠가 전화를 했다. 그때 집 안은 브릭의 끝없는 TV 소음과 담배 연기, 그리고 엄마의 질병이 아파트를 가득 메운 상태였다. 엄마는 온종일 변기와 욕실 타일에 구토를 했다. 내가 휴지 한 통을 다 써서 닦아냈지만, 여전히 진하고 시큼한 냄새를 느낄 수 있었다. 서맨사와 나는 콘서트 티켓을 받을 수 있기를 바라며 라디오 콘테스트에 전화를 하거나, 나중에 히치하이크 전국 일주를 위해 들를 장소를 지도에 표시하며 시간을 보냈다. 서맨사는 우리 엄마와 그다지 가깝게 지내지는 않았지만(아마도 엄마의 병을 무서워했기 때문일 것이다), 우리가 길 위에서 함께 보낼 날들을 계획함으로써, 엄마를 돌보는 힘든 일을 잊을 수 있게 해주었다. 그날 저녁 리사 언니는 학교에서 긴 시간을 보낸 뒤 숙제를 하다가 잠이 들었다. 반면 나는 학교에 여러 날 동안 가지 않았다. 나는 언니의 근면함에 놀랐고, 어떻게 이층침대 위칸에서 에세이와 실험실 보고서를 완벽하게 쓰기 위해 몇 시간씩 보낼 수 있는지 신기했다.

수화기를 들었을 때, 처음에는 아버지의 목소리를 알아듣지 못했다. 마치 국제전화처럼 소리가 너무 작고 멀게 들렸다.

"리즈— 리즈." 아빠가 말했다. "아빠는 잘 지내. 나쁘지 않아. 진짜야. 여기서는 내게 잘 대해줘. 하루에 세 끼를 꼬박꼬박 챙겨 먹는단다.

그래서 배도 나왔어. 믿거나 말거나지만 말이야." 아빠의 웃음에 긴장이 배어 있었다. 나는 리사 언니를 깨워 입 모양으로 '아빠'라고 말했지만, 언니는 내게 가라고 손짓하며 다시 눈을 감았다. 아빠가 말을 계속했다. "여기서는 나 때문에 「제퍼디」 쇼를 본단다. 모두들 둘러서서 내가 얼마나 많이 맞힐지 내기를 하지."

아빠가 소파에 앉아 문제의 정답을 말하고, 내가 소파 끝에서 잠옷을 무릎까지 덮은 채 몸을 동그랗게 말고 앉아 그 모습을 지켜보던 장면이 떠올랐다. 아빠는 중대한 정보를 떠올리려 할 때 늘 눈을 감고 대머리에 작은 원을 그리며 문질렀다. "그래, 아빠는 늘 퀴즈를 잘 맞혔지." 내가 말했다.

"이곳은 정말 깔끔해, 리지. 네가 봐야 하는데."

문제는 이제 내가 듬성듬성 수염이 난 늙고 쇠약한 노인들의 다락방에서 간이침대를 차지하고 있는 아빠를 보게 될 수도 있다는 것이었다. 정말 아빠는 그들 중 하나일까? 유니버시티 애비뉴에 그렇게 오랫동안 살면서, 어떻게 나는 아빠가 망가지고 있다는 것을 눈치채지 못했을까? 한때 아빠는 자유로웠고, 나는 우리가 아주 가깝다고 느꼈다. 어쩌면 내가 잘못 알고 있었을지도 모른다. 아빠가 그동안 막힌 창문에 갇혀 살았다면, 아빠가 우리에게 인생 전체를 숨겼다면, 그리고 우리의 집과 소지품들을 잃을 때 우리에게 전화조차 하지 않았다면, 어쩌면 내가 아빠를 전혀 몰랐을 수도 있다.

그러나 혹시 아빠가 지금 내게 손을 내밀기 위해 전화하고 있다면, 아빠가 너무 멀리 가버리진 않았으며, 단지 아빠의 삶이 일시적인 난관에 빠졌다는 의미일 수도 있었다. 아빠가 본심을 숨기며 뻔한 말만 늘어놓는 동안 나는 마음속으로 내가 아빠를 돕기 위해 할 수 있는 일들의 목록을 만들고 있었다. 아빠를 부양하기 위해 일하기, 보호시설에 전화하여 아빠를 좀 더 자주 점검해달라고 부탁하기, 아빠가 살 만한 아파트를 찾아주기, 아빠에게 옷을 가져다주기. 생각을 하다 보니 하루 중에 내가 사용하지 않은 시간 전체가 필요할 것 같았다.

"학교는 어때?" 아빠가 가볍게 물었다.

"좋아, 정말 좋아."

아빠가 대화를 하면서 본심을 숨긴다면, 나도 그럴 것이다. 왜 내가 늘 학교에 결석한다는 걸 말해야 하는가? 아빠가 우리의 문제에 대해 아무것도 해줄 수 없다면, 아빠에게 문제를 털어놓는 것이 무슨 의미가 있단 말인가? 말해봐야 스트레스만 줄 뿐이고, 나는 그러고 싶지 않았다. 그것이 너무 초라하게 느껴졌다. 나는 아빠에게 내 삶에 대해 걸러서 말하기로, 아빠가 모든 것이 잘되고 있다고 생각하게 만들기로 작정했다.

"그 소리를 들으니 다행이구나, 리지. 아빠는 네가 늘 궁금했어. 소식을 들으니 좋구나." 나는 옳은 일을 했다. 내가 너무 많이 뒤처져서 두렵다고, 다시 돌아갈 길을 찾을 수 있을지 확신할 수 없다고 말할 수는 없었다.

"아빠, 이제 너무 늦기 전에 숙제하러 가봐야 돼. 미안해. 전화해줘서 기뻐." 이것은 진심이었다. 너무 오랫동안 전화 한 통 없어서 아빠가 무엇을 하는지, 무사히 잘 있는지도 몰랐다. 우리는 서로에게 인사하고 전화를 끊었다. 서맨사는 걱정스러운 눈으로 나를 보았다. "아버지가 무슨 말을 했는데?" 그녀가 물었다.

"아무 말도. 그냥 안부 전화를 한 것 같아. 아빠는 보호시설에서 살고 있대. 나도 모르겠어." 테이블에 펼쳐진 밝은 파란색 지도가 내 눈을 사로잡았다. 서맨사가 그 지도 위로 몸을 숙이고 있었다. 그녀는 펜으로 전국 일주를 위한 이상적인 경로를 표시하기 위해 점선을 그려놓았다. 점선의 출발점에는 챙 넓은 비치 모자와 선글라스를 착용하고 팔에 핸드백을 걸고 있는, 우리를 상징하는 두 개의 형상이 그려져 있었다. 그녀가 아빠에 대해 또 질문하기 전에, 나는 점선을 따라 재빨리 손가락을 미끄러뜨리다가 멈춰 서 서해안을 톡톡 두드리며 물었다. "서맨사, 우리가 여기 가려면 얼마나 걸릴까?" 나는 LA를 가리켰다.

"오래 걸리지 않을 거야." 그녀가 대답했다. 그리고 지도를 반으로 접어 뉴욕이 바로 캘리포니아와 맞닿게 했다. "사실 우린 이미 여기 있는 거야." 그녀가 말했다.

우리는 그 농담에 과장되게 웃어댔다.

*

서맨사와 나는 고등학교에 등록했지만, 우리에게 그곳은 순전히 무료 전철 패스를 받기 위해 나가는 곳이었다. 우리는 피에프나 보비의 집, 또는 브릭의 커다란 소파에서 빈둥댔고, 온종일 TV를 보며 사회복지국에서 걸려오는 전화를 피했다. 나는 '사고로' 브릭의 자동응답기를 고장 냈고, 초인종이 울릴 때마다 사회복지사의 방문에 대비하여 5분간 완벽하게 조용히 있는 법을 익혔다. 나는 자유로웠고, 학교를 피하고 돔비아 씨를 피하고 모든 것을 피하는 데 선수가 되어 있었다.

"언제까지나 이렇게 빈둥거릴 순 없어." 어느 날 아침 리사 언니가 재킷 지퍼를 올리며 꾸짖고는 문을 쿵 닫고 학교에 갔다. 누군가 내 행동을 보았다면, 아마도 내가 언니의 말이 틀렸음을 입증하려 한다고 생각했을지도 모른다.

그러나 나는 나름대로 학교생활을 잘해보려 애썼다. 결국엔 포기했지만, 그전에는 2주 연속으로 꼬박꼬박 출석을 했었다. 그러나 고등학교는 전혀 다른 세계였다. 내가 어떻게 헤쳐나가야 할지 모를 빽빽하고 거대한 책임감의 미로였다. 그리고 우리가 애초부터 그렇게 무모하게 굴려고 했던 것은 아니었다. 처음 땡땡이를 치던 날은 그냥 월요일 단 하루뿐일 거라고 생각했다. 그저 딱 하루.

서맨사와 나는 시내로 가는 기차를 타고 맨해튼 남부의 그리니치빌리지로 갔다. 어렸을 적 아빠가 나를 데리고 쓰레기를 뒤지러 갔던 적이 있기에 어렴풋이 익숙한 곳이었다. 그때의 방문과 엄마의 이야기를 통해, 나는 그리니치빌리지가 다채로운 헤어스타일을 하고 빈티지 스타일의 옷을 입는, 흥미로운 사람들이 사는 마을임을 알았다. 브릭의 집에 굴러다니는 잔돈 2달러 75센트를 모아 왔다. 우리가 워싱턴 스퀘어 파크에서 거리공연 하는 사람들을 구경하며 핫도그와 청량음료를 반으로 갈라먹을 수 있을 만큼의 돈이었다. 우리 주변 사람들은 모두 멋졌다. 우리도 덩달아 멋져 보였다.

우리는 사실 그 월요일 하루만 학교를 땡땡이치려 했다. 그런데 내가 만일 이틀을 더 쉬려 한다면, 그냥 연달아 쉬는 것이 최선이었다. 그도 그럴 것이 처음 결석한 바로 다음 날 결석을 한다면, 이틀째의 결석 사유가 더 신뢰할 만할 것이다. 과연 누가 아플 때 단 하루만 아프고 말겠는가? 그리고 이틀을 빠졌다면 3일째는 별로 힘들지 않을 것이다. 그러니까 3일째 결석 사유는 처음 이틀 동안 나를 집에 잡아두었던 병과 관계 있는 것이어야 했다. 그런데 월요일, 화요일, 수요일을 빼먹으면, 목요일과 금요일은 별로 학교에 갈 의미가 없어진다. 항상 다음 주는 있는 법이니까. 게다가 우리는 다시는 이렇게 할 계획이 없었다. 다음 월요일에 늦잠을 자서, 다시 똑같은 순환이 시작될 때까지는. 마침내 우리는 너무 많이 학교를 빼먹어서 수업을 따라갈 수 없는 지경에 이르렀다. 그러나 괜찮았다. 늘 다음 학기는 있는 법이니까.

한편 우리의 에너지를 집중할 다른 장소가 있었다. 피에프의 집은 우리 친구들의 집합소였다. 그의 아버지는 온종일 일하러 나가 있고 엄마는 집에 몇 시간만 있었기 때문에, 그곳은 우리가 땡땡이를 치며 머무는 곳이 되었다. 아무 목적 없이 그저 함께 있기. 그것이 우리의 일과였고 한 주 일정이었다. 이보다 행복했던 적은 없었다.

이런 나날들 동안 우리는 서로에게 기대었다. 말하자면 우리는 판단이나 명확히 규정된 역할이 없는 작은 가족이었다. 서맨사의 인습에 얽매이지 않는 반항적인 정신이 우리의 중심이었다. 우리 모임에는 마이어스의 낙천적인 대화와 보비의 유머, 피에프의 환대와 그들 모두에 대한 나의 애정과 동경이 한데 어우러져 있었다. 보비와 서맨사, 내가 그 중심에 있었다. 우리의 모임은 더욱 확대되어 목록에 여러 이름들이 포함되었다. 마이어스, 피에프, 제이미, 조시, 다이엔, 이안, 레이, 펠리스를 비롯하여 그 밖에도 많았다. 우리는 스스로를 '무리'라고 불렀다. 우리는 집단으로 어제를 오늘같이, 오늘을 내일같이 무사태평하게 흘려보냈다. 우리는 낙서 가득한 피에프의 아파트에서 맨발로 둘러앉아 돌아가면서 잠을 자거나 이야기를 나누었고, 무엇보다 모두 함께 자지러지게 웃으며 보냈다.

우리는 학교를 빼먹고 친구의 집에 가 있을 때 실내에서 마약은 거의 하지 않았다. 친구들이 곤경에 빠질까 두려웠기 때문이다. 기껏해야 누군가 뒷방이나 복도에서 마리화나를 피우는 정도가 고작이었다. 나의 경우는, 마약이나 알코올에 대한 거부감이 있어서, 둘 중 아무것도 하지 않았다. 이런 증상은 부분적으로 엄마와 아빠의 괴로움을 목격한 기억과 관련이 있겠지만, 부분적으로는 엄마가 내게 직접 말한 구체적인 이야기들 때문이었다. 어린 시절 엄마는 약 기운이 가라앉을 때, 지금도 잊을 수 없는 심각한 눈빛으로 나를 보았다. 엄마는 울면서 내게 애원했다. "리지, 제발 마약을 하지 마. 마약이 내 인생을 망쳤어. 네가 마약을 한다면, 엄마 마음이 찢어질 거야. 마약을 하지 마, 절대. 알았지, 아가?" 피가 튀어 말라붙은 팔과 근심과 광기 어린 눈, 사랑으로 가득한 목소리로 전해준 엄마의 그 말은 어떤 마약 예방 메시지보다 더 강력하고 설득력 있었다. 그래서 나는 한 번도 마약에 취하지 않았다. 가끔 친구들이 나를 시험하려는 악의 없는 시도를 하는 것을 제외하면, 누구도 내게 마약을 강요하지 않았다. 게다가 우리를 계속 재미있게 해줄 다른 것들이 있었다.

다른 아이들이 논문 쓰는 기술을 익히고 수학과 과학을 공부하는 동안, 우리는 우리 나름대로 실험을 했다. 예를 들어 물 한 숟가락을 뜨거운 버너에 부었을 때 물방울이 부서지면서 통통 소리를 내며 튀는 작은 구슬 알갱이로 변하는 것 같은 따위였다. 전구를 전자레인지에 넣으면—5초간만 하면 안전하다—분홍색, 초록색, 오렌지색 네온의 스트로보 섬광 쇼를 볼 수 있었다. 날마다 우리는 북적대는 주변 세상으로부터 한 겹씩 고립의 벽을 쌓아갔고, 나의 경험은 보비와 서맨사에 대한 사랑으로 인해 점점 더 풍부해졌다.

그러나 날마다 어떤 시점에는 엄마의 병이 나를 현실로, 답답하고 활기 없는 브릭의 아파트로 돌려놓았다. 나는 몇 시간 동안 그러한 현실을 옆으로 밀어둘 수 있었지만, 어김없이 전날의 영상들이 포효하며 다시 돌아왔다. 내가 돌아가서 돕지 않으면, 엄마는 침실 문지방에 넘어져 꼼짝 못 하게 될 수도 있다는 것을 나는 알았다. 화장실에서 몸을 일으킬 수 없어 쩔쩔매거나, 침실에서 속절없이 울면서 물을 찾을 것이다. 그래서 나는 주기적으로 친구들과 헤어져 엄마를 확인하러 갔다. 엄마가 죽게 될 그곳으로. 인정하기 힘들지만, 나는 점점 더 그곳에 가기를 꺼리는 나 자신을 발견했다.

6장

그 어디에도
없는
나의 집

내가 떠난 뒤 다시 돌아가지 못할 것을 알았더라면,
밤이슬을 막아줄 지붕 밑으로
다시 돌아가지 못하게 될 줄 알았더라면,
그래도 떠났을지 나는 확신할 수 없다.
자신에 대한 책임이 전적으로 자신에게 있음을 알게 되는 것.
따지고 보면 그것이 아동기와 성년기를
진정으로 가르는 기준이 아닐까?
그렇다면 나의 아동기는 열다섯 살에 끝이 났다.

서맨사와 나는 남자 친구를 사귈 준비, 즉 한 남자를 사랑하는 일이 인생에 미칠 수 있는 영향을 감당할 준비가 되어 있지 않았다. 만일 우리가 준비가 되어 있었다면, 누군가 우리에게 말해주었다면, 상황은 달라졌을 것이라고 생각한다.

카를로스는 처음에 우리 무리에 손님으로 등장했지만, 대단한 개성 때문에 즉시 무대의 중심으로 이동했다. 어느 한가로운 가을날, 우리가 피에프의 아파트 계단을 걸어 올라갈 때, 복도에서 언쟁하는 듯한 남자들의 목소리가 들려왔다.

"저 소리 들려?" 내가 시맨사에게 물었다.

"그래, 누군가 정신줄 놓은 것처럼 들리네."

우리가 천천히 다가가 삐걱하며 문을 열었을 때, 뉴스 앵커처럼 성량이 풍부한 목소리가 다른 목소리 사이에서 쩌렁쩌렁 울리고 있었다.

"이봐 친구, 이걸 잡아." 그 목소리가 재촉했다. "최선을 다해보라고.

잃을 게 뭐야…… 자 그럼, 계속해!"

우리가 피에프의 거실로 들어갔을 때, 몇몇 익숙한 얼굴들과 익숙하지 않은 얼굴들, 총 일곱 명의 얼굴들이 몸을 숙이고 주사위 놀이를 하고 있었다. 피에프가 벽에 기대어 망설이고 있었다. 내가 그를 보며 설명을 구하자 그는 그저 어깨를 으쓱했다. 나는 그 목소리의 주인을 찾았다.

그는 전에 본 적이 없는 키가 크고 호리호리한 푸에르토리코 남자였다. 검고 곱슬곱슬한 머리를 뒤로 넘겨 깔끔하게 묶고 있었다. 옷차림은 멋스러운 힙합 스타일이었다. 넓은 뺨에 퍼져 있는 주근깨 바로 위에 자리 잡은 표정이, 풍부한 갈색 눈이 그의 얼굴을 지배하고 있었다. 그의 움직임에는 뭔가 특별한 것이 있었고, 목소리에는 힘이 있었다. 나는 그를 쳐다보는 것을 멈출 수 없었다. 그는 한 손으로 어떤 남자의 등을 세게 쳤고, 남자는 그 자극에 주사위 두 개를 거칠게 던졌다. 그때 사람들이 소리치며 팔을 치켜들었다. 누군가 주사위를 던진 남자의 얼굴을 가리키며 웃었다.

"와우!" 그 인상적인 낯선 남자가 환호했다. "정말 아슬아슬했어. 이제 포기하시지. 그건 네 실수야." 피에프의 집에서 두어 번 본 적이 있는 깡패처럼 생긴 남자가 게임에서 졌다. 패배한 그는 돈을 세어 그 낯선 남자의 손에 건넸다.

"다음 도전자는 누구지?"

"서맨사, 전에 저 남자 여기서 본 적 있니?" 내가 소음을 헤치고 물었다.

"아니." 서맨사가 대답했다.

나는 벽에 그려진 낙서와 계속되는 게임 사이로 시선을 옮겨가며, 그 곰팡내 나는 거실 문간에 적어도 20분간 서 있었다. 서맨사는 흥미를 잃고 부엌으로 가서 피에프의 냉장고를 뒤졌다. 마침내 패배한 참가자들에게 또 한 번 현금을 거둔 뒤, 그 낯선 남자는 주사위를 집어 들고 갑자기 게임 종료를 선언했다.

"자, 이제 끝났어, 신사 여러분들. 그럼 다음 기회에." 야유와 항의의 목소리가 여기저기서 터져 나왔다. 그가 손에 있는 돈을 내려다보며 선언했다. "지금은 바빠. 저 아가씨를 데리고 나가서 점심을 먹어야 되거든. 탓하려면 저 아가씨를 탓하라고." 갑자기 그가 눈도 들지 않고 손가락으로 나를 가리켰다. 그러고는 다시 돈을 세기 시작했다. 나는 완전히 얼어버렸다. 몇몇 남자들이 잠시 눈을 들었지만, 곧 흥미를 잃었다. 그때까지 나는 그가 나를 보았다는 사실조차 전혀 몰랐었다. 내가 아는 한, 그는 내 쪽을 한 번도 보지 않았다.

나는 사람들로 혼잡한 방을 둘러보고는 손가락으로 나 자신을 가리키며 입 모양으로 말했다. "나?" 그 순간 그가 나를 보았다는 것을 확신했지만, 그는 아무 대답 없이 다른 방으로 들어갔다. 나는 그가 나오면서 여러 사람들과 악수하는 것을 보았다. 그가 내 옆을 지나쳐서 현관문 자물쇠를 짤깍하고 열기 시작했다. 내 심장이 고동쳤다. 나는 그의 달콤한 향수 냄새를 들이마시며 가만히 서 있었다. 서맨사가 손가락에 초콜릿을 묻힌 채 피에프의 막대 아이스크림을 먹으며 부엌에서 걸어 나왔다.

현관문이 끽 하고 열리자, 그가 멈추었다.

"어때? 나하고 갈래, 안 갈래?" 그가 말했다. 나는 그가 혹시 내가 아닌 다른 사람에게 말하는 것인지 확인하려고 두리번거렸다. "이봐, 꼬마 아가씨. 난 이러고 있을 시간이 없다고." 그는 한쪽 발로 바닥을 톡톡 쳤다.

"나 말이야?" 내가 물었다.

그는 과장되게 팔을 앞으로 휘둘러 밖으로 나가는 동작을 하며 내게 윙크했다. 우리는 미소를 교환했다.

나는 짐짓 태연한 척했다. "친구와 함께 가도 돼?"

*

그의 이름은 카를로스 마르카노였고, 이제 곧 열여덟 살이 되었다. 나처럼 브롱크스에서 자랐다. 그는 무책임한 부모에게 버림받고, 거리에서 생활하는 사람들 사이에서 자랐다. 칼에 찔린 경험도 있었다. 왼쪽 종아리에 살짝 올라와 있는 흉터는 한 여자 깡패가 깨진 병으로 후려쳐서 생긴 것이었다. 카를로스는 아무리 심각한 주제를 말할 때도 농담기가 넘쳤다. 그는 무척 재미있고 조금은 어두운 유머 감각이 있었으며, 그 점이 내게는 매력적이었다. 현재 그는 베드퍼드 파크 대로에 사는 한 친구의 소파에서 숙박을 해결하고 있었다. 이 모든 역경에도 불구하고, 언젠가 유명한 희극배우가 되는 것이 그의 꿈이었다.

"난 신의 은총으로 여기서 살아남았어. 저분이 나를 돌보고 있어." 처음 식당에서 대화를 하는 동안 그는 손가락으로 하늘을 가리키며 말했다. "너희들 내 말 무슨 뜻인지 알지? 바깥세상은 험난하지만, 절대로 잠들지 말고 머리를 똑바로 들고 살아야 해. 꿈꾸되, 잠들지 말아야 해. 내 말 이해해?"

몇 시간 동안 그는 서맨사와 나의 맞은편에 앉아 싸움과 조직 폭력, 그리고 거리에서 살면서 경험한 온갖 극단적 상황들로 가득한 인생 이야기로 우리를 놀라게 했다. 그는 똑똑하고 재주도 많은 데다, 무엇보다 자신에게 주어진 어두운 삶에도 불구하고 무척 유쾌했다. 이야기 하나하나가 우리를 빨아들이는 데가 있었다. 그가 자신의 매력을 유난히 돋보이게 하는 몸짓을 할 때, 서맨사는 테이블 아래에서 내 다리를 꼭 쥐곤 했다.

그러나 나로 하여금 그를 좋아하게 만들고, 나를 매혹시킨 정보는 그날 밤 집에 갈 시간이 가까워질 무렵에 비로소 등장했다. 카를로스는 아홉 살 때 아버지가 에이즈로 죽은 이래로 자신은 늘 혼자였다고 설명했다. 그도 그럴 것이, 그의 엄마는 마약중독자였는데 그를 전혀 보살피지 않았다.

"엄마는 나보다 마약을 더 좋아했어. 난 알아. 코카인을 숭배했지. 난 혼자 컸어."

바로 거기서 나는 마음속으로 그와 내가 공유한 유사점들을 맞춰보기 시작했다. 그는 에이즈와 마약에 대해 알았고, 혼자 힘으로 성장했으며, 여전히 밝고 미래지향적이었다. 그는 무엇으로부터도, 누구로부터도 숨지 않았다. 바깥세상은 그에게 장애가 아니라 발판이었다. 나는 그 자리에서 그와 가까워지기로 결심했다. 카를로스는 자신의 강점을 이용하는 방법을 배웠고, 나도 그렇게 하고 싶었다. 하지만 나는 우리에게 얼마나 공통점이 많은지 그에게 말하기는 아직 이르다고 생각했다. 그렇게 공통점이 많다는 것이 자칫 일부러 꾸며낸 얘기처럼 들릴 수도 있었기 때문이다.

자신이 어떻게 가족을 상실하고 집 없는 떠돌이가 되었는지 이야기할 때, 그는 아주 극적인 표정을 하고 식당 창문 너머로 지나가는 군중을 응시했다.

"엄마는 나를 이 친척, 저 친척에게 맡겼고, 나는 학교가 끝나면 친구들의 집으로 가기 시작했어. 한동안 그렇게 시간이 지나니, 내가 어디에 있는지 더 이상 모르겠더라고. 그때 난 무엇보다 나 자신을 돌봐야 한다는 걸 깨달았어. 왜냐하면 사실 믿을 건 그것뿐이니까. 하지만 난 괜찮아. 감옥 샤워장에 있는 이성애자처럼, 난 누구도 믿지 않고, 알아서 내 궁둥이를 조심하지."

카를로스는 식사를 마칠 때까지 계속 엉뚱한 유머를 섞어가며 불운한 이야기들을 멋지게 엮어냈다. 그는 죽어가는 누군가에 대해 이야기하다가, 갑자기 과장된 표정을 지으며 그 주제를 농담으로 만들어 우리를 웃게 했다. 또한 입술로 호루라기나 경적 소리를 내서 다른 손님들을 깜짝 놀라게 하기도 했다. 나는 그들이 우리를 쳐다보는 것이 신경 쓰이지 않았다. 서맨사 때문에 관심을 끌었던 것과 마찬가지로, 그 시선은 내게 자신감을 주었다. 나는 카를로스에게서 남들이 알아보지 못하는 의외의 보물을 발견했다고 스스로에게 말했다. 입 벌리고 있는 구경꾼들은 엿이나 먹으라지. 문제가 있는 건 그자들이니까.

그는 브릭의 집까지 우리를 바래다줬는데, 그동안 질리도록 우스갯소리를 하면서 종종 멈춰 서 노래를 하고 춤을 추었다. 그는 종이봉투를 모자 모양으로 접어 머리 위에 쓰고, 눈을 사시로 만들고, 사람들을 또 멈춰 세워 거리를 걸을 때 좌우를 잘 살펴야 한다고 진지하게 조언하기도 했다. 그는 겁이 없었고, 그것은 마치 마법처럼 보였다.

*

그 뒤로 몇 주 동안 나는 지나치게 적극적인 느낌을 주지 않으면서 카를로스와 자연스럽게 친해지기 위해 최선을 다했다. 나는 브릭의 부엌에서 손가락으로 전화선을 꼬면서 몇 시간씩 그와 통화했다. 이것은 우리가 밤중에 동네를 산책하며 긴 대화에 빠져 보낸 시간에 비하면 아무것도 아니었다. 산책하는 동안 그는 가끔 내 손을 잡았다. 늦여름의 마지막 열기를 뚫고, 우리는 브롱크스의 가로등 불빛 아래에서 공원 도로를 서성이며 비밀을 나누고 서로에게 열중했다.

"리즈, 너에게 감사해야겠어." 어느 날 밤 브릭의 건물 앞에 멈춰 섰을 때, 카를로스가 검은 눈으로 내 눈을 뚫어지게 쳐다보며 말했다.

"뭐 때문에? 내가 뭘 했는데?" 나는 기대에 차서 물었다.

"일단, 넌 내가 지금까지 만난 애들과는 달라. 너에게는 무슨 말이건 할 수 있을 것 같은 기분이 들어. 난 널 믿어. 그거야, 리즈. 난 널 믿어. 그리고 그런 기분을 전에는 한 번도 느껴본 적이 없어." 나는 전신을 타고 흐르는 흥분을 감추기 위해 최선을 다했다. 그는 한 바퀴만 더 돌자고 제안했다. 알고 보니 그는 내게 꼭 할 말이 있었다. 그는 내 손을 꼭 잡고, 자신이 열여덟 살이 되면 받게 될, 아버지가 남긴 유산이 7000달러 있다고 고백하며 누구에게도 그 얘기를 하지 말라고 신신당부했다.

"밖에는 온통 뱀이 우글거려. 그래서 늘 풀을 바짝 깎고 매사에 조심해야 해, 토끼풀. 뱀이 저 멀리서 오는 걸 봐야 하니까." 그는 내가 아일랜드 계통이라는 사실을 알고 나를 토끼풀이라는 별명으로 불렀다. "특히 네가 가진 게 있다는 걸 사람들이 알 때는. 사람들은 어떻게 하면 그 돈을 손에 넣을 수 있을까 생각하기 시작하지. 사람들은 탐욕스러워. 하지만 너만은 믿어. 난 너와 모든 걸 함께 나누고 싶어."

"들어봐, 카를로스." 나에 대한 그의 언급을 무시한 채 내가 말했다. 나는 그가 마침내 거리를 벗어난다는 생각에 무척 흥분했다. "이건 네가 기다려왔던 거잖아. 마침내 집을 가질 수 있게 됐어." 나는 그의 손을 꼭 쥐고 미소 지었다. 그러나 그는 미소 짓지 않고 내 눈을 뚫어져라 쳐다보았다.

"토끼풀. 넌 내 얘길 안 들었나 봐. 난 너와 함께하고 싶어. 이건 우리에게 필요한 출발점이야." 나는 미소를 멈출 수 없었다. 흥분 때문에 온몸이 긴장되었다.

"난 그런 사람들과 달라. 그저 네가 행복했으면 좋겠어, 카를로스."

"날 행복하게 하는 건 너야. 그걸 의심하지 마."

우리가 서로 작별의 포옹을 나눌 때, 그는 갑자기 나를 어깨에 번쩍 들쳐 메고 마치 성벽을 부술 것처럼 건물 복도를 향해 돌진했다. 나는 새삼 그의 힘을 깨달았다. 나는 자지러지게 웃었다.

엘리베이터에 탄다는 것은 작별 인사를 뜻했기 때문에, 우리가 한 시간이나 뜸을 들이는 어려운 과제였다. 그 시간 동안 우리는 다음 날 언제 만날지 열심히 계획을 세웠다.

*

9월 내내 3일마다 계속된 결석 때문에, 8학년 엘리자베스 앤 머리의 부모 또는 보호자에게 교장실로 전화할 것을 알리는 통지서가 존 F. 케네디 고등학교에서 우편으로 도착했다. 나는 통지서를 중간에서 가로채기 위해 주기적으로 우편함을 뒤지러 나갔다. 통지서를 마치 색종이처럼 잘게 찢어 쓰레기 압축 투하장치에 넣었다. 그러나 하루는 난관에 부딪히고 말았다. 너무도 익숙한 아동복지국 표식이 있는 봉투를 발견한 것이다. 굵은 글씨로 써진 그 통지서는 브릭에게 나의 미래와 시설로 돌아가는 대안을 논의하기 위해 의무적 만남을 요구한다는 내용이었다. 나는 시설로 돌아갈 수 없었다. 절대로. 그러나 어떻게 학교에 가야 할지 알 수 없었다. 나는 어떻게 해야 할지 몰랐다.

친구들을 제외하면 나의 관심을 사로잡는 것이 거의 없었다. 학교에 가지 않아도 다 잘될 것처럼 보였다. 보비를 제외하면, 친구들 중 누구도 학교에 가지 않았다. 그리고 카를로스는 계속 그 돈에 대한 계획을 이야기했다. 베드퍼드 파크에 아파트를 사서 서맨사와 함께 살자는 것

266

이었다. 그리고 서맨사와 나는 다시 고등학교로 돌아가고, 우리 셋이 모두 일자리를 얻어 집세를 충당할 계획이었다.

그러므로 나는 아예 학교에 가지 않을 생각은 아니었다. 단지 학교에 가는 일이 그 순간의 나의 계획에 맞지 않았을 뿐이었다. 나는 곧 학교로 돌아갈 생각이었다. 또한 내가 엄마에게 표현하고 싶은 중요한 모든 것들을 엄마에게 곧 말할 생각이었다. 엄마가 무엇을 했건 엄마를 사랑한다는 사실을 엄마에게 알려주고 싶었다. 나는 엄마가 얼마나 열심히 노력하는지 알았다. 무엇보다 엄마가 걱정하지 않도록 엄마에게 알려야 했다. 나는 학교에 돌아갈 것이고, 괜찮을 거라고. 오늘은 아니지만, 당장은 아니지만, 늘 생각하고 있다고. 인생이 나를 급습한 듯 보였고, 내가 할 수 있는 일은 그냥 피하고 숨는 것밖에 없는 듯 느껴졌다. 지금은 아니야. 나중에. 나는 계속 스스로에게 이렇게 말했다.

물론 이런 회피는 점점 더 지속하기 어려워졌다. 아동복지국의 편지가 내가 인생에서 늑장을 부리고 있음을 상기시켜 주는 유일한 경고는 아니었다. 날마다 내가 집에 있을 때 정오가 되기도 전에 술에 취해 들어오는 엄마의 습관도 엄마 자신과 나를 난감하게 만들었다.

엄마는 몸에 구토물을 묻힌 채 매튼스 술집에서 비틀거리며 간신히 브릭의 집으로 돌아왔고, 가끔은 넘어져서 피를 묻히고 오기도 했다. 또 가끔은 낯선 사람들이 엄마를 데려와서는, 엄마를 데리러 나온 내 어린 얼굴을 보고 황당해했다.

의도한 바는 아니었지만, 그들은 가장 힘든 질문들을 했다. "아버지는 어디 계시니?" 어떤 사람들은 그것을 알고 싶어 했다. "여기서부터는 괜찮겠지?" 나는 어떻게 대답할지 몰랐다. 내가 할 수 있는 일이라고는 그저 엄마를 안으로 들이고 그들에게 감사 인사를 한 뒤 문을 닫는 것뿐이었다. 나머지는 나 혼자서 감당해야 할 일이었다. 나는 엄마를 데려다 씻겨야 했다. 한없이 약한 엄마를 벌거벗겨 따뜻한 욕조에 들어가게 하고 내 손으로 머리를 감겨야 했다. 엄마의 머리칼이 한 움큼씩 빠졌다. 때로는 엄마가 욕조에서 구토를 해서, 모든 과정을 처음부터 다시 시작해야 했다.

나는 그 집에서 다른 어느 공간보다 욕실에 더 익숙해졌다. 녹색으로 일정하게 칠해진 타일, 그리고 날마다 거기에 묻은 피와 오줌과 오물을 지우던 내 손과 욕실의 모든 것에 녹색으로 산란하던 전등 불빛. 엄마의 심장박동 속도가 점점 느려질 때, 창백한 피부에 녹색을 쏘아대던 그 불빛. 엄마가 앉을 때, 얕은 물속에서 접힌 한 무더기의 뼈처럼 보이는 엄마의 앙상한 몸뚱이. 나는 좁은 엄마의 등을 때수건으로 문지르며, 나의 튼실한 몸과 유연함과 젊음을 부끄러워했다. 엄마가 이토록 작아지고 약해지는데, 나만 이렇게 건강하다니 얼마나 불공평한가. 엄마의 몸속에서 유일하게 제대로 기능하고 있는 것은 혈류 속에서 부지런히 움직이며 엄마를 몰래 훔쳐가고 있는 바이러스뿐이었다. 그렇다. 엄마의 심장은 여전히 뛰고 있지만, 그것은 엄마를 살아 있게 하는 동시에 독을 퍼뜨려 엄마의 죽음을 재촉했다.

한꺼번에 해결해야 할 일이 너무 많을 때, 정신이 여러 구획으로 분산될 수 있다는 것이 놀라웠다. 엄마에게 끔찍한 문제가 있다는 사실을 잠시 잊었다가도, 이럴 땐 내가 무시하기로 한 것들이 가차없이 떠올랐다. 그러나 욕조에서 엄마를 일으켜 깨끗한 옷을 입히고 조심스레 방으로 들여보내고 나면, 언제나 다시 그 현실을 밖으로 밀어낼 길이 있었다. 그저 문을 조용히 닫고 다른 세계로 몰래 들어가기만 하면 됐다. 나를 좋아하는 친구들이 가득한 세상, 서맨사와 끝없는 모험을 즐길 수 있는 그곳으로. 그곳에서는 누구도 나를 괴롭히지 않았다. 우리는 함께 즐겼고, 온갖 책임들은 다른 사람들이 걱정할 것들이었다. 게

다가 우리는 작은 가족이었다. 그렇게 많은 사람들—특히 카를로스—
과 함께 있는데 내게 어떤 위험이 닥치건 무슨 걱정인가?

엄마가 병원 생활을 시작하기 전 주에, 나는 내가 얼마나 기뻐하고
있는지 발견했다. 카를로스를 만나기 전에는 주변에 리사 언니와 서맨
사와 보비가 있음에도 나는 늘 혼자 엄마를 돌보았다. 그들을 비난할
생각은 없다. 엄마가 술에 취해 집으로 돌아올 때면, 정말이지 눈 뜨고
봐주기도 힘들었다. 하물며 엄마를 만지고 부축하고 목욕시키고 옷을
입히는 일은 정말 힘들 것이다. 난 이해했다. 나는 내가 반복적으로 그
런 시련을 겪고 있을 때 소파에서 구경만 하고 있다는 이유로 서맨사
와 보비를 원망하지 않았다. 그렇기 때문에 카를로스가 그들과 똑같이
행동하지 않았을 때 나는 무척 감동을 받았다.

"어머니에게는 좀 더 많은 얘기를 들려줄 필요가 있어. 누가 어머니
에게 얘기를 하니?" 어느 날 우리 둘이 엄마를 침대에 눕힐 때 그가 물
었다. 거실에서 모두가 웃으며 대화하는 가운데 음악 소리가 울려 퍼
졌다. 나는 카를로스를 물러나게 하려 했다. 나 혼자 해결할 수 있다는
것을 보여주고 싶었다. 그러나 그는 훨씬 더 능숙했다. 엄마가 처음 들
어왔을 때, 그는 달려가서 엄마의 팔과 등을 붙잡아 부축했다. 마지못
한 것이 아닌 아주 다정한 부축이었다. 마치 그 질병의 추잡함을 넘어
엄마 자체, 즉 질병 뒤에 감춰진 사람을 본 것처럼.

"아주머니, 도움이 조금 필요해 보이시네요. 제가 리즈와 함께 도울
게요."

"넌 누…… 누구니?" 엄마가 울면서 더듬더듬 말했다.

"전 리즈를 아주 많이 사랑하는 사람, 아주머니를 만나뵙고 싶었던
사람이에요." 그가 엄마에게 말했다. 나는 어떻게 반응해야 할지 몰라,
바보처럼 그저 눈을 돌려버렸다. 그가 나를 사랑한다고? 그가 그렇게 말

한 걸까? 내가 엄마를 목욕시키는 내내, 그는 욕실 문 밖에서 꼼짝도 하지 않았다. "여기서부터는 내가 할 수 있어, 정말이야"라고 내가 아무리 주장해도, 그는 얇은 나무문 너머로 엄마에게 분명하게 말했다.

"아주머니, 리즈를 꼬맹이라고 부르신다면서요? 귀여운 애칭 같아요. 저는 리즈를 토끼풀이라고 불러요. 왜냐하면 리즈는 지금까지 내게 주어진 가장 큰 행운이거든요. 아주머니가 밤에 리즈의 침대 발치에 앉아 리즈에게 많은 얘기를 해주신 걸 알아요." 엄마의 지친 눈이 떠졌다. 욕실에 울리는 카를로스의 깊은 목소리를 들었을 때, 엄마의 눈에 눈물이 솟았다. "우리 엄마도 마약 문제가 있었어요. 아주머니가 리즈에게 해주신 것만큼만 엄마가 나를 보살펴줬으면 좋았을 거예요. 아주머니가 그렇게 돌봐주신 건 정말 대단하다고 생각해요. 저는 리즈가 아주머니를 사랑한다는 것도 알아요. 리즈는 어머니가 그렇게 오랫동안 코카인을 참은 걸 자랑스러워해요. 정말 대단한 발전이에요. 자부심을 가지실 만해요." 나는 따뜻한 욕조 물에 손을 넣어 엄마를 붙잡았다. 엄마는 다시 눈을 감고 희미하게 미소 지었다.

"나도 리즈를 사랑해. 리즈는 내 아가야." 엄마는 카를로스에게 조용히 말했지만, 그 소리를 들을 수 있는 사람은 나뿐이었을 것이다. 그 힘없는 목소리에 나는 눈물을 삼켰다. 엄마에게 오랫동안 그 말을 듣지 못했었다.

카를로스는 내 말을 귀담아 들었고, 내가 말한 모든 내용을 상세히 기억했다. 그는 엄마를 인간으로 보았고, 엄마에게 말을 걸었고, 엄마를 만졌고, 나를 도와 엄마를 돌봤다.

내가 엄마를 방에 들여보내고 나갈 준비를 하는데, 카를로스가 엄마의 침대 옆에 앉았다. 나는 문간에서 카를로스가 엄마의 손을 잡고 엄마가 잠들 때까지 위안의 말을 하는 모습을 지켜보며 깜짝 놀랐다. 방에서 나오기 전에 그는 몸을 숙여 엄마의 이불을 잘 덮어주었다. 그리고 아주 부드럽게 담요 자락을 잡고 엄마의 이마에 살짝 뽀뽀하고 얼굴에 붙은 머리를 어루만졌다.

"안녕히 주무세요. 이제 모든 게 잘될 거예요."

카를로스는 내 손을 잡고 시끄러운 TV 앞에 앉아 있는 서맨사와 보비를 지나쳐 부엌으로 갔다. 그는 나를 앉히고 내 앞에 섰다. 우리 둘뿐이었다. 그는 나를 사랑한다고 말했고, 지금은 우리 둘뿐이었다.

"나를 봐." 카를로스가 말했다. 그러나 나는 그럴 수 없었다. 그를 향해 자라나는 나의 희망과 애착, 그리고 엄마의 앞날에 대해 내가 느끼는 두려움을 그가 꿰뚫어 볼까 두려웠다.

"나를 봐." 그가 강인한 두 손으로 내 뺨을 잡고 내 눈을 응시하며 재촉했다.

"두려워하지 마, 리즈. 네가 이 역경을 헤쳐나가도록 내가 도울게."

나는 울기 시작했다.

"내가 널 도울 거야. 의심하지 마. 내가 여기 있잖아." 그가 엄지손가락으로 내 눈물을 닦으며 이마에 키스하고 뺨에 키스했다. 그리고 아주 부드럽게 천천히 입술에 키스했다. 나 역시 그에게 키스하며 짭짤한 소금 맛과 턱수염의 까칠까칠한 감촉을 느꼈고, 나를 꼭 붙들고 있는 그의 강인한 힘과 큰 체격을 느꼈다.

"나도 사랑해." 내가 몸을 빼고 그의 눈을 보며 말했다.

그이 손아귀에 힘이 들어갔다. "내가 여기 있어." 그가 내 머리를 자신의 가슴팍에 바짝 붙이며 말했다. 그의 따스한 온기가 느껴졌고, 나를 안심시키는 일정한 심장박동이 귓가에 들렸다.

*

내가 카를로스와 시간을 보내는 동안, 서맨사는 공원 도로 건너편에서 오스카라는 이름의 남자를 만났다. 그는 스무 살이었다. 그들이 첫 키스를 하고 며칠 뒤에 서맨사는 열네 살이 되었다.

"별것도 아니야. 오스카는 내가 나이에 비해 성숙하다고 했어. 그는 정말 나를 좋아해." 카를로스가 나를 바래다준 어느 날 밤, 그녀가 이층침대 밑에서 내게 말했다. 우리는 브릭의 비축 식량 중에서 오레오와 애플잭스를 꺼내 반으로 나눠 먹었다. "아무튼 우리는 지금 사귀고 있어. 게다가 그는 아주 섹시해." 그녀가 미소 지었다. 서맨사가 살면서 겪은 많은 일과 내게 말해준 내용을 고려할 때, 그녀가 조숙하다는 사실을 인정하지 않을 수 없었다.

"그래, 네가 조숙해 보이는 건 알겠는데, 그 남자는 너한테 조심하는 게 좋을걸." 내가 장난스럽게 위협했다.

"애, 넌 아무것도 몰라." 서맨사가 내게 살짝 윙크하며 대답했다.

그날 밤 어둠 속에 누워서 서맨사는 내가 항상 품어온 성에 관한 궁금증에 대해 교육을 시켰다.

"음, 브릭과 엄마가 그걸 해. 나도 그건 알아. 엄마가 술집에서 돌아와서 브릭에게 돈을 요구하기 시작해. '브릭, 5달러만 줄 수 있어? 딱 5달러만?' 처음에는 안 된다고 하지만 조금 뒤에 침대 스프링이 삐걱대는 소리가 들려. 그리고 좀 있다가 부스럭거리는 지폐 소리가 들리지. 내가 아는 다음 상황은 엄마가 밖에 나가는 거야. 아마 그것 때문에 섹스를 하고 싶은 기분이 안 드는 것 같아. 왠지 추잡한 짓일 것 같고."

"리즈, 그렇지 않아. 내 말은, 물론 음란한 게 사실이지만, 섹스는 정말이지 놀라워." 나는 서맨사가 자신과 오스카가 어떻게 서로의 몸을

272

함께 나누는지, 신체의 어느 부위에 어떤 특정한 움직임이 적용될 때 자기도 모르게 몸을 흔들고 땀을 흘리게 되는지, 그리고 그것이 어떻게 사랑으로 이어지는 '짜릿한 황홀경'을 느끼게 하는지 설명하는 것을 주의해서 들었다.

서맨사 위쪽의 침대에 누워, 나는 온몸에 힘을 완전히 빼고 그녀가 말한 '짜릿한 황홀경'을 흉내 내려 했다. 사랑이라는 부분이 가장 혼란스러웠다.

그녀가 말할 때 나는 그녀의 경험을 보다 분명하게 느껴보려고 눈을 감았지만, 그 장면은 수많은 별들이 총총 구멍을 뚫어놓은 밤하늘 아래서 해리스 필드의 풀밭에 누워 있는 카를로스와 나의 그림과 겹쳐졌다. 서맨사가 묘사한 부드러운 교류는 거기에 적절해 보이지 않았다. 아무리 노력해도 내 몸을 사랑의 표현과 연결시키기는 너무 어려웠다. 서맨사가 말하는 동안 나는 그 심상 속에 머물며 오스카를 카를로스에, 서맨사를 나에 대입시켜 모든 것을 재현하려 했지만, 계속해서 초점을 잃었다.

*

내가 떠난 뒤 다시 돌아가지 못할 걸 알았더라면, 밤이슬을 막아줄 지붕 밑으로 다시 돌아가지 못하게 될 줄 알았더라면, 그래도 떠났을지 나는 확신할 수 없다. 자신에 대한 책임이 전적으로 자신에게 있음을 알게 되는 것. 따지고 보면 그것이 아동기와 성년기를 진정으로 가르는 기준이 아닐까? 그렇다면 나의 아동기는 열다섯 살에 끝이 났다.

"이게 뭐야? 대체 너희들 뭘 하고 있는 거야? 여긴 보호시설이 아니야. 자, 나가! 어서!"

나는 그 이후로 브릭이 어떻게 서맨사의 은신처를 알게 되었는지 늘 궁금했다. 그날 밤 우리의 웃음소리 때문에? 아니면 리사 언니의 고자질? 서맨사와 나는 밤늦게까지 대화를 나누며 계속 언니의 단잠을 깨웠지만, 침묵의 대가로 단 한 번도 언니의 빨래를 대신 해주지 않았다. 거기에 언니가 앙심을 품은 것일까? 그렇지 않다면, 브릭이 어떻게 알아냈을까?

"여긴 내 집이야." 브릭이 우리에게 소리쳤다. 그는 손가락 사이에 담배를 끼우고 침대를 가리기 위해 걸어놓은 시트를 들어 올려 서맨사의 은신처를 훤히 드러냈다. 브릭의 육중한 몸이 눈앞에 위협적으로 나타났다. 나는 일어나 앉아 서맨사와 브릭 사이에 장벽을 만들었다. 서맨사는 구석에서 몸을 동그랗게 말고 앉았다. 시각은 거의 새벽 3시였고, 밤은 벽에 위협적인 그림자를 만들었다. 브릭이 그중 하나였다. 그가 침대 앞에 서서 우리를 내려다보면서 헐떡이며 말할 때 우리는 아무 말도 하지 않았다. "일어나. 그리고 너도 네 갈 길을 가." 그가 내 눈을 똑바로 보며 말했다. "어서 나가!" 그가 분노로 팔을 흔들며 서맨사에게 말했다. 그러고는 희미한 말보로 연기의 흔적을 남긴 채 방으로 들어가 문을 쿵 닫았다. 그가 침실 불을 켜고 엄마에게 불평하면서 방 안을 쿵쿵 돌아다니는 소리가 들렸다.

만일 아동복지국에서 편지가 오지 않았다면, 나는 내가 하려는 행동에 대해 더 신중하게 고려했을 것이다. 그러나 나의 행동이 순전히 충동이었다고 말한다면, 그것은 스스로에게 하는 거짓말이다. 사실 브릭에게 들키기 한참 전부터 나는 때 이른 독립을 고민하며 조금씩 거리를 향해 다가가고 있었다.

나중에 서맨사와 나는 그래도 카를로스가 있을 때 들키지 않은 게 어디냐며 스스로를 위안했다. 서맨사와 카를로스는 L자형 이층침대 밑에서 내 왼쪽으로 머리를 빼고 함께 누워서 잤었다. 만일 카를로스와 브릭이 마주쳤다면 어떻게 되었을지 누가 알겠는가?

돌이켜 생각해보면, 우리의 작전이 오래 유지된 것 자체가 믿기 힘든 일이었다. 1년이 훨씬 넘도록 나는 밤마다 서맨사를 숨겨줬고, 내 음식의 절반을 나눠주고 내 담요를 덮어주고 브릭이 일하러 나가면 10분 뒤에 서맨사를 내보냈다. 카를로스까지 브릭의 집에서 재워준 건 발각되길 재촉하는 거나 다름없었다. 우리의 운을 시험해보려는 건 아니었지만, 그가 친구 집에서 쫓겨났는데 모른 척할 수 없었다. 카를로스는 우리에게 새로운 삶의 방식에 눈뜨게 해주었다.

"너희는 집에서 나와야 해. 일단 내가 유산만 받으면 원하는 대로 살 수 있어." 그는 우리가 주인이 되는 삶에 대해, 누구도 우리에게 고함치거나 명령에 따르도록 강요하지 않는 우리만의 공간을 갖는 것에 대해 이야기해주었다. 몇 주 뒤, 우리는 카펫 색깔을 결정했고 앞으로 키울 사냥개를 위해 케이티라는 이름도 지었다. 우리 셋은 메이시 백화점에 가서 싸구려 가족사진을 찍어 우리가 얻게 될 아파트 벽에 걸어놓을 계획이었다. 우린 카를로스를 밖에서 재울 수 없었다. 그는 우리의 미래였다. 그리고 그 둘이 매일 침대 밑에서 자지는 않았다. 우리는 그보다 훨씬 더 독창적이었다.

우리는 종종 브릭의 아파트 건물 맨 위층의 층계참을 이용했다. 해야 할 일은 이불과 공책과 땅콩버터 샌드위치를 가지고 올라가는 것뿐이었다. 그러면 그날 밤을 보낼 준비가 끝났다. 우리는 서로를 베개 삼아 얇은 이불 위에 대자로 누웠다. 마치 한가로운 짐승의 새끼들처럼, 서로를 베고, 함께 호흡하고 서로의 온기에 기대어 잠을 잤다. 어느 날 밤 서맨사가 바지를 내리고 아래층 층계참에서 오줌을 누지 않았다면, 우리는 복도에서 쫓겨나지 않았을 것이다.

그래도 여전히 갈 곳이 있었다. 예를 들어 보비의 집 같은 곳이었다. 보비는 어머니가 잠자리에 들면 우리를 몰래 집으로 들였다. 우리 셋은 그의 매트리스를 함께 쓰며 밤새 영화를 보고 도리토스와 파운드케이크를 먹었다. 아니면 피에프의 집도 있었다. 우리가 각자 소파 하나씩을 차지하고 있으면 집에서 키우는 흰담비가 우리 주변의 쓰레기봉투들을 뒤지고 다녔다.

브릭이 들이닥친 뒤, 짧은 순간 동안 서맨사도 나도 어둠 속에서 아무 말도 하지 않았다.

"망을 봐. 내 물건을 챙겨야겠어." 서맨사가 내 앞을 지나가며 거칠게 말했다. 그녀는 코를 훌쩍이면서 물건들을 이리저리 부딪치며 미친 듯 짐을 쌌다.

누워서 서맨사가 짐을 싸는 소리와 옆 방에서 브릭이 고함을 지르는 소리를 들으며, 나는 치열하게 생각했다. 나는 평생 동안 스스로를 돌보며 살았다. 내가 지금 당장 서맨사와 함께 떠난다 해도 달라질 것이 무엇일까? 내가 나가지 못할 이유가 무엇인가? 브릭의 집이 정말로 내게 큰 의미가 있는 곳일까? 아니면 내가 최근에 떠돌다가 잠시 머물렀던 정거장들 중 하나일 뿐인가? 그곳은 처음부터 집처럼 느껴지지 않았다. 나는 아동복지국에서 보낸 편지를 생각했다. 나를 시설로 되돌려 보내는 문제를 논의하기 위한 의무적인 만남. 편지에는 그렇게 써 있었다. 나는 절대 시설로 돌아가지 않을 작정이었다. 그 생각이 내 한계를 넘게 했다. 내가 이 집에 남는다면, 저들이 나를 다시 시설로 데려가기까지 얼마나 걸릴까? 이 한 가지 생각과 세인트 앤의 집에 대한 기억이면 나의 향방을 결정하기에 족했다. 나를 사람으로 대접해주지 않는 그런 곳으로 돌아가느니 차라리 스스로 생계를 꾸리는 편이 나았다. 나는 생존에 능했다. 나는 할 수 있었다.

276

게다가 서맨사를 혼자 내보내고 내가 무엇을 한단 말인가? 카를로스는 생존자였고, 서맨사도 그랬다. 우리 모두 그랬다. 그는 자신이 수년 동안 해온 대로 어떻게든 살아가는 방법을 가르쳐줄 수 있었다. 그리고 가장 중요한 것은 우리에게는 서로가 있다는 사실이었다. 여기에는 우리를 위해 남은 것이 없었다. 답은 간단했다. 그래, 떠나는 거야!

"서맨사, 기다려." 그녀가 일기장과 속옷과 옷을 담은 파란색 작은 가방의 지퍼를 닫을 때, 나는 그녀에게 달려가며 말했다. "나도 갈래. 거기서 기다려." 그녀가 눈에 눈물을 머금고 나를 보았다. 벽장은 마치 함정이 가득한 미로 같았다. 일기장을 남겨둔다면 옷을 더 넣어 갈 수 있었다. 옷을 남겨두면 사진첩과 머리빗과 여벌 운동화를 챙겨 갈 수 있었다. 지금 가져가지 않으면, 나중에 그 물건을 다시 보게 되리라고 누가 장담할 수 있을까. 그때 나도 울고 말았다. 혼란스러움과 또 한 차례의 변화, 그리고 브릭이 엄마에게 소리칠 때 느꼈던 긴박감 때문에. 내가 어떻게 엄마를 남겨두고 떠날 수 있겠는가? 그러나 어떻게 그곳에 머물 수 있겠는가? 그럴 수 없었다. 더 이상은. 나는 울면서 옷가지와 칫솔과 일기장과 양말 몇 벌을 미친 듯이 가방에 쑤셔 넣었다.

"그 사람이 오기 전에 어서 나가자. 다시는 보고 싶지 않아." 서맨사가 손가락으로 초조하게 문을 가리키며 나를 재촉했다.

"알았어. 하나만 더 챙기고. 조금만 기다려." 나는 벽장 맨 위칸에 닿기 위해 의자를 가져갔다. 그곳에 엄마의 NA 주화와 10대 때 거리에서 생활하던 엄마의 흑백사진을 숨겨놓았다. 나는 일기장을 펴서 사진을 조심스럽게 끼우고는 이렇게 말했다.

"이제 갈 수 있어. 어서 가자."

———————— 7장 ————————

밤을
깨트리는 날들

나는 평생 이것—물건을 가지고 다니는 일—을 연습해왔다.
우리가 아무리 지쳤건,
남들이 우리의 상황을 어떻게 바라보건,
나는 매일 아침 태양이 떠오를 때까지
어둠을 피하며, 그저 밤을 깨뜨리고 있을 뿐이었다.
그리고 아침이 되면
나는 다시금 시작할 수 있는 준비가 되었다.

베드퍼드 파크 대로에서 뻗어 나온 넓은 길들로 나뉜, 도무지 끝날 것 같지 않은 나무와 벤치가 즐비한 모숄루 파크웨이. 밤이 되면 그곳은 초자연적인 느낌이다. 중간에 있는 가장 넓은 풀밭은 마법이 펼쳐지는 완벽한 중심지였다. 플란넬 셔츠를 담요 삼아 덮고 온기를 느끼기 위해 서로 바싹 붙어 몸을 동그랗게 말고 앉아, 서맨사와 나는 나뭇잎이 속삭이듯 바람에 춤을 추는 소리와 가끔씩 자동차들이 아주 가까이에서 쏜살같이 지나치는 소리를 들었다. 차들이 지나칠 때마다 머리칼이 펄럭이다가 내려앉았다.

"이 새벽에 다들 어디로 가는 걸까?" 서맨사가 궁금하다는 듯 큰 소리로 말했다.

"아마 대부분의 사람들이 이렇게 늦은 시간에 가장 많이 가는 곳이겠지…… 집 말이야." 내가 말했다.

그곳에 누워 진한 땅 냄새를 맡고 있으려니, 우리 위에 있는 모든 것이 비현실적으로 보였다. 캄캄한 밤에 빛을 발하고 있는 쓸쓸한 공동 주택들과 공원 벤치들, 백조의 목처럼 생긴 가로등, 저 멀리 뉴욕 식물원. 땅에서 보면 도무지 현실감 있게 느껴지지 않았다. 머리 위로 솟아오른 비행기 한 대는 그야말로 절정이었다.

"저거 봐!" 내가 하늘에 대고 소리쳤지만, 밤은 울림도 없이 내 목소리를 삼켜버렸다.

"우!" 서맨사가 똑같은 효과를 시험하며 소리쳤다. 제트기 엔진의 굉음이 갑자기 아주 신나게 들렸다.

"왠지 궁금해지네. 땅에 있는 게 누구지? 그들이야, 우리야?" 내가 웃었다.

"우리가 땅에 떨어지면 어떡해?" 서맨사가 아랫입술을 깨물고 짐짓 무섭다는 듯한 표정을 지으며 말했다.

"버클을 채우는 게 좋겠어." 검은색과 회색이 섞인 플란넬 셔츠를 우리 머리 위로 덮으며, 내가 소리쳤다. 우리는 모험에 고무되어 아드레날린을 뿜어내며 깔깔댔다.

*

우리가 서로 엉킨 채 잠에서 깨었을 때, 짙은 색 플란넬 셔츠 솔기 사이로 따스한 햇살이 스며들었다. 먼저 밖을 내다본 사람은 나였다. 아직 새벽이었다. "잘 잤어?" 내가 서맨사의 머리에서 나뭇잎을 떼어내며 말했다.

우리는 오랫동안 거기 앉아 있었다. 햇살이 부서지며 지붕 위에 금빛을 드리웠고, 새들은 나무에서 날개를 퍼덕이며 노래했다.

"우리가 해냈어." 내가 차가운 아침 공기를 한 모금 들이마시며 말했다.

"그래." 서맨사가 거들었다. "어쩌면 생각한 것만큼 어렵지 않을지도 몰라."

"나한테 생각이 있어." 나는 일어나서 몸을 털어낸 뒤 서맨사에게 손을 내밀며 말했다.

*

몇 블록 떨어진 보비의 집 앞에서, 우리는 주차된 차들 뒤에 쭈그리고 앉아 보비의 어머니가 일하러 가기를 기다렸다.

"7시가 조금 넘으면 나갈 거야." 내가 서맨사에게 말했다. "그때까지 여기서 기다리자."

집집마다 문이 활짝 열리고 사람들이 상쾌한 아침 속으로 걸어 나와 각자 일터로 향했다. 깔끔한 헤어스타일에 파스텔톤 블라우스와 검정 바지를 입고, 하이힐을 신은 여자들이 또각거리며 오르막길로 멀어졌다. 가족들이 아이들을 문 앞에서 배웅하며 손으로 학교 쪽을 가리켰다. 깔끔하게 면도를 하고 머리를 감고, 워크맨을 들며 지하철을 향해 우르르 몰려가는 사람들. 유니버시티 애비뉴와는 사뭇 다른 풍경이었다. 유니버시티 애비뉴에서는 이른 아침에 나다니는 사람이 별로 없었고, 그나마 있는 사람들은 지난밤부터 술과 마약을 함께한 사람들뿐이었다.

"저기 온다." 서맨사가 몸을 숨기며 말했다. 보비의 어머니 폴라가 생각에 빠진 모습으로 집을 나섰다. 그녀는 시간을 확인하며 자동차로 가서 담배에 불을 붙인 뒤 출발했다. 그녀가 떠나자마자, 보비네 1층 창문 안쪽에서 요란하게 울리는 빠른 비트의 음악이 들렸다.

우리는 안으로 들어가 냉장고를 뒤져 지난밤에 먹다 남은 은박지에 싼 포크찹과 밥을 먹었다. 서맨사와 나는 탄산음료도 나눠 마셨다.

"엄마가 세 시 반에 오시니까 그 직전에 나가면 돼." 보비가 학교에 가면서 우리에게 말했다. 나는 그를 꼭 끌어안았다.

"고마워, 보비." 내가 속삭였다. "정말 고마워."

그의 아파트는 길가의 정거장, 다시 길을 떠나기 전에 재충전을 하는 곳이 되었다.

"지금 제일 필요한 건 샤워야." 서맨사가 말했다.

"전적으로 동감이야." 내가 혐오스럽다는 듯 얼굴을 잔뜩 찌푸린 채 손사래를 치며 말했다. "냄새가 지독해."

물소리를 들으며 나는 서맨사가 몇 주 전에 내게 준 노트를 넘겨 보았다. 엄마의 사진을 지나치고 서맨사가 복도나 이층침대 밑에서 쓴 시를 지나쳐, 새 페이지를 펼쳤다.

안녕 일기장.

서맨사와 나는 자유야. 우리가 정말 그 일을 시도하고 있어. 오늘 우리는 카를로스를 만날 거야. 그는 우리가 마침내 집에서 나온 걸 대견해할 거야. 지금은 너무 흥분돼서 더 이상 못 쓰겠어. ―리즈

샤워를 마친 뒤, 나는 선반에서 폴라 아줌마의 화이트레인 탈취제를 꺼내 겨드랑이에 뿌린 뒤 조심스럽게 원래 자리에 되돌려놓았다. 내가 머리를 묶는 동안 서맨사는 거울 앞에 서서 폴라 아주머니의 아이라이너로 눈 화장을 했다. 화장을 마쳤을 때, 우리는 동작을 멈췄다. 거울 속 축 늘어진 우리의 모습이, 우리를 멍하니 응시하고 있었다. 우리는 지쳐 보였다.

서맨사가 공들여 눈 화장을 한 얼굴을 찌푸리며 까만 펜슬을 폴라 아주머니의 화장 가방에 던져 넣었다.

"안 하는 게 더 낫다." 내가 말했다.

"난 우리 가족에 대해 생각해왔어." 그녀가 말했다.

"무슨 뜻이야?"

"모르겠어." 서맨사가 대답하고는, 수납장을 열고 폴라 아주머니의 장신구들을 뒤져 가위를 꺼냈다. 그녀가 짜증이 났다는 걸 알 수 있었다. 서맨사는 가족 얘기를 할 때마다 이런 모습을 보였다. 그녀의 기분 변화는 나를 불안하게 했다.

"뭘 하려는 거야?" 내가 물었다.

"머리를 짧게 자르면 괜찮아 보일까?" 그녀가 물었다.

"서맨사, 정말 그렇게 하고 싶어?" 나는 더 이상 서맨사를 짜증나게 하지 않으려 조심스레 물었다.

"아빠는 늘 내 긴 머리를 좋아했어…… 아빠가 이 머리를 싫어하면 좋겠어." 그녀는 하나로 묶은 숱진 머리를 높이 들어 올려 감은 머리 네 곳에 크게 가위집을 냈다. "어차피 캘리포니아는 더워." 그녀가 나머지 머리를 잘라내며 말했다. "얼마 전부터 이렇게 할 생각이었어. 오늘이 적절한 때로 보여."

나는 손으로 입을 가리고 웃기 시작했다. "미쳤어!" 내가 소리쳤다. 그녀는 자신이 잘라낸 커다란 머리칼 뭉텅이를 내게 건넸다.

여진히 모비의 샴푸 향과 촉촉함이 남은 서맨사의 부드러운 머리칼을 손에 쥐었을 때, 재미있으면서 한편으로는 슬프게 느껴졌다.

"반짝반짝해질 때까지 계속 자를 거야." 서맨사가 웃음을 지으며 말했다.

"어떻게 해도 예뻐."

그녀가 조그맣게 투덜거리며 혀를 날름 뺐다. 나는 웃으며 그녀의 가느다란 허리에 팔을 감았다.

"어쨌든 나름 멋져. 엄청난 배짱이 필요한 일이잖아." 나는 폴라 아주머니의 수납장에서 면도기를 찾아 서맨사가 작업을 마치도록 도와주었다. 서맨사의 머리에서 유일하게 남은 머리카락은 앞머리 두 가닥뿐이었다. 우리는 폴라 아줌마가 흔적을 찾을 수 없도록 세면대와 타일 사이에서 서맨사의 머리칼을 청소하는 데 아주 긴 시간을 보냈다.

*

계획은 단순했다. 우리의 무리 곁에 머무는 것이었다. 우리가 말한 것처럼 하나의 대가족. 어쩌면 우리가 지금까지 만난 유일한 가족인지도 몰랐다. 부모님이 일하러 나가면 몰래 들어가 즐기고 쉬고 다시 시작하는 것이다. "그냥 해내면 돼, 꼬마야." 카를로스가 자신의 돈이 나올 때까지 거리에서 우리 곁을 지켜주겠다고 약속하며 말했다.

"자유를 즐겨. 이 상황이 너에게 도움이 되게 만들라고."

끝없는 도보. 내 발은 평생 그 어느 때보다 나를 더 많이 끌고 다녔다. 그리니치빌리지의 번화가는 밤 문화로 화려하게 빛났다. 괴짜들, 불량배들, 광적인 종교인들, 여장남자, 뉴욕대학 학생들이 인도를 메우고 있었다. 거리의 아이들이 8번로, 워싱턴 스퀘어파크, 세인트 마크스 플레이스에 널려 있었다. 그들은 우리와 똑같은 얼굴로 우리를 쳐다보았다. 모호크 족처럼 머리를 깎고 귀걸이와 문신을 한 우리의 모습. 미쳤거나 도망쳤거나 마약을 했거나 아니면 단지 배고픈 아이들. 굶주림. 어떤 날은 한밤중에 위산 때문에 속이 쓰리고 타들어가는 것 같았다. 굶주림은 내가 어렸을 때 비가 오나 눈이 오나 늘 찾아오던 손님이었다. 속을 콕콕 찌르고 쥐어짜며 먹을 것을 요구했고, 당시 우리에게 가장 큰 골칫거리였다.

"사람들을 구슬려야 해." 서맨사와 내가 다음번 식사를 어디서 해결해야 할지 걱정할 때 카를로스가 단호하게 말했다. "밖에는 우리를 위한 음식이 충분히 있어. 단지 우리가 거기에 손을 대느냐 대지 않느냐가 문제지. 돈이 생길 때까지 정신 바싹 차려야 해." 그가 진지한 얼굴로 눈썹을 올리며 말했다. "난 오랫동안 이렇게 생활했어. 그냥 기운을 북돋으려는 말이라고 생각 마."

카를로스는 자신의 설교를 실천했다. 나는 브롱크스와 맨해튼 거리에 여러 번 가봤고, 그리니치빌리지와 86번로, 포덤 로드, 베드퍼드 파크 같은 몇몇 장소에는 자주 갔었다. 그러나 카를로스와 함께 가보니 마치 전에 그곳들을 한 번도 본 적이 없는 기분이었다.

나는 사회적 규범과 지침들이 실제로는 아무 의미도 없음을 알게 되었다. 카를로스는 식당에 들어가서 감언이설과 설득으로 돈 한 푼 내지 않고 따뜻한 식사와 음료를 가지고 나왔다. 낯선 사람들이 자기도 모르게 기꺼이 지갑을 열어 도와주려 했다.

"내가 우는 소리 하는 거 봤지? 그게 통한다니까. 그 사람들도 너희와 나처럼 똑같은 사람일 뿐이야. 자, 봐. 만일 너희가 일을 하고 있는데 누군가 배가 고프다고 하면, 그들에게 먹을 것을 주지 않겠어? 그게 바로 구슬리는 거야."

카를로스는 어딜 가나 사람들을 설득했고, 가는 곳마다 항상 아는 사람이 있었다. 그와 함께 걷는다는 것은 몇 분마다 누군가 때문에 멈춰서야 함을 뜻했다. 브로드웨이에서 우연히 만나 그를 포옹하고 우리에게 먹을 것을 준 핫도그 파는 남자, 브로드웨이에서 전단지를 돌리는 자메이카 남자. 그러나 여자들 때문에 멈췄을 때는 나는 과연 이 구슬림의 한계가 어디까지인지 의문이 생기기 시작했다.

카를로스와 나는 그날 브릭의 부엌에서 사실상 연인이 되었지만, 그는 워싱턴 스퀘어 파크의 가리발디 입상 앞에서 나에게 정식으로 프러포즈해서 공식화했다. 우리가 웨스트 4번로에 있는 식당에 앉아 있을 때 천둥소리가 들리며, 갑자기 비가 심하게 쏟아졌다. 그는 내 손을 잡고 웃으며 뛰어나가서 가리발디 입상 앞으로 갔다. 그리고 커다란 비닐봉지를 우리 머리 위로 덮고, 그 황량한 공원, 쏟아지는 빗속에서 소리쳤다. "내 여자가 되어줘!" 빗물이 얼굴에 흘러내렸고, 우리는 비닐봉지 아래서 키스했다. 그는 강인한 팔로 나를 꼭 끌어안았다.

그러나 우리가 고양이 발톱 같은 손톱과 커다란 고리 귀걸이를 한 온갖 연령대와 온갖 체형과 온갖 인종의 여자들을 마주쳤을 때, 그녀들은 그에게 '안녕' 하고 인사하며 고양이처럼 가르랑거렸다. 어떤 여자들은 카를로스를 호세나 디에고 따위의 다른 이름으로 부르기도 했다. 그럴 때면 그가 갑자기 내 손을 놓았다. 그녀들의 미모와 그가 우리를 소개시키는지의 여부 사이에는 직접적인 상관관계가 있었다. 그가 여자들에게 인사하는 동안 서맨사와 나는 옆으로 비켜나 있는 법을 배웠다. 그리고 어떤 여자가 나를 쏘아보며 눈동자를 굴리는 순간도 자주 있었다. 몇 명은 대담하게 내게 미소 지으며 손까지 흔들었다. 가끔 카를로스는 그들의 전화번호를 받기도 했다.

"누구야?" 나는 최대한 심문하는 투로 말하지 않으려 애썼다. 그들은 항상 사촌이거나 이웃이거나 친구의 애인이었다.

"내 친구의 여자인데, 정말 마음씨가 좋아." "혹시 저녁이나 얻어먹을 수 있는지 확인해봐야지. 방금 전화번호를 주고 갔어." 그의 설명은 언제나 내가 뚫을 수 없는 단단한 콘크리트 벽이었다. 내가 집착할수록 나만 이상한 사람이 될 것 같았다. 그냥 흘려보내는 게 나았다. 나는 그가 나를 좋아한다는 것을 확신했다. 게다가 우리에게는 집중해야 할 다른 문제들이 있었다. 이를테면 서맨사와 내가 새로 찾은 '자유'를 스스로 운용해나가는 법을 배우는 것이었다.

카를로스는 우리의 전술에 정교함이 필요하다고 말했다. 우리는 워싱턴 스퀘어 파크 근처 뉴욕대학 기숙사 앞 길모퉁이에서 잔돈을 구걸했다. 여차하면 카를로스가 서점에서 나와 돕기로 했지만, 그는 우리가 여자이기 때문에 일단 자기 없이 우리끼리 하는 편이 더 효과적일 거라고 안심시켰다. 그는 근처에서 우리를 지켜보기로 했다.

사람들은 마치 우리가 실재하지 않는 것처럼 우리 곁을 쏜살같이 지나쳐 갔다. 밀물과 썰물처럼 휙휙 오가는 사람들의 얼굴은 꿈속에 얼룩져 나타났다. 나는 말했다. "그냥 사람들에게 얻을 수 있는 걸 얻어내고 그들을 잊어버려." 나는 카를로스의 자신감을 빌려 서맨사를 교육시켰다. 그러나 사실 서맨사에게 하는 말이라기보다 나 자신에게 하는 말이었다. "창피할 게 없어. 그들도 그냥 사람이야."

그들은 그냥 사람이었지만, 우리는 그냥 사람이 아닌 모양이었다. 어떤 사람에게 직접 말을 걸었을 때 흘겨보는 것 이상의 반응을 끌어내지 못한다면, 우리는 눈에 보이지 않는 상상 속 인물이 아니겠는가. 어떤 이들은 가던 길을 잠시 멈추고 코네티컷으로 돌아가라거나 일자리를 찾으라는 식의 충고를 했다. 그리고 미소를 띠고 지나가면서 동전을 떨어뜨려 주는 친절한 사람들도 있었다. 그들은 식당에서 우리가 식사를 한 수 있도록 후원해주는 천사들이었다. 우리는 식당에서 1달러를 최대한 활용하는 방법을 배웠다.

가끔은 안전한 피난처가 있었다.

43번가에 있는 공공도서관은, 우리가 긴 밤을 보낸 뒤 보비의 매트리스 다음으로 즐겨 찾는 장소가 되었다. 도서관 밖에서 보초를 서고 있는 사자 석상과 그 옆에 있는 쌍둥이 사자. 나란히 줄지어 늘어선 구리로 된 독서 램프, 풍부한 꽃무늬를 정교하게 새긴 천장. 빅토리아 시대 스타일의 사실적인 나신들이 곧 움직일 것처럼 우리를 내려다보았다. 카를로스는 책상 하나를 차지하고 서맨사에게 그림 그리는 법을 가르쳤다. 나는 책꽂이 선반들 사이에서 넋을 잃었다.

유니버시티 애비뉴에 살 때 아빠의 책들을 읽었던 것처럼, 몇 시간 동안 셀로판 용지로 감싼 하드커버 책들을 읽을 수 있었다. "난 잘 지내." 바로 전날 밤 나는 아빠의 보호소에서 불과 몇 블록 떨어진 곳의 공중전화에서 이렇게 말했다. "친구들하고 지내고 있고, 학교도 아주 좋아." 나는 아빠가 브릭의 집에 전화하지 않기를 바라면서 아빠를 안심시켰다. 난 아빠를 생각나게 하는 책들을 대출하여 책가방 앞주머니에 일기장과 함께 넣어두고 어딘가에 앉기만 하면 번갈아가며 읽었다. 열차 안에서, 복도에서, 친구네 아파트의 조용한 구석에서.

우리의 여행이 모험보다 마라톤에 가깝게 느껴지기 시작할 때, 친구들의 아파트는 안전한 피난처였다. 걷는 것도 휴식이 필요해지기 전까지만 가능했고, 친구들과 함께 있으면 우리의 여정도 중단되었다. 우리 그룹의 다른 쪽 친구들과 그들의 친구들이 기꺼이 우리를 도와주려 했다. 보비와 피에프, 제이미, 다이안, 마이어스, 조시. 친구들 덕분에 우리는 아침이면 어디로 가야 할지 알 수 있었다. 결정은 그 주에 우리가 누구네 집에서 자주 신세를 졌는가, 누구네 부모님이 마지막으로 식료품을 사왔는가의 문제일 뿐이었다. 그래야 부모님에게 들키지 않을 수 있으니까.

그러나 궁한 상황에서는 친구의 아파트나 우정도 스트레스가 되었다. 나의 방문 목적이 90프로는 뭔가가 필요해서고 10프로는 그저 함께 있으려는 것일 때, 내가 가장 소중하게 여기는 우정조차 시험에 들었다. 보비가 정말 우리와 함께 있고 싶어 하느냐는 나의 걱정거리 중 가장 작은 것에 속했다. 우리로 인해 보비의 사생활이 침해당하고, 바닥난 식료품 때문에 그가 혼나게 되지 않을지, 폴라 아주머니가 우리가 자고 간 흔적을 발견하게 되지 않을지 긴장된다는 것이 더 큰 문제였다.

"토끼풀, 들어봐. 너무 고민하지 마. 친구들이 그런 상황이면 너도 그렇게 해줄 거잖아. 안 그래?" 카를로스가 나를 설득했다. "너한테 지금 다른 선택의 여지가 없잖아. 네 상황은 친구들에 비해 엉망진창이고."

그렇지만 서로의 처지를 비교하는 건 쉽지 않은 일이다. 그건 이렇게도 생각할 수 있고, 저렇게도 생각할 수 있는 문제였다. 그렇다. 따뜻한 잠자리를 누리고 찬장만 열면 언제든 먹을 것을 찾을 수 있는 마이어스와 보비에 비하면, 우리가 그렇게 많은 것을 요구하지는 않는다고 생각할 수도 있을 테다. 그런데 우리 상황이 정말 그렇게 나쁘기만 했을까?

우리는 사진틀이나 전자 부품, 옷가방과 같은 비참한 물건들을 가득 채운 쇼핑 카트를 밀고 다니는 노숙자들과는 달랐다. 그들과 비교하면 우리는 운이 좋았다.

우리는 아직 젊었다. 그리고 나는 알았다. 우리가 어디에서 잠을 자건, 북쪽으로 향하는 지하철 D선의 꾸준한 흔들림 속에 머리를 기대거나 별빛 아래서 공원 도로 벤치의 단단한 판자에 엎드려 눈을 감고 있을 때, 내가 간직해야 할 것은 나의 가족과 집이라는 개념뿐이다. 그리고 내가 가지고 다녀야 할 짐은 베드퍼드 파크에 도착해 서맨사의 따뜻하고 뚱한 목소리를 듣기 전부터 항상 가지고 다녔던, 이제는 익숙해서 가볍게 느껴지는 단출한 보따리뿐이라는 사실을. 나는 평생 이

것—물건을 가지고 다니는 일—을 연습해왔다. 우리가 아무리 지쳤건, 남들이 우리의 상황을 어떻게 바라보건, 나는 매일 아침 태양이 떠오를 때까지 어둠을 피하며, 그저 밤을 깨뜨리고 있을 뿐이었다.* 그리고 아침이 되면 나는 다시금 시작할 수 있는 준비가 되었다.

*

나는 피에프의 집에서 열여섯 살을 맞았다. 우리 그룹이 돈을 조금씩 걷어 카벨 아이스크림 케이크를 사줬다. 그들은 벌써 녹고 있는 케이크를 가지고 들어왔다. 케이크 촛불이 어두운 아파트 안에서 카를로스와 서맨사와 내가 자고 있는 매트리스를 비추었다. 나는 잠이 덜 깬 상태에서, 그 더러운 매트리스를 유니버시티 애비뉴에 있는 부모님의 구멍 난 매트리스와 혼동했다. 모두가 노래하는 동안, 나는 유니버시티 애비뉴로 돌아가 엄마에게 말을 걸었다. 누군가 내 얼굴에 아이스크림을 문대서 나를 다시 현실로 돌려놓았다. 카를로스가 내 얼굴에서 아이스크림을 핥아먹는 동안, 박수 소리가 들렸다. 그러나 엄마와 아빠와 리사 언니가 없으니 모든 것이 잘못된 것처럼 느껴졌다. 가족도 함께 있는 상태에서 축하를 받아야 하는 게 아닐까? 나는 욕실에서 샤워기를 틀고 더러운 바닥에 주저앉아 멍하니 벽을 응시했다.

*

가을이 될 무렵, 서맨사와 나는 일주일에 서너 번씩 카를로스가 없

---

* breaking night, 속어로 해가 뜰 때까지 뜬눈으로 밤을 지새운다는 뜻.

는 상태에서 잠에서 깨어났다. 친구네 집에서 잔 날은 카를로스가 어디에 가는지, 언제 돌아올지 전언을 남겼지만, 건물 맨 위층 층계참에서 잔 날은 기대할 수 있는 것이라곤 쪽지뿐이었다. 서맨사와 나는 아침 내내 길거리에 앉아서, 또는 서맨사가 보비의 집에서 샤워를 하는 동안 쪽지를 들고 욕실 바닥에 앉아서, 암호를 해독하며 보냈다. 그것은 일상이 되어갔다.

안녕 토끼풀,
잠시 나갔다 와야겠어. 오늘 할머니 생신이야. 할머니께 뭔가 근사한 걸 선물해드리고 싶어. 인도 오일이나 전등갓 한 쌍 같은 걸로 말이야. 브릭의 집이나 보비의 집 꼭대기 층계참에 있어. 혹시 여의치 않으면, 네가 어딜 가건 내가 찾아낼게.

언제나 하나뿐인 내 사랑

너의 남편
카를로스 마르카노

"정말 할머니에게 간 거라고 생각해?"
"모르겠어, 리즈. 카를로스를 어떻게 알겠어?" 서맨사가 말했다. 그녀가 폴라 아주머니의 일회용 면두기로 조심스럽게 다리를 밀었다. 그녀의 풍만한 가슴이 늘어졌다. 팔다리가 마치 나무젓가락 같았고, 머리는 너무 짧아서 젖은 것처럼 보이지도 않는 잔털들로 덮여 있었다.
"서맨사, 너 살 빠졌다." 내가 말했다.
"난 먹는 게 좋아. 단지 종종 먹을 걸 구하지 못할 뿐이야. 너야말로 잘 먹는 걸 본 적이 없는 것 같은데." 그녀가 킬킬거리며 말했다.

카를로스의 쪽지를 내리고 나는 거울 앞에 섰다. 불과 두 달 전에 서맨사가 머리를 깎았던 바로 그곳에. 눈을 가늘게 뜨고 거울에 비친 내 모습을 보았다. 살이 빠진 몸과 창백한 얼굴, 지쳐 보이는 초록색 눈을. 그때 순간적으로 나를 응시하는 엄마를 보고 깜짝 놀랐다. 아프고 지친 엄마가 눈을 깜빡이며 왜 이번 달에는 병원에 한 번밖에 오지 않았는지, 그리고 언제 학교로 돌아갈 것인지 궁금해하고 있었다.

"카를로스에게 숨 쉴 틈이 필요하다면 그렇게 해줘야겠지." 나는 엄마의 모습을 마음속에서 몰아내려 애쓰며 서맨사에게 말했다.

"그래. 하지만 네가 왜 걱정하는지 알아. 넌 걱정할 만한 충분한 이유가 있어. 나도 걱정이 되는걸. 가끔 카를로스가 없다면 우리가 어떻게 이 생활을 해낼지 모르겠다는 생각이 들 때가 있어." 그녀가 걱정스러운 눈으로 나를 보며 말했다. "우리가 정착할 때까지 잠시 기다리며 밖에서 지내는 건 가능해. 하지만 이런 생활이 영영 끝나지 않는다고 생각하면 참아낼 수 없을 거야."

"우린 괜찮을 거야, 서맨사." 나는 그녀를 안심시키려 할 뿐이었다.

그것은 합당한 두려움이었다. 카를로스가 떠날 때마다, 우리는 그가 다시 돌아올 것인지 고민해야 했다. 삶이란 한순간에 바뀔 수 있다는 사실을, 서맨사와 마찬가지로 나도 알고 있었다. 부모가 바이러스에 감염되고, 퇴거 명령이 떨어지고, 사랑에 빠지고, 부모가 아이들을 포기했다. 안정은 환상이었다. 카를로스 역시 인생에 비슷한 구멍들이 있었다. 서맨사도 그랬다. 카를로스와 서맨사가 없다면, 내가 잘해 낼 수 있을지 확신할 수 없었다. 나는 카를로스와 서맨사를 꼭 잡고 최대한 바싹 붙어 있을 셈이었다.

"그가 없으면 우리가 어떻게 할 수 있을지, 나도 모르겠어." 마침내 나는 말했다. 나는 그 생각을 하면 무서워졌다. 그리고 입 밖에 내니 훨씬 더 사실적으로 다가왔다.

*

　핼러윈 데이 밤이 되었을 무렵, 우리 사이에 꾹꾹 억눌러왔던 암묵적인 긴장이 폭발했다. 집 없이 지내는 생활은 점점 더 어려워졌고, 아마도 우리 모두 그것을 느꼈을 것이다. 가장 기본적인 필요가 충족되지 않았을 때 그 긴장이 사람을 어떻게 미치게 만드는지, 그것이 나를 얼마나 초조하게 만드는지 핼러윈 데이까지는 깨닫지 못했다. 그날 나는 카를로스의 미친 짓에 동참하여 긴장감을 어느 정도 분출하기로 작정했다.

　"해피 핼러윈…… 히피 할라와나!" 베드퍼드 파크를 따라 걸어갈 때, 나는 카를로스의 뒤에서 나 자신도 깜짝 놀랄 만큼 큰 소리로 외쳤다. 내가 시작하자 서맨사도 동참했다. "해피 페투치니!" 몇 블록을 걸으며 목이 아플 때까지 밤하늘에 대고 소리를 지르며, 도랑 속에 쌓인 붉은색과 노란색 낙엽들을 쳐올렸다. 그리고 갑자기 카를로스처럼 물건들을 집어던지고 차가운 시멘트 바닥에 유리병을 깨부수고, 그를 도와 쓰레기통을 뒤집기 시작했다. 우리는 함께 분노를 토해냈다. 오래 걸어서 너무 피곤했고, 정신이 혼미했으며, 집에서 자고 있는 사람들에게 분노와 격분까지 느꼈다. 감정을 분출하면 할수록, 기분은 나아졌다. 카를로스는 그 모습에 미소를 지으며 우리에게 유리병을 건네주며 부추겼다.

　우리 셋은 역겹게 소리를 지르고 딱딱한 사탕을 사방으로 던지며 몇 시간 동안 걸었다. 친구들의 집 앞으로 지나간 건 무의식중에 그들을 깨우려는 심술이 발동했기 때문일 것이다. 우리가 가까이 다가간 순간 이미 잠이 깬 보비가 TV 리모컨을 손에 든 채 창밖으로 머리를 내밀고 있었다. 귀까지 자란 머리가 달빛에 반짝였다.

"웬일이야?" 그가 우리 셋을 내려다보며 태연하게 물었다. 우리가 뭐라고 말할 수 있겠는가. 우리가 좀 피곤해. 이 짓도 지겹네. 오늘 밤도 너희 집 바닥에서 잘 수 있을까?

"히피 할라와나!" 그러나 서맨사의 입에서 나온 말은 이것이 전부였다. 그 귀여운 외침에 보비가 웃었다. 창문에서 보비 옆으로 여자 머리가 튀어나왔다. 우리 그룹에 속한 몇 안 되는 여자들 중 하나인 다이안이었다.

"안녕, 애들아." 그녀가 말했다. 지나치게 쾌활한 목소리에 은근히 짜증이 났다. 그녀는 얼굴을 돌려 보비의 뺨에 살짝 뽀뽀를 했다. 두 사람이 함께 있으니 좋아 보였다. 건강하고 편안하고 쾌활하고. 나는 다이안이 보비의 베개를 베고 그의 품에서 편안하게 잠자는 모습을 상상했다. 카를로스가 내 옆에 섰다. 나는 그의 얼굴에서 거뭇거뭇한 수염과 수면 부족으로 빨갛게 충혈된 눈을 보았다. "가자, 토끼풀." 그가 말했다. 나는 그를 따라 콩코스까지 갔다.

해가 뜰 무렵, 우리는 누군가 말리려고 창문 밖에 널어놓은 담요 한 장을 훔쳤다. 그리고 베드퍼드 파크 D선 전철역 매표소의 온기에 기대어 노숙을 했다. 마침 러시아워여서 교통이 혼잡했다. 사람들이 교통 카드로 끝없이 삑삑 소리를 내는 바람에 편히 쉴 수가 없었다. 서맨사와 나는 온기를 찾아 담요를 잡아당기며 바싹 달라붙었다. 담요는 아직도 조금 축축했고, 마음을 진정시켜주는 섬유 유연제 냄새가 났다. 카를로스는 목적 없이 역 근처를 돌아다니며 큰 소리로 방송하듯 떠들어댔다.

"초록색 코트를 입은 저 여자는 가라테를 할 줄 알아." 카를로스는 벽보를 뜯어서 깔때기처럼 말아 만든 확성기를 통해 말했다. 여자는 카를로스 쪽으로 짜증스러운 시선을 한 번 날렸다. 그러나 대부분 그를 무시하고 지나갔다. "저 매표소 안의 남자는 디스코를 추지." 그는 계속해서 말했다. 목소리가 희미해지며 저 멀리서 힘없이 윙윙대는 소리가 될 때까지.

꿈속에서 엄마가 굶어 죽어가고 있었다. 간호사와 의사가 엄마의 침상 주변을 에워싸고 있었지만, 아무런 도움도 줄 수 없었다. 근처에 김이 모락모락 나는 음식을 담은 밀폐용기가 놓인 쟁반이 있었다. 엄마는 음식 냄새를 맡고 조용히 그것을 갈망하며 흐느꼈지만 내가 먹여줘야만 먹으려 했다. 엄마는 나를 기다리는 동안 마치 건포도처럼 온몸에서 수분이 빠져나가고 눈이 움푹 꺼졌다. 나는 어쩔 줄 몰라 미친 듯병원 복도를 걸었지만, 너무 지치고 기운이 빠져서 계단을 오를 수 없었다. 마침내 기진맥진해서 엄마의 병실에 도착했을 때, 붉은빛과 금빛나뭇잎만이 엄마의 침대를 채우고 있었다.

꿈에서 깨어나 보니, 서맨사가 내 옆구리를 쿡쿡 찌르고 있었다.

카를로스는 사라지고 없었다.

*

카를로스가 마지막으로 시라진 뒤 처음 이틀 동안 서맨사와 나는 보비의 집에서 잤다. 그의 작은 방에 있는 매트리스에만 붙어서 최대한 없는 듯 지내려 노력했다. 우리는 눈에 띄지 않기 위해 사용한 접시를 닦고 덮고 잔 담요를 갰다. 욕실 사용은 어쩔 수 없었지만, 가급적 함께 최대한 빨리 사용하려고 최선을 다했다. 적어도 음식 소비만큼은 의지

력의 문제였으므로 아주 절실하게 필요할 때까지는 되도록 자제했다. 보비는 우리를 보는 걸 좋아했고, 우리가 존재를 숨기기 위해 노력하고 있다는 사실을 거의 눈치채지 못했다. 나는 다행이라고 생각했다.

나는 텔레비전 불빛 아래에서 일기장을 뒤적이며 카를로스의 편지들을 연구했다.

너의 남편. 그는 늘 이렇게 서명했다. 나는 그 이튿째 밤에 서맨사의 옆에 몸을 웅크리고 누워, 애초에 그를 만나지 않았으면 좋았을 거라고 생각했다.

*

우리는 카를로스 없이 맞은 세 번째 밤을 브롱크스 과학 고등학교 입구 위에 붙은 아주 작은 옥상에서 보냈다. 밤이면 섬뜩해 보이기까지 하는 황량한 클린턴 고등학교 축구장의 넓은 땅덩이가 우리를 둘러싸고 있었다. 하늘은 회색빛으로 일렁였고, 바람은 섬뜩한 울부짖음과 함께 세차게 우리를 때리며 지나갔다. 우리는 딱딱한 바닥에 등을 대고 감자칩을 게걸스럽게 먹은 뒤, 돌처럼 꼼짝도 하지 않고 잠을 잤다. 그날 밤 우리는 세상에 둘뿐이었다.

정처 없이 걷고 밤새 전철을 타고 친구네 집에서 잘 수 있는지 탐색하며 보낸 지 5일째 되던 날, 우리는 지칠 대로 지쳤다. 서맨사는 집단 시설에 들어갈 생각까지 했다. 너무 배가 고파서 더 이상 농담을 할 수 없을 때 나온 얘기였다. 심야 근무 시간에 화장실에서 씻기 위해 토니네 식당으로 걸어 들어갈 때, 음식 냄새를 맡는 것은 너무도 감당하기 힘들었다. 우리는 이른 새벽 시간에 흔히 볼 수 있는 클럽족들을 지나쳐 걸었다. 그들은 밤의 마법이 풀려서 조금 넋이 나간 것처럼 보였다.

여자들은 화장이 뭉개지고 브래지어 끈을 드러낸 채 장식용 금속조각이 달린 드레스를 입고 앉아 있었고, 남자들은 무아지경에 빠져 여자들에게 바짝 몸을 붙이고 손으로 온갖 데를 더듬었다. 남녀들은 함께 칸막이 좌석을 차지하고 해시브라운과 달걀, 그리고 오렌지 주스로 아침을 먹고 있었다. 그 모습에 나는 비명을 지르고 싶었다. "내 몸에서 사슴 냄새가 나." 서맨사가 화장실에서 말했다. "모르겠어, 리즈." 그녀가 세면대에서 팬티를 북북 문지르며 말을 이었다. "넌 세인트 앤의 집이 최악이라고 말했지만, 그 말을 믿기 힘들어졌어."

나는 생리 중이었다. 생리대가 없어서 이번에도 꼼꼼히 접은 휴지로 대신했다.

"어떤 일이 생겨도 상관없어. 다시는 그런 감옥에 갇히지 않을 거야, 서맨사."

"하지만 난 온통 음식과 잠 생각뿐이야. 최소한 생각은 해봐야 해."

대신 우리는 가게를 털었다.

몇 시간 뒤에 C타운 마트가 문을 열었을 때, 우리는 손님으로 가장해 들어갔다. 재빠른 손놀림으로 시원하고 매콤하고 달콤하고 버석거리는 것들을 가방 속에 넣었다. 잔뜩 긴장해서 허둥지둥 자동문을 빠져나온 우리는 아무에게도 쫓기지 않고 인근 초등학교의 운동장까지 도망쳤다. 정글짐 위에 앉아 포장을 뜯어 빵과 치즈와 칠면조를 입에 쑤셔 넣었다. 허겁지겁 먹다 사레가 들렸고, 우리는 웃으며 오렌지 주스를 마셨다.

*

그날 밤 나는 보비의 건물 층계참에 서맨사와 함께 누워서 내가 선택할 수 있는 것들에 대해 생각했다. 처음에는 브릭의 집으로 돌아갈까 생각했지만, 곧 그 선택지를 부정했다. 돔비아 씨가 내가 계속 결석을 하면 다시 시설에 넣겠다고 협박했는데 나는 지난 몇 년간 학교에 가지 않았다. 절대로 시설로 돌아갈 수는 없었다. 그러나 길거리 생활 역시 대안이 될 수 없기는 마찬가지였다. 다시 슈퍼마켓에서 물건을 포장하는 일을 하려 했지만, 지난 몇 년간 아동노동법이 전보다 엄격해졌다. 이제 포장을 하는 사람은 20~30대 남자들로, 주로 슈퍼마켓이 정식으로 고용한 이민자들이었다. 주유소로 말할 것 같으면, 나는 이제 나이를 먹을 만큼 먹었기 때문에 자칫 체포당할 수도 있는 일을 하는 게 두려웠다. 그래서 이 방법도 제외였다. 뭘 해야 할지 정말 알 수 없었다. 나는 충동적으로 공중전화로 가서 리사 언니가 받기를 기대하며 브릭의 집으로 전화를 걸었다. 처음에는 브릭이 전화를 받아서 그냥 끊었다. 그리고 몇 시간 뒤 다시 걸었을 때는 언니가 받았다.

"언니, 잘 있었어?" 내가 말했다.

"리지? 너 대체 어디야?" 언니의 목소리에서 혐오감과 분노가 묻어났다. 언니의 공격적인 태도에 전화를 건 것이 후회스러워졌다.

"공중전화야. 언니, 들어봐. 언니가 브릭에게 서맨사에 대해 말했어? 언니야? 그냥 알고 싶을 뿐이야." 나는 언니에게 그 일을 따지기로 작정했다.

"아니야, 리지."

"정말 아니야?"

"정말 아니야."

나는 언니를 믿었다. "좋아…… 요즘 정말 미치겠어."

"집으로 돌아와, 리지."

말도 안 돼. 나는 생각했다.

"리지?"

나는 아무 대답도 하지 않았다. 어색한 침묵이 흘렀다. 나는 나를 판단하려는 언니에게 부담을 느꼈다.

"엄마는 어때?" 내가 마침내 침묵을 깨고 물었다.

이제 아무 말도 하지 않는 사람은 언니 쪽이었다. 언니가 너무 오랫동안 침묵했기 때문에, 전화가 끊어진 게 아닐까 생각했다. "엄마를 보러 와야 해." 마침내 언니가 대답했다. "얼마 남지 않았어. 어서 엄마를 봐야 해.

*

다음 날 밤, 나는 토니에게 가서 프렌치프라이 한 접시만 달라고 부탁했다. 접시가 도착하기를 간절히 기다리고 있는데 갑자기 카를로스가 걸어 들어왔다. 나는 그를 발견했을 때 체온이 상승하는 것을 느꼈다. 그에게 어디에 갔었는지, 왜 사라졌는지 물어야 할지, 아니면 그냥 넘어가야 할지 알 수 없었다.

"맙소사, 말도 안 돼." 서맨사가 푸념하듯 말했다.

그가 다가올 때 나는 일어나서 그를 붙잡으려 했다. 카를로스 없이 지낸 나날들은 내가 그의 포옹을 얼마나 그리워하는지 일깨워주었다. 안도감이 원망을 몰아냈다. 그러나 내가 손을 뻗자, 그는 한 손을 들어 내기 물러나도록 했다.

"아가씨들." 그가 부드럽게 말했다. 그리고 바로 그때, 고무밴드로 묶인 두꺼운 100달러짜리 지폐 뭉치가 쿵 소리와 함께 테이블 중앙에 떨어지는 것을 보았다. 그제야 나는 카를로스가 머리를 새로 깎은 것과 새 국방색 군용 작업복을 입고 있는 걸 알아차렸다. 서맨사는 돈을 보고 자신도 모르게 새된 소리를 질렀다.

"이게 다 얼마야?" 몇백 달러 이상의 돈을 구경해본 적이 없는 내가 말했다.

"햄버거를 사기에는 충분하지." 그가 윙크했다. 토니가 프렌치프라이를 가져왔지만, 접시를 테이블에 올려놓기 전에 카를로스가 손가락을 우아하게 튕겨서 물렸다. 토니는 돈을 보고 속았다는 표정으로 나를 보았다.

"돈이 엄청 많군(Tienes mucho dinero)." 토니가 숨을 헉 들이쉬었다.

"맞아, 친구. 그러니까 잘해봐, 알았지?" 카를로스는 계속 토니에게 말하면서도, 눈으로는 우리를 보며 미소 지었다. "우린 춤추는 치킨을 먹을 거야. 엉덩이를 흔드는 새우도…… 그리고 음…… 초콜릿 케이크도. 토끼풀 스타일로. 슬라이스도 빼먹지 말라고." 토니는 혼란스러운 듯했지만 공손하게 주문을 받아 적었다. 그가 걸어갈 때 카를로스는 휘파람을 불어 그를 다시 불러 세웠다. "저 테이블은 내가 계산하지." 그가 턱으로 사람들이 앉은 한 테이블을 가리키고, 손가락으로는 다른 테이블을 가리키면서 말했다.

"알아 모십죠." 토니가 어깨를 으쓱했다.

그 모든 음식을 생각만 해도 군침이 돌았다. 테이블에서 돈뭉치가 나를 노려보고 있었다. 서맨사와 나는 애타는 마음으로 미소를 지으며 말없이 앉아 기다렸다. 우리의 분노는 스쳐가는 꿈의 잔해만큼이나 모호해졌다. 그 순간 내게 사실적으로 느껴지는 것은 서맨사와 카를로스, 그리고 내가 상상할 수 있는 가장 큰 축제뿐이었다. 내가 새우를 씹어 먹을 때 카를로스가 내 볼에 쪽 하고 키스를 했다.

"사랑해, 토끼풀." 그가 속삭였다.

새우 맛이 그의 말과 불안하게 뒤섞였다.

8장

"
더 일찍 오지
못해서
미안해……
"

나는 택시를 타고 베드퍼드로 달렸다.
눈물로 뿌옇게 된 시야 속에서 세계가 정신없이 돌았다.
택시를 타고 가는 내내 카를로스는
내 얼굴을 응시하며 무릎을 쓰다듬고 말을 걸었다.
그러나 나는 더 이상 멀어질 수 없을 만큼 그에게서 멀리 있었다.
그 순간 내게 중요한 것은 엄마와 리사 언니와 아빠뿐이었다.
상실감의 무게가 내 마음에서
다른 사소한 모든 것들을 몰아냈다.

우리는 메이저 디건 고속도로 11번 출구 바로 옆에 있는 한 모텔에 숙박 수속을 하고 그곳에서 일생 최고의 샤워를 했다. 나는 온수를 틀고 살이 빨갛게 되도록 지지다시피 했다. 카를로스가 새로 산 휴대용 CD 플레이어에서 R. 켈리의 「I Believe I Can Fly」가 흘러나왔다. 옷은 너무 더럽고 때가 찌들어 다시 입을 수 없었다. 나는 터번처럼 수건을 머리에 두르고 방으로 들어갔다.

방 안은 놀랍도록 추웠다. 바람에 젖은 머리는 싸늘해지고 팔과 다리에 소름이 돋았다.

"히터 켜졌어?" 내가 서맨사에게 물었다. 서맨시는 이미 담요로 몸을 돌돌 말고 퀸사이즈 침대 중 하나에 누워 있었다.

"아니." 그녀가 대답했다. "하지만 이불 밑으로 들어가면 한결 나을 거야." 그녀가 눈으로 다른 침대를 가리켰다.

발에 밟히는 복슬복슬한 모래 빛깔 카펫이 안도감을 주었다. 나무

패널을 댄 벽은 이전 숙박객들이 긁어서 남긴 낙서투성이였다. 매캐한 담배연기 냄새가 공기에 배어 있었고, 휴대할 수 있는 물건들은 죄다 주변에 떨어져 있었다. 테이블 위에는 오만가지 물건들이 마치 흩어진 카드처럼 널려 있었다. 그해 첫눈이 창문을 살포시 두드렸다.

유리창 밖에서 카를로스가 휴대전화로 누군가와 통화하고 있었다. 새로운 장소만큼이나 낯선 풍경이었다. 그의 머리 위에 쌓여 있는 눈송이를 보며, 내가 샤워를 하는 내내 통화를 하고 있었나 싶어서 기분이 불편해졌다. 밖에서 조그맣게 들리는 그의 웃음은 마치 거리에서 여자를 만나 시시덕거리는 것처럼 들렸다. 그것이 어쩐지 기만적으로 느껴졌고, 모텔 안에 있는 모든 것들이 낯설어졌다. 나는 서맨사를 보았다. 그녀는 오는 길에 사온 맥도날드 치즈버거를 우적우적 씹어 먹고 있었다. 나는 불안했지만, 서맨사가 안전하게 두꺼운 담요를 덮고 음식을 먹는 모습을 보니 기분이 좋았다. 우리는 최근에 너무 많이 걸었기 때문에, 어디라도 쉴 곳이 필요했다.

"서맨사."

"알아. 그러니까 말도 꺼내지 마." 그녀가 말했다. "어쨌든 카를로스가 돌아왔잖아. 그걸로 됐어."

"서맨사." 나는 그녀 앞으로 걸어가며 말했다. "우린 신중할 필요가 있어." 나는 카를로스가 여전히 통화에 열중하고 있는지 확인하기 위해 밖을 보았다. "우린 아파트를 구하기 시작해야 해. 집이 필요해. 그런 다음 일자리도 구하고 내년에 다닐 고등학교도 알아봐야지. 하지만 그건 어디까지나 정착한 후에 가능해."

"알아." 그녀가 말했다. "집이 있으면 정말 좋을 거야."

"그래. 무엇보다 그걸 해결해야 해. 넌 몰라. 이 모든 게 흔들리는 기분이야."

카를로스가 방 안으로 들어와 머리에서 눈을 털고는, 만화 주인공처럼 눈을 크게 뜨고 숨을 내뱉었다.

"부르르. 밖에 있다가 젖꼭지가 얼어붙을 뻔했네." 그가 팔에서 눈을 털어내며 말했다. 그러나 우리는 즐거워 보이기에는 너무 조용했다.

"무슨 일이야, 아가씨들?" 그가 과장되게 어리둥절한 표정으로 방 안을 둘러보았다. 잠시 내가 상황을 너무 심각하게 받아들이는 게 아닌가 하는 걱정이 들었지만, 결국 나는 입을 열었다.

"아무것도 아니야…… 그냥, 이제 네가 유산도 받았으니, 우리가 아파트를 구해야 하는 게 아닌가 싶어서. 넌 한동안 사라졌었고, 우린 너무 놀랐어. 그리고 우린 더 이상 놀랄 여유가 없어."

그는 스스로를 억제하려는 듯 가만히 서서 정신을 가다듬었다. 그 모습을 보니 내가 주제넘은 말을 한 듯한 기분이 들었다.

"토끼풀, 아까 말한 것처럼 나는 머릿속을 정리할 필요가 있었어. 아빠의 돈을 가져오는 건 쉽지 않은 일이었고, 그래서 나 혼자 한 거야. 그리고 돌아오지 않을 생각은 없었다고."

"그래, 나도 알아, 카를로스." 나는 거짓말을 했다. 날카롭게 날이 선 그의 목소리에 맞설 엄두가 나지 않았다. 게다가 나 자신이 그를 이해하지 못하는 사람들의 범주에 들어서고 있는 걸 느꼈다. 그가 어디에 있었는지, 그 돈이 정말로 유산인지 같은 질문들 때문에 그를 잃게 될까 봐 두려웠다.

"네가 날 믿는다면 그렇게 행동해. 나에 대한 신뢰를 보여달란 말이야." 그가 날카롭게 말했다.

나는 움직일 수도 말을 할 수도 없었다. 서맨사는 어떤 지시를 기다리는 것처럼 나를 빤히 쳐다보았다. 카를로스는 시선을 내게서 서맨사에게로 옮겼다가, 눈을 가늘게 뜨고 장난스러운 미소를 띠며 다시 나를 보았다. 그는 침대에서 베개를 천천히 들어 서부영화의 결투 장면에 나오는 테마 음악을 휘파람으로 불며 분위기를 전환했다. 서맨사가 미소를 지으며 장난스럽게 슬금슬금 피해서 나만 심각한 사람으로 만들어버렸다. 카를로스는 올가미를 던지듯 머리 위로 베개를 흔들었다. 내심 느껴지는 불안감에도 불구하고, 나는 한 발짝 뒤로 물러나 킬킬거렸다. 어떻게 안 그럴 수 있겠는가? 그는 우스꽝스러워 보였다.

"이봐, 우린 아파트를 구할 거야." 그가 베개로 내 어깨를 때리며 말했다. 그리고 재빨리 침대 위에서 서맨사의 발목을 잡아 끌어당긴 뒤 그녀도 베개로 때렸다. "멍청이들아." 그가 앵돌아진 아이 같은 목소리로 소리치며 건성으로 베개를 휘둘렀다. "이 부랑아들, 너희가 나를 믿지 않았겠다." 서맨사는 손톱으로 매트리스를 꽉 움켜쥐고 미친 듯 비명을 질렀다. 나는 베개를 집어 들고 있는 힘껏 그를 후려쳤다. 움직이는 돌덩이 같은 그의 강한 몸에 타격을 주려 해봐야 헛수고라는 사실을 알았다. 그리고 때릴 때마다 억눌렸던 분노가 분출되는 것을 느꼈다. 우리는 서툴게 서로를 공격하다가, 땀에 젖은 몸으로 깔깔 웃으며 한데 엉켜 냄새나는 카펫 위로 쓰러졌다. 카를로스가 먼저 일어났다. 서맨사와 나는 숨을 쉬려고 헐떡이며 셔츠를 바로잡고 화장대로 걸어가는 카를로스를 보았다. 그는 제일 큰 서랍을 열었다.

"자, 이걸 봐." 그가 말했다.

그가 눈썹에서 땀을 닦아내며 두꺼운 신문을 우리에게 던졌다. 광고면이 펼쳐진 《뉴욕포스트》였다.

"이게 뭐야?" 내가 물었다.

"간 고기와 더블 페퍼로니 도미노 피자." 그가 말했다. "광고란이야, 토끼풀. 또 뭐가 있을까? 우리가 새 출발을 할 집을 표시해뒀어."

나는 신문을 눈까지 들어 검은 펜으로 밑줄이 쳐진 부동산란을 보았다. 그 옆에 카를로스의 글씨로 전화번호 몇 개가 적혀 있었고, 그중 하나에는 동그라미가 쳐져 있었다.

갑자기 카를로스를 믿지 않았던 것에 대한 후회가 홍수처럼 밀려왔다. 나는 그의 눈을 통해 나 자신을 보았다. 내가 얼마나 이기적으로 보일지 느낄 수 있었다. 그것은 그의 죽은 아버지 돈이었다. 그리고 나는 너무 빈곤해서, 그 없이는 살 수 없다는 이유로 그에게 아픔을 주었다. 나는 너무 미안한 마음이 들어서 사과하기로 결심했다.

"카를로스." 내가 일어나며 입을 열었다. 그러나 그는 손을 들어 나를 제지했다.

"들어봐." 그가 서맨사에게서 나에게로 시선을 돌리고 미소를 지으며 말했다. "오늘 밤은 잊어버려. 오늘은 너희를 데리고 나가서 최고의 티셔츠와 청바지를 사주겠어."

우리는 택시를 타고 시내로 향했다. 카를로스가 보지 않으면 믿을 수 없을 거라고 말한 신비의 장소로. 택시비로 30달러나 지불하는 건 한 번도 본 적이 없었다. 카를로스는 앞자리에 앉아 스페인어로 운전사와 농담을 주고받으면서 라디오 채널을 돌렸다. 채널 돌리기를 멈췄을 때, 폭시 브라운의 「Gotta Get You Home」이 요란하게 울렸다. 카를로스는 마치 앞에 보이지 않는 턴테이블이 있는 것처럼 레코드를 스크래치하는 시늉을 했다. 서맨사와 나는 쿵쾅거리는 음악에 맞춰 앉은 자세에서 몸을 위아래로 들썩였다. 열린 창문을 통해 불어오는 바람에 머리가 날렸다. 우리는 기쁨에 거위 웃었다. 하늘은 어두워져 짙은 남색으로 변했다. 나는 창문 밖으로 얼굴을 조금 빼고 차가운 늦가을의 냄새와 폭풍우 직전 공기를 채우는 상쾌한 습기를 들이마셨다. 아기를 유아용 카시트에 앉히고 평범한 10대를 태운 볼보가 쏜살같이 옆으로 지나갔다. 그들의 평범한 삶이 우리의 비정상적인 상태를 두드러지게 했다.

우리는 부적응자 집단이었다. 우리만의 대안적인 삶을 함께 개척하는 야생의 젊은이들이었다. 그 모험은 무섭기도 하지만 짜릿하기도 했다. 그리고 그 차이는 전적으로 카를로스가 어디로 가느냐, 그가 약속을 지키느냐에 달려 있었다.

그 신비의 장소란 차이나타운 모트 거리에 있는 자그맣고 낡은 딤섬 식당이었다. 카를로스는 웨이트리스—그가 이름으로 부른—에게 바로 앞에 있는 특정 자리를 우리를 위해 치워달라고 주문했다. 그의 지시에 따라 웨이트리스는 메뉴판을 가져오지 않았다. 카를로스는 모든 메뉴를 외우고 있었고, 테이블을 가득 채울 만큼 음식을 주문했다. 그는 설명 대신 윙크를 했다. 우리는 묻는 대신 웃었다.

나는 그곳에 앉아 있는 동안 다시 한번 카를로스에게 매료되었다. 그날 밤 전체가 비현실적일 만큼 멋졌다. 화려한 차이나타운의 불빛이 바깥의 젖은 아스팔트를 비추었던 것. 그가 주방으로 들어갔다가 웨이트리스와 함께 나와 음식 차리는 일을 도와주는 우스꽝스러운 장면, 그리고 그가 냅킨으로 만들어준 아름다운 종이 장미. 나는 그에게서 눈을 뗄 수 없었다. 그의 생기발랄함과 잘생긴 얼굴에서. 우리는 자주 은밀한 눈빛을 교환했고, 그럴 때마다 나는 시선을 다른 곳으로 돌리지 않을 수 없었다.

서맨사는 전에 보여준 어떤 미소보다 더 활짝 미소 짓고 있었다. 그녀는 완벽하게 행복해 보였다. 나 역시 행복했다. 그날 밤 전체가 마치 꿈결 같았고, 나는 앞으로의 인생이 이랬으면 좋겠다고, 이렇게 단순한 행복으로 가득했으면 좋겠다고 스스로에게 말했다. 그리고 카를로스만 곁에 있으면 그럴 수 있을 것 같았다.

*

얼마 뒤, 카를로스는 모텔에서 동전이 걸린 음료수 자판기를 붙들고 돈을 돌려내라고 설득하고 있었다. 자판기 불빛이 그의 두 눈을 밝게 비추었다. 그의 목소리가 자판기의 웅웅 소리와 조화를 이루는 것처럼 들렸다. 이때 나는 그와 자기로 결심했다. 마침내 용기를 낸 것이다. 그는 거의 석 달 동안―우리가 함께 지낸 기간 내내― 나를 졸랐다. 이제 내가 감당할 수 있다는 걸 알았다. 그것이 카를로스에게, 그가 내게 어떤 의미인지 보여주고 최근에 흔들리는 듯했던 우리 관계를 강하게 엮어주리라고 스스로에게 말했다. 카를로스가 가볍게 자판기를 흔드니, 탄산음료가 철컥하고 나왔다. 그는 자판기마저도 구슬려 자기 뜻을 관철했다.

서맨사는 오스카를 만나러 가고 없었다. 몇 시간 동안 방 안에 우리 둘뿐이었다. 그가 나의 결심을 간파했다고 나는 확신했다. 나는 말할 때마다 두 손을 두 마리의 새처럼 흔들었고, 아무것도 아닌 말에 과장되게 웃었다. 내가 시작할 수는 없었다. 아니, 그럴 필요가 없었다. 나는 움직일 필요조차 없었다. 통증은 없었다. 그의 육중한 체중과 뜨거운 숨결만 느껴질 뿐이었다. 놀랍게도 처음 든 생각은 그와 함께하는 것이 기대보다 공허하고, 기쁨보다 의무감처럼 느껴진다는 것이었다.

나는 그와 나누고 있는 몸과 표류하는 정신 사이의 괴리감에 당황스러웠다. 그러나 그는 눈치채지 못했다. 그는 그저 내 위에서 움직이고 또 움직일 뿐이었다. 잠시 그에게 원망스러운 마음이 들었다. 그런 나쁜 기분을 털어내고 싶어서, 그의 눈을 보려 했지만 그는 눈을 감고 있었다. 그 순간 섹스가 꼭 함께 나누는 것만은 아니라는 사실을 깨달았다. 섹스는 누군가와 함께하는 것이지만, 각자가 따로 경험할 수 있는 것이었다. 그것이 꼭 서로를 가깝게 해주는 행위는 아니었다. 오히려 가장 멀게 느껴지는 부분들을 두드러지게 했다. 섹스는 고립감을 드러내기도 했다. 서맨사는 내게 이 행위가 결국은 사랑이라고 말했지만, 나는 그때 카를로스에게서 사랑받고 있다는 것도, 그에 대한 내 사랑도 느끼지 못했다.

일을 마치자 그는 내 몸에서 내려와 콜라 캔을 땄다. 나도 한 캔 달라고 해서 마셨다. 차가운 따끔거림이 목구멍을 타고 내려갈 때, 나는 방 안 어딘가에 관심을 집중할 곳을 찾았다. 그와 우리가 아니면 어디라도 상관없었다. 서맨사가 장담한 '짜릿한 황홀경' 같은 것은 없었다.

그날 오후, 서맨사는 벌써 잡지에서 찢은 흑인 록 스타 사진을 다른 침대 위 벽에 테이프로 붙여놓았다. 그리고 셔츠와 양말을 빨아 개킨 뒤 화장대 서랍에 넣었다. 몇 주 만에 누려본 안정이었다. 우리는 감사했다. 밖에서는 비가 조용히 내렸고, 창틀에 고인 빗물에 모텔 표지판의 네온 불빛이 반사되었다. 나는 집에서 멀리 떨어져 있었다.

*

모텔에서 보낸 다음 2주 동안, 카를로스는 우리가 묵고 있는 객실 근처의 객실을 세 칸 더 빌렸다. 그는 전과 달리 더 권위 있게 행동했다. 돈은 그를 바꿔놓았고, 그는 돈으로 우리 주변의 모든 것을 바꿔놓았다. 그는 보비와 다이안, 제이미, 피에프, 그리고 우리 그룹의 좀 더 먼 구성원들과 좋은 친구가 되었다. 친구들은 모두 이곳에 와서 부모님들로부터 탈출하여 낯선 곳에서 함께 밤을 보내고 싶어 했다. 카를로스는 친구들에게 그것을 제공함으로써 우리 집단의 리더가 되었다. 밤이면 그는 택시 세 대를 불러 우리를 태우고 그리니치빌리지에서 저녁을 사주거나, 86번로에서 당구를 치거나, 아니면 타임스스퀘어에서 영화를 보여주었다. 그는 웨스트 4번로 식당에서 자기가 제일 좋아하는 웨이트리스에게 팁으로 50달러를 주기도 했다. 그러나 그전에 카를로스는 그녀에게 무릎을 굽히고 머리를 기울이며 미소 짓도록 시켰다. 카를로스의 이런 행동과 그가 해대는 농담은 모두—테이블 세 개를 차지한 거의 열두 명에 달하는 그의 새로운 친구들—를 자지러지게 웃게 만들었다.

카를로스는 매사에 아주 은밀해졌다. 그는 피에프나 제이미, 또는 내 친구들 중 시간이 있는 누군가와 주기적으로 행방을 알리지 않은 채 택시를 타고 어디론가 가곤 했다. 그는 나에게 개인적 용무이니 남아서 기다리라고 말했다. 우리 방 밖의 발코니에 놓인 그의 휴대전화들은 굉장히 비밀스러웠다. 심지어 그가 내 친구들과 이야기할 때도 그 휴대전화에 대해 묻는 것은 금기였다. 나는 휴대전화나 은밀한 잠행에 대해 자세히 아는 바가 없었지만, 그런 것들을 생각하면 카를로스가 이야기할 때 제이미가 머리를 뒤로 젖히고 웃는 모습이나, 그녀가 아무 거리낌 없이 카를로스의 개인적 공간에 들어와 팔을 만지고 볼을 꼬집는 행동이 생각났다. "네 주근깨는 정말 귀여워." 한번은 다이안이 카를로스의 무릎에 앉아 말했다. 카를로스는 내 친구들 몇몇과 내가 이해할 수 없는 자기들만의 농담을 주고받았다. 서맨사 역시 실수로 자신과 카를로스 사이의 개인적 농담을 몇 차례 언급했다. 그때 나는 처음으로 그녀에게 적의를 느꼈고, 그날 이후 우리는 더 이상 사적인 대화를 나누지 않았다. 그때는 우리 사이에 생긴 틈이 영원할 것처럼 느껴졌다.

소리 내어 말하지는 못했지만, 실제로 입에 올릴 엄두가 나지 않았지만, 내 마음에서 고함치는 두 가지 의심이 있었다. 하나는 카를로스가 친구들과 비밀스럽게 외출하는 게 그가 마약을 거래하고 있기 때문이라는 의심이었다. 그가 예전 우리 마을에서 본 마약 거래상들과 비슷해졌다는 걸 깨달았을 때였다. 헐렁한 배기 팬츠는 물건을 숨기기에 좋았고, 호출기와 휴대전화는 공급자와 고객들이 그에게 연락하기 위한 수단으로 보였고, 그가 늘 걸고 다니는—가끔은 샤워할 때조차도— 라틴 킹 목걸이*는 폭력조직과의 연관성을 의심케 했다.

또 다른 공포는 그가 나를 속이고 누군가와 바람이 났다는 것이었다. 상대가 서맨사일지도 모른다는 생각까지 들었다. 그 의심은 사실 어떤 근거도 없었고, 그저 내 배 속에 돌처럼 자리 잡은 직감이었다.

나는 걱정이 많고 재미없는 사람이었다. 나는 카를로스의 행동을 지켜보고, 그의 씀씀이를 추적하여, 그가 날마다 수백 달러씩 낭비하고 있음을 일깨워주었다. 나는 아파트 문제를 거론했고, 우리가 음식을 나눠먹으면 식비가 절약될 것이라고 지적했으며, 열차 요금이 1.25달러인데 굳이 택시를 타야 할 이유가 없다고 말해 모두를 대단히 실망시켰다. 그는 은행 영수증을 방금 찍은 금화처럼 단단히 지켰고, 곧 저축을 시작할 것이라고 말했다. 한편 나는 긴장을 풀고 조금 넉넉히 살아야 한다는 생각도 들었다. 따지고 보면 그 모든 일을 겪었으니 보상받을 자격이 있는 게 아닐까? 나는 왜 갑자기 이렇게 심각해진 걸까? 거칠고 형식적인 그의 키스에 소름이 돋을 때도 있었다.

밤에 가끔 한 번씩 카를로스가 모두를 즐겁게 해주는 동안, 나는 아래층 공중전화로 브릭의 집에 전화를 걸었다. 때로는 엄마가 집에 있었고, 때로는 리사 언니가 받아 엄마가 병원에 검사받으러 갔다고 기

---

* 라틴 킹은 푸에르토리코 지역사회의 발전을 위해 형성된 사회조직이었지만, 오늘날 미국에서 가장 폭력적인 조직폭력단이 되었다. 상징물로 금색과 검은색 구슬로 엮은 목걸이를 하고 다닌다.

계적이고 원망 섞인 목소리로 말했다. 한번은 엄마가 전화를 받아서 내게 언제 베개를 더 가지고 올 거냐고 물었다. 그러고는 길이 넓게 뚫렸다며 이제 차를 타고 와서 벽 네 개에 페인트를 칠하기만 하면 된다고 말했다. 혼란스러운 아이 같은 엄마의 목소리를 듣자 마치 누군가 면도칼로 내 목구멍을 난도질하는 것 같았다. 울지 않으려 애썼지만, 42번가 도서관에서 찾아본 덕분에 나는 치매가 에이즈의 마지막 단계임을 알고 있었다. 리사 언니가 전화기를 빼앗았다.

"리지." 언니가 말했다. "네가 뭘 하고 다니는지 모르지만, 엄마와 시간을 좀 더 보내는 게 좋을 거야. 이 세상의 시간이 전부 네 것 같겠지만 그건 오산이야." 언니는 흥분한 목소리로 말했지만, 나로서는 죽음에 가까워진 엄마를 보기 두려운 심정을 표현할 방법이 없었다. 나는 최대한 빨리 전화를 끊었다.

그날 밤 카를로스는 레게 파티를 열어 군중들을 위해 라디오를 크게 틀고 침대 위에서 펄쩍펄쩍 뛰었다. 덕분에 우리는 쫓겨났다. 우리는 다른 모텔로 옮겨갔다. 황량한 길가에 발코니가 달린 2층짜리 오래된 건물이었다. 우리의 욕실은 반 코틀랜트 공원의 넓은 땅덩어리를 면하고 있었다. 카를로스가 이곳에서는 실컷 소음을 내도 된다고 말했다. 그는 다른 일당도 함께 데려왔고, 나는 잠잘 수 있는 방을 한 칸 더 얻어달라고 부탁했다. 우리가 떨어지니 데니스라는 피에프의 사촌—커다란 고리 귀걸이를 하고 나를 보며 껌을 짝짝 씹던 백인 소녀—이 카를로스의 팔에 착 달라붙었다. 나는 서맨사와 카를로스, 내 물건들을 옆방으로 가져갔다.

카를로스의 옷가방에서 부동산 전화번호를 적어놓은 종이가 삐져나와 있는 것을 발견했다. 나는 프런트에 외부 전화를 부탁한 뒤 그가 동그라미를 쳐놓은 번호로 전화를 걸었다.

"여보세요?" 여자가 전화를 받았다. 그녀의 이름은 카트리나였다. 당구장에서 일하는 웨이트리스였으며, 임대할 아파트에 대해서는 아는 바가 없었다. 눈에 눈물이 차올랐다. 그녀가 어디서 전화번호를 알았냐며 두 번째 캐물을 때 나는 전화를 끊었다.

"닥쳐." 나는 천장에 대고 말했다. "그냥 닥쳐!"

남자 친구와 친한 친구들, 낯선 사람들이 옆방에서 파티를 즐기며 술을 마시고 담배를 피우는 동안, 나는 빈방에서 벽에 밴 담배연기를 맡으며 꿈도 꾸지 않고 잠을 잤다.

다음 날 아침 카를로스와 서맨사가 침대 발치에 서 있었다. 나를 깨운 것은 카를로스의 목소리였다.

"토끼풀, 아침 먹으러 갈까?"

"다들 어디에 있어?" 내가 물었다. 밝은 햇살로 보아 이른 아침인 걸 알 수 있었고, 나는 두 사람이 아직 잠을 자지 않았다고 짐작했다.

"갔어." 그가 말했다. "한 시간쯤 전에 내가 보내버렸지."

서맨사가 배를 문지르며 과장된 울부짖음을 토해냈다.

"우, 너—무 배고파." 그녀가 가느다란 팔로 머리를 감싸며 말했다. "음—식."

그 순간 나는 선택을 해야 했다. 나는 카를로스에게 전화번호에 대해 따지고 그의 행동 방식에 대해 언급할 수도 있었다. 아니면 그냥 넘어가고 그 순간에 몸을 맡길 수도 있었다. 나는 카를로스를 보았다. 한동안 그는 처음 본 그날만큼이나 낯설어 보였다. 알 수 없고 은밀했다. 그러나 그가 미소 지을 때는 모든 것이 바뀌어 다시 아주 친숙해졌다. 카를로스에 대한 나의 인식은 눈 깜짝할 사이에 바뀔 수 있었다. 그렇다면 나를 향한 그의 본심은 무엇일까?

나는 그냥 넘기기로 결심했다. 내 분노를 무시하고 흐름에 맡기기로 한 것이다. 다른 어떤 것도 무의미했을 것이다. 그에게 맞선다면 그 결과가 어떻겠는가? 나는 카를로스와 싸울 테고, 문제에 대해 생각하기 위해 집으로 돌아갈 수도 없었다. 여기가 내 집이고, 그들이 바로 내 집이었다. 내가 아무 일 없는 듯 행동한다면 결국 그렇게 될지도 모를 일이었다.

"먹으러 가자." 내가 상념을 떨쳐내며 말했다.

카를로스가 침대에서 나를 일으켰다. 나는 스웨터 세 장을 겹쳐 입고, 니트 모자를 눌러쓴 뒤, 서맨사에게 손가락 끝이 없는 장갑을 빌려 그들의 뒤를 따랐다. 아래층에서 모텔에 딸린 작은 카페를 발견했다. 몇 년 동안 바닥과 유리창을 닦지 않은 듯했고 오랫동안 연두색 벽을 칠하지 않은 것이 분명했지만, 그릴만큼은 새 것처럼 반짝반짝했다. 베이컨과 달걀의 풍부한 냄새가 솔솔 풍겼다.

"원하는 건 뭐든 시켜." 카를로스가 말했다. "언제나 그랬듯이."

나는 버터를 발라 구운 베이글을 주문했고, 서맨사도 같은 메뉴를 시켰다.

"버터 많이요!" 그녀가 그릴 앞에 서 있는 수염이 듬성듬성 난 늙은 남자에게 소리쳤다. "난 심장병에 걸리고 싶어요. 듬뿍 발라주세요." 그녀가 굵직한 목소리로 테이블을 두드리며 소리쳤다. 테이블에 앉아 있던 노인 몇 명이 대화를 멈추고 그녀를 위아래로 훑어보았다. 우리는 음식을 받아 카페에서 나갔다. 카를로스는 카운터에 5달러를 올려놓고 밖으로 나가 밝은 갈색 팀버랜드 부츠를 새로 내린 눈 속에 디딘 채 휴대전화로 전화를 걸었다. 주위를 둘러보니 왠지 익숙해 보였지만, 어디인지 기억나지 않았다. 아마 전에 이 공원이나 카페에 와본 적이 있으려니 생각했다. 아침 식사를 들고 계단 쪽으로 돌아가면서, 나는 내가 옳았음을 깨달았다.

"숨어!" 서맨사가 소리쳤다. "맙소사!" 나는 뒤를 돌아보았다. 그리고 할머니를 발견했다. 할머니가 발목까지 내려오는 엄마의 낡은 패딩 코트 차림으로 팔뚝에 황갈색 가죽 핸드백을 걸고, 그 작은 카페 계단으로 걸어가고 있었다. 전에 할머니가 브릭의 집에 찾아왔을 때 몇 번 본 적이 있는 서맨사가 할머니를 알아본 것이다. 그녀는 모텔 건물 모퉁이 뒤로 나를 잡아당겼다.

"서맨사, 이런 맙소사." 내가 더듬거리며 말했다. "할머니가 있는 양로원이 바로 옆이야! 할머니가 경찰에게 전화를 걸어 신고할 거야. 난 알아." 카를로스가 우리에게 달려왔다. 그는 숨지 않았다. 대신 후드를 쓰고 아랫부분을 조여서 눈만 내놓고 밖을 내다보았다.

"어머, 왜 숨는 거니?" 그는 장난스럽게 여자 같은 목소리로 물었다.

"우리 외할머니야. 할머니가 나를 가출 청소년으로 신고할 거야. 경찰한테 전화할 거라고. 그럼 경찰이 날 집으로 데려가겠지. 그러니까 조용히 해."

우리는 벽 뒤에서 할머니가 눈을 헤치고 걷는 모습을 지켜보았다. 할머니가 여기 있는 건 꿈에서나 있을 수 있는 일이었다. 나는 아무 생각 없이 웃음을 터뜨려버렸다. 서맨사가 내 어깨에 손을 얹은 채 실눈을 뜨고 할머니 쪽을 쳐다보았다.

"왜 저러시는 거지?" 그녀가 물었다. "걷는 게 좀 웃겨."

그제야 나는 할머니가 길을 따라 꾸물꾸물 걷고 있는 걸 알아차렸다. 할머니는 적어도 한 번 이상 가슴을 움켜쥐고 숨을 가다듬었다. 할머니가 가까워지자, 백지장처럼 창백한 피부가 보였다. 할머니는 카페에 들어가자마자 딱딱한 플라스틱 의자에 털썩 주저앉았다. 같은 양로원에서 온 듯한 다른 손님들 중 누구 하나 할머니를 알은 척하지 않았다. 할머니는 혼자 앉아 있었다. 곧 그릴 앞에 있던 남자가 차 한 잔을

318

가져왔고, 할머니는 가방에서 접힌 지폐를 꺼내 그에게 주었다. 일상적인 거래인 것 같았다.

그 장면을 내내 지켜보며, 나는 믿을 수 없을 만큼 슬퍼졌다. 난 할머니의 고립된 세계를 언뜻 보았다. 나와 엄마와 리사 언니가 할머니와 전화할 때마다 할머니가 늘 불평하던 세계. "양로원에 있으면 외롭다. 우리 손녀딸들은 나를 보러 오지 않아. 묵주를 굴려봐도 기운이 나지 않는구나." 할머니는 늘 말했다. 할머니의 외로움이 음울하고 조용한 영화처럼 내 눈앞에 펼쳐졌다. 지난 몇 년 동안 내가 얼마나 소홀했는지 실감났다.

카를로스는 이미 2층으로 올라가 있었다. 우리는 그를 따라 계단을 올랐다. 나는 할머니가 내가 저지른 모든 죄 때문에 결국 지옥에 가리라고 생각하는지 궁금했다. 엄마를 미치게 한 죄, 엄마가 나를 가장 필요로 할 때 저버린 죄, 카를로스와 잔 죄. 할머니, 할머니가 저에 대해 더 잘 아셨다면, 이 손녀가 찾아와주길 원하지 않았을 거예요. 저는 이제 더 이상 부엌에서 당신이 읽어주던 성서에 귀 기울이던 그 작은 소녀가 아니랍니다.

서맨사가 내게 뭔가 말하고 있었다.

"뭐라고 했니?" 내가 물었다.

"카페에서 나올 때 그 남자가 나한테 한 말이 미친 소리 아니냐고 했어."

"무슨 말을 했는데?"

"즐거운 추수감사절입니다. 정말 미쳤어. 난 오늘이 추수감사절인 걸 알지도 못했는데. 괜히 기분만 더러워지네." 그녀가 말했다.

"아아." 내가 대답했다. "잠깐, 뭐? 추수감사절이라고? 지금? 그러니까 오늘이 말이야?"

"그래 그게 뭐 대수야. 누가 그런 걸 신경 쓴다고." 서맨사가 모텔 방문을 열며 말했다. 문을 열자 카를로스가 앉아서 구식 제니스 TV의 채널을 돌리고 있는 모습이 보였다.

나는 신경이 쓰였다. 오늘이 추수감사절이라는 사실, 내가 나머지 세상과 동떨어져 있어서 그것을 알지도 못했다는 사실이 신경 쓰였다. 나는 멍한 상태로 베이글을 먹고 카를로스 옆에 몸을 웅크리고 앉아 그와 서맨사가 주고받는 농담과 대화를 건성으로 들으며 뉴스를 보았다. 나는 이번에 리사 언니가 어떻게 레먼 대학에 입학했는지 생각하느라 여념이 없었다. 언니가 엄청난 중압감에 굴하지도 수업을 빼먹지도 않고, 학교와 우리 가족, 게다가 남자 친구까지 감당하고 있다는 것이 나로서는 늘 감탄스러웠다. 나는 리사 언니가 점점 더 커져가는 나의 후회 목록에 또 하나의 항목으로 포함되고 있는 걸 깨닫고 갑자기 공포에 휩싸였다.

서맨사와 카를로스가 잠들었을 때, 나는 카를로스의 군용 바지에서 동전을 모아 부츠를 신고 나와 공중전화로 갔다. 감히 휴대전화에 손 댈 엄두가 나지 않았다. 한기 때문에 코와 귀가 얼얼했다. 신호가 울리는 소리에 심장박동이 빨라졌다. 나는 브릭이 받지 않기를 기도했다.

"여보세요?" 리사 언니였다.

"언니, 안녕. 내가 깨운 거야?" 초조함 때문에 과장되게 쾌활한 목소리가 나왔다.

"리지?"

"그래. 내가 깨운 거야?"

"아냐. 너 어디니?" 언니는 나랑 통화하기에 적절한 때가 아니라고 암시하는 듯 당황한 목소리로 말했다.

"별로 멀지 않은 곳이야. 그냥 언니가 어떻게 지내는지 알고 싶었어." 할 수만 있다면 언니에게 모두 말하고 싶었다. 그동안 무슨 일이 있었는지, 알고 보니 카를로스가 얼마나 예측불가능한 사람인지, 우리가 어디에 머물고 있는지, 내가 어떻게 외로움에 휩싸인 할머니를 보았는지. 그러나 그렇게 하면 안전하지 못할 것이었다. 언니가 브릭에게 말하지 않으리라 믿을 수 없었다. 브릭이 알게 되면 돔비아 씨에게 말할 테고, 결국 나는 붙잡힐 것이다. 나는 모험을 하고 싶지 않았다.

"레먼 대학은 어때?"

"레먼?"

언니가 내 모든 말을 계속 질문 형식으로 반복하고, 대답하기까지 오랫동안 꾸물거리는 것이 마음에 걸렸다. 언니의 의심과 나의 선의에 대한 불신, 그리고 나를 향한 분노를 느낄 수 있었다. 그것이 나로 하여금 내 입에서 나오는 모든 말을 조심하게 만들었다.

"그냥 언니가 어떻게 지내는지 물어보고 싶었어. 난 궁금해. 학교와 언니, 그리고……엄마가."

"엄마는 병원에 있어. 많이 아파. 벌써 한 달 반째 입원해 있어. 이제는 계속 병원에 있을 거야. 엄마가 너를 찾았는데, 네가 기회를 놓친 것 같다. 최근에는 엄마가 제정신이 아니야."

목구멍에 뭔가 걸린 듯했다. 어쩌면 추위 때문에 또는 밤잠을 설친 탓에 머리가 멍해져서일지도 모른다. 그러나 나는 어떤 이유에선지 리사 언니의 공격을 대수롭게 여기지 않았다. 그리고 우리가 보통의 자매들처럼 이야기할 수 있을 거라고, 어쩌면 늦게나마 서로의 근황을 자연스럽게 이야기할 수 있으리라고 기대했었다. 나는 할 말을 찾았다.

"나도 알아…… 나를 만나고 싶어?"

"음…… 왜? 너는 날 만나고 싶은 거니?"

내가 기억할 수 있는 한, 나에 대한 언니의 반응은 늘 적대감의 경계에 아슬아슬하게 걸쳐 있다고 느꼈다. 몇 년 뒤 나는 자원이 희소한 환경에서 자란 형제자매는 서로를 경쟁자로 보는 경향이 있다는 심리 치료사의 설명을 듣게 되었다. 음식과 부모의 사랑과 모든 것을 두고 경쟁하는 것이다. 그 순간 우리는 누가 엄마의 병에 잘 대처하는지를 두고 경쟁했고, 언니가 승자라는 것을 우리 모두 알았다.

"모르겠어, 언니. 그냥 우리가 엄마를 봐야 하지 않을까 하는 생각이 들어." 또 한 차례 침묵이 길게 이어졌다.

"6시쯤 시간을 낼 수 있어. 펜하고 종이 꺼내. 엄마 병실 호수를 알려줄 테니까."

"언니?"

"왜?"

"즐거운 추수감사절 보내."

"그래, 너도. 6시에 보자."

*

"안녕하세요. 엄마를 찾고 있는데요. 진 머리 씨요. 지난주에 노스센트럴 병원에서 옮겨왔어요."

간호사가 목록을 보았다.

"어디 보자…… 진 마리 머리 환자. 좋아, 하지만 마스크를 해야 돼."

"마스크요? 왜요?"

"격리 중인 환자를 찾아온 문병객들은 마스크를 해야 해. 그리고 몇 살이지? 열다섯 살 미만이면 여기 있을 수 없어." 간호사가 나를 넘겨다보고 내 얼굴에서 혼란스러움을 읽었다. 나는 엄마의 상태에 대해 내가 읽은 것들을 생각했다. 뭔가 이상하다는 생각이 들었다.

"에이즈가 공기로 전염되는 게 아닌데 왜 마스크가 필요하죠?" 내가 물었다.

"마스크가 결핵에서 보호해줄 거야." 간호사가 말했다. "어머니가 기침을 해서 결핵을 옮길 수 있어. 보호용이야."

"네?"

"결핵 말이야. 폐가 감염된 거. 에이즈가 있는 사람들은 결핵에 취약하지. 전에는 병원에서 마스크를 쓰게 하지 않았니? 설마 누군가 마스크 없이 병원에 들였다는 말을 하려는 건 아니겠지."

나는 얼굴이 화끈거렸다. 유니버시티 애비뉴에 살 때 레너드와 엄마가 부엌에서 일주일 내내 마약 파티를 벌였던 기억이 떠올랐다. 그때 레너드는 끊임없이 기침을 했고, 얼굴에 땀을 줄줄 흘리며 피부가 연분홍색이 되도록 캑캑거렸다.

"엄마가 언제 결핵 진단을 받았어요?"

"그 얘기라면 주치의하고 해야 할 것 같구나."

그녀는 보들보들한 주황색 마스크를 내 손에 쥐여주었다. 나는 마스크를 귀에 걸고 병동을 둘러보았다.

병동에서는 죽음의 냄새가 났고, 오싹한 느낌이 들었다. 조용한 배경 속에서 몇 가지 소리들이 유난히 크게 들렸다. 멀리서 들려오는 전화벨 소리, 끊임없이 삑삑대는 기계음들. 그 병동 전체가 유난히 황량해 보였다. 그곳은 전에 엄마가 입원했던 병동들과 달랐다. 예전 병동은 늘 간호사들이 북적였고, 문병 시간에 온갖 얼굴들이 나타났다. 그런데 이곳은 달랐다. 나는 엄마의 병실을 찾아 걸어갔다.

나는 '중환자실'이라고 표시된 방과 '종양학'이라고 표시된 방을 지나쳤다. 종양학이 무엇인지 몰랐지만, 중환자실과 격리실 중간에 있다면 절대 좋은 곳일 리 없다고 짐작했다. 나는 여러 개의 문을 지나쳤다.

각각의 병실 안에는 환자들이 무의식 상태로, 목구멍에 삽입한 인공호흡기 때문에 머리가 세워진 채 누워 있었다.

나는 엄마가 나의 도움을 필요로 하며 술집에서 집으로 돌아왔던 시간들을 생각했다. 마침내 나에게 손을 뻗었을 때 엄마의 옷에 스며들어 있던 토사물을 생각했다. 그리고 엄마를 욕조에 앉힐 때 내게 전해진 보드카와 축축한 음식물이 뒤섞인 고약한 냄새를 떠올렸다. 몸을 닦을 때 엄마가 내뱉었던 발작적 기침. 우리 둘 다 엄마의 벌거벗은 몸과 수치심을 의식하지 못한 척했다. 깨끗한 시트에 감싸여 취기 때문에 잠에 빠져들던 겨우 30킬로그램 남짓한 엄마의 앙상한 몸을 생각하며, 나는 방금 상자에서 꺼낸 듯한 마스크 냄새를 한 번 더 들이마셨지만, 이내 의미 없는 짓이라고 결론을 내렸다. 나는 병실 문을 열고 마스크를 벗었다.

"안녕, 엄마."

침대에 둘러 쳐진 갈색과 초록색 그물처럼 생긴 커튼 뒤에서는 아무런 대답이 없었다. 그 커튼을 열어젖히기 위해 내가 가진 모든 용기가 필요했다. 그리고 커튼 안을 보고 내가 받은 충격을 감추기 위해서는 더 큰 용기가 필요했다.

엄마의 몸은 침대의 일부분만 차지하고 있었다. 누렇게 변색된 피부는 얼굴에 거죽처럼 착 달라붙었고, 볼은 움푹 패어 병색이 완연했다. 병원 이불은 옆으로 걷혀 있어서 아이 뼈대처럼 앙상한 엄마의 몸이 그대로 드러났다. 팔다리 여기저기에 살이 볼록 솟아 있고 거기에 빨갛고 작은 딱지가 앉아 있었다. 엄마는 눈을 크게 뜨고 있었지만 초점이 없었고, 말을 할 듯 천천히 움직이는 입은 알아들을 수 없는 작은 소리만 뱉어낼 뿐이었다. 그 소리와 엄마의 몸에 매달려 있는 기계의 소음이 그 작고 숨 막히는 방에서 나는 유일한 소리였다.

몸이 부르르 떨렸다. 나는 무슨 말이 나올지 나 자신도 모르는 채 무의식적으로 입을 벌렸다.

"엄마? 리즈야…… 엄마?"

소리에 반응한 엄마의 눈이 방 안을 떠돌았다. 그러다 잠시 나에게 닿았고, 나는 엄마의 시선을 붙잡았다고 생각했다. 그러나 다시 배회하며 입은 말없이 분주한 움직임을 계속했다. 침대 옆에 있는 바퀴 달린 좁은 테이블 위에 추수감사절 특식이 놓여 있었다. 짙은 청록색 밀폐용기 속에 손도 대지 않은 얇게 저민 고기가 보였다. 쟁반 위 접시 옆에는 빨간색과 황금색 깃털로 장식한 미소 짓는 칠면조 종이 모형이 있었다. 칠면조의 머리 위에는 이렇게 써 있었다. 오늘은 감사할 시간.

"엄마…… 나 좀 봐." 나는 의자에 앉았다. "더 일찍 오지 못해서 미안해, 엄마……."

무슨 말을 해야 할지 알 수 없었다. 목에 뭔가 콱 막힌 듯 숨도 쉴 수 없었다. 어쩌면 간신히 억누르고 있는 눈물 속에서 허우적대느라 숨이 막힌 것인지도 모른다. 나는 심호흡을 두 번 하고 엄마의 손을 잡았다. 엄마의 손은 침대를 지탱하는 금속봉보다도 따뜻하지 않았다. 그 손을 잡으니 팔을 타고 올라오는 전율이 느껴졌다.

"엄만 벌써 죽어버린 것 같아." 나는 혼자 중얼거렸다. 그리고 엄마에게 이렇게 말했다. "엄마는 지금 여기 있는 것 같지도 않아."

문이 딸깍하고 열리며 바깥 공기를 빨아들였다. 커튼이 미풍에 살랑였다. 굽 높은 구두와 검은 코트 차림에 검은 머리를 깔끔하게 말아 올린 리사 언니가 걸어 들어왔다. 사회복지사나 변호사, 또는 어떤 전문 직종의 어른이라고 해도 어울릴 만한 모습이었다. 소매 앞쪽에 구멍이 난 스웨터를 겹쳐 입고 니트 모자 밑으로 뻣뻣하고 긴 갈색머리가 삐죽삐죽 나온 내 모습이 볼품없게 느껴졌다.

"안녕." 그것이 우리가 서로에게 말한 전부였다. 언니는 눈이 마주치길 피하며 의자를 끌어와 엄마 옆에 앉았다. 심장이 빠르게 뛰었다. 언니 옆에 앉은 나는 언니의 시각으로 나를 판단해보았다. 나는 노숙자 남자 친구와 알 수 없는 곳에서 살기 위해 아픈 엄마를 버리고 달아난 고등학교 중퇴생이었다.

"여기 얼마나 오래 있었니?" 언니가 물었다.

"조금."

우리는 몇 분 동안 어색한 침묵을 이어갔다. 그때 리사 언니가 엄마의 침대 쪽으로 몸을 숙이며 눈물을 흘렸다.

"엄마? 잠깐 앉아봐. 우리가 왔어. 여기 리지가 왔어. 엄마?"

"언니, 엄마를 귀찮게 하지 마. 내 생각엔 엄마가 앉을 수 —"

"엄만 앉을 수 있어. 엄마?"

엄마의 눈이 사방으로 빠르게 움직였다. 엄마는 손을 쥐었다 폈다 하며 전보다 조금 큰 소리로 영문 모를 말을 횡설수설 중얼거리기 시작했다.

"왔구나…… 왔어. 내게 영혼을 주려고. 나를 살려줘. 나를 살려줘…… 그럼 내가…… 살릴 거야. 내 영혼과 네 영혼…… 네 영혼, 네 영혼!" 엄마는 우리 중 누구도 보고 있지 않았다. 우리가 여기 있는 걸 아는 기미도 없었다.

"언니, 엄마를 혼자 두는 게 나을 것 같아. 어쩌면 엄마가 일어날 수도 있겠지만, 아마 기분이 썩 좋지는 않을 거야."

"리지, 들어봐. 엄마는 지난주에 집에서 말을 했어. 난 알아. 난 거기 있었어. 엄마는 우리가 여기 있다는 걸 알고 싶을 거야."

언니의 목소리에 경멸이 어려 있었다. 언니가 엄마의 얼굴 바로 앞까지 의자를 끌어당기는 동안, 나는 가만히 있었다. 언니는 나라면 엄

326

두도 못 낼 큰 목소리로 말했다.

"엄마, 일어나. 오늘은 추수감사절이야. 우리가 엄마를 보러 왔어."

언니는 조금 부드러워진 목소리로 말했다.

또 그 영문 모를 소리. 그러나 바로 그때, 놀랍게도 엄마가 일어나 앉기 시작했다. 엄마는 발을 느릿느릿 바닥으로 내렸다. 우리는 링거 거치대를 질질 끌고 욕실로 가려고 애쓰는 엄마를 지켜보았다. 문과 벽에 몸을 기대고 2미터쯤 되는 거리를 비틀비틀 걸어가는 엄마를 내가 손을 뻗어 부축했다. 우리에게 등을 돌릴 때 환자복 뒤쪽이 젖혀지며 똑바로 선 엄마의 벌거벗은 뒤태가 그대로 드러났다. 가만히 서 있을 수 있다면 척추의 개수를 셀 수 있을 정도였다. 골반 뼈가 툭 튀어나오고 엉덩이와 허벅지에 살이라고는 조금도 붙어 있지 않았다. 나는 욕실에 들어가 수건 선반에서 작은 수건을 꺼내 적신 뒤, 한 손으로 엄마의 연약한 몸을 받치고 다른 한 손으로 엄마의 몸 뒤쪽을 닦았다. 형광등 불빛이 깜빡이며 하얀 벽과 우리를 비추었다. 나는 울음을 참으려 입술을 깨물고 질병의 냄새 때문에 나오려는 기침을 억눌렀다. "괜찮아, 엄마. 우리가 다 해결해줄게." 나는 엄마를 안심시켰다. "우리가 엄마를 잘되게, 편하게 만들어줄게. 긴장 풀어."

"그래, 리지." 엄마가 한없이 약한 목소리로 말했다.

일을 마쳤을 때 나는 엄마의 두 손을 잡고 변기에서 일으켰다. 힘을 들일 필요가 없었다. 엄마는 너무 가벼워서 나는 무서워졌다. 그 모든 것이 나를 두렵게 했다. 엄마의 상태가 나아지기를 이 세상 무엇보다 바랐다. 엄마를 다시 침대에 눕혔을 때, 그곳에서 나가야 한다는 생각이 들었다.

"벌써 가려고?" 내가 문가에서 서성이자 언니가 물었다. 몸이 부들부들 떨렸다. 나는 혼자 있을 필요가 있었다. 심장이 쿵쾅거렸다. 거기서 한순간도 더 머무를 수 없었다. 언니 앞에서 토할 수는 없었다.

"음, 언니보다 여기 먼저 왔어…… 그리고 곧 가봐야 할 것 같아. 너무 피곤해. 어젯밤에 잠을 잘 못 잤어."

"좋을 대로." 리사 언니가 눈을 굴리며 내게 얼굴을 돌리고 말했다.

"언니, 이건 나한테 쉽지 않은 일이야, 알아?"

"그래, 알아, 리즈. 나도 간신히 참고 있어. 쉽지 않은 거 나도 알아. 어차피 네가 오래 머물 거라고 생각도 안 했어. 그냥 가버려." 언니가 흐느끼며 말했다.

"언니, 사람들은 저마다 행동하는 게 달라."

"그렇겠지." 언니가 날카롭게 말했다.

나는 지금 얼마나 무서운 상황인지, 아픈 엄마를 보면서 아무런 도움도 줄 수 없다는 것이 어떤 기분인지 대처할 준비가 전혀 되어 있지 않았다. 엄마의 상황을 바꿀 수 없는 현실에서 내가 느끼는 좌절감을 어떻게 해야 할지 몰랐다. 나는 이 일을 계기로 리사 언니와 내가 서로 왕래하며 지낼 수 있기를 바랐다. 그러나 언니는 자기가 하듯이 나도 해주기를 원했고, 나는 그럴 여력이 없었다. 나는 진퇴양난에 빠진 기분이었다.

"가야 해, 언니. 난 가야 해. 제발 이해해줘."

나는 눈을 굴리는 언니를 무시하고 몸을 숙여 엄마에게 얘기했다.

"엄마, 나 가봐야 해. 괜찮지? 나중에 다시 온다고 약속할게. 난 잘 지내. 친구들과 함께 지내고 있어. 곧 학교에도 갈 거야. 정말이야. 약속해." 나는 엄마의 손을 잡으며 말했다. "사랑해, 엄마. 사랑해." 나는 결국 엄마에게 그렇게 말했다. 엄마는 아무 대답이 없었다. 나는 복도로 나가서 벽에 등을 대고 눈물을 참으며 숨을 깊이 들이쉬었다. 끝없는 심연으로 추락하고 있는 기분이었다. 소리치고 싶었다. 언니가 복도로 나왔다. 그리고 복도를 보며 말했다. "리지, 넌 알지. 넌 그냥 떠나면 그만이야…… 그 편이 너에겐 좋겠지. 하지만 그건 너무 냉정하잖아."

"언니, 난 여기 있을 수 없어. 미안. 언니는 마치 내가 밖에서 큰 재미라도 보는 것처럼 생각하는 모양인데, 그렇지 않아. 안정된 장소가 없다는 건 전혀 재미있는 일이 아니야. 알아?"

언니는 경멸하는 태도로 뒤돌아서 다시 병실로 들어갔다. 나는 허둥지둥 복도를 걸어 도망쳤다. 언니로부터, 엄마로부터.

*

그날 밤, 내가 병원에 갔다 왔다는 얘기를 들은 카를로스는 나를 기운 나게 해주기로 작정했다. 내 마음에서 상념을 몰아내기 위해, 우리는 완전히 미친 짓을 할 셈이었다. 속옷 바람으로 고급 레스토랑에 들어가서 최상의 서비스를 받으며 식사를 하는 것이 우리의 계획이었다.

"그들이 뭐라고 말하건 상관없어. 나한테 돈만 있으면, 결국 우리를 응대할 거야." 그가 택시에서 두툼한 50달러짜리 지폐 뭉치를 보이며 말했다. "그렇죠, 아저씨?" 그가 운전기사에게 물었다. 기사는 미소를 지으며 그 돈만 보면서 멍하니 고개를 끄덕였다. 카를로스는 231번가와 브로드웨이를 벗어나자마자 보이는 랜드 앤드 시 레스토랑을 골랐다. 우리는 택시를 타고 브로드웨이로 날아갔다. 택시가 질주하는 동안, 서맨사와 나는 고래고래 소리를 질렀다. 우리는 영화 속에 등장하는 경찰들처럼 레스토랑 앞에 차를 댔다. 카를로스는 20달러짜리 지폐를 뽑아서 불과 6달러 요금의 거리를 달린 운전기사에게 지불했다. "Cheerio(안녕)!" 카를로스가 택시 지붕을 두 번 세게 쳐서 운전기사를 보냈다.

카를로스는 레스토랑 앞쪽에 있는 가장 큰 테이블로 우리를 인도했다. 손님들은 고개를 돌려 엄동설한에 헐렁한 남성용 사각팬티에 후드 달린 스웨터를 입고 부츠를 신은 남자와 여자 두 명을 쳐다보았다. 나는 눌러 쓴 니트 모자 밑으로 머리가 반쯤 흘러내려 와 있었다. 서맨사는 모텔 방 서랍에서 찾은 구식 넥타이를 헐렁한 스웨터 위에 매고 있었다.

"우리는 전부 영국인들인 거야." 카를로스가 속삭였다. 웨이터가 우리 테이블로 달려와 복장 규정에 대해 설명할 때, 카를로스가 일부러 설득력 없는 끔찍한 억양으로 말하기 시작했고, 서맨사와 나는 웃음을 터뜨렸다.

"이봐요, 착한 양반. 우리가 온 곳에서는, 이게 적절한 복장이에요. 너무 빡빡하게 굴지 마쇼." 카를로스는 웨이터에게 눈을 떼지 않고 돈뭉치를 꺼내 테이블 위에 올려놓았다. 문제는 해결되었다.

우리는 바닷가재와 티본스테이크, 치킨 페투치니, 그리고 대여섯 가지 애피타이저를 먹었다. 내가 아주 서투른 영국 억양으로 엉뚱한 음절을 똑똑히 발음하며 주문하는 동안, 서맨사와 카를로스는 웃음을 터뜨렸다. 그것은 중요하지 않았다. 웨이터는 아무것도 문제 삼지 않고 우리가 부탁한 모든 것을 가져다주었다. 나 역시 아무것도 문제 삼지 않았다. 나는 이 터무니없는 식사를 위해 돈뭉치에서 지폐를 계속 뽑아 쓰는 카를로스를 그저 지켜만 보았다. 이제 아무래도 좋았다. 흐름을 따르는 것은 흐름을 거스르는 것보다 훨씬 쉬웠다.

우리는 그날 밤 내내 택시를 타고 돌아다니며 기분에 따라 멈추곤 했다. 바닥에 누워 대형 천장에 그려진 별자리를 보려고 그랜드센트럴

역에 들렀고, 카를로스가 사람들과 삼목놀이*를 하는 기계 안에 갇힌 닭이 있다는 것을 우리에게 보여주겠다며 차이나타운 상가에 멈췄다. 거기서 우리는 흑백사진 촬영부스에 들어가 세 줄의 사진을 찍었다. 우리 셋은 모두 미친 표정과 생각에 잠긴 표정을 지었다. 한 줄은 전부 나와 카를로스가 키스하는 사진이었다. 전구에서 나오는 열이 옆얼굴에서 번쩍하는 동안, 나는 내 입술에 눌리는 그의 부드러운 입술을 느꼈다.

"카를로스는 좋은 사람이야." 나는 스스로에게 말했다. "그는 널 사랑해. 그걸 표현하는 게 힘들 뿐이야. 이 기분을 잊지 마." 천국 같았다. 우리가 나눈 키스, 우리가 함께 보낸 그날 밤 전체가. 카를로스의 마법이 다시 시작되었다.

우리는 그날 밤 마지막 택시를 타고 포덤 로드에 있는 패스트푸드점 화이트캐슬로 갔다. 하늘이 아침 햇살을 보여주기 시작할 무렵이었다. 원래는 밀크셰이크만 먹을 생각이었는데, 카를로스가 나를 깜짝 놀라게 했다. 햄버거 50개를 주문한 것이다. 우리는 웹스터 애비뉴와 그랜드 콩코스, 브로드웨이를 달리며 창밖으로 따뜻한 햄버거를 마구 던져 자동차와 우편함과 닫힌 상점 문을 맞혔다. "우!" 햄버거를 던질 때마다 카를로스가 함성을 질렀다.

그리고 우리는 모텔로 돌아가서 기름진 햄버거 봉투를 옆에 놓고 바닥에 뻗었다. 나는 카를로스의 품 안에서 잠들었다. 우리가 처음 함께 잔 이후 하지 않았던 행동이었다. 나는 카를로스의 가슴에 팔을 감고, 그의 심장박동을 찾아 가슴에 머리를 묻었다. 그는 내 이마에 부드럽

---

* 두 명이 3×3으로 된 판에 O와 X를 번갈아가며 그려, 먼저 가로, 세로, 대각선으로 한 줄을 만들면 승리하는 게임.

게 키스하며 말했다. "내가 널 기운 나게 해줄 거라고 말했잖아, 토끼풀. 내일 다시 네 얼굴에서 미소를 보고 싶어. 안 그러면 또 하의 실종 상태로 밖에 나가야 하니까." 서맨사가 자기 침대에서 자지러지게 킬킬거렸다. 나는 다시 한번 카를로스에게 매료되었다. 그의 키스와 그의 냄새, 그리고 커져가는 공허함으로부터 나를 끌어내어 긴장을 풀고 그의 품속에 안기게 하는 그의 능력에.

*

다음 3주 동안, 나는 엄마를 찾아가야 한다고 계속 다짐했다. 정말로 그럴 생각이었다. 그러나 자질구레한 일들로 정신이 산만했다. 예를 들어 부동산 사무실에 가도록 카를로스를 구슬려 마침내 서류를 작성하고 집을 보러 갈 약속을 잡았다. 우리는 애초에 계획했던 대로 너무 빈민가가 아닌, 베드퍼드 파크 내의 조용한 건물에 있는 방 두 개짜리 아파트를 원했다. 한편으로는 지금 생활하는 공간을 최대한 멋지게 꾸미려고 애썼다. 처음 이 모텔 방에 들어왔을 때 청소부들이 해뒀던 것처럼 침대 귀퉁이에 시트를 찔러 넣어 잠자리를 만들었다. 서맨사는 나를 도와 쓰레기를 치웠다.

나는 추잉 껌으로 차이나타운에서 찍은 우리 사진을 모텔 거울, 내가 카를로스에게 쓴 사랑의 쪽지들 옆에 붙였다. 새 쪽지도 쓰고, 가장자리에 하트를 그려 넣은 뒤 빨간 펜으로 색칠했다. 그리고 우리 사진들 옆에 걸었다.

카를로스, 너와 함께 있으면서 난 그 어느 때보다 행복을 느꼈어. 넌 나의 목적이야. 넌 내가 가장 필요할 때 내 곁에 있어주었어. 내 말을 들어주고 기대어 울 어깨를 빌려주고, 모든 것이 의미 없어 보일 때 날 웃게 해주었지. 정말 사랑해.

나는 카를로스에게 이런 쪽지를 매일 썼다. 그러나 모텔에서 몇 주를 보내는 동안, 애초에 감사와 애정으로 시작된 편지의 주제는 우리의 관계가 지킬 만한 가치가 있는 것임을 카를로스에게 일깨워주고 우리가 문제를 극복한 것이 얼마나 감사한지를 표현하는 쪽으로 바뀌었다.

*

하루는 카를로스가 옛 친구—그 동네에 사는 문도라는 이름의 덩치 큰 남자—를 만나러 나가 있는 동안, 서맨사와 나는 그가 남기고 간 10달러로 가게에서 몇 가지 물건을 샀다.

우리는 할인하는 화장품을 써보기로 했다. 서맨사는 반짝이는 매니큐어 두 통과 큰 깡통에 든 헤어스프레이를 골랐다. 우리는 가짜 쿨에이드* 네 팩을 사서, 욕실 라디에이터 위에 청소년 잡지를 펼쳐놓고 잡지의 조언에 따라 머리를 보라색과 딸기색으로 물들이려 했지만 결과는 성공적이지 못했다.

"효과가 있는 것 같아?" 내가 세면대에서 머리를 들어 올리며 서맨사에게 물었다.

"음, 모르겠어. 보라색이 좀 나는 것 같기도 한데, 그게 그저 내 상상이 아닌지 확신할 수 없네. 내 머리는 어때?"

나는 그녀의 얼굴을 타고 양미간으로 흘러내리다 코끝에서 뚝뚝 떨

---

* 각종 과일 향과 맛, 색을 내는 음료 혼합 가루. 염색 재료로 이용되기도 한다.

어지는 분홍색 물줄기를 보고 웃음을 터뜨렸다. 그녀의 머리카락 사이로 드러나는 두피는 온통 분홍색이었다.

"끝내준다." 나는 비꼬면서 말했다.

머리를 물들이려다 괜히 피부와 티셔츠만 물들이고 말았다.

우리는 「내 사랑 루시」 재방송을 보며 한가로이 머리와 손톱을 말리면서, 카를로스가 돌아와 함께 저녁을 먹으러 나갈 수 있기만을 기다렸다. 6시가 지났다. 8시. 새벽 1시. 4시. 그의 휴대전화로 연락을 해야겠다는 생각이 들었지만, 그 순간 나는 그가 내게도 서맨사에게도 전화번호를 알려주지 않았다는 사실을 깨달았다. 카를로스는 언제나 방값을 다음 날 밤에 지불했다. 이번에도 미리 지불했을 리는 없었다. 내일 체크아웃 시간인 정오까지 카를로스가 돌아오지 않는다면 어떻게 될지 알 수 없었다. 나는 밤새 창밖을 내다보며 그에게 무슨 일이 생긴 건지 서맨사에게 자꾸만 물었다.

"무슨 일이 생겼냐고? 카를로스가 어렸을 때, 걔 엄마가 걔를 거꾸로 떨어뜨렸지. 걱정 마. 위험에 빠지진 않았을 테니까. 걔는 그냥 멍청이일 뿐이야."

*

다음 날 아침 나는 모텔 직원에게 전화를 걸어 카를로스가 곧 돌아와 방값을 지불할 테니 우리를 내쫓지 말아달라고 사정했다.

"매춘부들을 여기 남기고 떠나는 남자들에 신물이 나요. 여긴 싸구려 여인숙이 아니란 말이요."

"우린 창녀가 아니에요!" 내가 날카롭게 말했다. "그 사람은 내 약혼자예요." 나는 거짓말을 했다.

334

"여긴 영업하는 곳이오, 아가씨. 마약 소굴이나 사창가가 아니란 말이오. 당장 돈을 내놓든지 아니면 나가요." 그가 전화를 끊었다.

우리는 눈에 보이는 유일하게 값나가는 물건을 가지고 그와 거래를 했다. 내가 엄마에게 문병을 갔던 날 밤 카를로스가 산 손목시계였다. 프런트데스크로 가는 동안 한기가 옷 속으로 사정없이 파고들었고, 우리는 한기를 막으려 스웨터를 목까지 끌어올려 꼭 움켜쥐었다. 서맨사는 내 뒤를 졸졸 따라왔다.

나는 나와 불쾌한 언쟁을 벌인 그 남자를 찾았다. 50대로 보이는 땅딸막한 이탈리아 남자였다. 그는 시계의 양면을 살펴보고 불빛에 비춰 보았다. "이 정도면 아가씨들이 내일까지 있을 수 있겠군요."

"하지만 150달러나 주고 산 거예요. 새 시계라고요." 내가 항의했다.

그가 배낭에 시계를 집어넣으며 말했다. "이건 내 셔츠보다도 값어치가 안 나가요. 내가 아가씨들을 봐드리는 겁니다."

밤이 되자 우리는 녹초가 되었다. 서맨사와 나는 쓰레기통을 열어 지난 며칠 동안 남은 음식 중에 먹을 만한 게 없는지 뒤지기 시작했다. 우리는 질긴 햄버거와 오래된 쇼트케이크, 그리고 악취가 나는 칠면조 샌드위치를 나눠 먹었다. 욕실 수돗물에서는 독한 맛이 났다. 서맨사와 나는 몇 시간 동안 화장실을 들락거리며 카를로스가 오는지 창밖을 확인했다. 상한 음식 때문에 배 속이 꾸르륵거렸고, 걸을 때마다 속이 메스꺼웠다.

해가 떠오르자 우리는 침대에 맥없이 쓰러져 창문 너머 환한 주차장을 내다보았다. 우리 둘 중 누구도 두렵다는 말을 하지는 않았지만, 서맨사는 담요 밑에서 내 손을 꼭 붙잡고 있었다. 바람이 얇은 창유리 저쪽에서 윙윙 몰아치고 찬바람이 문과 바닥 사이 틈으로 치고 올라오자, 그녀는 내 손을 더 꼭 쥐었다.

*

택시가 도착한 소리를 먼저 들은 사람은 나였다. 나는 카를로스라고 직감했다. 차가 가까워지면서 쿵쾅거리는 힙합 음악이 더욱더 커졌기 때문이다. 차 문이 열렸다가 쿵 하고 닫혔다. 서맨사가 나를 보았다.

"가만히 있어야 할지 화를 내야 할지 모르겠어." 그녀가 말했다.

"나도 마찬가지야." 그때 나는 내가 모르는 이유가 일단 그의 기분이 어떤지 먼저 두고 봐야 하기 때문이라는 걸 깨달았다. 나는 이런 상황에 익숙했다. 그가 만족스러우면, 나도 그랬다. 늘 카를로스가 모든 것을 결정했다. 내가 그렇게 하도록 허용했기 때문이다. 나는 이 순간 다시 같은 행동을 할 준비가 되어 있는 자신을 발견했고, 신물이 났다.

우리는 가만히 앉아 그의 육중한 발소리가 가까이 다가오기를 기다렸다. 그때 문에서 열쇠가 쩽그랑거리는 소리가 들렸다. 심장이 방망이질 쳤다. 카를로스가 휘파람을 불며 들어왔다.

"안녕." 그가 들어오며 아무렇지도 않게 말했다. 그의 얼굴은 지쳐 보였고, 눈은 처져 있었다. 어딘지 달라 보였다. 나는 우리가 카를로스를 마지막으로 본 순간부터 줄곧 밤을 새운 건지 궁금해졌다. 나는 그가 무엇을 하고 다니는지 알고 싶었다. 카를로스는 담배 냄새를 강하게 풍기며 서맨사의 침대 발치에 앉았다. "왜 그래, 꼬마 아가씨들." 그가 장난스럽게 말했다. "기절할 것 같아." 그는 내 시선을 피하며 부츠 끈을 풀었다.

"어디 있었어, 카를로스?" 나는 마치 그에게 질문하는 것이 전혀 문제 될 게 없다는 어조로 물었다.

"말했잖아, 토끼풀. 문도네 집에 있었어. 몇 년 만에 그 바보를 봤어."

"왜 전화 안 했어?" 나는 목소리에 그가 감지할 수 있을 만큼의 분노를 담아 말했다. 오늘만은 그의 거짓말을 그냥 받아들이지 않으리라.

그는 내 질문을 무시하고 방 안을 돌아다니며 쓸데없이 TV 안테나며 침대 밑에 있는 부츠며 욕실 선반 위의 헤어스프레이를 비롯한 물건들을 정리했다.

"카를로스, 내 말 안 들려?"

내 질문에 반응하여 그가 서랍을 쿵 닫고는 다른 서랍을 열어 속옷을 꺼낸 뒤 더 세게 닫았다.

"적어도 전화 정도는 해줄 수 있었잖아."

"내 시계는 어디 있지?" 카를로스가 방에 들어온 이후 처음으로 내 눈을 쳐다보며 얼음처럼 냉랭하게 물었다. 날카로운 공포가 내 가슴을 관통했다. 서맨사가 나를 보았다.

"네 시계가 어디 있냐고?" 내가 멍청하게 그의 말을 되풀이했다.

"그래. 내 시계 어디 있어?" 그의 눈은 흐리멍덩했고, 그 속에서 다정함 같은 것은 찾아볼 수 없었다.

"네가 우릴 남겨두고 떠나 있는 동안 하룻밤을 머무는 대가로 호텔 종업원에게 팔았어. 시계는 거기 있어!"

잠시 침묵하던 카를로스가 한쪽 다리를 뒤로 빼더니 쓰레기통을 걸어찼다. 쓰레기통은 날아가 벽에 부딪히고는 바닥에 떨어졌다. 서맨사와 나는 벌떡 일어나 서로에게 바싹 다가섰다. 나는 떨고 있었다.

"왜 내 시계를 팔았어?" 그가 이를 악물고 물었다. 이런 그의 모습을 본 적이 없었다. 꼭 귀신 들린 사람 같았다.

"네가 우릴 여기 남겨뒀잖아." 징징거리려는 의도는 없었다.

"난 너희를 책임질 이유가 없어." 그가 소리쳤다.

"우리를 책임진다고? 네 느낌이 그런 거였어?" 나는 그 말이 사실인 걸 알았다. 그가 그 사실을 강조했을 때 분노와 수치심을 동시에 느꼈다. "어제 부동산에 가기로 약속이 잡혀 있었잖아. 넌 그 약속을 어겼어." 이제 나는 울고 있었다.

"그 따위 소리는 집어치워!" 그가 소리 지르며 거울 옆 벽을 한 번, 그리고 두 번 쳤다. 그 바람에 그곳에 붙어 있던 연애편지들이 나뭇잎처럼 펄럭이며 바닥에 떨어졌다. 서맨사는 염색 때문에 보랏빛으로 물든 베개를 부여잡았다. 우리는 카를로스가 쿵쾅거리며 욕실로 들어가 문을 쿵 닫는 것을 지켜보았다.

그는 샤워기를 최대한 세게 틀어놓고 한 시간이 넘도록 나오지 않았다. 서맨사와 나는 한동안 아무 말 없이 침대에 함께 앉아 있었다. 그 순간 뭐라도 해야 했다. 나는 기분 전환을 위해 일어나서 TV를 켰다.

"대체 이게 무슨 일이지?" 내가 마침내 떨리는 손으로 욕실을 가리키며 울면서 말했다. "저렇게 행동한 적이 없었는데."

"뭐 때문에 저러는지 모르겠어." 서맨사가 속삭였다. 우리 둘 중에 누가 더 두려워하는지 알 수 없었다. 그러나 우리는 떠나지 않고 그냥 기다렸다. 그가 욕실에서 나올 때는 다시 정상으로 돌아와서 우리에게 저녁을 사주고 농담을 건네주기를 바라면서. 비록 그런 행동이 그가 방금 한 짓을 무시하는 것일지라도.

마침내 카를로스는 젖은 머리와 깔끔하게 면도된 얼굴로 나와서, 서맨사의 빈 침대에서 담요를 가져다가 우리에게 한마디 말도 없이 바닥에서 잠을 잤다. 그가 가까이 오지 않는 것에 감사했다. 나는 방 반대편에서 아주 오랜 시간을 보낸 뒤에야 비로소 긴장을 풀 수 있었다.

"서맨사."

"응?"

"화장실에 같이 좀 가줄래? 혼자 가기 싫어."

우리는 잠자고 있는 카를로스의 커다란 몸을 넘어갔다. 욕실 안에는 더러운 분홍색과 크림색 타일 위로 그의 물건들이 흩어져 있었다. 바닥에 수북하게 뭉쳐져 있는 군복 바지와 거기서 삐져나온 돈뭉치, 일회용 면도기. 세면대에는 온통 짧은 털들이 흩뿌려져 있었다. 서맨사가 오줌을 누는 동안, 나는 거울을 보며 귀 뒤에서 흘러내리는 분홍색 물을 닦았다.

"도대체 안 묻은 데가 없네." 내가 말했다.

"그래." 그녀가 손으로 부스스한 자기 머리를 쓰다듬으며 말했다. "내 건 닦아내기 더 쉬울 것 같아. 리즈, 휴지 좀 줄래?"

"알았어."

나는 몸을 숙여 세면대 밑에서 두루마리 휴지 두 개 중에 하나를 집었다. 그런데 그때 내 눈에 뭔가 반짝이는 것이 포착됐다. 작은 은박지 조각이었다. 유니버시티 애비뉴에 살 때 엄마와 아빠가 우리 집 부엌에 여기저기 흩어놓았던 마약 포장지와 정확히 같은 크기였다. 나는 은박지에서 눈을 떼지 않고, 서맨사에게 휴지를 넘겨준 뒤 쭈그리고 앉았다.

나는 은박지 가운데에서 아주 작고 희미하지만, 하얀 분말의 흔적을 찾았다.

"서맨사! 서맨사."

"왜?"

"물 내리지 마. 조용히 하고 이거 봐…… 카를로스가 마약을 하나봐."

*

카를로스의 감춰진 습관을 발견한 뒤, 나에게 그의 존재는 유쾌하고 기발한 괴짜에서 성격장애가 있는 마약중독자로 바뀌었다. 이후 이틀 밤 동안 나는 그가 여분의 모텔 방에서 다시 시작한 파티를 멀리했다. 파티가 열릴 때마다 음악이 빵빵 울리고 택시가 도착해 한 사람 한 사람 내려놓고 갔다. 피에프와 용커스에서 온 그의 사촌들, 베드퍼드 파크에서 온 사람들, 제이미와 문도와 다른 많은 사람들. 서맨사는 두 객실을 오가며 나와 함께 있기 위해 최선을 다했다. 내가 파티에 참석하지 않는 것은 일종의 시위였다. 나는 카를로스에게, 계속 마약을 한다면 더 이상 사귈 수 없다고 편지를 쓸 궁리를 했다.

그가 마약을 끊지 않는다면 앞으로 어떻게 될지 불을 보듯 훤했다. 우린 결국 브롱크스의 아파트에서 고등학교를 중퇴한 마약중독자로 살아가게 될 것이다. 우리의 삶은 우리 부모님의 삶과 불과 한 끗 차가 될 것이다. 뭐가 다르단 말인가. 매춘부들. 모텔 직원은 그렇게 말했었다. 어쩌면 자기도 모르게 창녀가 될 수도 있다. 보상으로 뭔가를 얻기 위해 타협하는 것만으로 그렇게 될 수 있다. 나는 카를로스에게 그토록 의존하는 내가 역겨웠고, 불건전한 생활 방식에 신물이 났다.

나는 여러 방식으로 편지를 쓰다가 무릎 위에 노트를 펼쳐둔 채 잠이 들었다.

친애하는 카를로스,
우리는 지금 중요한 갈림길에 서게 된 것 같아······

*

다음 날 아침, 소란스러운 소리에 서맨사와 카를로스보다 먼저 잠에서 깼다. 누군가 주먹으로 방문을 두드리는 소리, 체인이 덜그럭거리는 소리, 문밖에서 들리는 남자 목소리. 두 사람은 아무 소리도 듣지 못하고 계속 잠을 잤다. 나는 잠에서 덜 깬 멍한 상태로 문을 열었다. 20대 중반쯤 되어 보이는 남자가 다시 문을 두드리려고 주먹을 들고 있었다. 서맨사가 내 뒤에서 나타났다. 우리가 잠을 자느라 체크아웃 시간을 넘긴 것이었다.

"이 방을 사용하려면 오늘 치 숙박비를 내야 합니다. 돈이 없다면, 청소부가 기다리고 있어요." 그가 말했다. 그는 팔짱을 끼고 있었다. 맨발에 서늘한 한기가 느껴졌다.

"그럼요. 잠시만 기다리세요." 내가 말했다. 카를로스가 일어나 앉아 어두운 방으로 쏟아져 들어오는 햇빛을 가리려고 눈 위에 손을 댔다.

나는 침대 옆에 무릎을 꿇고 앉아 카를로스의 청바지에서 돈을 찾기 시작했다. 그리고 20달러짜리 지폐 세 장을 남자의 손에 건넸다.

"다음엔 손님들이 직접 오세요. 아니면 적어도 전화라도 받든가요." 그가 소리치며 계단으로 사라졌다.

"벨이 울리는 건 듣지도 못했는데." 내가 서맨사에게 말했다.

"나도 못 들었어." 침대에 앉은 나는 수화기가 잘못 놓여 있는 걸 발견했다. 한 번도 전화를 사용한 적이 없으니 며칠이나 저렇게 되어 있었는지 알 수 없었다. 카를로스와 서맨사는 수화기를 제자리에 놓는 나를 지켜보았다.

"벌써 시간이 그렇게 됐나?" 카를로스가 물으며 자기 배를 가리켰다. "그래, 그런 것 같군." 그는 기분이 좋았다.

"몇 시에 들어왔니, 서맨사?" 나는 서맨사가 들어오는 것도 모르고 잠을 잤다는 데 놀랐다. 내가 서맨사의 침대에서 자고 있었기 때문이다. 서맨사가 들어와서 내 옆에 누웠는데도 몰랐다니 놀라웠다. 카를로스는 일어나서 커다란 중국 음식 메뉴판을 펼쳤다.

"밥 먹자, 바보들아." 그가 메뉴판으로 내 맨다리를 찰싹 때리며 말했다.

"뭘 주문할까?" 서맨사가 내 질문을 까맣게 잊고 물었다.

나는 너무 피곤하고 배가 고파서 카를로스에게 쓴 편지를 생각할 여력이 없었다. 너무 혼란스러웠다. 지금 당장의 필요에 집중하는 편이 더 쉬웠고, 당장의 필요란 바로 음식이었다.

그의 침대에 모여 앉아 메뉴를 읽고 있는데 전화벨이 울렸다. 순간 우리 모두의 시선이 얽혔다. 그 전화로 전화가 온 적은 한 번도 없었다. 내가 긴급 상황이 발생할 경우 리사 언니에게 전해달라고 보비에게 번호를 알려준 적은 있었다. 서맨사가 일어났다. 그녀는 긴장한 얼굴로 전화를 받더니, 수화기를 내게 건넸다.

"네 전화야. 리사 언니야."

"여보세요?"

"리즈, 나야. 왜 네가 안 받았니?" 그러나 내가 미처 대답을 하기도 전에 언니가 말을 이었다. 언니는 눈물을 머금은, 공포에 싸인 목소리로 무서운 말을 중얼거렸다.

"뭐라고?" 나도 모르게 무릎이 굽혀졌다. 어떻게 침대에 앉게 되었는지 기억도 나지 않는다. 리사 언니는 어린 시절 목소리로 흐느끼며 그 소식을 반복해서 전했다.

"15분 후에 갈게." 내가 수화기를 내려놓으며 말했다.

"리즈, 무슨 일이야?" 서맨사가 물었다.

눈물이 뺨을 타고 흘러내렸다. 나는 여전히 전화기를 보며 재빨리 눈물을 닦아냈다. "엄마가 죽었어." 나는 담담하고 단호하게 느껴지는 목소리로 말했다.

갑자기 카를로스가 강인한 팔로 나를 감싸 안았다.

서맨사가 택시를 불렀다. 택시를 기다리는 동안, 공중전화로 아빠에게 전화를 걸었다. 아빠의 목소리를 듣는 순간 배 속이 뒤틀렸다. 내가 아빠에게 무슨 말을 해야 하는지 알기에.

"아빠…… 일단 좀 앉을래?"

우리는 함께 울었다. 아빠는 보호소 사무실에서 직원의 감시하에 시간에 쫓기면서, 그리고 나는 모텔 밖에서 추위에 떨면서. 아빠가 우는 모습은 한 번도 본 적이 없었다. 그러나 우리는 그 순간 함께 울었고, 우리의 가슴이 찢어지는 것을 느꼈다.

*

나는 택시를 타고 베드퍼드로 달렸다. 눈물로 뿌옇게 된 시야 속에서 세계가 정신없이 돌았다. 택시를 타고 가는 내내 카를로스는 내 얼굴을 응시하며 무릎을 쓰다듬고 말을 걸었다. 그러나 나는 더 이상 멀어질 수 없을 만큼 그에게서 멀리 있었다. 그 순간 내게 중요한 것은 엄마와 리사 언니와 아빠뿐이었다. 상실감의 무게가 내 마음에서 다른 사소한 모든 것들을 몰아냈다.

나는 토니의 식당에서 언니를 만났다. 언니는 엄마의 것으로 보이는 낡은 코트를 입고 있고, 음식 없이 커피 잔만 앞에 두고 테이블에 혼자 앉아 있었다. 언니의 눈은 충혈되어 있었다. 내가 언니에게 다가가고 우리가 서로를 보았을 때, 다시 한번 가슴이 찢어졌다.

9장

말하지
못한 것들의
무게

엄마는 수요일 아침 8시 30분쯤에 죽었어.

그때 나는 엄마를 잊고 어딘가에서 잠을 자거나 웃고 있었지.

난 영원히 후회할 거야.

엄마는 혼자서 죽어갔어. 며칠 동안 누구도 방문하지 않았지.

난 한 달 동안 그곳에 가지 않았어.

엄마 딸이 엄마를 다시 보러 오지 않을까 봐 걱정했어?

그래서 그렇게 쉽게 가버린 거야?

난 늘 엄마 곁에서 엄마에게 돈을 주고, 엄마를 씻겨주고,

엄마의 모든 일상을 목격했는데,

왜 하필 엄마가 죽어갈 때는 그곳에 없었을까?

1996년 12월 27일

엄마

엄마를 잃은 게 이토록 힘든 이유 중 하나는, 이제 우리가 결코 할 수 없게 된 이야기들 때문이야. 그게 다 죽음이 한 짓이야. 죽음이 우리가 아직 못다 한 말들을 나눌 기회를 앗아가버렸어.

엄마도 나처럼 느꼈어? 말하지 못한 것들의 무게를?

지난 16년 동안, 나는 감정을 삼키는 법을 배웠어. 엄마에게 상처를 주거나 엄마를 밀어내고 싶지 않아서 내 감정을 차마 말하지 못하고 삼켜버리는 법을.

엄마와 나를 보고 있으면 진주가 어떻게 만들어지는지 생각하게 돼. 사람들은 진주를 아름답고 완벽한 보석이라고 생각하지만, 그것이 고통의 산물이라는 건 깨닫지 못해. 진주가 조개 속에 갇혀서 힘들고 위험한 시간을 보냄으로써 탄생한다는 걸 말이야. 조개는 스스로를 보호하기 위해 진주를 만들어.

엄마, 굳게 다문 입술 뒤에서 내가 한 것도 그거야. 진주가 탄생할 때까지 수많은 작은 상실들을 입 밖에 내지 않고 우리 가족의 고통을 조개처럼 품는 것. 하지만 엄마는 갔고, 이제 나의 침묵이 무슨 소용인지 모르겠어.

엄마는 수요일 아침 8시 30분쯤에 죽었어. 그때 나는 엄마를 잊고 어딘가에서 잠을 자거나 웃고 있었지.

난 영원히 후회할 거야.

엄마는 혼자서 죽어갔어. 며칠 동안 누구도 방문하지 않았지. 난 한 달 동안 그곳에 가지 않았어. 엄마 딸이 엄마를 다시 보러 오지 않을까 봐 걱정했어? 그래서 그렇게 쉽게 가버린 거야? 난 늘 엄마 곁에서 엄마에게 돈을 주고, 엄마를 씻겨주고, 엄마의 모든 일상을 목격했는데, 왜 하필 엄마가 죽어갈 때는 그곳에 없었을까? 낯선 사람들이 엄마의 옷을 갈아입히고, 엄마에게 음식을 먹여주고, 갓 부화한 새처럼 연약한 엄마의 벌거벗은 몸에 손을 댈 때 말이야.

그 사람들은 아픈 엄마 몸을 앞에 두고 백화점에서 산 향수 냄새가 진동하는 팔찌를 찬 손으로 환자용 변기를 갈면서 냉정하게 자신들의 사생활에 대해 이야기를 했겠지. 엄마는 고립감 때문에 무섭고 끔찍했을 거야.

두려웠어, 엄마?

내가 사랑을 나누고 식당에서 햄버거를 먹고 햇살 아래서 웃는 동안, 엄마는 두려움에 떨고 있었어?

엄마, 나는 이제 더 이상 외톨이가 아냐. 내게는 친구들이 있어. 그중 몇 명은 엄마의 장례식에 왔어. 카를로스 기억해? 카를로스도 왔어.

지금 내 남자 친구야. 서맨사는 침대에서 나오려 하지 않았어. "도저히 못 가겠어, 리즈. 너무 우울해질 것 같아." 그녀는 내가 택시에 타기 직전에 그렇게 말했어. 우린 엄마의 장례식에 참석한 매든스 술집의 엄마 친구들에게 교통비를 줬어. 하지만 난 매든스에게도 다른 누구에게도 감사 편지를 쓰지 않았어. 왜인지는 잘 모르겠어.

리사 언니와 나, 카를로스, 피에프는 엄마가 매장되기 직전에 '천국의 문' 공동묘지에 도착했어. 날씨가 잔뜩 흐렸지. 엄마의 장례는 자선 장례식으로 치러졌어. 엄마는 대로변에서 쌩쌩 지나가는 자동차 소리를 들을 수 있었을 거야. 엄마는 엄마의 이름이 잘못 표시된, 못으로 막은 소나무 관에 들어 있었지. 낯선 사람들이 엄마의 시신을 다뤘어.

관 속에서 아직 환자복을 입고 있었어?

진 머리(Gene Murry). 상자에는 이렇게 쓰여 있었지. 게다가 방향을 표시하기 위해 머리와 발이라고 굵게 강조해서 쓴 글씨도 있었어. 카를로스는 그게 얼마나 내 기분에 거슬렸는지 알았어. 그래서 검은 매직펜으로 엄마의 관 앞에 하늘을 나는 천사의 그림을 그려 넣고 올바른 정보를 써넣었지. 진 마리 머리(Jean Marie Murray). 1954년 8월 27일―1996년 12월 18일. 리사와 엘리자베스 머리의 사랑하는 어머니이자, 피터 피네티의 아내.

어머니. 엄마는 9개월 동안 우리에게 양분을 제공하고, 우리를 세상에 나오게 해주었어. 이제 그 몸은 움직이지 않고 차갑게 식어 영원히 손에 닿을 수 없게 되었어.

피터 피네티의 아내. 아빠는 장례식에 오지 못했어. 열차에 무임승차를 했다가 걸린 모양이야. 나는 아빠에게 전화로 엄마의 사망 소식을 전했어. 난 아빠에게 먼저 앉으라고 말했고, 아빠는 감을 잡았지. 아빠의 입에서 새어나오던 끔찍한 신음소리를 기억하면, 내 마음은 아빠와 엄마에 대한 사랑으로 차올라. 아빠는 그때 도움이 필요했어. 하지만 엄마는 떠났지. 엄마는 떠났어.

엄마는 모르겠지만, 아빠는 어느 날 병원에서 엄마의 입술에 키스했어. 간호사가 건강상 위험하다며 아빠를 나무랐어. 엄마가 그 소리를 못 들은 게 다행이야. 사람들은 평생 엄마를 그렇게 대했어. 엄마를 피해야 할 대상으로 취급했지. 나도 그랬어.

혼자 엄마를 찾아왔다가 전철을 타고 다시 보호소로 돌아가는 아빠의 모습을 상상할 수 있어? 난 자주 상상해. 아빠는 뭔가 어려운 일이 생겼을 때 늘 그러는 것처럼 두 손으로 머리를 감싸고 있었겠지. 아내가 아프고 딸들은 뿔뿔이 흩어져 살아가고 있는데, 다른 승객들은 무심하게 신문을 읽고 있는 전철 안에서 말이야. 아빠는 엄마가 다시 건강해지기를, 그래서 죽어가는 사람들과 기계들로 가득한, 질병의 냄새가 진동하는 건물에 엄마를 남겨두고 떠나지 않아도 되기를 얼마나 간절히 바랐을까? 아마 엄마가 그 죽어가는 사람들 중 하나라는 사실을 받아들일 수 없었을 거야. 나도 그랬으니까.

우리는 크리스마스 바로 다음 날 엄마를 묻었어. 무료 장례식장을 찾는 데 거의 일주일이 걸렸지. 바로 전날인 크리스마스날 밤, 나는 리버데일 식당에서 친구들과 함께 12달러짜리 칠면조 요리를 먹었어. 피에프와 그의 사촌들, 서맨사, 리사 언니, 카를로스, 그리고 나. 우리는 모두 부모님을 그리워했어. 우리는 어머니와 아버지의 존재를 잊도록 서로를 도왔어. 우리를 안아주고 침대 옆에서 노래를 불러주던 존재들을. 우리는 서로의 도움으로 부모님을 몰아냈어.

난 식당에서 모두가 웃으며 이야기하는 동안 빨간색, 주황색, 노란색으로 깜빡이는 크리스마스 불빛을 얼굴에 받으며 음식을 먹는 언니를 보았어. 언니는 엄마와 너무 닮아 보였어. 자그마한 체격과 커다란 호박색 눈. 엄마, 언니는 아름다웠어. 언니는 엄마처럼 아름다운 여자로 성장했어. 우리가 좀 더 가까워져서 서로 포옹할 수 있으면 얼마나 좋을까 하고 생각했어. 지금 언니를 안고, 엄마를 안고, 아빠를 안기를 간절히 바라는 것처럼 말이야.

누군가 카운터에서 음식값을 지불했어. 우리가 겨울 공기 속으로 다시 나가기 전에, 카를로스가 테이블 주크박스에 25센트짜리 동전 두 개를 넣고 샤데이의 「Pearls」를 틀었어.

언제나 사랑해.
리즈가.

10장

인생이 최악으로
변할 수 있다면,
최선으로도
변할 수 있어

삶은 늘 그런 식이다.
한순간 모든 것이 이치에 닿다가도, 다음 순간 상황이 바뀐다.
사람들이 병에 걸리고, 가족들이 헤어지고, 친구들이 문전박대를 한다.
그곳에 앉아 있는 동안 내가 경험한 급작스러운 변화들이 떠올랐지만,
내 마음속에 솟아난 감정은 슬픔이 아니었다.
느닷없이, 이유가 무엇인지 몰라도,
그 자리에 다른 감정이 자리 잡고 있었다. 그것은 희망이었다.
인생이 최악으로 변할 수 있다면,
어쩌면 좋은 쪽으로도 변할 수 있다는 생각이 든 것이다.

엄마를 묻은 다음 주부터 나는 잠들 수가 없었다. 휴식을 취하려 할 때마다 몸이 차갑게 떨렸고, 마치 새장에 갇힌 새의 날개처럼 미친 듯 흉벽을 두드리는 심장 때문에 늘 깨어 있을 수밖에 없었다. 간신히 잠이 들면, 죄책감이 나를 괴롭혔다. 잠이 들 때마다 엄마가 나를 가장 필요로 할 때 내가 엄마를 외면하고 그로 인해 엄마가 죽고 또 죽는 악몽을 반복해서 꾸었다. 그 악몽은 내게 불면증을 안겨주었다.

　그해 겨울, 기록적인 한랭전선이 뉴욕시를 강타했다. 모텔 관리인은 혹독한 추위에 대한 숙박객들의 불평에 마침내 히터 온도를 올렸다. 증기 때문에 공기가 답답했다. 시트를 몸에 말고 잠과 씨름하는 동안, 나는 카를로스의 땀과 내 땀에 푹 젖었다. 그 시절에 대한 나의 기억은 균일하지 않다. 그가 침대로 가져온 장미의 향기, 그 장미가 날마다 달콤한 냄새를 풍기며 썩어가는 냄새, 우지직거리는 카를로스의 라디오에서 나오는 슬로 잼이나 올드 스쿨 랩, 슬릭 릭과 그랜드마스터 플래

시의 음악. 거울 앞에 서서 눈에 시커먼 화장을 하고 입술에 반짝이는 립글로스를 바르는 서맨사.

깨어 있을 때 내 정신 상태는 위태로웠다. 나는 감정을 조절할 수 없었다. 때로는 감정이 흘러넘쳤고, 아니면 멍해져서 침묵 속으로 빠져들었다. 3일째 되던 날 밤, 카를로스는 내 행동에 신물이 났는지 창문 바로 밖에서 보란 듯이 다른 여자들에게 전화를 걸어 시시덕거렸다. 그러더니 서맨사에게 산책을 가자고 제안했고, 둘이서 뭘 했는지 몇 시간 만에 돌아와 상호가 프랑스어나 이탈리아어로 쓰인 근사한 레스토랑 음식 같은 것을 기름기 묻은 봉지에 담아 와서 자랑했다. 그가 나를 데려간 적 없는 곳이었다. 나는 내가 좋은 동행이 못 된다는 것과, 나의 슬픔이 방 안의 모든 공기를 흡수하고 있다는 것을 알았다.

우리가 모텔에서 함께 보낸 마지막 밤은 신년 전야에서 1997년의 첫 새벽으로 넘어가는 시점이었다. 우리 셋은 침대에 뻗어서 해바라기씨를 나눠먹으며 TV에서 나오는 새해맞이 행사를 지켜보았다. 정확히 자정에, 수백 개의 색종이가 타임스스퀘어에 비처럼 쏟아졌다. 나는 생각했다. 엄마 없이 보내는 첫 번째 새해네, 엄마.

*

카를로스가 3일 동안 사라졌다. 값나가는 물건도 남겨두지 않았다. 호텔 지배인은 서맨사와 내게 정확히 오전 11시에, 1분 1초도 넘기지 않고 모텔에서 쫓아내겠다고 경고했다. 우리는 긴긴 밤 동안 아무 말 없이 기다렸다. 우리 둘 다 알고 있는 사실, 그가 이번에는 돌아오지 않으리라는 사실을 서로 입 밖에 내려 하지 않았다. 누가 먼저인지 기억나지 않지만, 우리는 가방을 쌌다. 서맨사는 잡동사니 틈에서 발견한 여행 가방에 소지품을 쑤셔 넣었다. 만화책과 염색약 통, 시집, 찢어진 청바지, 니트 가디건. 내가 가진 모든 물건은 내 배낭 속에 넣었다. 일기장과 엄마의 NA 동전, 옷 몇 벌, 속옷, 그리고 내가 어딜 가나 가지고 다니는, 열일곱 살에 노숙하던 당시 그리니치빌리지에서 찍은 엄마의 흑백사진. 우리는 반항의 표현으로 쿵쿵거리며 물건을 가방에 쑤셔 넣었고, 우리 소지품이 아닌 것은 벽에 던지거나 발로 세게 걷어찼다.

서맨사는 비상 상황에 대비해 10달러를 숨겨두었었다. 기차역까지 걷기는 너무 멀었고, 가방은 너무 무거웠다. 그래서 해가 뜨자 우리는 택시를 타고―무릎 위에 배낭과 옷가지를 담은 쓰레기봉투를 얹고―베드퍼드 파크 대로로 갔다. 다음에는 어떻게 해야 할지 알 수 없었다.

우린 헤어질 생각은 없었다. 그냥 어쩌다 보니 그렇게 됐다. 서맨사는 가방을 맡겨두러 오스카에게 갔다. 그때가 일요일이었으므로 친구들이 집에 있을 걸 알았다. 그래서 나는 생각해낼 수 있는 모든 집―보비의 집, 제이미의 집, 조시의 집, 피에프의 집― 문을 두드렸다. 보비는 자기 옷장에 내 쓰레기봉투를 보관하게 해주었다. 나는 제이미의 집에서 그녀의 엄마가 외출한 동안 샤워를 했다. 머리를 말리고 있는데, 카를로스가 제이미의 집 문을 두드렸다. 그녀가 손잡이에 손을 댄 채로 나를 돌아보았다. "그를 어떻게 하고 싶니?" 이렇게 묻는 것 같았다. 카를로스의 눈에는 광기가 어려 있었고, 눈동자가 사방으로 정신없이 움직였다.

"다른 방을 구해놨어, 투끼풀. 어서 가자." 그가 말했다.

나는 안심하고 머물 수 있는 곳을 원했다. 그러나 제이미의 엄마가 집에 언제 올지, 누군가의 집에 머물 수 있는지조차 확실히 몰랐기에, 내 감정을 무시하고 그와 함께 갔다. 택시 안에서 머리카락이 여전히 젖은 채 내가 물었다. "서맨사를 데리러 갈까?"

"나중에 데리러 올 거야." 카를로스가 말했다. 그를 재촉하지 않는 편이 좋다는 것쯤은 이제 나도 알았다. 그의 낡은 군복은 너덜너덜해졌고, 당장 씻어야 할 모습이었다. 면도도 하지 않았고, 팀버랜드 부츠는 웬일인지 신발 끈도 없어졌다. 카를로스가 손마디 하나를 펴서 아크릴 유리로 된 택시 칸막이를 두드리며 말했다. "뉴잉글랜드 고속도로, 12 더하기 1 출구!"

"뭐요?" 택시 기사가 물었다.

"뉴잉글랜드 고속도로, 12 더하기 1 출구!" 카를로스가 소리쳤다. 그는 초조하게 손으로 머리칼을 빗어 넘기며 나를 보았다. "주위에 온통 악마들이 우글우글해. 그자가 번호를 말하지 못하게 해. 그자가 날 속이고 있어, 토끼풀. 난 알아." 가슴이 거세게 방망이질했다.

"13? 13번 출구를 말하는 거야?" 내가 물었다. 카를로스는 그 숫자를 듣고 움찔하더니 꼭 쥔 주먹을 입에 대고 두 눈을 감은 뒤 고개를 천천히 끄덕였다.

"그래." 그가 의기소침하기도 하고 정신병자 같기도 한 어투로 말했다. 애초에 나는 왜 이 택시에 탄 걸까? 나는 생각했다. 카를로스가 뭘 했는지 모르지만 뭔가에 취해 있는 것만큼은 분명했다.

나는 깊이 심호흡을 하며 기사에게 말했다. "뉴잉글랜드 고속도로를 타고…… 13번 출구로 가주세요." 나는 카를로스가 격분하며 스페인어로 토해내는 동안 잔뜩 주눅이 들어 말했다. 택시가 속력을 냈다.

가만히 가방에 손을 넣어 옷가지 사이를 뒤져 손끝으로 엄마의 NA 동전의 우둘투둘한 테두리를 만지작거렸다. 나는 늘 그 동전을 간직해왔다. 그것을 가지고 있으면 엄마와 가까이 있는 것처럼 느껴졌다. 택시 안에 카를로스와 앉아 요리조리 차들을 피해 달리는 동안, 나는 동전을 계속 만지작거렸다.

주여, 우리에게 우리가 바꿀 수 없는 것을 평온하게 받아들이는
은혜와……

새로운 숙소는 트럭 운전사들과 몇 시간의 쾌락을 찾는 사람들이 묵어가는 홀리데이 모텔이라는 길거리 숙박업소였다. 그곳은 반 코틀랜트 모텔과 별로 다르지 않았다. 다만 차이가 있다면 이번에는 그곳이 어디인지 모른다는 것뿐이었다. 나는 카를로스에게 의지하지 않고는 어떤 교통수단을 이용해야 할지도 몰랐다. 그리고 우리가 서맨사에게 돌아가지 않을 것 같은 예감에 기분이 가라앉았다. 이 모텔에는 고속도로와 초라한 사람들과 카를로스와 나 외에는 아무것도 없었다.

*

나는 얌전하고 조용히 지내는 것이 최선이라는 결론을 내렸다. 카를로스가 무엇을 결정하건, 그 결정이 마음에 들지 않더라도 조용히 따랐다. 두려움 때문에 그럴 수밖에 없었고, 그는 나의 두려움을 최대한 이용했다. 우리의 상황은 마치 '사이먼 가라사대'라고 불리는 심술궂은 놀이 같았다. "방으로 가자." 그가 지배인에게 방값을 지불한 뒤 큰소리로 말했다. 우리는 방으로 갔다. 열쇠를 가진 사람은 그 혼자였다. 나는 추위 속에서 그가 방문을 열어주기를 기다렸다. 손에 열쇠를 든 채 방문을 겨우 몇 센티미터 앞두고 꾸물거리며 호출기와 휴대전화를 확인하느라 나를 추운 바깥에 세워두는 그를 그저 지켜보면서. 카를로스는 자신이 그렇게 할 수 있다는 이유만으로 그렇게 했다. 다음 며칠 동안 몇 번이나 그는 본능적으로 "밥 먹을 시간이야!"라고 외쳤다. 그

가 그렇게 말한 몇 분 전도, 몇 분 후도 아닌, 딱 그 시간이어야 했다. 나는 코트를 집어 들고 뒤따랐다. 우리가 내야 할 음식 값 13.5달러가 실수로 현금등록기에 한 번이 아닌 두 번 등록되었을 때, 그가 카운터를 쿵 내려치고는 주문한 테이크아웃 음식을 버려두고 밖으로 나가는 바람에 나는 배를 주릴 수밖에 없었다. 가끔 저녁에 돌아온다는 말도 없이 모텔에서 나갔을 때도, 나는 역시 기다렸다.

그런 밤들은 자주 찾아왔고, 나는 뉴잉글랜드 고속도로 12+1 출구에 있는 홀리데이 모텔에서 홀로 시간을 보냈다.

카를로스가 오는지 창문을 지켜보며 얇은 나무 벽 사이로 들리는 매춘의 소리를 듣고 있는 나는 전화를 걸 돈도, 달아날 장소도 없었다. 한 번은 아빠가 감옥에서 독방에 갇힌 적이 있었는데, 그때 유일한 오락거리는 달랑 책 한 권뿐이었다고 했다. 아빠는 그 책 속 등장인물들의 환각을 보기 시작했다. 그들은 아빠의 유일한 동무가 되어 말을 걸었다. 나는 엄마 생각에 가슴이 찢어진 채 그 작은 모텔 방을 미친 듯 왔다 갔다 하며 서서히 무너지고 있었다.

내 생각은 내 삶 속의 인물들과, 그들이 어떻게 나의 선택을 결정짓는지에 집중되었다. 내가 떠난다면 어디로 가야 할까? 보비의 집? 그건 오래갈 수 없다. 그럼 제이미의 집에? 그녀의 엄마는 위탁 양육 관련 일을 하는 사회복지 활동가였다. 그러니 내가 집단 시설로 돌아가도록 '도와'줄 것이 뻔했고, 그러므로 제이미의 집에 오래 머물 수는 없었다. 세인트 앤의 집에서 많은 것—무례한 소녀들, 무관심한 직원들, 감옥 같은 환경—을 경험했기에, 두 번 다시 그런 장소에는 가지 않을 작정이었다. 그럼 브릭의 아파트에? 돔비아 씨가 거기서 나를 기다릴 것이고, 그것은 곧 단체 시설을 선택하는 것과 마찬가지였다. 절대로 안 될 일이었다.

나는 사면초가에 빠졌다. 멍한 상태로 잠을 자거나 텔레비전을 보려 했지만, 엄마에 대한 생각 때문에 그조차 어려웠다. 엄마를 넣고 묻은 망할놈의 소나무 관과, 관을 고정시킨 조악한 못들. 엄마는 관 속에서 환자복을 입고 있었을까? 난 엄마에게 '나중에' 보러 오겠다고 말했어. 정말로 그럴 생각이었는데…… 내가 엄마의 NA 동전을 가지고 있고, 리사 언니와 브릭이 여전히 옷장에 엄마의 옷을 보관하고 있는데, 엄마가 정말로 죽을 수 있는 걸까? 카를로스의 광기가 고조될수록, 마치 급물살에 휩쓸린 듯 나도 그와 함께 떠내려가는 기분이었다.

다음 두 주 동안, 알 수 없는 긴 '외출' 뒤 돌아올 때마다 카를로스는 주머니에 든 모든 것을 테이블에 꺼내놓았다. 라틴 킹 구슬 목걸이와 점점 늘어가는 문신에 바르는 튜브형 항생제 연고, 권총, 알약과 벽돌 모양으로 뭉친 마리화나, 그리고 고개를 갸웃하게 만드는 탄산음료 두 캔. 담요를 뒤집어쓴 채 침침한 불빛 속에서, 나는 눈을 가늘게 뜨고 그가 가짜 코카콜라 캔을 비틀어 따고 코카인이 분명한 하얀 가루가 든 비닐봉지를 꺼내는 모습을 지켜보았다. 카를로스는 나를 보며 거울이 걸려 있고 볼품없는 카펫 재질의 밤색 벽지를 바른 벽 앞에 서서, 가짜 음료수 캔과 비닐봉지를 나란히 손에 들었다. 거울에 비친 그의 모습이 세 명으로 보였다. 그는 콜라 캔 속에 숨긴 코카인에서 뭔가 웃기는 거라도 발견한 듯 눈썹으로 재미있다는 표정을 지었다.

한 가지 다행스러운 점은 카를로스가 더 이상 나와 육체적인 관계를 시도하지 않는다는 것이었다. 그는 그 추운 1월 새벽녘에 들이와 눈 덮인 부츠를 벗어던지고 바닥에서 담요를 끌어다 덮고 잤다. 이런 행동은 나를 안심시키는 동시에 기운 빠지게 했다. 함께 대화도 하지 않고 잠도 자지 않는다면, 우린 무엇 때문에 함께 있는 것일까, 하는 회의 때문이었다. 그러나 나는 애정 어린 눈으로 나를 응시하던 강렬한 갈색 눈과 그의 품에 안겨 잘 때 들리던 심장박동 소리를 여전히 기억했다. 카를로스는 한때 내게 사랑과 위안의 원천이었다. 그는 자기 아버지가 에이즈에 걸렸을 때 아버지를 돌본 것처럼 우리 엄마를 돌봐주었다. 우리가 겪은 일들을 생각할 때 그에게 화를 내기는 어려웠지만, 그를 두려워하기는 어렵지 않았다.

너무도 많은 침묵의 밤과 행방불명을 경험한 뒤, 나는 위험을 무릅쓰고 몇 가지 질문을 시도했다. 어느 날 밤 나는 내가 낼 수 있는 가장 힘없는 목소리로 조심스럽게 물었다. "그래서 오늘은 어디로 갈 거야? 나도 함께 가면 안 돼……? 서맨사를 데리러 가면 안 될까?"

나는 오스카의 전화번호를 몰랐고, 내가 전화한 곳마다 서맨사의 소식을 들은 사람은 아무도 없었다. 나는 걱정이 되었다. 반쯤 썩어버린 음식 찌꺼기를 먹고, 돌아온다는 보장도 없는 그를 기다리며 창밖을 보는 일도 신물이 났다. 뭔가 변화가 필요했다. 카를로스는 코웃음을 치며 턱을 쭉 빼고 짜증스러운 눈빛으로 내 질문에 반응했다. 하지만 우리는 온종일 아무것도 먹지 않았고, 내가 재촉하지 않으면 또 아무것도 먹지 못할 게 분명했다. 나는 그가 나 없이 혼자 나가지 않았으면 했다.

그래서 아주 부드럽게 물었다. "카를로스, 내 말 들었어? 내가 함께 가면 안 돼?" 가슴이 쿵쾅거렸다.

그가 천천히 나에게 걸어오더니, 빠른 동작으로 팔을 뒤로 뺐다가 앞으로 날렸다. 쾅! 그의 주먹이 내 머리를 지나쳐 벽의 나무판자를 쪼갰다. 나는 비명을 질렀다. 그는 마치 내 얼굴을 때릴 준비가 됐다는 듯 다시 주먹을 뺐다. 나는 움츠리며 얼굴을 보호하기 위해 두 팔을 들어 올렸다. 그는 주먹을 치켜든 채 나를 위아래로 쳐다보며 웃었다. "멍청이." 그는 이렇게 중얼거리고는 욕실로 들어갔다. 온몸이 부들부들 떨렸다. 나는 침대에 몸을 기댄 채 웅크리고 앉았다. 더 이상 한마디도 할 엄두가 나지 않았다. 그전까지는 적어도 폭력으로 위협한 적은 한 번도 없었다.

그러나 어쩌면 그렇지 않을지도 모른다. 카를로스는 늘 말없이 통제권을 확립했고 그를 재촉하면 안 된다는 것을 각인시켜 왔다. 그는 세면대 앞에서 혼자 중얼거리며 물건들을 욕실 바닥에 떨어뜨렸다. 나는 감히 움직일 수도 말을 할 수도 없었다. 영원처럼 느껴지는 순간 동안, 나는 거울을 통해 카를로스가 젤을 발라 머리를 뒤로 넘기고 일회용 면도기로 아래턱 수염을 다듬고 금반지를 끼고 마지막으로 총을 벨트에 찬 뒤, 주머니에 마약을 넣는 모습을 지켜보았다. 그는 조용히 추운 바깥으로 걸어 나갔다.

*

'경찰, 흉기 사망자 내연남 입건'.《뉴욕 데일리 뉴스》1월 13일 자 헤드라인이었다. 기사는 감정적이기보다 사실적이었다. 기자는 '피해 여성은 몸 여기저기가 칼에 찔리고 목이 베였으며, 모텔 방바닥에 죽어 있었다'고 있는 그대로 밝혔다. 이런 일이 늘 일어나는 도시에서 한 여성에게 그 애인이 저지른 폭력 사건 중 하나일 뿐이었다. 사실 애인이 흉기를 휘두른 사건은 마약 거래와 경찰 출동과 여성에 대한 폭력이 다반사인 소위 이런 '러브 모텔'에서는 뉴스거리도 되지 않았다.

그러나 나는 그 흉기 사건을 알기 위해 뉴스 기사를 기다릴 필요도 없었다. 그냥 커튼을 여는 것만으로 그 사건을 알게 되었다. 나는 카를로스가 나가 있는 동안 TV에서 나오는 그 뉴스를 보고 있었다. 처음에는 상황이 완전하게 이해되지 않았다. 기자가 모텔 앞에 서서 뉴잉글랜드 고속도로의 한 싸구려 숙박업소에서 한 여인이 살해된 끔찍한 사건에 대한 이야기를 전하고 있었다. 모텔 청소부가 시체를 발견했는데, 바로 그 순간 눈을 크게 뜬 기자 뒤로 시신이 조용히 앰뷸런스에 실리고 있었다. 그것은 아빠가 좋아하던 드라마 「법과 질서」의 에피소드가 될 법한 사건이었다. 그러나 그것은 실제 사건, 바로 내가 묵었던 방 창문 바로 밖에서 일어난 살인 사건이었다. 다섯 아이의 어머니인 39세의 로사 모릴라가 우리 방에서 불과 세 칸 떨어진 객실 바닥에 피를 흘리며 죽어 있었다. 나는 벌떡 일어나 창가로 가서 커튼을 열고 기자를 보았다. 마치 두 개의 다른 카메라 앵글을 보여주는 두 대의 TV를 보고 있는 것 같았다. 나는 TV와 창밖을 번갈아 똑같은 장면을 보았다. 시체 자루에 담긴 시신과 쿵 하고 닫히는 앰뷸런스 문, 짙게 화장한 기자의 얼굴을 비추는 눈이 멀 듯 강렬한 휴대용 조명.

나는 전등이며 TV며 모든 것을 끄고 담요 밑으로 기어들어 갔다. 어둠 속에서 경찰 무전기가 지지직거리는 소리와 10여 명의 발이 뿌드득거리며 눈을 밟는 소리, 청소부들이 스페인어로 미친 듯 말하는 소리가 들렸다. "안 돼! 빌어먹을." 나는 빈방에 대고 말했다. 겨우 두어 시간이 지나자 그런 일이 일어났던 것을 상상도 할 수 없게 되었다. 기자는 가버린 지 오래고, 경찰도 짐을 싸서 떠났고, 모텔은 다시 평소대로 영업을 재개했다. 마치 모릴라가 존재하지 않았던 것처럼. 마치 그녀가 다섯 아이의 어머니가 아닌 것처럼. 마치 그녀가 누군가의 딸이거나 자매가 아닌 것처럼. 그리고 그녀가 조금도 중요하지 않은 것처럼.

사람들은 그렇게 그냥 사라져버릴 수도 있는 거였다. 나는 거기 앉아 내 방에서 불과 몇 발짝 거리에서 살해된 여자에 대해 생각했다. 그녀는 어쩌다 그곳에 가게 되었을까? 어쩌다 그녀를 사랑한다고 주장하는 폭력적인 남자와 함께 그런 초라한 모텔에 가게 된 것일까? 그리고 나는 그녀와 무엇이 다른가?

아마도 나는 카를로스를 사랑했었고, 그가 말한 우리의 미래를 원했을 것이다. 나는 그가 유산을 받아서 자신의 집을 갖게 되기를 바랐다. 그리고 그가 한 번도 받아본 적 없는 사랑을 그에게 주고 싶었다. 그러나 그런 미래는 오래전에 물 건너갔다. 그리고 지금 나는 그가 두렵고, 또 그 없이 어찌해야 할지 몰라서 머물고 있었다. 나는 그가 필요하다고 생각했다.

의문을 품지 않을 수 없었다. 로사와 그녀의 애인이 아니라 카를로스와 나였다면 어떻게 되었을까? 그 기자가 언급한 게 내 이름이었다면? 열여섯 살 엘리자베스 머리가 그의 남자 친구인 열여덟 살의 마약 거래상의 손에 살해된 것으로 보입니다…… 나의 삶이 그런 식으로 끝난다면 아빠와 리사 언니와 서맨사와 보비, 그리고 내가 사랑한 모든 사람들에게 어떤 영향을 미칠지 상상했다.

*

모텔 청소부 아주머니가 나를 딱하게 여겨서 25센트 동전 두 개를 빌려주었다. 그 돈으로 제이미에게 전화를 걸었다. "네 도움이 필요해. 어머니에게 말해서 너희 집에 며칠만 묵을 수 있을까? 지금 여길 떠나야 할 것 같아."

*

제이미의 아파트는 나와 서맨사가 다음 거처를 개척할 때 머물렀던 여러 친구의 집 중 하나였다. 제이미가 엄마와 치열한 언쟁을 벌인 끝에, 나는 일주일 동안 머물도록 허락을 받았다. 나는 제이미가 베푼 친절을 평생 잊지 못할 것이다. 그녀는 나에게 아무것도 묻지 않고 마치 가족처럼, 그녀가 할 수 있는 모든 방식으로 나를 도와주었다. 그녀는 엄마에게 돈을 빌려 택시비를 내줬고, 내가 뜨거운 물로 샤워를 하는 동안 내 옷을 빨아주었으며, 참치 샌드위치와 뜨거운 치킨 수프를 만들어주었다. 밤에는 매트리스 위에 그녀와 나란히 누워 깨끗하고 따뜻하게 잠을 잤다. 카를로스는 내게서 멀리 떨어져 있었고, 나는 안전하다고 느꼈다. 제이미가 선택할 수 있는 문제라면, 나는 좀 더 오래 머물 수 있었을 것이다. 그러나 내 친구들 중 누구도 자기 집을 갖고 있지 않았고, 따라서 나의 거취는 어느 날 누구의 집이냐의 문제였다. 그리고 점점 그것이 불확실해져 갔다.

나는 처음 2~3주 동안 정처 없이 이 집 저 집을 옮겨 다녔다. 서맨사가 나와 연락하려고 보비의 집에 몇 번이나 전화했지만 그때마다 그 전화를 놓쳤다. 그녀는 241번로 단체 시설에서 안전하게 지내고 있었다. 그녀가 남긴 번호로 전화를 거니 릴라라는 소녀가 전화를 받아서 메시지를 남기라고 말했다.

"지금 없어요. 밖에 나갔어요. 혹시 남길 말이라도 있나요?"

"리즈한테 전화 왔었다고 전해주세요. 그리고 혹시 통화하고 싶으면, 오늘 밤 보비의 집에 있을 거라고요. 서맨사는 머리가 파랗고 짧은 푸에르토리코 소녀예요. 메시지를 꼭 전해주세요."

"난 서맨사가 누군지 알아요." 그녀가 불쑥 말했다. "난 그 애의 가장 친한 친구예요!"

그녀는 전화를 끊었다. 서맨사는 이제 새로운 터전으로 떠났다. 그녀 역시 가버렸다. 당분간은 정말 나 혼자가 될 것임을 깨달았다.

한번은 한밤중에 피에프의 집에 있다가 그의 부모님이 싸우는 바람에 그 집에서 나와야 했다. 보비는 늦은 밤 깜짝 방문을 꺼리지 않았다. 오히려 나를 보게 되어 좋아하는 듯 보였다. 내가 별안간 들이닥쳤을 때, 그는 이미 잠옷 차림이었다. 문을 여는 순간 그의 따스한 눈이 밝아지는 것을 보자, 나는 그제야 내가 얼마나 그를 그리워했는지, 베드퍼드 파크와 우리 그룹과, 함께 어울리던 때를 얼마나 그리워했는지 깨달았다. 나는 빈손으로 오지 않으려고 밖에서 지나가는 몇몇 사람들에게 돈을 구걸해서 중국 음식을 샀다.

"야채를 뺀 돼지고기 볶음밥과 브로콜리를 뺀 브로콜리 치킨이야. 네가 좋아하는 거잖아." 복도에서 봉지를 높이 들며 내가 처음 한 말이었다.

그는 예의 웃음을 지으며 희미하게 불이 밝혀진 따뜻한 아파트 안으로 나를 인도했다. 그의 엄마는 새벽 교대 근무를 하러 병원에 가기 전까지 몇 시간 더 자야 했다. 냉장고 문에는 보비 여동생이 그린 그림—노란색과 보라색이 선 밖으로 삐죽삐죽 나와 있는 나비 한 마리—을 자석으로 붙여놓았다.

우리는 TV 앞에서 음식 포장을 벗겼다. 테이프에 녹화한 레슬링 게임이 방금 끝난 상태였다. 화면 옆 액자에는 보비와 그의 여자 친구 다이안이 어떤 결혼식에서 열정적으로 키스하며 찍은 사진이 끼워져 있었다. 보비의 수학 숙제가 검은 매트리스에 펼쳐져 있었다. 백지에 인쇄된 여러 가지 도형과 각들. 그리고 그 옆에 펜으로 쓴 그의 답안. 카를로스와 함께 그 모텔 방에서 시간을 헛되이 보내는 게 아니라 진짜집에 있다는 건, 생활에 다시 발을 디디게 된 것과 같았다. 보비의 종이들과 건강하고 잘생긴 얼굴, 그의 인간관계를 보고 있노라니, 내가 음울한 공상의 세계에서 멍하게 지내는 동안 모든 것—사회와 현실, 그리고 삶—이 나 없이 굴러가고 있었다는 사실이 분명해졌다. 그의 옆에 있는 나는 지옥의 변방에서 온 유령 같은 존재로 느껴졌다.

"맙소사, 그동안 어떻게 지냈어?"

"무슨 뜻이야?" 나는 미심쩍어하며 말했다. 그곳에 앉아서 보비의 안정된 삶을 보니 그 질문이 거의 의례적인 것처럼 느껴졌다. 딱 봐도 내가 초라해 보이지 않는단 말인가? 내 옷은 더러웠고, 머리는 기름이 끼고 산발이었다.

"음, 그냥 말 그대로야. 모르겠어. 어떻게 지내? 어머니 일도 있고 무척 힘들었다는 건 알아, 리즈…… 난 무슨 일이건 네가 필요할 때 옆에 있어주고 싶었어. 그런데 그동안 너와 연락이 닿지 않아서 네가 어떻게 지내는지 그저 궁금했어." 방금 샤워를 했는지 아직 젖은 머리가 빗으로 빗어 넘겨져 있었다. 그의 눈은 진지하고 걱정이 가득했다. 나는 모텔에서 막 도망쳤기 때문이지 방어적인 태도를 취하지 않기가 힘들었다. 나는 지금 카를로스를 상대하고 있지 않다는 걸, 세상에는 정신이 멀쩡한 좋은 사람들이 많다는 걸 계속해서 상기해야 했다.

"미안…… 그냥 좀 피곤해서." 나는 어색함을 감추기 위해 계속 바닥을 보았다. "많은 일이 일어났어. 하지만 이제 괜찮아."

"괜찮다고? 그게 다야?" 그가 밥 한 숟가락을 입에 떠 넣으며 물었다. 그의 호기심은 진지했다. 그런 그를 보며, 나는 긴장을 풀고 내게는 나를 사랑하는 친구들이 있다고 스스로를 일깨웠다. 보비와 있으면 나는 안전했다.

"그래…… 그뿐이야. 난 괜찮아." 그리고 정말 그랬다. 카를로스를 떠남으로써 나는 자유로워졌고 깊은 잠에서 깨어났다. 나는 전에 없이 마음이 가벼워진 기분이었다. "어떻게 지냈는지 말해봐."

우리는 비디오로 녹화한 레슬링 테이프를 틀어놓고 음식을 먹었다. 중간중간 그는 내게 레이저스 에지, 툼스톤, 엘보 드롭 같은 레슬링 동작의 명칭을 가르쳐주었다. 그러나 나의 시선은 계속 매트리스 위에 펼쳐진 수학 숙제로 돌아갔다. 굵게 눌러쓴 힘 있는 보비의 글씨는 자신감 넘쳐 보였다.

"이 사람들이 중요한 선수야." 그가 강조하기 위해 양손을 움직이며 말했다. "하지만 프로 레슬링 협회 ECW는 진짜야. 실제 폭력에 대해 말하자면―"

"보비." 내가 말을 자르고 끼어들었다. "고등학교 생활은 어때?"

*

그날 밤 이후, 나는 그 주의 나머지를 길모퉁이 피에프네 집에서 마감했다. 다음 주에는 이곳저곳 옮겨 다녔다. 종종 친구들의 부모님이 잠자리에 들었을 때 몰래 들어가서 깨기 전에 나와야 했기 때문에 밤새 휴식을 취하기가 힘들었지만, 하룻밤에 네 시간 정도는 쉴 수 있었다. 마이어스네 집에는 침낭이 있었다. 그가 컴퓨터 책상과 침대 사이에 침낭을 펼쳐주면, 나는 작은 직사각형 방에서 유일하게 남는 공간을 차지하고 누웠다.

제이미의 어머니는 콩밥을 지어놓았다. 제이미는 자기 몫을 나와 나눠먹으며, 나인 인치 네일스 테이프를 틀어놓고 부엌에서 남자들 험담을 하거나 옛날 영화에 대해 이야기했다. 보비네 아파트에서는 최고의 샤워를 할 수 있었다. 나는 판테네 샴푸의 상쾌한 냄새와 파란색 코스트 비누를 한껏 즐겼고, 그의 어머니의 생리대와 체취제거제도 사용할 수 있었다.

친구들이 나를 먹여주었지만 가끔 토니의 식당에서 돈을 구걸하기도 했다. 토니는 내가 식당에 앉아 음식을 먹고 몇 시간 동안 몸을 녹

이게 해주었다. 하지만 도움을 청할 사람이 아무도 없을 때는, C타운 마트에서 손에 잡히는 것은 무엇이건 훔쳤다. 나는 대담하고 겁도 없이 빵이며 치즈며 씨 없는 청포도 따위를 배낭이나 후드 달린 셔츠 주머니에 쑤셔 넣었다. 위통을 가라앉히기 위해 먹을 수 있는 것은 무엇이건 집어넣었다. 그리 어렵지 않았다. 뭔가가 필요하면 얻을 수 있는 방법을 생각해낼 수 있었다. 내가 평생 그래왔듯이. 집에 음식이 없으면 슈퍼마켓에서 포장을 하거나 주유소에 가면 된다. 아빠와 엄마가 너무 혼란스럽다면 가출하면 된다. 학교가 재수 없으면 안 가면 된다. 간단했다. 나는 늘 욕구를 충족하며 살았다. 알고 보니 내게 어려운 부분은 전혀 다른 것이었다.

서맨사와 카를로스가 옆에 있을 때는 친구들의 집에 노크를 하고 도움을 받아 생활하는 게 그리 어렵지 않았다. 도움을 청하는 것이 신경 쓰일 때는 우리는 '사교활동' 중이며, 누군가의 집을 '방문'하는 것이라고 스스로에게 말할 수 있었다. 그러나 혼자 집 없이 지내는 생활은 모든 것을 바꿔놓았다. 내가 얼마나 궁핍한지, 그런 생활이 얼마나 싫은지를 드러내주었다.

물론 가끔 친구네 집에서 잘 수 있었지만, 그에 대한 대가가 없었던 것은 아니었다. 예를 들어 저녁 시간 보비의 집에서 스토브 너머로 들리는 작은 속삭임. 보비와 그의 어머니는 소리 죽여 나와 나눠 먹을 만큼 음식이 충분한지를 놓고 언쟁을 벌였다. 아니면 제이미네 집 건물 복도에서 나를 하룻밤 더 머물게 하기 위해 그녀가 어머니와 언쟁하며 실랑이를 벌이는 걸 들을 수 있었다. 때로는 피에프네 집마저도 쉽지 않았다. 그는 가끔씩 용커스에 있는 사촌들을 만나러 며칠씩 집을 비웠고, 그의 아버지는 문에 대고 피에프가 언제 돌아올지 모르겠다고 대답했다. 그들은 내 친구였지만, 나는 다른 존재였다……. "잘 곳이 필요해. 음식을 좀 나눠줄래? 담요 한 장 더 없니? 샤워기를 좀 써도 될까? 혹시 남는……?" 이게 나였고, 나는 그런 존재가 되는 걸 참을 수 없었다.

내가 원치 않았을 뿐 아니라 무서운 일이기도 했다. 나의 친구, 나의 새로운 가족이 나를 도와주면 도와줄수록 의문을 품지 않을 수 없었기 때문이다. 그들이 언제 거절하게 될까? 어느 시점에 내가 버거워지기 시작할까? 이런 생활이 영원히 지속될 수는 없었다. 그리고 어느 날 먹을 것과 잘 곳이 너무도 절실할 때, 친구들이 '안 돼'라고 말하고 나의 절망으로부터 등을 돌리는 상황을 생각만 해도, 그런 거부를 상상만 해도 감당하기 힘들었다. 나는 점점 가까워지고 있는 그 '안 돼'의 순간이 두려웠다. 내가 사랑하는 누군가가 나를 거절하는 순간 어떤 기분이 들까? 알고 싶지 않았다. 그래서 나는 더 이상 많은 것을 필요로 하지 않는 편이 좋겠다고 결심했다. 당장은 아니지만, 시간이 좀 걸리겠지만, 다시는 궁핍해지지 않겠다고 작정했다.

그리고 이처럼 궁지에 몰린 상황은 내게 또 다른 깨달음을 주었다. 친구들이 방세를 내주지는 않는다는 사실이었다. 그것은 단순하고 위력적인 생각이었다. 어느 날 밤 보비의 매트리스에서 자려 할 때 그 생각이 문득 들었다. 그 생각은 단순한 만큼 나의 사고에 커다란 변화를 초래했다. 내 친구들은 대단했다. 그들은 정이 많고 협조적이며 재미있다. 하지만 방세를 내주지는 않는다. 전에는 진정으로 방값을 걱정할 필요가 없었다. 그러나 이제 걱정해야 할 상황이 되었다. 나는 실제로 아파트를 얻고 방값을 내기 위해 돈을 모은다는 개념을 파악하려 애썼다. 내가 집착하는 모든 것들(카를로스, 친구들, 어울림, 과거에 대한 생각). 그들 중 어떤 것도 방세를 내주지 않았다. 방세를 지불하려면 뭔가 새로운 것에 초점을 맞춰야 했다.

그렇게 몇 주간 사람들에게 의존하여 생활한 뒤, 나는 일주일에 며칠은 지하철에서 자기 시작했다. 열차의 구석 자리에 앉아 있으면 대중교통을 타고 집으로 가는 길에 열차의 흔들림에 맞춰 꾸벅꾸벅 조는 여느 승객들과 다를 바 없어 보였다. 누구도 알 필요가 없었다. 하지만 이 방법은 안전하지 못했다. 가끔 악당들이 열차에 탔다. 헐렁한 바지에 후드를 뒤집어 쓴 10대들로, 서로 큰 소리로 고함치며 열차를 지배했다. 나는 몇 번 깨어나 그들과 눈이 마주쳤지만 그 이상의 일은 없었다. 순전히 운이었다. 그래서 나는 복도를 주요 피난처로 선택했다.

대부분의 베드퍼드 파크 건물들 맨 꼭대기 층의 층계참이 훨씬 더 안전하게 느껴졌다. 대리석 바닥을 침대 삼고 배낭을 베개 삼아 그곳에 누워 있으면 내 밑에서 모든 생활이 펼쳐졌다. 요리하는 냄새, 연인들의 말다툼, 접시 쨍그랑거리는 소리, 요란하게 울리는 TV 소리. 내가 예전에 즐겨 보던 TV 프로그램 「심슨」과 「제퍼디」, 그리고 랩 음악. 이 모든 것들이 나를 다시 유니버시티 애비뉴로 데려갔다. 그러나 내가 듣는 소리는 대부분 가족들 소리였다. 엄마를 부르는 아이, 아내의 이름을 부르는 남편. 이런 소리는 내게 가족들 간의 사랑이 어떻게 공간을 메워 그것을 가정으로 바꾸어놓는지를 상기시켜 주었다. 나는 리사 언니가 브릭의 집에서 어떻게 지내는지 궁금했다. 엄마를 잃고 어떻게 학교생활을 하고 있을까? 그러나 언니에게 전화할 엄두가 나지 않았다. 언니가 물을 게 뻔한 질문들을 감당할 자신이 없었기 때문이었다. "밖에서 뭐 하고 다니는 거니, 리지? 네 인생을 어떻게 할 셈이야? 학교로 돌아갈 거니?" 감당하기 힘든 질문들이었고, 그래서 나는 멀찌감치 물러서 있었다.

많은 밤 동안 나는 집이 그리웠다. 그러나 편안하고 안전한 느낌을 추구할 때면 문득 이런 생각이 들었다. 과연 내 집이 어디인가?

가끔 잠에서 깨어났을 때 잠시 내가 어디에 있는지 모를 때가 있다. 그 몇 초 동안, 그곳은 엄마와 아빠가 밤에 마약 파티를 벌일 준비를 하던 유니버시티 애비뉴의 집일 수도 있었다. 아니면 내 팔이 닿는 곳 어딘가에 서맨사가 누워 있는 브릭의 집일 수도 있었다. 그러나 눈의 초점을 맞춰보면, 나를 둘러싸고 있는 것은 다른 누군가의 가족들이 내는 소리와 그들의 냄새였다. 그곳은 보비네 집이거나 피에프네 집, 또는 내가 가끔 들르는 다른 집들 중 한 곳이거나 친구의 친구네 아파트였다.

나는 한 여자의 집에서 거의 일주일을 보냈다. 많은 남자들이 거기서 잠을 잤고 대니와 어울렸다. 대니는 보비의 친구로, 여러 해 동안 우리를 찾아와 친구들에 관한 수다를 주고받으며 지냈다. 그는 이제 내가 친구로서 믿고 의지하는 한 사람이자 우리 그룹의 일원이 되었다. 그는 피부색이 밝고, 훤칠한 키에 커다란 담갈색 눈을 가진 잘생긴 푸에르토리코 남자였다. 대니는 보비처럼 비디오 게임을 좋아하고 우리 집단과 어울리기를 좋아했다. 그는 늘 다른 여자 친구와 함께 있었다. 가장 최근 여자 친구가 페이지였다. 대니는 이제 막 그녀의 집에서 동거를 시작했는데, 우리 그룹도 집으로 끌고 들어갔다.

페이지는 한때 가출 청소년이었지만 지금은 스물두 살이 된 어엿한 성인이었다. 대니는 그녀가 스스로를 위한 준비를 아주 잘해왔고, 안정적인 직업과 아파트도 있으며, 룸메이트 없이도 집세를 지불할 능력이 있다고 내게 말했다. 그곳은 중국 음식점 위에 있는 작은 침실 하나짜리 아파트였다. 어찌나 작은지 거실에서 한번 구르는 것만으로 곧바로 부엌으로 갈 수도 있었다. 사실 말이 거실과 부엌이지, 모든 공간이 그 작은 방 안에 다 포함되어 있었기 때문이다. 그러나 모두 그녀의 것이었고, 그녀 스스로 이룬 것들이었다.

페이지가 우리 모두를 위해 치킨 볶음밥을 요리할 때, 그 냄새와 열기가 좁은 공간을 마치 사우나처럼 채웠다. 그녀의 곱슬곱슬한 머리카락이 젖어서 관자놀이에 달라붙었다. 그녀는 머리카락을 쓸어 넘기며 말했다.

"혹시 GED(미국 검정고시) 볼 생각 없어?" 그녀가 김이 나는 접시를 내 무릎에 내려놓았다.

"아니. 고등학교 졸업장을 따야겠다고 생각하고 있어." 내가 말했다. "GED에는 관심 없어. 그게 좋다는 얘긴 들었지만, 내가 생각하는 건 아니야······ 하지만 내가 학교에 들어가긴 어렵겠지? 애들도 많고 뒤처진 느낌도 들 테고."

"음, 그렇다면 내가 전에 다니던 고등학교가 너한테 안성맞춤일 수도 있겠다." 페이지가 대니의 접시를 채우며 말했다.

나는 페이지를 통해 뉴욕시에 있는 대안 학교가 어떤 곳인지 알게 되었다. "사립학교와 비슷하지만, 돈 없이도 가고 싶은 사람은 누구나 갈 수 있어. 그리고 선생님들이 정말로 잘해주지." 그녀가 내게 말했다.

페이지의 이야기가 그 고등학교에서의 경험에서 예전 남자 친구까지 넘어가는 동안, 나는 그 학교의 이름과 주소를 일기장에 받아 적었다. 그리고 펜을 들고 학교 전화번호를 진하게 덧칠했다. 그러다 보니 어느덧 그 숫자에 중요성을 부여하게 되었다.

나중에 아파트가 어두워지고 모두 잠들었을 때, 나는 2인용 의자에 앉아 스탠드 옆에서 글을 썼다.

나는 한 페이지에 목록을 만들었다.

언젠가 내가 집을 얻었을 때 기대하는 것들

1. 사생활

2. 늘 따뜻하게 지내는 것

3. 먹고 싶을 때마다 먹을 수 있는 음식

4. 큰 침대!!!

5. 깨끗한 옷과 특히 양말!

6. 숙면, 그리고 누군가 깨우지 않는 것

7. 따뜻한 목욕

시계가 똑딱거렸다. 벽에는 온통 페이지가 고등학교 미술반에서 그린 추상화들이 걸려 있었다. 커다란 베이지색 캔버스 전체에 생생한 빨간색과 노란색, 초록색 물감이 튀어 있는 그림들이었다. 나는 그림 옆에 붙어 있는 사진 한 장을 자세히 보았다. 페이지와 닮았지만 좀 더 나이가 들고 좀 더 머리가 곱슬곱슬한 외출복 차림의 여인이, 목에 넥타이를 매고 수염이 희끗희끗하고 땅딸한 남자 옆에 서 있었다. 페이지는 그 둘 사이에 서 있었다. "졸업식 사진이야." 페이지가 전에 말했다. "우린 그날 술을 엄청 많이 마셨지. 맞아, 미술반 선생님이 울면서 내가 떠나는 걸 슬퍼했어." 그녀가 말했다.

나는 일기장 빈 페이지를 펴고 다시 쓰기 시작했다.

고등학교 졸업을 위해 필요한 학점 : 40학점? 42학점?

(나중에 알아볼 것)

다음 학기가 시작될 때 내 나이 : 17세

내 현재 주소 : 내가 당장 머무는 곳

그나마 가끔 서맨사와 함께 존 F. 케네디 고등학교에 들르지 않았다면 0학점이 될 뻔했다. 서맨사는 공식적으로 그 고등학교에 다니지도 않았지만, 나와 함께 학생들이 빽빽이 들어찬 네드그린 선생님의 사회 수업 교실 뒷자리에 앉아 '난 괴짜니까, 날 좀 보쇼'라고 광고라도 하듯 행동을 했다. 당시 서맨사는 소방차처럼 붉은 머리를 커다란 젓가락으로 틀어 올리고 눈에는 마치 너구리처럼 까맣게 화장을 떡칠하고 있었다. 나는 단체 시설에서 나온 이후 늘 그래왔듯, 고스 록 연주자처럼 온몸을 검은색으로 두르고 다녔다. 옷에는 '시원하게' 숭숭 구멍이 나 있었다. 나는 우연히 네드그린 선생님의 수업에 어슬렁어슬렁 들어가게 되었는데, 그날이 마침 시험이었고 어쩌다가 시험에 통과하게 되었다. 이것이 내가 고등학교에서 1학점을 받은 이유였다. 그리고 아마 선생님이 나를 불쌍히 여긴 것도 이유에 포함되었을 것이다.

나는 수업 준비도 전혀 하지 않은 상태로 100점 만점에 81점을 받았다. 이것이 선생님의 호기심을 자극해 급기야 나를 복도로 불러내서 학교에 나오라고 설득하기에 이르렀다. "넌 똑똑한 아이야." 선생님이 말했다. "내가 네 기록부를 읽어보았는데…… 어머니가 아프시더라. 그렇지? 그리고 전에 보호시설에 있었지?" 그녀의 눈에 물기와 연민이 어려 있었다.

"네." 나는 눈이 마주치는 것을 피하며 그 말밖에 하지 못했다.

내 평생 선생님들은 늘 이런 식으로, 내가 안쓰럽다는 듯 행동했다. 웨스트 체스터에서 생활하며 진주 목걸이를 하고 다니는 귀부인들은 내 삶을 한번 쳐다보고 늘 슬픔을 느꼈다. 그리고 선생님이 정말로 내가 똑똑하다고 생각했다면 그건 오산이었다. 내가 시험에 통과한 이유는 순전히 내가 그 주제—남북전쟁—에 관한 아빠의 책을 읽은 적 있기 때문이었다. 시험 문제는 아주 기본적이었다. 그녀는 왜 울었던 것일까? 선생님은 빳빳하게 다림질한 진보라색 원피스 차림으로 눈에 걱정을 가득 담고 눈물을 훔치며 거기 서 있었다. 그녀는 나를 끌어안고 뭔가를 말했고, 그 후로 수년 동안 나는 철저하게 그 말에 따라 살았다. "네가 왜 학교에 오지 않는지 이해한다. 그건 네 잘못이 아니야. 넌 이 모든 것들의 피해자야. 난 이해한다. 괜찮아."

네드그린 선생님의 선의에도 불구하고, 나는 그녀가 해준 말 중에 단 한마디만 들었다. 그것은 바로, 나는 내 잘못이 아닌 이유들 때문에 학교 공부를 하지 않아도 괜찮다는 얘기였다. 나는 '피해자'였다. 그녀는 이해했다. 어쨌든 나는 공부를 하고 싶지 않았으므로, 환영할 만한 얘기였다.

그날이 내가 케네디 고등학교에 등교한 마지막이었고, 성적표가 브릭의 집 우편함에 도착했을 때 줄줄이 이어진 F 학점들 사이에 딱 하나의 D 학점—네드그린 선생님의 수업에서 받은—이 끼어 있었다. 나는 대학 진학반과 같은 나이였는데, 이것이 그때까지 내가 받은 고등학교 교육의 전부였다. 동정심으로 받은 1학점.

나는 페이지의 스탠드 불빛 아래에서 일기장에 펜으로 전화번호와 주소를 계속 까맣게 색칠했다. 대안 고등학교라는 새롭게 알게 된 단어와 함께.

*

아침에 깨어 보니 페이지가 바닥에 뻗어 코를 골며 자는 사람들 사이로 살금살금 걸어 다니고 있었다. 티셔츠를 카키색 바지 속에 깔끔하게 집어넣고, 머리는 단단하게 뒤로 올려 묶었다. 그녀는 열쇠를 찾고 있었다. 나는 잠자는 사람들 사이를 걸어 다니는 그녀를 잠시 지켜보았다. 그곳에 있는 사람들 중 유일하게 생산적인 사람. 그 순간 나는 그녀가 이룬 것들 때문에 그녀를 우러러보았다. 나는 곁눈질로 밝은 주황색 가필드 열쇠고리를 발견했다.

일어나서 열쇠를 잡았다. "기다려, 페이지." 내가 속삭였다. "나도 같이 갈게."

그녀가 좋다는 표시로 고개를 끄덕이자, 나는 냉장고에서 25센트 동전 두 개를 슬쩍한 뒤 서둘러 페이지를 따라 문밖으로 나갔다. 아침 햇살 때문에 눈이 아팠다. 모텔을 떠난 이래로 몇 달이 지난 터라 날씨는 제법 따뜻했다. 나무들은 연두색 작은 잎눈을 틔우기 시작했고 새들이 노래하고 있었다. 나는 재킷을 한쪽 어깨에 걸쳤다. 페이지는 헤드폰을 쓰고 뭔가를 흥얼거리고 있었다. 작별 포옹을 할 때 그녀에게서 진한 과일 로션 향이 풍겼다.

우리는 길모퉁이에서 헤어졌다. 상점들은 이제 막 개장해서 직원들이 영업을 시작하기 위해 문을 열었다. 한 노인이 페이지네 집 아래층의 중국 음식점 앞 보도를 빗자루로 쓸고 있었다. 페이지가 멀리 사라지자, 나는 일기장을 꺼내 전화번호를 적어놓은 페이지를 폈다. 그리고 전화기에 동전을 넣은 뒤 망설이다가 전화를 끊었다. 잠시 후 다시 수화기를 들고 천천히 다이얼을 돌리기 시작했다. 나는 두 번 더 수화기를 내려놓았다가, 비로소 끝까지 번호를 돌리고 깊이 숨을 들이쉬었다.

2 - 1 - 2 - 5 - 7 - 0

"여보세요. 저, 안녕하세요? 저는 리즈 머리라고 하는데요. 저……다음 학기 등록 때문에…… 면접을 보고 싶어서요."

*

그 후 몇 주 동안 나는 내가 찾을 수 있는 대안 학교들을 모두 찾아 조사하고 면접을 보았다. 어떤 직감 같은 것이 내게 맨해튼에 집중하라고 말하고 있었다. 어쩌면 아빠가 늘 맨해튼은 성공을 위해 사람들이 모이는 곳이라고 말했기 때문인지도 모르겠다. 나는 지하철을 타고 맨해튼 동부와 서부의 다양한 정거장에 내릴 때의 느낌을 좋아했다. 나는 검은 바지와 검은 티셔츠 차림으로 온갖 소지품이 든 책가방을 무릎 위에 놓고 좌석에 앉곤 했다. 내 옆에는 주로 신문을 읽으며 약속 장소로 가고 있는 사업가 타입의 사람들이 타고 있었다. 나는 양쪽 귓불이 뚫려 있었고, 허리까지 내려오는 번들거리는 머리에 앞머리가 눈을 덮고 있었다. 일기장에 끼적거린 주소를 보며 골목길을 통과하여 사람들로 북적이는 보도를 따라 고층 빌딩들이 즐비한 지역을 걷다가, 마침내 브롱크스 공중전화에서 전화했던 학교들의 실제 위치를 찾았다. 때로는 학교 안으로 들어갈 용기를 내기 위해, 한동안 건물 밖에서 서성이며 심호흡을 하기도 했다.

그 건물들에 들어가기 위해서는 내가 가진 모든 용기가 필요했다. 나는 그곳에 들어가고 싶지 않았다. 몇 년 동안, 아니 어쩌면 평생 동안, 모든 것들의 가운데에 벽돌로 세운 벽이 있는 느낌이었다. 벽의 한쪽에는 사회가 있었고, 다른 한쪽에는 나와 우리, 내가 온 장소에 속한 사람들이 있었다. 우리는 그렇게 분리되어 있었다. 내 마음속에서 세상은 '우리' 대 '그들'로 갈라져 있는 듯 느껴졌고, 벽의 다른 쪽에 있는 사람들은 모두 '그 사람들'인 것만 같았다. 전철을 타고 일하러 가는 사람, 수업시간에 자신 있게 손을 들고 무엇이든 제대로 이해하는 똑똑한 학생, 제대로 된 가정, 대학에 다니는 사람. 그들은 모두 내게 '그 사람들'처럼 느껴졌다. 그리고 나 같은 사람들도 있었다. 학교 중퇴자, 사회복지 대상자, 상습 결석생, 문제아. 우리는 달랐다. 그리고 우리를 다르게 만드는 특정한 것들이 있었다.

우선, 우리 가족이나 우리 이웃 사람은 인생의 행보가 정신없이 진행되고, 전적으로 배고픔, 집세, 난방비, 전기료와 같은 즉각적인 필요에 의해 결정된다. '당장'이라는 기준은 모든 딜레마에 적용되었다. 생활보조비로 생활하는 건 견고한 인생 계획이 아니었다. 하지만 당장 공과금이 나오고 수표를 현금으로 바꿀 수 있었다. 엄마와 아빠는 마약을 하면 안 되는 상황이었지만, 당장 엄마는 몸이 떨렸고 치료제가 필요했다. 나는 학교에 가야 했지만 입을 만한 깨끗한 옷이 없었고 이미 너무 뒤처져 있었다. 한 달에 35달러라는 돈으로는 한 달 동안 우리네 식구가 먹고살기 힘들었다. 그래도 당장 우리는 시도해봐야 했다. 벽의 이쪽에서는 당면한 문제를 해결하는 게 우선순위였다. 그렇기 때문에 벽 반대쪽 사람들의 삶이 내게는 너무도 신비한 것처럼 보였다.

어떻게 다들 통장이나 자동차, 또는 집 같은 것들을 소유하게 된 걸까? 어떻게 다들 직장을 구하고 유지할 수 있을까? 그리고 무슨 생각으로 고등학교 졸업장을 딴 상태에서 추가로 4년간 학교를 더 다니는 걸까? 우리 쪽 사람들이 미래를 말할 때 그것은 늘 가까운 미래를 뜻했고, 우리의 가장 큰 관심사는 긴급한 필요에 대한 즉각적인 해결책이었다. 장기적 계획 같은 고상한 것들은 우리의 초점 밖에 있었다. 물론 우리에게도 언젠가 더 나은 삶을 살 수 있는 가능성이 있었다. 그러나 당장은 보다 긴급한 걱정거리가 있었다.

그런 학교들로 걸어 들어가는 것은 마치 다른 쪽을 방문하는 느낌이었고, 교사들과의 면접은 '그 사람들'과 이야기를 하는 것을 뜻했다. 이러한 과정은 내 삶에서 눈앞의 즉각적 필요보다 더 넓은 무언가를 만들려는 나의 첫 번째 시도였다. 그것은 위험하고 금지된 것처럼 느껴졌다. 나는 그런 공적으로 보이는 대형 건물에 익숙하지 않았다. 그런 건물은 왠지 나를 환영하지 않는 것처럼 보였고, 발전의 전망은 내게는 닿을 수 없는 존재처럼 느껴졌다. 그 학교들은 월스트리트에 있는 여느 건물이나 5번가에 있는 고급 보석 가게, 심지어 백악관이라고 해도 손색이 없었다. 학교로 걸어 들어가는 일은 그런 장소들로 들어가는 것만큼이나 터무니없는 일이었다. '그들' 쪽으로 걸어가는 것을 뜻했기 때문이다. 그래서 그 건물들로 들어가기 위해서는 내가 가진 모든 용기가 필요했고, 들어가는 내내 심장이 쿵쾅거렸다.

면접은 대단히 실망스러웠다. 거기에는 사람들이 누군가의 말에 귀 기울이고 있지 않을 때 보내는 특유의 시선이 있었다. 불필요한 끄덕임이 동반된 일종의 멍한 응시였다. 가끔은 '치아를 보이지 않는 미소'를 짓기도 했다. 아버지는 그런 미소를 사람들이 누군가를 달래기 위해 짓는 형식적인 가짜 미소라고 불렀다. 나는 몇몇 교사들이 나를 쳐다보는 방식에 근거하여, 그들의 대답이 거절이라는 것을 면접이 시작되기도 전에 직감했다. 나는 머리부터 발끝까지 쭉 훑는 듯한 시선을 받았다. 그들은 그렇게 한 번 보고 나를 피상적으로 파악하여 내게 이런저런 딱지―고스족, 상습 결석생, 문제아―를 붙일 것이다. 그런 다음 치아가 보이지 않는 미소가 따라왔다. "우리는 장소가 한정되어 있습니다. 신청해줘서 고맙고요. 자리가 있는지 알아보고 집으로 연락드리지요."

그리고 그들은 내가 적어준 보비의 집으로 연락하겠노라고 말했다. 그러나 연락이 왔을 때는 "미안합니다. 이번 학기에는 자리가 꽉 찼네요…… 학생을 받아들이고 싶지만 학점이 많이 부족해서 다른 학생에게 기회를 줘야 할 것 같습니다…… 미안합니다. 우리는 이곳이 학생에게 적절한 자리라고 생각하지 않습니다." 따위의 말뿐이었다. 하긴 누가 졸업할 나이가 다 된 데다 평균 F학점에 이수 학점도 거의 없는 나 같은 사람을 받아들이고 싶겠는가? 게다가 나는 면접관들과 눈도 마주치지 않았고, 여러모로 딱 나답게 보였는데 말이다. 대답은 일률적으로 거절이었다.

처음 몇 번은 거절당하는 일이 그렇게 나쁘지 않았다. 그러나 몇 번의 거절을 겪고 나자 점점 결의가 약해졌다. 어느 날 나는 또 한 번의 거절을 당한 뒤 밖으로 뛰어나갔다. 그리고 화가 난 채 모든 것을 포기할 준비를 하고 사람들이 북적이는 도시를 쿵쾅거리며 걸었다. 포기하는 편이 더 쉬웠을 것이다. 내가 대안을 찾을 때까지 대니나 피에프, 보비나 제이미, 또는 누군가가 나를 재워줄 것이다. 그리고 어쩌면 예전 그 동네로 돌아가 카를로스를 찾을 수 있을지도 몰랐다. 언제라도 그에게 돌아갈 수 있었다. 나는 생각하기 위해 잠시 앉았다.

렉싱턴가와 65번가가 만나는 길모퉁이는 사람들로 북적였다. 헌터 대학 학생들과 점심을 먹으러 나온 사무원 복장 사람들이 핫도그 매점 앞에 긴 줄을 이루었다. 나는 내가 선택할 수 있는 대안을 머릿속으로 세어보았다. 주머니에는 그 대안 중 한두 가지를 할 만한 돈이 있었다. 하나, 지하철을 타고 인문 예비 학교라는 곳으로 다음 면접을 보러 갈 수 있었다. 아니면 다시 한 시간가량 전철을 타고 브롱크스로 돌아갈 수 있었는데, 그럴 경우 피자를 사먹을 돈이 남았다. 그러나 두 가지 모두를 할 수는 없었다. 두 가지 대안을 저울질하며, 나는 대학 앞 주차 방지 석재 말뚝에 앉아 사람들을 쳐다보았다.

피자냐 면접이냐?

나는 계속되는 면접과 퇴짜에 너무 지쳐 있었다. 그리고 내가 또 퇴짜를 맞는다면 그것이 무슨 의미가 있겠는가? 적어도 지금 포기하면 피자는 먹을 수 있다. 현실적으로 생각하면, 내가 시간을 낭비하고 있을 가능성이 농후했다.

그러나 거기 앉아서 나는 생각하기 시작했다. 그런데 만약 합격이라면? 이 학교 역시 다른 학교와 같을 것 같지만, 하지만 이번에는 대답이 퇴짜가 아니라 합격이라면? 불현듯 그런 생각이 들었다. 나는 그 생각이 아주 단순하면서도 설득력 있음을 발견했다. 그럴 리가 없다는 모든 근거에도 불구하고, 만약에, 만약에, 이번에는 그 학교가 나를 입학시켜준다면?

그 생각을 하니 갑자기 감정이 복받치며 엄마가 보고 싶어졌다. 나는 많은 사람들에게 둘러싸여 있었지만, 그 보도에서 혼자라는 외로움을 느꼈다. 내 마음은 달리고 있었다. 한때는 나에게도 집과 가족과 머리 위 지붕과, 나를 이 세상에 적응하며 살게 해줄 사랑하는 사람들이 있었다. 그리고 이제 나는 65번로에 있었고, 엄마는 죽었고, 아빠도 사라졌고, 리사 언니와는 헤어졌다.

삶은 늘 그런 식이다. 한순간 모든 것이 이치에 닿다가도, 다음 순간 상황이 바뀐다. 사람들이 병에 걸리고, 가족들이 헤어지고, 친구들이 문전박대를 한다. 그곳에 앉아 있는 동안 내가 경험한 급작스러운 변화들이 떠올랐지만, 내 마음속에 솟아난 감정은 슬픔이 아니었다. 느닷없이, 이유가 무엇인지 몰라도, 그 자리에 다른 감정이 자리 잡고 있었다. 그것은 희망이었다. 인생이 최악으로 변할 수 있다면, 어쩌면 좋은 쪽으로도 변할 수 있다는 생각이 든 것이다.

내가 학교에 들어가는 것이 가능할 수 있고, 심지어 전 과목 A를 받는 것도 가능했다. 물론 이전에 일어났던 일들에 비추어 보면 현실적이라고 말할 수 없지만, 내가 모든 것을 바꾸어놓을 가능성은 있었다.

나는 피자 생각을 접고 면접을 보러 갔다.

*

1990년대 중반에 베이어드 러스틴 인문 고등학교는 곤경에 처해 있었다. 이 학교는 최대 수용 인원이 1500명인 학교에 2400명이 등록하여 심각한 인원 초과 문제에 직면했다. 콩나물시루 같은 교실에서 낙제생들이 속출했고, 교사들 사이에는 사기가 떨어져 냉소주의가 팽배해 있었다. 교내 운영위원회에 앉은 몇몇 교사들은 절망적인 해결책을 내놓았다. 낙제생들을 다른 학생들과 분리시키고 기본적인 수업만 가르침으로써, 교사들에게 수업 수 감소라는 혜택을 주고 정오 무렵에 퇴근을 할 수 있게 하는 것이었다. 몇몇 소규모 교사 집단은 그 프로젝트를 '낙제 아카데미'라는 별칭으로 불렀다.

낙제 아카데미는 첼시 8번로 8번가와 9번가 사이에 위치한 인문 고등학교 건물 1층 뒤쪽에 자리 잡은 별도의 작은 학교였다. 프로젝트 계획은 성적이 엉망이라 주류 학교의 위신을 깎아먹는 100여 명 남짓한 학생들을 그곳으로 옮기는 것이었다. 이 프로그램의 도움으로 학교는 정상적인 성적을 내는 학생들을 교육하는 데 집중하는 한편, 별로 기대할 것 없는 낙제 아카데미 학생들을 부속 건물에 따로 모아두겠다는 발상이었다. 그리고 페리 와이너가 아니었다면, 학교는 딱 그렇게 되었을 것이었다.

교내 운영위원회 이사회 의장이자 수년 동안 영어 교사로 열정적으로 활동한 페리는, 분리라는 발상에 굉장히 분개했다. 그래서 고전하는 학생들의 필요를 충족해줄 진정한 대안 학교를 시작할 것을 위원회에 촉구했다. 교육 개선을 통해 젊은이들에게 힘을 실어주는 데 일생을 바친 또 한 사람, 빈센트 브레베티 교원노조위원장을 비롯하여 몇몇 사람들이 페리를 지지했다. 페리와 빈센트는 몇 개월 동안 작업하여 주류 교육의 틀 안에서 낙제라는 위험에 처한 학생들을 '모아두는' 것이 아니라, 그들을 도와줄 새로운 학교를 설계했다.

페리와 빈센트는 매일 아침 7시에 학교에 도착하여 한 시간 이상 대안학교에 대해 계획했다. 그들은 고전하는 학생들에게 **효과가 없는** 모델에 기초하는 대신, **효과적인** 교육 모델, 이미 성공이 입증된 모델을 찾기로 했다. 둘은 소수 정예 특권층 아이들을 대상으로 하는 다른 고등학교를 견학했다. 다른 학교들의 설계는 깊은 영감을 주었고, 그들은 결연하게 첼시로 돌아왔다.

소위 낙제 아카데미 학생들은 인문 예비 학교 학생들이 되었다. 예비 학교—페리와 빈센트는 그 학교를 이렇게 부르기 시작했다—는 위기에 처한 학생들에게 전통적으로 엘리트 사립학교 비용을 감당할 수 있는 부유한 학생들만의 전유물이었던 맞춤식 교육의 기회와 특권을 제공하는 작은 학교가 되었다. 예비 학교의 설계는 전형적인 주류 교육과는 본질적으로 달랐다.

예비 학교는 학생들이 교사들에게 개별적 관심을 받을 수 있도록 학생 수를 180명으로 제한했다. 또한 일반적인 시험으로 학생들의 성과를 측정하지 않았다. 대신 성과 기반 평가 과업(PBAT)이라는 것이 그 역할을 대신했다. PBAT는 낙제생을 양산하는 촉매 역할을 해온 뉴욕 교육위원회시험과 같은 전통적인 빈 칸 채우기식의 일회성 시험이 아닌, 심도 있는 질문들에 답하게 함으로써 학생들을 평가하는 엄격하고 개인화된 방식이었다. 또한 학생들에게 실생활 지식과 학기 내내 진행되는 수업의 응용을 입증하는 철저하고 깊이 있는 작품을 창조할 것을 요구했다. 이것은 여러 가지 방식으로 이루어질 수 있었다. 포트폴리오를 통해, 장기적인 작문 프로젝트를 통해, 또는 학생들에게 수업 시간에 학기 내내 배운 내용을 직접 가르쳐볼 기회를 주는 학급 발표를 통해. 그렇게 함으로써 대안적 교육과정을 위한 공간을 열어주는 한편, 교사들에게는 학생들을 다르게 가르칠 수 있는 기회를 열어주었다.

따라서 예비 학교의 과목은 지구1, 2, 3이나 문학2와 같은 표준적인 이름과 주제들의 범위를 넘어서서, 대량학살에 대해 공부하는 '역사와 우리 자신 직시', 또는 예전에 낙제했던 학생들이 단테의 『신곡』이나 카프카를 읽는 '인문학의 주제'와 같은 역동적인 수업들로 바뀌었다. 영어1은 '무대 위의 셰익스피어'가 되고, 학생들은 학점 취득을 위해 『햄릿』을 이해하고 연극 공연을 하게 되었다.

이 수업들은 단지 이름이 바뀌는 것을 넘어, 진정성 있는 환경을 조성하고 깊이 있는 사고를 장려하는 것을 취지로 했다. 이를 위해 교실 수용 인원은 학급당 15명으로 제한했다. 이런 식으로 교사와 학생이 똑같이 둥글게 앉아서, 서로의 눈을 바라보며 능동적이고 참여적인 토론 중심의 수업을 진행했다. 예비 학교에서는 학생들이 숨을 곳도, 길을 잃고 헤맬 곳도, 잊혀지는 곳도 없었다.

페리에게 예비 학교는 그야말로 좋아서 하는 일이었다. 그는 재도전하는 학생들이 성공하는 모습을 보기 위해 헌신했다. 그는 주류 학교 시스템이 실패했다면, 이 학생들이 성공하기 위해서는 뭔가 다른 것이 필요하다고 믿었다. 그는 학생들에게 문제가 있는 게 아니라 시스템에 문제가 있는 것으로 보았다. 인문 예비 학교를 기획하는 어느 단계에서도 시스템의 설계 속에 '낙제'라는 개념을 포함시키지 않았다. 예비 학교는 학생들이 스스로의 가능성을 펼치는 것을 돕도록 만들어졌다.

*

나는 15분 늦게 쌍여닫이문을 쏜살같이 통과했다. 이마에서 땀이 흐르기 시작했고, 올린 머리에서 빠져나온 머리칼이 나풀댔다. 인문 예비 학교. 내가 건물을 제대로 찾았는지 확인하기 위해 일기장을 읽고 또 읽었다. 그곳은 아주 작아 보였고, 다른 학교의 관리사무실 같았다.

주 사무실(예비 학교의 유일한 사무실)에는 천장에 닿지 않는 벽으로 구분된 작은 구획이 네 개 있었다. 서류함들이 공간을 방처럼 나누는 짧은 칸막이 구실을 하고 있었다. 갖가지 헌 책들로 가득 찬 책꽂이 위에서 선풍기가 윙윙거리고 있었다. 그 위에는 굵은 자주색 글씨로 '인생은 행동을 보상한다'라고 쓰인 빛바랜 포스터가 붙어 있었다. 에이프릴이라는 아프리카계 미국인 비서가 나를 대기 구역에 앉도록 안내했다. 대기 구역은 그녀의 책상 맞은편 벽을 따라 교실 의자가 일렬로 늘어서 있는 곳이었다.

"좀 늦었군요. 벌써 면접을 시작했어요." 그녀가 말했다. "걱정 말아요. 페리가 곧 나올 테니까. 그분과 얘기하면 돼요."

얇은 창문을 통해 맨 왼쪽에 있는 마지막 구획을 보았을 때, 위쪽에 밑줄이 쳐진 문장이 쓰여 있는 칠판이 보였다:

다음 주제 중 하나를 골라 그 의미에 대한 에세이를 쓰시오.
다양성
공동체
리더십

아래턱에 수염을 기른 안경 낀 중년의 백인 남자가 칸막이 너머로는 거의 들리지 않는 토론을 이끌고 있었다. 그는 짙은 색 코르덴바지에 밤색 넥타이를 매고 있었다. 그의 첫인상은 쉽게 웃고 미소 짓는 것처럼 보였다. 그는 친절해 보였다. 대여섯 명의 젊은이들이 그의 주위에 반원형으로 둘러앉아 이야기를 듣거나 질문에 길게 답하고 있었다. 나는 펜을 꺼내서 에세이를 쓰기 시작했다. 공동체나 리더십에 대해서는 무엇을 써야 할지 알 수 없었기 때문에, 다양성을 주제로 선택했다. 내 마음은 예전 학교들에서 겪었던 차별로 향하고 있었다.

나는 세 페이지에 걸쳐서 사람들이 나의 외모와 인종, 복장 등을 근거로 나에 대한 모든 것을 단정했던 방식을 자세하게 풀어냈다. 유니버시티 애비뉴에 살 때 여러 해 동안 사람들은 나를 블랑키타(blanquita), 즉 작은 백인 소녀라고 불렀다. "백인 여자애, 넌 부자이고 건방질 게 뻔해." 내가 제141 중학교의 복도를 걸어 다니면 아이들이 소리쳤다. 이전 고등학교 면접에서 고스 록 스타일 의상 때문에 사람들이 어떤 시선을 던졌는지도 썼다. 또한 어떤 교사가 내 이야기를 듣기도 전에 나를 거부한 것을 알았을 때 느꼈던 분노를 상세히 썼다. 조잡한 파란색 글씨로 쓴 문장들이 제법 빽빽하고 길었다. 그 문장들을 다시 한번 읽으며, 나는 거기에 다양성과 차별에 대한 일관된 요점이 있다고 생각했다. 그것은 내가 몇 년 만에 처음으로 완성한 작문 과제였다. 나는 펜 끝을 씹었다. 내가 참석했어야 할 모임이 갑자기 끝났다.

나는 그 교사를 막아서야 했다. 그는 나를 획 지나쳐서 밖으로 나가는 길이었다.

"저기요, 선생님. 선생님." 내가 말했다. 그가 뒤돌아서 따스하게 미소 지었다.

"안녕하세요." 그가 손을 내밀었다. "난 페리예요." 그가 내 눈을 똑바로 보고 웃으면서 말을 마쳤다. 나는 시선을 돌렸다. 그는 벽 저쪽에 있는 '그 사람들' 중 하나였다. 강렬한 시선에 허가 찔렸고 가슴이 쿵쾅거렸다. 그가 손을 내밀었을 때 나는 움찔하며 너무 오래 손을 쳐다보다가 마지막 순간에야 겨우 붙잡아 흔들었다.

"안녕하세요. 저도 면접을 하기로 되어 있었습니다."

"엘리자베스—"그가 노트를 들어 올렸다. "…… 머리. 어떻게 된 거죠?"그가 눈을 들어 안경을 통해 나를 보며 물었다. 전적으로 내게 집중된 그의 관심이 부담스러우면서도, 한편으로는 그에게 흥미를 느꼈다. 그는 어딘가 달라 보였다.

"리즈예요. 리즈라고 불러주세요. 제게 앉아서 이야기할 기회를 주시면 좋겠습니다. 지각한 것은 정말로 죄송합니다."

너무 긴장한 나머지 손바닥에서 땀이 났다. 나는 이런 일에 능숙하지 않았다. 한 번도 권위 있는 인물에게 '얘기'할 자격이 있다고 느껴본 적이 없었다. 나를 면접했던 다른 교사들은 틀림없이 그것을 알아차렸을 것이다. 나는 이 남자도 알아차리면 어떻게 할지 걱정스러웠다. 그의 눈에 내가 어떻게 보일까? 초라한 노숙자. 이가 우글거리고, 불결하고, 지각과 결석을 밥 먹듯 하고, 도둑질도 서슴지 않는 무책임한 여자아이.

"이봐요, 리즈."페리가 내게서 눈을 떼지 않고 말했다. "나도 안으로 가서 얘기하고 싶지만 10분 뒤에 수업이 있어요. 그리고 면접을 하려면 에세이를 써야 하는데, 시간이 너무 오래 걸릴 거예요. 아무래도 약속을 다시 잡아야 할 것 같군요."

나는 완성된 에세이를 페리가 볼 수 있도록 들어 올렸다. "여기 있어요."내가 말했다. 그는 놀란 것 같았다. 눈을 가늘게 뜨고 종이를 쳐다보더니 내 손에서 받아들고 재빨리 훑어보았다. "이제 제게 그 10분을 주실 수 있으세요?"내가 재촉했다.

그가 다시 한번 유쾌하게 웃고 몇 발짝 걸어 사무실로 돌아가 문을 열었다. 그들도 사람일 뿐이야. 의자에 앉으며 나는 스스로에게 상기시켰다.

나는 입을 열었다. "보시다시피, 제 성적은 형편없습니다. 저도 알아요……"

나는 페리가 어떤 판단을 하기 전에 대화를 주도하고 대화의 방향을 잡고 나 자신을 변호하고 싶었다. 그런데 말을 하는 동안, 그의 동정 어리고 관심 어린 얼굴 표정에서 나를 비판하려는 의도는 느껴지지 않았다. 그는 그저 듣고 있었다. 진정으로 마음을 열고 소통하고 있었다. 표정에서 알 수 있었다. 대화를 나누는 도중에 내 안에 신뢰감이 싹텄고, 나는 자발적으로 그에게 모든 것을 말했다. 내가 집 없는 아이라는 것만 빼고. 나는 시설로 돌아가고 싶지 않았고, 내게 살 곳이 없다면 그 사실을 보고하는 것이 페리의 의무임을 알았다. 그래서 그 한 가지 사실만은 유보하고 다른 모든 것을 페리에게 말했다.

"그리고 제게는 학교를 자주 빠지는 서맨사라는 친구가 있었는데, 잘은 모르지만 그래서 제 고삐가 풀려버린 것 같아요. 사실 전 늘 졸업할 생각이었어요. 정말이에요. 그런데 그렇게 몇 년이 흐르고 나니 통제할 수 없는 지경이 되었죠."

입에서 말이 홍수처럼 쏟아져 나왔고, 나는 지난 몇 주 동안 나를 면접하고 퇴짜 놓은 어떤 교사들 앞에서보다 더, 그리고 내가 원한 것보다도 더 감정적이 되었다. 나로서는 어쩔 수가 없었다. 동정심 때문이 아니라 진정으로 마음을 여는 교사가 있다는 것. 그것은 아주 생소한 기분이었다. 그는 적극적으로 얘기를 들으며 명확한 설명을 요하는 질문을 하고 통찰력을 주었다. 또한 내게 공감하고 엄마의 장례식 얘기에는 크게 한숨까지 쉬었지만, 결코 동정이 아닌 이해와 관심을 표현했다. 그러나 그에게 마음을 열고 말할 때, 나는 자신의 목소리를 들으며 나 스스로를 비판하기 시작했다. 누군가에게, 특히 그와 같은 전문적인 유형의 사람에게 내 삶을 설명하고 있는 내 목소리를 듣고 있으니, 내가 문제가 많은 사람으로 느껴졌다. 반면 그는 정상적인 사람으로 보였다.

"리즈." 얼굴에 단호한 표정을 띠고 그가 끼어들었다. 그는 갑자기 아주 진지해졌다. "아주…… 끔찍하군요. 내가 돕고 싶어요. 하지만 나는 반드시 옳은 방향으로 돕고 싶어요. 내 말 이해해요?" 그때 왜 페리가 사회복지과에 전화를 걸 것이라고 생각했는지 모르겠다. 나는 재빨리 가장 빠른 출구를 찾았다. 이 남자보다는 빨리 달릴 수 있을 것이다. 베드퍼드로 가는 기차는 겨우 다섯 블록 거리에 있었다. "무슨 말이냐면, 신청서에는 이제 곧 열일곱 살이 된다고 쓰여 있는데 지금까지 고등학교를 다닌 이력이 없군요. 맞아요?"

"1학점이 있긴 합니다." 나는 말했다. 그의 입에서 '열일곱'이라는 말이 나왔을 때 무척 늙은 나이처럼 느껴졌다. 나보다 먼저 면접을 본 아이들 중에 나이가 열다섯 살 이상인 아이는 한 명도 없었다.

"오늘 여기까지 오기 위한 노력에 감복했어요. 이곳이 학생에게 적합한 곳인지 아닌지는 학생이 추구하는 것이 무엇이냐에 달려 있어요. 4년간의 고등학교 교육은 열일곱 살 소녀에게 너무 큰 부담일 수도 있어요. 이 건물 다른 쪽에 야간에 제공되는 훌륭한 6개월짜리 GED(검정고시) 프로그램이 있다는 걸 내가 말해주지 않는다면, 아마 임무 태만일 거예요…… 이야기를 더 하기 전에, 학생이 자신에게 어떤 선택의 여지가 있는지 알아야 할 것 같아서 하는 말이에요."

선택의 여지. 그 말이 비수처럼 내 가슴을 찔렀다. 엄마가 브릭에게 비굴하게 굴며 그의 요구와 거친 행동과 고함을 받아들이고, 그가 필요할 때 다리를 벌리는 모습을 지켜본 순간들. 그것은 순전히 엄마에게 선택의 여지가 없었기 때문이었다. 날카로운 지성과 풍부한 삶의 경험과 높은 교육 수준을 갖춘 아빠도 선택의 여지가 없어서 지금 보호소에서 살고 있다.

"난 전과자야. 누가 나를 고용하겠어?" 아빠는 종종 말했다. "내게는 선택의 여지가 제한되어 있어." 선택의 여지가 없어서 모텔에 머물면서 카를로스가 남겨온 쓰레기 같은 음식을 먹었던 일. 나는 검정고시가 도움이 된다는 걸 많은 사람에게 들어서 알고 있었다. 그러나 엄마와 아빠가 겪었던 일들을 되짚어보며, 내 직관은 검정고시보다 고등학교를 졸업하는 쪽이 더 많은 선택의 여지를 준다고 말하고 있었다.

"말씀하시는 요지는 알겠습니다. 그리고 선생님의 도움을 진심으로 감사하게 생각합니다…… 하지만 저는 고등학교를 졸업하고 싶어요. 그건 제가 꼭 해야 할 일이에요."

이렇게 소리 내어 말하는 자신의 목소리를 들으니 그 일이 사실적으로 느껴졌다. 내가 원하는 바를 말하는 것은 단지 생각만 하는 것과는 차원이 달랐다. 말은 나를 사람들과 연결시켜 줬다. 나는 그것을 느낄 수 있었다. 떨렸다. 페리의 눈이 여전히 내게 고정되어 있었다. 나는 그가 내 말을 어떻게 생각하는지, 그가 나를 어떻게 생각하는지 짐작해 보았다. 불결한 낙오자. 탈선 청소년. 아니면 최대한 정중한 방식으로 퇴짜 놓을 방법을 생각하고 있는 걸까? 넥타이와 안경, 반짝이는 구두를 보니, 그는 예의 바른 유형 같았다.

페리는 의자에 몸을 기대고 작은 한숨을 내뱉었다. 그러나 스트레스를 받은 것 같아 보이지는 않았다. 그는 감정적으로 보였다. 나는 기다렸다.

"리즈." 그가 다시 똑바로 앉아 입을 열었다. 내 가슴이 마구 쿵쾅거렸다. 올 것이 왔구나. 그의 목소리는 한결 낮아졌고, 얼굴은 완전히 심각해 보였다. "정시에 등교할 수 있겠어요?"

미소가 만면에 퍼지며 눈에서 눈물이 차올랐다. "물론입니다." 내가 대답했다. "그럼요."

*

단 한 가지 걸림돌은 학교에 정식으로 등록하기 위해 최대한 빨리 보호자를 데려와야 한다는 것이었다.

며칠 뒤 아빠와 나는 19번로 7번가에서 만났다. 그때 나는 한 가지 계획을 세우고 있었다. 일단 학교에 등록한 뒤 여름에 일을 해서 돈을 저축하고 그 돈으로 학교에 다닐 생각이었다. 제법 견고해 보이는 계획이었다. 그러나 모든 것은 아빠의 도움에 달려 있었다. 등록 신청이 통과되려면 아빠가 필요했다. 일단 등록하면 그때부터는 모든 것을 나 혼자 할 수 있었다.

그 찌는 듯한 목요일 아침, 약속 장소에 도착하니 아빠는 책에 푹 빠진 채 가로등에 기대어 있었다. 나는 아빠를 향해 걸어가며 마음의 준비를 하고 긴장을 풀기 위해 심호흡을 했다. 감정적인 모습은 절대로 보이고 싶지 않았다. 나는 우리 둘 모두 서로의 감정에 어떻게 대처해야 할지 몰랐다고 생각한다. 어쩌면 그래서 우리는 감정이 없는 척하기로 암묵적인 동의를 한 건지도 몰랐다. 몇 달 동안 나는 계속 낯선 얼굴들을 보고 새로운 장소로 이동하는 일에 익숙해져 있었기 때문에, 수많은 얼굴들 틈에 서 있는 익숙한 아빠의 얼굴은 나에게 강한 동요를 일으켰다. 우리 사이에 얼마나 많은 시간과 아픔이 지나갔건, 나는 아빠를 그리워하고 있었다. 그리고 이곳에 아빠가 다시 나타났다. 전보다 더 마르고 면도를 하지 않아 까칠한 얼굴, 번잡한 맨해튼 환경과 어울리지 않는 황폐한 모습으로. 아빠는 모숄루 파크웨이에서 엄마와 내가 민들레 홀씨에 소망을 담아 하늘로 날려 보냈던 그날의 엄마만큼이나 연약해 보였다. 나는 엄마와 아빠를 집 밖이나 유니버시티 애비뉴 밖에서 본 적이 별로 많지 않았지만, 그때마다 우리 주변의 세상은 두 사람의 한계와 사회가 어떻게 그들을 부랑아처럼 보이게 만드는지를 내게 일깨워주었다.

그 전날 밤, 나는 아빠가 있는 보호소에 전화를 걸었다. 어떤 여자가 아빠의 이름을 날카롭게 불렀고, 나는 아빠에게 미안한 기분이 들었다. 힘없는 목소리를 들으니 아마도 내가 아빠를 잠에서 깨운 모양이었다.

"아빠. 나 다시 고등학교에 들어가려고 해. 아빠가 등록을 시켜줘야 해. 저, 아빠가 등록을 시켜줄 수 있으면 좋겠어." 보호소 전화 시간이 제한되어 있기 때문에 나는 곧장 본론으로 들어갔다. 아빠는 두 번이나 자세한 설명을 요구했다. "아니, 프로그램이 아니라 진짜 고등학교 야. 맞아. 그래서 아빠가 필요해." 아빠에게 '필요'라는 단어를 쓰는 일에 온몸이 저항했다. "네가 해낼 수 있을 거라고 생각하니?" 만일 어떤 이유에서건 아빠의 대답이 '안 돼'였다면, 내가 어떻게 했을지 확신할 수 없다. 그러나 그렇지 않았다. 아빠는 내 예상과는 달리 망설임 없이 나를 만나기로 했다. 거짓말과 관련된 부분에 대해서는 설명하지 않았 지만, 그 얘기는 나중에 할 셈이었다.

나는 학교 경영진에 내가 노숙자라는 사실을 숨길 수 있는 완벽한 이야기를 꾸며냈다. 위장용으로 친구의 주소와 가짜 전화번호를 이용 할 셈이었다. 아빠가 학교로부터 연락을 받을 수 있는 처지가 아니기 때문에, 나는 아빠가 한번 일을 나가면 몇 주씩 도로에서 보내는 장기 트럭 운전사라고 거짓말을 했다. 아빠만 협조해주면 충분히 믿을 만한 이야기라고 판단했다.

내가 아빠를 만나러 다가가자 아빠는 빵모자를 쓰고 활짝 미소 지었 다. 나 역시 미소로 화답했다. 망설임은 어느덧 아빠를 다시 보게 된 것에 대한 단순한 기쁨으로 바뀌었다. 우리는 포옹했다. 그리고 아빠가 읽고 있던 두꺼운 책의 한 귀퉁이를 접어 가방에 넣은 뒤 함께 걷기 시작했다. 나는 아빠에게 심각한 얘기—우리의 현재 삶과 리사 언니, 엄마—를 하기가 불편했다. 그래서 마치 매일 만나는 사이처럼, 아무 격식 없이 편안한 것처럼, 곧장 예비 학교 문제로 들어갔다. 나는 모든 사소하고 중요한 부분들에 대해 아빠를 교육했다.

"이스트 202번로 264번지." 나는 주소를 불렀다. "우편번호 10458. 아빠, 전부 외울 수 있겠어?"

아빠가 얼굴을 찌푸렸다. 자신이 어떤 일에 연루된 것인지 고민하고 있는 걸 나는 알았다. "내가 무슨 말을 하길 원하는 거냐?" 아빠가 소리쳤다. "리지, 그들이 나를 트럭 운전사로 알고 있다고?"

"그래. 하지만 그건 중요하지 않아. 그 사람들이 아빠의 일에 대해 심문하지는 않을 거야." 아빠는 화가 났다기보다는 공황 상태인 듯 보였다. 나는 아빠의 손이 떨리는 것을 눈치챘다.

어쩌면 면접을 불편해하는 내 성격은 아빠에게 물려받은 것인지도 모른다.

"그래서 내가 어디에 산다고?" 아빠가 물었다.

*

예비 학교의 공동 이사이자 페리의 파트너로 학교를 운영하는 빈센트가 우리를 맞았다. 역시 안경잡이 중년 남성인 빈센트는 첫인상이 페리보다는 다소 진지하고 날카로워 보였다. 그러나 페리 못지않게 미소를 자주 지었고, 알고 보니 페리만큼이나 따뜻하고 친절한 사람이었다. 우리가 그의 사무실로 들어가자, 그는 아빠에게 테이블 위에 펼쳐놓은 서류들을 제시했다. 아빠의 서명이 필요한 부분들이 이미 표시되어 있었다.

"만나서 반갑습니다, 머리 씨." 그가 아빠와 악수하며 말했다. 아빠는 은근한 미소를 지었다. 불편해 보이는 기색이 역력했다.

"사실은 피네티입니다." 아빠가 정정했다. "리즈의 엄마와 저는 정식으로 결혼하지 않았습니다. 1970년대였으니까요. 아내는 정말 혈기 왕성했죠. 사실 완전히 미쳤었죠." 아빠가 웃었다. 나는 움찔했다. 빈센트는 눈 하나 깜짝하지 않고 그저 아빠에게 미소 지었다. "피터라고 불러주세요." 아빠가 말했다.

아빠는 너무 긴장해 있었고, 그것이 나를 긴장하게 했다. 성공하지 못한다면 어떻게 해야 할까? 내가 이 한 번의 기회를 날려버린다면, 또 어디로 가야 할까? 나는 빈센트의 얼굴을 쳐다보며 의심의 기미를 찾았다. "그럼 어서 진행하죠." 내가 두 손을 움켜쥐며 끼어들었다. "서두를 생각은 없지만, 아빠를 오래 잡아둘 수 없어요. 일 문제도 있고."

비록 손은 떨렸지만 아빠는 내가 결석계와 사회복지 서류에서 익히 보았던 그 깔끔하고 삐쭉삐쭉한 서명을 무사히 해냈다. 아빠는 혼자 중얼거리며 계속 입 안에서 혀를 볼에 대고 굴렸다.

"음, 좋아. 됐어. 완벽해." 아빠는 계속 말했다. "좋아, 이해했어."

내 눈은 빈센트에게 고정되었고 심장이 쿵쾅거렸다. 나는 태연하고 쾌활하게 보이려 애썼다. "주소는요?" 빈센트가 컴퓨터 키보드에 손가락을 얹고 말했다.

나는 아빠를 보았다. 아빠는 천장에 시선을 고정시킨 채 기억을 떠올리기 위해 한 손으로 이마를 문지르고 있었다. "933—" 아빠가 보비의 주소를 엉망으로 부르기 시작했다.

"264! 264잖아, 아빠!" 내가 잽싸게 끼어들었다. "잠이 부족하니까 그렇잖아!"내가 아빠의 손을 두드리며 초조하게 미소 지었다. "아빠는 일을 너무 많이 하세요."내가 마치 가벼운 못마땅함을 표시하듯 고개를 저으며 빈센트에게 말했다. "이스트 202번로 264번지요."내가 아빠 대신 마무리했다. 나는 빈센트에게 전화번호도 불러주었다. 이제 내 몸이 떨리기 시작했다. 하마터면 실패할 뻔했다. 회의를 마치고 빈센트가 일어나 아빠에게 손을 내밀어 다시 악수했을 때 나는 마침내 안도했다. 아빠는 빈센트에게 사회복지사들을 만날 때 짓던 익숙한 미소를 지었다.

"음, 이제 됐습니다. 리즈, 예비 학교에 들어온 걸 환영한다."빈센트가 갑자기 나를 보며 말했다. 나는 아빠가 더 이상 말을 하지 않기를 바라며 양쪽 발에 체중을 옮겨 실었다. "네가 다음으로 할 일은 에이프릴에게 가서 다음 약속을 확인하고 가을 학기 일정을 잡는 거야."

나는 미소를 지으며 빈센트에게 감사하다고 말했다. 그는 자신의 사무실로 들어가고, 나는 아빠를 문으로 인도했다. 예비 학교를 나오면서 아빠가 사무실에서 《타임》을 훔쳐 나오지 않도록 설득해야 했다.

*

나는 19번로로 돌아가 기차를 타는 곳까지 아빠를 배웅했다. 우리는 45분이 채 안 되는 시간 동안 학교에 있었다. 기차역 입구 앞에 서서, 나는 아빠가 우산을 동여맨 끈을 묶었다 끌렀다 하며 민지작거리는 것을 보았다. 아빠는 나와 눈을 마주치지 않고 계속 우산과 기차역을 번갈아 보았다.

"음, 잘됐으면 좋겠다, 리즈. 혹시 내가 실수했다면 미안하구나. 아무튼 내 생각엔 계획대로 된 것 같다…… 이번에는 정말 학교에 다닐 생각이냐?" 아빠의 질문에는 나에 대한 날카로운 의심이 깃들어 있었고, 나의 확신을 비웃는 듯했다.

"응. 꼭 다닐 거야." 나는 스스로에게 기대했던 것보다 더 큰 확신을 가지고 대답했다. 나는 그날 보비에게 헐렁하지만 깨끗한 옷을 빌려 입었다. 아빠에게 들려줄 가짜 이야기도 꾸며두었다. 최근 몇 차례의 전화 통화에서 나는 아빠에게 현재는 보비의 집에 정착해서 살고 있으며 나는 괜찮다고 말했었다. 아빠는 아무것도 묻지 않았고 계속 그렇게 되기를 바랐다. 아빠가 실제 내가 겪은 일을 알게 되는 건 최대한 피하고 싶었다. 만일 알게 되면 얼마나 마음 아파할지 알기 때문이었다. 그렇게 되면 아빠는 보호소 생활을 하면서, 덤으로 내 걱정까지 해야 할 것이다. 그러면 나는 또 나를 걱정하는 아빠를 걱정할 것이다. 그렇게 되면 우리 누구에게도 좋을 것이 없었다. 내가 잘 지낸다고 믿게 하는 편이 나았다.

"이번에는 네가 진짜로 다닐 생각이라니 참 좋구나." 아빠가 말했다. "이번에는 네가 정말 해낼 거라고 생각한다. 좋은 일이야…… 그래, 리지. 아마도 넌 이제 끝까지 해낼 수 있을 거야." 아빠로서는 대단한 칭찬이었다.

"그럴 생각이야." 내가 미소 지으며 말했다.

아빠는 냅킨을 꺼내 코를 풀었다. 냅킨에 찍힌 로고를 보고 맥도날드에서 가져온 것임을 알 수 있었다. 아빠는 내가 어릴 때부터 패스트푸드점에 들어가서 물건들을 슬쩍하곤 했다.

"보호소에서 지내기는 괜찮아?" 나는 아빠에게 긍정적인 대답을 유도하며 물었다. 어쩌면 나 역시 아빠에 대한 모든 정보를 알고 싶지 않았는지 모른다.

"어, 그래." 아빠가 말했다. "거기서는 세 끼를 알차게 먹고 있지. 게

다가 에어컨도 나와. 다들 잘 해준다. 불평할 일이 없어. 참, 리지. 너 돈 가진 거 있니? 토큰을 사거나 점심 먹을 거?" 나는 그날 아침 보비에게 10달러를 빌려 왔다. 브롱크스로 돌아갈 차비를 떼어두고 나머지를 아빠에게 주었다.

"고맙구나." 아빠가 말했다. 아빠에게 도움이 됐다고 생각하니 다시 기분이 좋아졌다.

"괜찮아. 난 저축해놓은 돈이 또 있어. 별것도 아닌데 뭘." 나는 거짓말을 했다.

나는 계단을 내려가 아빠를 기차역까지 바래다주고 작별의 포옹을 하며 앞으로 좀 더 자주 만나고 통화하자고 서로 약속했다. 아빠는 개찰구에 머물며 나와 함께 기차가 오기를 기다리는 대신, 내게 작별 인사를 하고 플랫폼으로 내려가서 혼자 기다렸다. 공중전화 앞을 지나치던 아빠는 손을 전화기에 넣고 잔돈이 남았는지 뒤졌다.

*

나는 9월부터 학교에 다니기로 했다. 지금은 5월이었다. 입학까지 준비할 시간이 몇 달 있었고, 내가 보충해야 할 시간은 4년이었다. 등록을 마치기 위해 다음으로 해야 할 일은 전에 다니던 JFK 고등학교를 찾아가 성적증명서를 받아오는 것이었다.

예비 학교와 비교하니 JFK 고등학교는 엄청나게 커 보였다. 나는 금속 탐지기를 통과해 건물 안으로 들어갔다. 누구도 나를 보지 않았다. 학생들이 어디에나 있었다. 전체 학생 수는 수천 명에 이르렀다. 나는 예비 학교로 돌아가는 전철에 앉아서 서류 봉투를 뜯었다. 모든 칸에 낙제 점수—45점, 60점, 50점—가 표시되어 있었다. 줄줄이 적혀 있는 낙제 점수를 읽노라니, 내가 쓰레기처럼, 완전히 망가진 인간처럼 느껴졌다. 내 성적에 대해 말하는 것과 실제로 성적표를 보는 것은 천지 차이였다. 성적표는 내가 살면서 무엇을 했고 무엇을 하지 않았는지를 보여주는 구체적 표시이며, 또한 앞으로 무엇을 해야 하는지 보여주는 길잡이였다. 나의 학문적 실패를 보니, 앞으로 넘어야 할 산이 높다는 것을 알 수 있었다.

그때 JFK 고등학교의 서류를 보다가 문득 이런 생각이 들었다. 나의 예비 학교 성적표는 아직 완전하게 백지 상태라는 생각. 내 성적표는 문자 그대로 아무것도 없는 제로 상태였다. 그러니까 새롭게 시작할 수 있었다.

새로운 시작이라는 생각은 무척이나 짜릿했다. 그동안 힘든 일도 많았지만, 한 가지 믿을 만한 구석은 있었다. 그것은 바로 내가 이 순간부터 하는 일이 내가 지금까지 해온 일에 의해 좌우될 필요가 없다는 것이었다. 19번으로 돌아가서, 나는 에이프릴에게 나의 빈 성적표 한 부를 출력해달라고 말했다. 예비 학교 서류 용지에 내 이름과 내 미래의 성적을 채우기 위한 빈 칸들이 배열되어 있는 간단한 인쇄물이었다. 나는 JFK 성적표를 에이프릴에게 넘겨주고 다시는 보지 않았지만, 이 빈 성적표는 늘 지니고 다녔다. 빈 성적표는 내가 날마다 나의 미래를 쓰고 있다는 것을 상기시켜 주었다. 그 주에 베드퍼드 파크의 어느 건물 현관에서 밤을 보내면서, 나는 빈 성적표를 꺼내어 모든 칸에 내가 원하는 점수 A를 깔끔하게 채워 넣었다. 내가 그런 기적을 상상하고 그 성적표를 꺼내어 보면, 마치 A학점의 기적이 이미 일어난 것만 같았다. 날마다 나는 이미 이루어진 현실을 그저 따라잡고 있는 것이었다. 내 가슴속에서 미래의 A학점은 이미 실현되었다. 이제 그 목표를 위해 매진하기만 하면 될 일이었다.

엄마에 대한 기억이 나의 이런 결심에 도움이 되었다. 그때까지 내가 본 서류 중 성적표만큼 '공식적'으로 보이는 유일한 서류는 엄마의 사회복지 자격 심사를 위한 서류들이었다. 엄마를 담당한 사회복지 활동가들은 늘 까다로웠고 우리를 엄격하게 대했다. 어떤 이유인지 몰라도 음울한 사회복지 사무소 벽은 항상 칙칙한 녹색이었다. 그 색깔은 눈부신 형광등 불빛과 창문을 막고 있는 쇠창살 아래서 더 볼썽사나워 보였다. 그 사무실에는 아주 많은 사람들—수십 명, 때로는 수백 명—이 기다리고 있었다. 딱딱하고 작은 의자가 다 차면 사람들이 창틀이나 바닥에 앉았고, 또 어떤 이들은 그냥 서 있거나 왔다 갔다 하기도 했다.

엄마와 리사 언니와 나 역시 다른 가족들과 마찬가지로 그곳에서 몇 시간씩 기다리며 초조하게 구비 서류 뭉치를 점검하고 또 점검했다. 마침내 우리 차례가 왔을 때, 엄마는 대개 나를 무릎 위에 앉혔는데, 이때 내가 기억하는 것은 엄마와 사회복지 활동가 사이에 일어나는 기이한 상호작용이었다. 엄마가 무슨 말을 하는지는 중요하지 않았다. 이 여자가 관심을 두는 것은 엄마의 서류뿐이었다. 출생증명서, 공증된 편지, 정신질환을 확인하는 의사의 편지, 임대계약서 따위들이었다. 엄마의 실제 말과, 특히 엄마 자신은 이 여자에게 보이지 않는 듯했다. 그 여자는 우리에게 먹을 것과 집세와 안전을 제공할 수도, 앗아갈 수도 있는 막강한 힘을 가지고 있었다. 모든 것은 한 가지 사실로 귀결되었다. 승인을 위해 필요한 정확한 서류가 있느냐, 없느냐. 둘 사이에 중간은 없었다. 예를 들어 사본 두 부를 준비해야 하는데 한 부밖에 준비하지 않았다거나, 의사의 편지들 중 한 장을 빠뜨리는 아주 작은 실수라도 하면, 우리의 모든 노력—서류를 수집하고 거기까지 찾아가고, 여러 시간을 기다린 것—이 수포로 돌아갔다. 불완전한 서류나 빠뜨린 서류가 하나라도 있으면, 우리의 서류철은 닫혀서 넘겨졌다. 그들은 '다음'을 외쳤고, 우리는 다음에 다시 찾아와 처음부터 시작해야 했다. 서류가 제대로 준비되었는가, 그렇지 않은가. 그것이 전부였다.

내 고등학교 성적표는 과연 다를까? 그렇지 않았다. 언젠가 혹시라도 내가 대학에 가고 싶어진다면, 각종 사무실에서 정장 차림의 누군가가 내 서류를 열어 읽고, 내게 자격이 있는지 없는지를 판단할 것이라고 나는 생각했다. 자격이 있느냐, 없느냐. 그 중간은 없을 것이다. 자격이 없다면, 그들은 내 서류철을 닫으며 '다음'을 외칠 것이다. 참 불운한 일이다. 나는 세상에는 절대 협상이 불가능한 일들이 있음을 배웠다. 성적표처럼 공식적인 서류는 아주 중요한 것이었다. 성적표는 내가 합격하느냐 불합격하느냐를 결정했고, 성적표는 선택의 기회였다. 성적표는 나의 입장권이었다. 이제 나는 예비 학교에서 하는 모든 것을 성적표의 틀 안에서 생각하기로 했다. 그리고 알고 보니, 그것은 전부를 뜻했다.

학교에 가고 싶지 않은 순간들이 찾아왔다. 피에프의 집에서 잠을 자다가 일어나지 않고 계속 자고 싶어졌다. 보비와 제이미는 한가로이 마을을 돌아다녔고, 친구들은 학교를 빠졌다. 나는 그 재미있던 순간을 그리워하고 있었다. 문밖에 신선한 공기가 기다리고 있는데 온종일 의자에 앉아 씨름하고 싶지 않았다. 밖에 나가고 싶었다. 그러나 내가 해야 하는 일은 내 성적표를 생각하는 것이었다. 난생처음으로, 나는 날마다 제시간에 등교했다. 내가 자격을 얻느냐 얻지 못하느냐. 게다가, 친구들이 내 방세를 내주지는 않을 것이다.

———————— 11장 ————————

인생은
무엇을 시도하느냐,
시도하지
않느냐의 문제야

내 성공의 이유는 단순했다.
주말에 외출을 해서 즐거운 시간을 보내기 위해
돈을 벌려는 동료들과는 달리,
나는 결국 헤엄치지 않으면 가라앉는다는 각오로
한 푼 한 푼 모아 겨울이 오기 전에
필요한 것들을 비축하고 있었다.
나의 의도는 학교에 들어가면 일할 시간이 없어질 것이므로
악착같이 돈을 모아 앞으로 몇 달을 버티는 것이었다.
난생처음 나는 내 일상을 더 큰 목표에 부합하도록 만들고 있었다.

웨이트리스
번화한 시내 커피 샌드위치 전문점에서 파트타임 웨이트리스 구함
'할 수 있다'는 긍정적 태도와 장기간 근무 요

보모 및 가정부
어퍼 이스트사이드의 가정에서 살림 잘하고 아이들을 잘 참아주는
여성을 구함. 순종적이고 **반드시** 영어를 할 줄 알아야 함.

나는 한 손에 펜을 들고 '더 도어'라는 지역 청소년 조직의 보건소 대기실에 앉아 구인광고란을 샅샅이 뒤지고 있었다. 나는 며칠 동안 무료 신문 《더 빌리지 보이스》를 살펴왔었다. 미성년자인 데다(돌아오는 9월에 비로소 열일곱 살이 되는) 가출 청소년이라는 입장 때문에 많은 제약이 있었다. 가장 두려운 것은 아동복지국의 관심을 끌어서 다

시 단체 시설로 보내지는 것이었다. 그래서 일자리를 찾으면서도 사람들의 이목을 끌지 않기 위해 최선을 다했다. 나는 입소문으로 몇 가지 좋은 단서를 찾았다. 더 도어는 나에게 일어날 수 있는 최고의 행운 중 하나였다.

더 도어는 맨해튼 남부 브룸 스트리트에 있는 3층짜리 건물에 위치해 있었으며, 오직 청소년들의 필요를 충족하는 일에만 전념했다. 스물한 살 미만이면 가입이 가능했고, 아무것도 묻지도 따지지도 않았다. 나는 시리얼과 땅콩버터, 건포도, 빵 등이 가득 들어 있는 식료품 꾸러미를 들고 그곳에서 나오는 일이 잦았다. 나는 식료품을 배낭에 넣고, 편의점과 주유소, 소매점 등에서 채용신청서를 모으며 맨해튼을 돌아다녔다. 더 도어는 일주일에 5일, 오후 5시 30분에 2층에서 무료 급식을 제공했다. 일자리를 찾아 길고 피곤한 날들을 보낸 뒤, 나는 꼬박꼬박 더 도어에 들러서 저녁을 먹곤 했다. 그래서 C타운에서 먹을 것을 훔칠 필요가 별로 없었다. 대신 나는 카페테리아 스타일의 테이블에서 많은 청소년들 틈에 익명의 존재로 앉아 닭고기와 으깬 감자를 먹으며 일자리 기회를 검토했다.

어느 날 오후 나는 더 도어의 대기 구역에 앉아 광고란을 훑어보고 있었다. 신문은 온갖 종류의 일자리를 제안했지만, 대부분 학력이나 경험을 갖춘 사람들을 위한 자리들이었다. 나는 그 어느 것도 갖추지 못했고, 그래서 '야심 있고 근면하고 순종적인'과 같은 문구를 강조하는 광고들을 찾았다. '뉴욕공익조사단(NYPIRG)'이라는 이름의 비영리환경기구가 낸 광고가 눈에 띄었다.

"환경에 관심이 있으십니까? 사람들과 일하는 것을 좋아하십니까? 세상을 바꾸는 데 열정이 있습니까? 그렇다면 NYPIRG가 당신을 위한 곳입니다. 대의명분을 알릴 사명을 위해 오늘 당장 전화해서 면접 일정을 잡으세요…… 기억하세요. 당신이 해결책의 일부가 아니라면, 당신은 문제의 일부입니다."

세상을 더 좋은 곳으로 만들면서 주당 350~500달러(능력급)를 벌어 보세요.

초보자 환영.

나는 '능력급'이 무엇을 뜻하는지 몰랐지만, 여기서 일하면 일주일에 350달러에서 500달러를 벌 수 있었다. 나는 《더 빌리지 보이스》에서 그 광고를 찢어서 뒷주머니에 쑤셔 넣었다.

NYPIRG는 나의 여름방학 일자리이자, 방학을 맞은 많은 대학생들의 일자리가 되었다. 그곳에서 가장 어리고 초라한 차림새를 한 내가 고용될 수 있을지 걱정스러웠지만, 다행히 모든 지원자가 고용되었다. 그것이 가능했던 이유는 직원들이 모금한 돈에서 일정 비율을 떼어 월급을 주었기 때문이다. 나는 '능력급'의 의미를 알게 되었다. 자기가 번 돈의 일부가 자기 월급이 되는 것이었다. 돈을 모금하지 못하면 한 푼도 벌지 못하고, 많이 모금하면 많이 벌었다. 나는 돈을 모금하는 것이 얼마나 어려운 일일지 궁금했다.

오리엔테이션에서 NYPIRG의 고참인 니콜이라는 여자가 이 일로 생계를 유지할 수 있다고 우리를 안심시켰다. 그 작은 도심 회의실은 하나같이 부랑아 스타일을 추구하는 것으로 보이는 대학생들로 빽빽이 들어찼다. 그들은 가늘게 땋아 내린 머리에 대마로 만든 액세서리, 다양한 사회적 명분을 새겨 넣은 티셔츠를 시도하는 젊은이들이었다. 지나치게 동정심이 많은 듯한 사립학교 학생들은 너저분한 게으름뱅이처럼 보였다. 값비싼 옷에 일부러 구멍을 내서 가난한 부랑아처

럼 보이려는 그들의 노력이 내게는 너무도 분명히 보였다. 그런 시도
는 내 입장에서는 환영할 만했다. 아마도 그 방에서 진짜 부랑아에 가
장 가까운 사람은 나일 테니까. 그들 대부분은 돈이 있었다. 그들이 착
용한 어번 아웃피터 가방과 값비싼 액세서리, 고급 등산화와 버켄스탁
신발로 알 수 있었다. 그러나 그들이 가난에 대한 자신의 해석을 개인
적인 스타일에 투영하려 한다면, 나로서는 나쁠 게 없었다.

　니콜은 이 일이 어떤 식으로 진행되는지 설명했다. 일주일에 5일, 최
근 환경 운동 동향에 관한 간단한 오후 브리핑 후에, NYPIRG는 운동
원(우리는 이렇게 불렸다)들을 한 번에 여덟 명씩 승합차에 태워서 뉴욕
주의 주요 기금 모금 지역으로 데려가게 되어 있었다. 우리의 임무는
가가호호 방문하여 모든 시민들을 NYPIRG가 주도하는 암과의 투쟁
에 참여시키는 것이었다. 니콜이 열심히 떠드는 내내 흔들어대는 연구
자료에 따르면, 주거 지역 내의 무분별한 살충제 살포는 암과 관련성이
있었다. NYPIRG는 소위 주민통지법안의 통과 운동을 하느라 분주했
다. 우리는 사람들의 집을 찾아가 문 앞에서 그들의 관심을 끌고 그날
오후 브리핑에서 배운 것들을 그대로 말해야 했다. 그런 다음 그들에게
NYPIRG의 회원으로서 암과의 투쟁에 참여할 것을 촉구해야 했다. 그
리고 그것은 우리가 그들에게 돈을 요구해야 함을 뜻했다. 우리의 월급
은 모금한 액수의 일정 비율이었다. 일하러 나갈 때 주요 연구보고서와
개인 필기판, 임시신분증을 받았다.

　핸리 허드슨 파크웨이를 따라 북쪽으로 향하는 승합차 안에서, 나는
내가 거기 있는 것이 실수임을 확신했다. 우리는 사람들 앞에서 우리
끼리 '랩'이라고 부르는 것을 했다. 그중에서 최악은 단연 나였다.

　"안녕하세요, 저…… 저는 리즈예요…… 뉴욕연구소에서…… 아니,
그게 아니라 공익 연구소에서 왔어요…… 제가 찾아온 이유는…… 암

과 싸우기 위해서예요…… 함께요…….”

다른 운동원들은 나보다는 훨씬 나았다. 내 옆에 있던 스카스데일에서 온 애나라는 여자는 첫 번째 시도부터 아주 매끄러웠다. “이 유독물질과의 전투를 위해 저희가 벌이고 있는 운동에 초대하고 싶습니다. 우리는 공동체로서 함께 일어서야 합니다.”

나는 값비싼 진주 귀걸이와 캔버스 백이 그녀에게 얼마나 어울리고 완벽해 보이는지, 그리고 더듬대는 나의 말에 비해 그녀가 얼마나 말을 조리 있게 하는지에 깊은 인상을 받았다. 그것은 위협적이었다. 게다가 그 단어 선택은 또 어떤가? 전투(컴배트)라고? 그것은 대학교에서 바퀴벌레를 죽일 때 쓰는 물건의 브랜드명이 아니던가? 그녀는 그 단어를 중의적으로 사용한 것이 분명했다. 나는 일기장을 꺼내서 동료들에게서 얻어들은 단어들을 나열하기 시작했다.

그들은 모두 유창하게 말했고, 자신감 있는 몸짓과 풍부한 어휘를 이용하여 자신을 표현했다. 나는 그들에게서 눈을 뗄 수 없었다. 특히 켄이라는 남자에게서.

켄과 함께 있으면 좋으면서도 믿을 수 없을 만큼 불편했다. 그는 우리 동네 남자들과는 전혀 달랐다. 그는 나를 긴장하게 했다. 켄은 단정하고 건전했다. 게다가 아주 매력적이었다. 바람에 날리는 듯한 덥수룩한 금발머리에 마치 금 알갱이가 알알이 박힌 푸른색 얼음처럼 보이는 민트빛 눈. 훤칠한 키에 구릿빛 피부는 그가 입은 ‘인간평등’이라고 인쇄된 흰 티셔츠와 대조를 이루었다. 켄은 여름방학을 맞은 브라운 대학교 학생이었으며, 그가 애나에게 하는 말을 엿들은 바에 따르면, 현재 교제하는 이성이 없었다.

우리는 어쩌다가 승합차에서 옆자리에 앉게 되었고, 현장 관리자 센으로부터 둘이 함께 ‘랩’을 하라는 지시를 받았다. 검은 콘 티셔츠와 블랙진을 입은 나는 땀을 뻘뻘 흘리며, 어색한 손을 어찌할 줄 몰라서 말총처럼 묶은 머리에서 삐져나온 머리칼을 도로 집어넣고 있었다. 켄이 나 다음으로 시작했다. 그 역시 말을 더듬었지만, 어쨌든 설득력 있게 해낼 수 있었다. "잘했어." 나는 의도했던 것보다 더 열성적으로 말했다. 민망해서 얼굴이 빨갛게 달아올랐다. "고마워." 켄이 진심으로 미소 지으며 말했다. 그 역시 말을 더듬을 때 얼굴이 조금 빨개지며 멋쩍게 웃었다. 나는 자제하려 했지만, 그를 보는 것을 멈출 수 없었다.

*

션은 우리의 수익 잠재력에 따라 '잔디밭(담당구역)'을 할당해주었다. 기술적으로 부족한 운동원들은 낡아빠진 집들이 즐비하고 연간 재후원율이 희박한 '메마른' 지역에서 일해야 했다. 반면 숙련된 운동원들에게는 골프장을 연상시키는 무성한 초록색 잔디밭에 군데군데 분수와 작은 기수 입상이 서 있는, 마치 성처럼 보이는 큰 집이 할당되었다. 진입로에서 초인종까지 걸어가는 데만도 5분 이상이 걸렸다.

바로 첫날 나는 마른 잔디밭에 배정되었다. 나의 소득 잠재력이 낮게 평가된 것이었다. 집집마다 사슬로 얼기설기 엮은 녹슨 담장들이 초라한 앞마당을 둘러치고 있는 황폐한 거리가 내게 배정되었다. 그날의 할당량은 120달러였다. 할당량을 채우려면 운이 좋기를 바랄 수밖에! 그러나 승합차가 밤 9시에 나를 태우러 돌아왔을 때, 션은 깜짝 놀랐다. 내가 무려 240달러나 모금한 것이다. 내 필기판에는 가지런히 정리된 수표들이 고정되어 있었다.

"이 정도면 됐나요?" 여름 하늘이 짙은 파랑색으로 물들어갈 무렵 울창한 나무 그늘 밑에 서서, 나는 필기판을 주황색 승합차 브레이크

등 불빛에 비춰 보이며 셴에게 물었다. 셴은 내 모금 총액을 한 번 읽고 두 번째 읽은 뒤에 말했다. "그럼, 훌륭해." 그날 이후 나는 보다 부유한 동네로 배정되었고, 내가 모금한 금액은 계속 늘어나서 종종 하루에 오륙백 달러를 넘기기도 했다.

나는 NYPIRG에서 이런 식의 성공을 거두기 힘든 부류로 평가되었다. 가장 세련되고 사교적인 부류의 사람들도 면전에서 너무 많은 문이 닫히는 일을 경험하고 나면 좌절했기 때문이다. 누구도 그 일이 쉽다고 말하지 않았다. 사무실에서는 나의 성공에 대한 여러 가지 해석들이 난무했다. 누군가는 "리즈는 환경에 대해 열정이 있어"라고 말했고, 누군가는 "리즈는 훈련을 받았나 봐"라고 말했으며, 또 누군가는 "여기 오기 전에 경험이 있었는지도 몰라"라고 말했다.

그 어떤 해석도 사실이 아니었으며, 나의 성공은 기술과는 별로 관계가 없었다. 내 성공의 이유는 단순했다. 나는 굶주렸고, 내게는 이것이 여름방학 아르바이트가 아니었기 때문이다. 주말에 외출을 해서 즐거운 시간을 보내기 위해 돈을 벌려는 동료들과는 달리, 나는 결국 헤엄치지 않으면 가라앉는다는 각오로 한 푼 한 푼 모아 겨울이 오기 전에 필요한 것들을 비축하고 있었다. 나는 이 일이 필요했다. 나의 의도는 학교에 들어가면 일할 시간이 없어질 것이므로, 악착같이 돈을 모아 앞으로 몇 달을 버티는 것이었다. 난생처음으로 나는 일상을 더 큰 목표에 부합하도록 만들고 있었다. 그 목표란 내가 태어난 곳에서 벗어나는 일이었다. 내가 남들보다 우위에 선 이유는 바로 이것이었다.

나는 또한 다른 종류의 굶주림도 느꼈다. 뭐라고 딱 꼬집어 말하기 힘든 굶주림이었다. 모든 새로움과 관련된 것이었고, 새로운 장소들을 경험함으로써 느끼는 흥분이었다. 나는 끝없이 펼쳐진 자갈 진입로에 차들이 주차되어 있는 대형 주택들과 햇살 아래서 아이들이 가로수 길을 따라 자전거를 타고 있는 동네를 한 번도 본 적이 없었다. 내게 문을 열어주는, 하나같이 멋져 보이는 가정주부들과 엄마의 튼튼한 골반에 의지하여 허리 높이에서 매달려 있는 아이들. 나는 집 안에서 훅 하고 밀려나와 내 뺨과 팔뚝을 식혀주는 에어컨 바람을 즐기며, 온갖 소지품들이 들어 있는 책가방을 등에 메고 필기판을 손에 쥔 채 그들의 삶을 훔쳐보았다. 그 사람들이 내가 아는 것과 다른 삶을 어떻게 꾸려왔는지 보는 것은 짜릿한 경험이었다. 그것은 일종의 모험심과 그들과 같은 삶을 꾸리고 싶다는 열망으로 나를 채웠다. 문이 열릴 때마다, 누군가와 대화할 때마다, 새로운 사람을 만날 때마다 모험심과 흥분이 느껴졌다. 나는 다음은 어떤 집일까 하는 호기심에 사로잡혀 그 교외마을의 보도 위를 왔다 갔다 했다.

그러나 최고의 날들은 단연 켄과 내가 가까운 잔디밭을 배정받을 때였다. 나는 그런 날을 기다리며 살았다. 셴이 승합차를 몰고 사라지자마자, 켄과 나는 서로를 따라가서 담당 구역을 공유했고, 가끔은 팀을 이루어 방문하기도 했다. 우리는 누가 말을 할 것인지 딱히 계획하지 않았지만, 동업자 의식에 따라 자연스럽게 역할 분담이 되었다. 함께하면 좋았다. 기금 모금 면에서 말이다. 우리는 하루 할당량을 넘기고도 조금 더 할 수 있었다. 일찌감치 일을 마친 날은 적당한 곳을 찾아 그늘에 앉아 쉬면서 이야기를 나눴다―비록 내가 그에게 무슨 말을 할 수 있을지 확신할 수 없었지만. 그에게 엄마에 대해 말할 것인가? 유니버시티 애비뉴에 대해서? 아니면 카를로스로부터 나 자신을 구하기 위해 모텔에서 탈출한 얘기? 그 주에 지하철 D선 열차에서 잠을 잤던 것? 모든 것이 우리의 대화에 설 자리가 없어 보였다. 밝은 햇살이 비추고 있을 때, 공원의 신선한 흙냄새를 맡으며 우듬지에서 맴맴거리는 매미 소리를 들을 수 있을 때. 그리고 켄이 그렇게 미소 짓고 있을 때는 말이다. 나의 인생 이야기가 괜히 분위기만 가라앉힌다면, 왜 굳이 얘기하겠는가? 그래서 나는 그저 켄의 말을 들었다. 그의 가족과 예전 여자 친구와 브라운 대학에 관한 많은 이야기들을. 그리고 그 얘기들을 흡수했고, 그의 즐거움과 상냥함을 빨아들였다. 우리는 니콜이나 셴을 흉내 내며 서로를 웃겼고, 일자리를 비웃었고 인생을 비웃었다. 더 이상 웃을 수 없을 때까지 그저 웃었다.

켄과 함께 있으면 쉽게 웃을 수 있었다. 그리고 소설책에서나 나올 법한 집들과 완벽한 잔디밭과 화창한 날들에 둘러싸인 이 삶이 내가 이미 알고 있는 삶만큼이나 가능한 것이라고 쉽게 믿을 수 있었다.

*

8월의 어느 날, 나는 예비 학교에서 몇 가지 서류를 작성하기 위해 지하철 A선을 탔다가 서맨사를 보았다. 그녀는 지하철 C선을 타고 있었다. 지하철 문이 닫히는 순간 우리는 서로를 발견했다. 우리가 탄 열차는 플랫폼을 사이에 두고 정확히 맞은편에 있었다. 마치 경주 트랙을 나란히 달리는 두 마리의 말처럼, 열차가 나란히 달리며 어두운 터널을 통과하고 가까워졌다가 멀어졌다가를 반복했다. 나는 손바닥을 출입문 유리창에 납작하게 붙였고, 서맨사도 마찬가지였다. 이 우스꽝스러운 조우에 우리 둘은 웃었다. 서맨사는 미소 지으며 가운뎃손가락을 치켜세웠다. 그녀는 녹색 머리를 양 갈래로 말아 올리고 있었다. 그리고 긴 치마에 레이스가 달린 밤색 캐미솔을 입고 있었다. 그녀는 잘 꾸미고 있었고 마지막으로 보았을 때보다 살이 붙어 건강해 보였다. 나는 다음 정거장에서 내리라고 손동작을 했다. 우리는 14번로에서 내려 서로에게 달려가 포옹을 했다. 그녀에게서 비누 냄새와 베이비파우 더 냄새가 났다. 나는 몸이 떨렸다.

"어디서 지냈어?" 그녀가 내 어깨를 치며 소리쳤다. 모텔에서 지내던 시절, 카를로스에 대한 스트레스 때문에 우리의 우정은 금이 갔다. 그러나 몇 달이 지난 8월의 오후 선선한 지하철에서 우정이 다시금 솟아났다. 나는 서맨사를 친자매처럼 사랑했다.

"늘 근처에 있었지 뭐." 내가 말했다. "사실 요즘은 자제하며 살고 있어. 일자리도 구했고. 어디 가서 얘기 좀 할까?"

우리는 책가방을 메고 첼시 거리를 걸었다. 서맨사가 담배를 꺼내 피우기 시작했을 때 나는 당황했지만 아무 말도 하지 않았다. 마지막으로 본 이래로 오랜 시간이 흘렀는데 우리가 여전히 사적인 문제에 참견할 만큼 가까운 사이인지 확신할 수 없었던 것이다. 걸으면서 그녀는 그동안 살아온 얘기를 했다. 단체 시설 생활은 그렇게 나쁘지 않았고, 그곳 소녀들은 그녀의 가족이 되었다고 했다. 그녀는 오스카와 결혼할 것이라고도 했다. 공식적인 계획은 아직 없지만, 느낌으로 알 수 있다고 말했다. 스태튼 아일랜드에서 온 릴라라는 소녀가 신부 들러리가 될 것이었다. 그들은 숙소에서 동고동락한 사이였다.

"릴라는 내 단짝이야. GHFL. 평생집단숙소라는 뜻이지." 그녀가 말했다. "난 그걸 문신으로 새길 수도 있어."

나는 눈을 아래로 깔고 걸으면서 앞에 있는 작은 돌을 발로 찼다.

"멋진 얘기네." 나는 말했다. 우리의 친밀함은 단지 나의 상상이었을까? 그녀가 나를 그리워하긴 한 걸까? 나는 그녀가 그리웠다. "내가 가려는 학교에 한번 가볼래?" 내가 물었다. "그러지 뭐." 그녀는 어깨를 으쓱하며 담담하게 말했다. 마치 그날 오후에 마침 자유 시간이 나서 여차하면 자신도 고등학교에 등록할 것처럼. 실제로 서맨사는 나와 함께 가서 예비 학교에 신청서를 제출했다. 에이프릴이 서맨사가 적어

준 번호로 곧 전화하겠다고 말했다. 페리는 사무실에 없어서 서맨사를
만나지 못했고, 우리는 옆문으로 나와 전철역으로 돌아와서 각자 다른
방향으로 떠났다. 서맨사는 파란색 꼬부랑글씨로 단체 시설 전화번호
를 내 손바닥에 써주었다. 헤어지면서 그녀는 두 팔을 벌려 나를 꼭 끌
어안았다. 그 동작에서 깊은 애정이 느껴졌다. '서맨사가 돌아왔다.' 나
는 생각했다. 우리는 곧 다시 만나기로 약속했고, 서맨사는 예비 학교
에서 연락이 오면 알려주기로 했다. 그리고 혹시 오스카와 결혼식 날
짜를 잡게 되면 꼭 연락하기로 했다.

*

켄의 어머니가 가족용 승합차를 타고 나타났을 때 비가 내리고 있었
다. 그녀는 아들처럼 금발이었고, 머리칼도 아들만큼 짧았다. 다만 그
녀의 머리색이 조금 더 진했고 귀에 걸고 있는 작고 하얀 진주귀걸이
처럼 희끗희끗한 부분이 군데군데 섞여 있었다. 그녀는 나를 포함하여
지하철 A선에서 내린 켄의 동료 다섯 명을 모두 태우고 이슬비를 뚫고
파 로커웨이에 있는 해변의 집으로 데려갔다. 비 때문에 어두운 밤 조
용한 퀸스 교외의 가로등 밑에서 아스팔트가 아른아른 빛났다. 건강한
식생활과 운동을 암시하듯 그녀의 팔은 근육질에다 검게 그을려 있었
다. 그녀의 옷―카고 반바지에 새하얀 브이넥 티셔츠―는 너무 깨끗
해서 상점의 나무 옷걸이에서 방금 꺼내온 것 같았다. 그녀는 계속 쾌
활한 대화를 시도하며, 학교와 취미에 대해 이런저런 질문을 했다. 나
는 혹여 관심을 끌게 되어 결국 내가 쓴 가면―대학에 갈 준비를 하는
평범한 고등학교 졸업반 학생―을 벗게 될까 두려워 최대한 조용히
앉아 있었다.

신호에 걸렸을 때, 나는 그녀가 켄에게 손을 뻗어 이마와 머리를 쓰다듬으며 그에게 미소 짓는 것을 보았다. 꼭 닮은 그들의 얼굴은 빨간 신호등 불빛 아래서 분홍빛으로 보였다. 그녀가 친절한 여자임을 알 수 있었다. 그들을 보고 있으니 로우스 파라다이스 극장에 숨어들어가 영화를 봤을 때와 똑같은 기분이 느껴졌다. 언제 걸려서 쫓겨날지 모르는 아슬아슬한 기분. 내가 거기 있는 것이 사기임이 언제 밝혀질지 모르는 기분.

지하실은 아파트처럼 꾸며져 있었다. 켄이 브라운 대학에 다니기 전까지는 그곳이 켄의 방이었다. 이제 그의 여동생인 에리카(나는 그녀가 나와 동갑임을 알고 굴욕감을 느꼈다)가 그곳을 차지해서, 그곳은 켄의 옛날 철학책들과 '고래를 살리자' '나무를 구하자' '아이들을 구하자'와 같은 환경적 명분이 담긴 에리카의 포스터들이 섞여 있었다. 에리카와 그녀의 엄마가 다과와 음료를 준비해 작은 테이블 위에 차렸다.

사람들이 카드놀이를 시작하려 할 때, 나는 2층 욕실에서 잠옷으로 갈아 입었다. 내 계획은 우연을 가장하여 최대한 켄 가까이에 앉는 것이었다. 그러면 밤 시간에 우리는 실수로 서로 살짝살짝 몸을 부딪치게 될 것이고, 나는 전혀 의식하지 못하는 척할 셈이었다. 그리고 그가 어디서 자고 있는지 확인하면, 우연의 일치처럼 그의 가까이에서 잠들어서 그에게 밤새 우리가 쌓아온 '분위기'에 따라 행동하도록 자극하는 것이다. 거울을 보며 나는 바닐라 향 샴푸를 짜서 손끝으로 두발 전체에 조심스럽게 발랐다. 나중에 우리가 서로 어루만질 때를 대비한 것이었다.

나는 거울에 비친 내 모습을 보았다. 자줏빛 감도는 굴곡진 갈색 머리가 허리까지 내려와 있었다. 켄이 내 머리를 좋아하기를 바랐다. 나는 화장을 하지 않았다. 친구네 집 소파나 복도에서 겨우 몇 시간 눈을 붙이는 것이 고작인 나의 수면 부족이 얼굴에 고스란히 나타나 있어서 못마땅했다. 네 개의 작은 은색 고리귀걸이가 귀에 매달려 있었고, 눈썹은 내가 바라는 것보다 무성했다. 잠옷 바지는 허벅지에 해골 무늬를 수놓은 조깅 바지였다. 속에는 카를로스가 입던 사각 팬티를 입고 있었다. 켄의 어머니가 그날 밤 나에게는 세 사이즈나 큰 켄의 티셔츠를 빌려주었다.

그날 밤은 마치 내가 이해할 수 없는 언어를 사용하는 이국에서 보내는 첫날밤처럼 내 앞에 펼쳐졌다. 우리는 이야기하기 좋도록 지하실 바닥에 침낭을 깔고 둥그렇게 둘러앉았다. 캣과 애나, 티티븐, 제레미, 켄은 나에게 전혀 익숙하지 않은 것들에 대해 이야기했다. '부자들.' 아빠라면 그들을 그렇게 일컬었을 것이다. 나는 그들이 부자인지 어떤지 모르지만, 그들이 나와는 다르다는 것이 곧 분명해졌다. 그도 그럴 것이, 빈민촌에서 다양한 종류의 치즈 같은 것에 대해 이야기할 일은 만무했다.

빈민촌에서는 브리와 하바티, 고르곤졸라의 차이점에 대해 말하지 않는다. 우리는 그저 한 종류의 치즈만을 사고, 그것은 미국산이다. 그리고 우리는 정부에서 지급하는 수표를 바꾸는 날 식품점 직원에게 종이 포일로 두껍게 말아놓은 '1달러짜리 햄과 1달러짜리 치즈'를 달라고 한다. 빈민촌에서는 유럽 배낭여행에 대해 이야기하지 않는다(유럽이 어딘지 몰라도).

빈민촌에서 우리는 살고 있는 동네와 주변 동네에 대해서만 이야기한다. "그랜드 애비뉴에서 있었던 총격전 얘기 들었어? 밀크셰이크가 당했대! 그는 죽었어!" "앤드류스 애비뉴 교차로에서 올가 부인이 또 빙수를 팔고 있다며? 룰루 부인의 빙수보다 1달러 더 싸대! 머리 쓴 거지." 다른 나라나 문화에 대해서는 이야기하지 않는다. 사실 우리 동네와 주변 동네를 벗어난 것들은 모두 모호한 개념일 뿐이었다. 그래서 켄이 지난여름 한 청소년 집단과 쿠바 여행을 갈 방법을 찾아냈다고 말했을 때, 나는 물었다. "저어, 쿠바에 가기가 어려워?"

"음, 통상 금지 정책도 있고 하니까…… 그래, 어려워." 그가 말했다. 나는 마치 그의 말을 잘못 들었던 것처럼 멍청하게 머리를 끄덕였다. 가슴이 쿵쾅거렸다. 통상 금지라고? 아마도 고등학교 때 가르치는 무엇인 듯했다. 내가 알아야 할 것을 모르고 있는 기분이 싫었다. 때로는 그저 조용히 있는 편이 쉬웠다.

그리고 대학에 관한 주제도 있었다. 그들은 모두 교정과 기숙사와 교수를 비교했고, 특별연구원, 논문, 교무처 등의 용어를 써가며 대학원 진학 계획에 대해 이야기했다. 대학원(graduate school)이라는 것이 정확히 무엇일까? 대학과 다른 것인가? 내가 고등학교를 졸업(graduate)하면 대학에 갈 수 있으니까, 대학이 곧 대학원 아닐까? 하지만 그들은 이미 대학생이니까 그럴 리 없었다. 나는 내가 지을 수 있는 가장 조심스러운 표정을 지었다. 마치 '너희들이 무슨 말을 하는지 나도 알아. 내가 왜 모르겠어?'라고 말하는 듯한 표정을. 도무지 무슨 말인지 이해할 수 없었지만, 대학이라는 것이 흥미롭게 느껴지기 시작했다.

그들의 흥분도 그 일부였지만 나를 정말로 흥미롭게 한 것은 그들이 서로에게 갖는 소속감이었다. 대학은 사람들에게 전에 만난 적이 없는 사람들과 어울릴 수 있게 해주고 이야깃거리를 제공하는 것처럼 보였고, 그 점이 매력적이었다. 그때 이런 질문이 떠올랐다. 과연 내가 대학에 갈 수 있을까? 비록 유럽이 어딘지도, 브리와 하바티의 차이도 모르지만, 그들이 가진 것을 나도 가질 수 있을까? 엄마는 8학년 때 학교를 그만두었고, 아빠 역시 대학을 중퇴했다. 그래도 내가 대학에 갈 수 있을까?

"마실 거 더 줄까?" 켄이 불필요하게 내 팔뚝에 손을 대며 물었다. 심장이 다시 쿵쾅거리고 뺨이 뜨겁게 달아올랐다. "아니, 됐어. 난 괜찮아."

"알았어, 그럼." 그가 미소 지으며 말했다.

켄은 배낭 위에 베개를 던지고 뒤로 기댔다. 포넌블론즈의 「왓츠업」이 지하실 전체에 크게 울려 퍼졌다. 애나와 캣이 코러스가 되어 따라 불렀다. 켄은 웃으며 주변을 둘러보았다. 그가 나를 본 것일까, 아니면 그냥 나의 상상이었을까? 그가 나를 보았다고 확신했다. 나는 그의 눈을 발견하고 미소로 화답했다.

나는 화장실에 다녀오겠다는 구실로 일어났다가, 몇 분 뒤 돌아와 무심한 척 자리를 바꿔서 켄 옆에 있는 침낭 위에 앉았다. 두 시간쯤 지나자 샌드위치 부스러기가 어두운 지하실 바닥과 테이블 위에 여기저기 널려 있었다. 모두들 바닥 여기저기에 펼쳐진 침낭 위에서 잠들어 있었다. 계획대로 켄이 나와 가장 가까운 곳에 누워 있었다. 캄캄하고 조용한 방 안에서 우리의 대화는 마치 암호와도 같을 것이다.

정적 속에서 기침을 한다면, 그것은 '혹시 내가 잠들었는지 걱정하지 마. 나 아직 안 자고 있어, 켄'이라고 말하는 신호가 될 것이었다. 물을 마시러 일어나는 것은 '내가 나갔다 오는 동안 나와 더 가까운 곳으로 움직여'라고 말하는 것과 같았다. 나는 '우연히' 발로 켄의 발을 스쳐서 에로틱한 분위기를 연출했다. 나는 어둠 속에서 그가 다가오기를 기다렸다. 그러나 아무 일도 없었다. 지하실은 씩씩거리는 스팀파이프에서 나오는 건조한 열로 가득 찼다. 조그만 창문으로 달빛이 흘러들어와 켄의 여동생 사진을 비추었다. 두 명의 10대 소녀가 손목에 우정을 상징하는 똑같은 팔찌를 하고 어딘지 모를 햇볕이 내리쬐는 먼 해변에서 거북이 한 마리를 들고 있는 사진이었다. 나는 기다렸다. 아무 일도 없었다. 그때 갑자기, 뭔가 낌새가 있었다.

소음, 신호, 일종의 움직임!…… 씩씩대는 스팀파이프 소리를 배경으로 켄의 코 고는 소리가 들렸다. 그는 완전히, 의심의 여지없이, 100프로 잠든 것이었다.

*

다음 날 아침, 켄의 어머니가 마치 토니의 식당에서 하듯 아침 식탁에 냅킨으로 싼 칼과 포크를 놓았다. 조깅을 나갔던 켄의 아버지가 마서즈 빈야드 티셔츠 겨드랑이를 땀에 적신 채 들어왔다. "얘들아, 안녕!" 그는 커다란 거실 소파에 파자마 차림으로 쭈그리고 앉아 있는 에리카의 금발을 헝클어뜨렸다. 제레미와 스티븐과 캣이 식탁 의자를 붙잡았다. 나는 다른 사람들과 가장 멀리 있는 의자에 앉아 빵을 굽느라 바쁜 척하며 눈이 마주치는 것을 피했다. 현관문이 열리고 켄과 애나가 옷이 땀에 젖은 채 웃으며 뛰어들어 왔다.

"그러니까, 네 말은…… 한 바퀴 더 돌자는 거야?" 그녀가 장난스럽게 켄의 옆구리를 찌르며 말했다. 그녀는 방금 전까지 뛴 탓에 숨을 헐떡이며 파란 눈을 반짝였다. 켄 역시 손바닥으로 무릎을 짚고 숨을 헐떡였다. 애나가 자연스럽게 켄의 등에 손을 얹었다. 그들의 우정에 그런 편안함이 존재하고 있었다는 것을 그때까지 나는 깨닫지 못했다. 어떻게 이 남자가 내게 관심이 있다고 생각할 수 있었을까? 그는 시종일관 친절한 것뿐이었는데, 나는 완전히 다른 생각을 하고 있었던 것이다. 내가 바보처럼 느껴졌다.

켄의 어머니가 패스트리가 가득한 커다란 바구니를 아침 테이블 위에 내려놓았다. 황금색 표면 위에 시럽이 뿌려진 머핀과 입에 침이 고

이게 만드는 덴마크 패스트리, 건포도와 양귀비 씨가 총총 박힌 베이글. 시중에서 팔아도 손색이 없을 만큼 완벽했다. 그 모습이 내게는 충격적이었다. 나는 믿을 수 없는 눈으로 응시했다. 그렇게 패스트리가 풍성하게 담긴 바구니를 누릴 수 있었던 경험은 내게 한 번도 없었다. 스티븐과 캣은 베이글에 크림치즈를 바르기 시작했다. 켄이 식탁으로 와서 접시를 내려놓았다.

"이거 먹어." 그가 애나에게 몸짓을 하며 말했다. "아무래도 내가 내기에서 진 것 같으니까, 내가 아침을 빚진 거겠지." 애나는 그에게 환하게 미소 짓고는 의자에 앉아, 켄이 무거운 유리 주전자에서 그녀의 잔에 주스를 따라주는 동안 자기 머리칼을 가지고 놀았다. 이것은 마치 「세터데이 나이트 라이브」 쇼의 촌극 같았다. 코미디의 주제는 '리지, 이 완벽한 남자는 네가 꿈도 꾸지 못할 훌륭한 가족을 가졌단다'였다. 갑자기 그것이 지나칠 만큼 우습게 느껴졌다.

미처 스스로를 제어할 겨를도 없이 나는 웃음을 터뜨리고 말았다. 모든 얼굴이 내 쪽으로 돌려졌다. 그렇게 우스운 상황은 전혀 벌어지지 않았다. 내가 얼마나 이상한지 알았지만, 도저히 웃음을 주체할 수 없었다. 모든 것이 우스꽝스러웠다. 치즈에 대한 대화와 아름다운 집, 사실이기에는 너무 멋진 켄의 외모와 친절함, 한 쌍으로서의 켄과 애나, 그의 부모님…… 하지만 나를 주체할 수 없게 만든 것은 그 망할 놈의 빵이었다. 서맨사가 그곳에 있었다면, 마치 백화점 쇼윈도의 멋진 크리스마스 진열품처럼 더없이 유혹적이고 화려하지만 유리벽 저편에 있어서 우리 손이 닿지 않는 그들의 삶을 보며 나와 함께 웃었을 것이다. 우리는 그저 보도에 서서 그 화려한 번쩍임에 현혹된 채 멍하니 바라볼 뿐이다.

내 웃음은 모두의 시선을 끌었다. 이봐요, 내가 얼마나 미친 것처럼 보이는지, 또 누군가 엉뚱한 행동을 하면 얼마나 분위기가 썰렁해지는지 나도 안다고요! 그래서 나는 내가 웃는 이유에 대해 설명을 시도하여 그들을 안심시키려 했지만, 오히려 상황을 더 악화시키고 말았다. 나의 설명은 사람들로 하여금 더 혼란스러운 표정을 짓게 만들었다.

"그게…… 그냥, 이 바구니 때문에 그래요…… 패스트리가 꽉 차 있어서." 내가 씩씩거리며 말했다. "음, 에헴. 아니요. 아시다시피…… 제 말은 빵이 바구니째 놓여 있고 주스 주전자도 크다고요." 나는 고통스러울 만큼 어색한 침묵 속에서 기다렸다. "제 말은요…… 매일 이렇게 아침을 드시나요?" 내가 물었다. "제 말은…… 훌륭하다고요. 그냥 그 말을 하고 있는 거예요." 감사하게도 그때 내 킬킬거림이 잦아들었다. "신경 쓰지 마세요. 정말 대단해요."

켄의 어머니가 먼저 입을 열어서 나를 구제해주었다.

"그렇지?" 그녀가 마치 내가 말이 되는 소리를 한 것처럼 대답했다. "이 제과점은 현장에서 모든 제품을 직접 만들어. 그래서 신선한 거야. 그러니까 이렇게 맛있지."

나는 블루베리 머핀을 깨물며 자세를 곧게 펴고 앉았다. 스티븐과 제레미, 켄은 그날 밤 빌리지에 있는 재즈클럽에 갈 계획에 대해 이야기하기 시작했다. 방을 가득 메운 불안한 분위기는 여전히 사라지지 않았고, 그들이 나를 초대하지 않았다는 사실도 분명했다.

곧 모두들 아침 식사를 마치고 분주히 움직이며 가방을 싸기 시작했다. 초인종이 울리고, 애나의 어머니가 그녀를 데리러 왔다. 나는 식탁 앞에 혼자 앉아, 두 어머니가 현관문에서 서로에게 반갑게 인사하는 모습을 지켜보았다. 애나와 켄이 그들에게 합류하여 둥그렇게 둘러서서 함께 대화하며 웃었다. 순간 나는 엄마가 사무치게 그리웠다. 순간적으로 눈물이 차올랐다가 가라앉았다. 그 네 사람을 보며 아래층에서 다른 사람들이 짐을 싸는 소리와 켄의 여동생이 자기 방에서 움직이는 소리를 듣고 있을 때, 불현듯 어떤 생각이 들었다.

여기에는 내가 가질 수 있는 것이 하나도 없다는 생각.

내가 이곳에서 즐긴 것들은 모두 일시적인 것이었고, 나는 그저 짧은 방문을 한 것에 불과했다. 나의 NYPIRG 동료들은 곧 각자의 대학으로 돌아갈 것이고, 우리는 연락이 끊길 것이다. 이 집과 이 흥미로운 사람들의 따스한 느낌은 내 것이 아니었다. 이 집이 내 것이 아닌 것 못지않게, 이 사람들도 내 것이 아니었다. 그리고 나는 켄과 실제로 아무 관계도 없었다. 그는 이 전체 상황과 마찬가지로, 내가 가질 수 있는 것이 아니었다. 모든 것이 그랬다. 그들의 삶은 서로 연결될 가능성을 열어주는 사회적 균형을 이루고 있었고, 이 조직의 일원으로서 내가 알고 있는 것은 난 거기에 어울리지 않는다는 것뿐이었다. 나는 곧 브롱크스로 돌아가 아무 데서나 잠을 잘 것이고, 그들은 내게 과거시제가 될 것이었다.

나는 머핀과 베이글이 가득한 바구니를 내려다보았다. 그리고 빙 둘러서서 이야기를 나누는 사람들과 켄의 미소 짓는 얼굴, 그리고 그의 자연스러운 멋과 따스함을 보았다. 나는 우중충한 옷들과 고무밴드로 묶어놓은 100달러짜리 지폐 뭉치─내가 여름 내내 모은 전 재산─가 들어 있는 책가방 지퍼를 남몰래 열고, 머핀과 베이글과 바나나와 오렌지를 쑤셔 넣기 시작했다. 그리고 빵 한 덩어리도 통째로 집어넣었다 안 될 게 뭐 있는가? 이것들은 내가 가질 수 있는 것들이었다.

할 수만 있다면 주스까지 가방에 몽땅 따라 넣고 싶었다.

12장

내가 정말로
내 삶을
바꿀 수 있을까?

나를 가장 시험에 들게 한 순간은
복도에서 자야 할 때가 아닌, 친구의 아파트에서 쫓겨나야 할 때가 아닌,
심지어 밤새 지하철에서 자야 하는 순간도 아닌,
이렇게 안락함을 선택할 수 있는 순간이었다.
잠을 더 잘 수 있는 친구의 아파트에서 누워 있는 것은
그 어떤 상황보다도 감당하기 힘들었다.
그래서 나는 억지로 밖에 나갈 필요가 없을 경우,
내 안에서 학교를 선택해야 할 이유를 찾아야 했다.

인문 예비 학교에서 보낸 2년은 도시 생활과 학업에서 살아남기 위한 생존 마라톤처럼 펼쳐졌으며, 그 마라톤을 위해 내가 가진 모든 것을 쏟아부어야 했다.

뭔가를 말하는 것과 행하는 것 사이에는 뚜렷한 차이가 있었고, 마찬가지로 목표를 세우는 것과 실제로 그 목표를 실천하는 것 사이에는 뚜렷한 차이가 있었다. 나는 최대한 빨리 따라잡고 싶었다. 평균 A학점으로 졸업할 계획이었다. 그 이하의 점수는 용납할 수 없었다. 2년 안에, 그것도 집 없이 떠도는 상태로 해낼 계획이었다. 이것은 내가 인생을 잘 살아가는 데 도움이 되는 대단한 계획으로 보였다. 일기장에 기록한 계획을 읽는 일도 아주 고무적이었다. 그러나 그다음에는 그 계획을 실제로 실천해야 했고, 실천은 전혀 다른 이야기였다.

시작은 좋았다. 나는 여기저기서 최대한 많은 수업을 수집하고 다니면서 일에 일을 쌓고, 책임에 책임을 쌓으며 학교에서 희망찬 첫 주를 보냈다. 예비 학교 교사들에게는 내 계획을 정확하게 알리지 않았다. 그것은 메뉴에서 직접 수업을 골라 자기 접시에 담는 것 이상이었나. 일단 다섯 개의 표준 과목이 있었다. 나는 이 과목들을 들었다. 그리고 수학 학점을 만회하기 위해 새벽반 수업도 들었다. 사무실에 붙은 전 단지에 따르면, 인근 워싱턴 어빙 고등학교에서 일주일에 두 번 야간 수업을 제공했는데, 그 수업도 들었다. 그리고 로어 이스트사이드의 스워드 파크 고등학교에서는 학점이 인정되는 토요일 역사 강좌를 제공했는데, 그것도 들었다. 나는 또 교사들에게 과외 지도를 받을 수 있다는 사실을 알고 그 지도도 받았다. 따라잡아야 할 것이 많았다. 그러니까 예비 학교에서 나의 목표는 고등학교 1년 동안 배워야 할 것을 한 학기에 마치는 것이었고, 그해 9월에 나는 그 목표에 착수했다.

나는 마음속에 계속 떠오르는 한 가지 물음에 자극을 받았다. 내가 정말로 내 삶을 바꿀 수 있을까? 나는 여러 날, 여러 주, 여러 달, 여러 해를 인생에서 무엇을 할 것인지 생각하며 보냈고, 이제 내가 만일 목표를 위해 헌신하고 하루하루를 열심히 노력한다면 정말로 내 삶을 바꿀 수 있을지 알고 싶었다.

처음 몇 주는 가능성이 아주 높아 보였다. 이때는 교사들이 아직 수업의 개요를 소개하고 마감 시한이 한참 남은 과제물을 나눠 주었다. 나는 기쁜 마음으로 필기를 하고 제시간에, 또는 심지어 그보다 더 일찍 도착했으며, 학업을 기쁘게 받아들여 책가방 속에 두껍게 쌓여가는 과제용 인쇄물을 낙천적인 마음으로 열심히 모았다. 처음에는 좋았다. 그러나 곧 마감이 임박했고 보고서와 발표가 현실로 다가왔다. 그때부터 처음 몇 주 동안의 낙천적인 태도는 불안감과 불확실성으로 바뀌었다. 말하자면 실전에 돌입한 상황에서 실제 해결을 위해 무엇이 필요한지 현실을 직시하게 된 것이었다. 목표를 생각하거나 착수하는 것은 실제로 실행하는 것과는 아주 달랐다.

노숙자 처지로 고등학교를 다니는 일은 내가 실제로 접해볼 때까지 생각도 못 했던 문제들에 대처해야 함을 뜻했다. 일례를 들면, 교과서가 그렇게 무거울 것이라고 누가 생각이나 했겠는가? 그것은 그 자체로 이미 심각한 문제였다. 게다가 당장 어디에서 하룻밤을 묵어야 할지 예측할 수 없는 상황에서 무거운 짐들을 끌고 다니며 그때그때 벌어지는 상황에 대처하고, 동시에 정확히 언제 어떤 책이 필요할지를 결정하는 과제 및 시험 일정을 계산하는 것은 만만한 일이 아니었다. 나는 자꾸 실수를 했다.

타이밍을 정확히 맞추지 못하면 어느 날 엉뚱한 책을 가지고 보비의 집이나 피에프의 집에 가게 되었다. 이런 오산의 결과는 마감을 앞두고 엉뚱한 자료를 공부하는 결과로 이어져, 시험과 관련된 경우 A학점이냐 B학점이냐를 판가름하고, 최악의 경우 낙제냐 통과냐를 판가름할 수도 있었다. 수많은 수업과 수많은 거처와 수많은 과제물 사이에서 시간을 100프로 잘 계산하기 위해서는 놓치지 말아야 할 변수들이 너무 많았다. 이 문제를 해결하기 위해 나는 옷가지와 일기장, 엄마의 NA 동전과 사진, 세면도구 등과 함께 거의 모든 책들을 가지고 다니기 시작했다. 나는 커다란 가방에 모든 것을 쑤셔 넣었다. 그러나 가방이 너무 무거워서 그것을 메고 돌아다니기가 너무 힘들었다. 어깨 끈이 어깨를 짓누르며 살점을 꼬집었고, 등이 아프지 않은 날이 없었다.

게다가 잠 문제도 있었다. 어떤 날은 친구들 부모님이 내가 자고 가는 것을 허락했지만, 어떤 날은 그렇지 않았다. 친구의 집에 몰래 들어가야 할 경우 부모님이 잠자리에 들 때까지 기다려야 했다. 이것은 늦은 밤에 기회가 생길 때까지 복도에서 숙제를 하거나 꾸벅꾸벅 졸아야 함을 뜻했다. 나는 아파트에 아주 조용히 들어가서 매트리스 위에서 자거나, 만약에 대비하여 바닥에 깐 매트리스 뒤에서 보이지 않게 담요를 덮고 잤다. 몇 번은 친구네 집 옷장에서 졸기도 했다. 그리고 대부분의 경우 친구 부모님이 깨기 전에 아침 일찍 밖으로 나가야 했다. 그래서 나는 주머니 속에 일어날 시간을 조용히 알려주는 작은 진동식 자명종을 가지고 다녔다. 자명종이 울리면, 나는 어디서건 조용히 일어나 즉시 까만 부츠를 신고 어렵사리 가방을 멘 뒤 살금살금 까치발로 걸어나갔다. 때로는 5시에서 6시 30분이나 7시까지 남는 시간 동안 맨 위층 층계참에서 선잠을 청하기도 했고, 때로는 태양이 이제 막 떠올라 아직 차가운 밤공기가 가시지 않고 상점 문이 열리지도 않은 이른 아침에 곧장 학교로 가기도 했다.

그리고 실제로 과제물을 작성하는 문제가 있었다. 그것 역시 전혀 다른 문제였다. 실제로 경험해보니, A학점을 받을 만한 과제물을 제출할 만큼 맑은 정신을 유지하기 위해서는 어느 정도의 잠이 필요했다. 충분한 수면이 없으면 머리에 안개가 낀 상태로 생각하는 것과 같아서 내가 원하는 A학점을 받기 힘들었다. 하지만 친구들의 일정에 맞추려면 충분한 잠을 자기 힘들었다. 때로는 오히려 계단을 올라가 꼭대기 층계참에서 자는 편이 필요한 수면을 취하기 쉬웠다. 최소한 그곳에서는 어느 정도 프라이버시를 누릴 수 있었고, 적절하게 깨끗하고 안전한 건물을 찾는 한 누구도 나를 방해하지 않았다. 복도 불빛 아래서 숙제를 할 수 있고, 스웨터를 담요로, 남는 옷들을 베개로 이용하여 대리석 바닥에서 잠을 잘 수 있었다. 정말로 휴식이 필요할 때는 층계참이 제일이었다.

이런 모든 어려움에도, 나는 NYPIRG 일로 모아둔 돈과 더 도어에서 제공하는 급식과 식료품, 그리고 특히 그토록 협조적인 친구들 덕분에 대부분은 그럭저럭 생활을 꾸려갈 수 있었다. 그러나 해결하기 훨씬 더 어려운 순간들도 있었다. 그럴 때면 내 입에서 "다 관두자"라는 말이 튀어나올 뻔했다. 특히 나를 무너질 위기로 몰고 간 반복적인 상황이 있었다.

그런 상황은 아침 6시 20분에 자명종이 울리고 내가 피에프의 집 또는 부모님이 안 계신 다른 집, 즉 규칙도 없고 잠잘 수 있는 시간의 제약도 없는 곳에서 깨어났을 때 일어났다. 열 명 이상이 바닥에 있는 남루한 쿠션과 매트리스 위에서 아무렇게나 자고 있고, 해는 이제 막 떠오르고 있고, 아파트 벽에는 낙서가 도배되어 있고, 맥주병이 여기저기 널려 있는 곳. 모두들 밤새 파티를 하고 잠든 지 얼마 되지 않은 곳. 밤 시간 동안 나는 층층계에서 숙제를 했고—성적표를 정신 집중을 위한 도구로 이용하여—담배 냄새와 파티를 벌이고 있는 사람들의 떠들썩하고 산만한 유혹을 피하기 위해 나 자신을 분리시켰다. 그러다 밤에 상황이 잠잠해지면 친구의 아파트로 들어가 찾을 수 있는 작은 공간에서 잠을 잤다. 그리고 두어 시간 뒤에 자명종이 울리면, 나는 눈을 뜨고 그곳에 가만히 누워 천장을 응시했다. 그럴 때면 담요를 뒤집어 쓰고 다시 잠을 자고 싶은 유혹이 너무도 강렬했다. 그 순간 그 유혹은 내 의지를 약화시키고 모든 것을 포기하고 싶게 만들었다.

따뜻한 담요에 안주할 것이냐, 밖으로 나갈 것이냐.

나를 가장 시험에 들게 한 순간은 복도에서 자야 할 때가 아닌, 친구의 아파트에서 쫓겨나야 할 때가 아닌, 심지어 밤새 지하철에서 자야 하는 순간도 아닌, 이렇게 안락함을 선택할 수 있는 순간이었다. 잠을 더 잘 수 있는 친구의 아파트에서 누워 있는 것은 그 어떤 상황보다도 감당하기 힘들었다. 그래서 나는 억지로 밖에 나갈 필요 없을 경우, 내 안에서 학교를 선택해야 할 이유를 찾아야 했다.

이렇게 나는 고등학교에 가는 것을 딱 한 번만 선택한 것이 아니라,

가고 싶지 않은 유혹이 들 때마다 선택하고 또 선택해야 했다. 이처럼 소중한 고요함과 부드러운 베개와 따스한 온기가 가득한 아침이면, 담요를 다시 뒤집어쓰고 싶은 유혹을 어느 때보다 강하게 느꼈다. 밖으로 나가 학교에 가기로 선택하기 위해서는 그야말로 안간힘을 써야 했다. 이런 순간 나의 가장 큰 장애물은 바로 나 자신이었다. 따뜻한 담요냐, 학교냐.

겪고 보니 이런 선택을 하는 것은 의지의 문제가 아니었다. 나는 늘 스스로의 '의지로' 뭔가를 하는 사람을 존경했다. 내가 그런 사람이라고 느껴본 적이 없기 때문이었다. 만일 순수한 의지만으로 가능했다면, 벌써 오래전에 유니버시티 애비뉴에서부터 가능했을 것이다. 아무튼 내게는 의지가 충분하지 않았다. 내게는 동기를 부여해줄 뭔가가 필요했다. 약해지려는 순간 담요를 걷어차고 문 밖으로 걸어나오게 만들 수 있는 뭔가 생각할 것이 필요했다. 나는 의지 이상이 필요했다. 나에게 자극을 줄 뭔가가 필요했다.

그럴 때 도움이 되는 한 가지는 내 마음에 새긴 그림이었다. 일상적인 선택에 직면할 때마다 나는 그 심상을 계속해서 이용했다. 나는 경주 트랙에서 달리는 주자를 그렸다. 그 그림의 배경은 여름이고, 다홍색 트랙은 각 주자의 구역을 표시하는 흰색 줄로 구분되어 있다. 다만 내 심상 속의 주자는 다른 주자들과 함께 달리는 것이 아니라, 아무도 보는 이 없는 트랙을 홀로 달린다. 그녀는 아무것도 없이 뻥 뚫린 트랙을 달리는 것이 아니라, 수많은 장애물을 뛰어넘어야 하는 트랙을 달린다. 뜨거운 태양 아래서 그녀는 굵은 땀방울을 흘린다. 나는 나를 좌절시키는 것들—무거운 책, 턱없이 부족한 수면 시간, 어디서 자야 하고 무엇을 먹어야 할지의 질문—을 생각할 때마다, 이 심상을 이용했다. 이런 문제들을 극복하기 위해, 트랙에서 전력 질주 하며 장애물을 넘어 결승점으로 달려가는 주자를 상상했다.

굶주림 장애물, 잠자리 찾기 장애물, 학교 공부 장애물. 눈을 감으면 장애물을 하나하나 넘을 때마다 땀으로 번들거리는 주자의 등과 힘찬 근육의 움직임이 보였다. 잠자리에서 일어나기 싫은 아침에는 뛰어넘어야 할 또 하나의 장애물이 보였다. 이렇게 장애물은 삶의 자연스러운 일부분이 되었다. 그것은 내가 올바른 트랙을 달리고 있다는 표시였다. 그것은 장애물들을 보고 내가 트랙을 벗어났다고 믿는 것과는 전적으로 달랐다. 경주 트랙에 왜 장애물이 없겠는가. 이 그림을 마음속에 그리며―졸업장을 따기 위해 뛰어넘어야 할 장애물들을 이용하여―나는 담요를 걷어차고 문 밖으로 나와 학교로 갔다.

이런 힘든 아침에는 그 그림이 내 동기부여의 적어도 절반을 차지했다. 그리고 나머지 절반은 선생님들을 생각하는 것이었다. 담요 대 문의 투쟁에서 내가 약해질 때마다, 나는 페리 선생님과 다른 선생님들이 학교에서 나를 기다리고 있다는 사실을 상기했다. 놀랍게도 나는 예비 학교에서 보내는 시간을 좋아하게 되었다.

수전은 아침반 수학을 가르쳤다. 매일 아침 꽃무늬 원피스에 페니로퍼 차림으로 학교에 오는 이 덩치 큰 여인은 문학을 사랑했다. 가끔 우리는 수학 공부보다 책에 대해 더 많은 얘기를 했다. 수전은 항상 내가 가장 좋아하는 사랑 이야기들을 독특하게 해석했다. 그녀는 나 혼자서라면 자칫 놓칠 뻔한 통찰을 제공했다. 또한 내게 더 깊이 파고들도록 유도했다. 수전은 누구보다 일찍 도착해서 교실의 불을 켜고 환한 미소와 넘치는 에너지로 일곱 명으로 구성된 작은 학급의 학생들을 맞이했다. "만나서 정말 반가워." 그녀는 매일 아침 노래하다시피 했고, 그것은 진심으로 보였다. 첫 수업을 수전이 가르치기 때문에 나는 절대 지각하고 싶지 않았고, 그녀를 생각하는 것만으로 힘을 낼 수 있었다.

그리고 칼레브와 더그, 엘리야가 있었다. 그들은 모두 20대로, NYPIRG 사람들과의 대화를 통해 익숙해진 코넬과 프린스턴 같은 학교를 최근에 졸업한 신참내기 교사들이었다. 전체적으로 그들은 헌신적으로 수업을 했고, 아낌없이 시간을 할애했으며, 경쾌하고 친절했다. 엘리야는 단언이 아닌 질문으로 학생들을 자극하는 그 나름의 방식을 가지고 있었다. 엘리야와 함께 있으면 단어 선택에 신중해졌다. 전에는 진지하게 고민하지 않았던 부분이었다. 그리고 페리와 마찬가지로, 그는 내가 수업 시간에 말할 때 나와 눈을 맞추었고 내 얼굴을 살폈다. 그는 나와 소통했으며, 나로 하여금 소통을 원하게 만들었다.

더그는 포용적이고 겸손했다. 한번은 내가 수업 시간에 질문을 했는데, 그는 더듬더듬 답을 하다가 갑자기 중단하고 이렇게 말했다. "리즈, 모르겠다. 아는 것처럼 보이려고 애썼지만, 사실 잘 몰라. 미안하다. 하지만 답을 알고 싶다면, 내가 찾아봐줄 수는 있어." 나는 충격을 받았다. 교사가 그렇게 인간적으로 나를 대한 것은 처음이었다. 더그에게서 나는 진정성의 가치를 배웠다.

그리고 나는 칼레브 같은 사람을 한 번도 만나본 적이 없었다. 언젠가 페리는 예비 학교 교사들이 너무도 많은 시간을 학교에 투자하고 있어서, 마치 자신들을 투자 금융가로 생각하는 것 같다고 농담을 했었다. 나는 아마도 페리가 칼레브를 빗대어 말한 것이라 생각한다. 예비 학교는 오후 3시에 땡 하고 종이 울리자마자 대탈출이 일어나지 않는다는 점에서 주류 학교와 분위기가 사뭇 달랐다. 사람들은 방과 후에도 학교에 남아 '예비 학교 본부'라고 부르는 커다란 공동 공간에서 시간을 보냈다. 오후 늦게까지 학교에 남아 예비 학교 직원들과 과외 활동이나 개인교습을 하는 학생들도 있었다. 선생님들은 추가로 돈을 더 받지 않고도 기꺼이 그런 수고를 했으며, 칼레브는 특히 더 오래 남아 있었다. 학교가 끝나고 한참 뒤, 그리고 과외 활동을 마친 모든 사람들이 집으로 돌아간 뒤까지, 작고 답답한 직원용 사무실에 웅크리고 앉아 늦은 밤까지 결석생들에게 하나하나 전화를 거는 칼레브를 볼 수 있었다.

"여보세요, 칼레브 퍼킨스야. 오늘 네가 오지 않아서 모두들 아쉬워했단다. 오늘 왜 결석했는지 말해주겠니? 이제부터 네가 정시에 오도록 우리가 도와줄까?" 칼레브는 학생 한 명 한 명에게 손을 내밀고 질문을 하고 그들의 대답을 세심하게 듣고 도움을 제안했다. 그는 학생들의 약속을 기억해두고, 그에 대한 책임을 졌다. '진심을 다해 말하고, 입에서 뱉은 말은 진심을 다해 실천하라'가 그의 좌우명인 것 같았다. 칼레브에게서 나는 교사가 인정이 많으면서도 동시에 학생에게 높은 기준을 부여한다는 것이 어떤 의미인지 배웠다. 또한 칼레브에게서 무언가에 헌신하고 그것을 달성하기 위해 많은 시간과 노력을 투자한다는 것이 무엇을 의미하는지도 배웠다.

나는 학교에서 늦게까지 공부했기 때문에 칼레브가 열심히 일한다는 것을 알게 되었다. 천장이 높고 한쪽 벽을 페인트칠한 콘크리트 벽돌과 거대한 책장들로 이루어진 좁은 구석자리 사무실 공간에서, 나는 책상 앞에 웅크리고 앉아 과제물을 작성하기 위해 컴퓨터를 사용하는 법을 익혔다. 깜빡이는 모니터와 납작한 키보드가 달린 이 무거운 사각형의 물건은 내게 철저하게 낯선 것이었다. 나는 내 임무가 두 가지라는 것을 깨달았다. 나는 공부를 해야 했고, 동시에 공부하는 법을 배워야 했다. 마치 주머니에 돌을 잔뜩 넣고 산을 오르는 기분이었다. 『호밀밭의 파수꾼』에 대한 에세이를 쓰면서, 동시에 에세이 쓰는 법과 타이프 치는 법까지 한꺼번에 배웠다. 나는 이른바 독수리 타법으로 버튼을 하나하나 쳤고, 수없는 오타에 좌절했고, 때로는 모든 것을 망쳐서 처음부터 다시 치고 또 다시 쳐야 했다. 진 빠지는 일이었다. 나는 무엇이건 빨리 배우는 학생이 아니었다. 빨리 배우기는커녕, 내용을 이해하기 위해 교과서를 읽고 또 읽어야 했고, 과제물을 완성하기까지 다른 친구들보다 두세 배의 시간이 들었다. 덕분에 나는 거의 매일 늦게까지 학교에 남아서, 일몰 속에서 움직임 없는 의자들이 놓여 있는 어둠에 잠긴 교실들을 보았다. 수위 아저씨가 대걸레로 타일 바닥을 닦으며 내게 다리를 들어달라고 할 때도 많았다. 옆방에서 칼레브가 학생들 한 명 한 명에게 전화를 거는 소리를 들으며, 나는 한 번에 한 글자씩 쳐서 끝도 없는 숙제를 한 장 한 장 완성했다.

이것이 결국 나로 하여금 공부하러 오게 만든 환경, 내게 더 이상 공부를 포기하고 침대에 누워 있을 수 없음을 일깨워준 환경이었다. 선생님들이 나를 기다리고 있는데 내가 어떻게 담요를 다시 뒤집어쓸 수 있겠는가? 선생님들이 그렇게 열심히 하는데, 내가 어떻게 열심히 하지 않을 수 있겠는가?

예비 학교 직원들 덕분에 학교에 대한 나의 부정적 인식이 사라지기 시작했고 점차 배움에 대한 애정, 그리고 궁극적으로 내 인생에 대한 구체적인 희망이 그 자리를 차지했다.

선생님들에 대한 나의 감정은 학교에 대한 감정이었다. 선생님들이 좋으면 학교도 좋았다. 내게는 늘 그랬다. 그리고 선생님들이 나를 믿으면, 그것은 적어도 나 자신을 믿기 위한 긴 여정의 첫 발자국이었다. 내가 특히 취약했던 시절에는 더욱 그랬다. 그때 내게는 '상습 결석생' '문제아'라는 꼬리표가 붙어 있었다. 나는 늘 어른들과 부모님과 사회복지사와 정신과 의사와 교사들의 눈을 통해 나 자신을 보았다. 그들의 눈에서 실패를 보면, 나는 실패자였다. 그리고 그들의 눈에서 능력 있는 누군가를 본다면, 나는 능력 있는 사람이 되었다. 전문직 어른들은 믿음이 가는 사람들이었고, 나 자신을 비롯하여 무엇이 온당한지 아닌지를 판단하는 데에 기준이 되었다. 예전에 네드그린 선생님 같은 선생님들이 나를 피해자로 보았을 때, 선생님의 선의에도 불구하고, 나 역시 나 자신을 피해자로 보았다. 이제 내게는 높은 기준을 부여하고 내가 그 기준에 부합할 수 있도록 도와주는 예비 학교 선생님들이 있었다. 내가 계속 노력한다면, 서서히 그렇게 될 수 있을 것이었다. 친근한 학교 분위기에서 교사들과의 친근한 관계는 내가 그럴 수 있다는 것을 믿게 해주었다.

예비 학교에서 보낸 몇 년 동안 나는 많은 것을 배웠다. 셰익스피어에 매료되었고(나는 학교 연극에서 햄릿과 맥베스 역할을 연기했다), 학생 자치회에 참여했고 다른 학생들과 버스를 타고 도시 북부로 가서 지역회의에 대표자로 참가했다. 그리고 밝은 색상의 옷을 입기 시작했고, 늘 얼굴을 가리던 머리카락을 치워내고 점차 사람들의 눈을 보기 시작했다. 나는 내 목소리가 중요하다는 것을 배웠다. 그러나 예비 학교 최고의 수업은 바로 교사들 자체였다고 생각한다. 나의 역할 모델이었던 선생님들은—그들이 없었다면 어둡고 혼란스러웠을 세상에서—내게 나침반이 되어주었다.

*

에바와 나는 월요일과 수요일마다 만나는 방과후 동료교육* 수업에서 가장 친한 친구가 되었다. 그 수업에 등록한 학생은 모두 열다섯 명

---

*주로 HIV와 금연 금주 등의 분야에서 건강 증진을 위하여 공동체 구성원들을 동료교육자로 훈련시켜 다른 구성원들에게 건강한 태도를 전파하도록 하는 프로그램.

이었는데, 여학생이 열넷에 남학생은 한 명뿐이었다. 조나단이라는 이름의 남학생은 우리 모두에게 자신이 '여학생들과 다름없음'을 보여주었다. 그 수업은 이미 꽉 차 있는 내 시간표에서 추가적인 수업이었다. 1학점짜리 수업이었으며, 2년 내에 졸업한다는 목표를 달성하기 위해 필요한 40학점을 향해 1학점 더 다가가게 해주었다. 우리는 진학 상담 지도교사인 제시 클라인의 직사각형 사무실에 둘러앉았다. 어떤 학생은 매트리스 위에, 어떤 학생은 근처 교실에서 끌어온 금속 의자에 앉았다. 케이트 반하트라는 여자가 우리 앞에 앉아 있었다. 그녀는 핼러윈 데이 가발처럼 부스스한 길고 붉은 머리를 가진 통통한 여자로, 알이 큰 동그란 안경에 마치 낡은 누더기에 소매를 꿰매놓은 듯한 여러 색깔이 혼합된 누비 재킷을 입고 있었다. 그녀는 종종 작고 새하얀 치아를 드러내며 미소 지었다. 우리를 만나고 가르치는 일이 즐거운 듯했다. 케이트는 학생들에게 HIV와 에이즈라는 주제로 교육을 시키고 있었는데, 제시가 그녀에게 자리를 마련해준 것이었다.

케이트는 이런 질문으로 그 주제를 소개했다. "혹시 너무 커서 콘돔을 낄 수 없다고 말하는 남자를 만나봤나요?" 사무실 여기저기에서 불안한 킬킬거림이 터져 나왔다.

조나단이 큰 소리로 대답했다. "네!"

"고마워요, 조나단." 케이트가 말했다. "이 시간은 이런 식으로 진행될 거예요. 여기서 우린 현실을 직시할 거예요. 또 누구 없나요? 손 들어봐요." 여학생 몇 명이 따랐다.

"좋아요." 케이트가 말했다. "이제 시작이에요. 자, 콘돔을 사용하는 것에 대해 불평하는 남자를 본 사람 손 들어봐요."

내 손을 비롯하여 대부분의 손이 올라갔다. 나는 콘돔 사용 문제 때문에 카를로스와 가끔 실랑이를 벌였지만, 그것이 카를로스에게만 국한된 이야기라고 생각했었다.

"좋아요, 손 내리세요, 아가씨들. 그리고 조나단."

"네, 선생님." 그는 손가락을 튕기며 남부 여자 같은 목소리로 말했다. 여학생들이 웃었고 몇 명은 그와 하이파이브를 했다.

"좋아요. 이제 이걸 보세요." 케이트가 이렇게 말하며 가방에서 빨간 콘돔을 하나 꺼내더니 따뜻한 피자 도우를 만드는 사람처럼 능숙한 솜씨로 잡아 늘이기 시작했다. 그 라텍스를 늘이며 그녀가 말했다.

"이 수업 시간에 우리가 할 일은 동료들에게 HIV와 에이즈, 그리고 성병 예방에 대해 가르칠 수 있는 능력을 키우는 거예요." 당기고 늘이고, 또 당기고 늘이고. "하지만 그러려면 HIV와 에이즈, 성병 예방에 대해 배워야 해요. 그래서 우린 조금 엉뚱한 짓을 할 거예요."

케이트는 실뜨기 자세로 열 손가락을 내밀어 콘돔을 걸고, 그 끝을 만화처럼 넓게 늘렸다. 그러고는 그것을 핼러윈 모자처럼 머리에 뒤집어써서 학생들 모두를 경악하게 했다. 그녀는 안경을 벗어 무릎 위에 놓았다. 그녀는 우리의 웃음소리에 맞추어 당기고 늘이며, 라텍스 콘돔이 얼굴을 단단히 감싸고 오똑한 코를 감쌀 때까지 끌어당겼다. 그리고 콧구멍으로 콘돔에 바람을 불어넣었다. 그것은 마치 거리 행사에서 상품을 받기 위해 터질 때까지 입으로 물을 뿜어 넣은 풍선처럼 빵빵하게 부풀었다. 그 물건이 머리 위쪽으로 상당한 크기로 부풀어 올랐을 때, 그녀는 마치 수백만 번은 해본 것처럼 능숙하게 머리핀을 들어올려 작은 펑 소리와 함께 콘돔을 터뜨렸다. 그녀는 산산조각 난 콘돔 조각들을 머리에서 떼어냈다.

박수를 쳐야 마땅할 것 같았고, 그래서 우리는 박수를 쳤다. "자, 그럼 콘돔을 사용하지 못할 만큼 큰 사람이 누구죠?" 그녀가 눌린 머리를 다시 부풀리고 받침 접시처럼 생긴 안경을 다시 끼며 도전적으로 말했다. "건강을 관리하는 첫 단계는 자신이 가치 있는 사람임을 아는 거예요. 여러분은 소중한 존재이고, 여러분이 필요로 하는 것을 요구해야 해요. 여러분의 권리와 필요, 안전과 편의가 중요하죠. 그리고 여러분은 자신의 남자와 배를 함께 조종할 수 있어요. 기억하세요. 여러분은 그가 원하는 걸 가지고 있어요. 여러분은 스스로 생각하는 것보다 더 큰 힘을 가지고 있는 거예요." 제시는 자신의 책상에서 우리 모두에게 미소를 지었다.

나는 제시를 보고 다시 케이트를 보았다. 자긍심으로 가슴이 뿌듯해졌다. 이 어엿한 성인 여자들이 여자들만의 이야기에 우리를 끼워주는 것이 기분 좋았다. 그들이 마치 비밀을 말해주는 것 같았고, 내가 특별한 존재인 것 같은 기분이 들었다.

"여러분의 안녕은 정신적, 육체적, 영적으로 여러분의 자긍심과 직접적인 관계가 있어요. 여러분의 몸은 사원입니다. 여러분 스스로 그 사원을 학대와 혹사로부터 보호해야 해요. 여러분은 자신의 수호자가 되어야 해요! 그리고 자신에게 일어나고 있는 일을 말해야 합니다." 케이트가 말했다.

그녀의 열정은 나의 열정이 되었다. 나는 케이트가 무슨 말을 하는지 어렴풋이 느낄 수 있었다. 나는 왜 카를로스에게 자기 멋대로 나를 대하도록 허용했는지 이해할 수 없었다. 어떻게 그가 나를 파괴하기 직전까지 가게 되었을까? 나는 카를로스에게 맞서지 않았다. 그리고 그날 론과 함께 있을 때, 욕조에서 빠져나올 수 있는 상황을 만든 건 내가 아닌 리사 언니였다. "여러분은 여러분 자신의 수호자가 되어야 해요. 그리고 자신에게 일어나고 있는 일을 말해야 합니다."

수업은 "그거 알았어요?"라는 질문으로 시작하여 몇 가지 정보를 소개하는 식으로 진행되었다.

"그거 알았어요? 생크림이 곰팡이 감염을 일으킬 수 있다는 거? 그리고 설탕이 많이 들어간 것이 대음순에 닿으면 그럴 수 있다는 거 알았어요? 다들 대음순이 뭔지 알죠?"

"생크림이 뭘 일으킨다고요?" 건너편에서 누군가가 걱정스러운 목소리로 물었다. 커다란 초록색 눈을 가진 예쁘고 통통한 백인 소녀였다. 그녀는 반짝이는 코걸이에 가죽 롱부츠를 신고 있었다. 그녀의 이름은 에바. 내가 듣는 다른 두 수업에서 본 적이 있었다. 그녀는 클럽에 뻔질나게 드나들 듯한 힙합 스타일 차림새를 하고 있었다. 또한 분홍 립스틱을 칠한 입술의 가장자리를 빨간색 라이너로 그리고, 갈색 긴 머리는 노란색 하이라이트를 넣어 매끈하게 뒤로 묶었다.

"정말 그게 항상 감염을 일으키나요?" 그녀가 물었고, 모두들 웃었다. 케이트가 미소 지었다. "늘 그런 건 아니에요. 그냥 조심해야 한다는 거지."

"아아." 에바가 여전히 걱정스러움이 역력한 목소리로 말하고는 천천히 미소 지었다. "그냥…… 물어본 거예요." 그녀는 일부러 방어하듯 두 손을 들며 말했다. "왜냐하면 라벨에는 그런 경고가 없는데, 여자가 알아야 할 문제인 것 같아서요." 그러고는 웃었다. 우리 모두 웃었다.

*

에바는 학교에서 가까운 28번로 8번가에 살았다. 아빠 친구들의 아파트에 한 번 가본 것을 제외하면, 나는 맨해튼에 있는 집에 들어가 본 적이 없었다. 나는 아빠의 말처럼 맨해튼에 있는 집들은 전부 부자일 거라고 예상했지만, 에바와 홀로코스트 생존자인 그녀의 아버지 유릭은 첼시 판 계획주택군에서 살았다. 그곳은 주로 노인과 저소득층이

거주하는 높은 빨간 벽돌 건물들로 이루어진 단지였다. 유릭은 화가였다. 그의 어머니, 그러니까 에바의 할머니는 그가 어렸을 때 바르샤바 빈민굴에서 그를 몰래 빼돌려 아들의 목숨을 구했다. 햇살이 비치는 침실 두 칸짜리 커다란 아파트 벽에는 온통 홀로코스트에 관한 추상적인 그림들이 걸려 있었다.

"저들을 보면 먹는 게 죄스럽게 느껴져." 에바가 전자레인지 앞에서, 수척하고 공포에 질린 얼굴로 숲속에 숨어 있는 사람들을 그린 그림을 가리키며 반농담조로 말했다.

"너무 웃겨." 에바가 늦은 저녁으로 콩과 당근을 곁들인 리본 모양 파스타를 차릴 때 내가 말했다. 에바는 늘 나를 웃게 만들었고, 통찰력이 깊은 데다 붙임성 있는 성격이었다. 제시의 수업에서 그녀를 만난 순간 나는 곧바로 그녀를 좋아하게 되었다.

에바는 예비 학교에서 내가 첫 번째로 사귄 진짜 친구였다. 수업 후 짧은 대화는 첼시 부유층 저택의 현관 계단에 앉아서 먹는 점심으로 이어졌고, 그것은 다시 그녀의 아파트 방문과 마침내 그녀의 집에서 자는 것으로 발전했다. 우리는 급속도로 가까워졌다. 나는 에바에게 나의 상황을 각색해서 말해주었다. 모든 진실을 말해주는 것은 내가 좀 더 신뢰감을 느낄 때까지 보류했다. 그녀는 나를 돕고 싶다고 대놓고 말하지 않았지만 실제로 나를 도와주었다. 우리는 수십 차례나 함께 잤고, 함께 28번로를 돌아다녔다. 에바는 늘 뭔가를 요리해주었고, 내게 옷을 빌려주고 2층에서 샤워를 하도록 해주었다. 그리고 종종 예비 학교에서 점심시간에 간식을 나눠 주었고, 그러면서도 전혀 불편한 내색을 하지 않았다.

"너희 아버지가 전쟁에 대해 많은 것을 기억하시니?" 내가 잠자리에 들기 전 파자마 차림으로 부엌에서 물었다. 나는 내 얘기보다 다른 사람들에 대한 얘기를 하는 편이 더 쉬웠다. 칼레브의 수업 '역사와 우리 자신을 직시하기'를 들은 이후, 나는 대량학살과 홀로코스트의 전모를 알게 되었다. 그래서 어느 정도 자신감을 가지고 에바를 대화에 끌어들일 수 있는 것이 기분 좋게 느껴졌다.

"어느 정도. 아빠는 당시에 아주 어렸지만, 할아버지가 중요한 유대인 조직의 수장이셨어. 그래서 아빠의 기억은 대부분 전쟁 이후에 할아버지가 거실에서 생존자들에게 상담을 할 때 형성된 거야. 아빠는 그 말들을 얻어들었는데, 어린아이에게는 감당하기 힘들 수밖에 없었지." 그녀가 말했다.

에바는 심리학을 좋아했고, 사람들의 마음을 깊이 들여다보는 나름대로의 방법을 가지고 있었는데, 늘 사람들의 동기와 투쟁과 필요를 파악하려는 각도에서 그들의 말에 귀 기울였다. "이 그림들은 아빠를 정화시키는 작용을 하는 것 같아." 그녀가 말했다. "깊은 정신적 외상을 경험하고 나면, 치유를 위해 뭔가 할 일이 필요해지지. 모든 손실로부터 어떤 의미를 만들어낼 뭔가가 말이야."

나는 에바가 주는 음식을 모두 먹고 두 번째 접시도 먹어치웠다.

"소파에 깨끗한 시트를 깔아놨어, 리지. 피곤해지면 언제든지 누워서 자."

나는 에바와 함께 있으면 완전한 이해와 보살핌을 받는 기분이 들었다. 그녀는 안전하고 자애롭고 재미있었다. 나는 매일매일 그녀를 보고 싶었고, 그녀가 늘 내 삶의 일부가 되기를 바랐다.

가끔은 예비 학교의 또 다른 친구가 우리와 함께 에바의 집에서 지냈다. 그의 이름은 제임스였고, 우리와 함께 역사 수업을 들었다. 제임스는 6피트가 넘는 장신에 흑인과 백인 혼혈이어서 아름다운 갈색 피부와 탄력 있는 근육질 체구, 그리고 둥글게 부푼 곱슬머리를 갖고 있었다. 그는 일본과 관련된 모든 것을 좋아했고, 종종 가슴에 일본 문자가 적힌 티셔츠나 쿵푸 수업에서 입는 도복을 입고 다녔다. 그의 옷차림은 늘 어수선했고 특유의 순진무구함을 가지고 있어서, 나는 그의 친구가 되고 싶은 마음이 들었다. 우리는 어느 날 매트라는 선생님이 강의하는 내내 자기도 모르게 신경성 안면경련을 일으키며 '그래그래'를 수십 번이나 반복할 때 서로 통했다. 그 모습이 너무 빈번하고 너무 우스워서, 나는 두리번거리며 다른 목격자를 찾다가 내 옆에서 웃음을 애써 참고 있는 제임스를 보았다. 나는 책상 밑으로 제임스에게 '매트가 그래그래'라는 말과 함께 매트가 그 말을 한 횟수—100번이 훨씬 넘는—를 기록한 쪽지를 전했다. 제임스는 그 작은 교실에서 웃음을 터뜨렸다. 우리는 곧 자리를 옮겨 앉으라는 지시를 받았지만, 여전히 실실 웃으면서 교실 반대편에서 서로 눈을 맞추며 말없는 농담을 나누었다. 나중에 점심시간에 나는 그가 혼자 점심을 먹고 있는 것을 보았다. 나는 서맨사와의 추억을 떠올리며 용기를 내어 그에게 다가갔다. 나는 민첩하게 다가가서 철벅 소리를 내며 손가락을 그의 으깬 감자에 찔러 넣었다. "이 점심은 밥맛이야." 내가 말했다. "델리에 가서 먹을래? 내가 살게."

그는 얼굴에 믿을 수 없다는 듯한 미소를 지으며 나를 보더니, 그의 음식에 들어가 있는 내 손가락을 한번 내려다보고 다시 나를 올려다보며 말했다. "좋아."

우리는 웨스트사이드 하이웨이 옆의 공원에서 허드슨 강의 부서지는 파도를 바라보며 샌드위치를 갈라 먹었다. 나는 감자칩을 게걸스럽게 먹으며 그 상쾌한 오후에 제임스가 부두 근처에서 느릿느릿 원을 그리며 롤러블레이드를 타는 모습을 지켜보았다. 그날 이후 우리는 매일 점심을 함께 먹었고, 곧 에바와 제임스와 나, 이렇게 셋은 늘 함께 어울려 다녔다. 나는 어떤 날에는 에바의 집에서 밤을 보냈고, 또 어떤 날은 제임스의 집에 몰래 들어갔다. 제임스는 브롱크스 근처의 주택지구인 워싱턴 하이츠에 있는 방 하나짜리 집에서 어머니와 함께 살았다. 처음에는 그의 이층침대 위칸에서 잠을 잤다. 우리는 벽 전체에 후지산 포스터가 붙어 있고 창문 밖에 아름다운 참나무가 있는 방에서 밤새도록 앉아 이야기를 했다. 그러다가 나는 제임스 옆에 누워서 얘기하기 시작했다. 어느 날 밤 우리는 프리첼 과자처럼 서로 엉켜 이야기를 하다가 잠이 들었다. 또 어떤 때는 상황이 더 진전되기도 했다. 제임스는 신사적이고 조심성이 많았다. 우리의 섹스는 다정했고, 우리의 우정과 마찬가지로 자연스럽게 이루어졌다.

나는 제임스와 있으면 아주 편하게 단잠을 잤다. 그와 함께 있다면 절대적으로 안전하다는 것을 알기에.

*

나는 가족을 잃었지만, 또 다른 가족을 구축하고 있었다. 나는 에바와 보비, 서맨사, 피에프, 대니, 조시, 제이미, 제임스와 함께 사랑으로 묶인 사람들의 집단을 구축했다. 이들은 내가 세상을 견뎌내기 위해 의지해온 사람들이었다.

리사 언니와 아빠 역시 나의 가족이었지만, 엄마가 죽은 뒤 우리는 뿔뿔이 흩어졌다. 언니는 브릭과 함께 살았고, 아빠는 보호소에서 살았다. 나는 우리가 말하지 않고 넘겨버린 상처들에 대해 많은 생각을 했다. 나는 리사 언니가 최악의 상황에 엄마를 두고 떠난 나를 비난한다고 느꼈다. 그리고 아빠와 나는 내가 세인트 앤의 집에 들어간 이후부터 결코 전과 같아질 수 없었다. 우리 사이에는 본질적인 뭔가가 깨져 있었고, 시간이 지나면서 아빠가 점점 더 멀어지는 것처럼 느껴졌다. 나는 학교에 가지 않아 단체 시설에 들어감으로써 아빠를 실망시켰다고 느꼈다. 비합리적인 생각이긴 하지만, 나는 내가 아빠를 떠났다고 느꼈다. 그리고 아빠가 유니버시티 애비뉴 아파트를 잃고 내게 그 사실을 알리지도 않았을 때 너무나 괴로웠다. 왜냐하면 그것은 우리가 더 이상 가깝지 않다는 증거였기 때문이다. 나는 더 이상 트럭을 가지고 놀고 늦은 밤 언니 몰래 아빠가 빠져나가도록 도와주는 아빠의 꼬마 선머슴이 아니었다. 나는 아빠에게 '잃어버린' 존재였다.

우리를 연결해줄 공동의 생활공간이 없었기에, 아빠와 리사 언니와 나는 서로의 궤도에서 벗어나 서로에게 닿지 않는 각자의 독립적인 삶을 만들어갔다. 고등학교 1학년을 마칠 무렵, 사실을 말하자면 우리는 서로를 잘 몰랐다.

나는 우리를 다시 뭉쳐보려는 어색한 시도를 했다. 주말에 아빠가 그리니치빌리지에서 제일 좋아하는 디저트 카페에서 억지로 생일 축하를 했다. 나는 NYPIRG에서 두 번째 여름 아르바이트를 하고 있었고, 저축한 돈으로 케이크 값을 지불했다. 이 축하 파티는 늘 똑같은 방식으로 진행되었다. 아빠와 내가 먼저 도착하고 언니가 조금 뒤에 도착했다. 아빠와 나는 잡담을 나누었지만 우리가 어떻게 사는지에 대한 진짜 이야기는 하지 않았다. 언니가 도착하면, 우리는 자리에 앉았다. 자리에 앉는 것이 무엇보다 힘들었다. 왜냐하면 3인용 테이블이 없었기 때문이다. 그래서 늘 테이블에 한 자리가 비었고, 그것은 엄마의 빈 자리를 상기시켜 주었다. 그리고 그런 만남은 주로 우리 중 한 명의 생일이었기 때문에, 웨이트리스가 촛불이 반짝이는 케이크를 가져왔다. 이제 더 이상 서로를 모르는 우리 셋은 각자의 삶을 축하하며 노래를 불렀다.

리사 언니의 생일이 가장 어려웠다. 그때만 되면 아빠가 안절부절못하는 모습을 보였기 때문이다. 아빠는 나와 있을 때보다 언니와 있을 때 특히 더 불안해했다. 아빠가 그렇게 불안해하는 모습을 본 것은 딱 한 번, 희미한 기억 속에 자리 잡은 메레디스 언니와의 짧은 만남 때뿐이었다. 그때 아빠는 죄책감과 어서 그곳을 벗어나고 싶은 마음으로 가득한 것처럼 보였다. 나는 계속 손을 쥐었다 폈다 하며 억지 미소를 짓고 더듬더듬 생일 축하 노래를 부르는 아빠에게서 눈을 뗄 수 없었다. 마지못해 부르는 노래의 그 어색함이란. 나는 가슴을 졸이며 지켜보았고, 언니가 그 모습을 보지 않기를 바랐다. 그리고 내가 애초에 아빠에게 전화를 걸어서 이 행사 전체를 지시해야 했다는 것을 리사 언니가 모르는 것이 다행스러웠다. 아빠가 나를 가게에 보내서 언니에게 보낼 카드를 골라오도록 시킨 것도. "알다시피 내가 그런 데는 젬병이잖니. 지금 돈도 없고 말이야. 좋은 걸로 골라주렴." 아빠는 부탁했다. "고맙구나, 리지. 네가 최고야."

그러나 아빠가 언니에게 보낼 생일 카드를 고르는 것은 쉬운 일이 아니었다. 내가 어떻게 고를 수 있단 말인가? 거기에 있는 카드들은 모두 아빠로서 책임을 다하며 사는 남자들을 위한 것이었고, '너의 사랑하는 아빠가' '1년 내내 네가 성장하는 모습을 지켜보고 있단다. 널 키우는 일은 늘 나의 기쁨이야'와 같은 문구가 장식된 것들이었다. 그러나 우리 아빠는 그런 아빠가 아니었다. '생일을 맞은 내 삶의 빛 우리 딸에게' 나는 리사 언니를 모욕하고 싶지도 아빠를 민망하게 하고 싶지도 않았다. 그래서 나만의 해결책을 찾았다. 두 사람 모두 몰랐지만, 나는 아빠가 리사 언니에게 보내는 카드를 카드 가게의 '공감' 구역에서 찾았다. "늘 너에 대해 생각해." 또는 "오늘, 그리고 앞으로도 항상 너의 곁에 있을 거야"와 같은 문구가 담긴 카드, 사랑을 표현하면서도 비극과 거리감을 암시할 여지를 남기는 카드였다. 그런 카드가 아버지로서 아빠의 역할을 제대로 표현한 유일한 카드였다. 아빠가 내게 부과하고 내가 받아들인 나의 역할은 이런 순간들의 어색함을 최소화하고 우리 모두에게 그날의 경험이 순조롭게 진행될 수 있도록 분위기를 만드는 일이었다.

같은 이유로 리사 언니가 다른 곳을 보거나 화장실에 갔을 때, 나는 늘 아빠에게 우리의 '축하 파티' 비용을 지불할 돈을 몰래 쥐어주었다. 웨이트리스가 계산서를 들고 오면 아빠가 검은 가죽 케이스로 손을 뻗어 돈을 넣으며 말했다. "내가 계산하마. 생일 축하한다, 리사."

우리가 서로를 사랑하지 않는 것은 아니었다. 우리는 사랑했다. 다만 더 이상 함께 있는 법을 모르게 된 것뿐이었다. 누구도 이런 상황에 준비가 되어 있지 않았다. 우리는 비극이 가족을 갈라놓았을 때 어떻게 대처해야 하는지 전혀 무방비 상태였다. 엄마에게 질병이 찾아오고 정신병이 닥치고 결국 엄마가 죽었을 때, 어떻게 해야 할지 몰랐다. 그리고 우리는 가까이 지낼 때 생기는 자연스러운 친근함이 사라지고 서로 접촉을 유지하기 위해 노력이 필요한 사이가 되면 어떻게 되는지에 대해 무방비 상태였다. 우리는 우리 나름대로 할 수 있는 최선을 다하고 있었다.

내 열여덟 번째 생일이 지나고 며칠 뒤, 우리는 늘 만나던 곳에서 축하 파티를 하기 위해 만났다. 내가 이스트 11번로에 제일 먼저 도착했고, 아빠가 몇 분 뒤에 나타났다. 우리는 함께 리사 언니를 기다렸다.

"학교는 어때?" 아빠가 가장 안전한 화제를 골라 물었다.

학교생활은 순조로웠다. 아빠도 그것을 알고 있었다. 아마도 그것이 아빠가 내 생활에 대해 아는 유일한 사실일 것이다. 아빠는 더듬거리며 이야깃거리를 좀 더 찾다가, 갑자기 신문에서 읽은 이야기를 꺼냈다. "리지, 사람들이 요즘 에이즈와 에이즈 약에 대해 주목할 만한 연구를 하고 있단다. 아마도 치료제를 곧 찾을 수 있다고 생각하는 모양이야."

보통의 경우 우리는 엄마를 언급하게 될 만한 화제는 서로 피했다. 내 얼굴에서 당혹스러움이 나타난 것이 틀림없었다. 내가 다시 아빠를 봤을 때 아빠는 언니를 기다리는 척하며 다른 곳으로 얼굴을 돌리고 있었던 것이다. 하지만 아빠는 화제를 바꾸지는 않았다. "그 약만 있으면, 그 병에 걸린 누군가의 삶의 질이…… 전보다 훨씬 나아질 거야. 정말 오랫동안 살 수 있을 거야."

어떻게 하면 기분 상하지 않게 아빠가 화제를 돌리도록 유도할 수 있을지 생각하고 있는데, 아빠가 청천벽력 같은 말을 했다. "나도 걸렸단다, 애야. 나도 HIV 양성이야. 4월에 진단을 받았어."

4월? 그때는 거의 10월이었다. 그 긴 시간 동안, 아빠가 내게 말하지 않았다고? 아무리 우리 사이에 거리가 있다지만, 아빠는 어떻게 그 사실을 혼자서만 알고 있었던 걸까? 누군가에게 가슴을 한 방 얻어맞은 기분이었다. 가슴이 쿵쾅거리고 얼굴이 달아오르기 시작했다. 나는 아빠를 올려다보았다. 나의 부모님 중 유일하게 살아 있는 사람을. 나는 아빠를 잃을지도 모른다는 생각, 어쩌면 더 큰 것을 잃을지도 모른다는 생각에 충격을 받았다. 보도에서 아빠 옆에 서 있는 동안 나의 세계는 흑백으로 변했다.

보도에서 사람들을 헤치며 제 갈 길을 가는 군중 틈으로 리사 언니가 나타났다. 언니가 가까이 오기 전에 아빠는 내 쪽으로 몸을 숙이며 재빨리 속삭였다. "제발 부탁이다, 리지. 리사에게는 말하지 말아다오."

우리는 11번로에서 케이크를 먹기 위해 앉았다. 나는 아빠와 언니가 힘겹게 이어가는 대화를 들었다. 머리가 핑핑 돌아갔다. 나는 평소처럼 보이려고 애썼다. 언니의 생일 카드를 받고 예약을 하고 아빠에게 전화해서 휴일 약속에 대해 상기시키고, 아빠로부터 "내가 HIV 양성이란다, 리지. 리사에게는 말하지 말아다오"라는 얘기를 듣고. 그날 밤 아빠는 평소보다 많이 웃고 농담도 많이 했다. 열여덟 개의 촛불이 반짝이는 케이크가 왔을 때, 두 사람은 내게 생일 축하 노래를 불러주었고, 아빠는 테이블 밑에서 내 손을 살며시 감싸 쥐었다. 떨리는 손으로 시도한 어색한 접촉이었다. 아빠는 신체 접촉에 익숙하지 않았기 때문에 많은 노력이 필요했을 것이다. 아빠의 몸짓에서 나는 아빠가 내게 손을 뻗어 우리 사이의 거리를 좁히려 하고 있음을, 조용히 나를 이렇게 안심시키고 있음을 느낄 수 있었다. "알아, 리지. 난 너와 함께야." 나는 아빠에게서 눈을 뗄 수 없었다. 나는 이 영상에 사로잡혔다. 꺼진 생일 촛불 앞에서 박수를 치고 있는 아빠. 무척 취약하지만 여전히 내 앞에 온전히 살아 있는 아빠를. 아빠를 꼭 붙잡고 에이즈로부터 보호하고 싶었다. 우리 가족에게 그런 일이 벌어지는 것을 막고 싶었다. 아빠를 무사하게, 다시 건강하게 만들고 싶었다. 주여, 우리에게 우리가 바꿀 수 없는 것을 평온하게 받아들이는 은혜와 바꿔야 할 것을 바꿀 수 있는 용기, 그리고 이 둘을 분별하는 지혜를 허락하소서.

나는 촛불에 대고 빌지 않았다. 대신 아빠를 용서하기로 했고, 우리의 관계를 치유하기 위해 노력할 것을 조용히 약속했다. 엄마에게 했던 실수를 다시는 하지 않으리라. 아빠가 역경을 헤쳐나갈 수 있도록 내가 곁에 있어주리라. 우리는 다시 서로의 삶 속으로 들어갈 것이다. 아빠는 최고의 아버지는 아니었지만 여전히 나의 아버지였고, 우리는 서로를 사랑했다. 우리는 서로를 필요로 했다. 오랜 시간 동안 아빠는 나를 수없이 실망시켰지만, 그런 것에 매달리기에는 인생은 너무 짧다는 것이 이미 입증되었다. 그래서 나는 내 상처를 털어버리기로, 우리

사이에 존재하는 오랜 좌절의 세월들을 털어내기로 했다. 무엇보다 아빠를 변화시키려는 많은 소망을 버리고, 있는 그대로의 아빠를 받아들였다. 나는 모든 번뇌를 끌어모아 헬륨 풍선처럼 날려버리고 아빠를 용서하기로 결심했다.

*

얄궂은 것은 오랜 세월 동안 내가 그토록 피하려 했던 학교가 나의 안식처가 되었다는 사실이었다. 두 학기 동안 예비 학교에 있으면서 나는 최대한 많은 수업을 시간표에 욱여넣었고, 교육을 통해 삶을 재정립하는 과정을 사랑하게 되었다. 나는 오랜 시간을 들여 교과서를 끝까지 읽는 것에서 성취감을 만끽하기 시작했고, 셰익스피어와 샐린저 같은 작가들에 관한 에세이를 공들여 쓰는 창의적 과정을 즐기게 되었다. 어떤 문장에 정확히 어떤 단어가 적합할지 결정하는 일은 마치 풀어야 할 퍼즐처럼 느껴졌다. 등장인물의 동기와 구문에 관한 페리의 열정적인 강의 덕분에, 나는 이러한 도전에 더욱 깊이 빠져들었다. 게다가 페리는 어느 날 오후 칠판에 분필로 '문법은 생명을 구한다' '구두점은 모든 것을 변화시킨다'와 같은 대담한 선언을 썼다. 그는 "우리 먹어요, 할아버지"와 "우리 먹어요 할아버지"는 할아버지에게 아주 다르다고 말해서 학급 아이들이 킬킬대고 웅성거리게 만들었다. 그때 나는 페리의 열정에 감탄하여 페리에게 활짝 미소 지었다.

그러나 내가 학교를 그 자체로 좋아한 것은 아니었다. 나는 한 번도 사람들이 말하는 '학구적'인 사람이었던 적이 없었고, 그런 사람이 되어가고 있는 것도 아니었다. 나는 내가 하는 일이 사회적 배경 속에 존재한다는 사실에서 기쁨을 느꼈고, 그 기쁨은 보다 밝은 미래의 전망에 기초한 것이었다. 학교와 관련하여 내가 좋아하는 부분은 읽기와 에세이, 발표와 같은 각각의 과제가 나의 인간관계―예비 학교 선생님과 새로운 친구들과의―와 분리될 수 없다는 점이었다. 내가 학교를 좋아했다면 학교가 내게 접근할 수 있게 해준 것, 다시 말해 내가 성장하면서 염원해온 사람들과의 유대관계 때문에 좋아한 것이었다. 내가 사랑하는 사람들과 함께 꿈을 향해 노력하는 것보다 더 좋은 것은 없었다.

에바의 집 거실에서 에바와 제임스와 내가 책과 종이를 테이블과 소파, 바닥에 여기저기 펼쳐놓고 공부를 하며 보낸 밤들처럼. 우리는 나란히 앉아 공부하며 많은 시간을 함께 보냈다. 나는 소파에서 제임스의 무릎을 베고 쭈그리고 누웠고, 제임스는 손가락으로 내 머리카락을 쓰다듬었다. 때로는 내가 수업 준비를 위해 책을 읽고 제임스가 일본 한자에 대한 책을 넘기는 동안, 서로의 썰렁한 농담에 인상을 쓰거나 웃기도 했다. 그는 새 공책에 한자를 깔끔하게 줄지어 쓰는 연습을 열심히 했다. 에바는 우리를 위해 요리를 해주었다. 주로 닭고기와 콩, 당근을 넣은 크림소스 파스타였다. 그리고 여유가 있는 날은 포타벨라 버섯이나 아보카도를 곁들였다. 한편 나의 경우는 함께 먹을 음식을 싸들고 에바의 아파트에 나타나기를 좋아했다. 나도 뭔가 도움이 되고 싶었던 것이다. 일정이 빡빡했지만 먹을 것을 사는 일은 어렵지 않았다. 식료품 가게가 가까웠기 때문이다. 가게는 에바의 집에서 두 블록 떨어진 26번로 8번가에 있었다.

야간 수업을 마친 어느 날 저녁, 유니언 광장에서 에바의 집으로 가는 길에 작은 계획을 세웠다. 가끔 그랬듯이 슈퍼마켓에 들어가 식료품을 책가방에 몰래 집어넣고 조심스럽게 자동문을 빠져나오는 것이었다. 그러면 에바와 제임스와 나는 그날 밤 에바의 소파에서 영화를 보며 훔쳐 온 것들을 게걸스럽게 먹을 수 있을 것이었다. 우리 셋은 배불리 먹고 파자마 차림으로 편안하게 있을 것이고, 모든 게 완벽할 것이다. 에바는 이미 쇼핑을 갔다 왔고 나는 빈손으로 갈 생각이 없기 때문에, 14번가에서 공중전화로 에바에게 치킨커틀릿 한 팩과 파르메산 치즈 한 통(두 물건 모두 몇 초 만에 가방에 몰래 넣을 수 있는 것들이었다)을 사 가겠다고 약속했다. 그것을 살 돈이 없었던 건 아니었다. 사실 나는 어딜 가나 두 번째 여름방학 때 모아둔 돈을 가지고 다녔다. 그러나 그 돈은 내게 생존과 같았고, 나는 돈을 아끼기 위해 할 수 있는 모든 일을 했다. 그래서 그날 저녁에도 돈을 지불할 생각이 전혀 없이 슈퍼마켓으로 들어갔다.

처음에는 계획이 원활하게 진행되었다. 나는 두 개의 물건을 손에 들고 가방에 숨길 마땅한 장소를 찾고 있었다. 그런데 그 순간 나는 계획을 포기했다. 나 스스로도 놀라운 일이었다. 나를 포기하게 만든 것은 지배인의 모습이었다. 그는 키가 작고 땅딸한 라틴계 남자로, 넥타이를 매고 펜을 귀 뒤에 꽂고 있었다. 나는 그가 멀리서 필기판에서 뺀 종이들을 읽으며 물량을 확인하고 직원들 몇 명을 관리하는 것을 보았다. 그는 땀을 뻘뻘 흘렸다. 나는 눈을 돌려 금전등록기의 키를 누르고 있는 계산원들을 보았고, 집으로 가져갈 봉지들을 카트에 넣는 아주머니 한 명을 보았다. 나는 거기 서서 그들 한 사람 한 사람을 지켜보며, 그 상점에서 아무것도 훔치고 싶지 않다는 생각이 들었다. 잘못된 짓을 하고 싶지 않았다. 저 지배인은 이 사업이 굴러가게 하기 위해 열심히 일하고 있었다. 나는 처음으로 그것을 실제로 볼 수 있었다. 전에는 그것을 어떻게 보지 못했는지 이해할 수 없었다. 치즈와 치킨커틀릿을 훔치려고 손에 들고 있던 나는 갑자기 오싹함을 느꼈다.

이번 학기에 학교에서 어떤 학생의 지갑이 도난당하는 사건이 있었다. 공동체 총회가 소집되었고, 페리가 토론을 이끌었다. "우리의 가장 큰 손실은 지갑이 아닙니다." 페리가 말했다. "우리 공동체에서 신뢰가 깨졌습니다. 이로써 우리는 서로 안심하고 함께 있을 수 있는지에 의문을 품게 되었습니다. 그 신뢰를 다시 쌓기까지 시간이 걸릴 겁니다. 이것은 우리 공동체에 큰 상처가 되었습니다."

어떤 한 사람이 저지른 행동의 원인과 그것이 집단에 미치는 결과는 분명했다. 그러나 세상으로 확대해서 생각하면, 그러한 개념은 여전히 내게 추상적이었다. 나 자신이 슈퍼마켓에서 또 한 번의 도둑질을 시도하다가 상점 지배인을 발견할 때까지는. 예비 학교 이전에 나는 한 번도 사람들이 '공동체'라고 말하는 것의 일원인 적이 없었고, 내 행동이 나 자신과 나의 친구 몇몇을 제외한 누군가에게 영향을 준다는 개념이 별로 가슴에 와닿지 않았다. 나는 하나의 섬처럼 느껴졌다.

그러나 슈퍼마켓에서 공동체 총회를 떠올려보니, 나 자신의 원인과 결과 사이의 연관성이 보다 분명하게 보이기 시작했다. 이 상점에서 물건을 훔치는 행위가 미치는 비교적 덜 심각한 영향은 가격을 상승시키는 것이었다. 고객들은 손실을 보상하기 위해 돈을 더 지불할 것이고, 그들은 그럴 여유가 있을 것이다. 그러나 최악의 경우, 상점은 망하고 계산원과 지배인은 일자리를 잃게 될 것이다. 또한 나는 사람들 사이의 신뢰에 금이 갈 것이라고 상상했다. 나는 그 지배인을 다시 보며 페리의 말을 생각했다. 그리고 치킨커틀릿과 치즈를 가지고 계산대로 다가갔다.

사실을 말하자면 내가 다시는 도둑질을 하지 않았던 것은 아니다. 나는 또 도둑질을 했다. 그러나 그날은 내가 도둑질을 끊는 '시작'이 되었으며, 사실상 내가 섬처럼 동떨어진 존재가 아님을 이해하는 시초가 되었다.

나는 식료품을 들고 계산대로 가서 책가방 바닥에서 돌아다니는 지폐 몇 장을 꺼냈다. 계산원이 미소 지으며 내게 잔돈을 건네주었다. 나는 계산대 끝에서 내 봉지에 물건을 쓸어 담는 남자를 보았다. 나 자신이 슈퍼마켓에서 물건을 포장했던 때가 오래전처럼 느껴졌다. 나가는 길에 나는 그 남자에게 잔돈을 주었다. "그라시아스(감사합니다)." 그가 말했고, 나는 상점에서 나왔다.

*

포스터판을 핏빛으로 물들인 빨간 잉크, 그리고 그 하얀 종이를 환하게 해주는 파란색, 노란색 잉크가 생물학 수업 'B세포가 T세포에게 질병과 싸울 것을 명령한다'에 생기를 불어넣었다.

세 명으로 이루어진 학생 팀의 일원으로서, 에바와 나는 우리의 발표를 위해 HIV에이즈에 대한 면역 체계의 싸움에서 세포들의 역할을 묘사하는 독창적인 디자인을 선택했다. 우리는 함께 뒤로 물러나서 우리 팀이 선택한 이미지를 음미했다. 빨간 장갑을 턱까지 치켜들고 링에 오른 권투선수들. 링 가장자리에서 목에 수건을 두르고, 손에는 물병을 들고 서 있는 코치는 지시자 B세포를 상징했다. 체구가 작은 선수는 희망에 찬 투사 T세포였다. 반대편에서 위협하고 있는 덩치 큰 선수는 HIV를 상징했다.

에바는 쭈그리고 앉아 긴 머리를 고리 귀걸이가 달랑거리는 귀 뒤로 넘기며, 볼에 공기를 잔뜩 불어넣었다가 잉크에 대고 불었다. 이때 예비 학교에서 2학기째를 보내고 있는 서맨사가 표제 '스스로 힘을 키워 HIV와 싸우자'를 굵게 칠하라고 에바에게 사인펜을 건네주었다.

"크립스와 블러즈*의 결투처럼 만들어야 했는데. '내가 널 째버리겠어. 느낄 수 있나?' 하는 것처럼 말이야." 서맨사가 허공에서 칼을 휘두르는 시늉을 했고, 우리 셋 모두 웃었다. 단체 시설에서 사는 서맨사는 걸핏하면 갱단과 감옥을 언급했고, 전보다 사용하는 속어가 더 걸쭉해졌다. 예비 학교에 그녀를 입학시킨 것은 마치 가족을 다시 상봉한 것과 같았다. 서맨사는 학교에 매일 오지는 않았지만, 우리 작은 공동체의 경험을 즐기기에는 충분할 만큼 등교했다. 그녀는 친구를 사귀었고 선생님들에게 사랑받았다. 나는 그녀가 학교에 오게 되어 무척 기뻤다. 그날 오후는 우리에게 중요한 날이었다. 서맨사는 그날을 위해 특별히 복장을 갖춰 입었다. 남성용 파란색 와이셔츠와 가는 세로줄 무늬 넥타이와 군화.

"하지만 권투 장면도 멋져." 서맨사가 어깨를 으쓱하고 추잉 껌을 짝짝 씹으며 인정했다. 그녀는 몸을 수그리고 연필로 HIV의 눈에 멍을 그렸다. "이놈은 내게 맡겨." 그녀가 멍을 더 진하게 칠하며 말했다. "죽사발을 만들어줄 테니까."

"말 좀 곱게 써." 내가 히죽거리며 서맨사에게 말했다. "좋은 생각이 있어." 갑자기 나 역시도 연필을 손에 쥔 채 무릎을 꿇고 HIV의 입술을 터진 것처럼 그렸다. "녀석을 흉측하게 만들어버리자." 내가 그녀에게 말했다. 우리는 나란히 앉아 연필로 그림을 그렸다.

우리는 발표를 해야 했다. 소규모 학생 집단이 예비 학교 본부에서 우리를 기다리고 있었다. 우리가 할 일은 이 등장인물들을 이용하여 학우들에게 HIV 에이즈에 대해 각성시키고, 그림 속에 묘사된 HIV 에이즈와 면역 체계 사이의 싸움이 다른 사람들의 삶 속에서 에이즈에

* 로스앤젤레스에서 라이벌 관계인 유명한 흑인 갱단들.

대한 방어막을 형성하도록 만드는 것이었다. 보비와 조시, 피에프도 우리를 기다리는 군중 틈에서 다른 예비 학교 학생들과 함께 앉아 있었다. 그들도 예비 학교에서 2학기째를 맞고 있었다. 나는 예비 학교에 다니면서 불과 2~3주 만에 이곳이 얼마나 개방적이고 환영하는 분위기인지 파악했고, 선생님들에게서 든든함을 느끼게 되었다. 예비 학교가 어떤 곳인지 알게 되자마자 나는 친구들에게 돌아가 면접을 보도록 설득했다. 그들은 내 제안을 받아들였고, 그중 몇 명은 입학했다. 서맨사와 보비와 나는 몇몇 수업을 함께 듣기까지 했다.

가끔은 친구들이 예비 학교에 있다는 것이 힘들기도 했다. 친구들은 종종 수업을 빼먹고 싶어 했으며, 내게도 함께 빠지자고 유혹했다. 비상구로 몰려가서 북적이는 맨해튼 거리로 나가는 그들의 모습을 보는 것은 너무 유혹적이었다. 예전처럼 그들과 놀고 싶었다. 그리니치빌리지와 첼시 거리를 돌아다니거나 영화관에 숨어들어 가거나 공원에 앉아 있는 재미와 비교할 때, 교실에 앉아 있는 것은 따분하게 느껴질 수 있었다. 게다가 나는 친구들 사이에서 무조건 학교 규칙을 준수하는 지나치게 진지한 모범생이 되고 싶지는 않았다. 때로는 수업을 빼먹지 않기가 힘든 순간도 있었다. 그러나 나는 계속 내 성적표에 대해 생각했다. 그날 밤 계단에 앉아 파란색 펜으로 쓴 깔끔한 A학점들, 그리고 트랙을 달리고 허들을 뛰어넘어 한 번에 A하나씩을 지워나가는 여자. A학점이 하나하나 모이고 있었고, 나는 나의 입장권을 직접 쓰고 있었다. 누구도 나를 대학에 들여보내줄 수 없었다. 나 자신 말고는.

그러나 예비 학교의 친구들은 내 가족들이었고 내게 모든 것을 뜻했다. 덕분에 학교가 일종의 집처럼 느껴졌다. 그것은 아빠와 내가 소파에 함께 앉아 심야에 보았던 「치어스」의 에피소드를 생각나게 했다. 그 시트콤에서는 노엄이라는 등장인물이 들어올 때마다 모두 그의 이름을 일제히 부르곤 했었다. 나는 어려서 그 프로그램을 잘 이해하지 못했지만, 등장인물들이 공유하는 소속감은 이해할 수 있었고 나도 그런 소속감과 내가 속할 수 있는 장소를 찾게 되기를 갈망했다. 예비 학교에 오기 전, 특히 내 친구들이 학교에 오기 전에는, 나는 모두가 모두의 이름을 아는 곳, 모두가 환영받고 함께 목적을 위해 노력하는 곳에 있어본 적이 없었다. 그리고 이곳에서 우리는 서로의 옆에서 보다 나은 삶을 만들기 위해 노력하고 있었다. 그것은 나에게 모든 것을 뜻했다.

"얘들아, 가자. 이제 저 사람들을 맞이할 준비가 된 것 같아." 에바가 포스터판을 높이 치켜들며 말했다. 그녀가 그린 등장인물들은 걱정스러운 얼굴로 침대 옆에 앉아 있는 남녀였다. 그들은 지난 밤 술에 취해 무책임한 섹스를 하면서 콘돔을 사용했는지 어땠는지를 기억하지 못해서 고심 중이었다. 에바는 벌에 쏘인 듯한 여자의 입술과 코걸이, 그리고 걱정으로 치켜 올라간 눈썹을 그렸다. 그들의 생각 풍선 속에는 신뢰, 선택, 결과와 같은 단어들이 반짝반짝하게 강조되어 있었다. 우리 셋—에바와 서맨사와 나—은 준비한 자료로 무장하고, 회의실 문을 통해 걸어 나갔다.

"누구도 HIV에 감염될 거라고 예상하지 않습니다." 내가 방 안의 학생들에게 시작 발언을 했다. 나는 그 행사를 위해 초록색 스웨터에 청바지를 입고 있었다. 내가 예전에 유니폼처럼 입고 다녔던 검은 옷 대신 입기 시작한 색깔 있는 옷들 중 하나였다.

"그러나 어쨌든 그런 일이 일어나면, 가정을 깨뜨리고 생명을 앗아갑니다. 그런 일이 여러분에게 일어나지 않도록 하기 위해 오늘 우리는 여기 섰습니다. 그것이 오늘 발표의 목적입니다."

서맨사와 에바와 나는 준비한 포스터와 사례 수집을 통해 알게 된 정보를 담아 30분 동안 발표를 진행했다. HIV가 인체에서 어떻게 퍼지는지 이야기하는 부분에 이르렀을 때, 나는 엄마를 보았다. 그러나 병원에서 아픈 엄마가 아니었다. 내가 본 것은 생기와 사랑으로 가득한, 미소 짓고 있는 엄마였다. 나는 이미 HIV 바이러스가 몸속에서 증식하고 있는 상태에서 모숄루 파크웨이에서 웃으면서 내 손을 꼭 잡고 민들레 홀씨를 불어 하늘로 날려 보내던 엄마의 모습을 보았다. 내가 학교에 다니기를 바라는 엄마의 소망, 내가 인생에서 많은 선택의 기회를 갖게 되기를 바라는 엄마의 소망, 그리고 내가 잘되기를 바라는 엄마의 소망을.

*

제록스 복사기가 깨끗한 내 성적표 열 부를 뱉어냈다. 제시의 진학 상담 교사 사무실에 앉아, 나는 손끝으로 점수가 채워진 칸들을 훑어 내려갔다. 92점, 94점, 100점, 100점, 98점. 학기당 총 열 개의 수업을 수강해서, 대부분이 A학점이었다. 계획대로 나는 한 학기에 한 학년분을 마쳤다. 그날 아침 나머지 사람들은 진학 상담 교사 사무실 바로 옆에 있는 예비 학교 본부에서 회의를 하고 있었다. 그날 금요일 내가 정한 나의 임무는 장학금 신청 문제를 해결하는 것이었다. 대학 입학 지원은 하반기에나 시작되지만, 그 전에 미리 자금을 모아두는 것이 내 계획이었다.

진학 상담 교사인 제시 클라인은 내가 이 일을 결정하는 데 도움을 주었다. 지난 몇 달 동안, 우리는 점심시간이나 방과 후에 그녀의 작은 사무실에 앉아 대학에 관한 이야기를 나눴다.

"네 성적이면 선택할 수 있는 학교가 많아, 리즈. 넌 조건이 아주 좋아." 그녀가 말했다. "하지만 학비를 어떻게 조달할 계획인지 생각해봐야 할 것 같구나. 조만간 말이야."

어느 날 오후 제시는 개인적으로 시간을 내서 나에게 적합할 것 같은 장학금 신청서들을 추려놓은 서류 봉투를 내게 건넸다. 주립학교는 성적이 나 정도 되는 학생에게 문제없이 전액 장학금을 줄 것이라고 제시는 설명했다. 나는 그저 연방 학자금 보조금 신청서라는 것을 작성하기만 하면 되었다. 하지만 다른 형태의 학교는 훨씬 더 비용이 많이 들 것이며, 따라서 최선의 방법은 여러 가지 장학금을 신청함으로써 최대한 많은 자금을 확보하여 선택의 기회를 열어두는 것이라고 설명했다. 내게는 멋지게 들리는 말이었다.

"음…… 그러니까 일류 대학의 수업료가 아주 비싸다면, 1년에 3만 달러 이상씩 한다면……." 내가 봉투를 받아들고 서류 뭉치를 손가락으로 넘기며 말했다. "이 장학금들이 그만큼 될까요? 수업료를 충당하기에 충분할까요?" 내가 물었다.

그녀의 눈빛은 내가 어떤 상황에 처했는지 인식하지 못하고 있음을 말해주었다.

몇 주가 흘러 그날 오후 장학금 신청 절차를 위해 혼자 작업하고 있을 때, 왜 제시가 나를 그런 눈으로 보았는지 깨달았다. 나는 그녀의 빈 사무실에서 나는 형광등을 끄고 십자무늬 방범용 창살 사이로 비추는 햇살에만 의존하여 작업했다. 거의 한 시간 동안 다양한 인종의 학생들이 하나같이 환하게 미소 지으며 엄지손가락을 치켜 올려 기업 후원 대출과 장학금, 보조금을 추천하는 번쩍거리는 사진들로 꾸며진 전단지와 팸플릿을 분류했다. 옆방에서는 매 순간 학생들이 선생님들의 발표에 환호하며 박수를 치고 있어서 그 소리를 도저히 안 들을 수 없었다. 나는 신청 마감일이 다가오고 있어서 이 문제를 급히 해결해야 한다는 것을 알고 있었기 때문에, 이번 모임에서 빠지기로 결심했었다.

신청서 양식에서 정리할 정보가 너무 많았다. 나는 다른 것들은 휙휙 넘기며 가장 관련성 있는 정보, 즉 그들이 제공하는 액수만 찾기 시작했다.

정말 이 사람들이 장난하나! 실망도 이만저만이 아니었다. 몇 푼 안 되는 돈을 위해 그렇게 시간을 많이 잡아먹는 신청서를 작성해야 하다니. 게다가 모든 것이 혼란스러웠다. 한 금융사는 '자유 시장에서 자유 무역'에 관한 에세이 공모 당선자에게 500달러를 제안했다. 옆방에서 또 한 번의 박수가 터져 나왔다. 누군가 크게 휘파람을 불었다. 나는 그 신청서를 나중에 보기로 하고 잠시 밀어두었다. 에세이를 쓰려면 일단 도서관에서 시간을 보내야 할 것 같았다. 또 다른 회사는 지난 100년 동안 활동한 유명 정치가에 관한 정치적인 내용의 단편소설을 쓴 학생에게 250달러를 제공했다. 다른 장학금은 400달러, 또 다른 장학금은 1000달러였다. 이 장학금으로는 일류 대학 문턱까지나 간신히 갈까 말까일 거라고 나는 생각했다. 가난한 사람들은 1년에 장학금을 30곳에서 받지 않는다면 어떻게 학비를 조달할지 의구심이 들기 시작했다. 그러다가 나는 마침내 내가 기대하던 것을 발견했다. 제시가 짙은 파란 펜으로 '너에게 완벽한 장학금'이라고 써서 포스트잇을 붙여놓은 것이었다. 이 신청서는 《뉴욕 타임스》 대학장학프로그램에서 발행한 것으로, 재학 중에 매년 1만 2000달러씩 제공하겠다고 제안했다. 분명 그들은 일류 대학 수업료가 얼마인지 좀 아는 것 같았다. GPA와 방과 후 활동에 대한 질문을 제외하면, 그 신청서 양식은 내가 학문적으로 성공하기 위해 인생에서 넘어야 했던 장애들을 기술하는 에세이만을 요구했다.

나는 눈을 크게 떴다. 정말? 너무나도 완벽해서 나는 웃음을 터뜨렸다. 나는 모든 양식들을 테이블 한쪽으로 밀어버리고 공책 종이 한 장을 놓고 에세이 개요를 작성하기 시작했다. 내 손이 종이 위를 달리며 시작할 항목들을 기호로 만들었다. 불과 몇 분 만에 한 문단이 완성되었다. 이거야. 나는 생각했다. 나는 잠시 작업을 중단하고 밖으로 나가 물을 가져오기로 했다. 그때 마침 모임이 끝나서 학생들이 서로 이야기를 하며 큰 방에서 몰려나오고 있었다. 졸업반 학생 베심이 내게 다가와 어깨를 두드렸다. "수고했어." 그가 말했다. 나는 컵을 손에 든 채 어안이 벙벙해서 그를 보았다.

"음, 그래." 내가 혼란스러워하며 말했다.

"축하해." 그가 내게 말했다.

계속 그의 얼굴을 멍하니 바라보다가 마침내 내가 물었다. "뭘 말이야?"

"네가 받은 상들 말이야." 그가 말했다. "상을 줄 때마다 네 이름을 호명하던걸. 그러니까 축하해."

나는 멍하니 걸어갔다. 나는 그게 시상식이라는 것조차 몰랐다.

나는 페리를 보기 위해 그의 사무실로 달려갔다. 그는 통화 중이었지만, 잠시 중단하고 "네가 없어서 아쉬웠어"라고 말하고는 내 이름이 적힌 서류철을 넘겨주었다.

제시의 사무실로 돌아온 나는 서류철을 열고 상장들을 꺼냈다. 정교한 파란색 테두리로 장식된 예쁜 하얀 종이에 '리즈 머리'라는 이름이 멋지게 적혀 있었다. 학예회에서 맡았던 햄릿 역할에 대한 최고 공연상과 에이즈에 관한 동료교육 프로그램에 대한 사회봉사 공로상, 그리고 다양한 학문적 성취에 대한 상들을 포함하여, 10여 개의 상장이 있었다.

나는 즉시 장학금 신청서를 다시 집어 들었다. 1층 창문 밖에서 학생들이 담배를 피우거나 껌으로 풍선을 불어 터뜨리며 서로 얘기하는 모습이 보였다. 그날 수업이 끝난 것이다.

　나는 떨리는 손으로 펜을 종이로 가져갔다. 나는 일종의 무아지경에 빠져 종이 위에 혼신의 힘을 쏟아부었다. 나의 좌절과 슬픔과 한. 그것이 펜 끝이 종이 위를 달리도록 밀어붙였다. 마치 에세이를 쓰고 있는 주체가 내가 아닌, 나의 좌절과 슬픔인 것 같았다. 아니면 에세이가 저 혼자 쓰여지는 것 같았다. 그것이 무엇이건, 에세이를 쓰는 것은 내가 아니었다. 나는 그곳에 없었기 때문이다. 나는 허공에 떠올라서 나 자신을 내려다보고 있었다. 내 손이 열정적으로 종이 위로 움직이는 것과 나의 앞길을 막았던 삶의 모든 장애들이 깨지는 것을 바라보면서.

　그날 저녁 타이프라이터로 친 에세이가 사무실 프린터에서 인쇄되어 나왔을 때, 나는 그것을 성적표에 호치키스로 고정시켰다. 이제 내가 해야 할 일은 대학에 지원하는 것뿐이었다.

*

　애초에 그것은 우리 달력 속 단체 사진일 뿐이었다. 그것 때문에 하버드 대학에 지원할 생각은 없었다. '도시 탐험'이라는 학교 전체 차원의 수업에서 상위권 학생 열 명을 선정하여 보스턴으로 현장 견학을 보내주었다. 페리는 열심히 공부한 것에 대해 보상을 주고 싶어 했다. 또 한 명의 인술 교사 크리스티나와 함께, 그는 주말여행을 위해 우리를 앰트랙 기차에 태웠다. 숙소는 보스턴 대학 기숙사가 될 것이었다. 에바와 나는 모두 그 여행에 참여할 자격을 얻었고, 거대한 통근 열차에 나란히 앉아 열차가 달리는 네 시간 동안 쉬지 않고 수다를 떨었다. 나는 우리를 스쳐가는 풍경들에 흥분하여 대화 도중에 이야기를 끊고 계속 창밖의 뭔가를 가리키며 에바에게 소리쳤다. "저거 봐!" 줄지어서 있는 집들과 반짝이는 강, 광활한 하늘. 에바는 아버지와 할아버지와 함께 파리에 가본 적이 있었고, 그래서 그녀에게는 앰트랙이 별로 대단할 게 없었다. 그러나 그녀는 나를 받아주며 매번 고개를 돌려 나에게 기쁨을 주는 원천을 찾았다.

이 지역 통근 열차를 타고 떠나는 첫 여행이 모험처럼 느껴졌다. 흥분이 나를 어지럽게 하고 수다스럽게 만들었다. 우리는 은밀히 얘기하기 위해 식당차로 갔다. 이번에는 에바의 남자 친구 에이드리언에 관한 이야기를 하는 중이었다. 나는 갑자기 자리에서 일어나 에바의 옆자리로 옮겨 앉았다. "난 집이 없어." 나는 느닷없이 고백했다. "아무한테도 말하지 마. 알았지?" 우리는 그때까지 식당차에서 프레즐을 나눠 먹으며 제임스와 에이드리언에 대해 이야기하고 있었다. 나는 이런 갑작스러운 고백이 우리에게 너무 무거운 주제가 아닐지 걱정스러웠다.

"안 할게." 그녀가 말했다. 그녀는 전혀 놀란 것 같지 않았다. 그녀의 아파트에서 숱한 밤들을 보냈으니, 어쩌면 그것이 뉴스거리가 아닐지도 몰랐다. "약속해." 그녀가 내게 미소 지으며 덧붙였다. 그녀는 프레즐 봉지를 내밀었다. 열차를 타고 가는 나머지 시간 동안, 우리는 서로의 일기장이 되었다. 우리는 남자 친구와 음악에 대해, 그리고 우리의 꿈에 대해 이야기했다.

에바 역시 대학 진학을 원했다. "내가 방문을 닫아걸고 온종일 책을 읽을 수 있는 곳. 정말로 좋은 교육을 해주는 곳. 아아! 그리고 도심에서 벗어나 자연 속에 존재하는 곳. 아름답고 나무들이 있는 곳." 그녀가 말했다. "그리고 에이드리언도 나와 함께 가면 좋겠어." 그녀가 나의 계획에 대해 물었다.

"난 어디로 가야 할지 모르겠어…… 어쩌면 브라운 대학? 브라운 대학이 좋다는 얘길 들었어. 어쩌면 캘리포니아에 있는 어떤 학교?" 내가 말했다. "서맨사와 나는 캘리포니아에서 함께 살자고 말하곤 했어……나도 아름다운 곳으로 가고 싶어."

보스턴 대학 기숙사는 하나의 독자적인 세계였다. 에바와 나는 한 방을 썼다. 나는 물건을 1인용 침대 위에 던지고 술래잡기를 하는 친구들에게 합류했다. 이 이상하고 흥분되는 장소의 복도에서 나는 생기가 솟아났다. 우리는 비명을 질러대며 양말 바람으로 서로를 잡기 위해 복도를 뛰어다녔고, 음료수 자판기와 삼각형 깃발, 그리고 복도 벽면 게시판에 붙어 있는 전단지를 지나쳐 쏜살같이 달렸다. 모니크라는 고리 귀걸이를 한 장신의 노랑머리 소녀가 에바와 나를 쫓았다. 우리는 결국 깔깔거리며 옆구리를 잡고 바닥에 넘어졌다. 창밖에서 거대한 운동장과 저 멀리 번잡한 보스턴 시내가 보였다. 이것이 바로 켄과 다른 사람들이 그토록 열광하며 말했던 '기숙사'였다. 그저 그곳에 펼쳐진 광활한 공간. 본격적인 구경을 하기 전에 나는 옷장에 티셔츠를 걸고 서랍 한 칸에 남는 청바지를 개켜 넣은 뒤, 손끝으로 엄마의 사진을 만지고 엄마의 동전을 바지 주머니에 넣었다. 그날 내내 가지고 다닐 물건들이었다. 그곳은 몇 년 만에 내가 처음으로 어느 정도 소유권을 주장할 수 있는 유일한 장소였다. 비록 겨우 이틀 밤뿐이지만. 내가 그 기회를 스스로 얻었다는 것이 조금은 자랑스럽게 느껴졌다. 나도 이런 곳에서 살 수 있을 거야. 나는 생각했다.

보스턴은 아름다웠다. 페리가 가로수 길을 따라 도시 가옥들과 고급 주택들이 즐비한 비컨 힐이라는 지역으로 우리를 이끌었다. 오래된 주택들의 1층 창문을 통해 거실 내부가 훤히 들여다보였다. 크리스탈 샹들리에와 나무로 된 벽에 붙박이로 만들어진 오래된 책장, 고가구, 그리고 벽난로에서 나오는 열기로 따스해진 방들. 이 창문 안을 아무리 들여다봐도 전혀 지겹지 않았다. 그것은 나에게 희망을 느끼게 했다.

여기에는 매혹적인 무언가가 있었다. 하얀 꽃들이 드문드문 피어 있는 우거진 녹색 나무들을 배경으로 회색빛 셔터 달린 창문이 있는 건물들, 자갈 깔린 길 위에 떨어져 있는 꽃송이들. 그 동네는 다른 세상 같았고, 심지어 마법 같았다.

페리는 내 모든 질문을 받아주었다. "이 집들은 값이 얼마나 할까요? 이 사람들은 무슨 일을 해서 생활비를 벌까요?…… 대학은 어떤 곳일까요?"

오후 내내 걸어 다녀서 몹시 허기가 졌다. 점심은 원래 하버드 광장에 있는 옌칭이라는 이름의 중국음식점에서 먹기로 되어 있었다. 그런데 페리가 우선 하버드 야드에 있는 존 하버드 동상 앞에서 단체 사진부터 찍어야 한다고 말했다. TV에서 하버드에 대해 들은 적이 있지만, 눈으로 본 적은 사진으로라도 단 한 번도 없었기 때문에 호기심이 발동했다.

그날 오후, 가진 것이라고는 달랑 책가방 하나만큼의 물건이 전부였고 허름한 차림새로 앰트랙 열차를 탄 흥분에 여전히 들떠 있던 그때, 내가 하버드 야드를 걸었던 경험을 말로 옮기는 것이 과연 가능할지 모르겠다. 그 시점이 나의 세상 경험의 정점이었다.

전에 말한 것처럼 몇 년 동안, 아니 어쩌면 내 평생, 모든 것의 가운데에는 벽돌 벽이 세워져 있는 것처럼 느껴졌다. 건물 밖에 서서 나는 또 그 벽을 그릴 뻔했다. 벽의 한쪽에는 사회가 있고, 다른 한 쪽에는 나와 우리, 내가 속한 곳의 사람들이 있다. 서로 분리된 채.

하버드 야드에 서 있는 것은 그 벽을 만지는 것과 같았다. 울퉁불퉁한 가장자리를 따라 손을 움직이며 그 벽의 권위에 의문을 품는 것.

학생들이 책을 옆에 끼고 무성한 초록빛 잔디밭 옆에서 걷거나, 하버드라고 인쇄된 진홍색 스웨터를 입고 자전거를 밀며 걸었다. 동상 앞은 사진을 찍기 위해 포즈를 취하는 일본인 단체 관광객들로 붐볐다. 우리는 다음 차례에 사진을 찍기 위해 그들 뒤에 줄을 섰다. 하버드 학생들은 넓은 잔디밭에 돗자리를 깔고 누워 있었다. 빨간 벽돌 건물은 비컨 힐을 만든 똑같은 건축가가 만든 것처럼 보였다. 오래되고 중요해 보이는 구조물들. 접근이 불가능할 만큼 고색창연해 보이는. 그러나 그것들은 아름다웠다. 그 건물들을 보고 있노라니 말로 설명할 수 없는 무언가에 대한 깊은 그리움이 나를 가득 채웠다. 그 느낌이 내 얼굴에 드러난 것이 분명했다. 서로 한마디도 나누지 않았는데도 페리가 그때 내게 몸을 기울이며 말했던 것이다. "이봐, 리지. 먼 곳에 있지만, 불가능하진 않아…… 하버드에 지원할 생각을 해본 적이 있니?"

나는 모든 것을 멈추고 페리의 말을 흡수했다. 아니었다. 난 하버드에 지원한다는 생각을 전에는 한 번도 해본 적이 없었다. 그러나 그곳에 서서 벽을 만지며, 그곳에 들어갈 가능성은 희박하지만 그래도 최소한 불가능하지는 않을 것이라고 생각했다.

*

어느 비 오는 2월의 오후, 나는 장학금 면접을 보기 위해 우산을 접고 43번로 타임스스퀘어 바로 옆에 있는 《뉴욕 타임스》 건물의 회전문으로 들어갔다. 서맨사와 나는 포덤 로드에 있는 중고품 가게에서 내가 입고 있는 카키색 바지와 나에게 대충 맞는 와이셔츠, 그리고 바지로 덮으면 정장 구두처럼 보이는 검은 부츠를 샀다. 리사 언니가 내게 피코트를 빌려주었다. 단추 하나가 떨어졌지만, 내가 생각할 때 그 코트는 여전히 전문직 여성의 옷처럼 보였다. 3000여 명의 고등학생이 여섯 명에게 주어지는 장학금을 신청했는데, 그중 스물한 명이 최종 면접을 위해 추려졌다. 나도 그들 중 한 명으로 선택되었고, 면접이 있었던 그 끔찍하게 추운 오후, 나는 면접에 임할 준비가 되었다. 그러나 한편으로 나는 많이 지쳐 있었다. 그날 이미 긴 하루를 보냈던 것이다.

나는 리사 언니와 복지국 방문으로 하루를 시작했다. 복지국에 간 이유는 임대료를 지원받기 위해 싸우고 있었기 때문이었다. 우리는 아파트를 얻었기 때문에 임대료가 필요했다.

내가 NYPIRG에서 두 번째 여름방학 동안 일해서 번 돈으로, 언니와 나는 거래를 했다. 내가 법적으로 임대계약을 할 수 있고 더 이상 단체 시설에 수용될 것을 걱정하지 않아도 되는 열여덟 살이 되자마자, 나는 내가 모은 돈 전부를 마지막 1달러까지 베드퍼드 파크에 있는 원룸 아파트를 얻는 데 썼다. 부동산 수수료와 첫 달 치 임대료와 보증금, 매트리스와 냄비와 팬 몇 개, 그리고 2인용 식탁을 준비하느라 나는 파산 지경에 이르렀다. 그러나 나로서는 열한 과목의 수업을 듣고 대학 지원 문제를 해결하느라 일자리를 얻을 여력이 없었다. 나의 기여에 대한 보답으로, 의류회사 갭에서 일하고 있던 리사 언니는 내가 수업을 마치고 다시 일할 수 있을 때까지 모든 공과금을 지불하기로 했다. 그렇다 보니 언니 역시 거의 파산 상태에 이르렀다. 빠듯한 예산이었지만, 우리는 계속 전기를 쓰고 가끔 식료품을 사고 아주 기본적인 전화만 사용하여 간신히 임대료를 낼 수 있었다. 믿을 만한 식량 공급원은 지역 무료 급식과 특히 더 도어에서 나눠주는 식료품 꾸러미였다. 이들은 그야말로 생명의 은인이었다. 거래의 일환으로 서맨사는 내 방을 함께 쓸 수 있었다. 그녀는 리사 언니와 내가 이사한 날 이 집에 들어왔다.

흰 눈이 펑펑 내리는 12월의 어느 토요일, 나와 피에프, 서맨사, 에바, 보비, 제임스는 가까운 거리에 있는 브릭의 아파트에서 리사 언니의 물건을 가져오는 것을 도왔다. 우리는 램프와 가방을 날랐다. 오후 2시에 우리는 진창에서 달리고 미끄러지며, 탐스러운 하얀 눈송이가 가로등 아래서 빛나는 것을 바라보았다. 우리는 자지러지게 웃었다. 제임스가 나를 눈 더미로 끌고 갔고, 우리는 어색하게 엉키며 넘어졌다. 그가 내게 키스하더니, 주먹 가득 뭉친 차가운 눈으로 내 얼굴을 때렸다. 나는 비명을 지르며 그를 잡으러 뛰어갔다. 마침 브릭은 다가올 휴일 때문에 집을 비웠고, 덕분에 서맨사와 나는 너무 오래전에 남기고 가서 그곳에 있다는 것조차 몰랐던 옛날 가방들을 찾을 기회가 있었다. 그날 밤이 끝나갈 무렵, 커다란 노스페이스 패딩 코트 차림의 피에프와 보비가 리사 언니의 침대를 피에프 아버지의 업무용 승합차에 신고는, 무거운 산악용 부츠를 신은 발로 승합차의 젖은 금속 지붕 위에서 미끄럼을 탔다.

리사 언니와 서맨사와 나는 그날부터 모든 것이 잘될 것만 같았다. 그러나 이사를 들어간 지 이틀 만에 언니가 직장을 잃었다. 아직 공과금을 한 번도 내지 않은 상태였다. 우리는 모든 것을 언니의 월급에 의존하고 있었다. 마지막 월급이 나왔을 때 음식을 사는 데 다 썼고, 남은 돈은 한 푼도 없었다.

지난 학기에 나는 1년 분량의 학업을 마쳤고 대학 면접을 보았다. 그래서 일을 할 수 없었다. 몇 주 동안 학교에서 하루에 평균 열 시간을 보낸 뒤 한밤중에 돌아와 식탁에 대학 원서를 펼쳐놓고 작성해야 했다. 기디기 더 도어에서 식료품 꾸러미를 받아 와서 리사 언니와 서맨사에게 나눠 주었다. 그 많은 수업과 원서 작성에 몰두해야 해서 일할 시간이 없을 때, NYPIRG에서 번 돈을 써버린 것은 끔찍했다. 모든 것이 도박이었고, 잘못된 일처럼 보였다. 적어도 나 혼자라면 저축한 돈을 최대한 아껴서 근근이 생활할 수 있었을 것이다. 그 돈은 내게 안도감을 주는 담요와도 같았다. 그러나 그 돈을 모두 아파트에 투자하고 나니, 나는 홀리데이 모텔을 나오던 날처럼 다시 빈털터리가 되었다. 날마다 나는 학교에 가기 위해 집을 나섰고, 언니는 구인광고를 앞에 두고 고심했지만 운이 따라주지 않았다. 그때 공급 중단 통지서가 우편 함에 도착하기 시작했다. 가운데에 두껍게 빨간 줄이 쳐져 있고 서비스 종료 날짜를 도장으로 찍은 하얀 봉투에 든 청구서들. 그리고 압박감이 커져갔다.

복지국은 합리적인 해결책으로 보였다. 그들은 우리를 도와줘야 했다. 공공지원은 언니와 나에게 새삼스러울 것이 없었다. 우리는 엄마와 함께 그곳에 여러 번 가보았고, 그래서 우리가 무엇을 예상해야 하는지 알고 있었다. 그럼에도 불구하고 우리를 담당하는 뚱하고 무례한 여자가 우리를 대하는 태도에는 좀처럼 적응이 되지 않았다. 우리는 서류 하나를 빠뜨렸다거나, 엄마가 죽었고 아빠가 우리를 부양하지 않는다는 증거가 없다는 이유로 여러 차례 퇴짜를 맞았다. 도대체 아빠가 부양하지 '않는다'는 사실을 어떻게 증명한단 말인가? 그리고 만일 우리가 엄마의 사망증명서를 찾을 수 없다면 어떻게 할 것인가? 그러나 장학금 면접이 있던 그날 아침, 나는 우리가 옳은 일을 했으며 우리는 복지국에 가서 이 문제를 마무리하고 승인을 받아 임대료와 식량교환권을 받기만 하면 된다고 확신했다.

"학생은 공공지원을 받을 자격이 안 돼요." 사회복지사가 손에 든 서류철을 닫아 책상 위로 던지며 사무적으로 말했다.

"무슨 뜻이죠?" 그녀가 더 이상 자세히 설명할 의도가 없어 보였을 때 내가 물었다.

치아 사이로 날카롭게 숨을 들이쉬는 소리가 들리더니, 그녀는 눈을 희번덕거렸다. "말한 그대로예요. 공주님. 학생은 자격이 안 돼요."

공주님이라고? 그녀의 매도는 나를 다시 단체 시설로, 그리고 카를 로스와 함께했던 모텔로 되돌려놓았다. 삶은 나에게 한 가지 진실을 보여주고 있었다. 내게 필요한 것이 많을수록, 나 대신 나의 인생을 좌지우지하는 사람들이 많다는 진실을. 내가 빈곤할수록, 항상 내게 일어나는 상황은 타인들의 손에 좌우되는 법이었다. 나는 살면서 능력과 힘을 키우기로, 그래서 이 여자 같은 사람들이 내게 꼼짝 못 하고 슬금슬금 꽁무니를 빼게 만들기로 작정했다.

"말씀은 알아들었어요. 전 그냥 제가 왜 자격미달인지 여쭙고 싶어요." 그녀는 눈을 더욱 희번덕거리며 많은 말을 했지만, 진짜 대답은 하지 않았다. 그날 아침 내가 본 '도움을 받는' 다른 사람들과 마찬가지로, 나는 무심한 사회복지 활동가에게 소리 높여 항의하고 있는 나 자신을 발견했다. 그런 사람들은 나와 내가 원하고 필요로 하는 것들 사이에 세워진 벽을 이루고 있는 또 하나의 벽돌이었다.

나는 분노가 끓어오르는 것을 느낄 수 있었다. 그 순간 그녀는 그동안 내게 "안 돼"라고 말했던 모든 사람들이 되었고, 나를 좌절시켰던 모든 사회복지사가 되었으며, 나를 퇴짜 놓았던 고등학교들의 교사들이 되었다. 나는 격노했다. 마침내 나는 그녀의 얼굴 가까이—내가 그 정도면 괜찮다고 생각하는 것보다 더 가까이—에서 손을 들어 '정지'하라는 신호를 보냈다. 그리고 말했다. "당신이 알아야 할 게 있어요. 당신이 계속 내 시간을 낭비하면 난 하버드 대학 면접에 늦을 거라구요." 나의 의도는 그녀에게 한 방 먹이는 것이었다. 지금은 비록 그녀가 나에게 힘을 행사하고 있지만, 언젠가는 내가 복지국보다 더 크고 그녀보다 더 대단한 곳으로 갈 것임을 알려주려는 것이었다.

그러나 그녀는 내 얼굴에 대고 비웃었다. "어? 그러세요. 어서 그 하버어어드 면접이나 가지 그래요? 지금 미스 예일이 뒤에서 기다리고 있으니까."

피가 얼굴로 솟구쳤고, 나는 밖으로 뛰쳐나왔다. "괜찮아." 나는 쌍여닫이문을 열고 끔찍한 사무실을 빠져나가며 생각했다. 사회복지 활동가는 믿지 않았지만, 나는 정말 그날 오후 하버드 동창회장과의 면접이 있었다. 사실 그날 나의 일정은 꽉 차 있었다. 형식적인 승인을 위한 일상적인 약속이 될 거라고 생각했던 복지국 방문과 맨해튼 중심가에서 있을 대학 면접, 그리고 《뉴욕 타임스》 면접. 나는 학교 결석을 최소화하려 애쓰고 있었기 때문에, 3일 동안 처리해야 할 약속을 모두 같은 날 몰아놓고는 모든 일이 순조롭게 진행되기를 바랐다. 복지국, 하버드, 그리고 《뉴욕 타임스》. 복지국 방문이 그날 순조롭게 진행되지 않은 유일한 약속이었다.

나는 이스트 50번로에 있는 법률 사무소에서 동창회장을 만났다. 지금도 그 면접은 분위기가 정중했다는 것과 학교와 장래 희망, 교육과 장래의 목표 같은 것들에 대한 표준적인 질문들을 했다는 것을 제외하면 모든 기억이 희미하다. 그저 면접 후에 면접이 성공적이었다고 믿으며 엘리베이터를 타고 내려가면서 다이어리를 열어 다음 행선지 웨스트 43번로를 확인했던 기억만 난다.

나는 차가운 비를 뚫고 건물 안으로 들어가서 경비실을 통과해 엘리베이터를 찾았고, 안내에 따라 장학금 최종 후보자들이 모인 작은 방으로 향했다. 나는 빈자리를 발견하고 곧 주변 환경을 파악했다. 숨 막히는 방 안에서 초조해 보이는 두 명의 고등학생이 부모님과 함께 소파에 앉아 있었다. 어떤 학생은 초조하게 왔다 갔다 했고, 어떤 어머니는 딸의 어깨를 계속 쓰다듬었다. 조그만 탁자 위에 《뉴욕 타임스》가 쌓여 있었다.

나는 장학금을 획득하는 것의 중요성을 인식하고 있었지만, 이 장학금의 중요성은 인식하지 못했다. 물론 적어도 부분적인 장학금 없이는 일류 대학에 다닐 수 없다는 것은 알았다. 그리고 일류 대학은 내게 가장 많은 선택의 기회를 제공했다. 하버드의 수업료는 믿을 수 없을 만큼 비쌌고, 그 순간 나는 칠면조 샌드위치 하나도 사먹을 여유가 없는 처지였으므로 당연히 학자금 지원이 필요하다는 것은 이해했다. 그러나 내가 이해하지 못한 것은 《뉴욕 타임스》에서 장학금을 받는다는 것의 의미였다. 단 한 번도 나는 개인적으로 《뉴욕 타임스》를 읽는 사람을 본 적이 없었다. 나는 그것이 얼마나 영향력 있는 신문인지에 대한 기준들이 없었던 것이다. 우리 동네에서 사람들이 혹시 신문을 읽는다면 그것은 《뉴욕 포스트》나 《뉴욕 데일리 뉴스》였다. 두껍고 큰 《뉴욕 타임스》를 읽는 유일한 사람들은 전문직 사람들, 주로 전철 안에서 신문을 읽고 있던 무척 기능적으로 보이는 사람들뿐이었다. 나도 전에는 한 번도 그것을 읽은 적이 없었다. 그래서 다른 사람들처럼 초조하게 왔다 갔다 하거나 거의 과호흡 상태에 빠진 듯한 증상이 나에게는 없었던 것이다. 나의 무지가 다행스럽게도 그 장학금이 얼마나 중요한지를 의식하지 못하게 만들었다. 그리고 그 무렵에 나는 예비 학교에서의 경험 덕분에 사람들과 얘기하는 것이 훨씬 수월해져서, 전처럼 지나치게 긴장하지 않았다. 사실 긴 하루를 보내고 따뜻한 곳에 있는 것이 기분 좋게 느껴졌고, 의자에 앉아 있으니 심지어 긴장이 풀리는 기분이었다.

그날 세 번째 약속을 위해 이 창문 없는 좁은 대기실에 앉아 있는 동안, 내 눈은 다과가 차려진 탁자에 고정되었다. 생수병이 공장에서 찍어낸 듯 완벽하게 열을 이뤄 늘어서 있었고, 옆에는 크루아상과 베이글, 머핀이 담긴 쟁반이 놓여 있었다. 웃는 모습이 예쁘고 머리를 여러 가닥으로 촘촘히 땋은 실라라는 쾌활한 여자가 우리를 맞았다. 그녀는 최종후보자들을 안으로 데려가서 그 대규모 면접을 위해 준비시키는 일을 했다. 그녀는 우리에게 마음껏 다과를 즐기라고 권했다. "이런, 아무도 손도 안 댔네요. 그럼 결국 내다 버리게 될 텐데. 이건 전부 여러분들을 위해 준비한 거예요."

그 말을 듣는 것으로 충분했다. 그들이 내 이름을 부르고 그녀가 내 앞으로 걸어오려 몸을 돌렸을 때, 나는 재빨리 도넛과 머핀을 가방에 쑤셔 넣었다. 그녀는 내게 마음껏 먹으라고 말했다. 게다가 안 먹으면 어차피 버릴 음식이었다.

나는 중앙에 긴 참나무 탁자가 놓인 회의실로 걸어 들어갔다. 열두어 명가량의 남녀들이 정장 차림으로 앉아 있었다. 탁자 끝에 놓인 빈 좌석 하나가 내 자리임이 분명했다. 나는 그곳으로 다가갔다.

도넛을 집었던 손에 아직 설탕이 묻어 있었다. "죄송합니다. 잠시만요." 나는 이렇게 말하고 탁자 위 휴지 상자에서 휴지를 한 장 빼냈다. 나는 손을 닦으며 자리에 앉았다. 열두 쌍의 눈이 나를 응시했다.

나는 면접이 내 에세이와 관련된 내용임을 알았다. 그들은 이렇게 요구했다. 당신이 극복한 장애에 대해 기술하시오. 그때 나는 열여덟 살이어서 의무적으로 아동복지국의 보호를 받지 않아도 되었기 때문에, 노숙 생활에 대한 에세이를 썼다. 더 이상 망설일 이유가 없었다.

면접에서 나는 에세이 내용보다 더 많은 것을 말했다. 나는 그들─작가들, 편집인들, 정장 차림에 비싸 보이는 팔찌와 넥타이를 한 사람들─에게 엄마와 아빠에 대해, 유니버시티 애비뉴에 대해, 추수감사절 칠면조를 팔던 엄마에 대해 말했다. 그리고 친구들의 너그러움에 기대어 생존하고 계단에서 잠을 잤던 생활에 대해 말했다. 나는 매일 끼니를 챙기지 못하고 더 도어 같은 곳에서 끼니를 해결한 얘기를 했다. 회의실이 조용해졌다. 붉은 넥타이에 안경을 낀 남자가 커다란 회의실

탁자 앞으로 몸을 기울이며 침묵을 깨고 말했다.

"리즈…… 우리에게 또 다른 할 말은 없나요?" 그가 물었다.

나는 당황했다. 분명 뭔가 인상적인 얘기를 해야 했다. 그들로 하여금 내가 이 장학금을 받을 자격이 있다고 믿게 만들 만한 사려 깊은 얘기를.

"저는 장학금이 필요합니다." 처음 떠오른 말이었다. "정말로 필요합니다." 모두들 웃었다. 내가 좀 더 복잡하고 인상적으로 들리는 뭔가를 생각할 수 있었다면, 그것을 말했겠지만, 그때 나에게 떠오르는 유일한 진실은 바로 그것이었다.

누군가 만나서 반가웠다고 말했다. 몇 명은 나와 악수를 했다.

랜디라는 이름의 기자가 나를 위층에 있는 식당으로 데려갔다. 《뉴욕 타임스》직원들이 매일 점심을 먹는 곳이었다. 모두들 정장 차림으로 허리춤이나 열쇠고리에 신분증을 달랑거리고 걸어 다녔다. 기자가 내 맞은편에 앉았다. 파란 와이셔츠에 넥타이를 맨 30대 백인 남자였다. 그는 친절했고, 내게 점심을 가져다주었다.

"미안해요, 리즈. 난 공식 면접에 참석하지 않았어요." 그가 펜을 똑딱이며 말했다. "어떻게 노숙자가 되었는지 말해줄 수 있어요? 부모님이 왜 당신을 돌볼 수 없게 되었는지도."

그곳에 그와 함께 앉아, 나는 따뜻한 마카로니 치즈와 닭고기를 입안에 가득 넣고 달콤하고 맛있는 사과 주스를 꿀꺽꿀꺽 마셨다. 따뜻한 식사와 이 기자의 관심 때문에 흥분으로 머리가 윙윙거렸다. TV에서 본 것 같은 전문직 사람들이 가득한 진짜 회사 건물 안에 있다는 것이 너무도 짜릿했다. 지난 몇 년 동안 나는 너무 많은 일을 겪었고, 그날 하루만도 여러 가지 일을 겪었던 터여서, 나는 그에게 놀랍도록 쉽게 말을 했다. 그에게 모든 것을 술술 말했다. 부모님이 마약에 취한 모습을 보며 자란 것, 엄마를 잃은 것, 모텔에서 생활한 것, 심지어 그날 아침 복지국에서 있었던 일까지.

몇 년이 지난 뒤, 나는 내가 그날이 얼마나 어려운 날이었는지를 제대로 인지하지 못한 것이 얼마나 다행인지 생각하곤 했다. 내가 하버드 면접이나 《뉴욕 타임스》 면접이 얼마나 어려운 것인지 알았더라면, 누군가 그 면접들이 무척 어렵고 거의 불가능하다는 것을 내게 말해주었더라면, 나는 그렇게 하지 못했을 것이다. 그러나 나는 나의 성공 가능성을 분석할 만큼 그 세계에 대해 잘 알지 못했고, 그곳에 가서 면접을 봐야 한다는 의지만 충천해 있었다. 몇 년 뒤 나는 그 세계가 실제로 어떤 것의 가능성을 예측하고 과연 무엇이 현실적인지를 우리에게 말해줄 준비가 된 사람들로 가득한 곳임을 알게 되었다. 그러나 내가 알게 된 또 하나의 사실은 누구도 직접 가서 해보기 전까지는 무엇이 가능한지 진정으로 알 수 없다는 것이었다.

그날 두 번째 이야기를 마쳤을 때, 나는 엘리베이터를 타면서 내가 한 걸음 더 전진했음을 느꼈다. 나는 내 안의 트랙 주자가 전속력으로 뛰어올라 허들 하나를 더 넘는 것을 보았다.

*

다음 금요일 우리 아파트의 전화벨이 울렸다. 나는 그때쯤이면 이미 전화가 끊겼을 것이라고 생각했기 때문에, 벨소리를 듣고 깜짝 놀랐다. 몇 주 동안 우리는 전화와 전기를 끊겠다는 통지를 계속 받아왔었다. 사실 나는 몇 주 뒤면 아파트를 비롯하여 모든 것을 잃게 될 것이라고 생각했다. 그래서 짐을 쌀 계획까지 이미 세워두었다.

"엘리자베스 머리 씨와 통화할 수 있을까요?" 수화기를 들었을 때 아주 전문적으로 들리는 목소리가 말했다.

"전데요."

"저는《뉴욕 타임스》장학금 프로그램의 로저 레헤카입니다. 머리 양이《뉴욕 타임스》장학금 최종 수여자 여섯 명 중 한 명으로 선정되어서 전화했습니다."

*

소용돌이. 장학금을 받은 이후 내 삶을 묘사하려 할 때 마음속에 떠오르는 단어는 바로 그것이었다. 수문이 열렸고, 나는 이제부터 내 삶이 예전과 같지 않으리라는 사실을 알 길이 없었다. 전에는 잘 몰랐지만, 나는《뉴욕 타임스》의 영향력에 대해 곧 알게 되었다.

여섯 명의 장학금 수여자는 통지를 받은 다음 주에《뉴욕 타임스》건물로 소집되어 사진을 찍었다. 리사 언니가 나와 함께 갔다. 우리는 다른 수여자들과 그 부모들과 함께 그 답답하고 좁은 방에 앉아 있었다. 계속 두리번거리면서 사무실 안의 모든 것을 신기한 듯 쳐다보며 웃음을 참는 리사 언니가 사랑스러웠다.

"우리가 지금 어디에 와 있는 거야?" 언니가 킬킬거리며 말했다. "정말 재미있다."

"알아." 나도 킬킬거리며 말했다. 우리는 애써 태연한 척하며 조용히 감탄하고 있었디.

나는 단체 사진 한 장, 독사진 한 장을 찍었다. 두 번째 사진을 찍기 위해, 나는 엘리베이터를 타고《뉴욕 타임스》건물의 높은 층에 있는 서재들 중 한 곳으로 갔다. 책꽂이들 사이에 있으니, 유니버시티 애비뉴에 살던 시절 아빠가 나를 도서관에 데려갔던 추억이 떠올랐다. 사진사가 나를 커다란 창틀에 앉혔다. 내 뒤에서 들어온 햇빛이 방 안을 밝게 비추었다. 카메라가 찰칵할 때, 나는 아빠가 이 모습을 보면 무슨 말을 할까 생각했다. 엄마가 이 모습을 본다면 뭐라고 할지도.

막상 그런 일이 일어난 당일까지 우리 여섯 명의 장학금 수여자가 지하철판 신문의 표지(빌 클린턴과 힐러리 클린턴에 관한 기사 바로 옆에)를 장식하고, 우리에 대한 기사가 신문가판대에서 판매되고, 온 세상이 우리를 보게 될 거라는 생각은 꿈에도 하지 못했다. 이제 예비 학교 교사들을 비롯하여 모든 사람이 내 상황을 전부 알게 되었다. 나는 내심 세상이 나를 다르게 생각할까 봐 걱정스러웠다. 그러나 막상 상황은 정반대였다. 페리는 나를 자랑스러워했고, 다른 모든 선생님들도 그랬다. 그러나 내가 임대료를 어떻게 지불하고 안정된 삶을 유지할 수 있을지에 모두들 우려를 표했다. 그리고 선생님들만 그런 것은 아니었다.

나는《뉴욕 타임스》면접에서 고등학교에 대해 언급했었다. 그것은 내가 예기치 않았던 결과를 초래했다. 그 결과란 바로 내가 '천사대'라고 부르게 되는 사람들이었다. 내가 알지도 못하는 사람들이 예비 학교로 나를 만나러 와서 포옹하며 격려의 말을 전하고, 옷가지며 음식이며 화장품 세트 따위를 선물하기 시작한 것이었다. 그들은 그저 나를 도와주러 왔고, 그 대가로 아무것도 바라지 않았다.

우편물이 홍수처럼 밀려왔다. 미국 전역에서 사람들이 미소 짓는 가족사진을 동봉하여 카드를 보냈고 언젠가 자신의 집에 놀러 오라는 초대장을 보내기도 했다. 한 남자는 나의 사정을 알고 친구들을 동원하거나 우리 지역에 사는 몇몇 사람들에게 손을 내밀어서, 리사와 서맨사와 내가 밀린 집세 때문에 빚진 돈을 지불해주었다. 우리가 모르는 사람들이 밀린 집세를 내주고 전기세를 내주고 냉장고를 채워주었다.

나는 다시는 거리에서 밤을 보내지 않아도 되었다.

이 모든 예기치 못한 선행에서 무엇보다 감동적인 부분은 사람들의 돕고자 하는 정신이었다. 그 정신은 그들이 학교에 찾아왔을 때 전반적인 분위기와 미소 지으며 내 눈을 똑바로 보고 내게 무엇이 필요한지 물어보는 태도 속에 깃들어 있었다. 노란색 옷을 입은 한 40대 후반 정도의 아주머니가 수업이 끝날 무렵 학교 앞으로 찾아왔다. 에이프릴이 뒤쪽 사무실에 있던 나를 불러냈다. 내가 나왔을 때, 이 아주머니는 초조한 듯 목걸이를 만지작거리고 있었다. 그녀는 앞으로 걸어와 본인을 소개했다.

"나는 테레사라고 해요. 테리라고들 부르죠. 우선, 학생에게 사과하고 싶어요." 그녀가 19번로 보도블록에 서서 말했다. 나는 영문을 몰라 혼란스러웠다. 한 번도 본 적이 없는 아주머니였다. 그녀는 말을 이었다. "학생에 대한 기사를 냉장고에 몇 주째 붙여 두고 있었어요. 하지만 학생을 도울 만한 돈이 없었기 때문에 아무것도 해줄 수 없다고 생각했지요. 그런데 어젯밤, 우리 딸 빨래를 하다가 문득 내가 참 어리석었다는 생각이 들었어요. 어쩌면 내가 학생 빨래를 해줄 수 있겠다 싶더군요. 무슨 말이냐면, 부모님이건 누구건, 학생이 공부하느라 바쁠 때 이런 걸 도와줄 사람이 있어야 하잖아요." 나는 믿을 수 없어서 아주머니를 멍하니 응시했다. 아주머니는 다시 물었다. "혹시, 빨랫감이 있어요?"

매주 일주일에 한 번, 그 아주머니는 약속대로 은색 소형 승합차를 타고 학교에 들러서 빨랫감을 가져가고, 깨끗하게 빨아서 개켜놓은 옷을 건네줬다. 심지어 쿠키 한 봉지까지 덤으로 챙겨주었다. "리즈, 많이는 못 하지만, 이 정도는 할 수 있어." 그녀가 말했다. 그래서 내가 열한 과목을 공부하는 동안, 테레사―테리― 아주머니는 내 빨래를 해줬다.

사람들이 여러 가지 방식으로 갑자기 나타나서 나를 도와주었다. 처음에 그런 일이 생기기 시작할 때는 믿지 않았다. 가족도 아니고 가까운 친구도 아닌 누군가가 신문에서 내 기사를 읽었다는 이유만으로 기꺼이 나를 도와주려 한다는 것을 믿을 수 없었다. 무엇보다 내가 나와는 '별개의' 존재라고 판단하는 '그 사람들'이 나 같은 사람을 돕고 싶어 한다고 생각하지 않았다. 그러나 그 사람들은 그랬다. 그들은 나를 도와주었고 아무 대가도 요구하지 않았다. 그렇게 그들은 나의 벽을 완전히 허물어버렸다. 처음으로 나는 나 자신과 남들 사이에 차이가 없음을 진실로 볼 수 있었다. 우리는 모두 사람일 뿐이었다. 마찬가지로, 내가 진정으로 어떤 일을 하고 싶고 그 과정에서 어느 정도 도움을 받을 수 있다면, 목표를 이룬 사람들과 나 사이에도 진정한 차이가 없었다.

내가 받은 선물 중 내가 가장 아끼는 것은 데비 파이크라는 아주머니가 손바느질로 만든 누비이불이었다. 그 예쁜 이불에는 짤막한 쪽지가 붙어 있었다. "기숙사 안은 추워요. 하지만 사람들이 학생을 걱정하고 있다는 걸 안다면 한결 따뜻해질 거예요."

*

나는 하버드를 원했다. 아주 간절히. 내가 합격자는 아니지만 대기자 명단에 올라 있다는 편지를 받았을 때, 나는 용감한 얼굴을 하고 밝은 쪽을 보려 했다. 그것은 퇴짜가 아니었고, 여전히 내게는 입학할 기회가 있었다. 단지 내게 기회가 주어졌기 때문에 내 삶의 많은 것이 변했다. 예비 학교에서 좋은 성과를 거두었고, 《뉴욕 타임스》에서 장학금을 받았고, 천사대까지 얻게 되었다. 하버드에 가는 것도 여전히 그 목록에 있었다. 그러나 긍정적인 얼굴 뒤로 한편으로는 그 많은 일들이 일어났으니 이제 내 운이 다한 게 아닌가 하는 걱정도 슬그머니 고개를 들었다. 이 꿈이 내게는 너무 과한 것일까?

불안감이 엄습했다. 나는 무엇이건 운에 맡기기를 거부하고, 대기자 명단을 그대로 놔두지 않기로 작정했다. 나는 나 자신을 위해 전화를 걸고 편지를 썼다. 그래서 2차 면접까지 따낼 수 있었고, 모든 사람들이 열심히 내 면접 준비를 도와주었다. 예비 학교 직원은 우리 같은 대안 고등학교를 돕는 뉴욕에 위치한 뉴비전스라는 단체에 도움을 청했다. 그들은 대표자를 보내서 나를 바나나 리퍼블릭 매장으로 데려갔다. 내가 전문인처럼 보일 만한 복장을 사기 위해서였다. 매장에서 리사 언니와 나는 똑같이 어린아이처럼 키득거리고 선반에서 물건들을 높이 들어 올려 서로에게 보여주었다. 뉴비전스 직원은 내게 까만 롱스커트와 고상한 긴팔 스웨터를 골라주었다. 그리고 진짜 정장구두도 한 켤레 사주었다.

2차 면접은 1차 면접과 마찬가지로 순조롭게 진행되었고, 긍정적인 상황이 예상되었다. 그러나 나는 여전히 결과가 어떻게 될지 확신할 수 없었다. 그들은 나에게 내 운명을 말해줄 편지가 도착할 때까지 기다리라고 했다. 그래서 기다렸다.

이 마지막 몇 주의 고등학교 생활은 우편배달부와 그가 어떤 크기의 봉투를 가져오는가에 온통 집중되었다. 선생님들 말에 따르면, 큰 봉투는 좋은 소식—합격 통지서 또는 오리엔테이션 자료와 나를 뉴잉글랜드에 있는 그 모습도 웅장한 빨간 벽돌 건물들로 데려다줄 일정표가 들어 있는 소포—을 뜻할 것이었다. 반면 작은 봉투는 나쁜 소식, 즉 하버드 로고인 진홍색 방패 문양이 찍힌 편지지 위에 공식적인 불합격 선언을 표시한 달랑 한 장의 종이를 뜻하는 것이리라. 지난 몇 달 동안 내게 그 방패는 어디에서나 나타났다. 끝없이 인터넷 검색을 할 때도, 꿈속에서 내가 텅 빈 학교 사무실에 앉아 열심히 읽었던 입학 지원 자료에서도.

지난 몇 달에 걸쳐서, 하버드는 내 마음의 유일한 초점이 되었다. 처음에는 제법 합리적으로 입학 통계자료와 제공되는 수업, 캠퍼스 생활 등에 관한 조사로 시작했다. 유망한 지원자로서 나의 위치를 감안할 때, 나는 이러한 탐구가 이해할 만하다고 판단했다. 그러나 대기자 명단에 오른 상태에서 평균 4개월 정도 걸리는 지원과 답변 사이의 기간이 피 말리는 6개월로 연장되었고, 그때부터 나의 매혹은 별로 의미 없는 집착에 가까운 정보 검색으로 퇴색했다.

예를 들어 독립전쟁 때 하버드 기숙사 창문 밖으로 포탄들이 떨어져서 하버드 야드 보도를 움푹 파이게 했다는 사실을 누가 알겠는가? 또한 하버드 내부에서 1년에 두 번씩 프라이멀스크림이라는 행사가 열린다는 것을 누가 알겠는가? 그 행사는 기말고사 전야 자정에 일어나는 일종의 의식이었다. 학생들이 시험 스트레스를 풀기 위해 운동장에 모여 완전히 벌거벗고—심지어 겨울에도—운동장을 최소한 한 바퀴 이상 돌았다. 내 조사의 정점은 인터넷을 이용하여 하버드 야드와 우리 집 계단까지의 거리—거의 정확히 320킬로미터—를 알아낸 날이었다.

그 시기 동안 나는 인터넷에서 당시에는 발전이라고 느껴졌던 불필요한 정보들을 뒤지며 많은 시간을 보냈다. 단지 그냥 기다릴 수만은 없었다. 뭐라도 하고 있다고 느끼고 싶었다. 그냥 가만히 앉아 있느니 똑같은 정보를 읽고 또 읽는 편이 더 마음 편했다.

그와 똑같은 이유로 나는 우편함을 뒤지기 위해 사는 사람처럼 굴었다. 매일 전철 D선을 타고 베드퍼드 파크에서 내려 우리 아파트 건물로 활기차게 걸어오자마자, 나는 소식을 간절히 기대하며 우편함에 열쇠를 찔러 넣었다. 그러나 몇 주 동안 나는 아무것도 발견하지 못했다. 그럴 때 나는 꼭 수표가 도착하는 날을 기다리던 엄마와 똑같은 심정으로, 안절부절못하고 마음을 편히 먹을 수 없었다. 마치 왔다 갔다 하면 우편물이 좀 더 빨리 오기라도 할 것처럼. 마치 내가 뉴욕시에서 하는 모든 행동이 매사추세츠 케임브리지에 있는 위원회의 결정에 영향을 미치기라도 할 것처럼.

이렇게 스스로를 들볶는 것은 내게 익숙했다. 생각해보면 나의 인생 전체가 이런 상황으로 가득했던 것처럼 느껴졌다. 아주 중요한 것이 걸려 있는데, 그 결과가 어떻게 될지 모르고, 그 결과를 변화시키는 것이 나에게 달려 있는 상황. 유니버시티 애비뉴에서 살 때 아빠와 엄마가 위험천만하게 밤마다 수시로 집을 나가고, 내가 만일의 경우 911에 전화하기 위해 창가에서 대기하고 있었던 숱한 밤들처럼. 내가 긴급 전화 한 통을 거느냐 마느냐에 따라 아빠와 엄마가 다치느냐 무사하냐가 좌우되지 않을까? 그리고 굶주린 어린 시절에 일자리가 없었다면 어떻게 되었을까? 내가 스스로 먹을 것을 벌지 않으면 누가 나를 먹여 살렸을까? 그리고 이제 하버드 대기자 명단에 올라 피를 말리는 불확실성에 직면했을 때, 똑같은 질문들이 끈질기게 고개를 들었다. 내가 이 문제를 위해 무엇을 해야 할까?

예비 학교에서 나는 마치 시계태엽처럼 매주 금요일마다 입학 담당 부서에 전화를 걸어 결정이 내려졌는지, 만일 그렇다면 편지를 부쳤는지 물었고, 금요일마다 똑같은 대답을 들었다. '위원회에서 아직 최종 결정을 내리지 않았다'는 것이었다. 그러나 나는 '언제든 다시 전화해도 좋다'는 말도 들었다. 당연히 나는 곧 우편으로 답이 올 거라고 기대했다.

그러던 어느 금요일, 마침내 뭔가 변화가 생겼다. 비서가 전화로 구체적인 합격 정보를 알려주지는 못했지만, 결정이 내려졌으며 그 결과를 우편으로 부쳤다고 말해주었다. 그렇다면 나는 곧 편지를 받게 될 것이다. 어쩌면 벌써 내 우편함에 도착해 있는지도 몰랐다. 나는 전화를 끊고 예비 학교 사무실에서 거의 춤을 추다시피 했다. 나는 선생님들을 찾았다.

몇 달 동안 나는 학교 관련 질문들로 선생님들을 끊임없이 괴롭혔고, 선생님들은 성자와 같은 인내심을 보여주었다. 칼레브 선생님의 아버지는 하버드 교수였다. 덕분에 칼레브는 가장 심한 괴롭힘을 당했다. 적어도 한 번 이상 나는 방과 후에 그의 좁은 사무실에 그를 몰아놓고는 하던 일도 중단시키고 정보를 캐냈다. 선생님 아버님께서 위원회가 어떤 결정을 내릴지 아실까요? 대기자 명단에 있는 사람들이 실제로 입학하는 경우가 있나요? 페리도 수시로 나의 집요함의 또 다른 희생자가 되었다. 남의 말을 주의 깊게 들어주는 성향과 시간을 들여 딱 부러지고 성실한 답을 내놓는 태도 때문에, 그는 대화를 향한 나의 끝없는 욕구를 충족하기에 안성맞춤이었다. 돌이켜 생각해보면, 어떻게 선생님들이 나를 참아줄 수 있었는지 모르겠다. 아무리 이야기해도 도무지 걱정을 멈출 줄 모르는 나를.

그날 오후 나는 그 소식을 말해줄 누군가를 찾아 사무실을 뒤졌다. 선생님들에게는 다행스럽게도, 그들은 대부분 회의 중이었다. 페리 한 사람만 2년 전 나를 면접했던 사무실에 남아 있었다. 2년 전 나는 페리를 '그 사람들' 중 하나라고 판단했고, 그의 눈도, 다른 어느 누구의 눈도 똑바로 보지 못했었다. 나는 책상 앞에 앉아 있는 그를 찾았다. 그는 친근하고 호기심 어린 표정으로 나를 올려다보았다. "어, 안녕." 그가 들고 있던 펜을 끝이 나를 향하도록 내려놓았다.

"좋은 소식이에요, 선생님. 하버드에서 편지를 보냈대요. 이제 찾으러 갈 거예요…… 지금쯤 우편함에 와 있을 수도 있어요."

"어…… 그거 잘됐구나." 페리가 대답했다. 그는 의자에 기대어 앉아 만면에 재미있다는 듯한 표정을 지으며 나를 향해 활짝 웃었다. "아주 잘됐어." 그가 덧붙였다. 그러더니 그는 더 이상 한마디도 하지 않았다. 나는 그보다는 좀 더 열광해주기를 기대했었다.

"참 흥분되는 일이에요. 선생님, 그렇죠?" 내가 말했다.

"그래, 리즈. 흥분되는 일이지." 그가 조금 웃으면서 말했다. 그의 표정은 미소라기보다는 웃음에 가까웠다.

"그러니까…… 드디어 올 것이 온 거예요." 그에게 나와 똑같은 흥분을 강요하듯 내가 말했다. "바로 그 순간이에요…… 이제 곧 제가 알게 될 거예요."

2년간 그의 학생으로 지내면서 익숙해진 페리의 표정이 내게 조언할 것이 있음을 말해주었다.

"무슨 하실 말씀이 있나요?" 나는 그에게 초조하게 미소 지으며 물었다. "또 그 **표정**을 지으셨잖아요." 나는 페리의 의견을 존중했다. 그리고 설령 그가 머릿속에 그저 개인적인 농담을 담고 있었다 해도, 그것이 무엇인지 알고 싶었다. 그는 어깨를 으쓱하며 몸을 앞으로 기울이고, 앞으로 내가 늘 간직하게 될 중요한 말을 했다.

"흥분되는 일이야, 리즈…… 하지만 난 네가 그 학교에 가건, 가지 못하건, 너는 늘 너라는 사실을 이해하기 바란다. 네가 어딜 가건, 대학, 취직 면접, 인간관계, 그 모든 것이…… 하버드에서의 대답은 너의 정체성에 있어서 부수적인 문제일 뿐이야. 그러니까 좀 느긋하게 있어…… 결과가 어떻든, 넌 괜찮을 테니까."

내가 만일 페리를 사랑하고 신뢰하지 않았다면, 나는 그가 내게 중요한 것을 폄하하고 있다고 생각했을지도 모른다. 아니면 적어도 그가 너무 혜택받은 사람이라서 나 같은 사람에게 하버드가 왜 그렇게 중요한지 이해하지 못한다고, 페리와 달리 나는 그렇게 태연할 여유가 없다고 생각했을 것이다. 그러나 나는 페리를 사랑하고 존경했으며, 그에 대한 신뢰는 나로 하여금 그의 말을 진지하게 고려하도록 만들었다. 나는 고개를 끄덕이며 말했다. "알겠습니다, 선생님." 그러나 나는 어쩔 수 없이 불안했다.

"이봐, 리즈. 내가 말하려는 건, 네가 어딜 가든, 넌 잘 해낼 거라는 거야. 네 삶을 돌아봐. 넌 이미…… 그래서 난 네가 괜찮을 거라는 걸 알아…… 좀 느긋해져 봐. 너 자신에게 연민을 좀 가지고."

그 말들이 나를 당황하게 했다. 내가 느긋할 자격이나 여유가 없다는 생각, 그리고 나 자신에 대한 연민이라는 개념…….

기차를 타고 집으로 돌아오는 길에, 그리고 그날 밤 침대에 누워(우편함을 뒤지고 돌아와서), 나는 페리의 말을 곰곰이 생각하고 내 머릿속에서 반복하여 되새기면서, 그 말의 함의를 생각했다. 생존을 위한 끝없는 싸움을 벌이며 나는 단 한 순간도 내게 일어난 모든 일들이 얼마나 엄청난 것들인지, 그리고 그것이 내게 어떤 영향을 미쳤을지 생각하지 않았다. 하지만 어떻게 내가 그런 순간을 가질 수 있었겠는가? 해야 할 일이 너무도 많았다. 날마다 처리해야 할 절박한 일들이 있었고, 끝마쳐야 할 학교 공부와 해결해야 할 긴급한 문제가 있었다.

그러나 그날 밤 침대에 누워 있을 때, 페리의 말은 내 삶의 미친 듯한 속도를 늦추고 내게 시간을 갖도록, 아무것도 하지 않고 그저 생각하고 느끼도록 만들어주었다. 어두운 침실에 혼자 있을 때 표면으로 떠오르는 것은 결코 감당하기가 쉽지 않았다. 내 삶의 모든 성취와 분주함 뒤에는 가슴이 찢어질 듯한 상실의 목록이 숨어 있었다. 아무런 저

항도 없이 국가에 나를 넘겨준 아빠, 그날 병실에 누워 있던 엄마, 소리 없이 움직이던 엄마의 입, 그리고 혹시 내가 갑자기 사라지면 누군가 그 사실을 알아차릴 때까지 시간이 얼마나 걸릴까 생각하며 계단에서 홀로 지새운 밤들. 담요를 덮고 누워서 나는 모처럼 마음 놓고 감정에 휩싸였다. 눈물이 흘러나오도록 그대로 놔두고 그 짠맛을 맛보며 내 마음속에서 가장 상처 입은 곳들을 느꼈고, 마침내 나 자신에게 흐느껴 울 공간을 허용했다. 나는 더 이상 눈물이 나오지 않을 때까지 원 없이 울었다.

슬픔에 저항하거나 신경을 다른 곳으로 돌려 슬픔을 감추는 대신 스스로에게 슬픔을 경험하도록 허용하자, 또 다른 경험이 표면 위로 떠올랐다. 나의 고통을 직시하기로 마음먹고 나니 그 이면이 보이기 시작했다. 내 삶의 보이지 않는 승리들이 초점 속으로 들어왔다. 부모님을 향한 수없이 많은 사랑의 행위들, 친구의 집에서 자고 일어나 아침에 학교에 갔던 것, 스스로를 부양할 돈을 번 것, 얼굴을 가리던 머리카락을 치워내고 사람들과 눈을 맞추기 시작한 것, 사랑하는 친구들, 그리고 모든 것을 포기하는 편이 낫겠다고 느꼈을 때 나를 계속해서 나아가게 했던 하루하루. 슬픔을 인정하고 나니, 그 많은 상실에도 불구하고 여기까지 올 수 있었던 나의 강인함을 인정할 수 있었다.

그러나 무엇보다 페리가 말한 것처럼 나는 괜찮다는 것을 마음속에 받아들이게 되었다. 온갖 끔찍한 일들이 일어났었는데, 지금은 그런 일이 일어나고 있지 않다. 나는 더 이싱 밖에서 짐을 자지 않고 인진하게 내 침대에서 잠을 잤다. 나는 수개월 만에 처음으로 합격통지서가 아닌 다른 무언가에 집중했고, 결국 나는 안전하다는 자각이 나로 하여금 긴장을 풀고 편히 잠들게 했다.

다음 날은 6월의 무더운 토요일이었다. 나는 책 한 권을 들고 건물 앞 계단에 자리 잡고 앉아 우편배달부를 기다렸다. 몇 시간이 지나갔다. 아이스크림 트럭이 계속 동네를 돌았다. 동네 아주머니들이 스판덱스 바지에 일명 쪼리라고 하는 플라스틱 슬리퍼 차림으로 빵빵한 열쇠고리를 짤랑거리며 계단에 앉아 자기 아이들을 주시하고 있는 모습이 보였다. 위층 누군가의 집 스피커에서 라틴 음악이 시끄럽게 쿵쿵 울렸다. 나는 햇빛 속에서 땀을 흘리며 앉아, 책장을 넘기며 초조하게 발을 굴렀다. 내 눈은 혹시 우편배달부가 나타나지 않을까 계속 길모퉁이를 살폈다.

이른 오후 몇 시쯤인가에 책에서 눈을 들었을 때, 마침내 나는 우리 건물에서 네 건물 떨어진 곳에 서 있는 우편배달부를 발견했다. 나는 책을 덮었다. 누군가 그를 붙잡고 얘기를 하고 있었다.

그가 큰 봉투를 가져올까, 아니면 작은 봉투를 가져올까?

아이스크림 트럭이 다시 나타났고, 아이들은 부모들이 보고 있는 가운데 트럭 창문 앞에서 아우성쳤다. 누군가 지독한 무더위를 식히기 위해 소화전을 열었다. 근처에서 10대들이 농구공을 튕기며 놀았다. 나는 우편배달부가 천천히 다가오는 것을 보았다. 나는 그의 가방에 그 편지가 들어 있을 가능성이 크다는 사실을 알았다. 그러나 이 기대에 부푼 순간, 나는 "결과가 어떻든 넌 괜찮을 거야"라는 페리의 말로 스스로를 진정시켰다.

수개월 동안 불안과 걱정, 안달복달과 야단법석의 시간을 보냈는데, 이제 내가 기다리던 답이 내게 다가오고 있었다. 그러나 기다리는 동안 내가 이 순간 느낄 것이라고 예상했던 고통은 느껴지지 않았다. 단순한 깨달음이 그 자리를 대신했다. 그 내용이 어떻건 편지는 이미 쓰였고, 그것을 바꾸기 위해 내가 할 수 있는 일은 없었다. 이 순간 내가 할 수 있는 일을 다 했다는 것이 분명하게 느껴졌다.

주여, 우리에게 우리가 바꿀 수 없는 것을 평온하게 받아들이는 은혜와 바꿔야 할 것을 바꿀 수 있는 용기, 그리고 이 둘을 분별하는 지혜를 허락하소서.

나에게 생긴 일들은 인생에서 내가 바꿀 수 없는 것들이 바꿀 수 있는 것들보다 훨씬 더 많다는 것을 인정하고, 바꿀 수 있는 몇 가지 영역에 집중한 결과였다.

나는 서맨사를 불행한 가정생활에서 구제하지 못했지만 그녀의 친구가 될 수 있었다. 나는 카를로스를 변화시키지 못했지만 그 관계에서 벗어나 나 자신을 돌볼 수 있었다. 나는 내가 원하는 만큼 부모님의 병을 낫게 할 수 없었지만, 그분들을 용서하고 사랑했다.

또한 나는 과거에 일어난 사건에 의해 제약되지 않는 새로운 삶을 만들어나가기로 결심할 수 있었다.

우편배달부가 다가오는 것을 보며, 나는 하버드에서 보낸 편지가—그것이 어떤 내용이든— 나의 삶을 만들거나 무너뜨리지 않으리라는 걸 깨달았다. 오히려 나는 상황이 어떤 식으로 전개되건, 내 인생의 다음 장이 어떻게 되건, 내 인생은 한 가지 상황만으로 결정되지 않을 것임을 이해하기 시작했다. 언제나 그래왔던 것처럼, 내 삶은 어떤 일이 닥치건 발을 앞으로 내디뎌 전진하려는 나의 의지에 따라 결정되리라.

나는 아르헨티나 부에노스아이레스에 있는 한 컨퍼런스센터의 주
전시관에 앉아 수많은 사람들 틈에서 달라이 라마가 등장하기를 기다
리고 있었다. 여름 공기 때문에 전시관 안은 후텁지근했고 에어컨 바
람은 약했다. 덕분에 치마 정장이 가렵게 느껴져서 계속 자리에서 몸
을 꼼지락거려야 했다. 내 자리는 앞쪽 무대 근처였다. 나는 내 앞에 있
는 사람들의 머리 너머로 시야를 확보하기 위해 집중해야 했다. 이들
은 전 세계에서 온 최고의 CEO 700여 명으로 구성된 청중이었다. 상
호 접촉과 긍정적인 자극을 나누기 위해 연례 회의에 모인 것이었다.
달라이 라마는 기조연설자였다. 나는 달라이 라마 다음에 발표를 위해
연단에 오르기로 되어 있었다.

달라이 라마가 연설을 할 때, 몇 명의 CEO들에게 질문할 기회가 주
어졌다. 대부분의 질문들이 정치적이거나 철학적인 성격이어서 좀 복
잡했다. 그에 대하여 달라이 라마는 아낌없이 시간을 내주었다. 통역사

의 도움으로, 달라이 라마 성하는 모든 질문에 10분에서 15분씩 할애하여 정성스럽고 자세하게 답변했다. 그의 시간이 마침내 끝나갈 무렵, 진행요원이 마지막 질문자를 선택하기 위해 방 안을 둘러보기 시작했다. 공교롭게도 그 마지막 질문자는 그날 발표자 중 한 명인 나였다. 나는 달라이 라마에게 질문을 하나 할 수 있었다. 그러나 무엇을 물어야 할까? 숨죽인 듯 고요한 전시관에서 모든 사람들의 눈이 나를 향했다. 수백 명의 CEO들과 성하 자신도 나를 응시하며 질문을 기다리고 있었다. 다음에 일어난 일은 내 인생을 통틀어 내가 배운 교훈 중 가장 위대한 교훈이 되었다. 그러나 그 교훈에 대해서는 나중에 다시 언급하겠다.

우선, 그날의 상황이 어떻게 돌아갔는지 간단히 설명하겠다. 달라이 라마와 함께한 그날은 내 인생에서 또 다른 사건이 되었고, 그것을 계기로 내 브롱크스 친구들은 나를 '포레스트 검프'라는 별명으로 부르게 되었다. 그들은 여러 해에 걸쳐서 이 나라 저 나라를 돌아다니며 수많은 사람들과 일하고 사람들에게 영감을 주는 워크숍과 연설을 하는 나에게 익숙해졌다. 나는 뉴욕시에서 성인들이 자신에게 가장 의미 있는 삶을 개척하도록 힘을 실어주기 위한 '매니페스트 리빙'이라는 회사를 세웠고 현재 그 회사를 이끌고 있다. 이 일을 하면서 어쩌다 보니 나에게 가장 의미 있는 경로를 찾게 되었다.

일이 이렇게 될 줄은 몰랐다. 그것은 《뉴욕 타임스》 기사와 함께 시작되었고, 곧 다른 매체들이 뒤따랐다. 잡지 기사들과 각종 상들, 30분 동안 진행되는 ABC의 20/20 스페셜, 심지어 라이프타임 텔레비전의 영화 「노숙자에서 하버드로: 리즈 머리의 이야기」까지 있었다. 거기에서 비롯되어 일련의 사건들이 전개되었다. 그 사건들이 너무도 많고 다양해서, 이 짧은 지면에서 전부 이야기할 수 없을 정도였다. 그것은 또 하나의 책을 쓸 수 있을 만한 것이었다. 내가 여기서 말할 수 있는 것은 2009년 졸업할 때까지 하버드에서 보낸 몇 년은 인간 정신의 힘에 대한 교훈을 가르쳐주는 경험들로 가득 채워졌다는 것이다. 그 교훈이란 각계각층의 사람들이 역경에 직면해 있으며 그것을 극복하는 법을 배워야 한다는 진실이었다. 궁극적으로 이런 경험들은 나로 하여금 사람들이 자신의 삶을 변화시키도록 힘을 실어주기 위한 워크숍을 개발하도록 이끌었다. 그것은 나의 열정이고 오늘날까지 나의 삶을 바치고 있는 일이다.

나는 몇 년에 걸쳐 때로는 온종일 공부하고, 때로는 조금씩 시간을 내서 공부하고, 때로는 1년 내내 공부를 쉬기도 하며 이곳 저곳 돌아다녔다. 그러나 나의 근거지는 여전히 뉴욕에 있는 집이었고, 내 인생의 가장 큰 중심은 친구들과의 관계와 아버지를 돌보기 위해 쓰는 시간이었다.

아빠는 HIV 양성 진단을 받은 뒤 마약을 끊었다. 보호소는 아빠가 가진 많은 질병에 대해 적절한 의료적 자원을 연결시켜 주는 데 결정적인 역할을 했다. 30년 이상의 약물 남용 끝에 결국 아버지는 HIV 양성 판정을 받았고, 심장은 개복 수술을 요구하는 치료가 필요했으며, C형 간염에 걸린 데다 간의 4분의 3이 간경변 상태여서 마치 석회화된 스펀지처럼 울퉁불퉁해져 있었다.

내가 아직 대학교 저학년이었을 때 나는 하버드 야드를 걷다가 아빠를 담당하는 의사로부터 걸려온 전화를 받았다. 의사는 목소리를 깔고 사태가 심각하다고 말했다. 그는 내가 피터 피네티의 보호자로서 '너무 늦기 전에 어서 뉴욕으로 오는 것이 좋겠다'고 말했다. 아빠가 심장 발작을 일으켜서 소생처치 중이라는 것이었다. 나는 허겁지겁 버스를 타고 아빠에게 갔다(이제 일상이 된 여행이었다). 내가 도착하자마자, 신부님이 아빠의 침대 옆에 서서 마지막 의식을 진행했다. 나는 아빠의 손을 붙잡고 얼굴에서 생명의 흔적을 찾았지만, 눈은 굳게 감겨 있었고 호흡을 돕기 위한 기도관만이 아빠의 가슴을 오르락내리락 밀어줄 뿐이었다. 이마는 마치 걱정을 하다가 굳어버린 것처럼 주름져 있었다.

어찌어찌하여 아빠는 이 고비와 다른 죽음과의 접촉들을 무사히 넘겼다. 그래서 내 친구들—아빠의 간호를 도와주고 가끔 아빠의 기운을 북돋워주기 위해 아빠를 놀리기를 좋아했던—은 아빠에게 별명을 지어주었다. 기도관을 뺀 뒤, 아빠는 그 별명을 듣고 킬킬거렸다. 그 별명이란 '불사신 피터'. 삶을 위협하는 수많은 질병을 극복하고 살아남은 불굴의 생명력을 빗댄 별명이었다. 아빠는 그 별명이 너무 웃겨서 간호사가 퇴원 서류에 서명할 때 그녀를 웃기려고(별로 성공적이지 못했지만) 자신의 별명을 언급하며 자신은 '고양이보다 명이 더 길다'고 호기롭게 주장했다. 나는 아빠가 탄 휠체어를 끌고 마운틴 사이나이 병원 자동문을 빠져나와 화창한 뉴욕시의 거리로 나갔다. 그리고 그 순간부터 나는 아빠의 간호를 전면적으로 책임졌다.

아빠가 언제라도 죽을 수 있다는 사실이 분명해진 상황이기 때문에, 나는 아빠에게 뉴욕에 있는 내 아파트에서 함께 살자고 제안했다. 아빠를 살아 있게 하려면 엄격한 의료적 관리가 필요했고, 여기에는 여러 의사들을 번갈아 찾아다니는 것과 지속적인 혈액검사, 지속적인(종종 고통스러운) 검사와 C형 간염을 치료를 위한 화학요법, 그리고 HIV의 바이러스의 양 조절을 돕는 항역전사바이러스요법도 포함되었다. 의사들이 '칵테일' 요법이라고도 부르는 이 요법은 엄마가 죽은 후에야 HIV 환자들이 이용할 수 있게 되었다. 아빠를 돌보고 대학 공부를 따라잡고 국제적으로 여행하며 워크숍과 연설을 하는 것이 이후 몇 년 동안 나의 삶이었다. 이 기간 동안 많은 굴곡이 있었고, 친구들의 사랑이 없었다면 그 모든 것을 해낼 수 없었을 것이다.

사람들이 내게 내밀어준 도움의 손길은 결코 기적보다 못하지 않았다. 내가 삶의 모든 굴곡들을 통과할 때, 내 친구들과 나는 서로를 위해 존재했고, 그 과정에서 우리는 진정한 가족이 되었다. 보비와 에바, 제임스, 제이미, 서맨사, 조시와 같은 오랜 친구들과 루벤과 에드윈처럼 나중에 함께 살게 된 친구들. 우리는 생일을 함께 축하하고 휴일을 함께 보내고, 심지어 필요할 때는 서로의 가족 일에 손을 빌려주기도 했다. 언제라도 내가 보스턴에서 돌아왔을 때, 아빠가 거실에서 「법과 질서」를 보고 있고, 그 옆에 에드윈이 앉아 있는 모습을 볼 수 있었다. 두 사람은 쿠키를 함께 나눠 먹으며 함께 웃고 있었다.

내가 여행이나 학교 때문에 집을 비워야 할 때면, 에바를 통해 만나게 된 에드윈이 충실하게 아버지를 병원에 데려가고, 아빠에게 식료품을 사다 주고, 깨끗한 옷과 따뜻한 식사를 할 수 있도록 챙겨주었다. 그리고 무엇보다, 그는 아빠의 친구가 되었다. 에드와 나는 뉴욕에서 서로 걸어갈 수 있는 거리에 아파트를 얻었고, 내가 집에 있을 때마다 우리는 아빠와 함께 지역 식당으로 외식을 나가거나 영화를 보며 시간을 보냈고, 아버지가 음식물 반입이 금지된 극장에 스니커즈 초콜릿 바와 생수를 몰래 숨겨 들어가는 것을 함께 도왔다. 아빠가 얼굴에 작은 웃음을 지으며 깜빡이는 스크린 앞에서 초콜릿 바 포장을 벗길 때마다, 에드와 나는 서로 미소를 교환했다. 나는 그 순간 우리가 아빠에게서 한 줄기 자긍심을 목격했다고 생각한다.

리사 언니와 서맨사는 결국 자립에 성공했다. 오늘날 서맨사는 행복하게 결혼하여 위스콘신 주 메디슨에서 남편과 함께 살고 있다. 수년간의 고전과 우여곡절 끝에, 리사 언니는 뉴욕주의 퍼체이스 대학을 졸업했다. 오늘날 언니는 자폐아들을 가르치는 교사로 일하고 있다. 제이미는 결혼해 두 아이들을 낳고 네바다에 살고 있다. 보비는 간호학교에 다니고 있으며 두 아이와 함께 행복한 결혼 생활을 꾸려가고 있다. 우리는 여전히 서로의 삶에서 없어서는 안 될 부분으로 남아 있다.

나는 한동안 학교를 쉬고 뉴욕에서 살면서 아빠의 심장 수술을 지켜본 뒤, 아빠가 살아 있는 마지막 몇 년 동안 학업을 마치기 위해 케임브리지로 돌아갔다. 이번에는 아빠도 함께 갔다. 우리는 하버드 근처의 방 다섯 개짜리 집을 얻어, 각자 방을 하나씩 썼다. 에드와 루벤, 에드가 돌보는 사촌 동생, 그리고 아빠와 나. 아빠가 죽기 한 달 전에 에드와 나는 아빠와 함께 오랫동안 염원해온 샌프란시스코 여행을 떠났다. 아빠는 자신에게 의미 있었던 곳들을 가봐야 한다고 주장했다. 우리는 자세한 설명을 요구하지 않았고, 아빠도 말해주지 않았다. 에드와 나는 그저 아빠를 따라 아빠가 좋아하는 곳들을 찾아다녔다. 헤이트 애시베리 지구와 알카트라즈 섬, 그리고 아빠가 아끼는 시티 라이츠 서점. 우리는 함께 낡은 나무 선반 앞에 서 있었고, 아빠는 앨런 긴즈버그와 잭 케루악의 책들을 훑어보며 익숙한 책장들에 남몰래 미소 지었다. 주말에 보스턴으로 돌아가 방에 혼자 있을 때, 나는 아빠가 몰래 여행용 가방에 끼워놓은 카드를 발견했다. 카드에는 이렇게 적혀 있었다.

"리지, 나는 오래전에 내 꿈을 버렸다. 하지만 네가 그 꿈을 지켜줄 걸 이제 알겠다. 우리를 다시 가족으로 만들어줘서 고맙구나."

나는 나중에 일하거나 공부할 때 언제든 볼 수 있도록, 내가 늘 서류 작업과 학교 공부를 하는 책상에 그 카드를 붙여놓았다. 익숙한 아빠의 굵은 글씨체를 볼 때마다, 내 가슴이 아빠를 향한 사랑과 평온함으로 채워졌다. 아빠가 아주 가까이에, 따뜻하고 안전하게 있다는 걸 알기에.

그리고 불과 3주 뒤, 아빠는 위층으로 잠을 자러 올라갔다가 다시는 깨어나지 않았다. 자는 동안 심장이 멎어버린 것이다. 아빠는 8년간 마약 없이 맨정신으로 살았고, 예순네 살에 생을 마감했다. 그 8년의 대부분 동안, 아빠는 매주 마약중독자들의 회복을 위한 '재발 방지 모임'을 이끌었고 아빠가 아끼는 그 모임의 친구들과 긴밀한 유대를 유지했다. 아빠가 죽던 날 밤, 나는 내 방에서 친구들에 둘러싸여 있었다. 에바와 루벤, 에드, 그리고 다른 두어 명의 친구들이 여분의 매트리스를 내 방으로 가져와 서로 마구 엉켜 담요를 덮고 이야기를 나누었다. 에드와 내가 삑삑거리는 경찰의 무전기 소리와 아빠를 집에서 데려가는 의료검시관의 목소리를 들을 필요가 없도록, 우리는 문을 꼭 닫았다.

아빠의 요청에 따라 시신은 화장되었다. 아버지의 날, 리사 언니와 나, 에드윈, 루벤, 에바는 아빠가 좋아하던 장소마다 들러서 재를 한 줌씩 뿌리는 방식으로 그리니치빌리지 전역에 재를 뿌렸다. 친구네 집 계단, 마약중독 치료 병원 앞, 그리고 아이를 낳기 전 엄마와 처음 함께 살았던 집 근처. 그런 다음 우리는 나머지 재를 장미꽃잎과 섞어서 배터리 파크의 널빤지로 만든 산책로 옆으로 흐르는 바다에 띄워 보냈다. 분홍빛 꽃잎들이 해 질 녘 지는 햇살 속에 두둥실 떠내려갔고, 리사 언니와 나와 내 친구들은 벤치에 서로 기대어 앉아 아빠와 관련된 기분 좋은 추억들을 함께 나누었다. 에드가 조용히 내 손을 꼭 잡았다. 나는 우리 모두 가슴이 아프다는 것을 알았지만, 한편으로 아빠가 자신을 사랑하는 사람들에게 둘러싸여 행복하게 죽었다는 것이 뿌듯했다.

내가 대학을 졸업했을 때, 나의 친구 딕과 패티는 매사추세츠 뉴턴에 있는 그들의 집에서 나를 위해 파티를 열어주었다. 리사 언니와 내 친구들이 모두 참석했다. 케이크를 가져왔을 때, 나는 내 주변을 둘러싼 동그란 응원의 고리를 보았다. 오랜 친구와 새 친구, 도처에 사랑하는 사람들의 얼굴이 있었다. 리사, 루벤, 안소니, 에드, 에바, 샤리, 보비, 수, 펠리스, 딕, 패티, 메리, 그리고 에디. 모두들 축하의 노래를 부르고 있었다. 나는 거기 서서 가슴 깊이 그들을 느꼈다. 오랜 세월과 우여곡절 끝에 재구성된 나의 가족. 나는 그들 하나하나를 사랑했다. 그 순간 나는 사랑에 의해 내 마음이 열리는 것을 느낄 수 있었다. 아빠와 엄마에게서 처음 알게 된 사랑, 친구들을 보며 느꼈던 사랑, 그리고 여전히 내 가족들 모두에게 느끼는 사랑에 의해.

달라이 라마에게 질문을 했던 날, 내 질문은 이것이었다. "성하, 성하는 많은 사람들에게 영감을 주시는데, 본인은 어디에서 영감을 받습니까?" 그는 잠시 생각하더니 몸을 기울여 통역사에게 뭔가 이야기했다. 그리고 나를 쳐다보며 유쾌하게 웃으며 말했다. "나도 잘 모르겠군요. 난 그저 승려일 뿐이라오." 그 거대한 컨퍼런스홀 여기저기에서 웃음과 속삭임이 터져 나왔다. 그것은 그날의 어떤 질문에 대한 답보다 짧은 답이었고, 그냥 스쳐 지나가지 않았다. 그 대답과 함께 달라이 라마의 연설은 갑자기 끝났고, 그는 무대 뒤로 사라졌다. CEO들과 나는 잠시 휴식을 갖기 위해 사람들이 빽빽이 들어찬 로비로 나갔다. 내가 그날 아침의 진정한 교훈을 발견한 것은 바로 그때, 남들의 반응을 통해서였다. CEO들 틈에 끼어 으리으리한 대리석 로비를 걸으면서 방금 있었던 일을 분석하려는데, 갑자기 CEO들이 내게 다가와서 저마다 성하의 대답이 무슨 의미인지에 대한 자신들의 생각을 말하기 시작했다. 제일 먼저 40대로 보이는 걸걸한 목소리의 남자가 내게 다가와 말했다. "그것이 바로 달라이 라마의 선禪입니다. 성하가 당신에게 말한 방식이 바로 선이에요. 그분의 답은 단순함에 관한 것이었죠." 다음 차례는 어두운 색 정장 차림의 키 큰 여자였다. "그것은 의미심장한 말이에요. 모든 것에 대한 '알지 못함'이지요. 스님으로서 그분은 인간의 조건 속에 내재된 무지함을 인정하시는 거예요." 다음으로 화가 난 것이 역력해 보이는 한 남자가 눈살을 찌푸리며 말했다. "리즈, 달라이

라마 성하는 우리 수준으로 내려오고 싶지 않았기 때문에 무엇에서 영감을 받는지를 묻는 당신 질문에 대답하지 않은 겁니다. 참 오만하군요!"

그 짧은 쉬는 시간 동안 10여 명의 중역들이 내게 와서 저마다 확신을 가지고 달라이 라마가 답한 것의 의미를 해석했다. 나중에 무대 뒤에서 마침내 사실이 밝혀질 때까지는. 내가 연설을 하기 위해 마이크를 준비하고 있는데, 달라이 라마의 무대 담당이 나를 찾아와 사과했다. "미안해요, 리즈." 그가 말했다. "통역사가 당신 질문을 우물거리는 바람에 성하께서 이해하지 못했어요. 우리가 실수하는 바람에…… 맙소사!"

달라이 라마의 답에는 사실 어떤 의미도 없었던 것이다. 아니면 각각의 사람들이 거기에 부여한 의미를 넘어서는 의미가 없었다고 말하는 편이 옳을지도 모르겠다. 각각의 사람들은 똑같은 상황을 목격했지만, 누구도 똑같은 해석을 내놓지 않았다.

그곳에서 연설 준비를 하면서, 나는 군중을 내다보며 속으로 미소 지었다. 그 순간 무척이나 분명하게 보였던 사람들 간의 차이보다 훨씬 더 중요한 것은 우리의 유사성―자신의 경험에서 의미를 찾으려는 경향―이었다. 엄마와 아빠를 향한 사랑에 대한 나의 확신처럼, 또는 내가 내 인생을 바꿀 수 있다고 믿게 된 순간처럼, 중역들은 달라이 라마에 대한 자신의 해석을 확신하고 있었다. 내 노숙자 친구들이 한때 단순히 '출구가 없다'고 확신했던 것처럼. 그것은 내가 한때 나와 나의 꿈을 가로막는 '벽'이 있다고 굳게 믿었던 것과도 다르지 않을 것이다. 나는 나의 워크숍 참가자들이 온몸으로 삶을 껴안을 시간은 바로 지금이라고 결심할 때 그 똑같은 벽이 무너지는 것을 보곤 한다.

중역들이 밀집한 방에서 밝은 조명 속으로 걸어 나갈 때, 나는 그들을 바라보며 내가 확실히 깨닫고 있는 한 가지 사실에 새삼 놀랐다. 노숙자건 사업가건, 의사건, 교사건, 어떤 삶의 배경을 가진 사람이건, 우리 모두에게는 똑같은 진실이 적용된다. 삶은 우리 자신이 거기에 어떤 의미를 부여하느냐에 따라 다른 의미를 갖는다는 진실.

감사의 말

하이피리언 출판사의 파워하우스 팀에 가장 큰 감사를 전한다. 이 책의 결실을 볼 수 있게 된 것은 그분들의 인내와 믿음 덕분이다. 특히 편집자인 리즐리 웰스가 이 책에 쏟아부은 진심 어린 노력과 통찰력에 감사한다. 이 책에 대한 엘렌 아처와 엘리자베스 디세가드의 도움과 헌신에도 똑같은 감사를 표하고 싶다. 나와 함께해주고 나를 믿고 도와준 것에 감사한다. 그들은 성자와 같은 인내심을 지녔다.

처음부터 나와 함께해준 나의 에이전트, 르네상스의 앨런 네빈스에게도 감사를 표한다. 뭐라고 말해야 할까요, 앨런? 처음부터 당신은 나의 이야기로 무엇을 할 수 있을지 믿어주었고, 그것을 실제로 가능하게 만들었어요. 정말로 고마워요.

작가인 트래비스 몬테스에게 감사를 표할 수 있게 되어 뿌듯하다. 그의 소중한 통찰과 편집과 노고는 『길 위에서 하버드까지』가 탄생할 수 있었던 핵심이었다. 트래비스, 수많은 밤들을 든든하게 함께해주고 당신의 시간과 탁월한 시적 재능을 이 프로젝트의 요소요소에 빌려준 것, 정말 고마워요. 당신이 없었다면, 이 책은 지금과는 달랐을 거예요.

사랑하는 나의 친구이자 자매인 에바 비터가 이 책의 기초를 만드는 데 도움을 주었다. 고맙다. 에바, 너의 통찰과 편집은 나의 이야기를 표현하는 틀을 만들 때 핵심적인 열쇠였고, 수년 동안 네가 보여준 응원과 사랑은 내게 이야기를 할 수 있는 용기를 주었어. 사랑한다.

첫날부터 이 책을 비롯하여 나의 꿈들을 전적으로 응원해준 친애하는 나의 친구이자 형제인 로버트 벤더에게도 사랑과 감사를 보낸다. 보비, 그 많은 시절 동안 내게 흔들리지 않는 사랑을 보여주고 내 가족이 되어줘서 정말 고맙다. 우리에겐 앞으로 더 많은 날들이 남아 있어.

나의 친애하는 친구이자 'FP'인 루벤에게 특별한 감사를 보낸다. 루벤, 이 책과 오늘날 나라는 사람의 많은 부분은 너 때문에 가능했어. 너의 지칠 줄 모르는 지원과 무조건적인 사랑, 그리고 너의 마음과 가족을 내게 허락해준 것을 영원히 감사할 거야. 네가 내게 어떤 의미인지 표현할 적절한 말이 없네. 사랑해. 언제나.

우리 언니 리사 머리에게 사랑과 감사를 보낸다. 언니의 삶 역시 이 책에 등장한다. 언니, 그 오랜 세월 동안 나를 도와주고 응원해줘서 고마워. 애초에 내게 펜을 들도록 자극한 것은 글쓰기에 대한 언니의 사랑이었어. 정말 고맙고, 사랑해.

서맨사에게도 감사한다. 그녀의 삶 역시 이 책에서 다뤄지고 있으며, 그녀의 우정이 내가 가장 어두운 시절을 겪어낼 수 있도록 해주었다. 서맨사, 사랑한다.

그리고 20/20의 앨런 골드버그에게 무엇보다 감사드린다. 그의 헌신과 식견은 나의 이야기를 신문 기사에서 수백만 명의 집으로 옮겨놓았고, 그 사람들의 인생을 변화시킬 수 있었다. 앨런, 새로운 경험에 정신을 차리지 못하던 그 순간, 당신이 보여준 친절에 감사합니다. 우리 가족에 대한 당신의 온정 어린 반응은 내 가슴에 영원히 잊지 못할 인상을 남겼습니다.

워싱턴 스피커스 뷰로의 크리스틴 패럴 사장님께 절대적인 감사를 보낸다. 그녀는 내가 여러 해에 걸쳐 세계 전역에서 수천 명의 사람들에게 나의 메시지를 전할 수 있도록 무조건적인 지원과 사랑을 보내주었다. 크리스틴, 내가 아빠를 돌보며 동시에 나의 꿈을 좇아야 했을 때, 당신의 지칠 줄 모르는 노력과 든든한 우정은 나를 지탱해주었고 그 모든 것을 가능케 했습니다. 당신이 내 삶에 미친 영향을 측정하거나 표현할 방법이 없네요. 고마워요.

나는 이 책에 등장하는 페리 선생님에게도 삶의 많은 부분을 교육에 헌신한 데 대해 감사드리고 싶다. 선생님, 선생님의 열정보다 우리 학생들에게 줄 수 있는 더 큰 재능이 있을까요? 인문 예비 학교를 누구나 열정적으로 찾아와서 마음과 정신을 풍요롭게 하고 개방적이고 든든한 공동체에 속할 수 있는 장소로 만들어준 것에 감사드립니다.

예비 학교의 다른 선생님들에게도 진심 어린 감사를 드린다. 학생들에 대한 선생님들의 보살핌과 헌신이 없었다면, 이 책과 내 인생의 많은 부분이 지금과 같지 않았을 겁니다. 빈센트 브레베티 선생님과 제시 클라인, 더글러스 크네히트, 칼레브 퍼킨스, 일라이저 호크스, 마리아 한초폴로스, 조지 코데로, 수전 페트리, 크리스티나 켐프, 매트 홀저 선생님에게 더없이 깊은 감사를 보낸다.

또한 엘리자베스 개리슨과 그녀의 아들이자 나의 푸에르토리코 오빠들 릭과 대니, 존, 숀에게 감사한다. 이들의 이름은 이 책에 등장한다. 그들은 나를 가족처럼 먹여주고 재워주고 사랑해주었다. 여러분 하나하나를 사랑하고, 여러분이 내 인생을 달라지게 해준 것에 영원히 감사한다는 것을 알아주면 좋겠네요. 우리는 언제나 가족일 것입니다.

그리고 내가 갈 곳이 없을 때 선뜻 문을 열어주고 때로는 마지막 남은 음식을 내어준 사람들이 있다. 엘리자베스 개리슨과 폴라 스마일리, 줄리아 브리뇨니, 마리아 '쿠키' 포라스, 마사 해덕, 마가렛 S., 저지 비터, 대니얼 라치카, 그리고 미셸 브라운에게 감사한다.

또한 나의 친구이자 동료 연사인 토니 리츠터의 아낌없는 조언과 이른 아침까지 이 책을 위해 작업하며 할애해준 시간에 특별한 감사를 표하고 싶다.

더 나은 삶을 위해 열심히 노력하는 학생들을 후원해주는《뉴욕 타임스》장학금 프로그램에도 감사를 표한다. 이 목록이 내 삶을 변화시킨 《뉴욕 타임스》의 모든 사람들을 열거하기에는 부족하다는 것을 알지만, 아서 겔브와 잭 로젠덜, 낸시 샤키, 안 시도로비츠, 데이나 카네디, 코리딘, 고故 제럴드 보이드, 칩 맥그래스, 밥 해리스, 실라 룰, 빌 슈미츠, 그리고 로저 레헤카에게 특별한 감사를 전하고 싶다. 나는 젊은이들이 가난의 장벽을 뚫고 가능성이 열린 삶으로 나아가는 것을 보기 위한 이분들의 노력을 목격하고 감동을 받았다. 여러분들이 만든 차이에 감사합니다.

나는 특히 내가 이 책을 작업하는 오랜 시간 동안 여러모로 지원해준 나의 친구와 가족들에게 특별한 감사를 표하고 싶다. 직접적으로건 간접적으로건, 여러분들의 사랑과 격려가 나를 지탱해주었고, 이 책을 완성할 수 있게 해주었다. 보비, 루벤, 에드윈, 에바, 데이브 산타나, 크리스, 제임스, 샤리 모이, 리사, 아서, 제이미, 조시, 라미로, 펠리스, 피에프, 레이, 멜빈 밀러, 딕, 패티 시몬, 야치 레브헤르츠, 마리 고티에, 에드 로마노프, 트래비스, 몬테스, 로빈 다이안 린, 로빈슨 린, 딕 실버먼, 리사 레인, 로렌스 필드, 모두들 사랑해.

그리고 마지막으로 내가 미국 전역의 굶주린 아이들에게 식량을 제공하는 대의를 위한 대변인이자 열성적인 옹호자가 될 수 있도록 해준 스탠 커티스와 배낭 속의 은총*에 감사한다. 내가 뉴욕에서 영양결핍 아동으로 살았던 시절 배낭 속의 은총 같은 프로그램에 접근할 수만 있었다면, 수많은 밤을 굶주리며 잠자리에 들지는 않았을 것이다. 감사하게도 여러분의 지속적인 헌신 덕분에, 미국 전역에서 수천 명의 아이들은 그럴 필요가 없습니다.

---

* 어린이들에게 영양가 있는 음식을 먹이기 위한 식량 원조 프로그램.

옮긴이 정해영

성균관대학교 불어불문학과와 이화여자대학교 통역대학원을 졸업했다. 동아일보 인터넷판 기사를 영문으로 번역하는 일과 로알드 달 단편선 번역 프로젝트에 참여했으며, 현재 전문번역가로 활동 중이다. 옮긴 책으로 『밀리 엘리어트』『인류학—하룻밤의 지식여행22』『사드-하룻밤의 지식여행27』『리더십의 사계절』 등이 있다.

길 위에서 하버드까지

초판 1쇄 발행 2012년 12월 12일
초판 18쇄 발행 2017년 9월 5일
개정판 1쇄 발행 2020년 10월 6일

지은이 리즈 머리
옮긴이 정해영
펴낸이 김선식

경영총괄 김은영
콘텐츠개발2팀장 김정현 **콘텐츠개발2팀** 문성미, 임인선, 이상화
마케팅본부장 이주화
채널마케팅팀 최혜령, 권장규, 이고은, 박태준, 박지수, 기명리
미디어홍보팀 정명찬, 최두영, 허지호, 김은지, 박재연
저작권팀 한승빈, 김재원
경영관리본부 허대우, 하미선, 박상민, 김형준, 윤이경, 권송이, 이소희, 김재경, 최완규, 이우철

펴낸곳 (주)다산북스 **출판등록** 2005년 12월 23일 제313-2005-00277호
주소 경기도 파주시 회동길 357 3층
대표전화 02-704-1724 **팩스** 02-703-2219 **이메일** dasanbooks@dasanbooks.com
홈페이지 www.dasanbooks.com **블로그** blog.naver.com/dasan_books
종이 · 인쇄 · 제본 · 후가공 (주)갑우문화사

ISBN 979-11-306-3178-3 (03840)